小说月报

原创版

2021年精品集

《小说月报·原创版》编辑部 /编

天津出版传媒集团

百花文艺出版社

图书在版编目（ＣＩＰ）数据

小说月报原创版 2021 年精品集 /《小说月报·原创版》编辑部编. -- 天津：百花文艺出版社，2022.1
ISBN 978-7-5306-8229-6

Ⅰ. ①小… Ⅱ. ①小… Ⅲ. ①中篇小说–小说集–中国–当代②短篇小说–小说集–中国–当代 Ⅳ. ①I247.7

中国版本图书馆 CIP 数据核字(2021)第 262219 号

小说月报原创版 2021 年精品集
XIAOSHUO YUEBAO YUANCHUANGBAN
2021 NIAN JINGPINJI
《小说月报·原创版》编辑部　编

选题策划：《小说月报·原创版》编辑部
责任编辑：刘升盈　张　烁
装帧设计：郭亚红
出版发行：百花文艺出版社
地址：天津市和平区西康路 35 号　　**邮编：**300051
电话传真：+86-22-23332651（发行部）
　　　　　　+86-22-23332656（总编室）
　　　　　　+86-22-23332478（邮购部）

网址：http://www.baihuawenyi.com
印刷：天津新华印务有限公司
开本：787×1092 毫米　　1/16
字数：365 千字
印张：22.5
版次：2022 年 1 月第 1 版
印次：2022 年 1 月第 1 次印刷
定价：49.00元

目 录

我是余未来

余 耕

一

　　看到《德沃夏克第九交响曲》的黑胶唱片封套时,我当场被震撼了。远景是高耸陡峻的山峰,中景是遒劲挺拔的松树,近景是平静如镜的湖水,画面完整地演绎了《德沃夏克第九交响曲》的节奏起伏。封套右上角是"DECCA"的著名标志,左下角编号显示是头刻版,这是我梦寐以求的一张黑胶唱片。《德沃夏克第九交响曲》是我最喜欢的交响乐,它比《柴可夫斯基第六交响曲》更悲怆、更广博,比《贝多芬第五交响曲》更厚重、更跌宕。此前,我已经收藏了两张DG公司的《德沃夏克第九交响曲》,但都是复刻版。DG公司在古典音乐方面的造诣,没有公司可与之比肩,唯独在《德沃夏克第九交响曲》上略逊DECCA一筹。DECCA是英国的老牌公司,当年在录制这张唱片时,可谓是集世界一流大师于一体,德国柏林爱乐乐团、指挥大师卡拉扬和著名录音师威尔金森,一起成就了这张伟大的《德沃夏克第九交响曲》黑胶唱片。

　　当老瘪用抠过脚趾缝的脏手把这张唱片扔给我的时候,我差点跪下来接住,就像是接住一位让我心仪已久的姑娘。我双手捧着这张不足400克重的黑胶唱片,它似乎真有一个人的重量。那感觉,就像是从一个男人的脏手上,接过我心爱的女人。我轻轻地拂去黑胶唱片封套上的一抹灰尘，掀开封套侧口看了一眼，发现纸质的内封套还在。我心里长舒一口气。我从破牛仔裤口袋里掏出一副白色手套，戴上手套后，准备取出黑胶唱片来验看。此刻，我心里略有些忐忑不安，担心唱片上会有不堪入目的划痕，因为此前发生过无数回这样的事情。来自欧洲的唱片品相都还不错，大概是欧洲的绅士居多，他们大都会像尊重女士一样尊重每张黑胶唱片。我遇到过几张来自美国的唱片，外封套还过得去，内封套早就没了踪影，那些珍贵的黑胶唱片上的划痕，能叫人落泪。

　　我做了一个深呼吸，稳定住自己的情绪，从外封套侧口小心翼翼地抽出纸质内套和唱片。纸质内套抽离那一刻，一张小纸条飘落在地上，我赶紧捡起来，这是一张当时的购物收据，收据上手写时间显示是1965年10月28日，地点是伦敦一个叫Flashback Record Shop的唱片店。我怀着惴惴不安的心情，轻启这张已有半个世纪的纸质封套，用手指上最轻柔的力道抽出黑胶唱片，它身上没有一丝划痕，黑亮温润的环晕光泽让我惊艳，这竟然是一张品相十足的黑胶唱片。瞬间，我觉得老瘪又黑又脏的简易房里明亮起来。我敢用我的双眼保证，这张黑胶唱片播放次数绝对不会超过十次。播放没有超过十次的唱片，在黑胶发烧友的眼里相当于处女。

　　老瘪大概是捕捉到我眼神里的兴奋，开价问我要5000块钱。我们俩开始讨价还价，最后以1500块钱成交。我全身上下只有40多块钱，按照惯例，1500块钱就是我在他的废品收购站打五天工。老瘪跟我讨价还价，也是半真半假，因为最终都会以我坚持的价格买下唱片。老瘪不缺这俩钱，他就是愿意跟我斗嘴，包括让我来打工干活儿抵黑胶唱片的钱，也是跟我聊天居多，不让我干重活儿，而且不让我碰洋垃圾。老瘪姓甚名谁，没有人知道。因为他浑身上下干巴瘦，活像一个漏掉一半气的瘪皮球，所以废品集散地的人都管他叫老瘪。

　　我谨慎地托起唱片，把它装回纸质内套，再把纸质内套装回外封套，自始至终都没有碰到唱片上细密的音轨纹路。最后，再给装好的黑胶唱片外面裹上两层报纸，这才对老瘪说："我明天过来干活儿。"

　　老瘪看我一眼，从桌子上拿起一本很脏的破书，翻到折页处瞅了瞅，把书扔给我，说道："对！叫恋物癖，这本书上说了你这号人的毛病，你拿回去看看吧。"

我认识老瘪已经有十八年。据说，老瘪在这座城市已经买了两套商品房，还有至少两个情人。其中一个情人还给老瘪生下一个儿子，老瘪把两套房子全过户到儿子名下。老瘪是倒腾洋垃圾发迹的，在发迹之前，他跟我爸爸一样，都是靠着收废品维持生计的"外地人"。几十号收废品的外地人，聚拢在城市边缘的垃圾掩埋场附近，每人开一家废品收购站，形成了一个颇具规模的废品集散地。收废品的人像蚂蚁一样，把城市里人们丢弃的垃圾一点点搬运回集散地，分门别类积攒到一定数量再出售。环绕在每座城市的外围，都有数不清的废品集散地。集散地聚拢了一堆收购站，收购站也养活了无数拾荒人。

同样收废品，我爸爸蹬着一辆破三轮车，走街串巷吆喝"高价收购旧电视、旧冰箱、旧洗衣机、旧家具、旧书、旧报纸"。老瘪也有一辆破三轮车，却是机动烧油的，我爸爸跑一个来回，老瘪能跑三个来回。老瘪也走街串巷收废品，但是他不用费劲吆喝，而是用一个录音播放器，想要多大音量就播放多大音量。等到我爸爸骑上机动三轮车，用上录音播放器的时候，老瘪已经进军机关企事业团体了。他跟周边一个个单位拉关系、送回扣，承包这些单位废旧品回收。我妈怂恿我爸爸，学着老瘪跑单位拉关系收废品。我爸爸跑了几家，发现这几家已经全被老瘪盘踞占有。就在我爸妈懊恼之际，老瘪又开始倒腾洋垃圾了。

老瘪爱喝酒爱交朋友，他把收废品挣来的钱几乎全用来喝酒，也因此把废品集散地几十家收购站都喝成了朋友。所有人都说老瘪好话，老瘪的威望就高涨起来，自然而然成了这个废品集散地的大哥。老瘪曾经跟我聊过，他说每个集散地都有一个大哥，他以前在南城一个废品集散地待过，那里的大哥姓屈，是个东北人。屈大哥不收废品，只负责管理集散地，每家收购站每月给他交保护费。老瘪说屈大哥也做事，他除了保护集散地几十家收购站不被人欺负之外，还制定文明公约，凡是违背文明公约的收购站就要交双份保护费。

我当时问过老瘪，谁会来欺负废品收购站。

老瘪说："有些小混混冒充黑社会，到集散地各个收购站敲诈勒索。"

老瘪又说："有一天，我发现到各家收购站敲诈勒索的小混混，全他妈的是屈大哥手下的兄弟，所以，我才离开南城到这里来开辟新天地。"

老瘪还说："我做大哥一天就要维护这个江湖公正一天，绝不明一套暗一套，搞贼喊捉贼吓唬自己人的把戏。"

有一天,突然有两辆集装箱大货车开进老瘪的收购站。从集装箱里倾倒出来的,全是外国的废旧家电,看得其他几十家收购站眼红心热。老瘪雇了十几个拾荒人,不到一个月时间,就把两个集装箱的废旧家电分解成金、银、铜、铝、锌、铁和塑料。据我爸爸说,老瘪那一个月比他收一年废品赚的钱还多。

自此,往日平静的废品集散地变得喧嚣浮躁起来,每家收购站排着队请老瘪喝酒。前些年,老瘪请大家喝二锅头,如今老瘪说自己喝二锅头过敏,必须得是高度茅台才咽得下去。接下来,集装箱车开进请老瘪喝高度茅台酒的收购站。请老瘪喝低度茅台的收购站也开进集装箱车,但是洋垃圾缺货的时候,低度茅台得让高度茅台先进货。好在缺货的时候不多,半年时间,老瘪把洋垃圾送进几十家收购站。各家收购站分解出来各种金属和塑料,由老瘪统购统销,他最终做成了这个集散地的大哥。

老瘪虽然做成了废品集散地的大哥,赚得盆满钵满,但是他仍旧在做机关企事业团体的废品回收。用老瘪的话说,不为赚钱,只为了维护人脉关系。老瘪就是这样一个头脑清晰的人。

半年后,集散地外围又聚集了一批收废品的,很快填补了几十户分解洋垃圾收购站留下的空白,负责走街串巷收普通废品。这些新来的"外地人"也想要集装箱,分解洋家电。老瘪压根儿就不理会他们,对那些请他喝高度茅台的新"外地人",老瘪常常苦口婆心地劝解:"革命分工不同,做人做事都要脚踏实地,大家都要洋家电集装箱,这座城市就得让垃圾埋了,咱们不能一门心思光想着赚钱,还要有社会担当和责任感,对不对?"

老瘪说话的时候特别有条理,这跟他读了很多闲书有关系。在洋垃圾进来之前,集散地最多、最常规的废品是旧书、旧报纸。读了两年旧书之后,有一天,老瘪双手叉着腰,望着堆积如山的旧书、旧报纸感叹道:"这他妈得毁掉一片森林呀!"

在这个废品集散地,老瘪读的闲书数量仅次于我。

二

对了,我叫余未来,虽然我一直看不到自己的未来。

"余未来"这个名字是爸爸起的,难为他曾经对我的未来寄予希望。我今年好像是三十一周岁,之所以不太确定,是因为我经常会忽略自己的年龄。社会人才会在意自己的年龄,他们考大学、大学毕业、工作、结婚、当科长、当处长、当局长、退休……都是值得纪念的年龄节点。当社会人用年龄标记自己人生履历的时候,我的生活里却只有这个废品集散地。在这个废品集散地,我已经生活了整整十八年。

十三岁那年,我和妹妹来到这座城市,我当时心里就很清楚,这里不是我的家,也不会是我最终的归宿,迟早有一天我要离开它。来到这座城市,不是因为我喜欢它,而是要来投奔我的父母。爸爸和妈妈在这座城市收废品,已经干了八年,用他们的话说,已经在城市里站稳脚跟,有了自己的事业。每年回老家过年的时候,我爸爸就会跟亲戚邻里吹嘘自己的事业做得多红火。说到细节的时候,我爷爷撇着嘴角说,不就是在城市里收破烂嘛。

我爸爸说:"收废品跟收破烂是有区别的。广元的破烂是地地道道的破烂,北京的废品都是进口货,那里面好玩意儿多的是。"

我爷爷撇着嘴角自始至终就没有松开,他歪着嘴,抽一口旱烟说:"那就是洋破烂,洋人的破烂也是破烂,洋人屙的屎……"

我爷爷话没有说完,就委身歪倒在地上。原来我爷爷撇嘴不是嫌弃我爸爸说的话,而是中风了。他这辈子说的最后一句话,居然是"洋人屙的屎"。爷爷中风后,不能给我和妹妹做饭吃,我俩只能跟着爸爸妈妈去大城市。那一年,我初中一年级才读了半个学期,妹妹刚刚读小学五年级。我爸爸说我们俩已经认识不少字了,分解洋家电足够用,反正也考不上大学,不如进城给他打个下手。

于是,过完年,我爸爸以创业为名,把不能讲话的爷爷扔给大伯和小叔,我们一家四口便来到这座城市,成为漂在城市边缘的"外地人"。"外地人"是一个很刺耳的字眼儿,城市里的人从来不拿正眼看我们,像是怕弄脏了眼睛似的。他们这样对我,我已经很尴尬了,可他们这样对我妹妹,我就会很心疼。妹妹漂亮也很乖,学习成绩比我好,在班里能排进前十名。跟读书相比,妹妹更愿意跟爸爸妈妈待在一起。因此,爸爸决定让我们俩退学进城的时候,妹妹特爽快地答应了。

我心里有些不情愿,我觉得读书上学的人生还有一些希望,虽然我说不清楚是什么样的希望。可一旦退学,我的人生就会被贴上标签:文盲。

其实,我很愿意读书,每个学期新教科书发下来后,我用三两天时间,就能把语文和历史全部读完。爷爷家里没有课外读物，我只好把语文和历史教科书反复阅读，《背影》《少年闰土》《渔夫的故事》我能倒背如流，我记中国历史年表比记自己的生日还清楚。

有一天早晨，我站在如山般的垃圾堆上，望着远处一所很气派的中学里正在升国旗。国歌奏响时，我把自己举起致敬的手缩回来，因为我不再是学生。想到自己已经不再是学生，心里便涌起一股惆怅，眼泪瞬间模糊我的眼睛。我蹲下身来，把身体蜷缩在一截水泥管道里，无声地抽泣着，一直到爸爸喊我去干活儿。走下垃圾山的时候，我被什么东西绊了一个跟头，扒拉开破麻袋，发现是一捆用绳子打包好的旧书。我坐起身来，解开捆书的绳子，上面是一本《千家诗》，下面是一本《基督山伯爵》，再下面是几本金庸的武侠小说，有《鹿鼎记》，还有《倚天屠龙记》。金庸的武侠小说，在我们广元农村小学里可是个稀罕物，传阅遍全班的那本《神雕侠侣》被翻掉封面和封底后，又去了别的班级传阅。我把这堆书重新捆好，背回爸爸的废品收购站。自此之后，除了帮爸妈干活儿，其余时间我都用来读书。可以读这么多课外书，对于我来说，就像是把一个饿肚子的孩子扔进蛋糕房一样幸福。当你感觉幸福的时候，每一块蛋糕的味道也会被放大，所以，我在内心祈祷着垃圾堆里的生活能够一直持续下去。我在空闲时间读书这事儿，爸妈既不赞成，也不反对。

后来，我读杂书读得多了才明白，在我的原生家庭里，情商是个稀缺物。只要不糟蹋钱，只要不耽误废品回收站里的活儿，我在空闲时间里就算是撒尿和泥跳大神，爸妈都不会理会的。他们对自己的孩子竟会如此漠视，这一点让我至今都不能理解。我在杂书里验证并分析过自己的心理和性格，发现我居然是一个具备很高情商的人。但是，对于一个整日里只跟废品打交道的孩子来说，情商高与低又有什么区别呢？

一年过后，我开始喜欢上了这个垃圾场。因为我不仅能够读到喜欢的书，还能收藏书，我已经收集齐了金庸、古龙和梁羽生的全套武侠小说。接下来，我开始挑选出版社的版本、版本的品相，甚至开始挑选相同版本的纸张质量。我曾经把收集到的一套蒙肯纸的《汪曾祺全集》，换成了轻涂纸的《汪曾祺全集》，品相也比原来的要好。我要把那套蒙肯纸的《汪曾祺全集》送给老瘪，老瘪不要，他说汪曾祺又不是名人。惋惜之余，我把汪曾祺的书扔进造纸厂的货车，化成纸浆。在这个废品集散地，只要我能想到的书，就能找到。实在找不到，我会去找老瘪，用不了一个礼拜时间，老瘪就能把我想要的书弄到手，且品相不错。

接下来，我用一年半时间，把初中、高中和大学的文科书籍全部读完。读完这些书之后，我似乎不像先前那么惶惑了，觉得即便是读完大学课程，也不过如此。于是，我开始没有任何方向和目的地读一些闲书，例如《笠翁对韵》《声律启蒙》和胡荣华的《反宫马专集》、季羡林的《佛教与中印文化交流》、紫式部的《源氏物语》、卡夫卡的《城堡》、普鲁斯特的《追忆似水年华》、卢梭的《社会契约论》、弗洛伊德的《梦的解析》……我不太喜欢弗洛伊德把人生所有问题都归结到性，我觉得他很变态。所以，自此之后再也没有碰这个人的书。直到前年我读阿德勒的《自卑与超越》，才把弗洛伊德的阴影从我心里抹去。据说阿德勒是弗洛伊德的学生，还好，阿德勒没有继承老师的"变态"衣钵。

近十年来，各个收购站里几乎没有什么可读之书，到处充斥着成功学之类的垃圾书，这些书里全是口号式、情绪式的语言，刺激着读者渴望快速成功的痛点。即便是平和一点的书，也是把流完血的鸡炖成汤喂给人喝，劝告人倒霉不抱怨，饿死不犯贱，至于怎么活，问心要答案。

进入这座城市，不对，我从未进入这座城市。我只是待在这座城市边缘的废品收购站里。进入废品收购站不到三年时间，我便适应了这个满地垃圾的世界。我非但不再怨恨爸爸当初让我退学，我甚至觉得这是个高明决定，它让我抛开讨厌的数理化，每天每夜都徜徉在自己喜欢阅读的书籍里。废品集散地最高的一座垃圾山，我把它命名为华山，我把爸爸想象成伪君子岳不群，而我就是豪迈不羁的令狐冲。冬天下雪的时候，我把华山改成冰火岛，我则变成了饱经磨难的张无忌。再后来，冰火岛改成峨眉山，我站在山上吟诵"峨眉山下少人行，旌旗无光日色薄"。在不开心的时候，我也会对着垃圾山慨叹"关山难越，谁悲失路之人？萍水相逢，尽是他乡之客"。

有一个晚上，我从垃圾山上下来，摸黑进了收购站，听见妹妹跟妈妈正在小声说话。

妹妹说："我哥哥整天对着垃圾堆神神道道念叨什么呢？"

妈妈叹口气："老瘪说你哥哥精神有点问题，大概是读书读出来的毛病。"

妹妹问妈妈："那怎么办，要不要带我哥去精神病院治病？"

妈妈说："听说精神病一时半会儿治不好，常年住院，咱们花不起那么多钱。"

妹妹说:"我看到爸爸的存折了,里面有不少钱。"

妈妈说:"那些钱要攒着买房子,不能乱花。"

妹妹说:"买房子也好,我早就住够了这个破地方。"

偷听到妈妈和妹妹的话,我非但没有生气,还觉得挺开心。因为我读过很多精神分析方面的书,我确认自己正常无比。非要说我跟周围的人有什么区别,大概是我的情商比他们高一些而已,还有我读的书比他们多。我没有精神病却被别人当成精神病,其实是一件好事,我以后再有情绪宣泄的时候就无须不好意思了。

就这样,我在废品集散地待了不到十年,被默认为一个精神病。

直到有一天,我在老瘪的收购站里遇见一张黑胶唱片,它开启了我对这个世界认知的另一面。其实,我压根儿就不知道那是一张唱片,更不知道它叫黑胶,因为封套上全都是英文。那个东西吸引我,也不是因为音乐,我对音乐可谓是一窍不通,我不会摆弄任何一样乐器,我甚至五音不全、七律不通。令我好奇的是在这么肮脏的地方,竟然有一样东西纤尘不染(保护良好的、带内套的黑胶唱片)。尤其是唱片上那一道道细密锃亮的纹路里,泛着温暖滋润的光泽,既不耀眼,也不失色。看着它,心里便觉得舒坦澄澈,甚至想捧起来亲吻它。

黑胶唱片的英文是long playing microgroove record,简称为LP,港台那边的发烧友将其称为"老婆"。对一张好唱片的热爱,其情其感真的不亚于对老婆的情感。

遇见黑胶唱片,等于打开了我心灵的一扇窗户,也成就了我在垃圾世界里的另一片天地。

三

我住在这个垃圾集散地东边的一排窝棚里,这里几乎不能称为家,只是一排用单层砖砌起来的简易房。冬天冻透,夏天热透,遇到大风天,还会掀翻房顶的沥青纸。我的窝棚里除了一张吱吱作响的单人床和一张放黑胶唱机的桌子,其余地方全都堆满了书和黑胶唱片。我特别喜欢下雨,下雨的时候,这个世界上的人会突然消失掉,而在无人的世界里会让我觉得安全又惬意。所以,每当下雨的时候，我就会在垃圾场里溜达一圈，不打伞也不穿雨衣，故意让雨把我淋透。为此，我得过几次重感冒，但是发烧的感觉像是在飞翔，我也很是享受。到后来，我已经搞不清楚自己到底是喜欢下雨，还是喜欢发烧。随着收藏的书和黑胶唱片越来越多，下雨也会让我变得焦虑，我生怕窝棚里面漏雨，淋湿黑胶唱片和书。

我曾经住过一段时间商品房，是我爸爸分期付款买的两居室，这是距离废品集散地最近的一个低档社区，据说是当地农村建造的小产权房，收购站的小老板们大都在那里买了房子。那是我来到这座城市的第十个年头，我爸爸跟着老瘪分解洋垃圾赚了些钱，他跟我妈妈说，只有在城市买上房子才能算城里人。我在那套小产权商品房里住了不到一个月，就搬了出来，又住回废品收购站。原因是新房子只有两个卧室，爸爸妈妈住一间，妹妹住一间。我和妹妹都长大了，不能再住同一个房间。本来我对住客厅没有什么意见，因为客厅也要比废品收购站的窝棚舒服得多，可爸爸不让我把黑胶唱片和书搬到新房子里，他说那些东西都是破烂儿。我很不理解我的父亲，一个收破烂儿的居然这样抵触破烂儿，何况那些是宝贝不是破烂儿。跟中国的大多数家庭一样，我跟我父母的交流存在障碍，尤其是我们这种农村出生的孩子，不善于交流沟通，也不善于表达自己。在人类面前，我基本上处于自闭状态。可是，自闭状态下的我偏偏喜欢演讲。我经常在手机里看一些演讲视频，无论是东方的还是西方的，只要是脱稿演讲，我都喜欢看。在窝棚里，看完一段演讲，我就会模仿演讲者的口吻和状态，原音重现一遍。有一回，惹得窝棚隔壁的杨叔敲我的门，他担心我是在跟别人吵架。

躺在新房子客厅的沙发床上，我翻来覆去睡不好，好不容易睡着就会做噩梦，梦见有人闯进收购站的窝棚，偷走我的黑胶唱片和书。如此折腾了将近一个月，我便提出要搬回收购站的窝棚去住。没想到，我父母和妹妹都没有挽留我的意思，他们还积极帮着我收拾东西。当我走出小区的时候，爸爸追出来，我心头一热，以为爸爸要挽留我。可是我自作多情了，爸爸只是递给我一本蕾切尔·卡森写的《寂静的春天》，那是我落在客厅沙发床上的书。爸爸给我这书，倒是提醒了我。

我接过书来，对爸爸说："以后别再分解洋垃圾了，那些玩意儿对身体、对环境都有害。"

我爸爸瞪着眼,生气地呵斥道:"不弄洋垃圾,你能做城里人？你能住上城里的商品楼？"

我把《寂静的春天》塞进破背包,对爸爸说:"我没住你们的商品楼。"

　　我打开桌子上的台灯,把《德沃夏克第九交响曲》轻轻放在书桌上,在桌子下面拎出来一个破塑料收纳箱,从里面取出细毛刷、细棉布和两个玻璃瓶子。两个玻璃瓶,一个瓶子装着防静电液,另一个瓶子装着我自己配比的消毒水。防静电液用来清洗黑胶唱片,可以避免唱片因为静电吸附灰尘。消毒水用来擦拭唱片的内外封套,因为我不知道这张黑胶唱片经历了什么,消毒是必须环节。清洗工作流程是我自己发明的,没有人教过我。我先是用一根细长的锥形木棒,穿过黑胶唱片中心的圆孔,一直穿到黑胶唱片无法移动的位置固定。锥形木棒一端的最大直径是9.2毫米,而黑胶唱片中心圆孔的直径是7.24毫米。然后用细毛刷,蘸着防静电液,一边转动木棒一边清洗黑胶唱片纹路里的灰尘。清洗黑胶唱片正反两面的时间,7英寸的小黑胶唱片清洗大约需要10分钟,12英寸的大黑胶唱片则需要20分钟到半个小时。黑胶唱片清洗完了,将锥形木棒插进墙上的砖缝里,自然晾干唱片上的水分。接下来,是用我自己配比的消毒液擦拭唱片的内外封套。正常的消毒液里含次氯酸钠($NaClO$),而次氯酸钠有极强的漂白作用。我非常讨厌数理化,几乎没有阅读过一本关于化学方面的书籍。但是,废品集散地的书籍包罗万象,从国外色情杂志到最前沿应用物理期刊,只要是这个世界上的出版物,就能在这里找到它的踪迹。我翻阅了一些化学资料后,最终勾兑出一种适合清洗黑胶唱片封套的消毒液。在这款弱碱弱酸型消毒液里,我把次氯酸钠降到最低值,并提高了酒精含量,经它清洗过的黑胶唱片封套,不仅能够清除封套上的污渍和细菌,而且能最大程度保留封套原色彩。

　　内外封套擦洗后,我用镊子夹起来,挂在屋内尼龙绳上自然晾干。接下来,我开始为这张黑胶唱片进行登记,登记项目总共有十一项:曲目、乐团、指挥家、首席演奏家、录音师、录制时间、制作公司、录音地点、黑胶唱片克重、黑胶唱片转数、备注。为了查阅这些古典音乐的资料,我不得不开始学习英语。因为古典音乐发祥地是欧洲,所以我掌握的英语偏英式。在我习惯了英式的"hiya"之后,便会觉得美国人的"hello"很土气,语言真是个很奇怪的东西。另外,为了识别黑胶唱片,我对法语、德语和意大利语,也算是粗略懂一些。在学习英式英语的时候,老瘪送了我一个旧英语复读机,这对于帮助我英语发音起到很好的作用。后来,有了智能手机,还有了更智能的翻译软件,我就把那本八成新的《牛津辞典》束之高阁,我的英语水平也就从此下降不少。

窝棚里四处漏风,漏风有两大好处,一是空气流通,二是清洗后的黑胶唱片能尽快晾干。三四天过后,我便可以把黑胶唱片装回封套里,按照分类归档。当然,黑胶唱片装进封套之前,我会试听一遍,进一步确保音质。遇到我喜欢的旋律,我会反复听上几天几夜,还会下载乐曲到手机里。数码音乐每一道环节都被人动过手脚,这一点永远比不上黑胶音乐的原始呈现,其中的奥妙只有在听过、比较过之后才能懂得。

我撩开桌子上覆盖AVID音响的床单,这是一套来自英国的黑胶音响,是老瘪从外围收购站帮我弄来的,据他说花了3000块钱,我便给他打了十天工。这套价值十多万的AVID音响只是放大器坏了,便被主人当破烂儿卖了,这座城市里的人真有钱。几经周折,我从一个音响发烧友处买来一台七拼八凑的功率放大器,前级是两只俄罗斯12A电子管,后级则是四只EL34电子管。尽管是拼凑货,但是各个环节过硬,我将其称为雇佣军,意思是个顶个都是高手,只是缺少磨合。每天晚上,当我掀开床单那一刻,我的精神舞台便拉开帷幕:我跟着莫扎特游历欧洲宫廷;随着马勒远渡重洋,听他在纽约大都会演奏;我和舒伯特一起在奥地利郊外,看白云漫卷,听云雀欢唱;也伴着巴赫的脚步,徘徊在勃兰登堡门下……我今夜的盛宴,则是德沃夏克的恢宏与深远。

接通电源后,前后级电子管就像是舞台灯光,灯光亮起,华丽的AVID便是我的超级乐团。我戴上白色手套,小心翼翼地将400克重的黑胶唱片放置于厚重的唱盘上。然后再屏住呼吸,将仅有9克重的唱臂抬起。抬起唱臂刹那,便能听见马达带动皮带的"嘶嘶"声,皮带裹着唱盘精确地行进着33.3转的转速控制,AVID的整体完成度堪比一台机械钟表般精准。就在唱针搭上唱片沟槽的瞬间,就在弦乐和定音鼓响起之前,我甚至看见了赫伯特·冯·卡拉扬高高扬起的指挥棒……

这一夜,在如山如壑的垃圾堆里,我的身心全部融入了古典交响乐,一直到我惬意地睡去。

窝棚里还有两套黑胶音响,一套是飞利浦出品的AS235,可以播放33转和

45转的黑胶唱片，其中一个播放磁带的卡座坏掉，便遭主人废弃；另外一套是国产老式唱机，只能播放78转的老唱片。人们都喜欢追求新的东西，也就更善于遗弃旧的物件，新旧交替成为许多人快乐的源泉。其中也包括我，没有他们热衷于对新鲜的追求，我也得不到二手唱机带给我的欢愉。我极少用这两款机器播放黑胶唱片，因为唱针和唱片是物理接触产生振动，被放大后形成音响。每播放一次就磨损一次，据说黑胶唱片能够保证音质的播放次数只有100次，所以遇见心仪的黑胶唱片，我基本上都会使用AVID。这种感觉就像吃法国大餐，必须选择优雅的环境，虽然我从未吃过法国大餐。

我唯一奢侈的梦想，就是在未来能够拥有一间专业听黑胶音乐的房子，房间里的软包装不仅吸音，而且防静电。音响和唱盘都是英国的Neat Acoustics的，据说这家公司已经推出了钻石唱针，能把对黑胶唱片的磨损伤害降到最低限度。如果能够拥有这样一间房子，就算是让我一年不出家门，我也会乐享其中。

我始终相信，每一张黑胶唱片都有它的故事：它的制作过程，它的第一位主人，它如何易手，它如何被舍弃，它如何从欧洲辗转到中国，它在众多主人手中分别被播放过几回，带给不同主人的感受是什么……而这些故事就刻在黑胶唱片那些细密的纹路里，它温润的光泽不是单纯地来自质地，而是无数人的人生片段镶嵌其中。

第二天早晨，一阵急促的敲门声把我从睡梦中惊醒。我拉开窝棚的破木门，门外站着三个人，一个是穿制服的警察，另外两个人制服外面罩着荧光衫，上面写着"城管"两个字。其中一个高个子城管检查我的身份证，还看着我的脸比对，随后对我说："你们这里都是违章建筑，一周之内必须搬迁，这块地儿要盖大型游乐场。"

四

两天时间，我翻阅了跟法律相关的书籍，又用手机在网络上搜索类似案例，发现没有一条法律条文能够保护我赖以栖身的窝棚，因为它们被归类到违章建筑范畴，政府可以随时强行拆迁。我可以随时走人，也可以随地栖身，可我的黑胶唱片和书去哪里？我的AVID要寄身何处？

去年秋天，老瘪带着一个上海人到窝棚找我，说是来看看我的黑胶唱片。

上海人戴上白手套，翻阅了上百张黑胶唱片，站起身来问我，总共有多少张？

我从床下纸箱子里搬出五大本黑胶唱片登记簿，第五本最后一张唱片登记编号是2483。

我对上海人说："2483张。"

上海人又翻了一遍五大本登记簿，抬起头来说道："你真是一位收藏大家呀，开个价吧。"

我问他开什么价？

上海人说："你的黑胶唱片，一枪打，多少钱？"

我说我不卖。

上海人说："不要装洋相了，50万，如何？"

上海人报出50万的价格后，老瘪在一旁瞪大眼，对我说："你行啊，这些年忙忙叨叨，给自己堆了一座金山呀。"

我说："我不要钱，我不卖。"

上海人说："你这样还价也是第一次见，行吧，60万。"

上海人最后开价到100万，一旁的老瘪早就沉不住气了，他对我说："比我有骨气啊，没想到你小子这么会做生意，真是一个商界奇才，行了，差不多就出手吧。"

我说："我是因为喜欢黑胶唱片才收藏，真不是为卖钱，所以出多少钱，我都不卖。"

上海人很生气，觉得我浪费他的时间，可我从来没有说过要卖黑胶唱片，所以，我一点都不内疚。

老瘪在一旁紧着道歉："冯老板，真是对不起，我一直以为他收唱片是为了卖钱，我们废品收购站就是收废品卖废品，谁知道这个神经病死活不卖你……"

我虽然没有内疚，但是上海人大老远跑一趟，我有些于心不忍。我从黑胶唱片里抽出一张The Beatles的*Abbey Road*，这是披头士1962年至1966年的作品，这个年份是披头士的黄金年代，算得上黑胶里面珍贵藏品，我前后收了两张*Abbey Road*，所以我把其中一张送给冯老板。

冯老板有些诧异,拍拍我的肩膀:"好吧,你也算是让我长见识了,咱们留个电话号码,交个朋友吧。"

我跟冯老板相互留了电话号码,然后送他和老瘪出窝棚。关上窝棚的破门后,我长舒一口气,因为冯老板开价到100万的时候,我已经怦然心动了。100万,我可以回四川广元买到一套三居室商品房,还能做豪华装修,装修一个防静电的黑胶音乐室。三居室的房子,一间屋用来睡觉,一间屋用作书房,剩下一间陈列唱片,听黑胶唱片音乐……可是我得把黑胶唱片卖掉才能买房子,我买了房子就没有黑胶唱片了,我在空空如也的房间里干吗?还有,这一张张唱片,都是经过我的手,去尘、清洗、消毒、登记、倾听,我将它们细心呵护如同自己心爱的女人,虽然我至今还没有谈过恋爱,当然也不曾有过心爱的女人,但是我读过的书里有颜如玉,我觉得我在精神上拥有过爱情,这些黑胶唱片大概就是。如今,为一个栖身之地,要舍去我心爱的女人,我岂能做这等不仁不义之事。

窝棚的外墙上,用红油漆写了一个大大的"拆"字,"拆"字外面还画上一个圆圈。我考证过,历史上从未有过"拆"字外面画圆圈的做法。由此可见,这属于当下社会原创手法。我猜测,大概是红色圆圈很像一枚公章,会让看到的人心存敬畏,不敢违背。

我锁上窝棚的破木门,径直往废品集散地走去,我要去找老瘪,向他讨个主意。老瘪是集散地的主心骨,大家伙儿有难处都会去找他处理,就算是老瘪处理不了的事情,大家也不愿意去打官司,有冤自己背着,有恨自己忍着。我从四川来到这里的第四年,发生了一件事儿,让我记忆犹新。与我们相邻的一家收购站,是山东一对方姓的夫妻开的。山东老方另一侧,是安徽一对姓孙的兄弟俩的收购站。孙姓兄弟先一步跟着老瘪倒腾洋垃圾,老瘪一次进货就要两个集装箱,洋垃圾摊开后,占了山东老方三分之一地盘。山东老方不干了,便跟安徽孙氏兄弟吵起来。吵架时没有积德的嘴,两边吵着吵着就动手了。结果,老方被孙氏兄弟打断一条胳膊。事情最终闹到老瘪那里,老瘪做主让孙氏兄弟给老方赔偿医药费。孙氏兄弟答应赔偿老方的医药费,条件是老方的收购站让出三分之一面积给他们。老方夫妻也要跟着老瘪倒腾洋垃圾,老方正嫌自己收购站场子小,当然不肯答应孙氏兄弟的条件。于是,方、孙两家争执不下,就把事儿僵住了。最后,还是由老瘪出面,找到我爸爸,问我爸爸能不能让一溜缝儿场地给老方。我爸爸已经开始倒腾洋垃圾了,也嫌自己场子小,如何肯让出"一溜缝儿"。本来是两家收购站的事儿,如今变成三家收购站的事儿。孙氏兄弟年轻力壮,论打架占上风。我爸爸大概觉得我已经长大成人,动手打架也不会落下风。唯独老方家两口子势单力孤,只能忍下这口气,没有报警,也没有去法院。

事情过了三个月,老方拆了胳膊上的石膏,他去找老瘪告辞,说是在这里干不下去了,准备去另一座城市创业。

老瘪问老方:"你的收购站怎么处理?"

老方说:"盘给了下家。"

老瘪说:"你不能盘给下家,你要走人,我们送盘缠,但是场子不能往外盘,这是道上老规矩。"

最终,老方夫妻走人了,据说也带走一份不菲的"盘缠"。这些事儿是老瘪酒后跟我讲的,听得我将信将疑,似乎真有一个江湖存在。

老瘪说,老方在这个场子断了胳膊,他十有八九会走人,因为讲迷信的人会觉得自己跟这个场子风水不合。老方是道上的人,他深知道上规矩,他说把收购站盘给别人,其实就是来要盘缠。

我问老瘪:"送盘缠是什么意思?"

老瘪说:"废品收购站就像是一口大锅。人少了,锅里攒不下饭;人多了,锅里的饭不够吃;锅和人匹配对了,才能人人吃上饭,有钱赚。所以,走一户就等于少一户人吃饭,大家为表示感谢,就要给走的人送一点路费,这就是盘缠。"

我问老瘪:"老方的场子呢?"

老瘪说:"你们家跟孙氏兄弟一家一半分了,所以,你家跟孙家出的盘缠最多,大家都在世面上混,做事终究还是要讲规矩、讲人情嘛。"

老瘪的简易房办公室里挤满了人,是集散地各家收购站的小老板,都是我熟悉的人。他们的脸上分别挂着焦躁和不悦,似乎跟我一样,都是来向老瘪讨主意的。

我问站在门口的安徽孙老二:"老瘪呢?"

安徽孙老二的口气有些沮丧:"有人看到他在格格火锅店。"

东北老陈一脸丧气地嘟囔道:"这都快火燎×毛了,他还有心情去吃涮羊肉?"

山西老梁酸溜溜地叹道:"人家老瘪早就把钱挣够了,他巴不得这个垃圾场散伙,就不用为咱们操这份闲心了。"

安徽孙老大缓缓地说:"没有人会嫌钱多……我听说,老瘪一个人在格格火锅店喝闷酒呢,大概也是为咱们的事儿犯愁吧。"

格格火锅店距离废品集散地不到两千米,是一间只能摆下八张四人桌的小店,老瘪经常带我去那里吃涮羊肉。格格火锅店的女老板叫小格,小格是老板,也是服务员。小格长得很白,白到脸上看不见一丝血色。小格喜欢笑,笑起来的时候,脸上粉嫩的白肉也跟着她一起开心到颤抖。是的,小格稍微有一点胖,但是胖得不埋汰,也不显臃肿笨拙,反而有一种活泼灵动的富贵态。小格说话的时候喜欢拍打别人,一边拍打一边说话,她拍打别人最多的部位是胳膊、肩膀和手。去年夏天,老瘪带我去吃涮羊肉的时候,小格拍打着我的胳膊冲着老瘪寒暄。当小格肥胖的白手拍打到我裸露的胳膊上时,我身上就像过电一样,既刺激又温暖。那天晚上,我听《门德尔松e小调小提琴协奏曲》时脑子里全是小格拍打我胳膊时的样子。

我甚至还记得小格当时说话的腔调:"老瘪,你最近死哪儿去了,也不来照顾我的生意……"

涮羊肉是我唯一喜欢的奢侈食物,大概跟我喜欢小格有关系。看来我的境界不算高,人家有格局的人会因为一个人爱上一座城,我只能因为一个人爱上吃涮羊肉。小格就像冬天里的暖阳,惹得我想与之亲近,甚至想长相厮守。我心里清楚,这是不可能发生的事情,虽然我读过许多经典的爱情故事,可爱情这么美好的事儿,怎么会跟我一个"垃圾人"扯上关系呢?另外,据老瘪说,跟小格一起开店的还有一个男人,因为火锅店不赚钱,那个男人五年前跟一个发廊女私奔了,剩下小格一个人独撑店面。

我问老瘪:"小格是不是在等那个私奔的男人回来?"

老瘪说:"等个屁,你现在要是能替小格交上这个月的房租,她立马给你按摩捏脚。"

这些年以来,只要我心里想女人的时候,就会想到小格。在不读书、不打理黑胶唱片的夜晚,我就会想女人。以前想女人的时候,我会翻色情杂志。可自从认识小格之后,我会在手机里看她的照片。照片是我偷拍的,拍的是侧面,只有小格的半张脸,而且还是不太开心的半张脸。就是这半张不开心的脸,也足以淘汰掉我所有色情杂志上的劲爆裸女。

我正满脑子想着小格,听见安徽孙老二说:"回来了,老瘪回来了。"

果真是老瘪,他走进来的步态略显趔趄,肩膀几乎撞到简易房的门框上,孙老二急忙伸手扶住老瘪。老瘪嘴巴里含糊不清地嘟囔着"完了……全完了",说着喷出一股浓浓的酒气,看来是真喝了不少酒。屋里的人主动让开一条通道,老瘪摇摇晃晃走到桌子旁边,把自己干瘪的身体摔倒在破皮沙发椅里。陷进破皮沙发椅的老瘪,怔怔地望着屋子里的人,脸颊上居然挂着两行混浊的泪水,嘴里喃喃地说:"完了……完了……全他妈的完蛋了。"

各个收购站的小老板着急归着急,但是没有像老瘪这般动情流泪的。一时间,大家似乎被老瘪的真情流露感染了,全都默不作声立在屋里,像是在给瘫躺在破皮沙发椅里的老瘪默哀。

许久之后,东北老陈问道:"真的没救了吗?"

老瘪抬起头来,泪眼蒙眬地瞅一眼老陈:"你听说过癌症还有救的吗?"

安徽孙老二问道:"那我们以后怎么办?"

老瘪打了一个酒嗝儿,摇摇晃晃站起身来,对着屋子里众人说道:"诸位,老瘪过去有对不住大家的地方,还请你们多担待,多担待……咱们的缘分到头了,大家伙儿各安天命吧!"

山西老梁扒拉开身前的安徽孙老二,挤到老瘪跟前,口气冷冷地问道:"老瘪,我老婆跟着你分解洋垃圾得肺癌死了,你怎么着也得给我赔偿个十万八万,让我回去给她娘家人有个交代吧。"

山西老梁话音刚落,其他几个人跟着附和,全都是前几年得肺癌去世的家属。这些人七嘴八舌吵吵着,说老瘪至少得给每家二十万抚恤金,要不这事儿过不去……

我心里清楚,这个废品集散地不散伙,没有人敢跟老瘪提索要赔偿的事儿。我非常厌恶人们吵闹,便默不作声地走出老瘪的简易房办公室。从老瘪的状态来看,这个废品集散地散伙已成定局。一股寒风灌进我的后脖颈子,我下意识仰起头来御风,正好看见一轮新月如钩。

五

随着拆迁日期临近,窝棚里的"外地人"开始陆陆续续搬家。破家值万贯,虽说大都是依附着垃圾场讨生活的人,搬家也是七零八碎堆满货车。我的隔壁住着一对五十多岁的甘肃夫妻,男的姓杨,我管他叫杨叔。杨叔问我要不要桌子,他屋里最值钱的东西,就是一张从二手家具市场买来的老榆木桌子,当时花了60块钱。

我问杨叔:"为什么不要桌子了?"

杨叔说:"待不下去了,拾荒人只能住得起窝棚,如今窝棚没了,桌子也背不回家呀。"

我问杨叔:"您不是说老家的土地都沙漠化了,怎么过活?"

杨叔指着地上的四个大编织袋包裹说:"老天饿不死瞎家雀,别人能活,俺们两口子也能活。"

说罢,杨叔像背褡裢一样,给老婆肩上挂上两个编织袋,自己背上剩下的两个编织袋,蹒跚着走出垃圾场。北风扬起一阵尘土,尘土里裹挟着几只塑料袋在空中抖动飞舞,杨叔两口子像两片花花绿绿的塑料袋垃圾,北风吹过之后,便没了踪影。

废品集散地开发在即,垃圾堆已经多日没有推土机归置了,那些运垃圾的车辆图省事,就近倾倒,垃圾几乎堆到窝棚墙根。接下来两天,整排窝棚里的住户全都搬离了,只剩下我一个人。我像是一艘搁浅在孤岛上的破舢板,那些沉重的黑胶唱片托着我的船底,就算我想离开也走不了。

上午,高个子城管又来了一趟,问我,怎么还不搬家?

我说我没有地方可去。

高个子城管说:"你可别想在这里当钉子户,这里全都是违章建筑,你搬不搬家,我不管,我们已经通知相关部门,今天下午断电断水,推土机和挖掘机晚上就进驻工地,你自己看着办吧。"

偌大的废品集散地只剩下我一个人,今天没有雾霾,也没有阴云,晴空里太阳高悬,我却感觉到一股凉意从脚心往上钻。这一刻,一股莫名的恐惧突然袭上心头:今天晚上这里将陷入一片黑暗,不再有水,也不再有灯光,不再有李斯特的钢琴曲,也不会再有德尔德拉的弦乐……我喃喃地嘟囔一句:"爸爸,我好想你抱抱我。"

我木然地走进窝棚,拧开水龙头,搓着一块肥皂头把手和脸洗干净,因为我不知道下一次洗脸会是什么时候。擦干手脸后,我扯开桌子上的床单,AVID

一如往常般光彩夺目。接通电源后,前后级六只电子管明灭闪烁着,像极了正在热身,即将登台的舞蹈演员。我犹豫再三,挑选出一张普契尼的歌剧《图兰朵》,这是著名的RCA公司在1959年录制的唱片,女高音是以清澈透明嗓音著称的伯吉特·尼尔森,男高音则是号称歌剧史上排行第二的毕约林。我戴上雪白手套,轻启唱片封套,抽出一尘不染的黑胶唱片。忽然,一块类似头皮屑的东西落在乌黑油亮的唱片上,我噘起嘴唇轻轻吹走尘屑,生怕唱片上沾染到口气中的水分。相对于黑胶唱片,每一台唱机都有一个厚重如磐石的唱盘,我想这大概是唱机对唱片的尊重。在我移动唱臂时,AVID"嘶嘶"的马达声更像音乐的前奏。音乐声响起后,我摘下白手套,将AVID的音量开到最大,一只音箱上的弹簧狗跟着跳动起来。唱片里低音提琴的振动频率,几乎刺激到我的心率,我明显感受到心跳在加速。在柳儿的咏叹调中,我敞开窝棚的破木门,把木门紧贴到墙壁上,以免它影响到音乐输出。我的脚步迈出窝棚那一刻,破烂的窝棚居然变成一只更大的音箱,我甚至听到伯吉特·尼尔森换气的呼吸声,她似乎就站在我眼前演唱。这就是黑胶唱片的魅力所在,虽然数码音乐能够把人的演绎处理到极致完美,但也越发显得冰冷,而黑胶唱片却能感受到人的温度。站在窝棚外听《图兰朵》,我觉得还不够过瘾,于是,我爬上窝棚对面的垃圾山。

冬日的阳光倾泻下来,洒在我的脸上,这是冬天给予人类最慷慨的恩赐。在这座陌生的城市里,我度过了十八个冬天,在第十九个冬天来临时,我变成了无家可归的流浪汉。我没有为自己即将成为流浪汉而难过,相反,我骨子里有流浪的情结,因为我憧憬着远方或许会更温暖。我的心情有些难过,只是为我的黑胶唱片,因为我不知道它们接下来的命运将是什么。当《图兰朵》第二幕"在这座皇宫里……"的女高音出来的时候,我委下身来坐在半截广告牌上,继而又躺倒在垃圾中,我想要阳光均匀地抚摸我的全身,我想要音乐浸润我的灵魂,人生还有什么比此刻更幸福呢?

一阵疾风吹来,把一大块苫盖泥土的网布吹起来。苫网飞舞着飘在天空中,阳光从苫网的罅隙中透过,在阴阳交替的斑驳中,我看见了油菜花盛开的广元,我带着妹妹在黄色的花海里奔跑。越过菜田,妹妹笑着对我摆手,示意她跑不动了,而我却不想停下来,因为奔跑让我有驰骋的快感。我继续往前跑去,前面是一片广袤的草原,在草原的尽头则是长满高挺杉树的森林,森林的后面是覆盖着皑皑白雪的大山。我似乎有使不完的气力,因为我一刻不停地跑过开满各色野花的草原,我想停下来躺在草地上嗅一嗅野花的味道,可是雪山对我充满了诱惑。就这样,我跑进了森林,一缕一缕阳光在我面前明灭闪烁,像是被神掌控了一样,指引着我穿越黑暗的森林。我跑得浑身冒汗,嘴巴里呼出白色的气体,煞是好看。突然,我的眼前出现一片耀眼的亮色,我想这就是雪山了……

苦网掠过我的天空之后,我缓缓地闭上眼睛,因为我想继续奔跑,奔跑。我终于攀上雪山之巅,耳边呼啸的狂风消失了,继而渐起的是铜管乐和大提琴的奏鸣,《图兰朵》迎来了第三幕华彩乐章——《今夜无人入睡》。

我一直想不清楚,毕约林为什么要用严谨又温柔的声音遮盖他汹涌澎湃的激情,那份隐忍之后的宣泄就像雪山之巅突然喷薄出来的火红岩浆,我的眼泪随同毕约林的岩浆一起涌出眼眶。在这无边无际的垃圾堆里,唯有音乐让我感受到了自由,无比丰盈的自由。

音乐不知道何时停止了,手机铃声把我拉回到现实的垃圾堆上。是老瘪打来的电话,他的语气不再像几天前那么沮丧阴郁,而是邀请我晚上去格格火锅店吃涮羊肉。沐浴过冬日的阳光,倾听完普契尼的《图兰朵》,我的心情已经没有那么糟糕了。已经有两个月没有见到小格了,在我离开废品集散地之前,能够去格格火锅店饱餐一顿涮羊肉,真是一个特别棒的选择。

六

小格又白又漂亮,只是身材不是很好。小格身材不好,不是我看出来的,是老瘪告诉我,我才注意到的。有一回,来格格火锅店吃涮羊肉,在我盯着小格背影出神的时候,老瘪拿筷子敲了我脑袋一下,他问我:"你从后面看到了什么?"

我说:"看到了小格的笑脸。"

老瘪笑着说:"你到了参禅的第二重境界了,看山不是山,看水不是水。"

我问老瘪:"你从小格后面看到了什么?"

老瘪说:"看到了小格的肥腚,还有她的腿,又粗又短。"

我笑着回击老瘪:"你到了参禅的第三重境界,看山还是山,看水还是水。"

老瘪说得没错,小格的屁股确实很大,腿也很粗,腿粗显得腿更短了。看来眼见并不为实,人们只看自己愿意看到的东西,小格白皙艳丽的脸是我愿意看到的,此刻盯着她的背影,我居然无视她的肥臀和粗腿,看到的依旧是她的笑脸。爱情是精神致幻剂,让万千人生出万千爱的感受,其实都是自己想要的感觉。

老瘪请我吃涮羊肉,不是欠我人情,是他想跟我聊天,因为我是这个废品收购站读书最多的人。最初时候,我对老瘪说分解洋垃圾污染环境,而且对人的身体有害,老瘪恨不能揍我一顿。直到集散地的人纷纷病倒,老瘪这才重视起来,他请我吃了第一顿涮羊肉,并问我分解洋垃圾污染环境的根据是什么,怎么会对人体有害。

我把几年来国际上对家电垃圾的处理态度一一列举出来,还用手机搜索出有关洋垃圾在发达国家靠岸受阻的新闻,听得老瘪直皱眉头。

老瘪向小格又要了一小瓶白酒,对着瓶嘴一口气喝下半瓶,打着酒嗝儿问我:"这个场子百十号人得吃饭,不倒腾洋垃圾,大家喝西北风去?"

我也干了一杯白酒,对老瘪说:"你不读书不要紧,好歹也看看新闻,国家为拉动内需,接下来要对基础设施进行大规模改造,改造过程中势必会涉及拆迁,这也是一条发财门路。"

老瘪瞪圆了小眼睛问道:"政府拆迁,跟我们倒腾废品有什么关系?"

我说:"你有那么多政府关系,先探听一下政府布局规划,把那些在规划拆迁范围内的厂矿企业承包下来,一边拿拆迁费用,一边倒腾厂矿企业里面的废旧钢材,能挣两份钱。"

这个想法并非我的创意,而是我刚刚读过一本名人传记,这个名人就是搞拆迁回收掘得第一桶金,接下来成为著名慈善家。我只不过是把他发迹的轨迹复制粘贴给老瘪,老瘪已经对我佩服得五体投地。

三个月后,老瘪拿到一座化工厂拆迁项目,他把废品集散地的人马分成两拨,年轻力壮的加入拆迁工程队,老弱病残的继续做化工厂废旧钢材收购。但是,最早跟着老瘪倒腾分解洋垃圾的队伍有六个人病倒了,没能参与到老瘪的新事业中来。病倒的人里包括我爸爸,他得了肺癌。一年后,病倒的六个人中有五个人死了,而且全部死于癌症。老瘪再一次对我刮目相看,我们俩又一次去了格格火锅店,这一回,我看见了火锅店厨师大刘在跟小格打情骂俏,他甚至还动手摸小格的脸。小格非但没有恼怒,反而举起她的小粉锤,撒娇般地捶打大刘的后背。其实,小格没有小粉锤,她的手跟她的腿一样,指节粗大且皲裂着。但是我读过的书里,恋爱中的女孩是万万不可能举起指节粗大且皲裂的拳头撒娇,而是一双小粉锤。所以,我也只好这样叙述,小格举起她的小粉锤捶打厨师大刘的后背。在我的心里,自从我喜欢上小格,她就自动进入恋爱状态。她撒娇的对象只能是我,她的小粉锤只能捶打我的后背。

那个时候,我下定决心要做点什么,不然我会有危机感。根据我读过的书,我为自己设计了好几个向小格求爱的场景:在火锅店客人最多的时候,我手捧一束玫瑰花,突然现身店里,对着小格单腿跪下来,大声对她说我爱你;带上一枝玫瑰花,悄然出现在她下夜班的路口,对她深情地说我爱你;邀请她去看一场恐怖电影,当电影里最惊悚的一幕出现的时候,小格会一头扎进我怀里,我趁机拥抱住她,并在她耳边轻轻地说别怕别怕,我爱你……

老瘪敲着桌子,对我嚷道:"你别愣神,赶紧跟我说说分解洋垃圾中毒的事儿,怎么善后呀?"

我就是这样一个人,经常走神,叙述一件事情的时候能出来无数个分叉,最后连我自己都搞不清楚要讲述什么。跟着老瘪分解洋垃圾的人死了五个,其中包括我的爸爸,老瘪心里有些发毛,想跟我讨论善后事宜,这是他那天请我吃涮羊肉的目的,而我满脑子都是如何向小格求爱的场景。其实,我哪里懂这么多,我能够给予老瘪的都是我从书上读到的。

所以,我能做到的也就是宽慰老瘪:"生老病死是每个人的劫数,你帮这百十号人在城市里立稳脚跟,给了他们引以为傲的事业,有些人的命里只能担这些福报,他们知足了,所以不再留恋这一世。有些人命里担得多,所以他们没有生病,继续跟着你求福报。"

老瘪问道:"就这么简单?"

我点点头:"死的人就这么简单,但是你得安抚活着的人。"

老瘪问:"怎么安抚?"

我说:"给每户死者家属发放100万抚恤金。"

老瘪差点抢起拳头来打我:"你以为老子是土豪吗?我他妈的哪里有那么多钱!"

老瘪剔着牙缝里的金针菇,接着问道:"你刚才说他们没有生病的,继续跟着我求福报,你是在哪本书上看到的?"

我说:"几本参禅的书,我前年让你读,你没翻几页,就垫办公室沙发腿了,回去抽出来好好读读。"

老瘪双手合十:"阿弥陀佛,罪过,罪过。"

从这一夜之后，老瘪开始信佛了。

我爸爸挺了半年，把他倒腾洋垃圾赚的钱几乎全花光了。最后，妈妈要卖掉那套商品房，爸爸没有同意，说是要留给我妹妹结婚用。为了给爸爸冲喜，妹妹跟在理发店上班的男朋友结婚了。妹妹结婚一个月后，爸爸走了。爸爸走的时候，是深夜，只有我守在他的病床前。

那天傍晚时分，已经有好几天不讲话的爸爸，突然开口，他对我说："你要是个正常人，你要是勤勤恳恳工作，爸爸说啥……说啥也会把房子留给你。"

我安慰爸爸说："妈妈和妹妹更需要房子。"

爸爸冲着我点点头，对我说了最后一句话："你不是个傻儿，你只是个心眼儿善良的孩子。"

这个社会最大的矛盾，大概就是别人需要你像他一样做一个正常人。做一个正常人，就不会抱怨，也不会怀疑，更不会质问；做一个正常人，就会像工具一样工作，还会拥有满满的快乐和正能量。人生来不是为了工作的，我喜欢每天醒来无所事事的状态。既然我不能推动人类文明的进程，那我至少做到不祸害人类、不糟蹋地球。自从有网购以来，我不曾在网上买过一件东西。垃圾场里每一片胶带纸，都跟我没有任何关系。我觉得，大多数人都应该像一条没有欲望的狗一样活着，把自己的物欲降到最低，也许地球还有救。

像我这样的人，的确不配住到商品房里，因为我连商品房的物业费都交不起。自从我知道分解洋垃圾对身体和环境有害，我就开始劝我爸妈不要干这一行。我爸爸跟老瘪是同一副腔调："不干这一行，咱们去喝西北风？"

既然劝说不了老瘪，也劝说不了我父母，我只好独善其身，毅然决然离开废品收购站，从此不再跟洋垃圾打交道。说是离开收购站，我也没有别的地方可以去。白天还好说，我可以带上几本书进城，在麦当劳或肯德基里读书。饿了就吃一点别人剩下的薯条，运气好的时候，还能遇到剩下的炸鸡翅；渴了就喝别人剩的可乐，因为可乐里的冰块化得慢，我把几个杯子的冰块凑到一起，就能得到一大杯有甜味儿的冰水。为了不招客人烦，我尽量选择在靠角落的地方坐，而且尽可能做到两周换洗一次衣服；为了不招店里的服务员烦，我有时候还会帮着服务员收拾餐盘，这样还能防止服务员把客人剩下的薯条和鸡翅倒进垃圾桶。

到了晚上，我无处可去，便会回到废品集散地过夜。因为我不再帮着父母打理收购站的营生，他们对我的态度也逐渐冷淡起来，连我妹妹都开始训斥我。我是个天生不愿意与人为敌的性格，任凭父母冷言冷语，还有妹妹的白眼，我都一一收下，从不反驳。妹妹瞧不上废品收购站里的活计，她早在三年前就去了一家发廊工作，在那里给人家染发，我们俩很少见面。偶尔见一面，我能闻见她身上一股以甲醛为主的化学味道。

我对妹妹说："染发剂里面化学添加剂太多，常年接触会影响身体健康。"

妹妹翻着白眼说道："那也比你整天游手好闲强一百倍。"

跟往常一样，我不还嘴反驳，我觉得很多话说到就可以，别人听不听是他们的造化。只有一次例外，我跟妹妹发了火。有一天傍晚，我回到废品收购站，赶巧遇见妹妹也来了，她手里还拿着一沓我收藏的黑胶唱片。

我问她："为什么拿我的黑胶唱片？"

妹妹说："我看到网上有人用这种唱片做钟表，我也想做几个送朋友。"

我夺过妹妹手里的黑胶唱片："这是我的东西，你们谁都不准碰。"

妹妹不肯示弱："神经病啊！弄一堆破烂玩意儿堆在这里占地方，我用几张有什么关系。"

跟妹妹吵一架之后，我开始担心我的黑胶唱片和书。于是，我去找老瘪讨主意。过了两天，老瘪帮我在废品集散地东侧的窝棚里找到一间房子。我很是开心，终于有一个属于自己的世界，我用爸爸的三轮车把我的黑胶唱片和书全部搬进窝棚里。爸爸大概巴不得我离开，他亲自动手帮我装车。我嫌他搬运黑胶唱片时太过随意，就像是扔一台破微波炉一样用力。我心里有一百个不愿意，但嘴上不敢说出来，我只好抢着搬运黑胶唱片，让爸爸帮我搬书。

接下来，我继续在废品集散地过着四处游荡的生活，白天在各家收购站收唱片或打工，晚上便回到窝棚里过夜。自从弄到那台 AVID 音响后，我就不再四处闲逛。整日里，我把自己关在窝棚里，日夜不休地聆听那些古典音乐，《费加罗的婚礼》被我听了无数遍，音质几近嘈杂之声。音乐让我感受到了自由，无比丰盈的自由。

我承认，我骨子里很向往这样的生活状态，它可以让我不再焦虑，甚至不再恐惧，因为我不需要对任何人或事情承担责任。在笃定自己可以过这种生活之前，我承认是受到西方哲学的影响，倡导这种生活的流派叫斯多葛学派。斯多葛学派排斥欲望和物质，崇尚一种像狗一样简陋而随意的生活。对于这个话题,我还有自己独到的见解,今天暂且不说了,因为我见到了小格。每次看到小格,我的哲学观便会产生一些动摇。

认识小格一年的时候,我已经跟着老瘪去格格火锅店吃了六回涮羊肉,见到小格十八回。多出来的十二回,是我想小格的时候,自己跑到格格火锅店前溜达看到小格的。小格在火锅店里来回穿梭,我坐在火锅店后门的垃圾桶上,静静地看着小格。小格穿着一件紫红色的围裙,胸前绣着一个黄色的铜火锅,黄铜火锅下面是两个黄色蹩脚的刺绣:格格。紫红色围裙只有前摆,前摆很长,盖住小格的粗腿。因此,从前面看小格是一个白白嫩嫩的大号美女,从后面看小格是一个粗鄙的肥婆。

当我第十二回坐在垃圾桶上看小格的时候,那是一个夏天的夜晚,我还从路边绿化带里折了一朵很大的月季花。小格穿着短袖衬衣,露出两条白皙的胳膊,胸前还是那件紫红色的围裙,前裙摆仍旧盖着她的粗腿。小格拎着一只垃圾桶,走出火锅店后门,径直朝着我走过来。我敢发誓,我当时心跳每分钟肯定超过120次。就在小格快要走到我跟前的时候,我突然看见大刘从后厨蹿出来,他跑到小格背后,一把搂住小格的后腰,开始亲吻她的后脖颈子。小格当即松开垃圾桶,反手搂住大刘的脖子,两个人在我眼前开始接吻。那一刻,我觉得血往头上涌,脑子里迅速闪过无数暴力画面:我冲上前去抓住大刘的头发,对着他那张肥腻的胖脸连挥数拳,打得他满脸开花;我冲上前去抓起小格丢在地上的垃圾桶,连垃圾带桶扣在大刘脑袋上;我轻盈地走过去,拍了拍大刘的脑袋,大刘慌张地松开小格,我看都不看大刘一眼,就把月季花递到小格眼前,小格的眼神里闪烁着惊喜,双手接过月季花扑进我的怀里,大刘刚刚张开嘴要质问,我飞起一脚,把他踢进垃圾桶里……

其实,我什么都没做,就那样静静地坐在垃圾桶上,看着大刘和小格"吧唧吧唧"接吻。其实我也做了一点事,我把手里的月季花揉成碎花瓣,我的心就像是我揉碎的花瓣,飘落在满是泔水的垃圾桶周围。我觉得自己的心脏骤停了,只剩下嘴张了又合,合了又张。

七

我的思绪绕了一个大圈,终于回到主题,我问老瘪:"窝棚马上要拆了,我那些黑胶唱片怎么办？"

老瘪说："人都顾不上，你还操心破唱片，我告诉你，我今天跟你吃这顿饭就是散伙饭，你只能另寻出路了。"

我不甘心道："你说过这里是个江湖，你在这里一天，就要维护它一天。"

老瘪说："我能维护的是垃圾场这个小江湖的周全。大江湖一旦起了风浪，咱们垃圾场这个小江湖只能听之任之。"

老瘪说完，举手叫服务员。

小格举着手机，走到我们的餐桌旁，压根没有看老瘪，而是把手机对准老瘪，说道："这位是格格的老顾客老瘪，他那个'瘪'不是王八的'鳖'，是那个……那个有病的'瘪'。"

小格又把手机转向我，说道："这位是老瘪的小跟班，也是格格的常客……你叫什么名字来着？"

我喝下的白酒一时间全都涌上头来，这个被我爱得死去活来的女人，居然还不知道我的名字……也许早知道我的名字，她就会跟我共情。可不是嘛，谁会爱上一个连名字都不知道的人呢？可那些一见钟情的爱情，谁会介意对方叫阿猫还是阿狗呢？不过也不能怪小格，我其貌不扬的外表像我爸爸，我的淡眉小眼像我妈妈。我脸上唯一能拿得出手的是鼻子，但是我九岁那年被几个高年级男生打塌了鼻梁骨，它就不再挺也不再直了。其实，就算是我鼻梁骨不被人打塌，也吸引不了小格，因为我初一、十五才洗一回脸，一张脏脸毁全身，谁还会在意我鼻梁骨塌不塌。还有我的装束，几乎都是捡我爸爸的旧衣服，不穿到冒酸臭呛鼻子从来不换洗。如此说来，我和小格即便是相爱，也不会是一见钟情之爱，而是小火暖黄酒，越来越有温度，越来越有老酒的陈年醇香。

小格用手推我一把："快说，你叫什么名字？"

我就是这么一个常常愣神儿的人，小格问我名字的空当儿，我脑子里就能冒出这么多纠结念头。我用手撩开眼前又脏又长的乱发，对着小格的手机很认真地说："我叫余未来。"

小格咯咯咯地朗笑道："嗯嗯，名字很贴切，走近你就能闻到你身上咸鱼味儿飘过来，鱼味来，好名字！亲们，如果你们觉得今天的直播够精彩，别忘了双击红心，还有关注我们格格火锅店。"

小格关上手机，立刻换了一副爱搭不理的面孔，对着老瘪问道："要什么？"

老瘪脸上堆满淫笑:"要你。"

小格板着脸:"滚蛋!抠×一个,就知道要,想要就得付出,明白吗?"

老瘪脸上有些挂不住,讪讪地笑着:"再来两瓶白酒。"

小格刚刚转身,要去柜台拿酒,老瘪伸出手在她肥硕的屁股上捏了一把。小格头也不回,挥手狠狠拍在老瘪手上,扭着大屁股走开。我心里有些不舒服,皱着眉头对老瘪说:"小格有男朋友,你不要跟人家动手动脚。"

老瘪问道:"男朋友?"

我说:"厨师大刘,不是小格的男朋友吗?"

老瘪说:"早就分手了,大刘回东北老家结婚去了。"

听说小格跟大刘分手了,我心里顿时又燃起爱的希望。还好,小格跟大刘相处时间短,应该还不会那个什么……仅仅是接吻也没有什么大不了。迄今为止,我不仅是一个处男,甚至还没有接吻过。不管是看电影,还是那天晚上看厨师大刘和小格接吻,都是"吧唧吧唧"的声响,这个声响肯定是舌头发出的声响。如此说来,接吻不仅仅是表象上四片嘴唇的事儿,两条舌头有可能才是主角,要不也不会叫"舌吻"。不过,这两条舌头在哪里接吻,我很是纳闷:在男人嘴里?在女人嘴里?还是在男人和女人四片嘴唇的交接处……想到此处,我竟有些心疼自己,一个三十多岁的男人竟没有接吻过,我活得还不如一条按时按点按季节发情的野狗。我的心一阵抽搐……不行,我得把欲望付诸行动,一定要抓住这个机会向小格表达我的爱。勇敢的人才配拥有爱情!不要那些形式主义的表达,一会儿就直接告诉小格:我爱你!

嗯嗯,我再喝上一瓶白酒,酒壮尿人胆,喝完就立刻表达,绝不能等酒醒,就今天晚上。

"啪"的一声响,小格把两瓶白酒放在桌子上,转身扭着肥硕的屁股走开。

老瘪拧开一瓶白酒,递到我跟前,对我说道:"白白胖胖的,没想到你小子也喜欢这一口,不过你没钱,上不了小格。就算上了小格,你也降不住她。"

我举起酒瓶,深酌一口:"什么意思?"

老瘪说:"小格不是什么省油的灯,她一心想赚钱,想在男人身上赚钱,像你这种身上没有一个子儿的穷小子,她是不会施舍的。"

我又喝了一口酒,问老瘪:"此话怎讲?"

老瘪往前探了探身子,压低声音道:"我跟小格睡过,是她主动勾搭我的，我×！小格的身上那个白哟，尤其是两个屁股蛋子，就像是两个装了水的袋子……"

我的脑袋"嗡嗡"作响，手里抓着酒瓶子，很想砸到老瘪的头上。还有，我觉得老瘪今天有些反常，情绪上阴晴不定。也许是垃圾场改造刺激到他了，我上回见到他在简易房里，当着那么多人哭的时候，我就觉得他不正常了。

我咬着后槽牙，问老瘪："你已经是信佛之人，怎么能干这种龌龊事儿？"

老瘪嘿嘿一笑："女人身上坐，佛祖心中留。再说了，是她找我的，她的火锅店连房租都快交不起了，我帮她渡过难关，我这也算是积德行善吧。"

我最终也没有拿酒瓶子砸老瘪的脑袋，一是我没有这个胆量，二是我浑身没劲儿，甚至连胳膊都抬不起来。没错！小格和老瘪都让我觉得恶心。

我正兀自恶心，一只手机伸到我眼前，小格又开始直播："嗨！鱼味儿，说说你吃的怎么样？我们格格火锅底料有没有盖住你身上的咸鱼味儿？"

我很少有像此刻这般愤怒的时候，我的大脑里几乎同时迸发出很多念头，这些都是我平时想说又无处说的东西。看到小格把手机对准我，我没有丝毫犹豫，迅速找到我在窝棚里学着视频演讲的状态，对着手机镜头脱口说道："手机扼杀了所有人，所有人！看看你的周围，所有人都是一手拿筷子，一手拿手机，除了把涮羊肉送进嘴里，然后都在埋头看手机，不管对面坐着的是朋友，是亲人，还是爱人，你们通通失去与人正常沟通的能力和兴趣。你们在享受信息便捷的同时，也在被信息奴役，碎片化的信息就像雾霾一样，无孔不入地填补着你们本就浅薄的思想，使得你们没有时间和空间做任何独立思考。当人类一旦放弃思考，就变成一头头只剩下本能欲望的动物，你们不再想尝试着去了解对方，因为你们觉得连前戏都是在浪费时间。如果你们自身还没有觉醒的意识，那就看看你周围的人，他们正在丢失人性中的温暖、悲悯和对他人的关心……"

小格尖叫一声："哇！鱼味儿，你说得太好了，亲们，如果你对这个脏兮兮的'垃圾人'感兴趣，别忘了双击红心，加我的关注，关注小格，关注格格火锅店。"

小格说完，冲着我伸了一个"OK"的手势，示意我继续说下去。

我继续梳理着大脑里面想要表达的观点，对着小格的手机接着说道："想赚钱想疯了，想做网红想痴了，是吧？信息时代拓展了人类的欲望，而欲望正在异化人类。我手机通信录里只有三十几个人，他们都是这个废品集散地的人，也就是你们嘴里的'垃圾人'，现在几乎都开通了直播，除了我爸爸之外，因为他已经死了。我妹妹天天直播染发，一口一个哥哥姐姐叫着求关注。安徽老孙兄弟俩天天直播拆墙拆厂房，还在直播里下跪求关注。你们真的相信这些眼见为实的直播吗？我妹妹至少有十年没管我叫一声哥了，原来她把哥哥都攒着直播求关注了。安徽老孙兄弟俩下跪求关注的时候，你们肯定不相信他们俩也能把邻居老方的胳膊打断。求关注，全民都在求关注，是吧？你们别以为自己挖空心思求关注的创意有多牛×，其实，我们祖先两千年前就干过这事，西晋时候山东人王祥，他继母大冬天要吃鱼，王祥就跑到河里脱光衣服趴在冰面上，用自己的身体把冰融化掉，鲤鱼跑过来呼吸喘气的时候，王祥就抓到了鱼。因为这事儿，王祥一举成名当了官，最终做到西晋太尉。所以，王祥才是求关注的鼻祖。你们如果还有脑子，就应该想一想，能够承受一个人体重的冰层得有多厚？他大冷天脱光趴冰面上，理论上应该是冰还没有化掉，人就冻死了。话说回来，能够用身体化开的冰层，你为什么不找个大石块砸开冰层呢？不行，砸开冰层的时间太短，无法吸引眼球。脱光用皮肉化冰，才具备令人感动的传播性。汉朝没有科举制，是举孝廉，想当官必须求关注，让自己的孝名廉名远播十里八乡，引起官府的注意，你才有机会步入仕途。包括姜太公直钩钓鱼，大禹三过家门不入，都属于此类。古人求关注为当官，今人求关注为赚钱，本质都是一样的虚伪和浮夸。"

小格轻轻地递过来一杯茶，小声对我说："鱼哥，喝杯茶，润润嗓子，粉丝们问你是不是大学教授呢。"

我接着对着手机镜头说："其实，这些肤浅东西改变不了任何东西，真正让我充实的是音乐，是古典音乐，虽然我们中国人缺少古典音乐这一课，但我却能分辨出八分之一个音符的区别。听我的，别在无聊的朋友圈里浪费生命了，去下载古典音乐吧，听一听那些天才的音乐大师会给你怎样的启迪……"

八

从格格火锅店出来，已经是晚上十点，老瘪非拽着我上他的奔驰越野车。以前，他不让我坐他的奔驰车，嫌我身上有味儿。每次约我来格格火锅店吃火锅，都是他开车来，我步行过来。吃完火锅，也是他开车走，我步行回我的窝棚。

今天晚上，得知老瘪睡了小格，我觉得懊恼又憋屈，便犯了倔劲儿，死活不坐老瘪的奔驰车,坚持要一个人走回窝棚。老瘪似乎比我还倔,拉着我的胳膊不肯松手,把我的旧皮夹克袖子硬生生撕开一个口子。我坐在奔驰车的副驾驶座上,扯着皮夹克的破袖口查看,觉得肯定是无法缝补了。

老瘪发动引擎,看了我一眼说:"明天给你买一件新皮夹克。"

我怒气未消地说:"不要!"

老瘪伸出手拍拍我的头,笑道:"没想到,你读书读得越来越小家子气,我就是想让你对小格死心,她不是那种能跟你踏踏实实过日子的女人,因为你们不在同一个阶级里,你游手好闲还不如一个拾荒人。"

其实,老瘪说得没错,人们通常觉得开小餐馆的人是社会最底层,可人们不知道这条鄙视链上还有一群依靠垃圾生存的人,是供小餐馆服务员鄙视的。在这条鄙视链的底部,有一个庞大的族类,这个族类里会细分工种,各工种之间还会相互鄙视。例如,废品集散地的人蹬着装满废品的三轮车,经过西大桥桥头的时候,会鄙视聚集在桥头打散工的人,觉得他们没准白等一天也遇不到雇工,倒不如自己收废品活得踏实,天天都知道自己该干什么。而打散工的人们大都有技术活儿,他们当中的木工、泥瓦工、管道工也瞧不上收废品赚的蝇头小利。

我和小格之间的确存在阶层差异,她鄙视我实属正常,因为她好歹也是小火锅店的老板。老瘪或许是对的,我不该喜欢小格。可是……难道我这个维度里的人,就活该没有爱情吗?我读过那么多书,甚至比大学教授读的书还多还杂,我为什么就不能得到爱情呢?知识真的可以改变命运吗?这座城市里只有五所正规大学,我去过其中三所大学的文学院偷听过大课,那些教授所能讲出来的东西也不过如此。有的教授不仅读过错别字,甚至还能颠倒史实。一位教授讲魏晋文学时,说魏晋时期杀人如儿戏,连竹林七贤这样的文学天团也难逃厄运……

在我读过的史籍中,魏晋是一个最为旷达的时代,一直为我所向往。竹林七贤也仅仅只有嵇康被杀,而嵇康被杀的原因是他张狂到写《与山巨源绝交书》,挑明要跟司马皇帝对着干。即便如此,杀了嵇康之后,司马昭也是后悔万分,觉得自己杀名士必然留下千古骂名。

这些大学教授没能给我更高的见识,自此之后,我便不再去大学里偷听教授们讲课了,我觉得当初辍学真是一个伟大的决定。想到这里,我长长地叹了一口气。

老瘪大概以为我想通了，接着对我说："去南城吧，那里还有一个废品集散地，咱们场子里的驻马店老彭死后，他老婆一直一个人撑着收购站，你干脆跟她搭伙过日子吧，一块儿去南城。"

我白了老瘪一眼："老彭的老婆跟我妈差不多大，跟她搭伙过日子，我会有乱伦的感觉。"

老瘪转动着方向盘，把车开上了东五环路。

我问老瘪："你要干吗去？"

老瘪说："我带你去南城的垃圾场看看，那边的条件相对好一些。"

这是我有生以来第一次乘坐这么高级的车，我闻到车里有一股很好闻的香味儿。还有老瘪转动方向盘的时候，手接触到方向盘发出"吧嗒吧嗒"的声响，听上去就觉得很高档。人的资质各不相同，老瘪和我爸爸同样收购废品，起点是一样的，老瘪最终成了废品集散地的神，而我爸爸最后连治病的钱都没有。老瘪刚刚开始倒腾洋垃圾的时候，集散地收购站的人都在妒忌他，因为大家都在同一个起点上，只有老瘪脱颖而出。到了后来，老瘪跟集散地所有人拉开距离，便不再有人妒忌他了。如此看来，人们只会妒忌熟悉的身边人，或者说妒忌只会存在于同一个维度里的人之间。就像老瘪不会妒忌马克·扎克伯格，我也同样不会妒忌明星一样，跨维度的妒忌是一种能力。读过那么多史书之后，我发现妒忌就像是一把刀子，它会阉割掉一个人的气质。这些年，我观察过废品集散地的人们，凡是嫉妒心强的人，大都长相猥琐、气质全无。我是一个没有妒忌心的人，因为我处在社会鄙视链的最底端，需要妒忌的人太多，干脆就关闭了这项功能。所以在妒忌这一方面，我做得还好，因为我毕竟是个读书人。腹有诗书气自华，虽说长相不够好，但我觉得我的气质还是有的，小格没有看到这一点，很遗憾。

老瘪说："人到什么岁数就得过什么样的日子，你也老大不小了，身边得有个女人才行，以你现在的条件，老彭的老婆不嫌弃你就好。"

我已经愤愤然："我宁可跟我的黑胶唱片过一辈子。"

老瘪说："前年你要是听我的话，把黑胶唱片卖给上海人，没准小格早就扑上来了。"

我说："我才不会为一个小娼妇卖掉黑胶唱片，就算是丢了性命，我也不卖我的黑胶唱片。"

车辆驶出南五环，七拐八拐之后开进南城的废品集散地。

在一家收购站门前，老瘪停下车，对我说："这家就是老彭的老婆开的，我替你试探过了，只要你点头，明天就可以搬过来跟老彭老婆一起睡了。"

老瘪看我没有反应，推开车门下了车，自顾自地抽起烟来。他一根接一根地抽着烟，接了一个电话后，扔掉手里的半截烟蒂，开门上了车。发动引擎的时候，老瘪问我："你到底同不同意？"

我愤愤地回道："不同意！"

老瘪叹口气，把车开出南城垃圾场。约莫半个小时后，回到我住的窝棚。突然，我觉得眼前一亮，一道刺眼的灯光照射过来。我朝前方看过去，窝棚边上停着一辆铲车和一辆推土机。铲车在前面负责捣毁窝棚，推土机在后面碾轧推平，我赖以栖身的窝棚瞬间被夷为平地。灯光闪过之后，我眼前一黑，心跟着一沉，我坐在老瘪车里发出一声惊恐的惨叫，为我那些珍贵的黑胶唱片。

这一夜，老瘪碾轧了我的爱情，推土机碾轧了我的精神，我跌到了我人生的谷底。

九

我不知道老瘪是什么时候离开的，只记得他在我身边不停地摇头叹气，说早知今日还不如把唱片卖给上海人，拿着100万过像个人样的日子。

想来也是，自从来到这个世界，我就没有过过正常人该有的日子。在我还不懂人事的时候，爸妈便外出打工，我和妹妹就变成了留守儿童。同龄人还在学校里读书的时候，我随着父母漂进城市收废品，变成流动儿童，成为人见人嫌的"垃圾人"。虽然我也在读书，甚至比同龄人在学校读的书还要多，可我依然摆脱不了深埋于内心的自卑。我很少离开废品集散地，除了有限的几次去大学里偷听大课，还在麦当劳里读了几天闲书。我承认，这座曾经让我憎恨的垃圾场给了我安全感，虽说味道糟糕至极。废品集散地的味道经常发生变化，变化源于最近运来的垃圾的性质，生活垃圾以腐烂蔬菜味道为主，工业垃圾以难闻的塑料味道为主。味道虽然难闻，但是难闻的味道让我觉得心里踏实。有一回从大学偷听哲学课回来的路上，我走进一家灯火辉煌的大商场。商场里面那股好闻的味道，瞬间让我觉得惶恐，陌生的环境加上陌生的香味儿压迫着我，我逃也似的奔出商场。

不愿意跟随父母和妹妹去住商品房，除了要守护我的黑胶唱片，还因为那个社区里没有我熟悉的味道。而且，社区里的保安似乎很容易分辨出每位业主的职业，我骑着三轮车进出大门的时候，保安的眼神分明是鄙视的神色。我挺喜欢一个人住在窝棚里，可以看书读报，静静地欣赏我的黑胶唱片。

在这个悲伤的时刻，我用一晚上的时间来回顾我短暂的一生。天蒙蒙亮的时候，我才意识到我人生最黑暗的日子来临了，因为我看清楚了窝棚瓦砾上的一块块黑胶残片，它们就像我心爱的女人的残骸，让我不忍直视。刚才在黑夜里，我还心存侥幸，祈祷着我的黑胶唱片能够撑过推土机的碾轧。此刻，仅有的希冀也被黎明碾碎，是啊，薄薄的一张黑胶唱片如何扛得住一辆推土机？我站起身来，僵硬地走上前去，立在我曾经栖身的窝棚处，从瓦砾堆里看见一片黑胶残片的尖角。我用手顺着尖角拨开碎瓦砾，露出张国荣那张帅气的脸庞，黑胶残片的尖角刺破张国荣忧郁的眼神，直指雾霾弥漫的天空。我从土堆瓦砾里拽出这张黑胶唱片，它已经碎成五六片，这是一张1992年宝丽金出品的张国荣专辑，名字叫《风继续吹》。而且，这还是一张尚未开封的黑胶唱片，在黑胶收藏界，收到尚未开封的珍贵唱片，就像是捡到狗头金一样让人兴奋。大概是三四年前，我习惯在每天傍晚的时候挨家挨户收购站转一圈，看看今天谁家收到黑胶唱片。老瘪早就给他们垫过话，凡是收到老唱片，必须给我留着，只有我不要的老唱片才能卖给别人。待我转悠到驻马店老彭的收购站时，老彭的老婆正跟一个长发男子说话，看到我走进来，老彭的老婆对长发男子说："喏，他来了，你先问问他吧，他要是不要，才能给你。"

长发男子抬起头来，冲着我微微一笑，手里举起这张未开封的《风继续吹》，谦和地问道："这张黑胶唱片可以卖给我吗？"

我看着长发男子，觉得有些眼熟。我从他手里接过《风继续吹》，发现还没有开封，便打定主意要收藏这张黑胶唱片。我把张国荣的《风继续吹》夹在腋下，对长发男子说："抱歉！我要收这张唱片，我的藏品里还没有张国荣的黑胶。"

一丝失望划过长发男子的眼睛，使得他的眼神看上去既落寞又憔悴。就是这一丝落寞，突然提醒了我，我用手指着长发男子道："你……是那个唱歌的，对！嘉华,你出过一张330克重的黑胶,叫……叫《飞翔》。"

长发男子脸上绽开笑容,很随和地说:"没想到,居然还有人记得我,你……有《飞翔》的黑胶唱片? "

我说我去年收到一张《飞翔》:"我喜欢那张黑胶唱片的封套设计,很有武侠大片的感觉,你的古装扮相也很好看,而且,那张唱片也是未开封的。"

我把张国荣的《风继续吹》递给嘉华:"让给你了。"

嘉华忙不迭地称谢,然后就跟老彭老婆开始讨价还价。老彭老婆很会察言观色,她压根儿就不知道张国荣是谁,只是从我和嘉华的言谈举止里就能判断出这张黑胶唱片的价值,狮子大张口要3000块。

我实在看不下去,指着嘉华对老彭老婆说:"他当年可是尽人皆知的大歌星嘉华,你便宜一点卖给他吧。"

老彭老婆听说嘉华是大歌星,更加不肯松口,甚至还出言讥笑:"大歌星还差这仨瓜俩枣的,还跟我们收破烂儿的讨价还价。"

我很讨厌废品集散地的人的思维方式,卖废品是一种交易,交易首先应该建立在平等原则上。可是这里的人总把自己摆在"我是收破烂儿的"的最底层,言外之意:你怎么可以跟我这种人讨价还价? 这完全是另外一个层面上的道德绑架,甚至是要挟。溯其根源,收购站的人压根儿就不想公平交易,只想以穷讹人,以尊严换金钱。

嘉华对老彭老婆说:"我现在不是歌星,我在剧组里打散工,挣的也是辛苦钱。"

老彭老婆有些半信半疑,她看一眼嘉华的穿戴,似乎相信了嘉华的话。接下来还了半天价,最终双方以700块钱成交。嘉华掏遍浑身上下口袋,只凑到570块钱,然后就一脸窘相地戳在那儿。

老彭老婆问嘉华:"有没有微信支付? "

嘉华尴尬地笑了笑,说道:"微信钱包没钱。"

老彭老婆问道:"微信钱包没有绑定银行卡吗? "

嘉华更加不好意思:"为了控制自己花钱,我没有绑定银行卡,微信钱包只用来在群里抢红包……"

我对老彭老婆说:"就差你130块钱,我来替他支付,明天给你打半天工。"

我身无分文,在这个废品集散地所有收购站里,我收藏的全部黑胶唱片都是我打工换来的。老瘪给收购站定的规矩,替我定的工钱价码一天300块钱,比打散工的价格高了100块钱。大家买老瘪面子,又没有真的付我工钱,高一点也不会有人计较,因为他们当破烂儿收来的黑胶唱片几乎不值钱。但是我干活儿的时候也不会偷懒,免得老瘪不好做人。这些年来,就是以这种折工钱的方式,用我的汗水积攒起来2483张黑胶唱片。

走出老彭家收购站,嘉华向我一再称谢。他个子很高,跟我说话的时候会微微哈着腰,任谁都看不出来他曾经是一位火遍大江南北的歌星。我逐渐把嘉华的演艺历程串联起来,1995年因为一曲《飞翔》成名,迅速火遍全国。唱而优则演,因唱歌走红的嘉华先后出演多部电视剧,成为演艺圈炙手可热的双栖明星。2009年因为朝阳群众举报吸毒,嘉华在北京望京家中被警方人赃俱获……

我独自一人朝着我居住的窝棚走去。突然,嘉华追上来,他略带腼腆地问道:"能让我看看……看看我那张《飞翔》黑胶吗?"

我略感诧异:"你没有自己的唱片?"

嘉华摇摇头,叹口气,说道:"当时就出了一版,我呢,觉得自己会一直火下去,压根儿就没有想到要收藏一张自己的唱片。"

窝棚里停电了,我摸索着找到门后的电闸盒,娴熟地换了一根保险丝。合上电闸后,窝棚里瞬间明亮起来。看到堆满整整三面墙壁的黑胶唱片和书籍,嘉华脸上谦和的微笑变得僵硬起来,微张的嘴巴说明他的惊诧程度。我正在等着嘉华赞叹我的藏品,他却指着我床头墙壁上的"正"字问道:"这是你收藏黑胶唱片的记录吗?"

我说:"不是,那……是我自慰的次数。"

嘉华的嘴巴张得更大了,随后便"哈哈哈"大笑起来。他虽然总把笑容挂在脸上,但这一次是他笑得最放肆的一次。我从西墙根一排黑胶唱片里,找出嘉华的《飞翔》。嘉华一手捂着肚子,一手接过自己的黑胶唱片。嘉华即刻止住笑声,上嘴唇有一丝不易察觉的抖动,他用手轻轻地抚摸着塑料纸包装,显出十分珍惜的神情。

我站在昏暗的窝棚里,对嘉华说:"你带走吧,我把你的唱片送你了。"

嘉华抬起头来望着我,脸上没有一点笑意,他愣怔半晌,然后说道:"你真是一个奇怪的人,不过,你是一个善良的人。"

嘉华把张国荣的《风继续吹》递给我,说是作为公平交换。我也没有推辞,接过他手里的黑胶唱片，然后送他出窝棚。嘉华走出去数步，又回过头来，要求跟我加微信好友，他是我废品集散地之外唯一的微信好友。

自那之后，我们俩再也没有见过面，他几乎不发朋友圈。偶尔在报纸的照片上或是网络视频里能够看见嘉华，他出现在一些不知名的剧组里。不过，嘉华都不是主角，而是站在一些流量明星身后，眼神里还是一副憔悴且谨慎的样子。前些天，我看到嘉华发朋友圈，推出他近十年来唯一单曲《千里烟波》。我听了，非常棒的一首歌，品质超越《飞翔》好几个等级。

一阵冷风吹过，紧握在我手里的黑胶残片刺破我的手掌。"吧嗒，吧嗒"，我能听到血滴在皮鞋上的声音，声音很大，就像是《德沃夏克第九交响曲》里的鼓点，每一声都敲在我的心底。我甚至觉得心底有了鼓点的回响，余音不绝，一声接一声回荡在我的心里。终于，我受不了这回荡的撞击，浑身变得松软，就像爆破后的大楼一样坍塌。我先是跪下来，单腿跪下来，接着是双腿跪地，而后是整个身子全都匍匐在碎瓦砾上，像是要拥抱我心爱女人的残骸。我闭上双眼，似乎想倾听瓦砾下爱人的呻吟，但是耳边只有狂风"呼呼"作响。与其听这让人生厌的狂风，还不如听我心里遭受的撞击，至少每一声都是我熟知的鼓点……突然间，我明白了，自此之后，属于我的东西全都消失了。全都消失，心里就会变空，所以心里才会有这么大的回响。

等我醒来的时候，我依旧趴在碎瓦砾堆上，左侧的脸被硌得生疼。我活动一下四肢，全身就像是被人狠揍过一样酸痛。我挣扎着坐起来，看见我皮鞋上血渍已经风干，变成黑色。这双皮鞋是黄色翻毛，我爸爸只舍得在过年回老家的时候穿，是他从一集装箱美国垃圾里面挑拣出来的。

十

阳光无力渗透雾霾，却能让我看清周边轰隆隆作响的挖掘机和大型工程车。正如老瘪所言，垃圾场这个小江湖已经寿终正寝。我躲避着进进出出的工程车和推土机，走出废品集散地。引擎废气的味道盖过任何垃圾发散出来的味道，我已经嗅不到熟悉的气味。这里不再属于我，我在这里也找不到安全感，离开便成为理所当然的选择。

我不知道自己该去往何处,也不知道何处才是我的归宿,这是终极哲学的第三大命题。我是谁? 何足道哉。我从哪里来? 我至今没有搞清楚。我终究要去向何处? 我真应该好好思考一下。也许明晰终点,也就知道起点。起点和终点都搞明白,我是谁,自然也就清晰了。没准儿,我可以创造一套哲学的反推思维方法。我的思维在漫无边际地飘着。突然,我想起自己曾经崇尚的斯多葛学派提倡的"犬儒主义"。我现在正像一条狗一样简陋而随意地活着,这是不是我的宿命呢? 没错,以前我不够纯粹,因为我还有很多牵挂:我栖身的窝棚、一一筛选出来的图书、辛辛苦苦打工折算回来的黑胶唱片、第一个爱上的女人小格……现在,这些东西通通离我而去,我真变成了一条一无所有的狗。

离开废品集散地,我朝着城市走去,中间路过我妈妈和妹妹居住的社区。我连走进去看她们一眼的想法都没有。如果贸然闯进去,她们肯定要问我为什么来,因为除了过年,我从来不去打搅她们的生活。万一碰上那个染着一头黄毛的妹夫,没准儿还会多挨几个白眼,这是最让我沮丧的事情。对这个世界的认知,我那个黄毛妹夫知道的不足我的万分之一,但是他却可以用白眼球招呼我。

我也不想回四川广元,爷爷在我离开广元第三年的时候去世了,老家的大伯和叔叔不待见我,我也懒得见他们。大伯还有个儿子,也就是我堂哥,他叫余欢水,也生活在这座城市,但是我跟他只见过一面。好像是七八年前的事儿,堂哥说要请我们一家人吃顿饭。吃饭的时候,我那个堂嫂除了皱眉撇嘴,几乎没有说过话。堂哥好像很怕老婆,整顿饭赔着笑脸,既怕老婆不爽,又担心慢待我们,这顿饭吃得我们全都消化不良。自此,我再也不想见我堂哥余欢水了,因为我知道人最好的修养,就是不给别人添麻烦,即便是有血缘亲情。对于一个要思考哲学问题的人来说,亲情是干扰素,会改变哲学本该有的样子。

从早晨一直走到中午,我走到城市的中心,还是没有想好我该去向何方。有一点可以肯定:我不要待在城市中心。这座城市的中心几乎全都是外地游客,我这副尊容出现在他们眼前时,外地游客也是一脸鄙视的神情,那种鄙视的烈度甚于当地人。我不怪外地游客,因为他们千里迢迢跑到中心广场,不是来看我这样一身邋遢的"垃圾人"。我识趣地路过中心广场,继续往西走去,依然不知道该走向哪里。

冬天的太阳早早地泄了劲儿,临近黄昏时分,我路过一条长满银杏树的步行道,路面几乎被金黄色银杏树叶铺满,泛着初冬少有的耀眼和温暖。一群跟我年纪相仿的男女或蹲或站或躺在地上拍照,一个漂亮的年轻女孩,捧着一大捧银杏树叶高高扬起来,让一片片金黄叶子落在自己头上、脸上、肩上和手心里。散落下来的银杏树叶也搅碎夕阳,斑斑驳驳的光影划过我脸庞,拂过我身体,隐没在我脚下。

我寻了一棵银杏树,依靠着树干坐在地上,静静地欣赏着人们脸上的喜悦,想象着自己也参与其中,小格也像那个漂亮女孩一样,奋力扬起一捧银杏树叶……我怎么又想到小格?我使劲地甩一下头,把又脏又贱又胖的小格甩出想象的脑海。就在我甩头的刹那,发现一位穿着华丽、面容和蔼的大姐站在我身旁,正盯着我看。我影响到她了吗?我用询问的眼神对视着大姐。

大姐很和气地问道:"你冷吗?"

我下意识地裹紧爸爸的破皮夹克,老瘪已经把皮夹克袖子扯开一个口子,我对大姐说:"有点冷……还撑得住。"

大姐点点头,迈着好看的步姿走开了。天色渐渐暗下来,我觉得胃已经饿瘪了,而且不停歇地叫着。我想起犬儒主义的先祖们,全凭人们施舍食物果腹,可如果没有人主动施舍,难道要饿死不成?我扶着树干站起身来,沿着步行道上的垃圾桶往前走去。我翻看着路过的每一只垃圾桶,饥肠辘辘让我丝毫没觉得不好意思,这或许就是我以后生活的常态。一路翻看过去,终于在第九个垃圾桶里找到半盒比萨饼,盒子里面还有半截炸鸡翅。我不想站在垃圾桶旁边吃比萨,既然要做一个无欲自足的犬儒主义践行者,也要像第欧根尼一样优雅旷达有调性。我转头往回走去,我要坐在先前那棵银杏树下,坐在金黄色树叶上吃比萨。找到那棵银杏树时,我发现树干旁有一个鼓鼓囊囊的塑料袋,塑料袋上放着一张纸条,纸条上压着一块巧克力能量棒,大概是怕纸条被风刮走。我瞅瞅四下无人,便借着手机上电光照明,打开纸条。纸条上面有两行疏朗的字:这是我丈夫留下的羽绒服,他再也穿不上了,希望它能帮你撑过这个冬天,在这个悲凉的世界上温暖地活下去。

这个晚上,我把这张纸条看了足有几十遍,一直看到手机没电。我裹着那件厚厚的黑色羽绒服,蜷缩在银杏树下睡着了。我还做了一个梦,梦见妈妈给我买了一件羽绒服,她好像是怕我拒绝,就托邻居家的一位大姐把羽绒服送给我……

冬天是一个严酷季节,它寒冷的全部意义是让人感受温暖、珍惜温暖、传递温暖。我在这条银杏树步行道上待了三天,直到我依靠的那棵树上最后一片叶子飘落下来,我才离开。盘桓三天,不是我有多喜欢这个地方(心里也着实喜欢这个地方),而是想让那位大姐看见我温暖的样子。

这些天来,我有点迷恋上这种像野狗一样的日子,无拘无束、无牵无挂、无欲无求、无相无我。唯独晚上难熬一些,会被冻醒数回。也许我该往南方走,做一只迁徙的大雁,大雁落地后,再变回野狗。

降温了,又是一个傍晚时分,我突然觉得一阵头晕,晕到几乎站立不住。我急忙扶住路边一棵槐树,并依靠着树干慢慢把身体滑落到地上。接着,我便失去知觉。

待我苏醒过来的时候,我觉得自己是被冻醒的,好像还在醒来前的梦里到处找被子盖。醒来后,我听见第一个声音来自我的肚子,一声接一声"咕噜噜"响个不停。紧接着,我看见我眼前有一个麦当劳纸盒,打开后发现是一个完整的鸡腿汉堡。汉堡尚有温度,看来施舍我的人刚刚放下不久。就这样,我躺在冰冷的路面上,大口大口地吃着汉堡。在我眼里,整个世界都是侧立的,路上的汽车侧立着奔驰,街边的行人侧立着走路,马路对面则是侧立的高楼。这是我第一次用这个角度看世界,这世间真的诡异又奇妙。由此看来,改变是有意义的……我终究不能像狗一样行走,这是让我比较遗憾的地方,因为我还得站起来正视这个世界。

深夜时分刮起风,冻得我浑身打起冷战,不得不站起身来去寻一处避风的地方。我折回头往东走去,因为白天路过一处桥洞,好像可以避风过夜。

等我找到那个可以避风过夜的桥洞时,里面已经挤满人,他们身上散发着跟我相同的味道,不消问,大家都是同道中人。最外侧的人看到我,很主动往里面挪了挪身体,给我留出半个身位空地,他操着湖北口音,温和地说道:"上来吧,挤一挤暖和。"

湖北口音刚刚说完,他里面的人不干了,操着四川口音骂道:"龟儿子再挤,老子就×你屁眼喽。"

敢情这个江湖里,大家都是彼此的老子,野蛮程度甚于垃圾场。在废品集散地,大家假惺惺彼此称呼老板,但真正的老板只有老瘪一个人。我使劲挤进桥洞,背靠着湖北口音躺下来,不一刻便觉得眼皮发沉,昏昏欲睡。虽说是避风处,但是刀子般的北风直往我七窍里灌,先是冻得我牙齿打战,接着五脏六腑都跟着哆嗦起来。无奈之下,我只好把身体翻转过来,贴着湖北口音更紧了。

湖北口音一改温和口吻，凶巴巴地骂道："板马×的，老子后面刚刚有点热乎气，你动来动去搞吗事？"

湖北口音的话音刚刚落地，桥洞最里面的一个东北口音吆喝道："别他妈吵吵，转身了。"

紧接着，桥洞里面传来一阵窸窸窣窣的声音，紧挨着我的湖北口音转过身来，面对着我骂道："板马×的，耳朵聋了，听不见老大让你转身嘛。"

我跟着桥洞里的人们翻转过身体，再次把冻僵的脸直面桥洞外面的寒风。想来也是一件挺有意思的事儿，这个江湖里的人们睡觉这么讲究，翻身都是统一转向。这个时候，我真希望再来一个人，能够躺在我身边，为我挡风避寒。正在琢磨着，我忽然听见一阵碎乱的脚步声，紧接着眼前一花，几支手电筒齐刷刷照射进桥洞里。

然后听到一个本地口音嚷嚷道："这里有一窝儿呢，十好几个吧，这回够了。"

另外一个本地口音冲着桥洞里面喊道："都起来，一个一个出来，把手抱在头上。"

我还在兀自发愣，身边湖北口音推我一把，语气里竟有些兴奋："赶紧出去，享福去喽。"

桥洞里的人很是配合，跟随着几支手电筒，钻进一辆大巴车。大巴车里已经坐着多半车人，行头样貌跟我差不多，脸上大都洋溢着期待的神情。大巴车里开着暖风，一上车就被幸福的温暖包裹起来，桥洞里的人们纷纷发出一声声满足的叹息。我刚刚坐定，便听到一个本地口音说："够数了，开车。"

大巴车启动，穿行在深夜的城市街道。

车厢内，那个本地口音转过身来，对着我们大声喊道："你们今天被正式救助，一会儿进救助站，先去洗澡，洗完澡后排队登记，要是有领导过来视察，问到你们在救助站过得怎么样，你们怎么回答？"

大巴车里的人们异口同声回道："像在家里一样温暖。"

人们回答完后，发出一阵阵轻笑，气氛就像是要过年。

十一

救助站食堂里，几十张桌子坐满流浪汉，两名服务人员推着一辆饭车来回穿梭，给就餐的流浪汉们舀稀饭、添加馒头。数日之后，我从"垃圾人"变成真流浪汉。

接下来，我们十个人编为一个小组，我被分配在第九组。第九也是在食堂里就餐的桌位牌号。当我去抓第四个馒头时，身边一位塌鼻梁的黑脸汉子踢了我一脚，轻声说道："别吃了，中午饭有四菜一汤呢。"

从他的湖北口音，我猜测他就是昨晚睡在我边上的人。塌鼻梁虽说鼻子是塌的，可眼睛却是鼓鼓的，如此一来，他的整张黑脸显得很平坦，像是刚刚犁过的黑土地。我知道塌鼻梁是好意，让我给肚子留点空，等到中午饭吃四菜一汤。

我冲着塌鼻梁友好地点点头，问道："您贵姓？"

塌鼻梁"吸溜吸溜"地喝了一大口，嘴里含着白粥回道："瞎打听毛啊，你要改跟我姓吗？"

我刚要教训塌鼻梁几句，突然，我的手机响了。电话是老瘪打来的，我犹豫着要不要接电话，因为我已经彻底告别曾经，告别曾经的人和事儿。我本来不想接老瘪电话，可手机铃声太刺耳，惹得几十桌子流浪汉全都看我，我只好接通电话，听到老瘪气喘吁吁地问道："你在哪儿？在哪儿呢？小格到处找你，找你好几天，你在哪儿呢？"

我低声对着手机说道："不要管我在哪儿，你和小格都是我再也不想见到的人，咱们就此别过，你们不要再来打扰我。"

说完，我便挂断电话，端起碗来继续喝粥。我没有像塌鼻梁那样"吸溜吸溜"地喝粥，但是餐桌上没有喝粥的勺子，我只能让自己嘴巴尽量不发出声响。我读过一本法国宫廷就餐礼仪的书，喝汤时绝对不能发出任何声响，就连汤匙碰到盘子的声音都是不礼貌的。这个时候，我的手机铃声又响起来，还是老瘪打来的。我赶忙挂断电话，并把手机调至静音模式。老瘪给我打电话，是因为小格找我，小格找我什么事儿？我是处在小格鄙视链底端的"垃圾人"，我爱上她许久之后，她连我姓甚名谁都不知道，她找我会有什么事儿？如果是厨师大刘睡了小格，我的心里还好接受，因为他们俩是恋人。但是老瘪睡了小格，我便觉得小格脏了，脏到我都不想见到她。

我的手机通信录里只有三十多个联系人，除了嘉华和冯老板之外，都是各个废品收购站的"老板"，其中还包括我已经去世的父亲。我不忍心删掉爸爸的电话号码，觉得删掉号码，我跟他就不再有任何关系。爸爸活着的时候，我们不亲近。他走了,我倒是很难过,因为爸爸是遗传学上"我从哪里来"的上溯体。我的微信朋友圈里也只有这三十多个人,老瘪还把这三十多个人建了一个微信群。也就是说,我的微信里只有一个群,而这个群里的人也是我全部的微信好友。我在群里不怎么说话,偶尔说话也会得罪人。

我早就看透了朋友圈,这是一个自造人设的舞台,每个人都在为自己的人设表演。山东老方的人设是爱帮助别人的热心肠,每天负责转发天气预报,降温了提醒大家穿秋裤,可他实际上都不肯借打气筒给外卖小哥用一下。老彭老婆热衷晒优越感,喝杯剩茶晒惬意,贴个面膜晒舒适,只看朋友圈会以为她是富婆,不是寡妇。安徽的孙氏兄弟负责在群里媚上,不管群主老瘪说什么,他俩都是领掌喝彩的。微信运动里的行走步数排行榜,基本上都是我占据封面,老瘪排行末尾。因为老瘪上厕所都开私家车去,而我要步行每个收购站去收书、收黑胶唱片。可孙氏兄弟从来都无视我占据的封面。就算老瘪喝多了一天没下床,孙氏兄弟还是为零步点赞。这一点让我很是费解,如果换作我是老瘪,我会怀疑孙氏兄弟是在嘲笑我。可老瘪不仅不怀疑,好像还挺享受,于是,孙氏兄弟天天点赞。

老瘪也有自己的人设,他的人设是江湖大哥,每天表演公平、公正、客观。为了客观,就连马屁精安徽孙氏兄弟说屎是臭的,老瘪都会反驳说不一定,得尝一口才能下结论。

我没有人设,所以我很少在群里说话。很少在群里说话,是因为群里没有人听得懂我说话。如此说来,并非我没有人设,而是我的人设比较复杂,我表演了也没有人看得懂,把话说给一群不懂你的人,就是对牛弹琴。对牛弹琴,不是牛笨,是人蠢。

将要吃完早餐,我还有半碗粥没有喝完,一位中年胖脸男人走进食堂,他身后还跟着两个保安,两个保安手里拎着黑色警棍。

中年胖脸男人环视一圈,笑眯眯地问道:"大家吃饱了没有?"

流浪汉们齐声喊道:"吃饱了。"

中年胖脸男人又问道:"吃得好不好?"

流浪汉们又齐声回道:"好!"

接着,中年胖脸男人对大家说:"上级领导呢,不一定什么时间就到了,我看到有人脸没有洗干净,吃完早餐,大家去洗把脸,听明白了没有?"

流浪汉们大声回道:"明白!"

我觉得很是无聊,便从口袋里面掏出手机来看,发现微信里有21条未读信息,全都是老瘪留言,第一条是:兄弟,你火了!

十二

我禁不住好奇心,把老瘪发来的信息逐条看下去,才弄明白是小格把我那天在格格火锅店发牢骚的视频上传到"抖音"。一夜之间,小格的关注度超过三百万,粉丝要求继续上传我的视频。我赶忙打开抖音,抖音上头条推荐居然就是我长发披脸的猥琐相,标题是《垃圾堆里的古典音乐鉴赏家》。

我怎么就成了垃圾堆里的古典音乐鉴赏家了? 短短的几天时间里,发生在我身上的事情太多太突然,先是"失恋",再是失去我十八年收藏的黑胶唱片和书,接着我从"垃圾人"变成流浪汉,现在,我又从流浪汉变成垃圾堆里的古典音乐鉴赏家,这些天我的角色跳跃太快,我有点跟不上节奏。

老瘪最后一条信息是:不要怨恨我,我没有跟小格睡觉,我之所以那样说,是觉得她配不上你。我已经检查出得了肺癌,我的时间不多了,有时间来看看我吧,我一直拿你当朋友。

看到此处,我给老瘪回复了一条信息:我现在在救助站里,等我从这里出去,就去看你。

老瘪得了肺癌,让我很是震惊,我爸爸也是肺癌,从得病到去世只有半年时间。加上老瘪,垃圾场前前后后七个人得肺癌,坐实了分解洋垃圾致癌的事实。前段时间,听说垃圾集散地要改造成大型游乐场,而且国家严控进口洋垃圾。再也不能指望分解洋垃圾赚钱了,先前因癌症去世的那几个人的家属纷纷找上门,要求老瘪赔偿。我妈和我妹妹、妹夫也去找过老瘪,我没有掺和这事,因为就算是向老瘪要来赔偿费,跟我爸爸也没有关系,我爸爸已经死了。

老瘪曾经问过我:"你为什么不找我要赔偿?"

我说:"我爸爸花不了阳世的钱,我也不想花我爸爸拿命换来的钱。"

老瘪凝视着我,似乎是在判断我说的是不是真话,因为这个时代说实话的人就像恐龙,早已经绝迹。

老瘪嗫嚅道:"那……不说钱的事儿,你心里恨我吗?"

我说:"恨,我觉得最应该得肺癌的是你。"

…………

没想到老瘪真的得了肺癌。此刻,我为我曾经对他的诅咒感到内疚,那滋味就像是我亲手杀了老瘪一样。最后几条留言,老瘪的口吻已经失去往日飞扬跋扈的气势,尤其是说到自己得癌症时,语气里透着悲凉和无奈。我掏出耳机戴上,在手机里找到莫扎特的《唐璜》,我喜欢其中的小步圆舞曲,透着欢快和俏皮,我想让自己不要那么自责和难过。《唐璜》是我在垃圾场里捡到的第一张黑胶唱片,那是一个秋天的黄昏,我爸爸把三轮车里收来的旧书报一股脑儿卸在收购站门口。我看到旧书报堆里有一张色彩艳丽的画,扒拉开旧书报,发现是一只扁扁的纸质盒子,盒子封面是一幅油画,油画上有一个面容模糊的男性。打开盒子,我发现里面有五个纸质封套,当我从纸质封套里面取出黑胶唱片的刹那,夕阳下一圈圈温润光泽立刻吸引了我。我把唱片装回纸质封套,再把封套放回到盒子里,捧着这套莫扎特的黑胶唱片,悄悄地把它藏在我睡觉的床底下。自此之后,我几乎每天都要拿出来翻看几遍,并开始比照着英汉词典翻译唱片的内容,才知道这是莫扎特的两幕歌剧《唐璜》。封面上面容模糊的男性就是故事主人公唐璜,用现代语言描述这个主人公,基本上是一个放荡不羁的泡妞高手。故事发生于中世纪的西班牙,厚颜无耻又不乏勇敢的主人公唐璜四处寻花问柳,最终被神惩罚进了地狱。在我收藏到第一台能够放出声音的电唱机后,迫不及待地播放了《唐璜》。我本以为音乐里会充满对渣男的抨击,恰恰相反,我在黑胶唱片里捕捉到的是轻松、欢快,充满激情的奏鸣曲。接下来,我查阅很多关于莫扎特和古典音乐的知识,我居然喜欢上了这个英年早逝的音乐天才。在他的音乐里,从来听不到怨恨,通篇充满善意、包容和温暖。直到有了智能手机,我的古典音乐库里,几乎下载了莫扎特的所有作品。

我沉浸在莫扎特温柔的奏鸣曲里,突然觉得有人拍我肩膀,我赶忙摘下耳机,发现塌鼻梁站在我身后,他用手指着走廊外,对我说:"你的女朋友来接你了。"

我说不可能,我没有女朋友。

这时,一位救助站的管理员走进来,站在门口喊道:"谁是余未来? 耳朵聋了吗?"

我站起来,向管理员举手示意:"我是余未来。"

我跟着管理员走进一间接待室,刚一进门,就被一团扑过来的白色身影紧紧箍住,居然是小格来了。小格死命地搂住我的脖子,嗲声嗲气地嚷道:"我的天使,我的上帝,我的余哥哥,我可找到你了。"

小格发完嗲,在我两颊上左右开弓迅疾亲吻十几口。

管理员拍着桌子叫道:"这是救助站的办公室,你俩文明点好不好!"

小格松开我,对着管理员说:"我要带我网红男朋友离开这里,要办理什么手续?他现在是网红,不需要你们救助。"

管理员不耐烦地对小格说:"谁让他签字接受我们的救助了,我得请示领导……他是什么网红?"

小格打开手机,点开抖音App,播放我在火锅店那段发牢骚的视频,对管理员说:"看到没有,我男朋友现在是网络上最火爆的'垃圾堆里的古典音乐鉴赏家'……我×!我的粉丝马上突破四百万,天哪!幸福来得太突然,我要眩晕了。"

管理员看完视频后,站起身来说:"你们稍等一下,我跟领导打个招呼,他要是同意,你们签个字就能走人。"

说完,管理员走出接待室,去找领导汇报。

小格再次扑进我的怀里,一脸兴奋地对我说:"听老瘪说,你暗恋我三年,怎么不早告诉我呢?还有,你知道吗,网络上的粉丝们找你找疯了。"

我将信将疑地问道:"真的吗?"

小格说:"此时此刻,我敢说,关注我账号的粉丝们走在这座城市的街头,不会放过任何一个乞丐'垃圾人'……"

小格似乎觉得自己说走了嘴,下意识地捂住自己嘴巴,猩红色唇印印在她雪白的袖口上,像是雪地里盛开的一朵郁金香。这个反转太快,我得从头理顺一下:老瘪没有睡小格,也就是说小格不是那么脏,我还是可以重新爱小格……

小格松开我,她从白色羽绒服口袋里掏出一个小三脚架,支在桌子上,然后把手机架在上面,对我说:"亲爱的,来,再录一段演讲,讲国学、讲古典音乐都可以,要保证持续热度。"

还不等我做出反应,管理员带着早餐时出现的中年胖脸男人走进来。

胖脸男人一脸堆笑,把他本来就胖的脸又撑开不少,他走到我跟前说:"没想到我们还救助了一位网红,救助站原则上是支持你进行直播,你们开始吧。"

我问中年胖脸男人："你确定要让我在这里做直播？"

中年男人绽放开他的胖脸："当然，不用紧张，拿出自己最好的状态来。"

我清了清嗓子，等小格摆弄好三脚架上的手机，比画出"OK"手势，我便进入演讲腔："你们没有必要找我，我不是什么怪人，我就是一个一无所有的正常人。而且，国学远没有你们想象的那么纯粹和深邃，例如国学中做学问的那一部分是僵化无趣的，而做人的那部分又太过圆滑精明和鸡贼。我的知识也不够系统化，都是在垃圾堆里扒拉出来的，属于碎片化的知识积累，好在我还有积累和融汇的特长，但也都是一些皮毛。你们不要逮住什么二货都当大师。不要盲目追随，不要肆意点赞，要学会独立思考。"

突然，小格按下暂停键，对我说："有一大波音乐粉丝，要求你讲一讲音乐，问你喜欢什么歌，还有很多人质疑你，说你不可能听出八分之一个音符的偏差，来吧，开始！"

我对着手机镜头，继续说道："你们如果不相信我能分辨出八分之一个音符的偏差，咱们就来做个实验，例如你可以一屁股坐在钢琴琴键上，我就能听出从哪个音到哪个音。有些所谓的音乐大师不仅配器不讲究，连声部配合都是错误的，两个旋律的结合是错落的，甚至是相互切割的，我奉劝这些人先去学学声乐对位法，小提琴是五度相生律的律值，而钢琴是十二等程律的律值，这两个乐器音准一旦对不上，那就是'呕哑嘲哳难为听'。还有，你们问我喜欢谁的歌，最近几年，能够入我耳的是嘉华的《千里烟波》……"

十三

这是我第一次迈进星级酒店门槛，不仅迈进门槛，还开了一间房。在这间房里，我完成了一个男人的蜕变。没有想象中的激动震颤，也没有憧憬中的美好浪漫。恰好相反，做完那事儿之后，我感觉糟糕极了。我想大概是我常年自慰造成的心理障碍，心理障碍又导致功能障碍。还有另外一个原因，整个过程都是在小格引导下完成的……

回归平静之后，白花花的小格蜷缩在我胸前，毫无小鸟依人的感觉，倒像是我攀附在北极熊身上。北极熊伸出舌头，在我干瘪的胸口上舔舐一口，我禁不住打一激灵，半边身体隆起鸡皮疙瘩。我软中带力推开小格，让她给我讲讲老瘪的事儿。

小格嬉笑说："老瘪是个老流氓，凡是能够得手的女人，不管有没有姿色，他都不会放过，唯独我没有让他得逞。"

小格的话，让我将信将疑："我那天亲眼看见过，老瘪摸你屁股。"

小格娇嗔着举起她粗大皲裂的手，一拳捶在我的胸口："我说的得逞是上床，傻瓜。"

我说："你跟我说说老瘪得病的事儿。"

小格说："一个礼拜之前，老瘪检查出晚期肺癌，他的情人知道后，第二天就把他的钱卷跑了，他现在变成了穷光蛋。"

老瘪一个礼拜前查出晚期肺癌，我细算一下时间，那天晚上，他当着众人面前哭的时候，应该是刚刚得知自己得了肺癌。我把老瘪想得过于高尚，还以为他为废品集散地散摊子悲伤呢。

我对小格说："老瘪跟情人生了儿子，把钱卷跑等于留给自己儿子，老瘪也不算吃亏。"

小格说："老瘪的情人跟一个男人跑了，据说那个儿子是情人跟这个男人的孩子，他们一直都在骗老瘪。"

这么眼花缭乱的反转，只在电视剧里出现过，如今发生在身边熟人身上，我不由得倒吸一口凉气。

我又问小格："老瘪现在怎么样？"

小格说："他老婆从苏北农村过来了，照顾老瘪，陪着他做化疗。"

我盯着墙上的一幅油画失神许久，现实生活中的诡异让我觉得深深恐惧。你无法真正了解身边日夜陪伴的人，每颗复杂的人心都是一个黑洞。

小格捧着手机，笑出声来："粉丝突破五百万了。"

我接着问小格："你刚才为什么不让我洗脸洗头？"

小格举着手机说："你洗干净了，还怎么做直播，你要是干干净净西装革履讲那些东西，哪个愿意听，哪个会关注你？"

小格翻身下床，晃荡着两个雪白乳房，架好三脚架，又跑进卫生间，把我的脏衣服拎出来，她把大姐送我的羽绒服扔在一边，说羽绒服太新了，跟我的人设不搭。

小格打量着房间，走到墙边说道："就以这面墙做背景，看不出是在酒店里,快来快来,粉丝们疯了,撒欢儿似的要看你直播呢。"

我问小格:"做一次直播能赚多少钱?"

小格愣了愣:"直播是为赚关注,关注粉丝多了,就会有广告分账,还能卖货,卖货才是赚钱的大生意。你放心,所有挣来的钱,咱们三三三分账,怎么样?"

我有些纳闷:"怎么出来三三三分账?"

小格一愣:"哦……还有老瘪,他负责带货,组织货源,发快递。"

我问:"老瘪不是已经得癌症了,还折腾什么?"

小格说:"他的钱都被情人拐走了,他得挣钱治病。"

我说:"我不要钱,我要过另外一种生活,一种不需要钱,也不需要责任的生活。"

小格笑得花枝乱颤,颤得两个大乳房撒泼似的甩来甩去,像是在故意显摆。

小格笑着说:"人活着哪个不需要钱?"

突然,我的手机响起来,是我妹妹打进来的电话。

妹妹问道:"哥,你在哪儿?"

妹妹已经有二十年不叫我哥了,她突然间这么亲热,我有点不太适应。

妹妹在电话里说:"妈想你了,你快回家吧,让你妹夫陪你喝酒。"

我妈也有很多年不想我了,这一切转折太快,搞得我有些不知所措。在我即将挂断电话的时候,我听见妹妹说:"哥,让我来给你做独家视频发布吧,肥水不流外人田嘛。"

唉!骨肉亲情何必要走到这一步,才开始反转呢?我十分确定,如果此刻我妹妹站在我面前,用刚才的口吻叫我哥,我会替她尴尬。还有我那个白痴妹夫,一直拿白眼球看我的妹夫,居然要陪着我喝酒。今生最令我不曾想到的是,我在现实世界还有被利用的价值,在网络上还有几百万人追着要看我,我不知道该为此开心,还是为之难过。每个人都在急三火四地寻找和实现自我价值,而我的价值,既不是我自己找到的,也不是自我实现的,我仅仅对着小格和老瘪发一通牢骚。我的确有满腹怨言,但是不知道怨言能成为我人生的拐点,这真是一个奇葩时代。连日来诸多变化让我有些紧张,因为我本来就是一个容易紧张的人。

小格已经做好直播准备,催促我赶紧进入状态。我穿上那身邋遢的行头,大概是因为刚刚洗过澡,觉得衣服上的味道有点呛鼻子。突然间被众多人关注,让我有些眩晕。小格说得没错,只要钱来得正当,花得就会理直气壮。我只需对着手机贩卖我从垃圾堆里积累的知识,就能赢得财富和名声,这有什么不妥吗?

小格问道:"准备好了吗?"

我问小格:"我……我今天说什么?"

小格说:"粉丝们现在关注最多的是你对古典音乐的认知。"

我说:"好,这是我最熟知的部分。"

小格点了一下手机,对着我比画"OK"手势。

我快速梳理着古典音乐的储存,很认真地对着手机镜头开讲:"大家好! 很高兴你们对古典音乐感兴趣,今天,我就带你们先去了解一个音乐史上的天才,他就是莫扎特。莫扎特出生于1756年的萨尔茨堡,他四岁开始作曲,六岁开始在欧洲巡回演出,这一切都源于懂音乐的父亲对他刻意的培养。莫扎特只活了三十六岁,却给后人留下600多首作品,其中包括63首交响乐和5部小提琴协奏曲,今天我要重点给大家讲一讲,莫扎特创作600多首作品,为什么只有5部小提琴协奏曲……"

自从直播以来,这是最长一次演讲,我十分用心讲解了二十分钟,给粉丝们呈现莫扎特的音乐生涯。做完直播后,小格噘着嘴巴告诉我,说粉丝掉了将近一百万。我有些纳闷,此前发牢骚的视频吸引来几百万粉丝,等我认真讲演一位古典音乐天才时,粉丝却掉了一百万。

就在此刻,突然响起了敲门声。我和小格对望一眼,她也是一脸迷惘,我示意她先穿衣服。敲门声再次响起,还有悦耳的门铃声,门外的人似乎很是着急。看到小格穿着停当,我走到门前打开房间门,发现走廊挤满一群男女,全都对着我举起手机。

十四

星级酒店把我赶出来,因为前来给我做直播的人太多,影响酒店正常经营。酒店保安人手不够,驱赶不走疯狂的直播者,便打电话报警。警察赶到酒店后,直播者们更加兴奋,像是挖掘到大新闻,我从酒店房门的猫眼里看到有人举着两部手机,对着警察肆无忌惮地拍摄。警察、保安和酒店的负责人站在走廊里商量着什么,不一会儿,我房间里的座机铃声响起来。小格接听电话,一个劲儿地点头应承。

小格放下电话,一脸兴奋地说:"酒店会派保安和警察保护我们离开酒店。"

我问小格:"我们相当于被酒店轰走的,你有什么可兴奋的?"

小格说:"外面一走廊人都在做直播,你的关注度已经嗨爆了,刚才掉粉是个意外,咱们发大财的日子到了,傻瓜。"

就在此刻,我的手机响了,竟然是上海人冯老板,他劈头盖脸地问我:"维瓦尔第的《四季》怎么少了一张黑胶唱片,这是我最喜欢的一套小提琴协奏曲……"

我瞬间有些发蒙,全部黑胶唱片已经葬身推土机下,我并没有把黑胶唱片卖给冯老板,当时送他的那张唱片也不是维瓦尔第的《四季》,而是披头士的Abbey Road,他何来的质问?

我迟疑地问道:"你说的什么维瓦尔第? 我的确收藏过一套《四季》,那套《四季》总共三张黑胶唱片,我收藏的时候就少一张……"

冯老板的口气很不友善:"不仅《四季》少一张,你原来说有2483张黑胶唱片,我现在刚刚清点完所有唱片,总共是2251张,少了232张,你还好意思涨价问我要150万,做人要讲诚信,侬晓得不?"

我压抑住激动的心情,问道:"是谁把唱片卖给你的?"

冯老板说:"除了老瘪还有谁,他说是你委托他出售的……"

我和小格在警察和保安的保护下,挤过走廊,直播者兴奋地大声叫嚷着:"余大师,这个女人是你的女朋友吗?"

"余未来,给我们讲一讲大唐盛世吧,戏说的那种。"

"余大师,贝多芬和莫扎特,你喜欢哪一个?"

"我们的《梁祝》不比西方的小提琴协奏曲差吧?"

"《二泉映月》就比理查德·克莱德曼牛×,你敢说不对吗?"

我回头对着那个人说:"归类才能比较,我说垃圾桶不如你牛×,你愿意吗?"

提问的人居然笑了,他身边的人也跟着他一起哄笑着。

快走到电梯间的时候,有人塞给我一张名片,冲着我大声喊道:"你刚才发的视频风格不对,我们是一个专业的直播团队,能把你包装成国际网红,记得给我们打电话。"

小格从我手里夺走名片,扔出电梯间。乘坐员工电梯下到酒店地下车库,电梯间外面停着一辆奔驰越野车,小格打开车门,把我推进车里,她也跟着钻上车。越野车片刻不停,急匆匆地冲出地下停车场,开车人正是老瘪。

我问老瘪:"你不是得了肺癌吗?"

老瘪说:"一时半会儿还死不了,在我最后的日子里还能帮你一把,我也算是没有白活一场。"

我鄙视着老瘪的后脑勺,寻思放一句狠话给他听。结果手机铃声响了,还是妹妹打来的电话:"哥哥,我在网上看到你从酒店里跑出来,你现在在哪儿?我和妈妈都在担心你,妈妈急得都快晕倒了,你快点回家来,我让你妹夫去买你最爱吃的……"

妹妹突然卡住,我问她:"我最爱吃什么?"

妹妹大概有些尴尬:"哥哥想吃什么,就让你妹夫给你买什么,只要你回来。"

我挂断妹妹的电话,关闭手机。我能挂断电话,也能关闭手机,却如何都控制不住眼泪。奔驰越野车驶过冬天深夜的街道,车后有几片枯败的树叶飞舞起来。车内的黑暗中,我的眼泪滑过脸颊,滴落在我已经关闭的手机屏上,发出一声声轻微的"吧嗒",这声音只有我自己能够听得到。泪水里有委屈,有愤怒,有悲伤,我对抗这个虚伪世界的力量只剩下眼泪。

老瘪把车开进一个小区,带着我和小格乘坐电梯上到19楼,进入一套简装的三居室。

老瘪说:"这里安全,你们在这儿一天24小时直播,也不会有人来打搅。"

我问老瘪:"你为什么帮我?"

老瘪说:"废话,我们是好朋友。"

我盯着老瘪的眼睛,问道:"好朋友是用来出卖的吧?"

老瘪点上一根烟,嘿嘿一笑:"几天不见,你学会幽默了,不瞒兄弟你说,我的钱全被情人卷走了,现在想赚钱治病,所以就靠你了。"

小格举着手机,在一旁催促道:"赶紧直播,粉丝不能再跌了! 我建了一个我们三个人的工作群,咱们以后就是余哥哥的直播联盟。"

老瘪一点不像是肺癌晚期的样子,满脸泛着油腻的光泽,他从包里掏出一盒大杏仁,对我和小格说:"这是我找到的货源,成本价8块钱,咱们直播带货两盒卖99块钱,一本万利啊。"

小格瞪大眼睛问老瘪:"这么便宜?"

老瘪说:"快过期了。"

小格很是兴奋:"余哥哥组织一下带货的词,例如古典音乐鉴赏大师给你送来真正的巴西干果,三百万粉丝就算百分之一的人购买,那就是6万盒,一次直播就能赚200多万,妈呀!"

老瘪冲着我伸出大拇指,说道:"我没有看错,你真是个人物,做几天直播赶上我一辈子辛苦赚的钱!"

小格在一旁支好三脚架:"来吧,余哥哥,再抖一个猛料,把刚刚掉的粉吸回来。"

我说:"不着急,你们首先得让我相信,我的直播真能赚这么多钱。"

老瘪问:"怎么样才能让你相信?"

我说:"往我的微信钱包转150万,我就相信。"

老瘪和小格对望一眼,两个人大概都用了征询的眼神,所以谁都没有开口说话。

我走到门前,回头对两个人说:"我现在心情不好,到下面院子里透口气,你们俩商量一下,商量好了就往我微信钱包里转150万,作为我此前直播的劳务费,钱一到账,我马上回来开工直播,卖过期干果。"

说完,我拿着大姐送我的羽绒服走出房间,"砰"的一声关上房门。关门的声音虽然很响,但是我从说完话到关门,留下了足够的反应时间,那一刻,我很期待老瘪叫住我,说此事跟他没有任何关系,他只是作为朋友帮忙……

老瘪完全听懂了我的诉求,他没有看我,而是把眼神移向小格。那一刻,我的心寒冷到极限,禁不住上下牙齿开始打起冷战。走出小区的时候,我甚至不去辨认门口的特征,因为我不会再回来了。

我问门口的保安:"哪个方向是南?"

保安问我:"你要去哪儿?"

我说:"我要去南方。"

保安一脸莫名其妙:"南方?"

我说:"是的,南方暖和。"

当我走到这座城市的南站的时候,天色已经微微泛亮。我的手机振动了一下,我看到老瘪给我转了150万,我点开收账。这时,小格在工作群里发了一条信息:收到钱的心情怎么样?

我回复小格道:"十个贝多芬也弹不出我的悲怆,一百个阿炳也拉不出我的悲凉。"

老瘪说:"别矫情了,钱已经收了,赶紧回来直播带货吧。"

我发了一串鬼脸:"我不再做直播了,因为我不想做网红,更不想把富含黄曲霉素的干果卖给别人。"

老瘪问:"那你为什么要骗我的钱?"

我回复道:"我只是拿回属于我的钱,而且是你欺骗我在先。"

老瘪问:"我欺骗你什么了?"

我回复老瘪最后几个字:冯老板,大力点!

在开往上海的高铁上,我一路睡到济南,才算有了精神。我掏出手机来查看时间,发现嘉华发来一条信息:我看到视频了,《千里烟波》今天上升到排行榜第一名,余先生,感谢你!

第一次有人称呼我为先生,心里很是欣慰。我把身体缩进舒适的靠椅里,闭上眼睛养神。

没错,我要去上海找冯老板,把我的黑胶唱片赎回来。两千多张黑胶唱片,每一张都倾注了我的情感,它们已经不再是一个记录音乐的载体,而是我对生命的注解和信仰。失去它们,我的生命将不再完整,不再完整的生命,活着又有什么意义呢? 在那些孤独的夜里,肖邦的《夜曲》帮我驱走寂寞;在我思念小格的深夜,李斯特的《爱之梦》奏出我的深情婉转;还有一个狂风掀掉窝棚油毡纸的晚上,柴可夫斯基的《六月船歌》遮蔽住窝棚外的狂风呼啸,让我听到威尼斯的海浪拍打"贡杜拉"船舷的惬意。我爸爸离开的那个晚上,我先是播放了莫扎特的《安魂曲》,可是我爸爸除了赚更多的钱之外没有任何信仰,我想上帝之于我的父亲也不会有任何作用。于是,我换了一张门德尔松的《仲夏夜之梦》,在轻松明快又浪漫的管弦乐序曲中,我竟然沉沉地睡去了。

那些陪伴过我的黑胶唱片,就像一个个色彩鲜明又卓尔不群的女人,我曾与她们共度无数个缠绵悱恻的良宵。如今,她们被我的朋友出卖给另外一个陌生人,如何能不让我心疼和焦虑呢?

我有一万个理由,去上海赎回我的黑胶唱片。

赎回唱片之后,我……是啊,赎回唱片之后,我又该何去何从呢?

我去哪里安置我这些心爱之物呢?

我已经失去最后的栖身之地,我万万不可能带着两千多张黑胶唱片去流浪。一想到如何安置我的黑胶唱片,我变得更加焦虑,焦虑到坐立不安……既然我是网红,我可以做网络直播带货呀,我就能赚到更多的钱,买上一套三居室,装修一间专门听黑胶唱片的防静电试音间。可是,做网红赚很多钱,是我想要的生活吗?网络上那些浅薄的粉丝既没有审美,也没有是非价值判断,他们仅仅是围观瞧热闹。我随便发发牢骚骂几句,他们便蜂拥而至,我只是满足了他们对反差的猎奇心理,毕竟不是每一个"垃圾人"都能听得懂古典音乐。

车窗外,江南池塘星列,绿植环绕,异于北方的萧瑟。我闭上眼睛,想象着荷塘月色、钱塘大潮、柳浪闻莺,可是我如何都无法奔跑,无法像在垃圾堆上听着《图兰朵》那样奔跑。此刻,我只剩下焦虑和懊恼。在这样的焦躁不安中,我纠结到了上海。

随着人流,我恍惚着走出站口,站在虹桥交通枢纽广场上,我又变成了另外一座都市的"外地人"。这或许是我的宿命,走到哪里都是"外地人",永远都找不到我的归宿。中国人的乡土观念为什么这么浓厚?难道这是农耕文明的精神遗产?这样的文化和精神遗产真的好吗?能够传承五千多年的文化,为什么在我身上没有丝毫印记?难道是因为我没有在学校读书吗?我带着满脑子问题,站在熙熙攘攘的虹桥广场上,像一个傻瓜,更像是一个弃儿。

有一种人,生来无根,死亦无归,活着的时候不牵挂一人一物,死后也不被一人一物所牵挂,这便是终极自由。要做到活着的时候不牵挂一人一物,我还要那两千多张黑胶唱片做什么?

凝神良久,我做了这辈子最难的抉择:放弃我的黑胶唱片。

冯老板是一个黑胶音乐发烧友,我那些心爱之物能够落在他手里,肯定比跟着我更安全更安逸。而我赎回黑胶唱片,相当于给自己套上物欲枷锁,再也无法做到像一条狗一样去生活。

做完这个决定后,我长长吐出一口气,顿时觉得轻松起来。等等,一条摒弃物欲的狗,还需要带着150万去流浪吗? 我思虑片刻,决定卸下我最后的枷锁。我打开手机微信,给废品集散地六个罹患肺癌的家属每家转账20万,包括我妹妹,并给他们留言:这是老瘪补偿你们失去亲人的抚恤金。

剩下的30万块钱,我转给老瘪20万,并给他留言:我就当你真的是肺癌晚期,既然是晚期就别糟蹋钱了,这20万是给你结发妻子的生活费。江湖路远,咱们各安天命!

我把最后10万块钱转给小格,她毕竟是我爱过的女人。就像是我曾经听过的一张黑胶唱片,它给予过我愉悦,我便不可慢待它。

做完这些事情之后,我关闭了手机,因为我不想看他们的回复。我交出所有欲望,只想成为一个平凡的人。这些天来,我做了很多事情。在我生硬地撕开人性黑洞的时候,还是尽我所能地给予一点温暖,让人们看到希望。这希望源于善念,这个善念结缘于那位送我羽绒服的大姐。冬天是一个严酷季节,它寒冷的全部意义是让人感受温暖。

接下来,我想继续往南方走,因为南方更温暖一些。

我的未来有很多不确定性,但我不再害怕,因为我一无所有。

【作者简介】余耕,祖籍青岛,中国作家协会会员。自不惑之年开始职业写作,先后创作长篇小说《德行》《当心你的狗》《古鼎》《如果没有明天》《耳房》《金枝玉叶》,中短篇小说《魔伽咤》《笑苍山》《临摹》《寻亲记》《我是夏始之》《我是余未来》等。都市荒诞喜剧小说《如果没有明天》获第十七届百花文学奖,根据该小说改编的话剧《我是余欢水》在北京繁星戏剧村上演两百余场,改编的超级网剧《我是余欢水》成为现象级短剧,引发社会广泛热议。

K 线人生

云　舒

一

章玉溪铆足了劲儿向右下运笔,她认为"金"字的气势都在那一捺上。写了几次,那一捺不是长就是短,收笔处总是找不到沉甸甸的感觉。她想拍一张照片给褚晓光发过去,可她拿手机时却鬼使神差地端起了定窑莲花杯。她一边润嗓子,一边就想起了褚晓光的话:"常言说字如其人,单看您铿锵有力的一招一式,想不自带光芒都不行。"章玉溪放下茶杯,微微翘翘嘴角,轻轻甩甩胳膊,然后将洒金宣铺到案头。一对镇纸雨刷器般刮过后,洒金宣又妥帖又温顺,像极了春天新翻的沃土。章玉溪深深吸了一口这泥土的芳香,胸中便开始万马奔腾,她要乘兴把"金石基金"四个字播撒下去。就在大功即将告成的刹那,莲花杯搭着那一捺的顺风车滑落到地上,伴随着章玉溪清脆的"啊"的一声。

那只定窑的莲花杯本不在书案,半年来它一直在写字台旁边那张花梨榻床的小桌上,每天和那把刻有"天衢"印记的汝窑天青壶一唱一和,慢条斯理地消弭着主人章玉溪心中的躁气。今天莲花杯登台入案纯属偶然,更偶然的是从不下午写字的章玉溪竟然下午弄墨,直接导致了莲花杯的重伤。

半年来,章玉溪已经习惯了上午写字,写累了就读帖,读累了就打扫战场,让笔墨纸砚各归各位。她以在单位工作的强度让自己一刻也不停歇,以为这样就能美美睡一个午觉,眯着眼睛躺在榻上枕着《兰亭序》醉一场,也梦一场。这是她上班时跟褚晓光描绘了很多次的场景。褚晓光说,那是神仙过的日子,您不行。不管是企业还是我们都需要您扶上马、送一程。那时安静和午休对风风火火的她来说绝对是奢侈的事情,中午只要有一点时间,她都会忙里偷闲窝在沙发上眯一会儿,往往是身子还没放平,上下眼皮就开始打架,即便几分钟也能做个小梦。如今退休了,想睡到几点就睡到几点,却入不了梦。她把原因归结为书房的落地窗太明亮,明晃晃的大太阳在她眼前恣意地闪着金光,就像一个个企业,一个个项目走马灯似的在眼前起舞。为此她特意添置了纱帘,窗纱过滤后的阳光又轻柔又平和,洒落在书房里,舒缓、安静,差不多枕着她的脸颊就睡着了。可章玉溪的思绪依旧是天马行空,在温柔的困意中嗒嗒驰骋。一中午的刀枪剑戟让下午的时光总是昏昏沉沉,茶无味,字也没有感觉。她索性就放弃了下午的练习,看看财经新闻,找一找上班时的感觉。今天午休时,她收到褚晓光的微信,褚晓光问她:"师傅,石老板那'量身定制'的字写好了吗?"

那条语音跳动时,手机就在章玉溪的手里一闪一闪,她轻轻一点,褚晓光的声音就在耳边小心翼翼地飘着。章玉溪撇了撇嘴,她知道褚晓光是在问给金石的题字写好了没,可那话问得她更心烦意乱,就像一幅好字上滴下了一个墨点子。

章玉溪继续翻朋友圈。一边翻一边嘟囔:"哼,字写好了吗?如今你开始关心这字了,之前干什么去了?"这时,褚晓光又发来一杯热茶。章玉溪又是哼了一声,装作没看见。她想,退休了也有好处,比如此刻,她点了语音,点了图片,明明都看了,依然可以装作没有看见。如果还没退休,还在单位,只要在OA(办公自动化软件)上一点,对方就知道你阅过了,即便你不回应,褚晓光也会一溜儿小跑到办公室,红涨着脸说:"师傅,这是个急件,等着您审阅呢。"让章玉溪在这个徒弟面前既无法遁形,也没有一点回旋余地。

但此时章玉溪就可以由着性子晾一晾褚晓光,让他知道即便退休了,她也还是他的老大,他的师傅。想到电话那头褚晓光的样子,她不由得牵了牵嘴角,仿佛找到了写好那一捺的感觉。她翻身起来,再次运足笔墨,可惜还是没能一气呵成,收笔的关键时刻,褚晓光的电话再次打来,这电话扯住了章玉溪的气脉,碰掉了莲花杯的一个花瓣。她安抚完莲花杯后,狠狠地把手机调到静音,然而就在她再次拉"金"字的捺笔时,下意识看了一眼手机。手机像受到了某种照拂,突然噗噗噗地震了起来。褚晓光不屈不挠的电话让章玉溪无奈地扔下了毛笔。

褚晓光在电话那头急切地说:"师傅,明天是最后一天了,石老板都催我了,让我赶紧帮您把作品交上去。"

章玉溪想说,你如今那么忙,这点小事就别劳你大驾了。可也只是想,话在嗓子里转了一圈后就简化成了"哦"。

褚晓光在那头继续煞有介事地说:"师傅,您就等着请客吧。"

章玉溪又是"哦"了一声,只不过这声"哦"带着弧度,有点冗长,从二声下沉到四声,和章玉溪的嘴角一样傲慢地耸了耸。章玉溪的属下都知道,只要章玉溪发出这样的"哦",就说明报告有瑕疵,要发回重审。果然"哦"把声道打通后,章玉溪就清了清嗓子说:"我请客,应该是石老板请我才对,如若不是看你的面子,我才懒得给他写呢。"

确实在早些时候,章玉溪没有答应给石老板题字。一年多以前,"金石金融大厦"奠基时,石老板就跟章玉溪说,是你孵化了金石集团,将来大厦竣工后,就用你题的字。章玉溪当时并没有答应,尽管她内心是那么希望自己的字能镶嵌在大厦上。但她一个行长,扶持企业发展是分内之事,如果给自己扶持的企业题字难免让人浮想联翩,她不能给自己找这样的麻烦。但每次谈完业务,石老板都会认真地补充一句:"我们就要您的题字,您是金融家,有点石成金的妙手。"

这时褚晓光就会忙不迭地揶揄石老板:"得了吧,如果章行长不是书法家,你会要她的字吗?"

章玉溪嘴里说着你们就拿我开涮吧,心里却当了真。她对金石的项目愈加上心,这上心一是因为石老板懂事,二是因为这个项目关乎她的去留,项目顺利的话,她就可以凭借业绩再升一级。可别小看这一级,这一级决定了她可能再多上五年的班,不然,她一年后就到站了。

那时她常常安慰自己,升有升的好处,退也有退的安逸,比如退下来无官一身轻,给金石题字也就无所顾忌了。但在项目里摸爬滚打了半辈子的她并没有做两手准备,凭借经济走势和她的能力,金石项目势在必得。但现实却跟她开了个玩笑,板上钉钉的金石贷款在她退休前出了纰漏,没能落地,她也就在毫无准备中退了下来。

退下来那天，褚晓光说："师傅，您放心，我一定把金石的项目盯下来。您就放开手脚去做自己喜欢的事情吧，期待您的字早日在金石金融大厦安家落户。"

章玉溪当时嘴里应着，终于解套了，心里却不是滋味。她更愿意听到褚晓光说，我们离不开您，您得人退心不退，多关心行里的发展，多指点我的工作。可褚晓光没说。

那一刻章玉溪有些失落，她告诫自己，退了就是退了，自己要慢慢适应，何况自己还有爱好。她把自己的人生放到那个屡试不爽的贷款模型里，验证的结果是书法爱好压倒了到典当行、投资公司重新任职。贷款模型是她考察贷款项目的独家秘籍，她套入管理、运行、刚性收益三个指标，项目的可行与否就高低可见了。就如褚晓光和小李经理说的那样，章行长只要到企业一扫描，就知道项目行不行。

退休时，金石集团的石老板不仅没有责怪项目搁浅，反而邀请章玉溪到金石发光，给她留了个金石基金总经理的位置。章玉溪也不是没有动心，但她知道在银行做项目和到金石做基金是两码事，再说金石集团是自己扶持的企业，自己如果到金石任职，就难免生出瓜田李下的嫌疑。她是褚晓光的师傅，在此之前褚晓光多次表达需要她垂帘相帮，她想即便褚晓光一时不好意思马上说，遇到问题也会找上门的。她甚至想，如果他上门，自己是不是需要矜持一下，需要他三顾，像过去一样先等他啧啧评完她的书法，再让他汇报一个个项目。

但时间告诉章玉溪这只是她的臆想。事实上别说三顾，就是一顾也没有。她为褚晓光开解也为自己开解，新官上任忙着出业绩。等小李经理告诉她金石的贷款落地时，她嘴里说着"好、好"，却被贷款的鲠卡住了手指的喉，以至于一滴墨不小心甩出来，白白糟蹋了一幅好字。

几天后她坐在退休老干部席上看到褚晓光举着奖杯感言。褚晓光说："感谢总行党委的正确领导，感谢各部门的大力支持和帮助……"她侧着耳朵听，生怕漏下每一句话，但通篇她没有听到褚晓光提章玉溪一个字，甚至连擦边儿的意思都没有。这算什么呢？这个项目从播种到育苗到开花坐果，是她带着他一起浇水施肥的。这时，早她退休的老行长庞蓝碰了碰她的胳膊，指着台上的褚晓光说："还是你有远见，培养自己的徒弟接班。如今你挥挥手去喝茶，去写书法,留下你打的江山让徒子徒孙们坐,还不等于就是自己坐?哪像我,傻乎乎的也没有培养个一徒半弟,到头来总行空降一个,瞬间就改朝换代。"

她嘴里回复庞蓝说:"都是行里的统一部署,哪有什么自己的小王朝。"但心里却不免生出千秋万代的自负。自负之余,就抬头看了一眼台上的褚晓光,这一看让她下意识地打了个激灵,她忽然发现那个红光满面的褚晓光怎么看怎么不像自己的徒弟了。

她表面上微笑着,做出气定神闲的样子,但心里却虚得很,慌得很,可这虚、这慌又不好当着庞蓝他们这些退休老行长表露出来。在庞蓝羡慕的语气中,她仿佛又找到了那个光芒四射的行长的感觉,这时她才发现确实行里的人对她比庞蓝等人多了一些殷勤,老干部处的小于把她的桌牌摆在了老干部席的正中间,还一个劲儿地夸她,老有所长老有所为,嚷嚷着要求她的墨宝呢。庞蓝等小于离开后就撇着嘴说:"小于家的侄媳妇刚调到你们新华支行,她这是想通过你和褚晓光修好呢,这也太露骨了吧。"说完肩膀一耸,夸张地打了个寒战。

章玉溪只是笑笑,她没接话茬儿,也没法接话茬儿。当时她心里正想着庞蓝,想着若不是庞蓝的女婿郝艺林在总行纪检处当处长,庞蓝的级别也坐不到中间位置呢。这样想时她就瞟了一眼会场,这一瞟就瞟到了角落里的老侯行长,老侯行长半闭着眼睛,花白的头啄米般一点一点,一丝亮晶晶的口水线不合时宜地在嘴角挂着。老侯行长的样子让她的心不由得一疼。她刚上班时是暗恋过老侯行长的;那时的侯行长年富力强,喜欢舞文弄墨,是公认的官场文化人。退休时也没见他老呀,这才几年工夫?可见人真是不禁老,退下来、闲下来,简直就是老的罪魁祸首。

章玉溪重新审视着自己的退休生活,她觉得自己捡起书法真是太正确了。可一旦练起书法,脑子里就不时泛起谁谁跟她求过字,一想二想就发现还真是欠下不少,比如单位的职工之家,比如金石金融大厦,比如庞蓝的女婿总行纪检处处长郝艺林等,这不刚才老干部处的小于也说要求一幅呢。

近水楼台先得月。她想着退休后的第一幅作品应该是还单位职工之家的愿。她从上百幅练习中挑出一个"快乐工作、健康生活"的六尺,想象着它如一缕阳光洒在职工休息室。她想若是褚晓光在,他一定会这样说。不,褚晓光还会把那光照在职工脸上心上的灿烂都演绎给她听。想着想着她就被自己的想象感动了。职工休息室建成后,工会主席就等着章玉溪的墨宝给职工之家生辉,可章玉溪却忙着金石的项目,当时她的精力都在金石金融大厦项目上。她常常教育员工,客户和项目就是我们的衣食父母,忙于职工们衣食的她,就只好任墙壁静若处子。退休后,她不用扬鞭自奋蹄地写出了这幅六尺,然后就在家布好茶等褚晓光来取,等着他把生活褶皱里的那一丝光提炼出来。等待时她还把最近满意的作品一一挂到书柜上。她知道如今褚晓光接了她的班,忙得不亦乐乎。作为师傅,她要体谅他,况且他也已经出徒了,那么就不能浪费他太多的时间和精力去褶皱里寻光。她要把生活铺展开来,让他一目了然。可茶都凉了,褚晓光也没到。她顺手就把那熟悉的号码拨过去,褚晓光压着声音说,总行临时有个会,我马上派人过去取。她当时有一丝失望,但也有一丝成就感,自己的徒弟忙是好事,就如同自己的孩子忙一样,他们走正道,她才能心安。

字是客户部小李经理来家取的,小李经理不懂书法,但看着书桌上那一沓沓练习纸,一边喝茶一边啧啧赞扬。看到"金石基金"四个字时奉承道:"章行,您参赛一定能拿奖。"

章玉溪莫名其妙地问:"参啥赛?"

小李经理说:"咱们的重点客户金石在公开征集新大楼的题字呀,昨天公众号都发出来了呢。"一边说一边认真翻看那厚厚一沓"金石基金"的练习。那肢体语言的意思再明显不过了:"章行长,您别装作不知道,不然怎么会这么早就开始练习了?"

谁知章玉溪的脸就像门帘,一下就掉下来了。她答非所问地说:"我就没有看公众号的习惯。"

"嗯,就是,就是。"说完小李经理就溜走了。跟了章玉溪这么多年,小李经理知道自己捅了马蜂窝,但他不知道自己用什么捅的,自己手里明明没有棍子呀。

小李经理前脚走,章玉溪就随后拨通了褚晓光的电话。电话不知疲倦地嘀嘀响了很久,才传来褚晓光压低了的嗓音:"师傅,有急事吗?我还在开会。"

章玉溪听到了比褚晓光的声音还清晰的会场传来的声音:"今年的重中之重是防范和化解金融风险……"她想等那声音小一点或消失后再说话,她甚至在心里计算着褚晓光起立、往外走的时间,因为会议室的位置是固定的,她每次接到电话要有30秒才能走出会议室。但会场的声音依然响亮,一声声不屈不挠地清晰传来,传到60秒时,章玉溪"啪"的一下就挂了电话,挂上电话后又摁了一下开关键,关了手机。

她走到书桌前,把那一沓练习纸撕了个粉碎。

二

老陈进门时,章玉溪正在榻上打坐。说是打坐,但那一声"你怎么这么早就回来了",生生透露出了章玉溪内心的河沸江腾。回家的路上老陈想,章玉溪一定是写字写得着了迷,手机没电自动关机了,但劈头盖脸的风声里分明透着欲来的山雨。他扯起一片云彩奉承道:"真是功夫不负有心人,你现在都能双腿盘坐了。"章玉溪没有像以往一样所动,而是又追问一句:"你今天怎么这么早就回来了?"

老陈不再游弋,直截了当地说:"袁同利打你电话,你关机,就让我回家送鸡毛信,说是你们一个叫高晓明的师兄来了,晚上请你去吃饭。"

"我不去,如今我一个退了休的闲人没必要去捧那些达官贵人的脚。你不忙了?还专门替他传这个信。"章玉溪依然盘坐着,但并不影响头扭过来狠狠瞪了老陈一眼。

老陈无辜地张张嘴,想劝解一下,却不知道说什么好,好在这时手机铃声适时响了起来。老陈把手机伸到章玉溪面前说,又是袁同利。

章玉溪盯着手机看了几秒,然后又瞪了老陈一眼。老陈耸耸肩,把手机放到榻上,踱着四方步出了书房。章玉溪一边喊"老陈,老陈",一边无奈地滑动了接听键。

"你厉害呀,掐着领导的脉搏。"电话那头袁同利调侃着。

"你更厉害,居然直接给领导派活儿。"章玉溪毫不犹豫地怼回去了。

"好了,好了,不跟你开玩笑了。若不是高晓明点名找你,我哪敢冒着领导吃醋的风险给陈局打电话。说正事,你赶快梳洗打扮出宫吧。对了,别忘了带上领导保驾护航。"

"高晓明?是咱们的优秀校友夏阳集团的高晓明?"

"是他!"

章玉溪放下电话,一个鲤鱼打挺从榻上跳下来。她一下午都在懊恼自己当初没去金石任职,哪怕是顾问呢。如果那样,自己的字也就能顺理成章镶嵌在

062

金石大厦的楼顶上了,半路也不会出现公开征集题字这种事。郁闷间,袁同利的电话无疑是一道光,因为夏阳集团在那光束里金碧辉煌。她知道夏阳集团并购业务如火如荼,高晓明来金城绝不是单纯聚会这么简单,她预感到这也许是自己重出江湖的好机会。如果是那样,不仅自己可以和金石争业务,连褚晓光也要像维护大客户一样重新认回这个师傅。她不由得踌躇满志地伸了伸胳膊。

章玉溪像出席签约仪式一样翻出了职业装,对着镜子一照,肩溜下去半截,衣服在身上晃里晃荡。她"啧"了一声后问老陈:"我是不是瘦了很多呀。"

老陈说:"咦,你还真是瘦了,怎么闲下来反而瘦了呢? 不过也好,有钱难买老来瘦哈。"

章玉溪瞪了老陈一眼:"你会不会说话,我有那么老吗? "

老陈说:"按世卫组织最新年龄划分,六十以下都还是青年呢。对了,我晚上还要审个报告,就不去了。你记着打开手机。"

章玉溪换了一套新买的休闲装,衣服很合体,但章玉溪就是觉得状态不对。她又把职业装换上,虽然宽松了一些,但一换上职业装,立颈、立腰,整个人就精神了许多。她一边开手机,一边心里盘算着明天要不要去重新买一身。

手机刚一开,褚晓光的电话就蹿了进来:"师傅,这一天的会满满的,我真体会到您当年是多么忙了。"

章玉溪不耐烦地哼了一声说:"那你先忙吧。"

还没等章玉溪的话音落下,褚晓光就急急地说:"师傅,您看到金石公开征集大厦题字的消息了吗? "

章玉溪又是重重哼了一声,比她过去不屑于或不满意时的哼还重。她对着褚晓光不用遮掩,她就是要让他知道自己不高兴了。如果褚晓光做金石贷款时让她垂帘,如果褚晓光还真把她当成师傅供着,石老板还好意思公开征集?

褚晓光说:"师傅我就是怕您看到心里不痛快,所以第一时间看到就赶快给您打电话。我想石老板也许就是想通过征集造造声势,给金石变相做做广告,毕竟要改行做金融,需要提高知名度。"

章玉溪说:"你以为我就那么愿意给他题字。之前若不是他三番五次求我,我才懒得给他写呢。"

褚晓光说:"就是。不用您的字,损失的是他们。不过,石老板也没有说不用您的,您就写吧,我也是评委,到时候我跟其他评委推荐一下。"

章玉溪又重重哼了一声:"不必了。"说完不等褚晓光说话就匆匆挂断了电话。

章玉溪赶到时,包间里只有袁同利和高晓明。还没等袁同利开口,高晓明就一口浓重的唐山腔说:"来了。"

在来的路上,章玉溪一直想高晓明当年是什么样子呢。她在媒体上看到过高晓明,有些面熟,但除了知道这是高她两届的师兄,脑子里一点印象也没有。在她的记忆里,上学时和后来若干年,她和高晓明并没有交集。如果不是夏阳集团董事长的身份,她或许就不知道还有这样一位校友。但高晓明一开口,章玉溪便一拍脑袋哈哈笑了起来,那声调帮她找回了当年的记忆:"我知道你是谁了!"

高晓明说:"你早就该知道我是谁了!"

袁同利诧异地看着两人,然后用手指点点桌子说:"你们这是唱的哪出?"

章玉溪笑着说:"不告诉你。"

袁同利说:"那好吧,你们都暗度陈仓了,我这栈道修得也就没劲儿了。"

高晓明笑着说:"袁主任还是这么小心眼。当年我毕业时,我那导师,就是那个总带我练书法的王老师见我形单影只,就把章才女介绍给我。可惜我们刚绕操场走了半圈,章才女就走掉了。"

章玉溪笑着说:"冤枉,冤枉呀。我跟着你走了半天,你一直低着头,看都没看我一眼。我只好说有事先走了,你也不挽留,满打满算就用唐山话说了一声'来了',一声'去呗'。"

袁同利学着高晓明的腔调说:"来了,我以为你是为了扩大版图来了,谁知你是别有用心呀。"

高晓明说:"二者兼而有之,不,是三者。"

袁同利竖了竖大拇指说:"高,高,实在是高。既然都是自己人,你就把你的意图直接说出来吧。"

果然不出章玉溪所料,高晓明确实是为了夏阳集团的并购而来。但她没想到的是夏阳集团瞄准的收购对象居然是金石集团。她太了解金石集团的石老板了,说好听点是事业心强,说通俗点就是野心勃勃,石老板习惯了当老大,怎么可能屈居人下。想到这里,她看了一眼袁同利说:"袁主任,你这个金融办主任也太官僚了吧。我已经退休了,这个忙是帮不了的呀。再说有你出面,哪个单位不买你三分面子？"

"我当然知道你退下来了，所以我才向高师兄推荐了你。"

章玉溪问："除了金石，还有其他目标吗？"

高晓明说："没有。老公司业务量大，资金池里难免鱼龙混杂，一旦爆雷，还不把我炸个半死。小公司要一家家整合，投入产出不成比例，划不来的。我们前期做过市场调研，金石刚刚从实业转型金融，经验和人才都相对缺乏，并入夏阳，借助夏阳的管理、研究团队，是双赢的事情。"

章玉溪说："听起来不错，但你们和金石接触了吗？"

高晓明说："没有，这家公司年轻气盛，是针扎不透，水泼不进。所以才请你出马。"

章玉溪仔细打量着谈论工作的高晓明，除了"来了"那声之外，再也没有了当年的影子。那种成功人士的优越感，那副志在必得的神情，让她来时打的那点鸡血一点点变凉。她不自觉地扯了扯嘴角说："我们银行有八大禁令，尽管我退休了，但大张旗鼓地改弦易辙总不好吧。"

志在必得的高晓明不知道章玉溪是不识抬举还是欲擒故纵，一时间就把这疑惑抛向袁同利，袁同利显然还没排好兵，就披挂上阵了。"规定是规定，好多事情还是有回旋余地的，你章行长当年也没有少打擦边球。"袁同利说。

"哎哎，你堂堂金融办主任这样给我扣帽子，是想罚酒呢，还是想……"没等章玉溪说完，高晓明便倒了满满一大杯白酒放到袁同利手边说："当然罚酒了。"

袁同利用右手捂住额头和眼睛，委屈万分地一边往下拉一边说："我好心好意为你俩穿针引线，你们却合起来挤对我，好歹也陪上一小杯吧。"

推杯换盏几杯下肚后，高晓明就又扯出了那半圈操场。袁同利笑得前仰后合，但章玉溪却没有刚进来时那么激动了。她在想着如何收场，下午一受刺激就想重出江湖，可冷静下来她也知道，闯荡江湖绝不是那么容易的，比如这个金石就是无法攻克的，如果业务拓展不了，自己在高晓明那里的估值也就一泻千里了。如今完美收官，重拾书法，说不定还真能练成书法家呢。自己在心里这么一评估，就难免烦躁起来，她拿了一张餐巾纸，装作去洗手间的样子出了包间。

"师傅，真是您呀！"褚晓光变戏法般从身后赶上来。章玉溪撇撇嘴说："这地方我现在来不合适吗？"

褚晓光脸一红说："放下您的电话，我就约了石老板，想问问他题字的事。您是……"

"我和几个老同学吃饭。"说完章玉溪就径直走进卫生间。她磨蹭了半天，为的是躲开褚晓光，谁知，褚晓光没躲开，袁同利反而追了出来。出来时褚晓光正扶着有些微醺的袁同利。袁同利看见章玉溪说："我说这点酒对章行来说就是毛毛雨，可高晓明就是不放心，非逼着我出来寻你，你看人家对你多关心，你快点回去吧。"说完就在褚晓光的搀扶下进了洗手间。

章玉溪回到包间后，高晓明一边倒酒一边说："你可不能像当年一样把我再扔到半道上。"

章玉溪用手挡住酒杯说："不是我不帮忙，你就是给二十倍的市盈率，那个石老板也不会卖掉金石的，你们还是重新选择目标吧。"

高晓明推开章玉溪的手，给她斟满了酒，然后端起酒杯说："话先别说那么早。人都有弱点，企业也不是铁板一块，我就看准他了，也看准你了。金城夏阳总经理的位置早晚给你留着。"

两人的杯刚碰到一起，袁同利就带着褚晓光进来了，随后石老板也端着酒杯走了进来。袁同利一一介绍后，石老板说："章行，几日没见，你怎么就瘦成这样了，我每天健身就是瘦不下来呢。"石老板说这话是想讨章玉溪的欢心，他确实没有体会到此时瘦对章玉溪的含义，更没想到自己有朝一日也会瘦成另一个自己，当然这都是后话，此时石老板正沉浸在自己风趣又不失机智的奉承中。

章玉溪嘴一撇："也是，几日没见，石老板越发富态了。看来如今这肉身也是势利，就知道追随财富，我一个闲人只有瘦了。"

石老板尴尬地笑了两声后对高晓明和袁同利说："你们这位同学是我们金石的贵人，两位领导见谅，我得知恩图报呀。"

章玉溪挡了一下酒杯，然后指了指高晓明和袁同利说："你是商人，应当知道哪个更有利。你还是先敬远道而来的高董吧，以后证券、基金投资业务你还要向人家高董多学习呢。"

"恭敬不如从命，我就是愿意听章行的。"说完石老板和高晓明碰了杯，交换了名片。章玉溪说袁主任是掐着你命脉的，这不用我说了吧。石老板笑着说：

"明白，明白。"

到了章玉溪这里，章玉溪说："我就不喝了，最近习惯晚上练书法，喝了酒，那字就真天马行空了。"

石老板说："你不喝哪行？这样吧，你给我个机会，我喝白酒，你喝白水。"

袁同利一边鼓掌一边说："好，好。"

章玉溪撇了撇嘴说："哟，你们都是在位的，好意思让我喝白水，最起码也是茶水吧。"

石老板愣了一下，然后煞有介事地说："若不是为了求您的墨宝，我怎么能让袁主任省下这杯酒。"说完自己就连续干了三杯。

高晓明带头鼓掌，然后说："章行不能偏心，我也要留才女师妹一幅墨宝。"说完又对众人说，"不瞒各位，当年自己的梦想就是能有一幅章才女的书法，可惜这梦一做就是三十年。"

袁同利没等章玉溪说话，就拿出了金融办主任的派头擅自做主说："立即、马上、圆梦。今天在场的每人一幅。"说完也不管章玉溪同意不同意就让服务生拿来了笔墨纸砚。

章玉溪甩了甩手说："写就写，大不了你们一出门就当废纸扔了。"章玉溪在众人簇拥下来到套间的书案前，她让笔在墨中尽情吸吮着，等毛笔吃奶般咕咚咕咚打了饱嗝，她才用砚台给它擦拭多余的汁液，左一下、右一下、右一下、左一下，然后快速挥毫写下了四个字：厚德载福。写完后众人竖起大拇指，袁同利说："这个我喜欢。"可章玉溪落款题赠的却是褚晓光。她说喜欢也不行，师徒一场，还从没给晓光行长写过字呢。

第二幅"宁静致远"落款后，高晓明说："这阵仗，非袁主任莫属。师妹了得，师妹了得。"章玉溪笑笑说："什么了得呀，只不过是平常练习的这几个，不然哪敢拿出手呀。"说完就又写了四个字：静水流深。

袁同利问："这是给石老板的？"

章玉溪说："还真不是。"

章玉溪放下笔问石老板有没有什么心仪的词。石老板笑着说："当然有了，我求章行的墨宝也求了十几年，就那四个字，你知道的。"袁同利就有些醋意地说："你看你们总是打哑语躲避监管，这样是要犯错误的，别说了，赶快写吧。"章玉溪说："我一个退休的人，早就不在你监管范围内了。石老板，咱就不当着他的面写,是吧?"

石老板哈哈一笑说:"当然,我那幅可是量身定制的。"

三

章玉溪问老陈:"我是去夏阳还是去金石呢?"

老陈说:"你总说做了一辈子金融,退休后要换个活法,干吗还要去再费那个力气?"

章玉溪不满意地看了一眼老陈。老陈并不理会她,像个没事人一样,继续坐在沙发上看球赛。章玉溪想,干吗? 为利更为名呗! 看看我才退休多久,连你也敢轻视我了,如果再这样虚度下去,还不坐吃山空。我可不想像隔壁李姐一样,一不留神把自己的名字都给弄丢了。有人叫李姐琪琪妈妈,有人称呼李局夫人,有人干脆就喊李姐。前几天章玉溪去小区旁边的公园散步时,碰到李姐,就顺口问了一句李姐在哪儿上班,李姐笑了笑说:"我原来在邮局,老李前些年在下面挂职,为了带琪琪,我就买断了。"章玉溪说:"可惜了,后来邮局新增了邮政储蓄,如今又改成邮储银行了。"李姐说:"谁说不是呢,就差一年,连退休金都泡汤了。让老李给找找,老李就是不肯。"章玉溪说:"我跟邮储的行长认识,我试着问问,看能不能续上社保。"李姐自然是感激万分,当下就把名字和基本情况告诉了章玉溪。章玉溪回家对老陈说:"一直李姐李姐叫着,原来李局爱人不姓李呀。"老陈说:"不姓李姓啥? 姓张?"章玉溪说:"还真让你蒙对了,人家真是姓张,叫张雅青,名字还挺好听呢。"

章玉溪习惯了章行长的称呼,什么陈局夫人、诺诺妈妈呀她听着别扭。但仅仅多半年,章行长这个称谓就岌岌可危了。先是快递员打电话直呼其名:"章玉溪,你的快递放收发室了,记着来取。"再是庞蓝把姓也省略了,庞蓝说:"玉溪,重阳节去林西湖游湖,你怎么不去呀? 我还想和你搭伴呢。"庞蓝还说:"薇薇、苗艳、晓新都去,五朵金花就差你了。"章玉溪回应:"都退了休的老眉咔哧眼,还啥五朵金花,我真是有事呢。"庞蓝说:"就知道你不肯闲着。"末了酸溜溜说了一句,"那玉溪你就一枝独秀吧。"章玉溪想我还真是不能步你们后尘。她们五个女行长相差没几岁,庞蓝岁数最大,章玉溪最小,在职时都比着、赶着,业务做得风生水起,巾帼不让须眉。开会时五个人也总坐在一起,在黑压压的男行长中就像一簇簇鲜花,久而久之就有了"五朵金花"的雅号。章玉溪退休后,庞蓝张罗五朵金花聚了一次,但退休后的金花们衣着也花枝招展,言行却大不似从前。大家见面就是谁又学会了一道拿手菜,谁又要晋升辈分了,如今沦陷在超市排队买便宜鸡蛋的大妈队伍里,自己都认不出自己来了。章玉溪想自己千万不能沦陷。她也不是没有想过要出山再找一份工作,可看着这个书法家那个书法家到处留墨,就想起自己也有二十年的童子功,想起自己年少的梦想,退休前就把书法捡了起来。谁知这一捡,就捡了一个才女的名声。褚晓光说,师傅不是才女,是书法家。石老板更是天天追着要书法,追着要书法家章玉溪给他的金石金融大厦题名,他说,金石集团要整合业务,成立金石投资公司,他早就想好了,管理的第一只基金就叫"金石基金",有了"金石"垫底,不愁基业不长青。他让章玉溪给"金石基金"题字,并把"金石基金"镶嵌在金石金融大厦的楼顶。章玉溪知道,楼顶就是五十层的顶上,如果是那样,她的字就会在金城第一高楼上闪闪发光。

金石的公开征集打破了章玉溪退休后的生活,也让她再次萌生了重出江湖的想法。高晓明给出的条件很优厚,但她知道天下没有免费的午餐,高晓明与其说是看中她的能力,不如说是看中她和金石的关系,她是促成并购最合适的人选。高晓明说:"石老板到处说你是他的顾问,而且你的徒弟又掌管着他融资的生杀大权,更重要的是夏阳并购金石是双赢的事情。"袁同利也撺掇章玉溪,你就顺水推舟去金石当个顾问,慢慢地把并购渗透进去,对金石,对夏阳,对金城金融稳定,对你个人都是好事情。章玉溪当然明白袁同利的意思。其实在位时她也不止一次劝过石老板,金融盈利水平高,但风险也大,他应该把精力用在金石集团的实业上,比如金石房地产、金石汽贸、金石酒店。但石老板却铁了心地要做金融,他说资本市场正进入下一个捡钱时代,他怎么可能坐失良机呢?那个夏阳投资集团如果不是日进斗金,怎么这么快就独树一帜?

金石是新华支行的重点客户,也是章玉溪经营多年的客户,多年来给新华支行带来了丰厚的回报,因为有着这样的黄金客户,其他行都羡慕新华支行的员工,不用费劲,坐着就能数钱。确实,只要金石不被他行抢了去,那么新华支行就可以一直受益,何况章玉溪退休前又埋下了"金石金融大厦"这个金豆子。入驻"金石金融大厦"的签约机构有证券、保险、银行网点。五十层的写字楼,即便是只靠租金就能养活金石,也顺便让新华支行喝一碗融资租赁的靓汤。金石集团几乎是和她退休同时华丽转身为金石投资集团的，她当时还想提醒袁同利，给金石发金融业务许可证可以，但一定要有一个规模控制，设定一个上限。比如第一年业务不允许超过二十亿，第二年业务不允许超过五十亿，等等。那天她确实是打了电话的，只是袁同利没等她说完就说："老同学孵化的基金就是不一般，其他公司三回两回也达不了标，金石的管理'丁是丁，卯是卯'，是你的风格。"章玉溪只好把话咽下去，她一个退下来的人，没必要讨人嫌。不然就真是犯傻了。

　　上周二，她就犯过一回傻，弄得自己不舒服，别人也腻歪。那天，她正在读帖，书协的贾主席打电话来咨询她，投在金石集团的那笔钱到期了，是取出来还是继续投进去？她笑着说："高收益就高风险，我做了一辈子贷款，最怕的是不良，如果是我，我是不会让自己整天提心吊胆的。"其实这就等于回答了，钱不能再投进去。"如果是我"是章玉溪退休后给自己寻到的一个盾牌。她觉得引入"如果"，既现身说法又清晰明了，不像某些人车轱辘话来回说，让人越听越云山雾罩。但这边话音未落，贾主席就在那边重重哼了一声，有些愠怒的贾主席说："前几天有几个朋友还又投了一些呢，说是金石金融大厦马上开业，'金石基金'也要启动，还说是你支持的项目。"章玉溪连忙解释："从目前看，投资没有问题，但金石业务扩张太快了，而且……"她还没说完，贾主席就截住了她的"而且"，贾主席说："章大行长，我还要审阅'书代会'的议程，你有什么最新消息可记着通报我一声呀。"

　　章玉溪呆呆地对着挂断的电话叹了口气，然后用手梳了一下头皮，把乍飒起来的头发压了压。她不能和过去一样把手机扔出去，因为现在不是过去了，过去她怎么可能对着挂断的手机发呆呢，是她挂断别人的电话才对。她不想再搭理贾主席，可自己的副主席增选却是绕不开贾主席的，在这个节骨眼儿上她只能委曲求全地把电话再拨回去。她想说服贾主席先把投进去的钱撤回来，等金石大厦正式启用，等基金信托业务上了轨道再投不迟。可电话拨过去就是忙音了。她苦笑了一下，心想每个月一笔笔利息到账，谁又能不动心呢，让人家退出无异于挡别人的财路。放下电话，她的心就乱了起来，因为市书协副主席的头衔盘桓在心里，贾主席一旦不爽，自己的副主席就有了潜在风险。

　　章玉溪当然知道不管是去金石当顾问，还是将来在夏阳谋个职位都是不错的选择，但就怕万一，万一金石翻船，万一夏阳爆雷，就会打不着狐狸惹一身躁。她做了三十年的信贷业务,能完美收官就是因为自己的风险意识强,在这方面,她仿佛有着惊人的天赋,只要感觉不好的项目,她就宁可错过也不做。实践证明她总是对的。对于金石,她也有类似的感觉,比如金石在金融执照还未下来时就提前内部集资,这是犯了大忌的。她提醒过褚晓光,如果有内部集资等这些表外资金存在,就埋下了潜在风险,有潜在风险,就不能再新增贷款了。褚晓光特认真地点了点头,但贷款却照贷不误。

高晓明给章玉溪亮了底牌,夏阳用二十倍收购金石,但重要的一条是至少要收购金石股权60%,控股金石。章玉溪在心里算了一笔账,如此看来,石老板的转型确实是对的,一转身,身价就增了二十倍,上市也不过如此啊。高晓明说:"事成,你任夏阳金城分公司的总经理,管理几百亿基金,这么大的盘子你要是鼓捣起来,那动静就不用我说了,你自己都可以估量出来。"

章玉溪的热情就这样被激发出来了。她对老陈说:"我想再去工作几年,这些年一直在体制内,虽然也小有成绩,但你知道一个基金经理一年能挣多少钱吗?"

老陈摇摇头说:"搞基金哪里是那么容易的,再说如今领导干部家属经商办企业是明令禁止的。"

"我不是去经商办企业,我是去发挥余热,比方说给金石当顾问,帮金石建立一套风险管理机制,助力金城经济发展。"

老陈说:"顾问顾问,顾而不问。你倒好,人还没去,就又顾又问。看来我昨天真不应该接袁同利的电话,更不该给你传信。"

"算了吧,你不接电话,他就不会跑到家里来找?再说金石集团今非昔比了,石老板请不请我还不一定呢。"

四

章玉溪确实吃不准石老板还请不请她。此一时彼一时,当初不也是信誓旦旦要用自己的字,如今却搞什么公开征集,让自己着急上火吃了个烧鸡大窝脖。若不是昨天自己当着袁同利他们点他,他会让褚晓光来解释吗?

褚晓光在送她回来的路上说:"章行,那个公开征集果然就是石老板的炒作,石老板是通过公开征集金石金融大厦题词,变相打广告。那些程序就是形式,撼动不了内定的您。"褚晓光就有这样的本事,不显山不露水就能把事情摆平,而且摆得自然流畅。这样一来章玉溪即便想跟石老板和褚晓光使个小性子都不知道该怎么出手。但既然石老板让褚晓光搭了个台阶,自己也就没有理由不顺着下来了。下来归下来,但心里还是有些怨气,不免就敲打了一下褚晓光:"我才不跟他争一日之长呢,做人做事讲的就是个厚道,如果过河拆桥,谁还敢帮他呢?"

褚晓光笑着说:"石老板如今满脑子想的都是拓展业务,从企业家到金融家说易也易,有钱可以任性。但说难也难,毕竟隔山隔水的。资本市场风大浪急,聘个合适的职业经理人也不容易,石老板让我带话,想请您出山呢。"

"咱们的八项规定你不是不知道,我就不去掺和了。"章玉溪习惯性地矜持了一下。

"我也是那个意思。"褚晓光说完看了一眼章玉溪,章玉溪没有吭声,但脸色还是沉了一下,嘴角也习惯性地往下撇了撇。褚晓光做了多年的徒弟,当然知道这是章玉溪不愿听了。如若从前,他会想方设法再圆回去。但如今褚晓光没有心情,也没有必要哄章玉溪,他嘴里喊着师傅,心里早就出师了。他之所以那么说是欲擒故纵,是想试探一下章玉溪的底牌。在他心里并不赞成章玉溪去当金石投资集团的顾问,自己好不容易出徒单飞了,就不愿再让章玉溪牵根绳。

这半年他已经渐渐收复了金石,也拿下了石老板,眼看着章玉溪就跟金石闹掰了,那样的话章玉溪就不会再参与任何业务,客户和员工也就不会说原来的章行长如何如何。那天石老板请褚晓光吃饭,石老板对服务员说,来一瓶白鹭诗坊吧。褚晓光笑着说:"看来这个白鹭诗坊的宣传效果真是不错呀。"白鹭诗坊是金城白鹭书院自酿的粮食酒。几个文人在西山过着酿酒、吟诗的田园生活,潇洒归潇洒,但毕竟经济基础决定上层建筑。小众的酒,一直不温不火,让他们就难以成为真正的陶渊明。等一个原来的文艺青年,如今的白老板过来谈收购时,白花花的银子一放,几个人别说诗,话都没说两句,就缴械了。白老板引进了先进的工艺和设备,把酒厂开在二十里外的金城河畔,酒也就成规模大批量涌入市场了。卖了酒的招牌,拿了钱的几个诗人本以为要卷铺盖走人,谁知老板却挽留下了他们,一口一个老师,让他们继续在西山酿酒、作画、吟诗。几个诗人是知恩图报的,便变着法为老板宣传,什么文化情怀,什么良心酿造,什么雨露琼浆，等等，并撺掇老板学着永和九年那场醉，在白鹭书院办了场诗歌大奖赛，于是一场场曲水流觞就成了电视台和金城的热点，白鹭诗坊酒也就跟着在金城飘香了。

那些诗人、那些大奖赛无疑是最好的广告。白鹭诗坊酒端上来时，褚晓光就怂恿石老板，金石集团也可以学学白鹭诗坊的模式，一个好的创意能抵过上千万个营销经理呢。石老板点头称是，要不咱也搞个金石投资大赛？褚晓光说："搞什么投资大赛呀，成本太高了，还有点急功近利的嫌疑，金石金融大厦不是马上要开业嘛，你可以搞个公开征集大厦题词呀。"石老板就连声叫了好，是呀，有奖征集成本低，影响大，如果再让媒体介入进来，这影响没准就超过了白鹭诗坊呢。

当时两个成大事者都选择了不拘章玉溪这个小节。本来石老板是一直坚持请章玉溪来金石投资集团的，但章玉溪一再拒绝，再加上褚晓光主动介入，石老板就觉得请不请章玉溪都不重要了。原来褚晓光跟在章玉溪后面，不显山不露水，但接班后，魄力和能力都远远超过了章玉溪。比如石老板过去每次一提到转型，章玉溪就泼冷水，说什么术业有专攻，说什么金融收益高，风险也大，等等，总之就是一百个不看好，不支持。石老板知道，如果章玉溪不支持，自己硬要转型，那么章玉溪就会收回信贷资金，如果收回信贷资金，别说做投资了，自己的实业也难做好呢。所以即使他有转型的心，也不敢行转型的实。但也仅限于不敢，转型的心并没有死，为此他就选择了曲线救国，建了一座五十层的金石金融大厦，用出租写字楼的方式先把保险、证券、银行、投资公司等招揽进来，先看看猪跑。章玉溪倒是非常赞同他建造这座金融大厦，为大厦建设放了八个亿的贷款。章玉溪在审贷会上力排众议阐述道："金石金融大厦就相当于金城的金融街，大厦为金融企业提供办公租赁，租金远远高于贷款利息，这是一个前景可期的好项目。"不仅如此，在前期市场调研和论证中，章玉溪还帮金石签下了不少租赁协议。在大厦落成和章玉溪退休前期，石老板又一次提出转型。章玉溪知道他是不甘心，旁边的人都在吃肉，自己只能分一杯羹，别说是精明的石老板，就是任何一个正常人也禁不起这种诱惑。章玉溪不再说什么了，她知道说什么也没有用，只能姑妄听之，姑妄任之。

褚晓光就不同了，他说："转型是明智之举，如今是资本市场时代，实体经济怎么可以和资本经济相提并论呢？"但这些话褚晓光不是当着章玉溪的面说的,而是每次吃完饭送章玉溪回家后,石老板和他喝茶时说的。石老板当下就邀请他辞职加盟金石集团,负责金石基金的筹建。褚晓光说:"我师傅培养了我那么多年,我怎么能辞职呢?不瞒您说,前几天那些全国性股份制银行也有人来挖我,职位高两级,年薪翻几番,我都没答应,我不能让师傅伤心。但是……"褚晓光话锋一转说,"但是你有什么需要我帮忙的,就尽管说,我保证知无不言,言无不尽。谁让你是我师傅多年扶持的客户呢,为师傅守住这一片江山也是我应该做的。"

石老板笑着说,那我就不客气了,我们联手,那真是强强联合,放心,金石是不会亏待你的。之后,他们就很少提到章玉溪,其实也就不用提了。离了章玉溪,贷款也贷成了,转型也转成了。当然当初要章玉溪的题字也就可以不了了之了。但谁知这么巧,晚上褚晓光就碰到了章玉溪,不仅碰到章玉溪,还碰到了袁同利,而且还从袁同利有些直的舌头里听到了夏阳要聘请章玉溪出山的消息。褚晓光在脑子里快速转了一个圈,就告诉了石老板。他们的第一反应是阻止章玉溪到夏阳任职。金城的市场就这么大,如果章玉溪带着夏阳的招牌出来和他们分蛋糕,金石恐怕能分到的也就是一个边边角角,再加上她在金城金融圈做了三十年,客户有,口碑有,夏阳和金石的高低,立马就清晰可见了。与其说是石老板厚着脸皮拍夏阳的高晓明和金融办的主任袁同利马屁,不如说是向章玉溪示好。再说他也一直是坚持聘请章玉溪当顾问的,只是在褚晓光的介入后就再没有落实。

褚晓光对石老板说:"该征集继续征集,只不过通过走形式,把我师傅的字选出来就行了呗。这样一来,我师傅就不只是一个金融家,还是一个知名的书法家了。我师傅和金石相互成就,既不失初心,也无形中胜了夏阳一筹。然后你聘她当顾问也就顺理成章了,总不能她的书法挂在金石金融大厦,她的人去夏阳发光吧。"

说实在的,褚晓光见到章玉溪的那一瞬间,也吃了一惊,他以为是章玉溪找他和石老板来兴师问罪的。他正想着怎么自圆其说呢,就碰到了袁同利。袁同利和章玉溪的同学关系他知道,但他不知道夏阳的高晓明也是章玉溪的同学。在见到高晓明的那一刻,他心里忽然又风起云涌了,仿佛当初见到章玉溪,仿佛当初见到袁同利,仿佛自己乘着小船又要迎涛击浪了。他是乘着章玉溪的风启程的,从经理到行长,他对风有着特别的感情,也有着诸葛亮观天象的天赋,所以他在风平浪静中识别出了如东风般的高晓明。高晓明是师傅的同学,那么他自然就要变回章玉溪那个乖乖徒弟了。

他一口一个师傅叫着,又开始给师傅疏肝健脾了:"师傅,您的字通过征集选出来,而且都是书法界的大咖评选出来的,分量有多重就不用我说了。真羡慕您,业务做得无人能比,书法也一下就拔得头筹。又是金石顾问又是书法协会副主席,不知有多少人羡慕呢!"

章玉溪哼了一声,但这一声哼不仅不低沉,还轻飘飘的,带着一点娇嗔。褚晓光在这哼中听到了挡在他和师傅中间的块垒稀里哗啦瓦解的声音。他的嘴角不经意地往上扯了扯,然后像突然想起什么一样说:"对了,师傅,去金石吧,当个顾问,不用担风险,也不用触动八项规定的红线,还能帮我们盯着点金石集团,说实在的,他摊子越铺越大,我还真是有些不放心呢。再说,金石是您一手扶持的,您当顾问给把把舵是最合适的。"

章玉溪心里是有怨气的,也是想抻一抻的。可她还是被褚晓光说得心旌摇荡,一激动就答应了褚晓光。答应之后又觉得这样算什么呢?应该是石老板来请,过去为了贷款,石老板又殷勤又周到,一天跑三回呢,嘴边的一句话就是,您给金石当着半个家呢,我必须向您及时汇报。看来褚晓光如今也能做金石半个主了。想到这里,不免心里又有了些许酸意,她说:"人家石老板有钱,什么样的职业经理人请不来,还需要我去指手画脚?"

褚晓光不置可否地说了一句:"所以才是顾问嘛,两相自在,各得其所。"然后话锋一转谈到了高晓明,他说,"师傅还有这样的同学,他到金城来单独请师傅,能看出你们关系不一般啊。"

章玉溪说:"我和他是同学不假,但无利不起早,夏阳要在金城拓疆扩土,他是想让我帮帮他。"

褚晓光说:"他算是找对人了,在金城没有人比您更合适了。但是,这样一来,您要和扶持多年的金石抢市场了。"

章玉溪说:"谁说不是呢。去吧,尴尬;不去吧,又不好拂了老同学的美意。"章玉溪说完了一眼褚晓光,一边看一边想自己是不是话太多了。她之所以跟他说,就是想告诉他瘦死的骆驼比马大,想告诉他,你小子以后不要人还未走就不管茶的凉热,想借褚晓光的嘴告诉石老板她现在的分量。

褚晓光听出了章玉溪要去夏阳的意思,就有些急,他说:"石老板刚才还叮嘱我征集的内幕仅限于我们仨知道,如果您回过头去了夏阳……"说到这里,他似乎觉出了自己的立场有些不妥,就"唉"了一声,缓冲过后,他继续说,"鱼和熊掌的问题,真是不好选择。"说完他看了一眼章玉溪。因为他知道,每到话说到这种程度,章玉溪就会让他先选,但他选后,章玉溪又会逆向选。每每实践证明章玉溪不管对错总要诲人不倦,褚晓光的灵光就在于他能悟出自己需要做的,他一边赞叹一边虚心领教。前期褚晓光是凭着自己的感觉选择,后来他慢慢领悟到其中的奥妙后就故意选择错误的一方。他愿意看到章玉溪恨铁不成钢的样子,愿意聆听章玉溪的循循善诱,愿意通过选择让章玉溪觉得自己离不开她的指点和教诲。

果然章玉溪问他:"如果是你,怎么选呢?"

褚晓光说:"当然去夏阳了,金石怎么能和夏阳比呢?"

让褚晓光意想不到的是,章玉溪竟然说:"你觉得他们两个强强联合呢?"她看了一眼满脸惊诧的褚晓光,言语里愈发透着胸有成竹的笃定。"资本市场云谲波诡,说不准哪天他们就成一家了。你回复石老板吧,我就挂个顾问的名,再为金石发挥点余热吧。"

五

金石金融大厦真就成了金城的金融街。大厦启用后,之前签订租赁协议的证券、银行、保险等机构入驻,业务量噌噌噌像股市大牛一样拉出了大阳线。一些机构就动了迁址大厦的心思。石老板起先总怕没人租,当初为了不让大厦闲置,还挖空心思请了书协贾主席、袁同利等一些金城名流,这中间有一个仙风道骨的《易经》研究会的董大师。董大师抱着罗盘上下左右楼前楼后巡视一遍,然后意会西方。站在金城第一高楼的人们顺着董大师眼神望去,映入眼帘的便是金光闪闪的西山。夕阳下西山和金石金融大厦遥相呼应,金石金融大厦上风上水,是"金城的聚宝盆"的风声就这样呼之而出了。

石老板当然知道这势是造出来的,但造着造着自己也就随着众口信以为真了。既然信了,那这样的风水宝地就没有理由再让给别人。他要快速扩张业务。此时的石老板仿佛看到了资本市场那个神话,仿佛自己的业务已经从二级市场拓宽到一级市场,仿佛看到金石基金和夏阳资本比肩了。他不仅把自己的想法告诉章玉溪,而且还把拓宽一级股权市场的重任交给了章玉溪。然而令他没有想到的是,章玉溪像当年一样又提出了反对意见。理由依然是资本市场风大浪急,金石集团刚刚转型,先投一些债券和蓝筹股,创出"金石基金"的品牌,积累一些口碑和人气,再图发展。章玉溪就像在审贷会上一样,想先抛出自己的建议,再逐条说明解释。但没等她说下去,石老板就不耐烦地打断了她。

"现在最流行的一句话是与时俱进,章行长不能总拿老皇历看问题。如果等牌子创出来那不黄花菜都凉了。"

"那石董是不是考虑强强联合,比方说可以借夏阳等现成的研发团队、客户资源、产品管理,实现双赢呢?"章玉溪本来还想说,但石老板的脸已经砸到章玉溪的身上,她不得不尴尬地闭上了嘴。

"什么强强联合,金石的体量怎么能跟夏阳比,如果投奔人家,还不是被一口吞了,连骨头渣都剩不下。你这顾问的经不能念歪了,咱们金石大厦的招牌可是你的御笔呢。"

石老板话里的硬刺就那样直挺挺戳过来,把章玉溪心里的那幅蓝图戳得名纸生毛。她后悔不该在这个时机替夏阳投石问路,后悔当这个顾问。果然像庞蓝说的那样,给私人老板打工,表面风光,实际上肚子疼着呢。她记得庞蓝退休时,一个刚办下小额贷款公司许可证的房地产老板,让章玉溪推荐人选,章玉溪就找到庞蓝。庞蓝嘴里感谢还是自家姐妹亲,惦记着她,但还是委婉拒绝了。庞蓝说:"退了就退了,帮女儿带带孩子,给老徐做做饭,就不再去费那个力气了。帮私人企业经营,比不了咱们银行。"当时她还把重点当成是庞蓝想回归家庭,如今才咂摸出那话外之音。庞蓝当年曾和她一起笑话那个跳槽的郑副行长,郑副行长等不及接庞蓝的班,就跳槽到一个典当行当总经理,以为去掉"副"就可以名正言顺地发号施令了,但因为总和投资人意见相左,还没施展开拳脚就被解聘了。当时她们还笑郑副行长"做事不随主,等于二百五"。

章玉溪明显感到自己也陷入了二百五的境地。石老板不再跟她谈金石的事,像条咸鱼一样把她晾了起来。所以当高晓明跟章玉溪提及要在金石金融大厦租一层当夏阳基金筹备处时,章玉溪想都没想就泼了一盆冷水。她说:"石老板如今把他的大厦当成聚宝盆了,你们和他是竞争对手,他怎么会在自己身边放一只老虎?"

高晓明说:"老同学,你是带着使命去金石的,我咋听着你这是长人家志气,灭自家威风。哈哈,不会是真的被石老板收复了吧?"

章玉溪本来就有一肚子气,听到这话自然就更不舒服,语气不知不觉就重了起来:"啥收复?若不是当时为了老同学,我说啥也不会当这个破顾问,过了大半辈子,还从没受过这种窝囊气呢。"

"你窝囊?哈哈,不应该吧?如果是我每天看到'金石基金'四个大字在地标性建筑上金光闪闪,心里也会美成花的。哈哈,算了,不租就不租吧,没有章屠夫,我们只好吃带毛猪了。"

章玉溪听出了高晓明的醋意,她想再解释一下,或者是老生常谈地劝劝高晓明,如今金石正在兴头上,收购也好,合作也罢,即便出大价钱也不一定能谈成,还是慢慢等待契机吧。可高晓明并没有给她机会,就匆匆收了线。章玉溪摇摇头,心想,得亏当时没有投奔到他手下,什么老同学,不过是相互利用而已,自己失去了利用价值,那点同学友谊也就不值一提了。也罢,哪个单位哪个企业不是这样,一把手决定了的事情哪能轻易撼动?金石如此,夏阳也如此,自己当年不也是听不进别人的意见吗?想到这里,胃里就一阵阵倒着酸水。

重新出山的章玉溪忽然间就爬不上去了,她想转身吧,也学学庞蓝她们,练练书法,也给老陈做做饭。上周老陈体检报告出来,"三高"已经有了两高,医生建议健康饮食、注意锻炼。她知道老陈是一直坚持走路的,那么就是自己的饮食不合理了,自己上一天班,回来能凑合就凑合,能简单就简单。

但她还是没有做成庞蓝。她只要一进书房,一拿起笔,"金石基金"那四个明晃晃的大字就在眼前晃,晃得她头晕目眩。晃得她不由自主地拨通了褚晓光电话。她提醒褚晓光,也想借褚晓光之口提醒石老板,毕竟新华支行还有十个亿的贷款在金石放着。

褚晓光听完后"嗯嗯"了两声,这"嗯嗯"是啥意思呢?章玉溪当然明白,褚晓光不愧是自己的徒弟,连这"嗯嗯"都学会了。章玉溪不由得就提高了语调,她说:"这几天石老板在高薪招聘股权投资团队经理、研究员等相关人员,这样盲目扩张太不理智了。"褚晓光依然是"嗯嗯"了两声,过了好一会儿,才慢悠悠地说:"确实有些膨胀,可这也不是咱该管的,贷款有大楼抵押呢。"

章玉溪想说,当时是谁替石老板传的话?可话到嘴边还是咽了回去,毕竟自己当时也是想出山的,也没有人拿刀架在自己脖子上呀。她想对褚晓光说,那个夏阳就虎视眈眈等着吞并呢,石老板这不是给自己挖坑吗?可听到褚晓光不阴不阳的"嗯嗯",她什么也不想再说了。褚晓光回复她,企业经营是自己的行为,就随他去吧。

老陈说:"天下本无事,庸人自扰之。"章玉溪这次倒是听从了老陈的建议,不再去金石,也不再关心夏阳,甚至连褚晓光也快要忘掉了。其实不忘掉又能如何呢?

但章玉溪六根清净的日子没过多久,聒噪的声音一浪浪就涌来了。最先打来电话的是庞蓝。庞蓝说她侄女在金石有一笔投资,是半年期。如今差一个月就到期了,但侄女的小孩生病了,需要一大笔钱,让章玉溪通融一下提前支出,利息能给最好,不行就不要了。

章玉溪说:"私募基金的缺点就是流动性差,一个月很快就到,不然我们先借给她一些?"

庞蓝说:"你就帮着想想办法吧,还是用自己的钱舒服,金石的那笔投资就拜托你了。实在不行,你就给盯着点,一旦到期,咱们就先拿出来应急。"

章玉溪说:"好的。"

章玉溪答应得力不从心,她已经好久不去金石了,不过她不好回绝庞蓝,她知道她即便说了实话庞蓝也不会相信。好在还有一个月就到期,她想让褚晓光做个顺水人情,到期及时抽回还是可以的。但她的话还没递出去,贾主席的电话就进来了。贾主席说:"我找你有两件事,一是最近在筹备'金城风骨书法展',准备选十名书法家,我觉得机会不错,就给你留了个名额。"章玉溪自是感激万分,但贾主席没有让她把"谢"字说出口,就打断了她。贾主席说:"我们之间就不用客气了,我还有事麻烦你呢。"豪情涌荡的章玉溪就当下承诺,只要她能做的,一定尽力。贾主席叹了口气说:"我儿子要买房,想着把金石的投资撤回来,你就费心给通融一下吧。"

章玉溪愣了一下,心想是不是金石有什么问题了?可电话那头贾主席言之凿凿地说要买婚房,自己就不好多说什么,她说原则上不到期是回不来的,我明天就去金石集团跟石老板说说,看有什么办法。

两个电话搅得章玉溪无心喝茶更无心写字,便习惯性地调出褚晓光的号码,手机刚接通,她又果断地摁断了。一种不祥的预感阵阵袭来,她想将一将金石的事情,可越将越不清楚,她索性拿上车钥匙出了门。

章玉溪的车绕过金石金融大厦小广场,从B口驶入车库,这时看到褚晓光的车子从对面驶来,她放慢车速摇下玻璃,可褚晓光的车子就从她眼皮子底下匆匆驶出了。B口是内部车辆和VIP会员专用通道,又不是上班高峰,当时一出一进就他们两辆车擦肩。那么褚晓光就没有理由看不清她的车子,尽管退休后她换了一辆丰田越野,但686868的车号没变呀。客户部的小李经理过去常常揶揄褚晓光有着一只狗鼻子,隔着一站地也能闻到章行长的气息。章玉溪当时任由他们争风吃醋,他们的明争暗斗间接地平衡了她的工作。此时褚晓光的视而不见给她本来就冰的心无疑又加了一层厚厚的霜,车子稳稳停在VIP车位时,章玉溪依然在愤愤中郁结着,她甚至想是不是该掉头回去,犹豫间,保安走过来给她行了个敬礼,然后帮她打开了车门。这时她才注意到自己停在了"超级"的位置,开车门是为超级VIP会员服务的一项。

章玉溪来到电梯间,然后刷卡,摁了上行的电梯。但电梯并没有上行的迹象,她只好再反身下来找保安咨询。保安走过来刷了两下说:"您的卡没升级吧,前几天我们刚刚升过级。"

那就麻烦你给刷一下卡吧。章玉溪报了石老板办公的楼层,50层。

保安说我的卡也没有权限,您还是先到一层大厅,再电话约吧。

好不容易才辗转到了50层。办公区的前台是认识她的,那个明眸皓齿的小姑娘把她引到会客室,给她倒了一杯红茶,让她稍等。章玉溪说,半年的工夫变化真大呀。小姑娘微微一笑,并不接话荏儿。

章玉溪哪里受过如此的轻慢,她瞪了一眼小姑娘,然后就沉下了脸。她问小姑娘,石老板还在忙吗?小姑娘依然微微一笑说,还在忙。说完就不再看章玉溪。章玉溪看着小姑娘心里就愈加来气,当时她当行长时,小姑娘屁颠颠地追着她,这个丝巾是哪儿买的,怎么那么好看?那个眼霜可好用了,等等,如今仿佛换了个人一般。等得心烦气躁的章玉溪就调出褚晓光的手机号码拨了出去。她说:"我在金石大厦呢,有些问题要和石老板与你当面沟通一下,你过来一趟。"

褚晓光在那头为难地说:"师傅,金石的贷款想展期,我要赶去市行汇报,汇报完我马上赶过来。"

章玉溪"哦"了一声。贷款展期就是贷款到期了,客户一时还不上,要再延长时日。这种事情对于金石来说是从未有过的。在业务扩张的关键时期,石老板难道脑子进水了?如果展期不成,岂不就会逾期,如果逾期,信用就有了污点,这可是做金融的大忌。她想问问是什么原因导致贷款展期,可褚晓光已经挂断了电话。

石老板进来时,章玉溪正对着红茶发呆,她在心里把金石的企业和现金流捋了一遍又一遍,没有逾期的可能。除非,她心里一惊,除非是提前透支了未来收益,要么就是投资项目踩了雷?

章玉溪没有和石老板寒暄,她单刀直入问贷款展期的事情。石老板笑着说:"贷款有没有问题您最清楚,之所以展期,是为了和夏阳争金城医药股份债券十个亿的代理发行标。"

十个亿?确实是块肥肉。金城医药股份是疫苗生产企业,销售没有问题。谁拿到了债券发行权,就等于白捡了代理费,谁买了债券,谁就白捡了利息收入。章玉溪只能预祝石老板成功了,她知道占尽了天时地利的石老板一定会拿下这个标的。而且自己来是为了贾主席和庞蓝的投资而来,也没有必要给人家石老板泼冷水。

春风得意的石老板倒也没记章玉溪的前嫌,只是他说:"这十个亿我要先垫付资金拿到标。说实话,如果不是资金紧张,我还舍不得放出去呢。庞行长和贾主席的投资按规定是不能提前拿出来,不过既然你出面了,我就想想办法通融一下。"

可当章玉溪跟庞蓝和贾主席说明情况时,庞蓝却改了主意。她说:"我侄女已经借到钱了,昨天基金经理也给她打电话了,咱们都知道金城医药股份的项目好,没有风险,就让她再投一轮吧。"

章玉溪想说借钱投资是犯了大忌的,可想了想庞蓝比自己资格还老,这个道理比她还懂。说是退休,其实也是在关注投资,一听到贷款逾期的风声就要撤回,消息比自己还灵通,说不定这投资就是她借侄女的名投的呢。

联系上贾主席后,贾主席倒是一点也没隐晦。他说:"昨天我和老伴算了算,房贷利率和投资利率相差不少呢,咱们既然有这么好的投资机会,婚房就让他们贷款好了,也给年轻人点压力。"说完就话锋一转,"简介里你怎么没把金石顾问的头衔加上去呢?我认为应该加上,把曾经的行长任职也加上,会更有分量。"

章玉溪说:"我就不加了,老陈说,现在对领导干部参加这些活动管得严,虽然退休了,也要注意。"

金石顾问的头衔没加上去,但每次活动,贾主席都不忘了提一句章玉溪是"金石基金"题字的金奖得主,金城第一高楼上那四个金光闪闪的大字就是金融书法家章玉溪题写的。

章玉溪就这样被冠上了"金融书法家"的光环。在光环照耀下,章玉溪就要完成从金融家到书法家的华丽转身了,然而就在这时,金石拽住了她的衣角。

那天章玉溪和贾主席等几位书法家刚刚为崆山十里画廊剪了彩,正面带微笑地对着镜头颔首,手机像个兔子一样在口袋里来回窜,她看了一下是庞蓝的电话号码,就接通了。刹那间,庞蓝焦急的声音就压过了会场喜庆的乐曲,还是我侄女那笔钱,等着救命呢,你想办法给弄出来吧。庞蓝的声音有些大,以至于身边的贾主席皱了皱眉头。章玉溪轻声说:"我在崆山呢,你先让她跟她的基金经理说一说。"

"这种事找基金经理怎么能管用呢?你一定要想想办法,先把那笔救命钱弄回来。"

章玉溪还沉浸在书画展的喜悦里,如果不是想把这喜悦分享给好姐妹庞蓝,她才不会摁下接听键呢,谁知庞蓝这么没有情趣,看来在家真是待傻了。道不同,不相为谋。章玉溪就想尽快挂断和书画展无关的电话,便说道:"再说,我已经辞掉金石顾问的职务了。"

还没等她再说,庞蓝就急吼吼地说:"你辞之前怎么不跟我说一声呢?我是因为你在金石,心里踏实,才让侄女复投的。"

章玉溪觉得庞蓝今天有些胡搅蛮缠,就怼了一句:"上次你说用钱,我就舍了脸皮去找石老板。如今我怎么好意思再去求人家?"

庞蓝听出章玉溪拒绝的意思,她虽然心里有气,但毕竟钱的事还需要章玉溪给帮忙。她放低声音说:"都是我不好,给妹妹添乱了,谁知道会出现这种事情呢?我侄女的情况你是知道的,这笔钱若损失了,还不要了她的命?"

章玉溪问:"出什么事了?"

庞蓝说:"咦,你不知道?金城医药的问题疫苗好像被曝光了。我担心金石代理的债券兑付不了。"

章玉溪惊得半天说不出话来。只听贾主席问:"问题严重吗?"

章玉溪一回头,贾主席就在她旁边。贾主席说:"你先回去,现在就回去,我跟主办方要辆车。一定要把咱们的那笔钱拿出来。"

六

车子到了金石金融大厦，却进不了办公区。章玉溪尴尬地看了看司机，司机并不理会章玉溪，趴在方向盘上，食指和拇指一起一落敲打着仪表台，有韵律的敲击声很小，却鼓点般落在章玉溪心上，她在嗒嗒的鼓点中使出全身力气向手机捶去。捶了半天，手机里才飘出前台小姑娘袅袅的声音，石董今天一早就出去了。章玉溪感觉到自己的脸都贴在手机上了，但任凭章玉溪一捶还是百捶，是手还是脸，都定不了音。事后前台被石老板骂得狗血喷头时，她不知道就因为自己自以为聪明的袅袅太极，误了石老板的大事，让金石基金失去了自我救赎的机会。其实，章玉溪是应该想到的，石老板过去有了困难第一时间想到的是银行，是她章玉溪，如今银行也应该是最好的去处了。但那天章玉溪没有那么想，也就没有见到石老板。

那时的石老板就端坐在章玉溪之前的办公室里，和如今的主人褚晓光行长在一起。褚晓光说："前几天贷后检查，查出了你们有贷款挪用问题，总行要求在一个月内整改落实。贷款下个月就到期了，我们还是老规矩，先还后贷吧。"

石老板说："行长老弟，你知道我的钱都在金城医药债券上，还是老路子，你想办法让贷款展期，这都11月份了，再挺两个月，租金一到我就直接打到你们账户上。"

"资金挪用已经碰触了预警模块，总行盯上了，就不能再展期。咱们还是先还上，后续再想办法贷吧。"褚晓光言辞恳切地说完就拿起茶壶续了水，然后把茶漏放到公道杯上，水蒸气像仙女般在石老板眼前飘呀飘的，让石老板不禁有些恍惚。褚晓光见石老板没有反应，就一边拿起公道杯给石老板续水，一边顺着水的节奏说："你不妨从集团其他子公司调集些资金，不然有了不良记录，会影响公司以后发展的。再说这也是我师傅的意愿。"

石老板怔怔地看着褚晓光，氤氲的水汽让他觉得今天的褚晓光有些模糊，从神态到语言，都像披着一层曼妙的云纱。按说贷款出了问题是应该他着急才对，可褚晓光不仅没有着急，反而轻言细语地替他想办法。往常，只要自己哪里不对了他的卯，他就会喊"石大哥，我不跟你玩了，不带这样的，你不能坑老弟呀"，等等。其实从昨天晚上接到褚晓光的约谈电话，他就觉得不对劲儿，以往这些时候，褚晓光会一不做二不休把他从被窝儿里提溜出来连夜说清楚的，昨天自己主动提出来吃夜宵时，褚晓光就像一块礁石挡住了水的流向，自己只好绕开昨晚，迂回到此时。

他们彼此心照不宣。这么多年来金石和新华支行相互成就，原来的章玉溪有些保守，让他们无法施展拳脚。如今换了褚晓光，两人早就达成了默契，眼看着业务蒸蒸日上，他怎么会突然变了腔调？莫非是自己哪里做得不好？莫非是因为章玉溪？也不对呀，顾问是章玉溪自己辞掉的，辞归辞，自己并没有把她从顾问名单上划掉，她若想来，是分分钟的事情呀。再说，之前褚晓光好像并不愿意让他师傅介入太深。褚晓光曾委婉地跟自己表达，有师傅在，他的紧箍咒就无法拿下来。这点石老板也是有体会的，章玉溪是那种宁可错过，也不冒险的人，哪怕项目再诱人，只要有万分之一的风险，她就会否掉。那他师傅的心愿从何而来呢？

"拜托老兄了，你也知道贷款资金挪用我们会被问责的，既然贷后检测到了，还是麻烦老兄从集团子公司筹措资金先还上吧，这样对金石、对银行都好。"褚晓光把石老板茶杯里的茶倒掉，重新续了一杯。

石老板想想也只能如此了。这不是得罪不得罪褚晓光的问题，别说有了不良记录，就是风吹草动也会影响他们业务发展的。他对着氤氲的水汽说："好吧，我回去与子公司沟通一下。"

"老兄，小李经理已经查出金石房地产账上有一个多亿，金石汽贸也有大几千万……你只需授个权，剩下的就让小李经理他们去办吧。对了，中午我让食堂做了生煎，这个新来的李师傅是青浦人，生煎做得可正宗了。"

褚晓光的话像一阵风抚慰着石老板的心，瞬间让石老板又妥帖又温润，石老板一边频频点着肥胖的头颅，一边输入了授权密码。子公司账上的钱子弹般"嗖"的一声就落到集团账上，然后就蜻蜓点水飞到新华支行的资金池了。"嗖、嗖"，起跳溅起的浪花把石老板从虚幻中拉到眼前，褚晓光正拿着他那红色内部电话调度着，严肃的表情使得原本脸上的似水柔情被冰封，化成一粒粒冰雹铺天盖地地砸下来。石老板不由自主地哆嗦了一下，他说："生煎我就不吃了，刚接了几只基金标的，我得赶紧回去研究营销方案。"

褚晓光说："也好，就不留您了，我也马上向总行汇报整改情况。"

石老板出门时，章玉溪的电话打了进来，但石老板并没有接听，他想一个贷款也至于你们师徒轮番夹击。过了一会儿,章玉溪的电话再次打来,石老板就更加生气,心想该做的不做,不该做的瞎掺和,他毫不犹豫地摁了拒接键。刚坐进自己的老板椅,章玉溪的电话又一次打来,他本是想继续拒接的,但手指一划,章玉溪的声音就从里面传了出来。章玉溪说:"石老板,咱们下一步怎么应对呢?"

既然章玉溪这么直接,石老板也就直接把对褚晓光的余怒转嫁出来:"还能怎么办,拆了东墙补了你们的西墙呗。"

"那可是十个亿呢!已经筹措到资金了?"章玉溪有些吃惊地问。

"什么十个亿,就两个亿,就褚晓光后来放的两个亿。你给大厦放的那八个亿还没到期呢,怎么,也要受株连?"

两个人一个说金城医药债,一个说贷款的事,根本就不在一个频道上。章玉溪想还是直接点明吧,先引出问题,才好帮石老板做应急预案,才好再帮庞蓝和贾主席拿回投资款。她说:"我听说咱们承销的金城医药债券有问题了,你要尽早做出应急预案呀。"

石老板说:"章行长,章大顾问,金城医药债券还没到期,那都是国家指定的产品,怎么可能有问题?你不会因为那两个亿的贷款挪用就草木皆兵吧?"

章玉溪问:"你挪用贷款了?"

石老板说:"我挪用了,我挪用它买了两亿金城医药债券。这么长时间都没事,也不知是谁那么多事,眼看快要兑付了,却被贷后查到了,你的好徒弟刚刚硬是逼着我提前还了贷款。"

章玉溪的脑袋"嗡"的一声,她隐约听到轰隆隆的雷响。

<h1 style="text-align:center">七</h1>

章玉溪气鼓鼓地给褚晓光打电话,但只响了一声就被褚晓光摁断了。随后褚晓光发来微信:师傅,开会。

章玉溪顾不上和他纠缠真开会还是假开会,直接问道:"你收回金石贷款,就如同杀鸡取卵,不合适的。"

褚晓光说:"一切都是最好的安排,守住资金安全是硬道理。"

章玉溪哼了一声,然后在手机上敲下:"你是守住了两个亿,但还有八个亿呢？还有一百个亿呢？"

不知是被褚晓光相向而来的微信撞了回来，还是天意就不应该发出去，那话就鲠在了褚晓光双手合十的图片上方。

她抬手点发送的同时，褚晓光竟然又加了一句："术业有专攻，当时提醒过他不要转型，他偏要飞蛾扑火。"

章玉溪回了两个字："小人。"

老陈说你怎么能这样和褚晓光说话呢，章玉溪说我又没点他的名字，他愿意拾就拾，自己能拾起来就是该骂。章玉溪知道自己不应该任性，自己刚才的话是有些噎人，可褚晓光不该被噎吗？只是如今自己噎不噎他，他也不会在乎了。如果是过去，她或许会上去踹他一脚的。她长叹一口气说："我一辈子做贷款没出问题，看一个人怎么就走了眼呢？"

褚晓光当然知道师傅的心情，也知道师傅是在骂他，骂他不近人情收回了两个亿而导致了金石基金资金链的断裂。但如果他不收回那两个亿，石老板资金链也是会一样断裂的，两个亿在百亿大盘面前就是杯水车薪，但在他这里就是足以断送他仕途生涯的大事情。这道理就是当年师傅教他的，这敏感性也是师傅训练出来的。

他回复了四个字：丛林法则。

这也是当初师傅告诉他的，每当他在竞争对手面前优柔寡断、举棋不定时，师傅就会给他亮出"丛林法则"。师傅教育他："不管是自身，还是企业家，不能总凭借良心做事，丛林法则中更看重的是各自的实力、智慧、手段和改造或适应社会的能力。"

那天他在办公室刚签完一个文件，手机就嘀的一声，敏锐的他瞥见屏幕上"夏阳高总"四个字，神经瞬间就绷了起来，他立时把陷在椅子里的身体拔出来，一字一句看高晓明分享的链接。链接是一个媒体的报道，称金城有几名儿童"因病致残"，这几名儿童都有一个共同特点，"发病前不久，均接种过乙脑疫苗"。金城疾病预防控制中心正在对生病儿童组织相关调查。

消息虽然很短，没有点金城医药股份的名字，也没有更多的内容，但褚晓光却感到了山雨欲来的风。金石集团以本地基金公司的优势赢得了金城医药股份十个亿债券的代理发行权。金石和夏阳是同行，又是这笔债券承接的对手，这种情况下夏阳的掌门人高晓明给自己发这样一条链接就尤其显得意味深长了。

是夏阳别有用心,还是金石立于了危墙之下了呢?职业的敏感性需要他马上做出判断与应对。此时他更相信一个基金大咖的眼光,但高晓明为什么要把自己的消息分享给他呢?是因为师傅的情分?好像也不是,如若那样他应该把消息直接透露给师傅,那是为什么呢?褚晓光一时没有厘清,但直觉告诉他无须再厘了,当前最重要的就是把银行的贷款收回来。

于是就有了用总行检查的托词,用先还后贷的诱惑,迫使石老板抽调集团子公司血液给银行献血。在这之前褚晓光是想把资产全部收回来的,但他查看了金石的账面资金,发现可以抽调的只有两个亿,那么章玉溪在位时发放的八个亿也只好先搁置。褚晓光当时的如意算盘是:如果不出问题,他尽快再向金石发放新贷款;如果有问题,自己放的款完好无损,师傅怎么也是退下来了,即便背个处分也没关系的。

但让褚晓光没有想到的是,仅仅一天,假疫苗就把金城医药推上了风口浪尖,当然金石基金也裹挟其中。随后不久金石金融大厦就被众多投资者包围起来,哭天抢地地要求见石老板,要求兑付的人群把金城第一高楼围了个水泄不通,有两个外地来的妇女直接就在一楼大厅安营扎寨。

章玉溪是在投资者包围大楼的当天就去了现场的,她当时想上去跟石老板见个面,当面把她的应对方案说给石老板。从前天庞蓝的电话里她就知道可能出事了,她想第一时间和石老板沟通应急方案。但她还是晚了,因为褚晓光已经抢在了前头,也因为这一抢就激怒了石老板,这一抢也让章玉溪受了牵连。愤怒中的石老板把章玉溪拉入了黑名单。

她想应对金融危机最好的办法是重拾信用,假疫苗案影响的十个亿的债券,石老板可以用大楼抵押,可以出卖集团下的子公司,最不济还可以出卖金石金融大楼一部分使用权等,先给出承诺,先恢复人们的信心,先让大楼正常运转起来再说。她觉得金石还没有到万劫不复的境地。但她无法把自己的建议传递给石老板。

她赶到金石大厦时,愤怒的人群如潮水般往大楼里面拥,保安只好关停电梯,给消防门上了锁。直到警察出现,人群才慢慢从大楼里退出来。警察说:"你们可以选出几个代表去和石老板谈判,政府已经介入,希望大家保持冷静,不要这样无效聚集。"

人群刹那间就静了下来,有些人不自觉地往后退了几步。章玉溪脑子一热就站了出来,毛遂自荐作为谈判代表之一。随后又陆陆续续站出来十几个人。等警察带领这十几个人往大楼里面走时,忽然人群中就喊出一声,这几个代表是"托"。章玉溪寻声望去,一个和贾主席一样体量的胖胖身影像泥鳅一样刺溜一下就钻到了人群中。

"让狗托滚出来,让狗托滚出来。"人群中再次爆发大规模的呼喊,且一浪高过一浪。警察一时间也被喊蒙了,十几位代表你看看我,我看看你。这时人群中又传出一个声音:"那个题字的女骗子就在里面。"声音未落,人群就向章玉溪他们聚集起来,警察一边把他们挡在里面,一边说:"别激动,别冲动,相信政府,相信政府……"

章玉溪是在警察的保护下离开的,也可以说是被警察带离现场的。她被警察带上了警车,又被警车带到了派出所。所长亲自为她做了笔录。

所长问:"你是投资者吗?"

章玉溪答:"不是。"

所长问:"不是为什么冒充投资者?"

章玉溪说:"我是想和石老板说一下化解危机的想法。"

所长问:"你有好的方案直接打电话不就行了,何必多此一举呢?"

章玉溪说:"石老板不接我电话。"

所长说:"你有好的方案为什么不和金融办说?"

章玉溪一时语噎,缓了一下说:"我当时没想那么多。"

…………

章玉溪自己也没办法为自己辩解,只好让所长给金融办主任袁同利打电话。最后还是袁同利派人把她从派出所捞了出来。她见到袁同利的第一句话就是:"你觉得我的方案怎么样?"

袁同利说:"挺好的,不过我们也有几套方案,下午整理好向省市领导汇报。你也知道,金融稳定是重中之重,你作为当事人,要多多配合我们的工作。"

章玉溪是抱着配合的想法走出金融办的。她刚迈出金融办的大门,总行老干部处小于的电话就打了过来。退休后什么活动呀、报销呀等等都是小于通知。小于也总是先嘘寒问暖一番才说正题,之后还不忘夸几句章玉溪,什么章行给新华支行栽了一棵大树,能庇荫好几茬儿员工,什么章行大才女华丽转身,别说老干部,就是他们在职人员也羡慕呢。但今天小于没有了前奏,就是主题也简单生硬得多,她说:"王行长有事情找你,请你马上到总行来一趟。"

章玉溪想也没想就快速往总行赶,这中间她想打两个电话。一是跟老陈说一声她今天去派出所的事,免得老陈知道后着急,可拨了几次,电话都是关机。她知道老陈开会时都是关机状态,这几天总部正在考察老陈,其实也不是大事,是按照惯例副局级快到站时提前升任正局级调研员的考察,如果中间不出差池,等着功德圆满退下来就可以享受正局待遇了。第二个电话就是褚晓光,她想越是这种时候,她就越不能跟褚晓光赌气,她要告诉他,他们要师徒携手一起挽救金石集团。在给褚晓光打电话的一瞬,她悲怆地想,金石不仅是他们的客户,还是他们的孩子。但电话也没有拨通。不,应该说在第一次拨打时,是接通了的,只不过瞬间就被褚晓光挂断了。她就一边开车一边继续拨打,在到达总行的最后一个路口,因为看了一眼手机还险些闯了红灯。

她急匆匆赶到办公室时,小于把她引到了小会议室。她说:"你忙吧,我自己去就可以了。"小于客气地说:"是领导安排我把你带到小会议室的。"章玉溪笑了一笑说:"那个小会议室,我去过多少回,多少个业务都是在那里定音的,你以为我退休两年就找不到了?"小于没有笑,只是又说了一句:"是领导安排我把你带到小会议室的。"然后加快步伐把她带到了小会议室。

到会议室后,王行长和纪检组组长,也就是庞蓝的女婿郝艺林一左一右迎候着她。王行长没有请她坐,郝艺林直接宣读了总行让她协助调查的决定。王行长说:"是金城市纪检委发来的协助调查函,那意思就是我们为了保你,自己先行出个决定,有问题内部消化。"然后按规定,章玉溪交出了通信工具,被带到了行内培训中心的十八楼。

长达一个月的调查主要围绕两个内容展开:一是在职期间是否收受石老板的贿赂,违规发放人情贷款;二是在金石业务转型中充当了什么角色。

章玉溪都如实做了回答。所有的一切都是正常的,如果不是假疫苗案牵连,不是石老板贪图盲目发展,不做尽职调查,一口吞下十个亿的债券……

郝艺林说:"关键是债券出了问题,投资人受了损失,银行的贷款也受了损失。虽然目前没有查到你的问题,但金石金融大厦上的那四个字是你写的吧?为啥那么多名人,那么多书法家的题字都不用,单单用你的呢?说实话,你的字是不错,但也绝不是最好的。"

章玉溪想,怎么解释呢? 怎么解释都会越描越黑。

八

章玉溪在招待所待了一个月。这一个月间,金融办牵头银行、证券等相关部门提出了以保护投资人,维护金城金融稳定的兼并方案。

袁同利作为资产保全组组长参与其中,褚晓光作为银行债权方参与其中,高晓明作为兼并出资方参与其中。经过十几个回合的谈判,终于达成了夏阳集团兼并重组金石集团的协议。说实话,这个方案确实是一个好方案,用记者的话说是可以复制的化解金融风险的好方案。夏阳以八折收购投资人手中的金城医药债券,金石的资产和其他业务也一并并入夏阳,成立夏阳金城投资股份有限公司,夏阳拥有60%的股权,金石拥有40%的股权。

尽职免责。章玉溪是在签订协议的那一天回家的。

她从招待所出来的第一时间拨通了褚晓光的电话,她还是想跟他谈谈自己的那个拯救方案。她还没开口,褚晓光就兴奋地说:“师傅,一切都OK了。”然后给章玉溪讲了方案,然后发来了一张石老板和高晓明签订协议的照片,他俩后面有省市领导,有金融办的人,有银行的人,也有部分投资人代表,一派祥和的景象。

章玉溪把照片放大了看,若不是褚晓光提示,她简直就认不出石老板了,仅仅一个月,石老板的面盆脸就瘦成了一把刀子,寒气逼人。

她快速按了删除键,仿佛这样就能切断她与这一切的是是非非。但褚晓光的微信依然发了过来:“师傅,我知道您委屈,我也委屈,都收回了两个亿,行里还给我记了个处分,您也知道有了处分,我以后也就没有空间了。”

章玉溪回:“要什么空间呢? ”

褚晓光说:“给您汇报一下,我已经写了辞职报告,想着换个方式。”

章玉溪不知说什么。她想劝徒弟,这时一个念头忽然就在眼前闪了一下,夏阳兼并重组后不是缺个总经理吗? 难道是……但她马上又否定了这个想法。高晓明如今对自己有意见,自己的徒弟他就更不会考虑了。再说经历了金石的变故,聪明的徒弟怎么还会步石老板后尘呢。想到这里就发了一句:祝你好运!

晚上,老陈忽然间就开始寸步不离地看着章玉溪,她去卫生间时间一长,老陈就在外面敲门,说要洗手。她去阳台晒衣服,老陈一把就抢了过去,然后把她按到沙发上,让她休息。章玉溪一边感慨家的温暖,一边在柔软的沙发上滑动着手机屏幕。那条新闻就绕过老陈蹦了出来:"原金石老板醉酒后从大楼掉下来了。"

章玉溪想这怎么可能呢,一定是投资者损失了两成的本金,心里不舒服编排石老板呢。不信归不信,她还是向褚晓光发出了求证。

褚晓光给她发来了照片,并加了一句:庆功酒会后,石老板就带领大家上了楼顶。

楼顶一般是不开放的,章玉溪也只有开业那天去过一回,也就是在那天听到了董大师聚宝盆的传说。章玉溪清楚地记得楼顶有钢丝防护网的。她说出了自己的疑问。

褚晓光说:"确实有钢丝防护网,但挂牌子的地方和钢丝网间有一点缝隙,说实在的,那缝隙一般情况下你想挤都挤不进去。也许是这段时间太压抑了,石老板瘦了两圈,瘦了两圈的石老板感慨之余就像过去一样伸手去摸那个牌子,谁知那么寸,手刚伸出来,人就从缝隙间掉了下去。"

随后褚晓光发来一张图片。若不是醒目的警戒线,那就是一张普普通通金石金融大厦的图片。但此时楼顶上方"金石基金"四个字刺得她眼睛生疼,顺着四个大字她一寸寸放大着,那个赭色的点便如一滴墨洇在楼前的草坪上。

她记得她跟石老板走在那片草坪上时,石老板故作风雅地说过:"我喜欢秋天的绿,那绿意里透着风雨沧桑。"忽然间,她想问问褚晓光,他要去哪里呢?她还想问问,他是喜欢嫩绿还是喜欢苍翠?

但她没有再打电话,老陈在阳台上喊她,起来站一会儿吧,马上就打春了。

【作者简介】云舒,女,原名张冰,中国作家协会会员,经济学硕士,高级经济师。毕业于中国人民大学金融学院和河北大学作家班。长篇小说《女行长》由上海文艺出版社出版,作品散见于《小说选刊》《中国作家》《小说月报·原创版》《长江文艺》等。小说《朋友圈的硝烟》和《亲爱的武汉》被翻译成蒙古、藏、维吾尔、朝鲜、哈萨克五种语言。中篇小说《凌乱年》获中国作家第七届鄂尔多斯文学奖。

大 司 命

小 乙

1

　　兰珍试镜一次过关,正式拍摄并不顺利。因为追光灯朝她投照过来时,她再次想起那个冷傲的女人。兰珍从来都避免回想她的名字,仅在心里称对方为太太。太太从脑子里浮现,兰珍马上走神,台词和动作随之乱套。场记板咔嚓一响,导演米晓峰摇头叹气地笑起来。

　　米导长得膀大腰圆,满脸大络腮胡子,很有东北汉子的气概。米导曾在二十世纪六十年代拜兰珍的爷爷康大超为师。康爷练过佛山蔡李佛拳,早先给人押过镖。米导出师十年后,开始在影视圈做替身演员和配角武生。翻过不惑之年,他自立门户,以三流导演的水平拍过十多部片子,但没一部登上过实体影院。米导到瓦坪镇,搞完开拍仪式,便抽空打探康爷的后代。没费多大周折,他在场口的凉粉店见到了兰珍。

　　兰珍对这个陌生来者保持着相当的警惕。当米导说起自己学武的经历,以及蔡李佛拳招招式式的奥妙,兰珍这才放下戒备。她话依旧不多,提及自己的过往,只说,以前在城里打工,爷爷过世后,就回来做生意。她说话简洁利爽,从不带呀、喽、哟一类的黏词,很有男子般直率的性情。米导说,回来好!瓦坪镇现在名气大,听说雷海集团的雷老板很早就来这里投资产业。兰珍惊讶道,你认识他?米导摇头,他在这儿开发有湿地,园区经理让我在那里取景拍戏,目的是给集团打广告,给的赞助费不低呢。要是跟对方搞熟络了,没准真能傍傍雷老板。兰珍眼神飘忽一下,不吭声了。

应米导请求,兰珍带着他到三峨山祭拜了康爷的坟。往回走,米导又说,这次的片子《蹑影寻踪》,同样属于网络电影,取景点基本都选在瓦坪镇,讲述两家药商争夺药物专利权的故事,打斗场面多……

听到这里,兰珍脑子里闪过一些说不清道不明的念头。她打断道,功夫片?那不是也要请武打替身?米导说,小成本制作,没这计划。不过,剧组要招募临时演员。兰珍问,演啥?杀手?保镖?米导一愣,呵,杀手的没有,但会跟杀手演对手戏。看你对电影蛮有兴趣,要不报个名?兰珍犹豫着,米导眼白一闪,又笑道,你不算临时演员,是我特邀的嘉宾。

是吗?兰珍脸一扬,好。

分配给兰珍的角色是清洁工。按照剧情安排,药商王董住院,兰珍抬掇好病房,走到门口,有假扮医生的杀手进来行刺。兰珍不小心撞到杀手,她瞧对方一眼,赶忙道歉。增加这个环节,是为下一步破案预设目击证人。杀手为掩饰身份,就回道,没事,没事。

第二次重拍,兰珍中途没再开小差。但跟杀手擦肩而过的一瞬间,兰珍的思绪再次游移,一段隐秘的记忆突然苏醒,她仿佛回到过往的某个时刻,神经紧绷。兰珍猛然转身,一个勾拳朝对方击去。在即将打中对方的侧颈部时,身姿瞬间凝固,中止了几分之一秒过后可能对杀手造成的伤害。杀手转身,本能地抬手一挡,用臂肘撞开她的拳头。兰珍缩回手,又挥出另一只拳头,斜勾对方的腋窝。

咔嚓!场记板再次闭合。

等兰珍回过神,米导走了过来。兰珍红着脸说,对不起,米导。我觉得……医生不会对清洁工这么客气,我怀疑对方是刺客。

短暂沉默。米导和在场的剧组人员笑成一片。米导啧啧两声,师妹,身手不错!是跟你爷爷学的吧?

兰珍吟吟笑道,是,爷爷不光教我武艺,还教我做凉粉。

米导抱臂,定定注视兰珍。大方脸,高颧骨,黄姜鼻子有让人切掉它的冲动。坦诚地讲,无论谁看到兰珍,都很难把她跟美女联系起来,但她肌肉的线条里藏着习武的秘密,透出女性少有的力量美。

米导又说,师妹,比画两招来瞧瞧。

兰珍迟疑几秒,蹲下马步,左手放在腹间,右手半抬,摆出起手式。兰珍的肩和腰都偏窄,但臀大、腿粗,属于梨形身材,桩子看着特别稳。片刻,她深吸一口气,对着眼前假想的敌手出招。手法在拳、掌、桥之间灵活变幻,发力刚中带柔,左右开弓,仿佛处在以一敌多的格斗场面。同时,双脚扭步前移,斜身飞出箭腿,身姿曲尽其妙,看得男人怦然心动,掌声不断。

第三次重拍,兰珍终于圆满完成规定动作。

米导向她投来赞许的目光,兰珍却说,这角色没挑战性。米导目送着她的背影,若有所思。

2

隔日的晚上,米导再次拜访兰珍。

那会儿,店子冷清,兰珍正愣愣地坐在摊架前,一边用拍子挥打假想中的苍蝇,一边还念想着太太。对兰珍来说,如今的太太,无非是一个具有约束性的代号,如冰山一角般扎在她意识深处。

兰珍自小跟爷爷相依为命。她性子文静,骨子里却有一股拧劲儿。就拿练武来说,每天站桩半小时,她从不懒一分钟;跟爷爷过招,一招一式都会探个明白;但凡爷爷的徒弟来访,她定要跟对方比试比试。小学毕业,兰珍的武艺在瓦坪镇已经小有名气。念完初中,兰珍跟多数乡娃一样,回家务农。过了两三年,城市越来越开放,爷爷就对兰珍说,娃,你是有慧根的人,一辈子待在乡下可惜了,应该趁年轻多去见见世面,遇到贵人相助,发展不比别人差哩。兰珍实在听话,沉默两天后,开始收拾行李。临行前,爷爷叮嘱道,你练了十几年的武功,已经学有所成。但不到迫不得已,切忌显露。兰珍狠狠点头。爷爷又说,谨记习武之道,知道是啥不?兰珍嘎嘣脆地回道,守信守德!

现在,米导走进店子说,师妹,我专程来尝尝你的手艺。兰珍凭着女人敏锐的直觉,猜测他此行应该另有目的。怀着某种未知的期待,她赶忙围上碎花围裙,到货架前忙活。店子主营凉粉,也批发成品卤菜,加工后搭着卖。兰珍切菜、配料的动作快,双手舞成一抹水波。路灯斜照进来,在她身子周围勾勒出一圈虚影。米导就静静地坐在一边看她。点单上桌后,米导说,师妹,我想了想,那杀手的台词的确不太合理,改天还得请你出马,重拍一次。

兰珍问,这戏,拍了还能改?

呵,许多韩日剧还一边写一边拍呢。其实,我挺喜欢你自导自演的那个格斗情节。可保留的话,你扮演的身份不合适。如果改成药商的助理或司机,又牵涉其他部分,我再琢磨琢磨吧。说着,米导接连夹几块凉粉在嘴里,细细品咂,然后直点头地说,这味儿,跟你武功一样,绝!我要早联系到师妹你,真会考虑配个戏份多点儿的角色给你,也算宣传宣传咱们蔡李佛拳的弟子。

兰珍听着,眼睛倏忽亮起来,有一种明朗的好看。米导的话,如同一束微光,照在了她内心最隐秘之处。那些过往的细碎的人生片段,顿时如浮木般从记忆深处翻滚出来。当初,兰珍在市里的塑胶厂、购物中心、电器销售公司都干过。爷爷过世不久,瓦坪镇打造旅游业,但很缺资金,雷海集团第一个跑来投资。兰珍很快知道对方在成都有不少产业。于是,她怀着仰慕之情,跑到集团旗下的一个酒楼应聘,顺利被录用,后来升任客房部的领班。酒楼的经理就是雷老板的夫人——兰珍记忆里永远抹不掉的太太。太太性子高冷,看人的眼光挑剔。兰珍能得到她的提携,真是一步一个台阶,踏踏实实干出来的。做到第二个年头,太太怀孕,回家保胎。过了半年,两名醉酒的男客户来酒楼住宿,闹着要享受特殊服务,跟侍生吵起来。兰珍出面调解,对方居然在廊道间对她动手动脚。兰珍一时性急,左一记插拳,右一招佛拳,把对方打得蜷在地上。迫于压力,雷老板开除了兰珍。

兰珍暂时回村休整。乡人知悉情况后,纷纷为她打抱不平。就在此时,太太电话联系她,问她怎么会武功。兰珍如实道来,太太又说,你做事情忠诚踏实,又心细能吃苦。我现在管理着集团的一些小产业,想聘你做助理。兰珍一口允诺。因为太太提供这个机会,无疑是对她的认可和信任。

原来,太太经营着一家利郎品牌服装店。她之前流了产,身体不太好,一直在养病,生意上的事,全交给手下人打理。太太几乎不开伙,一天三顿都在附近的营养餐吧吃调理餐。而且,雷老板一次也没回过家,太太从不解释,兰珍更不敢问。兰珍的任务就是陪她看病、散步、购物、泡水吧、听音乐会、看电影。回到家,兰珍除开熬熬中药、打理打理卫生,实在没有太多的事可以做。太太只说,万一遇到啥不安全的事儿,你要保护我。

不久,兰珍陪太太逛公园,走进一条僻静的碎石道。拐角处,有个男子正蹲在湖边洗摩托车。经过男子身边时,对方突然掏出匕首打劫。短暂发蒙后,兰珍一下护住太太,摆出格斗势。男子挥刀逼近,兰珍不敢近身,只用单飞腿反击。来回两个回合,她瞅准时机,一发连环腿,击准对方下颌。男子打个趔趄,兰珍顺势跨步,甩出右鞭拳,打落对方的刀。接着一个扫堂腿,将男子绊倒在湖水里。太太忙拉着兰珍说,算了,放他一马。

晚上,太太告诉兰珍,打劫的事儿,是故意设局考验她。现在,太太准备跟她签正式协议,薪酬是做领班的两倍。兰珍十分犹豫,因为太太的真正用意,是想聘贴身女保镖。太太瞧出她的顾虑,又说,我的处境没你想象的那么危险。只是生意人嘛,各行各道的人都在接触,需要防个万一。兰珍这才答应做一年试试。

思忖间,米导问兰珍,关于那段戏,你有什么好的建议?

兰珍抬头,眼里闪出小火苗说,如果改成助手,牵涉角色的其他戏份,是不是都得由我来演?

米导摸摸胡楂儿,呵呵笑道,看来,师妹是真喜欢当演员。

兰珍手一挥,我说说而已。有空多光顾我店子,我想听你聊聊电影的事。

夜里,兰珍琢磨起那段戏,辗转反侧,始终想不出好的法子。

3

太太的生活简单闲适,兰珍每天重复着对她的陪伴和料理。尽管如此,兰珍希望自己能做得专业一些。那会儿,保镖这个职业,还缺少合法的培训机构。而女人做保镖,仅停留在普通人的想象和电影的场景里。兰珍在书店淘来一套《镖师必读》,北京体育学院出版社发行的。读完,她最大的收获是,知道了保镖重在防守,关键靠眼和脑提前察觉危机,及时化解。

兰珍悟性高,她回想起上次打劫的事,明白了自己的疏忽。首先,男子的摩托车不脏,他没洗车的必要;其次,在景区洗,不符合逻辑;最大的问题,在于男子洗车过于专注,她和太太一路走一路聊,对方没有瞧她们一眼,这同样有违常理。她应该及时发现破绽,领着太太提前离开。否则,对方真要是劫匪,她未必有取胜的把握。

那以后，每次陪太太逛商场或看电影，兰珍会职业性地环顾左右，瞧瞧有没有行为可疑的人。她最关注的不是别人的举动，而是眼神。这同样是从书里学到的，因为眼神能暴露一个人是否有杀气。太太流产后有漏尿症，一个喷嚏、咳嗽，或腹压增高都会漏。所以，太太出门要垫尿不湿，进卫生间的频率比一般人高。兰珍紧随左右，要么守在门口，要么守在蹲位厢的外面。她不单是守，也留意墙边、地面、窗台是否放有危险物品，观察地上的积水多不多。她想，不能让太太处于尴尬境地，这是我的职责。

太太的身体在一点点康复。她开始隔三岔五泡茶楼。打麻将、抽烟，与牌友喝酒聚会，偶尔去服装店，问问经营情况。不管什么场合，兰珍都安静地待在一边，暗中审视太太身边的每个人。兰珍能感觉到，那些人瞧她的眼神有些异样。太太解释道，因为你盯人的目光，比我还冷。

兰珍决定戴墨镜，这样既有保镖范儿，又能隐藏自己的想法。她对着镜子，模仿港片里的保镖形象。抱臂，略微抬头或低头，拿捏环视的速度什么时候快、什么时候慢，嘴角该不该浮出点儿笑意。过了一阵子，兰珍摘掉了墨镜。她发现，眼睛是搜索敌人最快的武器，镜片一挡，黑灯瞎火，影响观察。她对太太说，我必须与每个人眼神相接，传递出"我在注意你""你的犯罪成本很高"，以减少对方下手的概率。兰珍认为所有的动作都是多余，随时保持冷静和清醒，才是最佳状态。太太听后，淡淡地问，有这么严重吗？兰珍认真地说，哪天遇到危险，你就知道我的良苦用心了。

事实上，一切风平浪静。兰珍唯一施展自己的舞台，就是太太分配给她的卧室。每天大清早，兰珍都要站桩，对着虚拟的敌人模拟格斗。她想，看家本领不能荒废，否则，在太太的眼里自己将失去价值。

一年之后，兰珍续了合同。那时候，太太有时会在家里享用餐食。兰珍就给她煮咖啡、调鸡尾酒、熬水果粥、炒百合、炖鸽子汤……整天把锅碗勺铲玩得叮当响，跟个保姆似的。她想，做什么不是打工呢？况且还包吃包住。第二年，除开遇到几次疑似小偷行窃的情况，还是没有任何险情发生。但兰珍再次签约，因为太太主动给她添了工资。转眼，第三个年头接近尾声，所有的危机，依旧只存在于兰珍的想象和担忧中。她开始怀疑太太是否真的需要保镖，或许她只是想找个女人陪伴罢了。兰珍甚至不知道自己算不算保镖。因为电影里的"太太",总是冷不丁就遇见坏人,激烈的械斗场面一个接一个。她决定期满后辞职。毕竟,自己总不能跟太太混成一个老尼姑。

意外在不久出现。雷老板突然联系太太,两人在电话里争吵起来,太太用一贯冷傲的语气说,孩子没了,就想打发我走,不可能!老板哪肯罢休,不断让律师给太太打电话。太太被迫关机。那天,兰珍陪太太去服装店,瞧见两汉子跟踪,胳臂都刺着青龙。太太却指着自己肚子说,他亏欠我的,一辈子都还不清!她一如平素,该干吗还干吗。老板步步紧逼,派人整日守在太太的住宅周围。很明显,老板在不断地向太太施压。

兰珍嗅到了真正的危机。

兰珍建议报警,太太坚决不答应。个中缘由,兰珍不得而知。她没有权利了解太太的任何隐私和秘密。太太不时还出门,但没有之前张扬了。倒是兰珍,异常敏感,遇到小商贩搭讪,她从不回应,只把目光凝成针,警惕地打量对方;身边路过背包的男子,她会怀疑对方的包里有刀,马上护住太太;最让兰珍紧张的一次,是有辆捷达车在她面前突然紧急刹停。兰珍顿时感到极大的恐惧,转而愤怒。她拉着太太疾步躲避,拉开安全距离,回头,才发现原来是教练车,师傅正在教徒弟重新起步。

翌年开春,雷老板的忍耐似乎到了极限。他几次安排人在太太的家门口放置装有帕布拉奶蛇和球蟒的口袋。这一回,太太真害怕了,她对兰珍说,现在你是我的私家大司命,真正考验你的时候到了。那段时间,太太几乎不出门,兰珍除了躲在窗角边,用目光搜寻窗外的危险外,她不知道还能做什么。紧张的气氛笼罩了整个世界。白日的沉寂,暗夜的阒静,都跟断裂一般,随时有爆发响动的可能。

幸好,兰珍的合约在这个时候满期了。

4

兰珍收拾好行李,太太却蜡白着脸说,你不能走。兰珍不语,太太又说,求你了!兰珍目光躲闪。僵持一会儿,太太说,希望你帮我最后一次。我们签个临时协议,我和雷老板的事一旦解决,合作立即终止。兰珍心里乱了一整夜,终究答应了太太的请求。

糟糕的是,没过几天,太太病倒了。

然而,正是这个"机会",让兰珍生出一个冒险的想法。

那天,兰珍借口买提纸,一个人跑到酒店约见雷老板。兰珍相信,太太待在住院部这样的环境,应该是安全的。反倒兰珍,再次戴上了墨镜。她不想让老板从她眼神中读出自己内心的不安。

老板带着两个大汉,接见了她。老板开口就说,我很后悔当初开除了你。兰珍努力保持镇静,回道,对您当初的决定,我没有任何不满。服务您的夫人,无非迫于生计。现在各为其主,请理解。老板大拇指一晓,这话我爱听。兰珍右手握拳,很轻但十分果断地往桌面一放,雷老板,我想知道,在什么情况下,您可以不再对她构成威胁。

兰珍明白,她不是来跟老板磨嘴皮子的。要能磨,老板早跟太太磨了。她只想摸清他的底线。最笨,也是最好的法子,就是直截了当地问。离婚!老板回道,我让她养了三年病,想了三年,算仁至义尽了吧?兰珍扶一扶镜架,沉吟几秒说,再给两个月的时间,我会尽量说服她。在这期间,她需要一个安全的环境。

一拍即合。老板撤除了一切形式上的威胁,太太很快回归正常生活。兰珍抓住每个合适的时机,劝说太太放下执念。太太不以为然,脸色越来越难看。她说,你的职责不是帮那个男人说话!无奈之下,兰珍道出实情。没想到,太太更加怀疑她跟雷老板沆瀣一气。太太出门,也不要兰珍跟随。兰珍心灰意冷,躲在卧室里练武,发泄情绪。从初级的小梅花、截虎拳到高级的佛拳。累了,瘫软在地板上,感觉自己像一只守护太太的狗,冒着危险帮助太太,却被她一脚踹倒在地。兰珍想一走了之,爷爷的话随之在耳边响起:习武之人,守信守德。

等太太回来,兰珍说,下次您出门,我必须跟随,这是我的职责。

太太冷哼一声,行,前提是请你闭嘴。

兰珍不再劝说太太。太太对她的态度渐渐好转。那天午后,阳光特别暖和,太太带着兰珍去IFS中心购物。太太在四楼的珠宝店挑选项链,楼宇突然剧烈颤抖,茶几座椅如同生出手脚,从大厅的一端滑向另一端。太太吓蒙了,跌倒在墙柱边。兰珍马上拽住太太,用身子护着她。少顷,有人吼叫,地震,快跑!紧接着,凌乱的脚步声、天崩地裂般的响动从四面八方涌出。兰珍左右张望,背着太太往安全通道跑,一直摇摇晃晃地跑到大路边。

很快,所有人都知道是汶川发生大地震了。余震不断,多数人在外面露营。

兰珍陪太太搭铺,睡在楼下的广场。太太受到惊吓,完全失去往日的神采。兰珍白天黑夜都悉心伺候她,一会儿回家取换洗衣服,一会儿拿化妆品。有一次,兰珍在厨房给太太烧水泡人参片,余震再次发生。太太见到她时,眼睛一下湿润了。兰珍说,这是我的职责。

新闻每天都在报道地震给许多家庭造成的伤害。太太看得心绪不宁,好几次抱住兰珍,哭得肩膀一耸一耸的。兰珍给她拭眼泪,泪水滚烫,她第一次从这个冷傲的女人身上感受到了温度。

两个月的期限很快到了。那天晚上,兰珍梦见自己和太太置身火海般的厮杀里。醒来,兰珍第一个念头,就是我必须保护好太太。可太太失踪了!茶几的烟缸下压着一张纸条:阿兰,亲历这场灾难,我突然觉得,生死什么的都无所谓了。现在,我想一个人静一静,或许我很快会回来。勿念!

兰珍给太太打电话。手机关机,每天如此。老板的手下闯进太太的家里,翻遍屋子,没有找到任何有价值的信息。几天以后,兰珍带着那份依然有效的协议,离开了都市。

5

三个半月以后,影片的拍摄接近尾声。

米导有了些许闲暇。那天深夜十一点,他带着监制、剧务、造型师和机械员,果真跑来光顾兰珍的生意。秋末天寒,卤菜凉腻,兰珍就用微波炉打热。米导夸她想得周到,她笑道,这是我的职责。

酒至半酣,米导聊天很嗨,胡诌起荤段子。他说,拍床戏也可以选大白天,后期处理成暗色调即可,这样的好处是自己可以看个明白。又说,有一回让演员扮洋人,把头发染成金色。拍洗浴镜头时,需要把腋毛也染色,对方不答应。米导没撤,便在精剪的过程中,用电脑技术调色。大伙儿听着,不断喝彩、敬酒。兰珍坐一边,还惦记着自己参演的那段戏,心心念念的,连喝两三杯酒,恍惚了,思绪跟云一样再次旋进往事里。

那年,兰珍回乡,二十九岁。她没有像爷爷期待的那样,遇到贵人谋出个好发展。在失去女人最青春的时光后,她的人生再次回到起点。当时,雷老板在古镇的名字已经很响亮、很受人膜拜,都夸他眼光好、有智慧。提及他的家事,大家同样乐此不疲,说他原配夫人死得早,后来老板续过两次婚,两个老婆都搜肠刮肚地想跟他唯一的亲儿子抢家产。兰珍问,你们亲眼看到的吗?对方说,这不重要。重要的是,如果当年没有雷老板来投资,我们未必有今天的好日子过。

兰珍哑然。

过了一阵子,兰珍做起爷爷卖凉粉的营生。店子的租金和转让费都不菲。街坊邻居问兰珍这些年做些啥,她心一颤,回道,打工。别人好奇她为什么至今单身,她说,打工耽误了。这个解释并不能满足大家的好奇心。于是,关于她的财富来源,有了不少猜测:姨太太、小三、发郎女……兰珍从不辩解。在她看来,雷老板和太太,如同法海跟白娘子的关系;古镇的那些人,就是一座座在精神上压着太太的雷峰塔;而她自己,依然是保镖,太太一旦回来,将继续保护她。如今兰珍唯一能做的,就是把这件事当作秘密的药丸,吞在肚子里。

无论怎样,总有热心人跑来给兰珍说媒。每次相亲,她都优柔寡断,完全没了往日一贯的干脆。兰珍担心太太冷不丁出现,她又得像孤胆女侠一样,义不容辞地履行职责,直到危机消除。

年复一年地等待,始终没有太太的音信。

在别人的撮合下,兰珍终于跟一个商人交往到谈婚论嫁的地步。那晚,商人多喝了二两白酒说,阿兰,我希望了解你真实的人生。放心,我没其他意思。兰珍怼道,那干吗要了解?对方怔了怔,嘲弄地抽一抽鼻子。几天以后,商人借口出远门,没再回来过。

媒婆从此不来找兰珍了。镇上的单身男子对这个三十多岁的女人都保持着适当的心理距离。兰珍迷茫了,她心里空旷,空旷到怆然。她对生活产生了质疑。那个秘密,终究会随着自己老去的身体一并埋葬,化为虚无。它到底有什么意义?日复一日地纠结,她坠入记忆的深渊,挣扎在对往事的困惑里。一次次回想太太跟雷老板在电话里争执,她突然有点相信——并越来越相信关于雷老板家事的传言。

兰珍惶恐,我保护的太太,难道真是一个争夺名利的女人?转念间,又对自己说,就算那样,又有什么关系呢?给太太做保镖,可是我干得最努力的一份工作。这样想着,心里深藏已久的秘密,变成一株野草,不停地疯长、蔓延。她生出一种必须拔出它的强烈冲动。

于是,在店子打烊后的每个夜晚,兰珍一点点记下那段人生的全部。她写得那样的用心、那样的认真,如同做保镖时一样的用心、一样的认真。日记写了两万多字,压在衣柜底层的抽屉里。空闲时又捧出来,坐在台灯下细细地读。灯光照亮每一页纸,每一个字,仿佛照亮了她人生的全部意义。冬季,古镇发生两起盗窃案。兰珍莫名不安。那一张张纸页,一个个字,变成一群失控的蝙蝠,在夜色里诡异地、阴险地扑飞。终于有一天,兰珍神经质地毁掉日记。她顿时充满消除某种危险的安全感……

米导跟同行还在胡喝瞎侃,好几次添菜,把店子里的卤鸡翅、牛肝、煮花生和拌海带全部点光了。兰珍断断续续地喝酒、走神,脑子更加迷糊。米导突然说,师妹,我真喜欢你跟那个杀手的对手戏。但想了好久,实在找不到办法嵌进片子里去。

兰珍心里咚一声,仿佛掉进水里。造型师接过话头说,兰珍气质好,适合演杀手。兰珍眨眨醺醉的眼,脱口道,还不如演保镖。米导大着舌头问,保镖? 有,有啥区别?

场面一下安静。兰珍喝一大口茶,清醒了一些。她想了一会儿说,杀手在执行任务的时候,戏份才出来。保镖这角色,跟一般人想象的不一样,风风火火、轰轰烈烈的打斗场面从来就不是常态,甚至不会发生。说着,她不自觉地站起来,来回走动,步子轻盈像小鹿。在若明若暗的光线里,她显出迷离的美,全然看不出是会武艺的人。她接着说,保镖,真正的戏份,是表现在对平常一切细节的警觉上。

好! 众人喝彩。

兰珍更来劲儿了,她继续说,而且,杀手只跟"杀"有关,保镖不一样,要是头顶有东西落下来,或者路面太滑,发生地震……总之,一切危及雇主生命安全的事,都是保镖的职责范围。

专业! 米导自灌一个满杯,摇晃两下脑袋又问,师妹,你临时发,发挥的那戏,想,想保留不? 提点好,好建议?

不说没法保留吗? 非要建议……我建议跟杀手过招的时候,突然地震,吓得杀手转身就逃。

满桌的唏嘘声加尖叫。

米导打个嗝儿,地震,不怕! 月底,电,电影,要在雷老板的湿地杀青,你,做我保镖。

这一次,大伙儿笑得肠子都扭成一团。而"雷老板"这三个字,彻底把兰珍浇清醒了。她猛然意识到,自己说多了。她已经很隐晦地泄露出自己些许的秘密,这让她有几分满足感。但她确信,谁也不会把那个变形的秘密跟她联系起来。想到这里,兰珍又隐隐失落。

6

直到举行杀青仪式,米导也没联系兰珍重新拍戏。

月底,米导告诉她,影片上映了。兰珍没表现出任何兴奋。磨蹭到深夜,她才打开爱奇艺观看。剧情不错,制作仍然粗糙。米导处理杀手的台词,方法很取巧,他直接把杀手的声音屏蔽掉。至于兰珍,短短几秒出镜,观众很可能连她的模样都记不住。

电影快结束时,切换到拍摄花絮,那是演员们表演失误的搞笑镜头。兰珍瞧见自己反手制敌,跟杀手的格斗场景。播到第三秒,画面突然抖动,准确地说,是地震效果!明显在后期加工处理的。视频的上黑边配着演员介绍:兰珍,蔡李佛拳弟子,特邀嘉宾。下黑边有字幕持续滚动,说明这段花絮的背景,其中有一段话:兰珍以保镖般的机警和智慧,察觉出杀手的异样……

兰珍噌地站起来,又坐下去,来回滚动进度条,反复欣赏。屏幕的暗光闪烁,映照在她脸上,如同照亮了她人生的意义。她的秘密以过度包装的方式呈现给了观众。兰珍想,这意味着,它也会长久地存储在别人的记忆里。

兰珍睡了这么多年来最安恬的一觉。醒来,清晨的阳光从窗外投照进来,蜜一样淌了一地。她坐在梳妆镜前,细心地装扮自己。每天都要打理好自己的心境。她在心里说,现在,你也是自己的大司命。

【作者简介】小乙,本名钟志勇,洛带客家人,成都市文学院签约作家,计算机技术硕士。2015年开始文学创作,2016年公开发表作品。科幻及现实主义小说见诸《作品》《青年作家》《朔方》《湘江文艺》《四川文学》《草原》《西部》《百花洲》《安徽文学》《延河》《山西文学》等刊。曾两次获深圳市打工文学奖、《青年作家》小说征文一等奖、瑞士海外书展奖。2020年,四川文艺出版社以"成都作家·新力量"推出其中短篇小说集《一半阴影一半明亮》。

东四香椿

陈 九

我有一棵香椿，不知与谁能共。多少秘密在其中，欲诉无人能懂。窗外更深露重，今夜落花成冢。春来春去俱无踪，徒留一树幽梦。

1

香椿这种树北京很普遍，而纽约却难得一见，所以在纽约种一棵北京的香椿是我多年的心愿。小时候家住东四九条，胡同里的北京人都有"香椿情结"。古人把桑梓比作故乡，《诗经》有"维桑与梓，必恭敬止"，桑能养蚕象征生计，而梓是指死亡，从前的棺椁是梓木做的，生于斯死于斯的地方便是故土。生死解决了，吃的呢？这下就轮到香椿。那时各家院子都种着香椿树，我家也有，高大挺拔，每逢初春抽芽款款，给平淡的日子带来企盼。这时北京人讲究吃春饼，清人陈维崧在《陈检讨集》中说道："立春日啖春饼，谓之咬春。"所谓春饼就是薄饼卷菜，佐以京酱大葱，再配一碗清粥，哇，草民的天堂！但此时新鲜蔬菜还未上市，春饼能卷的无非有二，一是水发豆芽，二是香椿芽。唯香椿芽才是春饼最高境界，采头茬香椿嫩芽，切碎与鸡蛋炒散，薄饼一裹大功告成，绝对打死不换的民间美味。

无独有偶，我在纽约有个远邻老廖，也是北京人，他小时候住东四九条斜

104

对过儿的钱粮胡同,正经算街坊。我俩见面老聊小时候的事,前些日子乘火车碰到他还提起香椿。九兄,正是香椿芽下来的时候,要来顿春饼什么劲头?就说呢,可美国的椿树都是臭的,根本没法儿吃呀。说得也是,我听说新泽西州的韩国农场有卖香椿苗,网上好像还有其他品种。那可不一样啊老廖,肯定都串种了,跟咱东四的香椿不能比,咱吃的可是情怀。一听情怀老廖来神了,没错,说什么也得弄棵东四"情怀"过来,九兄你甭管了,看我的,人都能弄过来何况香椿乎。

老廖这人爱逞能,他出国前是学文科的,还给什么人当过秘书,正经风光过一阵。按说你绷住了别鼓秋,怎么也混个司局长。可人有失手马有失蹄,有一回给领导起草文章,领导让他修改一下,他认为不妥,说修改可以,登报后出问题您可别赖我。你说这种人,知道马王爷三只眼吗?转身就被下放了基层。老廖也真不含糊,很快便联系自费留美自我放逐了,说此地不留爷自有留爷处,不混出个人样誓不回还。没承想一到美国就蒙了,他文科背景英语又不灵,继续学文科出来工作都不好找。打听来打听去,说电脑专业找工作容易,技术移民又能办绿卡,于是铆足劲儿由文转工,拼了两年愣拿下电脑硕士,并通过两道大考三次面试,摇身一变成为纽约市政府的数据库设计师。我听他侃这段都跟着费劲,据说有些文明是猴子在心理变态后创造的,光凭执着不够,还得有脱胎换骨的自虐与救赎。

香椿这事他那么一说我这么一听就过去了。香椿是北京人,尤其是胡同北京人的永恒话题,说完照样各忙各的。这些日子正火烧火燎,我在柯桥那儿的一批装饰布订单打样打不出来,这可是明年最大一批进货,色牢度和光牢度愣上不去。这边的犹太女货商叫苔丝,《德伯家的苔丝》的"苔丝",是我下家,我生产她批发,天天电话里骂人,我告你姓九的,美中关系闹这么僵还跟你签单子,你觉得好事来得太容易了吗?你真以为我是你老婆哪?我告你姓九的,她老管我叫"姓九的",要不当初被你这老梆子骗了,才不跟你做生意呢,这是最后一次机会,不成法庭见!

老梆子?

老梆子!

苔丝五十岁不到要更没更,正是比较悲壮的时段。她喜怒无常,好起来像小女孩,嘛着嘴跟你说话,惹得你恨不得干她,可坏起来就跟刚才那样,"我告你姓九的",一听这句赶紧闭嘴,还别不信,急了她真敢动手捶你。就说这色牢度和光牢度吧,多大点事儿呀,每项指标只差零点五,我做了这么些年,过去中美关系正常时根本不算事儿。你知道提高零点五得投入多少资金?染料和工艺都得上档次,人家柯桥那边可放话了,九兄你非要这零点五,价格就不一样了,我们也割肉度日啊!柯桥的意思我明白,那边的印染厂很艰难,政府要整治污染,印染工艺必须迁到沿海经济新区,光搬迁这块就花不得了的钱。那让我怎么办?中美掐架,关税年年高,如果价格再涨,加上美元贬值,生意还怎么做?所以我得一笔笔算给苔丝听,想要这零点五必须加钱。但她就不松口,非说我敲诈她,真惯出毛病了。

与苔丝交往十来年,难以名状。她来自法国里昂,曾经是法共分子,因组织暴乱遭通缉逃到美国。听说她已婚,老公却不见踪迹。我认识她时她在著名的纺织品生产商丹河公司做设计主管,我是她的设计师,当年我在"华纺"学的就是纺织品设计。她还好意思说我当初骗她,真替你臊得慌苔丝同志。那天明明我正在画图,她突然问我哼的什么歌。我一愣,没有啊。别赖,唱给我听听。我没有!当时我正用耳机听刘欢莫华伦廖昌永三人唱的《国际歌》。有这事吧?他们仨在人民大会堂的合唱,全场起立那种。哎对,听着听着情不自禁哼出声,"英特纳雄耐尔就一定要实现",我自己没发觉,被苔丝听到了。

按说这种历史歌曲美国人不敏感,他们受的教育与我们不同,既没听过也不会唱。何况美国不流行红色文化,比较忌讳,所以我不愿承认。但苔丝不是一般美国人,是法裔美国人,还是法共分子,《国际歌》偏又是法国歌,全赶一块儿了,门儿清。她纠缠着要我给她唱。我一看没辙,便急中生智把耳机塞进她耳朵里,心说你也别为难我,干脆自己听吧。没想到这下可好,显形了,她自己唱起来。只见苔丝情绪激动,"快把那炉火烧得通红,趁热打铁才能成功!这是最后的斗争,团结起来到明天,英特纳雄耐尔就一定要实现!""英特纳雄耐尔"这句我能听懂,跟中文差不多。她边唱边扬手,叫我跟她一块儿唱。说真的,我被她感染了,再说人家是老板,老板唱咱不唱不合适。我站起身,"快把那炉火烧得通红,趁热打铁才能成功!"歌词记不清,唱错了她也不懂,旋律跟上就行。

万万没想到,我嗓音宽厚她声音脆亮,居然能听出三度叠置的和声效果,颇具舞台美感。美感这个东西很奇妙,让人得意忘形,得意就是感觉到了美,像亚当吃完苹果转身再看夏娃,哇,一下忘了形。我对和声的喜爱其来有自,小时候参加少年宫合唱团,当时教我们和声的是边宝驹老师,天津人,中国合唱指挥的先驱人物,从那时我就迷上和声。

我这么一沉醉不要紧,把苔丝给忽略了。等睁眼再看,只见她泪眼模糊,泪水不断从眼角涌出来。我大吃一惊,怎么回事这是?没等把惊讶的表情做完,苔丝上前一把搂住我,绕颈而拥。我顿时呆住了……

九九同志!

九九同志?

苔丝近距离凝视我耳语着"九九同志",由于太近,比咫尺还近,她身体的综合韵味呼啦啦扑上来,冲击波式地将我吞没。平时她都叫我"九",急了是"姓九的",而"九九同志"这是第一次。但此情此景叫什么都无所谓,身体接触比任何语言更奏效,何况是音乐让我们心潮澎湃心心相印呢。我还在感受着,苔丝却敢做敢当踮脚吻住我,哇,法国女人很会接吻耶,百转回肠搞得我不要不要的。我欲解开她背后的搭扣,她说嘘嘘嘘,跟我走。跟你走?跟我走九九同志,我的甜心。我知道她的公寓就在附近,莫非唱支歌就上床,性表达靠的是情感还是情绪呢?我的"底线"正被苔丝的"来电"击穿。

不想谈在她家那点事,从没见过女人如此万马奔腾跟男人平起平坐地享受性爱,恨不得家伙什儿也长她身上。我觉得我正被拆散重组,看来迄今为止的文明史不过是女人装蒜史,等哪天不装了,男人真敢面对吗?当然我说的不是这个,别指望我写"下半身"给你们解渴,没这戏。我说的是,苔丝说我当初骗她,到底谁骗谁清楚了吧?我可不背这个黑锅,说破大天也是两相情愿,"一相情愿吃官司,两相情愿脱裤子",这里有本质区别。打那以后经常去她家打卡,每次都要做,搞得中饭也吃不好,回来双双啃三明治。这不后来商量着辞职做生意,原以为苔丝会跟我成立一家公司,都这种关系了。结果人家根本没这意思,不跟我搭伙,而是自己成立公司,像床上那样保持独立性,生生又摆了我一道,将我再度宕机重启。当然她的生意不光贸易这块儿,还有设计咨询、古董修复,她跟苏富比很熟,后者拍卖过路易十四的中国睡袍,听说过吧?哎对,就是苔丝鼓捣的。

2

聊起苔丝刹不住车。刚才说哪儿了?香椿和老廖,老廖这人真够牛的,有股机灵劲儿,那天我俩说完香椿转身就放下了,哪能瞎认真哪,我俩还聊女明星呢,这莺莺那燕燕,能认真吗?纽约不产香椿吧,一方水土有一方的出产不是?本来还惦记吃春饼卷香椿芽这码事,日子久了入乡随俗,尤其让苔丝上下一折腾,坐标全乱了,变轴了。最直接的才是最重要的。这可是名人名句,我负责任地加一句,最重要的也是最坚硬的,世俗如水水滴石穿,什么也扛不住。

没想到我放下了老廖没放下。这天清晨突然有人敲门,九兄开门来,好东西的干活!我这人夜猫子,早睡睡不着早起起不来,按说这个点儿我后半夜,很难叫醒。等我稀里糊涂跑下楼,只见老廖手持一根三尺来长的树枝,在我眼前晃悠。什么呀这是?香椿苗。香椿苗?哪来的?你猜?我哪猜得出来,不会是九条的吧?我就开个玩笑,幽他一默。只见老廖迟疑片刻,眼里闪着光,你怎么知道的九兄?这正是钱粮胡同的香椿苗!

他这句让我一惊,盯着树枝半天缓不过劲儿来,恍惚间只觉得整个东四九条吭唧恁我面前,让我突生"近乡情更怯,不敢问来人"的迟疑。我难以置信,这也太神奇了,漂泊的坎坷早让我不敢相信奇迹,何况打上次提到东四香椿才多久,不成变戏法了吗?真钱粮胡同的?真钱粮胡同的。我满脸狐疑盯着老廖,心说培育一棵香椿苗哪那么容易,就算弄好了也很难带进来,两国现在多敏感哪。你怎么带进来的?我问他。老廖东拉西扯显得很轻松,是这么回事九兄,说了你别不信,我大姐还住在钱粮胡同老宅,她把分出的香椿苗绑在笤帚里,趁这次探亲带来的,这可是咱大纽约地区唯一的东四香椿,还不赶紧种上九兄?

绑笤帚里?

绑笤帚里。

"笤帚里"仨字让我的疑惑几近崩溃,为此深感震动,这岂是简单的技术问题,谁比谁聪明谁比谁机灵,不是这样。您就瞅这份心思,这是情感的物化,为什么凡·高画画笔触那么粗犷,跟涂糨糊似的稠得展不开,是他心中的情感浓得像糨糊一样滴也滴不下来,只好就这么抹上。居然连笤帚都琢磨出来了,我立马想到几年前维拉多尔监狱的大逃亡,电视报道过,犯人竟用饭勺当工具,挖出了几百米长的地道成功越狱,这跟笤帚绑香椿有什么本质区别,都是囚徒一样的乡愁啊!

想到此我不再怀疑,人生际遇中这实属倘来之物,可遇不可求。但它毕竟是人家老宅物件,怎么好意思?不了,你还是自己留着种吧。我这么一说老廖有些不乐意，我住公寓怎么种，又不是花，逗我玩呢九兄？种花盆里啊。没听说过，香椿得接地气，要不这么着，兹当我借贵方一块宝地行不？老廖这话令我释然，也夯实了我种的合法性，再客气就没劲了。那我种上？种上。那我真种上？真种上。于是二话不说，正值清明前后种瓜点豆的春发时节，我俩喊里咔嚓，选后院一块阳光充沛之地，将钱粮胡同这株香椿苗稳稳栽下。

挖坑栽苗培土浇水，只差点香膜拜，一套全活儿很快干完，我发现老廖并无离开之意，依旧说东道西跟我扯闲篇。我当他是对老宅物件依依不舍，便沏茶倒水陪着他。其实我心里有些局促，被他叫门匆匆爬起，穿着睡衣睡裤，我喜欢长点的睡衣，裹得严实感觉温暖，但难免显得邋遢，像《三毛流浪记》里的三毛一样，好在没有女客，俩老爷们儿就别那么讲究了。老廖很能侃，我跟你说九兄，前两天我拿几枚新鲜的中国红枣给同事吃，他一看说哇，这不是我们小亚细亚的物产吗，怎么成中国的了？归齐一查，还真打那边传来的，只不过形状味道都有变化，越往中国靠越甜，中国这边最甜。是吗，不会是丝绸之路我们传给他们的吧？不是不是，所谓丝绸之路早就有，就是一条通道，先是西边往东边走，后来东边强大了，有丝绸了，又打东边往西边去，苏美尔文明知道吧？嗯。华夏起源就有苏美尔的影响。

好么，几枚红枣愣扯到苏美尔了，我连忙岔开他，这么着，我有蒜肠小二，再炒个葱花鸡蛋拍个黄瓜，要不陪我喝两口老廖，就当早午饭一勺烩了？我这么说其实有劝退之意，大白天喝二锅头毕竟少见，兴许一客气人家就回家了。没想到老廖挺痛快，没拿自己当外人，说，拍黄瓜我来，瞧我的。等酒上三巡，还别说，他拍的黄瓜真比我强，最后淋热油，吱啦一下把味道调出来。我怕他接着提苏美尔，便把话题扯到上班上。先满上老廖，有日子没见你，休假了？平时我俩总坐同一班长岛火车去曼哈顿，好些天没见到他。我还休假，休假倒好了！我觉出老廖话里有话，莫非这才是他磨叽半天不回家的原因？肯定有话没得说，憋的，可不都这样嘛，身边有人也难免孤独，日子久了男女都分不清，最遥远的距离就是对性别的漠视。

走一个？

走一个。

我跟你说九兄，这活儿没法干了！我一愣，不干得好好的吗？我知道他在市政府当差，是公务员，管着几个大型数据系统，头些年他设计的数据库还得过纽约市政府科技奖,风光一时。此时老廖看着有些沮丧,刚才那口酒下去得不顺,呛得眼圈都红了。我不知该让他说还是不让他说,没想到种棵香椿倒种出了伤感,只好默默由着他发挥。我跟你说九兄,没这么欺负人的,我的专业是数据库设计,这么多年干的也是这个。对呀,没错呀。可我们领导,一个狗屁不通的傻白,为拍马屁非让我接编程项目,我又不是程序员,编个狗屁程啊!是啊,这不是你的专长,怎么干哪? 我跟他说编程语言我不熟悉,那么些程序员干什么吃的? 把他怼了回去。结果丫老盯着我,说不会可以学,学学就会了。这也太不公平了老廖,别看你是华人好欺负吧? 联想到平日的经验,我脱口而出。

真说着了。

真说着了?

归齐我一打听,老廖总爱说"归齐",口头语,归齐我一打听,他把这活儿给谁谁不接,都说忙不过来。我是唯一的华人雇员,就愣往我头上摁,多丫挺的。那你也不接呢? 没错,说得没错九兄,爷是谁,拿爷当雏哪,咱什么没见过,当年在国内也戳一份对吧? 必须的呀,部长大秘开玩笑呢! 不瞒你说九兄,我准备跟丫死磕,知道为什么你坐车没看见我吗? 为什么? 我提前两班早颠了,回来也晚,我得抓紧时间研究研究市政府各项规定和相关法条,准备大干,让丫原地爆炸,华人怎么了,华人的命也是命,我就不信美利坚合众国地面上没地儿说理去。

现在坐实了,老廖磨叨半天不走就是想唠叨心中郁闷,一吐为快。留他畅饮正中下怀,聊天哪有干聊的,什么也聊不出来,要想尽兴就得把性情调出来,就像两情相悦必须把性欲调出来一样,否则不美。而唯有畅饮,推杯换盏才是激发性情的最佳方式,什么叫撒酒疯啊,撒是放松,酒疯是真性情,把幽禁多时的真性情释放出来,靠独饮自撸不行,"举杯邀明月"绝对没戏,李白就那么一说,他身边肯定有人,否则心中的块垒还是无法消除,要不怎么说人来疯呢,人来了才疯,酒是个复数词,指一人以上,酒就是社会就是江湖。

看来老廖今天喝美了,脸蛋儿鼓得像鸡大胸一样,不停地喷。苏美尔文明是人类最早的文明知道吧,它的象形文字对中国方块字有直接影响,还有六十进制,手表干吗六十分钟一小时,就是苏美尔人发明的。

好么,绕一圈又回来了,还没忘苏美尔呢。来来来走着,我说老廖,听说你们市政府的退休计划非常不错,那还能拿社保金吗? 当然能了,我交税凭什么不能拿! 合着你们拿双份? 没错,退休金一份社保一份,有人说政府工资偏低,其实他们不懂,私企工资不管你退休,光靠社保根本不够,劳工部统计的工资系数是:私企等于一,政府部门是一点六。等等,没明白,什么一点六?这么跟你说吧,我现在年薪十万,加上退休金和医保因素相当于私企十六万。是吗?这么回事,那我干脆奔政府得了。你早说啊九兄,什么事都有两方面,政府工福利好但要干得长,不满二十年拿不到全部福利,现在开始你得干到什么时候去?你干多久了老廖?十二年了,还得再熬八年。好么,你都八年,我要二十年,看来这条路又没戏了,还得接着受这个"疯女人"的气!

那个女老外?

那个女老外。

你一说我想起来了九兄,那天去曼哈顿弄驾照,见你跟一女老外拉着手,是她吧?真的吗,我办公室就在交通局隔壁,你怎么没叫我?好嘛,你俩腻一块儿我裹这乱干吗,不过说真的,这妞行,徐娘不老风韵犹存,要什么有什么,你别是把人家办了吧?嘘嘘嘘嘘,高了吧你,小声点别让人听见。我连忙阻止他。你不用藏着掖着九兄,都是男人谁跟谁啊,我当时就觉得像两口子,有什么呀,我要是你绝对上丫的,管那干吗?"有一美人兮见之不忘……不得于飞兮使我沦亡。"不怕你笑话九兄,我都闹不清自己是男是女,真对不起裆下这个老伙计,你说这叫什么日子?明明让人家欺负,别说讨公道,连个说话人都没有,更甭提红颜知己了,人活着文化没了,情趣也没了,跟死有什么两样?都说人挪活树挪死,我觉得我是棵树,香椿树,活得太憋屈。说着说着老廖竟热泪盈眶哽咽起来。哎哎老廖老廖,别这样别这样,喝得好好的怎么了这是,这话怎么说的?

3

日出日落,人去人回,香椿在长。

老廖喝酒落泪搞得我心里蔫蔫的,不管他因为什么,都唤醒我心中隐隐的惆怅。对漂泊者而言,哭泣是一种"待机"情感,可随时启动。无论什么原因,幸福的家庭都是相同的,不幸的家庭各有各的不幸,就整体命运而言,大家都很相似,交通事故中警察的判定倾向,街头发生争执对方的习惯用语,都屡屡勾勒出黑眼睛黑头发在蓝眼睛黄头发中的进退失据,围观者的冷漠,不敢骂最后一句,样样令人沮丧。沮丧导致自卑,久而久之转化为隐形的忧伤,因此每人心中都有足够的流泪暗示,只不过隐忍自嘲的方式不同罢了。这是一张巨大的天网,就像永不消退的"雾霾",足以将所谓衣锦还乡打回原形。那些被蔑视的魂灵啊。

但我并不为老廖的眼泪好奇,就像不会为自己的眼泪好奇一样。不是没同情心,是麻木了,经常听到类似的事。前不久布鲁克林区的酒驾撞死华裔老人案,那个白人律师居然搬出一百多年前的"印第安人法案",说杀死印第安人不仅无罪还应获奖,印第安人与华人同宗同种,因此他的当事人应判无罪才对。欧买嘎,都什么年代了还有如此血腥的说辞,闹半天屠杀印第安人依然是一种荣耀?那蓄奴制呢?岂不令人毛骨悚然!即便如此也不会有谁为此发声,就像蔡琴歌中所唱,"你静静地来,又悄悄地走",估计也就从华文文学中零星看到一点,主流媒体根本不予关注。所以我真心为老廖祈祷,仗还没打先把悲伤透支了,漂泊中的每次转身都是悲壮的,一沾法律法条必旷日持久,当年你在国内不争倒跑这儿争来了?

老廖走了,留下的这棵香椿却是"乐观主义者",日长夜长。所有刚来的都比较乐观,想摩拳擦掌重活一把。我也一样,来美头一站是位于雅典镇的俄亥俄大学。我到的时候正赶上当地选举,满大街标语口号,候选人的照片随处可见。不是我吹,咱是下过乡的一代人,"公鸡中的战斗机",对这种沾人类命运的事十分敏感。有同学带我去听候选人辩论,听不懂人家翻给我。我说干脆这么着,我帮他们设计一套企业振兴方案促进当地发展。当年我插队的村子搞企业,我都上大学了支书还找到我。我说我是学画图的,跟这个不搭。他说他是打鬼子的,跟这个也不搭,你上大学有什么了不起,平日村里对你咋样,你睡老石家闺女谁帮你摆平的,都说说吧?支书支书,啥也别说了,这碗酒我一口闷,保证整出一套方案来中不?不是我显摆,为这套策划能跑的部门全跑了,供销合作总社、手工业合作总社、农业农村部乡镇企业局……绝对来之不易,只要按雅典镇情稍加修改就是一部《葵花宝典》,谁拿到谁胜出。那人家要不接受呢?不接受,傻呀他不接受?不接受老子自己干,问问他们还能报名参选吗,我去竞选雅典镇长!

这棵东四香椿真有点像竞选雅典镇长的架势,没拿自己当外人,透着后院从早到晚的好太阳,水足肥足噌噌噌往上打挺。过去从没留意,香椿居然能长这么快,跟竹笋有一拼。那年去绍兴出差,后窗有片竹林,深夜无眠只听噼里啪啦的响动，我打着手电查看怎么回事，眼瞅着竹笋往上蹿，吓我一跳，真怕它跳起来扎我屁股。香椿虽说没这么邪乎，也非同小可，它并未沿原来那根枝条长，绑笤帚里的那根停住了，基本作废了，一换新地方原来的都不好使。起初我怀疑它是不是死了，心说你不好好挨东四待着跑这鬼地方干吗，客死他乡了吧，就算哪儿的黄土都埋人，但土和土不同，埋得舒坦不舒坦只有自己知道。

我正纳闷呢，说时迟那时快，一棵绿芽打底部土里拱将出来，它看上去是全新的，跟老枝无关，但在我这个东四老乡眼里，亲不亲故乡人，立马认出它是如假包换的香椿，一冒头就虎虎实实，本来香椿就是皮实东西，一天一个样往上长。比如早起出门看它，哦，是这个样子，下班回来再瞧肯定变样，长高长粗了一块，得半尺多，令人满怀欣喜。美国的土很肥沃，它不像咱那嘎达，五千年开垦种植，养活了一百多代君王和百姓，再丰腴的母亲也有疲惫的时候。这边人不靠种植，土地原生态，吐口唾沫都能怀孕。关键是咱东四的物件底子好，四海为家天下大同，给点阳光就灿烂，加上心里有梦，这个很重要。你琢磨呀，连笤帚都想得出来，不是梦吗？有梦才有忍耐力。所以你看愣长出来了，活了，开始拔节了，总算没辜负老廖这点心思。不是我小心眼儿，你说万一没长出来怎么跟他交代，是不是啊？

不过也有个不算问题的问题，让我颇感困惑。刚才说了，这棵香椿栽在后墙根，那里阳光充足，因此长得飞快，时复一时，日复一日，已长过墙头比人都高。原想它会往墙里长，因为阳光打南边来，虽说不是向日葵，但植物有趋光性，都朝太阳长，就像小孩，小孩都朝着娘长，娘到哪儿，孩子就到哪儿，娘就是孩子的阳光。听说我小时候十分黏人，我妈老数落我，就你这熊孩子吧，带你逛劝业场天外天听戏看玩意儿，上洗手间也跟着我，烦不烦人哪你？有抱孩子上洗手间的吗？太难弄了你。我并不以为朝太阳生长是"难弄"之事，生命打太阳而来，当然朝太阳而去，天经地义。问题就出在这儿，这棵东四香椿偏爱往墙外长，背对着阳光，看着就别扭。你说你，又不开花，也没那么好看，金发碧眼你有吗？还想"一枝红杏出墙来"，几个意思啊？我只好轻轻把它往回掰，对它说你得往这边长，这边才是咱家知道吗？可早上掰过来，晚上下班它自己又回去了，干没辙。反正你也老大不小的了，总不能见天守着你，不当吃不当喝的随它去吧。

倒不是咱对东四香椿不负责任，我自己还满脑子官司呢，日子得过吧？生活像条狗，得天天伺候着，顶着门无法间断。什么是现实？老说现实主义，甭跟我提雨果、巴尔扎克,我理解的现实主义就是把吃喝拉撒七情六欲糊弄好,生计生计为生而计,这才是最大的现实。作家阎连科写过一部小说《坚硬如水》,水为什么坚硬呢?因为它绵延不停不可改变,没水就没生命,看上去水为我们服务,喝它尿它糟践它,其实谁都不敢违背它,生计就像水,坚硬如水。

当然,我最大的生计就是与苔丝周旋,说到底还是价格问题,如果色牢度光牢度上去加不加钱?虽说是明年的订单,但柯桥那边催得紧,人家整个工装工序还有备料都要预先安排,再拖下去该影响交货期了。说到跟苔丝交涉很尴尬,该想的辙都想了,甚至不惜利用某种时刻,叼着奶子请她高抬贵手,尽管是两情相悦,老觉得像卖屁股。我一直自视甚高,动不动就百老汇追剧,到大都会博物馆看莫奈和凡·高的特展,始终坚持穿纯皮底皮鞋,就为保持身材挺拔。为什么有些男人走路哈腰?鞋没穿对,脚底没鞋穷半截,换上纯皮底试试,腰板立马挺起来。"江山如此多娇,引无数英雄竞折腰",再英俊的男人只要哈腰就没戏,那又怎样呢?江山可以引英雄折腰,色牢度光牢度不也引老子折腰吗?你说怎么办,生活像刀天天横我脖子上,跟刽子手差不多,孤立无助的漂泊不就是刽子手吗?从前讲究"要学那泰山顶上一青松","柯如青铜根如石",什么青松啊,早成灌木了,能"如青铜"的除下面这杆枪,整个人格都在枯萎。

4

没想到出事了。

有个词叫"春华秋实",春天播种秋天收获,春天种玉米,秋天收棒子,春天种南瓜子,秋天收大南瓜。下乡时我种过一个南瓜两百来斤,被支书拿到县里展览,他的确对我不薄,我也很卖力气,为这颗南瓜,我拉屎撒尿从来不去茅房,憋着攒着也得安排到南瓜上,有机肥懂吗?要不能长这么大?

香椿没有春华秋实,香椿分公母,公的什么不结,母树结出很多小片片,干枯后随风飘荡,却未必能长出香椿。前边说了,咱种香椿不为秋实,而要吃它的嫩芽,这才是稀罕人的。落实到眼前这棵东四香椿也不例外,不光看着它生长,看着它思乡,思乡是难免的,我老依稀感到它的背后藏着东四九条胡同口儿的幼儿园,老师姓张,微胖,长得好看,她在管我们孩子的同时还经营一家小店,全在一块儿,卖针头线脑香烟啤酒,我们从她那里得到的不止是呵护,还有毕生难忘的母性光辉,好男人都有想报答女人的冲动。

于是隔三岔五我就去后院采香椿芽。香椿芽并非初春才采,只是那时的嫩芽最好吃而已,这跟采茶一样,明前龙井味道最佳,如少女之羞涩,带着缕缕童真的幽香,一触即醉。东四香椿在成长过程中不断冒出叶芽,掐香椿芽是有讲究的,不能掐光,取几片留几片,本来就"有女初长成",掐光还不给憋死。这无疑是一种乐趣,对国内同胞来说,吃不吃香椿芽并不打紧。但对野草他乡的天涯人,能在异乡重温童年的习俗,隐含的温情足以引发许多关于远方的话题,沾得几晚暖暖的梦境。然而东四香椿尚未枝繁叶茂,长得再旺,产出也十分有限,每次采摘难抵一餐美食。没关系我有办法,把采下的香椿芽开水焯一下凉凉后速冻,攒够再吃,味道基本不变。第一次开吃赶紧给老廖打电话,这是人家老宅物件,他大姐冒多大风险带进来的呀,此番"处女秀"必须与他分享,必须必须。

香椿成了。

香椿成了?

过来尝鲜。

过来尝鲜?

我当然激情无限,高八度冲着电话叫喊,心说老廖必喜出望外,一阵风跑来品尝春饼卷香椿芽这道久违的美食。自上次饮酒又几个月了,一直没他消息,火车上也没见到他,有一次看着像,转眼又没了,没跟我进同一车厢。意外的是,老廖的语气支支吾吾,完全没在第一时间表达要过来的意思,他客气地说,归齐还是九兄的地好,种什么长什么。还劝我不必多礼,只管品尝就是,他手头正忙走不开,以后找机会再说云云。这样啊,我颇感意外,自责应早点约他才对,行吧老廖,怪我没早点安排,下次一定给你攒足了,让你过把瘾。

别看老廖没过来,惦记东四香椿的可大有人在。我这人什么都好,就有点绷不住,北京人的老毛病,有点新鲜事生怕谁不知道。这不前段时间"纽约北京同乡会"搞活动,三杯下肚一下把东四香椿的事捅了出去。不能全赖我,有人叫板你知道吗?非抬杠说纽约没有中国香椿。你怎么知道纽约没中国香椿?肯定没有。那我要找出一棵呢?找出一棵,中国的?什么叫中国的呀,东四九条认识吧?当然认识了。我给你找出一棵东四香椿信吗?嘿,九兄,我还真不信了,你兹是找出一棵东四香椿我连干三杯!这可你说的,不喝你孙子?没问题九兄。大伙儿都听见了,先把三杯码他跟前,这酒他喝定了,听我慢慢与你道来。

借三分酒劲儿,我是掰开碾碎了,盐打哪儿咸,醋打哪儿酸,把东四香椿的来历描述一番。关键是渲染,北京评书听过吧?我小时候,中午十二点,李鑫荃的评书《三国演义》,顶着门听,抑扬顿挫节奏鲜明,咱得按这个路子走:话说东四北边有个廖大姐,为人仗义胆识不凡。那海关官员高鼻大眼,这是什么的干活?笤帚。你来纽约为何带笤帚的干活?我来纽约打扫卫生的干活。很好很好,我们喜欢爱干净的人,你通过了,祝你旅途愉快。就这样,东四香椿被一把笤帚带进纽约,稳稳种在九兄的后院,如今已落地生根枝繁叶茂,乐不思蜀也,诸位可前往寒舍一探,共尝香椿芽之美味如何?好么,这下坏了,毕竟蝎子屎独一份,跟我要香椿芽的络绎不绝,有个餐馆老板非要"包养"东四香椿,九兄你开价便是。更有甚者,美国一中文电视台记者打电话给我,听说府上有棵东四香椿?啊。我们想去采访您,拍一组镜头如何?我琢磨这事不能闹大,本来就属"偷渡"之类,再把廖大姐卖出去不捅娄子吗。谢谢您,本人最近说话太多嗓音沙哑,日后再说。

没想到真出大事了。

那天早上出门就不顺,平时我都开车到车站再转乘火车,不知何故车子打不着火,怎么试也不灵。我一般是出门前看一眼东四香椿,等于说早上好,今天也顾不上它,只好徒步往车站赶。这两天做了大量准备,把提高色牢度光牢度所需材料的费用列出细目,准备和苔丝硬碰硬。其中印染前期处理所需的特殊柔化剂,国产的不达标,必须从日本进口。还有染色过程中的添加剂,非常关键,也必须从国外采购,这些东西几倍于国产价格,均摊到每码上高达一毛钱,我每码的毛收入才八分钱,叫我如何吃下这些差价!令人绝望的是,苔丝仍拒绝妥协,这个女人太难搞了,临床不乱,别说叼着奶子不松口,进去了也不松口,最终也没给句准话,气死我。

这些天我为此既纠结又郁闷,感觉人生正遭遇严重扭曲,像一棵树被拦腰砍断,只留下光秃秃的树干独自抽泣。生意怎么做成这样,睾丸被人家死死攥住。苔丝虽说是领路人,没她我不可能做这个生意,滴水之恩不该有非分之想,更何况她手中还有像梅西、百德百斯、沃尔玛这样的大客户,一张单子十几万,绝对致命诱惑。但我越来越意识到,卡脖子的日子应该不会太久,因为已经有恨了,每次我都想抽丫大嘴巴,生理关系根本拉不近心理距离,哪天提起裤子一拍两散岂不更加被动，与其如此不如早做打算，大客户没有找小客户，大树做不了做灌木，熬出自己的生计，平静体面地生活，这才是漂泊的至佳境界。

　　就这么心烦意乱，我边想边从车站往家徐行。当我走进后院，也正在这个时刻，只觉得什么地方不对头，什么呢？我定晴一看，突然发现墙边的东四香椿不见了，不是全不见了，而是像刚才所说被拦腰砍断，难道真一语成谶吗？我大叫一声跑上前，这才缓过神来查看究竟。平时看惯了东四香椿，它的树干恰好长到围墙顶端生出枝丫，在隔壁空中形成一团浓浓的绿雾。此刻浓浓的绿雾没有了，有叶子的部分全消失了，只留下光秃秃的树干独自抽泣，这到底怎么回事！

　　待我仔细观察后，不禁深感悔恨，你啊你，我的东四香椿，跟你说多少次别往墙那边长，你怎么就不听呢？都是我不好，干吗不用绳子绑上它，强迫它往这边长，它只是一棵香椿，初来乍到懂个屁啊！按照法律，拥有土地的同时也拥有部分领空，说直白点，你的植物长到隔壁，即便悬在空中，隔壁老王也有权自行处理。东四香椿顶端的切口十分整齐，无拉扯痕迹，说明是用专业工具，非常仔细，比画好的，沿围墙边缘咔嚓剪下，一看就是故意的。我连忙俯视隔壁院子，看看那团绿雾是否还在地上，只见整个院落干干净净什么都没有，一看就是刚打理过不久。我真憋气，法律归法律，街里街坊为何不先打个招呼，这不啪啪打我脸吗？

　　就在我自责悲愤之际，只见隔壁女主人，一个宽大的白种女人，出现在院子一侧。我一下叫住她，这位女士，你今天是不是整理后院了？她面露诧异，老美的表情天生都很夸张，好莱坞一样。什么意思，我整理后院碍着你了？是这样，我有棵珍贵的树应该被你砍头了。你是说，我整理后院，整理到你那边去了？听听，你们听听老美是怎么聊天的，不瘟不火先把边界点出来，点清边界就点清了法权，物体由边界组成，小到个人大到国家，边界模糊就难免自取其辱。面对这种提问我有火发不出来，咱无法证明人家越界操作，硬惹除了吵架什么也得不到。那就"保持理性"吧，保持理性往往是颜面丢失的同义语，丢失一次颜面就丢失一份自信，直到抬不起头来。我压着性子对她说，我的意思是，下次你整理后院，如果碰到我这边的花木请先知会一声，我会自行处理的。听到这句她缓和下来，当然，很遗憾你的树被砍了，我让园丁下次注意点，不过，要看好你的花木哦。

117

5

"要看好你的花木哦"，你谁啊，装什么大丫挺的，不打招呼上去就剪，这事我记着了，不信因果轮回永远排不到我。不过此刻顾不上这些，东四香椿到底是死是活？会不会就此枯萎？还有，要不要马上告诉老廖？毕竟是人家老宅物件。你说这个老廖，叫他偏不来，其实上次叫他过来是想把他大姐一块儿请来，大家吃个便饭，也算感谢人家"笤帚之恩"，可他就不接茬儿，怪怪的，是摊上事了还是上次说的"死磕"不顺利？不过告诉他又怎样，弄棵新的来？不可能，只会给他添堵，彼此更不愉快，想到这，举起的电话又放下了。

毫无疑问，现在的关键是东四香椿的死活，只要能起死回生，老廖那边不是问题。看着它可怜的样子，一根光杆一点动静都没有，风来不吭声雨打不说话，茕茕孑立形影相吊，名副其实的光杆司令。我想我能体会它被砍头一瞬的感觉，不是痛是无助。它肯定大喊大叫过，不要剪我，不要剪我，你让我走吧，我回东四九条还不行？它甚至希望向杀手倾诉，知道吗？每个出国奔命的人背后都有把枪，过海关时我在笤帚里非常纠结，恨不得被查出来，却稀里糊涂混进来。我不习惯这么多规矩，跑出来就为逃避规矩的，我喜欢串门，跟邻居大哥去隆福寺疯跑，偷人民商场的葡萄吃，广告说"宁远的石榴砀山的梨，萧县的葡萄不吐皮"，萧县的葡萄真不吐皮，甜得哟，睡着了都能甜醒。那个叫九兄的人，他的大光头好亮，非不让我串门，我就看着新鲜，想跟你打招呼，可你不理我，咱俩咋就热乎不起来呢？现在好了，你还要砍我头，原来九兄真是要保护我，好后悔没听他的话呀。

这两天夜里我不断做梦，急出毛病了，梦见我像东四香椿一样被齐腰埋进土里。我想挣扎出来却无能为力，四周的土一点点向我收紧，恍若无数活着的爬虫将我包裹起来。下雨时没有伞，雨水在我脸上恣意横流，那些爬虫却欢呼雀跃充满活力，有不知名的野草在我身边滋长。更可怕的是，苔丝，苔丝出现在我面前，她没有表情，那张脸像蜡像一样，走上来掰我的胳膊，掰掉一只，又掰掉一只，我绝望地呼叫她并不在意，掰完还胡噜胡噜我光光的躯体，看是不是足够笔直。让我意外的是，苔丝离开后，我光秃秃的身体又长出一只胳膊，接着又长出另一只，先伸出一个尖，渐渐长大成形，最后成为跟以前差不多的样子，而且还活动自如,具有完整功能。第二天苔丝又出现了,她继续掰我的胳膊,她走之后两只失去的胳膊又重新长回来,就这样周而复始直到把我惊醒,一身冷汗。

我密切观察着东四香椿的状况,前两天还买来营养土培在它的根部,含氮肥那种,氮肥长身子钾肥结果子,下乡时跟支书学的,他说他是打鬼子出身,打鬼子不假,种地养牲口也是一把好手,什么东西到他手里,打蔫儿的都能活过来,可惜他死了指望不上了。眼下严峻的事实是,无论做什么努力,浇水施肥,包括祈祷老天爷,都挡不住东四香椿正一天天死去的趋势,眼瞅着它的顶部逐渐干瘪枯萎,先是变黄变干,失去原有水汪汪的绿色,用指头弹击会发出噗噗的响声,说明里面都空了,并且一点点向下蔓延,把我急得上蹿下跳。

我突然想起"半尺剪",当植物开始枯萎,在枯萎处下半尺用剪刀剪断,这样可以逼枝干长出新芽,起死回生。当年我们进口新西兰的猕猴桃种苗,因错过季节长到一半开始枯萎,什么招儿都不管用。村里非说新西兰骗我们,故意破坏我们社会主义建设,逼我去县里打电话,那时村里没电话,打电话只能去县城,向省里的土畜产进出口公司举报新西兰耍诈。电话讲到一半,看电话的大爷从老花镜上瞥着我说,小伙子,你先试试半尺剪吧,兴许能缓过来。半尺剪?你去隔壁五金店买把树剪子,照打蔫儿的地方下半尺剪断,备不住能生出新芽来。那要再打蔫儿呢?再剪啊,死马当活马医呗。

我半信半疑跑到五金店问有没有树剪子,记得汪曾祺的小说《羊舍一夕》中有个园丁小吕,他一直梦想能有把俄制树剪子,没想到现在轮到我了。人家问,要新的旧的?新的多少钱?三块。旧的呢?旧的都在地上堆着呢,自己捡。我兜里只有一块钱,挑来挑去挑了把"舒伯特"牌旧剪刀,两毛五,"舒伯特"这几个德文我记得,小时候母亲学唱《舒伯特小夜曲》我见过歌片,最后我们愣是靠"半尺剪"将部分猕猴桃救活,真没想到!

甭琢磨,二话不说我照东四香椿就一剪子,豁出去了我,还能怎么办?如看电话老汉所言,死马当活马医呗。第一次剪断的茬口上还冒出点浆液,像眼泪一样透明的,一珠一珠的,欲哭又止的样子。可没两天又开始干瘪,枯枯的茬口像毛刷子一样。于是我又一剪子,急啊我,猕猴桃能活你怎么就不活呢,恨不得它立刻生出新芽。遗憾的是一切重新来过,没几天茬口又变成干枯的绒毛状。就这么剪了再剪,直到没什么可剪了,东四香椿也没生出新芽。我悲伤得说不出话,我知道它心里有气咽不下,明明好意却不被接受,干脆来个以死明志。你怎么就不明白，咱是移民，俗话说人离乡贱，打第一天到这儿就有投靠的意思，就没什么底气了，干吗非这么大气性呢，你就生出个新芽安慰安慰我，求求你了！

正赶上周末，天气还行。我鬼使神差驾车向新泽西的韩国农场驶去，老廖不是说那里有卖东方植物的吗，包括韩国香椿。我说不清自己怎么想的，买棵韩国香椿代替东四香椿吧又不甘心，有这么代替的吗？幼儿园张老师，微胖好看，还有隆福寺不吐皮的葡萄，侯宝林说过一个绕口令，"吃葡萄不吐葡萄皮，不吃葡萄倒吐葡萄皮"，不吃葡萄吐什么葡萄皮呀，可吃葡萄真能不吐葡萄皮，只是你没见过罢了，这些闭目可见，并不如烟的画面不断在脑海里翻腾，什么都能代替唯独身世不行，祖籍东四九条改韩国首尔，您觉得合适吗？可话又说回来，昨天还在我眼前晃悠的东四香椿，跟我孩子一样，今天就没了，让我怎么接受？这块巨大的情感真空拿什么填补？只要能让我感觉好点，弄个韩国的也比空荡荡强。

韩国农场的韩国老板很像韩国人，他见到我吱吱地笑，把我领到一片梨树前，说这是今年新结的韩国梨，正是最好吃的时候。看来卖梨是他主打，还以为我跟旁人一样是来买梨的。我说买梨没问题，你还有其他出产吗？比如中国的柿子红枣，或者香椿，有吗？有有，我什么都有的思密达，不过柿子红枣还有香椿都是我们韩国特产的思密达，是你们隋炀帝打我们时带回去的。听说汉字也是隋炀帝带回去的？是的是的，通通是的思密达。说着他把我带进一个大棚，我发现里面竟有很多柿子树枣树，挂满玉润珠圆的果实，像认识我似的晃动着肢体。我的心一下松软了，敢说话敢叫喊了，哇，你有这么多呀，能尝一个吗？我指着树上的枣子。吃吧吃吧很甜的，你再看这是什么思密达？

随他话音，我赫然发现几棵香椿树苗拥入眼帘，呼啦一下搞得我发呆。虽说是树苗，它们的身量枝干都与东四香椿几近一致，顶上有一团团浓浓的绿雾，恍惚间只觉得东四香椿复活了，它追随我的车潜行至此，只为给我重逢的惊喜。我瞠目结舌，眼泪差点流出来，哪顾得上讨价还价。不过韩国老板并未留意我的表情，他严肃地说，你现在不能种这个。为什么？季节不对的思密达，种下去也活不成，我劝你明年春天再来买，明年春天我还有小枝的。多小？三尺来长吧，小枝的更容易活，我一定给你留着的思密达。听他这么说我突然有种异样感觉，似曾相识，一下不知该说什么。这时只听背后有人叫我名字，不由得一愣。

九兄。

九兄？

其实就这一瞬，我已意识到喊我的不是别人正是老廖，他怎么会在这儿？我心情有些复杂，没马上回头，而是先把双足朝柿子红枣方向挪了几步。哎哟，这不老廖吗？你怎么来了，跟我一样也想买小亚细亚红枣？我故意用调侃松弛一下心中的尴尬，他不是老说中国红枣来自小亚细亚的苏美尔吗？老廖的表情很随意，他说他是这儿的常客，跟那个韩国老板很熟，边说边喊着，老朴老朴，你忙什么呢老朴？我赶忙叫停他，别喊了老廖，我还没想好买不买，把人家叫来说什么？我生怕老朴过来说破我是买香椿的，东四香椿的事还没想好要不要跟老廖提，既然拖到现在索性拖着吧。老廖没再坚持，赶巧韩国老板正接待其他客人，让我松口气。这时老廖拽住我说，知道吗九兄，这里的土鸡套餐鲜美无比，走，请你吃中饭去。不行不行，请也得我请。心说怎么好意思让他破费呢。

初秋的风，像把柔韧的梳子，梳理着静静的田野。从露天餐厅望去，两只土狗，大概是中华田园犬，或韩国田园犬思密达，正追逐着欲起欲落的乌鸦，上下奔跑着。它们肯定不知道乌鸦象征着什么，也只有不知，或佯作不知，才是虚化厄运的不二法则。我主动问道，都好吗老廖，叫你几次不来，没事吧？没事没事。上次说的"死磕"有结果吗？话一出口我就后悔了，马上想到那次喝酒老廖饮泪而别的情形，这关乎人家面子，他不说我怎么好先提呢。老廖看上去并不介意，他把手中的韩国啤酒举在空中，说，来，走一个九兄，全他妈扯淡。

扯淡？

扯淡！

是这么回事九兄，原以为把市政府的条文搞清楚据理力争就行，市政府规定什么岗位负什么责，我是数据库设计师就管数据库的事，与编程无关。是啊，没错啊。嘿，我们领导非说现在情况特殊，编程人员忙不过来让分担一部分，就这帮编程的鸟人，天天玩股票聊女人，怎么会忙不过来？我问他，是不是瞅我是华人好欺负呀？他怎么说？这孙子愣先发制人说我有"种族歧视"，有这个理吗？哟，那怎么办哪？我一看没法谈，得找律师咨询一下维权，可万没想到，大纽约愣没一个律师接劳工维权的案子，一个没有！不会吧老廖，你肯定没找着。九兄你不懂，我打了上百通电话，打劳资关系的律师有，但只接集体诉讼不接个人案子，他们建议我找公务员工会帮助协调，说这事都归工会管。对对，找工会呀你。

好么，不找工会还好，一找工会更细思极恐。咋回事？人家一查我的受雇信息,说我只是普通雇员,不是永久雇员,不归工会管。等等,没明白老廖。我也不明白,归齐一打听,市政府公务员分三档,临时雇员、普通雇员、永久雇员,只有永久雇员受工会保护,其他两档均可随时解雇。你工作十多年不是永久雇员吗?我也这么问的,人家说永久雇员都有配额,须经特殊甄别,整个程序全控制在政府手里,闹半天那帮编程的白人都是永久雇员,老板拿他们没辙就跟我较劲儿。照你这么说老廖,硬扛下去人家可以解雇你?没错,要不怎么说细思极恐呢。

真的?

真的。

说到这儿老廖一口饮尽杯中酒,叹了口气。别急老廖,再想想办法,天无绝人之路不是?是啊九兄,天无绝人之路,我算明白了,不绝的只能是自己的忍耐,我有十年房贷要还,两个孩子都在大学里,你说怎么办?是啊。联想到自己与苔丝的纠缠,我也一声长叹。不过也好,老廖又斟满一杯酒接着说,现在倒解脱了,什么身世啊抱负啊,还有面子,都是负担,在生存面前一文不值,漂泊的基本功就是什么也别想,对公平和尊严全都装聋作哑,因为自赎本身就是屈辱的,不有这么句话吗,忘记过去意味着背叛,可你就得背叛自己,即便过去是参天大树,现在你也是灌木野草,形态不重要,重要的是灵魂,活下去才能等到机会。

落日残阳。回家路上我一直琢磨着与老廖的碰面,他听上去并非悲伤绝望,倒像劫后重生的一次回眸,暗含几分莫名的闪烁,这期间的心路历程会是怎样,我想不透。除了同情,我对他更多的是期许,仿佛看到他正在清仓赔钱的股票,伺机割肉反扑一样。可奇怪的是,他怎么一句没提东四香椿呢?不对,他根本就没涉及"香椿"二字,包括韩国老板那些"三尺来长"思密达。

6

那天到家已经很晚,连接纽约和新泽西州的林肯隧道堵车堵得昏天黑地,好像地球都被卡住了,让人心烦意乱。说实话我挺害怕的,每次堵在隧道里我都下意识寻找逃生出口,当年硬派影星史泰龙的电影《日光》,讲他被困在坍塌的林肯隧道里,哈德逊河水灌进来,一点点填满隧道,那个惊恐场面给我带来的心理障碍至今难以平复。电影里的史泰龙凭一身腱子肉最终"虎口"脱险,我哪有他那两下子呀,连个东四香椿都搞不定,连个美国娘儿们都搞不定。

说到美国娘儿们就来美国娘儿们，北京人讲话"一点儿不禁念叨"。我洗完澡刚要躺下，苔丝的电话就打进来，九九同志睡了吗？她语气格外柔和，与平日的凌厉风格很不一样，让我猜不出是凶是吉，但愿她回心转意，别再纠缠那点蝇头小利，她肯定赔不了，讨价还价不过是她的习惯而已。你好苔丝，我正要躺下，希望你今天给我点好消息，分担一部分涨价，其实这对你不算什么，对我就完全不同了，你懂的。好说。好说？我们聊点别的吧九九同志。

　　苔丝的"好说"让我意外，接下来她却话题一转聊起意识形态。这是她的强项，我就不明白，明明都资本家了，还口口声声革命使命，连几分钱利润都不肯放弃，如何相信你是真的呢。九九同志啊，我得纠正你一个观点，上次你说"左翼"思想已经过时是不对的。怎么不对？苏联都瓦解了，剩下的散兵游勇成不了气候。问题就在这儿，你的判断有些片面，苏联并非"左翼"思想大本营，而恰恰相反，是他们的腐败葬送了社会主义事业，他们是社会主义的敌人。什么，苏联成敌人了？对，是敌人，而你刚才说的"散兵游勇"才是真正的中坚力量，我再纠正一下，不是散兵游勇而是星火燎原，你以为法国"黄马甲运动"是乌合之众吗？错，那就是你说的散兵游勇，他们正在改变法国以至欧洲的格局。哟嗬，又来了，苔丝一谈政治就这副腔调，跟上次唱《国际歌》一样，我反正说不过她，也没兴趣，心说您先把价格调上来再说，漂泊者都是庸俗的，管不了法国以至欧洲的事。

　　与苔丝的这部分交流，也就是政治方面，让我勉为其难。她有一种很强的误解，认为中国来的知识分子都懂政治，可咱是学设计的，政治理论仅限于公共课水平，没什么研究，仅凭点小聪明小记忆，还真把我当行家了，闹半天你们法共也就这两下子。按说法国是革命的故乡，漫说美国独立是以法国为榜样，俄国革命同样是复制"巴黎公社"的版本，没有理论就没有一切，一个出思想出艺术的地方苍白到如此地步，所以苔丝再怎么忽悠也说服不了我，比如她说的"黄马甲运动""占领华尔街运动"，重点全放在喊什么口号上，诉求呢，没有诉求都是胡扯，不过是伯恩斯坦"运动就是一切"的翻版，成不了气候。

　　你肯定听说过《斯巴达克斯》吧？你是说古罗马？不不，一张报纸，"左翼"出版的。苔丝的问题掀开我的记忆，我的确见过它，整版红色印刷，数月前的一天我打开门，只见这张报纸放在门口的台阶上，后来再没出现过。是的，我见过这张报纸，然后呢？然后，九九同志，有件重要的事需要你协助。苔丝的语气很认真，甚至有点神秘，像地下交通员对暗号，勾起我的好奇。是吗，还有我能协助的？是这样九九同志，我朋友罗迪克，他是波兰犹太人，也是《斯巴达克斯》的主笔，我想让你的公司雇他。我，雇一个波兰犹太人？听我说九九同志，他需要这份收入把报纸办下去，这对世界的多样性很重要，他本人是奥斯威辛集中营逃出来的孤儿，把一辈子献给了事业。那你干吗自己不雇他？怎么说呢，我的公司目标大干扰多，不方便他安心工作，所以请你代劳。可是苔丝，我的经营状况你了解，连五分钱都很敏感，拿什么付他工资？这不是问题，那张单子的价格由你定，应该够罗迪克工资了，我还会给你新订单大订单，放心吧九九同志！是这样啊，那要不同意呢，我是说如果？那我会非常失望的。说着苔丝挂上了电话。

那晚听了一夜鸟鸣，知更鸟永不疲倦，不知为陪伴我还是相反，把同样的叫声重复到了天明。看来重复是一种力量，面对关山无限，范喜良修长城的每块砖都是重复，奇迹是重复创造的。我相信罗迪克也想重复，把那份红色报纸重复于世间。这可以理解也值得尊重，我尊重所有不言放弃的重复，问题是你追求事业找我干吗，"这对世界的多样性很重要"跟我有关系吗？你们都叛逆惯了没啥牵挂，法国抓你可以往美国跑，当年美国还有闲心接纳你，我呢，《斯巴达克斯》显然身份可疑，一旦暴雷我跟FBI说得清吗？异国他乡谁肯替我打抱不平，你苔丝会吗？拉倒吧，咱就一华裔移民，只相信平安是福，根本禁不起风吹草动，你嫌我俗气也没办法，热血柔肠早留在故乡了，连东四香椿砍头我都得忍，哪有本钱陪你拯救世界多样性。最让我受刺激的是苔丝居然用了"失望"二字，该词在英语里分量很重，有不可原谅的意思，几近绝交。那年我去见工，第三次面试被拒，脱口说出"失望"一词，险些被人家撵出来。苔丝分明是在威胁我，没拿我当回事，她肯定认为我压根儿就没什么选择，心说我哪那么多废话呀。

天开始亮了，清晨很静。我想起苏联电影《这里的黎明静悄悄》，这部小说的中文翻译是我的老师王金陵，她把这本书送给我，可惜出国时没带出来。我不可能把前半生都带出来，那时觉得放在哪里都一样，都是我的。漂泊久了才明白，没带出来的那部分生命就像从未发生似的消失了，说了也没人信，渐渐连自己都遗忘了。我独自在静悄悄的后院徐行，只有怦怦作响的心跳伴着薄雾，恍若昨夜无眠的长叹。我下意识走向枯萎的东四香椿，它已被我剪得只剩膝盖这么高，我心里充满愧疚，不光为它的死，也为后来的"半尺剪"，连个全尸都没给它留下。

就在这时，当我用脚轻轻拨动它周边的落叶，我的天哪，竟发现几棵苗壮

124

的树芽已从东四香椿根部长出来！我大惊，喔叽跪下来仔细查看，观其形嗅其味，没错，毫无疑问是香椿树芽，东四香椿活了，东四香椿复活了呀呀呀……

砍头也能活？

砍头也能活。

面对此，我整个身心被重击了一下，血从脚底涌上来，把脸蛋儿烫得焦灼，然后冲向任何部位，全身上下过一遍，到处萌动着生命力度的感悟。我二话不说拉过水管就给树芽浇水，早上浇水最管用，植物都是早上喝水中午晒太阳，下午晚上噌噌猛长，庄稼人都懂这个道理。现在我算服了东四香椿这个老伙计，刮目相看。过去读关汉卿的《一枝花·不伏老》，他是胡同出来的元曲杂家，说他自己是"蒸不烂、煮不熟、捶不匾、炒不爆，响当当一粒铜豌豆"，让我佩服得紧。归齐一打听，老廖总爱说归齐，关汉卿本意是比喻自己是个冥顽不化的老嫖客。咱不管嫖客的事，单说铜豌豆，绝对比不上东四香椿，蒸不烂煮不熟管蛋用，差着行市呢，砍头都能重生什么意思？电影《海岸风雷》里老船长对他儿子讲的那个砍头故事：刽子手一斧子砍下去，这个杀人不眨眼的魔头也不禁吓得两眼发直，那颗被砍下的白发苍苍的人头，像活着一样微笑。明白吗？不是砍完头又活了那么简单，关键是砍头变重生的轮回，敢死才敢生，明明水逆非赌一把，不想结果才有机会，这才是漂泊的本质，也是漂泊本身，昨天砍头今天就生出一片，太好了，让"失望"失望着吧，重生才能改变规则，我可以"打炮"但不能"卖屁股"。

这下好了，今天有的忙了，我得赶紧奔建材行买砖和水泥，弄不好连砌砖的瓦刀都得买，要干吗？得给东四香椿底部砌一个围栏，平时剪草都是把剪草机胡乱一推，现在可不行，万一把树芽剪断怎么办？其他事先放放，反正横竖一刀，雇不雇罗迪克我都是死，草民最怕碰上玩理想的，江湖最怕碰上搞政治的，是福不是祸，是祸躲不过，干脆让子弹飞，爱飞哪儿飞哪儿，有本事飞法国波兰去，不搭理丫的。我现在关心的是，这个围栏该砌多大？干吗这么说，因为一遍遍仔细查看后，除东四香椿根部的几株树芽，又在数尺之外发现了疑似树芽，非常像，只是较小而已。你说这事有意思吧，我是这么分析的，当时实行"半尺剪"肯定管用，剪一刀生个树芽，剪一刀生个树芽，过去剪猕猴桃，猕猴桃是攀茎植物生芽生在枝上，东四香椿是落叶乔木生芽生在根上，部位不同机制相似，所以围栏不能太小，否则从围栏外蹿出新芽就白瞎了。得，咱们好好给乘风破浪的东四香椿盖庙立牌坊,牌坊都立给非凡者,吗叫非凡,就是豁得出去死一回的,比如猪,"猪坚强"。

7

可东四香椿未必是乔木。

是这样,后来的事如前所料,苔丝刀起刀落,逼得我死去活来。东四香椿都能死而复生,我必须差不多才行。这段时间光跑展销会了,在美国各地走动。最盛大的展销会是赌城拉斯维加斯那个,全是大公司,费用也高,苔丝每次都参加。咱付不起那个银子,也不想跟她照面,起码现在不想,你走阳关道我上独木桥,用时髦的话说:"太平洋足够大,容得下两国发展。"东西海岸我先不沾,那是大公司的经典防线。咱奔中部农业州,争取中小客户,像艾米斯、家庭美元等。除了坯布还准备接成品订货,我跟柯桥那边沟通过,人家嗤之以鼻,九兄,"浙江"二字啥个意思?啥意思?侬晓得啥叫奇迹吧?不就把不可能变成可能吗?勿对,九兄侬讲得勿对,奇迹就是浙江,浙江就是奇迹晓得吧,没有做不到的,只要有规格,我们二十四小时出产品,保质保量。我的个娘,这就是底气,生死轮回的底气,苔丝想隔绝我,强行让我与市场脱钩,浙江就一定有办法把钩再挂上。

当苔丝在拉斯维加斯展销会上闪亮登场时,我跟你说,她是真漂亮,过去好莱坞有个影星叫贝蒂·戴维斯,有这人吧?没错有年头了,苔丝像她,长长的面庞,舒展的身体,均匀的曲线……我不想用挑逗的词汇形容她,比如凹凸有致、波涛汹涌,没必要再暗示什么暧昧关系了,以往的暗示说穿了都是谄媚,除表明我傍大款毫无意义。这一切随着苔丝与我脱钩全翻篇儿了,死一回才能改变规则,这话一点不假,真正的尊严必须是"死"出来的。不过话又说回来,我毫无兴趣与任何人结仇,苔丝毕竟是帮我"开放"的人,让我意识到自身潜力,这才拥有了走向未来的入场券。结仇是缺乏自信,报复是自暴自弃,她干她的我干我的,弄不好将来还能合作共赢,做生意又不是搞运动,何乐而不为呢?比如就在昨天,我家门口再次出现了那张《斯巴达克斯》,我捡起报纸茫然四顾,真是五味杂陈。

既然拉斯维加斯的"高大上"是苔丝的梗,那就让人家尽情展现,此刻最忌硬怼。几乎与此同时我另辟蹊径,来到了俄亥俄州辛辛那提市,也就是艾米斯公司总部。有个秘密千万别说出去,你知道艾米斯订货经理的名片我怎么弄到手的吗?就在苔丝家床头柜的下面,她根本不在乎这些小客户,名片乱丢,被我捡到,没想到真用上了。人家一听我的介绍很感兴趣,马上叫我过去。我暗自庆幸,天不灭曹啊,辛辛那提是我的福地,我第一个硕士就在辛辛那提艺术学院获得的。我的导师查理教授还在那里,该市的每家博物馆我都熟悉,"油灯博物馆"听说过吗?还有各式酒吧,我准备请艾米斯订货部经理去著名的"消防队酒吧"喝个通宵,面对月光下的俄亥俄河一醉方休,就当是一次怀旧之旅回乡之旅。美国中部的人都比较朴实,要让他感到面对的除了是一名职业人士,还是一个同乡,我只需一次机会,就试我一次,有了第一次,我就有信心携"浙江之水"淹没他们。

我在忙着,挣扎着,东四香椿也在忙着生长着。进进出出没留意,四五个树芽"女大十八变"已长成比肩的树苗。有趣的是,与原先粗壮的一枝独秀不同,每根枝茎纤细了很多,树叶也不再像过去那样,一团浓浓的绿雾孤悬于顶端,而散及许多部位,晚风吹过,郁郁葱葱,倒有几分婷婷袅袅的妩媚,让我不觉吟出李易安那句"倚门回首,却把青梅嗅"。同时也不禁感慨,平时说起"适者生存",进化论的核心观点,总觉得云里雾里找不着北,什么叫适者生存,怎样才算进化过程,搞不懂,看着东四香椿改头换面的"新常态"我如梦初醒,原来明明是一枝,是乔木,现在变成很多枝,像灌木。一枝独秀可以高大挺拔,郁郁葱葱才能绵延不绝。正如前面所说,形式不重要,灵魂才重要,灵魂就是初心,我们不必为一时的庸俗卑微自我否定,只要把初心绷住了,就不怕没有出头之日。

可问题来了,当我仔细观察东四香椿的新常态时发现了蹊跷,它们长得越高越向墙外倾斜,跟原来一模一样,意图非常明显。我深感"友邦惊诧",莫非这就是遗传作用?看来进化与遗传是矛盾体,此消彼长互相抵消,面对瞬息万变的外部环境,就看谁更起主导作用了。东四香椿的进化是明显的,东四香椿的遗传也是明显的。对此我心急如焚,想不透它的祖先到底是不是在钱粮胡同,隔壁老外为何这么吸引它,我甚至会想到韩国老板的农场,真是莫名其妙!

困惑与无奈逼我陷入焦虑不可终日,夜夜难眠做噩梦,不吃安眠药根本睡不着。思诺思、佐匹克隆全吃遍了,半片起吃,有时高达两片。那天我突然失控,失心疯,或者完全心理变态,拿起树剪子喊里咔嚓,把所有树苗顶端全都剪下来。不是有"保护性拆迁"吗？老子今天就来个"保护性剪裁"，省得将来树大招风自取其辱，被人家砍一次头算你无知，再来一回就是臭不要脸了，连起码的自尊都没有了，我叫你往那边斜，我叫你往那边斜，你斜啊你斜啊，呜呜呜……

然而，当我泪眼婆娑面对着满地残枝和手中刀剪，心里充满惶恐，实际上这种惶恐从未离开过我。东四香椿会死吗？它要死了怎么办？是我杀死的吗？如果没有它，我不就成了"乱红如雨，不记来时路"的浮云吗？我跪在地上发呆，像祭拜冥冥之中的过往，说什么都晚了，唯一能做的就是浇水浇水浇水，恨不得把我的血化为水浇进东四香椿身体里，让它一夜之间"千树万树梨花开"。

不过我应该说的是，心诚则灵，心诚则灵啊！当我面对残局一筹莫展，发现树干上剩下的枝叶并未因"灭顶之灾"枯萎，依然绿得浓郁，也就是说，东四香椿大盘未失啊！这让我镇静下来，大喘气，几近崩溃的焦虑渐渐平复，感谢上苍怜悯我的虔诚，原谅我事出有因，为东四香椿的长治久安痛下狠手。而上苍的眷顾远不止这些，更让我惊喜过望的是，几天后，东四香椿底部又生出许多树芽，比上次多很多，搞得我都快窒息了。什么节奏啊你，打不死的小强吗？有本事你生，生多少我养多少。不过我想好了，无论生多少，我都将在比肩处剪断，句号。

夕阳衔山。每当凝望枝繁叶茂的东四香椿，我都有种类似打坐的幻觉，所有嘈杂一点点平静下来，只有空气落在地上的声音周而复始。英语有个词叫"沉思"，与我们的打坐不同，沉思是想道理，想通想不通的人和事。而打坐什么都不想，就是放松自己，像人间蒸发一样对空发呆。我会呆呆望着东四香椿，估计它也这样望着我，我看香椿多妩媚，它会看我应如是吗？不过没关系，我早不在意香椿原本的属性，乔木还是灌木，甚至连她的身世都越来越不愿多想，就像越来越不愿多想自己的身世一样，艺术家或者秘书，都无所谓了。"要学那泰山顶上一青松"，满世界不可能都是青松，漂泊中有太多身不由己，我们是未谙规则的司机，在撞来撞去中前行，至于车子已成何种形态真的不重要，重要的是我们没有停下，我们还在行进着，一切秘密和梦想都藏在行进之中，从未改变。

8

纽约天气很怪，俗话说"翻手为云覆手为雨"，说的正是纽约天气。比如下雪,按说入冬才下雪,纽约第一场雪却在末秋不期而至,"胡天八月即飞雪",胡天就是纽约的天。东四香椿看去像一簇巨大的花丛,由于温差缘故,有些绿叶开始变红,红绿相间,顶着零星白雪,让我萌发"不见早梅宁对酒"的冲动。我尝过此时的香椿芽,东四香椿因满枝都是叶子,出芽率非常高,虽不是初春,但新芽的味道浓郁而醇厚,前边说过春芽像明前龙井,那现在就是大红袍了。

自然又想到老廖,到现在这顿香椿芽卷饼也没吃成,绝不能再等了,他来也得来,不来揪着耳朵也得来。我抄起电话,老廖,"晚来天欲雪"啊?没想到人家立马接"能饮一杯无",不出半小时,整个大活人出现在我的面前。这次跟过去不同的是,过去他带个菜或礼物来,这次可好,拎着两瓶纯茅台。我跟你说,就怕自己带酒那种,反客为主,你让他喝是不让他喝?酒是人家的,想怎么喝怎么喝,而且肯定要你跟他一块儿喝,一点辙都没有。我一看这架势赶紧吧,薄饼是现成的,预备好香椿芽炒鸡蛋,再来个香椿芽拌豆腐松花,还有个爆腌香椿芽,非常好吃,淋几滴香油,苦中带着清香,像漂泊的日子一样。最后一道硬菜非常讲究:香椿盐烤羊腿。这是我从曼哈顿三大道的土耳其餐厅偷来的方子,羊腿用朗姆酒、胡椒、孜然一腌,再涂上焙酥的香椿芽搓盐末,三百五十摄氏度烤半小时,哎哟喂,吃去吧你,美死你。

今天老廖也非同凡响,一上来吭吭吭先怼三杯,小脸立马鼓起来。哎呀九兄啊,有日子没喝酒,世界都遥远了。是啊,你先褒贬褒贬香椿芽的味道,比钱粮胡同的如何?很好啊,口味虽说重了点,是那个意思。言罢他又举杯,先祝贺九兄乔迁之喜,听说你办公室搬到七大道服装大厦了,都是专业纺织品公司,鸟枪换炮啊九兄。瞧你说的老廖,现在客户稳定一点,为方便起见只得往圈里靠靠,刚起步刚起步,你怎么样啊后来?我没敢提"死磕"二字,怕他敏感。老廖很豁达,好像什么都不在乎,又干一杯高声道,吸星大法,吸星大法呀。

吸星大法?

吸星大法!

九兄你听我说,这人吧,这么不能活就那么活,换个活法。换个活法?我们领导不让我编程吗,别跟他硬顶,咱新移民哪顶得过地头蛇呀。那怎么办?借力打力,《笑傲江湖》不有吸星大法吗,我就吸他臭丫挺的。怎么吸?他让我编程,我要求培训,合情合理吧?不学怎么编哪?没错没错。可我学的都是大数据需要的语言,他又不懂,爪哇呀,奔腾啊,包括学过的C语言,好久不用都生疏了,借此机会全过一遍。不是老廖，我没明白，再学不也编程吗？哈哈哈哈，不懂了吧？大数据是当下最前沿的数据管理技术，我以前学的关系式数据库早过时了，趁着培训我把新知识都吸进来，彻底升级我的技术状态，那身价就不同了。不同了，身价高就不编程吗？哈哈哈九兄，跟我装糊涂。装糊涂，没有啊？

老廖没接茬儿，卖了个关子，又把酒瓶端起来。这可是第二瓶了，头一瓶早光了，一半多都他喝的。喝酒这事我一般装屄，两种人不拼酒：一是上来就干的，这种人三榔头没后劲，不必认真；还有就是别跟女人拼酒，喝不过自取其辱。所以对老廖我悠着点，让他先走着，差不多咱再发力，喝倒他应该不是问题。

可今天老廖不得了，高打高吊超常发挥，两瓶茅台说话见了底，估摸他一斤我八两，按说他该高了，却依然思路敏捷言语流畅。只见他自斟一杯接着说，九兄我跳槽了。跳槽了？市政府组建大数据中心，我去那儿上班了，工资涨两万，所有退休福利不变，牛吧？太牛了也，我说你今天这么能喝，快说说。这么讲吧九兄，数据库设计师被逼编程是业内奇耻大辱，职业生涯等于被砍头，简历都没法写。有这么严重？不过话说回来，我当时的技术太老了，被互联网淘汰了，如果不是吸星大法也只能混日子。现在我完全起死回生，你砍我一颗头，我就再长出一颗更好的，电影《海岸风雷》看过吧九兄？看过。没想到他会提到这部影片。记得老船长讲的那个故事：刽子手一斧子砍下去，这个杀人不眨眼的魔头也不禁吓得两眼发直啊，那颗被砍下的白发苍苍的人头，像活着一样微笑。有印象吧九兄？我就是那颗微笑的人头，跟你的香椿一样，哈哈哈……

香椿？

香椿！

什么意思老廖，你是说东四香椿？哈哈哈哈，九兄你，装糊涂。这是他第二次说我装糊涂了今天，不行，我得问问清楚。可眼瞅着他酒劲儿正全面爆发，醉酒全因最后一口，没这口敢参加"舞林大会"，有这口立马瘫倒如泥，老廖说着说着就往下出溜，站都站不稳，趁他还没彻底迷糊得赶紧逼他几句。

先醒醒老廖，坚持一会儿，你说我装糊涂，我怎么装糊涂了？香、香椿。他稀里糊涂挤出这么俩字。哦，你是说东四香椿？哈哈哈哈，要是她没被、被砍、砍头，能、能长成这么一、一扑棱吗？听到这句我才明白，闹半天是落埋怨了，难怪刚才带他去后院看东四香椿他一声不吭，原来跟这儿等我呢，你就不想想我有多难，为你这棵钱粮胡同的宝贝下多大功夫？不是，你得听我解释老廖，砍头真是万不得已,要不它早死了知道吧? 确实很抱歉,我知道你大姐打国内带来不容易。不,不是国、国内带、带来的。什么? 你说什么? 喝糊涂了吧老廖,你知道你在说什么吗? 这就是国内带来的东四香椿,这就是你们钱粮胡同老宅的物件,可不能随便乱说啊老廖。老廖这时已完全睁不开眼,他絮絮叨叨磨磨叽叽,搞不清是在对我说话还是喃喃自语。九兄、兄,你肯、肯定知、知、知道了,这是我从、从、从新、新泽西老、老朴那儿买的。

新、新泽西买的?

新、新泽西买的。

你、你、你胡说!

…………

【作者简介】陈九,旅美作家。主要作品有小说集《纽约有个田翠莲》《挫指柔》《卡达菲魔箱》,散文集《域外随笔》《纽约第三只眼》《曼哈顿的中国大咖》《活着,就要热气腾腾》,以及诗集《漂泊有时很美》《偶然》等。作品曾获第十四届百花文学奖、第四届《长江文艺》完美文学奖及首届中山文学奖。

叛 徒

海 飞 赵 晖

1

上海的那场春雪过后,沈阳守着租界里普恩济世路巷口的大壶春煎饺店,一连等了十二天。到了第十三天,依旧是天还未亮的光景,她摸索着起床。长时间的睡眠不足,让她和厨房里供电紧张的灯泡一样昏沉。她在刺骨的寒意中梦游一般套上棉袍,又站稳身子,沿着墙脚眼睛暗疼地一路走向煤炉。也就是在添好煤饼的时候,砧板上那张被油浸透的纸条出现在了她摇晃的眼里。字迹虽然已经洇晕化开,但简单的一句话还是不难分辨。

三个字:别等了!

是朱儿的笔迹。

谁说我要等?!沈阳将纸条揉成团,感觉手上突然就生出一股劲儿。不带任何犹豫,她直接将纸团戳进昨晚就准备好的那堆五花肉片里,又迅速提起菜刀挥落下去。于是,在她的手起刀落间,砧板上的五花肉一次次坍塌,又被堵截收拢。再散开,再堵截。而那个纸团,则被彻底剁碎在了这天清晨大壶春煎饺店的肉馅里。

这样的忙碌过后,沈阳虚弱的脚底很不争气地打了一个滑,整个身子便绵软地瘫坐在了湿气腾腾的泥地上。那一刻,她仿佛是一只踩进陷阱被人暗算的羊。但她终究还是忍住了嗓子里将要冒出来的抽泣声,只是抬起手背擦去眼角已经连成一串的泪痕,又及时地抽了一把鼻子。直到这时,她才感觉身下冰冷异常。

抓住桌腿起身,又将遮盖在眼前的碎发整理好,她就发现那扇原本一直紧闭的窗现在是洞开的,初春阴气逼人的野风找准了缺口,成群结队地奔涌进来。于是她忽然明白,朱几是在昨天深夜里用一根枝条将纸片戳穿,又让枝条伸进窗口够到了砧板。砧板上残留着一汪油腻,能粘住纸片,确保它不被风吹走。

再次擦了一把眼角,沈阳便利索地卸掉了煎饺店的两块门板,又抬腿跨过门槛仰望了一眼还没有亮透的天空。

这是1941年的上海,沈阳将门板卸下时,两团正在消融的春雪便告别屋檐,一前一后异常饱满地砸落在她脸上,像是斜着飞出的两把尖刀。沈阳顿时觉得,这个清晨,整个世界都对她展开着无情的陷害。

对面的街角处,那个熟悉的身影再次出现。沈阳于是举着粘着肉末儿的菜刀几个快步上前,厉声喝道,这么多天了,你一直老鹰一样盯着我店口,却从不买我家的一份煎饺。

对方显然是无从应对这突如其来的一幕,张合着嘴不知如何作答。

不用浪费时间了,沈阳说,你要等的人死了!

别想骗我! 对方看了她手上的菜刀一眼,鼓起勇气道。他死了你哪有这么威风!

事实上,在沈阳的眼里,对方至多只是个成熟的少年。冷风越过自己的肩头后,沈阳很快看清了他嘴角处那两撮被风扬起的细密的绒毛。

不要脸,他肯定是潜逃了! 少年青涩的嘴角又挤出一句。

骂他能顶个屁用! 有本事你现在就找到他,我替你给他卸了一条腿。沈阳说完,少年的两只脚各自惊慌地往后退了一步。

晨雾就在这时候开始消散,沈阳也终于明白,朱几的跑路不是因为在外头欠了债。用少年的话说,他是十分可耻地出卖了弟兄。

原来他还有弟兄。就凭他? 走回煎饺店的沈阳又停下说,那他是得从上海滩滚蛋了。沈阳说完时,缺乏睡眠的肿眼被消散的晨雾吹得眯起了一半。此时的远处,黄浦江正好将一个蛋黄色的日头高高举起。

临近中午时分,大壶春的煎饺快要卖完了,秋海棠从迈尔西爱路上折进了普恩济世路的弄堂口。他跨过门槛的同时摘下头顶的礼帽,温文尔雅地扣在了胸前,又在沈阳疲倦的视线里低头往前走,最终坐在了煎饺店最里角的那张长条凳上。

掌柜的,秋海棠搁下帽子说,来一份煎饺。

对不起先生,今天的煎饺估计不够一份了。

那就有几个来几个吧。秋海棠抹了一把脸,又转身扭头说,大壶春的煎饺,也就你这家分号的最合我口味了。

说得没错,你已经来过五天了,每次都坐这条凳。沈阳端上煎饺说。

一个女人一家店,很辛苦,你比昨天更憔悴。秋海棠搛起的煎饺在嘴边停住,又说,我姓秋,经常路过这里。

土丘旁边带耳朵的邱?

不是土丘的丘,是秋天的秋。

走开的沈阳并不转身,只是撑开眼皮道,哦。

秋海棠过了一阵才说,你肯定没睡醒,脑子里还很忙,没听清我刚才说的。

我不忙,秋先生。我以后会闲得发慌。像秋天里的一堆土丘那样闲得发慌。

沈阳说完这句时,一辆卡车正好吐着浓烟驶过煎饺店的门口。几个男人立在车厢里,望着街道两旁,全是凶神恶煞的表情。腰间的扎实皮套里,别着油光锃亮的枪柄。

狗日的汉奸,他们像是跟这个世界有仇! 秋海棠咽下第三个煎饺,低沉的声音被他嚼碎在嘴角的一片油腻里。

他们都是弟兄。上海滩到处都是五花八门的弟兄。沈阳的声音掉落在收拾起的碗筷里。全世界就数这批人顶忙。

沈阳从里到外擦拭着店里的桌凳,心绪再一次一截截地沉降下去,她那时的擦洗缓慢得像是一只蜗牛。等到所有的活儿都干完后,这个没有了朱几的上午也就基本这么过去了。她也越发清晰地明白,就像秋先生刚才说的话,"大壶春"这三个字,今后就全落在自己瘦弱的肩膀上了。

但姓秋的先生却不知何时已经悄然离开。沈阳转头望去时,空旷的店堂里,最角落桌上的那只煎饺碟下,压着一张孤独的法币。

许多月过去以后,沈阳曾经问过自己多次,她是不是就在那天下定了决心,要将对朱儿的所有记忆连同桌上的油污一同抹去?

不管怎样,沈阳知道,自己的心那时是和雪一样冷的。那天的阳光铺展在坚硬的雪地上又被折射回去,在她眼里碰撞之后是一片恍恍惚惚的晕眩。

这晕眩让睡眠不足的她呼吸困难。

2

诸葛黄昏带着身后的队员大步穿梭在十三天前的上海里弄里,他和队员总共分成三拨,彼此保持着刚刚好的距离。夕阳的余晖踩过前面一拨人的头顶,跌落在地后又旋即攀上后面一拨人的肩膀,七个男人的身影一齐被拉长,像七条瘦瘦的长袖。

身边的石库门民居内,已经有赶早的人家将各自的菜蔬扔进烧热的油锅里,空气中升腾的油烟气味越来越呛鼻,走在队伍最后的刘山明和朱儿依旧能从中择出饭菜已熟的香味。他们咽下一口清淡的口水。

不对啊,咱们是不是走错路了? 刘山明问朱儿。

但朱儿这一天的话比往常少,他像是张了张嘴,又把想说的话给咽了回去,眼光依旧紧锁着前方时而笔直又时而拐弯的弄堂。他同时回想着头顶刚刚飞过的一群大雁,几天前,诸葛黄昏曾经对着黄浦江夕阳下的另一群大雁说过,知道领头雁为什么鸣叫吗? 它在激励尾随的同伴继续往前。

一行人最终到达一处幽黑的旧宅时,诸葛黄昏在众人面前擦亮了一根火柴,那盏油灯于是摇晃着火苗,看上去很不情愿地亮闪起来。显然这是一处废弃很久的住所,租界电力公司的电线已被主人剪断。或许,这里早就没有了主人,线是电力公司剪的。自从国民党的70万守备军撤退,上海就留下了太多没有主人的房子,除了那些仓皇奔向武汉和更远的地方的,无缘露面的很可能都去了脚底下的另一个世界。

今天的议题有两个,首先是一场入党仪式。然后……

诸葛黄昏让自己的声音停在半空中,然后视线从众人的脸上一一掠过,说,下一个事项暂时保密。

刘山明上前握住朱儿的双手时,屋内便响起了一阵克制的掌声。

许多年后，朱几依旧无法忘记，就在自己的入党誓词宣读完毕，屋内再次响起一阵绵延的掌声时，笑颜和蔼的诸葛队长突然收紧面容，声音急促又低沉地下令：肃静！

但是，就像谁也无法抵挡倾泻的夜色，眼前的一切也都已经无法挽回。窗外响起成群又杂乱的脚步声以及枪栓的拉动声，谁都知道，敌人已经近在咫尺。

我们被包围了！诸葛黄昏挺直身子说。油灯让他映在墙上的身影突然显得异常魁梧。

朱几于是猛地吹灭桌上的油灯，又在黑暗中对着诸葛的方向说，可是队长，我没有枪。

朱几的话音还未落下，一声华丽的枪响就在夜空中绽放开来。在朱几的记忆中，是靠近窗口的刘山明对着宁静的月光开出了这第一枪。枪声还在盘旋时，对方成群的子弹便如河水一般奔涌过来。

但突围注定是失败的。两名同志踢开房门欲往外冲出时，等候已久的子弹第一时间到达他们的胸口。朱几举着一根木棍挑起牺牲同志掉落在地上的短枪时，又有一个身体应声倒下，子弹直穿入后脑。朱几抹了一把突然滚烫的湿漉漉的脸，才发觉那是同伴头颅里喷射出的脑浆和血水，散发着炙热的腥甜。同伴的一颗眼珠滚落在阴凉的泥地上，最终停下时，像是一团灼热烧红的煤球。朱几吸了一口冷气，将自己的双眼合上。

再次睁开眼时，朱几看见的却是诸葛黄昏转身提起枪口，突然指向了刘山明的心窝。诸葛声如洪钟，他说刘山明你别再装了，你是今晚的叛徒！刘山明一阵莫名的诧异，但却很快将惊慌收起，一个转身后便抬脚朝着诸葛黄昏横扫过去。诸葛黄昏像是对此早有准备，仰身躲闪后，冲跃向一旁的身子还未落下，就在半空中将一粒子弹向刘山明送了过去。

子弹正中对方的眉心。刘山明最后无力地望了一眼窗外虚无的夜色。

几分钟后，鱼贯而入的76号特别行动处人员便将这间屋子挤成了一只满装的水桶，朱几恍惚觉得，对方黑压压的身影像是一群突然降落的乌鸦。就在他彷徨犹疑的那一刻，墙根处已经中弹负伤的诸葛黄昏缓缓地将身子支撑起，瞄准他突如其来地射出了一枪。那时，诸葛黄昏满脸疲惫，但他随后的笑容显得淡定又惋惜，嘴角对朱几使劲挤出的一句却是：刘山明，你这个可耻的叛徒！

如果不是朱几及时地侧身躲过，那颗射中他右臂的子弹很可能就钻进了他干燥的喉管。

76号特别行动处人员正要上前踢落诸葛黄昏手里的短枪时，诸葛黄昏却在第一时间里将枪膛中的最后一颗子弹送进了自己的太阳穴。血光再次四溅起的那一刻，朱几似乎看见屋外聚拢的夜色倾巢出动，瞬间就将头顶的房梁压垮。

3

苏三省踩进那间鲜血淋漓的屋子时，油灯已重新点起，时间是这天夜里的9点45分。作为本次行动的带队者，他首先要确定的是依次横陈在脚下的六个男人均已毙命。下蹲的身子站直后，他抖开之前轻掩鼻孔的那条折叠三角巾，拍落了西装肩头隐隐可见的一抹灰尘，又转动脖子，在众人的眼里系紧抚平了衬衫领口下新买的法式领带。随后，他的视线就落在了捂住伤口呻吟不止的朱几身上。斜眼注视对方片刻，苏三省递出那块三角巾，将他的下巴托起说，不就是手臂上的一颗子弹吗？能把你疼得跟女人生孩子似的？忍一忍就过去了。

又说，兄弟怎么称呼？

朱几的眼里闪过一阵错乱，说，姓刘，刘山明。

是之前给我们打过电话的刘先生？

朱几沉吟半晌，才将头点下。

你……像是不够确定。

我不能确定，电话的那头是否就是队长您。

从事发地点回到极司菲尔路55号的特工总部下属特别行动处，苏三省的小车在行动处两部卡车的带领下，一共花了不到20分钟的时间。司机将车熄火后，苏三省依照往常的习惯，抬手顺势看了一眼表盘，时间是晚上10点12分。

我想，一个钟头应该足够了。苏三省眼望着车窗外灯火通明的行动处一楼厅堂，对一向忠厚的司机阿亮说，11点30分，你就可以送我回去。

这一晚的盘问和审讯在10点30分正式开场。苏三省坐直身子，正要开始问话时，强光灯下的朱几却昏沉沉地垂下脑袋，痛苦地说，能不能先给点吃的？再不吃，你就算没枪毙我，我也饿死了。

秘书转头望了一眼苏三省。苏三省转动起手指间一根削尖的铅笔,说,忍一忍,过了这一个钟头,你有的是时间吃香的喝辣的。

朱几空荡荡的胃里随即泛起一阵浓烈的酸味。事实上,过去的时间里,他一直回想着一家名为大壶春的煎饺店分号,以及分号里一个名叫沈阳的女人。耳畔响起砧板上如雨点般的急急的切菜声时, 他仿佛自己一路走向了大壶春厨房热气腾腾的面饺蒸雾里。但那毕竟只是一团弥漫不清的雾。那一刻,大汗淋漓的他,隐痛又迷茫的心头开始无比地思念着沈阳。

4

尊敬的荒木惟科长,我现在刚刚回到住处。为了向您及时汇报今晚的战果,我决定在讯问笔录上附加一份我个人的汇报材料。这样是为了方便您就此次事件的前因后果做一次完整的了解和梳理。顺利的话,明早这份材料就会送到您的案头。

写完这段开头语,公寓书桌前的苏三省觉得需要一根雪茄来刺激一下倦怠的四肢。香甜的烟雾开始缭绕,他的思路像是拨开了一层云雾。

关于今晚的行动,我首先必须向您表示歉意,他们组织的七个人,死了六个。剩下的一个,是原本就要向我们投诚的。换句话说,如果不是他们的这位变节者在现场方寸大乱,我们今晚的围捕会增加几条更有价值的活鱼。

事情的经过是这样的,本人之前从可靠渠道获知,中共一个秘密小组将在沪西苏州河南岸, 东京路与澳门路交叉口的一座废弃民宅内召集一次特殊碰头会。得知消息后,本人对此十分重视,私下布置了秘不可宣的抓捕计划。

事有凑巧,两天前,我们三分队的办公室又接到一个来源不明的领赏电话,对方自称姓刘,是中共在上海的潜伏人员。他在电话里说,他们七个人的小组将在普陀路的一间屋内举行第一次全员会议。于是我抢过办公室手下的话筒, 直接问来电者出卖组织的原委, 对方的回答令我哭笑不

138

得，他说正因为是全员会议，按照我们在报上刊登的按人头行赏的告示，他自认为这回他能领取到高额的赏金。他还向我诉苦，自己的组织实在太穷了，名为行动组，却连人手一枪也无法做到，可怜的活动经费甚至难以保证一日三餐。而他的苦衷正是因为家中老小积贫积弱，亟须用钱。

尊敬的科长，您说他们这些布尔什维克到底图的是啥？我后来又问他，谁又能保证这不是个圈套？经我这么一问，他反而愣住了，又说，要真的不信，总可以派一两个人过来打探虚实，他到时候会鸣枪为号。因为他也只知道会议的地址是在普陀路上，但具体的门牌却是不清楚的。

我好像说得有点冗长，有些细节就此跳过。我想您应该也知道，普陀路其实就在澳门路以南的百十米处，和东京路也有交叉。况且，他提供的开会时间和我之前掌握的消息是吻合的，那么，我至少可以确定之前那则消息的准确性。

后来的情况其实您也清楚了，我们最终选择了澳门路。而更加幸运的是，当我们无法确定目标民宅，正在四周搜寻时，对方的确就有人先开了一枪，而且子弹是朝天发射的。此后的讯问中，我从这位姓刘的嘴里得知，他后来的开枪也都是乱射一通，我想他们的队长也就是凭此判断出了他的变节。而当一位姓朱的同伴向他质询时，他没有沉住气，慌乱地开枪射向了对方的眉心。之后，他和最后留下的队长有过一番搏斗。我们的人赶到时，这名队长就要当场将他枪杀。幸运的是，姓刘的做了躲避，而我们的人员又第一时间冲上，要去制服这名负隅顽抗的队长。眼见着失去了再一次射杀的机会，于是队长用最后一颗子弹开枪自尽。

汇报材料写到这里时，苏三省决定以这样的方式来结尾：

尊敬的科长，就像我开头部分所说的，这次行动存在诸多遗憾。但毕竟，我们除掉了中共地下组织的六名潜伏人员，还收押了一名幸存者。对于这名投诚者，本人也将在暗处继续留心观察，还请您能在影佐祯昭将军及相关人员面前替我美言几句。整个特工总部包括我们行动处，一向都按梅机关的指令办事，所以本人上次提出的从行动处三分队调往东亚研究所的申请，还望您能支持和帮助为盼！毕忠良处长有陈深队长和唐山海队

139

长两位左右臂,力量已经足够。为了帝国的大东亚共荣,在下将在您的旨意下,赴汤蹈火,死而无憾! 草草不尽,顺颂大安!

第二天的同仁医院住院部病床上,朱几恍恍惚惚地记得自己苏醒过很多次,但每一次都被卷土重来的睡意彻底掩埋。他最终醒来是因为一双掌钉的制式军靴,踩上水泥地的铁片踱过一层层细碎的沙尘,那声音令他呼吸困难。

影影绰绰中,朱几看见苏三省的身边是一张陌生却英俊的日本军官的脸。军官在他睁眼的瞬间就露出了准备好的笑容,又将捏在手里的一枝梅花递到他的床前。

这是梅机关的特务科科长荒木惟先生,苏三省对朱几说,他专程过来看你。

荒木惟的笑容再一次绽放时,苏三省没有忘记再一次展开对朱几的盘问。那时,好奇的荒木惟始终保持着微笑,饶有兴致地聆听着这场对话。

刘山明,我想起一个问题。苏三省说,你不是没有枪吗? 这和你在电话里的说法不一致。

我原本并没有分到枪,那是有人死后我从地上捡的。

你确定那名姓朱的同伴是被你打死的?

你们要是不信,可以核对一下那把枪和他眉心里的子弹。其实我现在很后悔,我没必要那么狠心。我很幼稚。

其实你很幸运,你躲过了你们队长的子弹。但是我又有一个问题,觉得你未免太过幸运,你说你和你的队长离得那么近,怎么偏偏就躲过了子弹呢?

或许是一种直觉吧。子弹绕着我走。

是怎样的一种直觉? 苏三省继续问道,荒木惟抬起手示意他打住,说,其实刘先生并不幼稚,他已经迎来一个梅开二度的人生。你知道眼下的中国,立场对了就什么都对了。荒木惟停顿片刻,又对着朱几说,刘先生,你觉得是这样吗?

病床上的朱几眼光生涩地望了一眼荒木惟,又将视线转开,落在白色床单上那朵娇小而生机勃勃的梅花上。

众人沉默时,苏三省在荒木惟的这番话里想起一段往事。那是一个阴冷的雨季,苏三省记得自己湿漉漉地走进了沙逊大厦的电梯,又被人带到了大厦内华懋饭店的一个包厢里。然后,在众人惊讶的目光中,76号特别行动处处长毕忠良对着座上的荒木惟说,这是军统上海区区长曾树的贴身随从,他现在被我们特工总部策反了。酒后的荒木惟用很长一段时间点燃一根雪茄,又眯起双眼道,吾日三省吾身,为人谋而不忠乎? 苏三省制止住颤抖的膝盖,正欲张嘴时,荒木惟却摆起手中的雪茄,说苏先生不用解释,你脚下的这块波斯地毯就是你正确的立场。从今往后,你的人生就要雨转晴了。苏三省于是扯动嘴角,忐忑地说,那我以后就跟着太君坚持这样的立场。

那天,苏三省紧随荒木惟的背影离开同仁医院的病房。护士拉开窗帘时,暗淡的阳光挤过窗格,步履蹒跚地爬上朱几床头的棉被。那一刻,朱几对自己说,可怜又是一个黄昏。于是,昨晚的那场枪声,在他耳畔再次响起。

就在刘山明死后,76号特别行动处人员还未冲开房门的那段时间里,朱几记得,自己和仅剩的诸葛队长并肩战斗在那场突围的尾声部分。射出一排子弹后,诸葛黄昏急切地说,请你听清楚我接下去的每一句话。从现在开始,你就是刘山明,你的任务是伪装成替身潜入76号,查找组织队伍中的叛徒。那一刻,朱几再一次觉得这个夜晚特别不真实,他扯开嗓子叫喊道,队长你是不是被打昏头了,叛徒不就是刘山明吗? 他已经死了!

但诸葛黄昏却只是埋头装上最后一个弹匣,置若罔闻地说,我告诉刘山明的开会地址是假的,而我们现在被围捕,说明上级的推断是正确的,我们的交通线上还隐藏着一个更大的叛徒!

诸葛黄昏说完这句时,伏在窗前的整个身子便被蛮横地推开,跌落在地上。朱几知道,那是队长中弹了。但在地上挣扎的诸葛黄昏却说,小心你自己,不用管我。朱几于是在送出子弹的同时又抓紧问,他们难道没见过刘山明?

诸葛黄昏努力地挺起身子,又抓住窗格再次站到朱几的身后,说,姓刘的是打电话给76号,为的只是捞钱。我原本并不确定谁是打电话的叛徒,只是发现,姓刘的刚才一直没有目标地开枪。

对方的火力变得更加集中又猛烈,屋内的两把枪明显已经无法支撑。没有机会了,诸葛黄昏的声音中掠过一丝茫然,他说我们换一把枪,你千万要记住,刘山明是你打死的。他们冲进来后,我会朝你的脖子开枪,请你提前往左手方向躲避。

朱几热泪盈眶地望向队长时,一排如水的月光从窗外涌进。那时,从诸葛黄昏宽阔额头上爆出的豆大的汗珠,正顺着他苍白失血的脸颊无情地滚落。

拜托了朱几,你是鸿雁小组最后的种子,你今后的代号……叫"东海"!

诸葛黄昏抓住窗格的左手慢慢松开,又沿着墙壁无法挽回地跌坐下去。他最后气若游丝地说起,请你忍住枪痛,更要忍住今后的一切!

5

在迄今为止将近三十年的生涯里,陈看见最为昏暗的记忆莫过于在沪西永豫纱厂那间不知名的仓库里。那时候,哪怕是窗台上偶尔到访的一只孤单的麻雀,也能令撑开眼皮的他羡慕无比。

自从被捆绑后,陈看见记得,自己已经看见第三幕昏黄的日头从房顶的窗口处坠落。那么,加上之前两场从早到晚的阴雨,深陷在饥渴中的他,已经被这个世界整整遗忘了五天。双手被反剪在背后,又有一根绳子将他的两只脚踝死死扎紧,此刻,蹲坐在地上奄奄一息的他忘却了对食物和水的思念。眼光再一次从身上那套平整干净的深绿色制服上缓缓掠过时,上海邮政局第九支局的邮差陈看见似乎感觉自己正淹没在一股春潮泛滥的河水中,承受着灭顶之灾,于是他对生命产生了彻底的绝望。

陈看见最终在这天的深夜被解救,他依稀觉得有人为他松开绳索,又将几口温热的米汤送入他干涸龟裂般的嘴唇。然后,他仿佛是在经历一段漫长的时光后才漂浮到了河对岸。无比缓慢地睁开眼时,他才发现,虚幻的视野里,救下自己的并不是之前将他捆绑起来的那个男人。

陈看见那时不会知道,过去的四天时间里,一个名叫朱几的男人曾在心中无数次默念过这间仓库的地址。他更加无缘知道,将他捆绑的那个男人叫诸葛黄昏。而在五天前深夜的一场枪战里,诸葛黄昏临死前曾将一把钥匙交给朱几。诸葛黄昏对眼前的朱几说,别忘了,那间仓库里还有一名邮差。我怀疑他私藏了我的一封信件。但你不能让他活活饿死。

而现在,朱几就出现在了陈看见渐渐清晰的视野里。

事实上,一直到这天的傍晚,苏三省的手下才停止了对刘山明的寸步不离。好不容易脱身时,朱几便找准机会,第一时间向沪西狂奔过去。

在此之前,特工总部负责看管刘山明的人员一直对他的过往有着浓厚的兴趣。刘山明于是带着他们拜访了黄浦江畔的那艘小船。

过去的几个月里,沈阳并不知道,一待她熟睡后,朱几便在黑夜中悄悄起床。紧踩着脚踏车穿过无数条纵横交织的里弄和街道,几乎将大半个城市甩在身后,朱几才望见了明灭在远处黄浦江上的轮船灯火。站立在潮湿的江雾中,全身冰冷的朱几分三次拨响脚踏车的铃铛。之后,躺在小船船舱里的诸葛黄昏会让刘山明对着岸边发出两声野鸭的鸣叫。待朱几再次拨响铃铛时,小船便划开夜色向他靠过来。

四面透风的船上实在太冷,很多次,朱几都是带上自己的冬衣去给他们御寒。

我们就住这里,一共三人。这天,对着苏三省的手下,朱几眼神落寞地说。他后来挑拣整理出自己的物品,又向苏三省的手下借了个打火机。

没过多久,江面上的小船就燃起了熊熊烈火,远远地望去,烈焰中无处逃脱的篷板像是黄浦江顶起的一团灿烂的火烧云。

欣赏着眼前的壮观景色,苏三省的手下乐呵呵地推了一把低头沉默的朱几,他说别想那么多陈年往事了刘山明,你现在跟我们是一条船上的人了。

朱几忍不住一阵抽搐,对方的推搡扯动起他右臂上的枪伤,他能感觉裂开的伤口处有一股新鲜的血水涌出。几分钟后,他的头顶便飞扬起因为船被烧毁而上扬的一排火星和灰烬,在到处流淌的炙热里,他却觉得四肢冰冷无比。

和对方回76号的路上,朱几的思绪始终停留在那天的船上。他记得,诸葛黄昏那时是在同他和刘山明商量着该给七人小组取个什么样的代号。仰望着空中经过的一群大雁,朱几的双眼跟随它们的翅膀走了很远才开口说道,队长,你觉得叫鸿雁怎样?

那一刻,躺在甲板上的诸葛黄昏唰地一下坐起身子。于是,三人脚底下的小船不禁愉快地摇晃起来,江面上泛过阵阵起伏的波纹。

也就是在这天的后来,诸葛黄昏从甲板下摸出一把油纸包裹的仿造式勃朗宁1900,他说这是组织上刚刚分配的,但只有一把。你们两人要不转个银圆吧,正面归小朱,反面归山明。

呼呼转动的银圆在船板上最终落定时,反射起一道金色夕阳的光。俯身细看的诸葛队长后来拍拍朱几的右臂道,再等等吧,下次会有机会的。

那天的后来,到达永豫纱厂又等待陈看见在仓库里喝完那碗米汤时,深陷在记忆中的朱几终于回想起,仿佛是上天冥冥中的安排,队长之前在船上拍打他臂膀的落手处,正是自己日后中枪的位置。

6

秋风渡石库门的弄堂里,再次见到陈看见门前那部送信的绿色摩托车时,程婴的脸上掠过一抹短暂的笑容。那是初春里一个暖阳稀薄的上午,提着米袋的程婴抬头时,背对着她的陈先生正抖搂深绿制服上的一团水珠。陈先生将清洗后的制服撑开,挂上衣架后搭在了贯穿阳台的那根晾衣绳上,又拉平了每一处滴水下垂的衣角。

似乎是感觉到背后温润的目光,陈看见很是自然地转身时,目光便与程婴清澈的眼神撞在了一起。有那么一刻,他怔怔地望着楼下弄堂里的这个女邻居,手里刚刚提起的那件浸湿的白衬衣又落回了水盆里。程婴察觉得出,陈先生眼里原本暗藏的一缕灰暗在倏忽间消失了。

程婴很浅的一个笑,在陈看见渐渐拉长的视线里低头走远。程婴边走边想,一直以来,陈先生的目光和他每日里都要冲洗的头发一样,经过木把铜壳电吹风的一阵吹拂后,每一根发丝都始终是干干净净的。程婴这天原本想要问他,这一个星期里他究竟去哪儿了,但这念头只是在脑子里匆匆一闪就被收回了,因为陈先生看不懂自己比画的这句哑语。程婴只是记得,过去的四年里,陈先生每次过来敲门,接过他双手捧出的信件时,自己都会在胸前握拳,伸出拇指朝他热情地弯曲两下。那是表示谢谢。随后,陈先生就抬起手掌摇动着空气,也是没有语言地向她道别。

但是,程婴这两年的信件明显少了许多。她一直记得,宽生他们的71军离开上海又失守南京后就转战到了洛阳、兰封,然后又参加了武汉会战中的马鞍山、沙窝、宣化店等战役,信件于是就这么渐渐稀少了。宽生说宋希濂将军管理的三个师自淞沪会战后就一直走霉运,德械师成了国械师。87师伤亡惨重,最后剩余800人。他们的88师也就留下了1000多名官兵。总之,宽生的每一封信里都要提及,战争是越来越惨烈了,身边不断倒下死无全尸或是面目全非的战友。临死前,他们甚至是在和宽生一起给家里写信,正要走过来向宽生请教一个汉字的偏旁。一颗炮弹落下,于是依旧抓着钢笔的手臂就被炸到了几十米开外。

在每一页千里迢迢又跋山涉水的信纸里，程婴总能闻到一股干燥的硝烟味。奇怪的是，她那失聪的双耳也会在此时听到一阵炮弹炸开过后的嘤嘤声。

但宽生每一次都忘了提程婴的回信。程婴曾经问过宽生，自己想把长发剪短，就留到齐肩的位置。又在随后的一封信里说门前的那棵桃树这两年里竟然光开花不结果，她问宽生原因到底在哪里。

陈看见在这个上午再次遇见程婴是在街头的一家杭嘉湖米店门口。抢购大米的人群中，程婴提着空空的米袋努力地想往前挤，但瘦弱的身躯却在拥挤的队伍中离店门越来越远。她似乎只是抢到了额头上爆出的几颗新鲜的汗珠。

陈看见将摩托车骑出一段距离后停下，背着邮包一路奔向在人群背后踮起脚束手无策的程婴。他勾了勾右手的食指，示意程婴将手里的米袋给他。

程婴摇头，陈看见便干脆劈手夺走了米袋。他将邮包举过头顶，陈看见抬腿侧身，挤进人群后一阵吆喝，老板，金城银行的汇款单，要你签字啦！

回头的人群于是纷纷让出一条小道。

陈看见提着一袋大米交到程婴的手上时，程婴便闻到他身上一股新鲜香皂的味道。再后来，陈看见又抽出系在邮包上的一条毛巾，蹲下身擦去了程婴棉鞋上被人踩过留下的两个脚印。程婴那时发现，眼底的陈先生，他的发梢和耳根处似乎在阳光里蒸腾着一股暖流。

待陈看见起身，人群里就有了对他的埋怨。他们说，侬小夫妻什么花头精都想得出来，哪里有什么汇款单嘛，多么金贵的大米，是要好好排队的晓得哦？

陈看见并不理会，只是望着程婴睫毛呼扇的眼，又抬手指指远处的摩托车和两人来时走过的路，意思是要送她回去。程婴还是摇头，伸出手在胸前朝他弯曲了两下拇指，随后示意他该回去上班了。

这一天夜里，当程婴毫无征兆地站立在陈看见家的门口时，陈看见瞬间有了一阵局促，埋头写信的他赶紧将桌上的信纸收起，折好塞进抽屉里。直到这时，他才发现，程婴的手里原来还托着两个热气腾腾的馒头。

程婴后来脱掉鞋子，赤脚踩进陈看见家一尘不染的水泥地板，又拿起桌上的钢笔，在信纸上腼腆地写下：你走后，我又回去，买了一些面粉。

陈看见一阵忙乱地替程婴找出一双棉拖鞋，又抬头说，其实你不用脱鞋的。程婴在灯光里摇摇头，笑了。

后来，陈看见就着早晨的开水咬下两口馒头时，程婴就在他一直诧异和惊喜的眼神里转身，十分安静地走出他的房间。在陈看见后来的记忆里，程婴这次似乎是回过一次头的。程婴回头后，将那双提起的棉拖鞋整齐地摆在了墙角处。然后，她笑了笑，房门就被掩上了。

<h1 style="text-align:center">7</h1>

好多个清晨里，朱几偷偷回到普恩济世路，为的只是远远地看一眼大壶春煎饺店门口偶尔走进走出的沈阳。沈阳的腰身虽然没有什么变化，但她那张脸明显是瘦了，未及打理的头发时而遮住她的双眼。

朱几当然有过靠近的冲动，就像之前那样，他在离开诸葛黄昏的小船后又钻进了煎饺店附近的一家菜场，在买好一堆芹菜、韭菜和三四斤五花肉后骑上脚踏车，重新出现在大壶春的门口。那时，沈阳已经在厨房里烧开了清晨里的第一锅热水。

在门口撑起脚踏车的后轮，朱几便提着菜篮子快步走向暖烘烘的厨房，边走边说，我回来啦!

总是在想起这些的时候，朱几才会转身，然后仰望一阵告别春天的浮云，为的是让晨风收起眼角处的那些酸涩。随后，他便装作一个外表磊落的男子，心无挂念地抬脚消失在人群中。

更多的时候，人群里的朱几只是跟随忙碌的苏三省，到处搜寻着有关中共和军统组织的消息。但是，对于诸葛队长临终交给的任务，身为"刘山明"的朱几却始终毫无进展。

由此，沈阳才在三个月后从一个来吃煎饺的顾客嘴里得知，自己的男人曾经提着短枪出现在一辆吐着黑烟的篷布卡车里。顾客还言之凿凿，说自己亲眼看见沈阳的男人冲下篷布车，和76号的同伙一起，动作凶狠地砸了一家私人诊所，原因是诊所里的大夫曾为一个刚从重庆过来的男人拔过一颗牙。

侬晓得哦，那大夫满脸是血，不灵清的还以为伊是唱红脸关公的刚卸了妆。又说，格个辰光，就是侬个男人，我记得伊面孔，伊用枪口顶牢大夫个脑门儿，要人家将丢在垃圾桶里的牙齿一颗颗捡起来吞咽下去，总共有五颗呀。其中的两颗血还没干，还带着肉末星子呀。

没等顾客说完，沈阳就上前一把夺过他的碟子，连同几个煎饺一起扔进了垃圾桶里。

你好走不送。沈阳说。以后别再让我见到你。

这天,一身工装的秋海棠踩进大壶春的门槛,恰好与这名满嘴抱怨又仓皇离开的顾客撞在了一起。之前,英商电车公司司机秋海棠在福煦路上将抛锚的电车交给了前来修理的电工师傅。随后,他也是顶着一群乘客的抱怨声走上了笔直的迈尔西爱路,又一直往南过了巨籁路的路口,这时,普恩济世路就清晰无边地出现在他的眼里。

沈阳曾在福煦路上见到过开电车的秋海棠,那时,他就站在电车驾驶室里,双眼平静地注视前方的人流车流。视线里猛然出现沈阳的面孔时,秋海棠就拉响了电车的铃铛。沈阳于是就那样站在街口,目送着那辆人头攒动的电车在叮当声中慢吞吞地驶远。

后来有一天,秋海棠当着沈阳的面说起,他说总有那么一天,自己的电车经过的每一个站点,再也见不到一个汉奸和日本人。那时,秋海棠昏暗的眼里闪烁起光泽说,上海的每一条大街上,将到处都是喜气洋洋的中华民族同胞。不用说,天肯定是很蓝的。

还有一次,沈阳在福煦路的天空下望见站在电车车厢顶的秋海棠,她觉得上海的天其实已经很蓝。秋海棠那时也是一身工装,戴着一双手套,对着头顶脱开电缆的电车辫子线忙得满头大汗。但秋海棠没过多久就重新搭上了电路,他抓着车窗口跳到街面上时,就问车厢下一直等候的沈阳,他说你知道上海人是怎么笑话这走不动的电车吗,沈阳说我当然知道,他们每次都说"翘辫子"。

沈阳这天为秋海棠端上一份煎饺时,脑子里已经全然忘记了那位不灵清顾客说起的牙科大夫。但秋海棠却将一双簇新的白色线织手套递到她手里,他说这是公司刚发的,以后每次烧煤炉和倒开水时,沈阳都要记得戴上。

望着眼前的电车司机,沈阳那么多日子里想要说的话,却不知从何开头。她最终收回桌面上的一只手,将它停落在自己的小腹上。

其实我知道你的难处,秋海棠后来说,你有身孕了。

但如果你不介意,那也是我的孩子。等孩子爹以后回来了,你还是之前完全的你。

他这辈子也不会回来了。沈阳突然抬头时,两行清泪便从眼角涌出。又说,我就当他死了。从今往后,我都听你的。

两人的婚礼就在此后第三天的晚上举行。说是婚礼，其实十分简单，秋海棠只是叫了电车公司的几个同事。酒过三巡，就有人给秋海棠敬酒说，秋师傅眼睛亮堂，怪不得当初一定要跑这条线路。秋海棠于是望了一眼沈阳，将话题岔开说，喝酒吧喝酒。沈阳后来抱着肚子在客人的眼里走远，掉进她耳里的又一句玩笑话是，别看秋师傅电车开得慢，但人家老司机，播种却是快的。

　　客人送走后，在秋海棠挑芯点起的两根大红蜡烛里，沈阳猜不到接下去会发生什么。她只是听见秋海棠在摇曳的烛光里说，你的确长得蛮好看的。

　　秋海棠后来从衣柜里抱出另外一床毯子说，沙发归我，以后都这样。

　　坐在床头的沈阳眼看着秋海棠背对自己将那条毯子展开，又听见他说，还要同你商量件事，能不能借我一个枕头。

　　听着秋海棠这样的玩笑话，沈阳紧蹙的眉头渐渐舒展开了。在秋海棠之前同她的一次次谈话中，沈阳慢慢知道，秋海棠加入的那个秘不可宣的组织的人都是一帮有志向的中国人，他们一直在坚持着地下的抗日工作。而秋海棠向她提出那样的要求，正是为了给他自己的身份寻找一个公开的掩护。秋海棠甚至说过，有朝一日，你也可以加入我们的队伍。

　　二十七天后，朱儿在那个夜晚像疯子一般奔向黄浦江畔，夜风将他的汗衫灌满，他能去的地方似乎只有一处。江面上，队长的那条小船只剩下岸边牵系的缆绳和浪头间飘摇的一块破板。再次触摸到那块喝饱江水的船板时，朱儿觉得指尖的冰凉瞬间贯穿全身。此前的中午，他从极司菲尔路的76号出发，前往已经升任为东亚研究所所长的苏三省的办公室。途中，他让黄包车夫绕了一段远路，为的是再去看一眼大壶春的煎饺店。过去的时日里，为了减轻对沈阳的思念，他一再叫停了自己前往普恩济世路的脚步。

　　但在大壶春煎饺店的门口，朱儿看见的却是沈阳卸下的那两块门板上张贴着阳光晒旧的"囍"字，而门楣上的大红横幅则更是醒目。四个大字：新婚大吉！

　　车轮停下，朱儿再次透过车厢帘布的缝隙望去，沈阳正挺着隆起的小腹，步态略显笨拙地走出那面柜台。

　　整个世界都在翻滚，就连黄浦江的潮涌似乎也在篡改着夜色。守着那块船板，在黄浦江平静的水声里，朱儿一直坐到了天明。一艘江轮在晨雾中鸣笛起航时，他从口袋里掏出诸葛黄昏曾在甲板上转动过的那枚银圆。这是突围失败那晚，队长连同那把钥匙一起埋进土里的。队长对朱几说，它能在日后证明你的身份。

朱几于是再次想起诸葛队长临终前的一句话。他说你要记住，那个男人的名字是码头熊。队长最后又说，请你忍住枪痛，更要忍住今后的一切！

8

每天清早，第九邮政支局的深绿色卡车从虹口区北苏州路上的上海邮政总局里准时提取出区域内的信件和包裹。到达支局卸货后，陈看见和他的同事们就分拣出属于自己区域内的物件。无论是阴晴雨雪，所有的信件和包裹都要在第一时间送往每一处门牌。但等陈看见返回时，他腰间的邮袋并不是空的，因为他还要打开沿途线路上的每一个邮筒，取走附近居民寄出的所有信件。上海的邮筒有两种：一种是全身绿色的，里头都是普通信件；另一种，虽然大体也是绿色的筒身，但头部却是漆成黄色的，中间还有一条黄色的腰线，那都是加急邮件，一般是寄往外地的。陈看见得让它们早点到达邮局，盖上邮戳后尽量赶上当天离沪的火车。或许也正由于此，部分邮差的很多脚踏车正逐步更换成两轮的摩托车。

陈看见热爱这份工作，并不仅仅因为邮局门口的那对字幅：邮政守信，信达天下。事实上，他觉得他在每一个工作日里一次次捧起又送出的，早在一千多年前就被那个一身宽袍的男人给说透了：烽火连三月，家书抵万金。埋在唐朝坟墓里的这个姓杜的诗人还说过另外一句：国破山河在，城春草木深。

和别的邮差不一样，陈看见每天打开邮筒时，虽然看似若无其事，但眼光是异常的审慎。谁也不会知道，陈看见是在留意，这其中是否有写给自己的信件。当然，还有另外的一个原因，他在寻找写给一个名叫谢宽生的男人的信件，也只有他知道，谢宽生永远没有可能收到那样的信件。曾经有过很长的一段时间，陈看见十分关心有关国军88师的任何消息，特别是这支部队的去向。

这天中午，在居民区弄口写有"秋风渡"的那块石门门楣下，陈看见将温热的摩托车熄火又拔出钥匙转身时，看到程婴像一盆安静的水仙一样出现在他的眼前。

程婴的手指在空中举着一枚崭新的纽扣，睫毛下的双眼像一条清澈的河,正望着陈看见白色衬衣的下摆。陈看见于是明白,她那天肯定是发现自己的衬衣缺失了一颗纽扣。

程婴坐在阳台上缝纽扣,在她手指间游走的针线像是带动了一束河水上的光。但阳台上却出奇的安静。陈看见那时觉得,他无比喜欢这样没有一句语言的生活。

程婴最后用细碎的白牙咬断线头,抬头对着陈看见浅浅地笑。陈看见于是跷起拇指,朝她弯曲了两下。但程婴的笑意更深了,她示意陈看见,手是要在胸前收紧,握成一个拳头的。程婴这样抬手的时候,宽大的袖口就从手臂上滑了下来,陈看见发现,在她露出的粉色肌肤里有几根细小蓝色的血管清晰可见。

后来,程婴从旗袍的侧袋里掏出一封信,她拿起陈看见的纸和笔,急忙地写下一行字说:这信该往哪里寄? 你能帮我吗?

再次见到信封上那个熟悉的名字时,陈看见在心里说,谢宽生,你真有福气。

夜里,陈看见骑上摩托车,走了很远的一段路,直到离自己的区域相隔差不多有半个城市后才将怀里的一封信投入一个有黄色腰线的邮筒。但这并不是程婴的信,里头也只是一张空白的信纸,只有陈看见自己知道,收信人要用熨斗在信纸上熨过后才能看清隐藏在其中的文字。

信是寄往重庆的,地址是嘉陵江畔朝天门码头的海半仙川菜馆。陈看见在其中的署名是自己沿用了三年的代号——孤星。作为军统上海线孤军作战的情报联络员,陈看见告诉他们飓风队的队长陶大春,他一直在观察那个曾经救过自己的男人,最终发现此人竟是特工总部下属东亚研究所苏三省的手下,也就是军统上海区的那个叛徒。但陈看见始终觉得这个叫刘山明的男人不像是卖国求荣的汉奸。

他们都是狼,但刘山明骨子里却像一只羊。陈看见对陶队长说,这让他想起之前绑架自己的那个孔武有力、复姓诸葛的男人,他相信答案会在诸葛怀疑他私藏的那封信件里,但事实上,他的确从未见过那封信件。

陈看见再次跨上摩托车回到秋风渡时已是半夜,推开那扇木门,空气中依旧残留着程婴头发洗过吹干后的那股香。收拾钢笔时,他又见到了程婴写下的那行字,心中有了一丝怅然和忧伤。就像一场消失在凌晨的淅沥春雨。这繁华而忧伤的上海,又有谁能知道88师的残部如今身在何处?

陈看见后来能做的,只是在灯光下欣赏程婴娟秀的落笔。他想,如果没有这场战争,上海人是不是会嫉妒程婴和谢宽生幸福得一塌糊涂的生活?

9

在荒木惟的眼里,苏三省就是自己在上海踏破铁鞋无觅处的那匹狼。他十分庆幸自己的帝国组织能将苏三省野性的双眼和尖利的爪牙一同收于旗下。荒木惟喜欢苏三省这样精力充沛的男人,虽然蛰伏时像是叛逆又委屈的孩童,但只要鼓声擂起,他即刻就像一支箭一般冲出去。这么说来,他之前的静默其实是一种养精蓄锐,就像惊蛰天过后在洞穴里醒来的毒蛇,尖细的牙缝里蓄满了之前整个冬天的毒液。

苏三省最近的表现虽然是乏善可陈,但荒木惟想,会有一个突破口的。既然狡兔有三窟,猫有九条命,那么狼性十足的苏三省总会开辟出属于他自己的密道。思想的花朵开始绽放时,荒木惟喜欢让自己沉浸在叮咚作响的钢琴声中。他曾经痴迷于自然界所有美好的声音,并且立下宏愿,要让它们在黑白相间的琴键上永生。他也同样会想,如果没有这场战争,自己早就应该坐在帝国音乐学院的教室里,作为那里的一名高才生,他无与伦比的才华必将令人嫉妒。

音乐使人单纯,单纯得只剩下遐想。聆听着手指下如山野里溪水流动般的声音,荒木惟仿佛觉得自己登上了一个一览众山小的高度。放眼四周后,他突然发现,自己竟然开始对踩在脚下的中国间谍组织——国民政府军统局心存感激。如果不是因为军统,怎么会有苏三省这样的人才?他甚至还对军统局烙印在苏三省身上的严明作风心存敬畏。曾经有一次,因为自己的手下沉迷女色而错失了对舞池中嫌疑人员的跟踪和围捕,苏三省即刻举起枪射向了这名手下的裆部。荒木惟记得,苏三省那时吹了一口依旧冒烟的枪管,说,与其留着,不如废了。

也就是从那一天起,苏三省给自己的手下定了一个规矩:遇到紧急集合,所有在场人员的到位时间不能超过30秒。

而就在昨天,苏三省踩着厚重的地毯走进荒木惟的办公室,他在简短的汇报里立下誓言,一个星期之内,必将让自己的工作打开一个新的缺口。

荒木惟于是将一盏刚刚泡开的龙井递到苏三省的手里,目光温和地说,是不是仙境一般的香味?

苏三省略显错愕的眼神摇曳在碧绿茶水的波纹里,但荒木惟的声音却依旧饱含着憧憬。他说我仿佛见到七天后的你,就如这一片片叶子般,愉快地舒展开手脚。

陈看见闯进朱几眼里的那天,朱几突然就有了一丝欣喜,他说陈先生你是要将那封信给我吗?但陈看见摇头,喝下一口水后说,你是我的恩人,我知道一封信和一条命相比孰轻孰重,目前为止,我没有骗过你。

朱几于是又很快问,你怎么知道我住这里?

你好像忘了我是这条路上的邮差,我沿路送信时,几乎每天见到你,只不过,陈看见犹豫片刻后说,你的眼里似乎没有上海的市井众生。

陈看见来找朱几,为的是要告诉他,大街上有个女人,正在到处张贴寻找刘山明的启事,见人就打听。

如果我没记错,你就叫刘山明。陈看见说。

朱几的心咯噔了一下。但他又在恢复平静后瞬间展露笑容说,你说大上海的市井众生,叫刘山明的男人会不会还不止十个?

是不是你我不能打包票。陈看见从邮袋里掏出一页纸说,你自己看,反正糨糊还是湿的。对方苏州口音,寻找绍兴来的刘山明。

谢谢你的热心,朱几依旧笑着说,但还是那句话,跟我没有关系。

待陈看见的摩托车声在耳膜里走远,朱几猛地从凳子上弹起,一阵风一般地冲到了门外。

事实上,在得知对方是苏州女子的一刹那,朱几顿时就有误入一个山洞般漆黑的感觉。在之前的那条船上,同是绍兴老乡的刘山明曾和朱几有过一次对话,他说我真羡慕你,有沈阳在身边一直陪着。

那你呢? 朱几问。

其实,我也有个相好的,是父亲生前定下的娃娃亲。刘山明用自己的袖口来回擦拭着诸葛队长刚分配给他的那支枪,又说,但是她远在苏州,听说她是中秋后的第二天,也就是农历八月十六出生的,家里人于是都叫她石榴。

刘山明后来笑道,他们排过八字,说是和我很配。但我觉得他们肯定是排错了,你说我哪里有钱去娶她?

朱儿拍拍刘山明的肩膀,说这跟钱不钱的没有关系。等哪天胜利了,我和队长,还有沈阳,一起陪你去。咱们一路坐船,走水路把她接去绍兴。

是的,等等吧。刘山明说,我们应该会胜利的。

10

朱儿在众人的指点下一张张地揭去街市上的寻人启事,撕碎后又将它们扔进一个油条烧饼摊的火炉中。但他的眼里却始终没有出现那个叫石榴的女人。

站在十字路口,朱儿朝着四个方向不停张望。路灯将要亮起时,整个下午一派焦急忙慌的他,最终在这个黄昏陷入了茫然。

几天以后,朱儿才知道,就在同样的时间里,五条街外的大方旅社,站在登记柜台后的老板正摘下身后307房的钥匙,将它交到一个女人的手里。老板那时愁容满面地说,姑娘,恕我冒昧,你都欠了六天的房租了。本店小本生意,你看是否高抬贵手?

你们上海人的精,是精在骨头里。说是让我高抬贵手,心底里是叫我抬脚滚蛋。少不了你的,女人又说,叫伙计再去给我来一斤绍兴黄酒外加两个小菜,老娘今天贴了一天的传单,累也累死了。

老板瘫坐在身后那张破旧的皮沙发上,眼中的无奈倒像是遇见了一个债主。他说,我求求你了。

苏三省的司机阿亮找到晃荡在街头的朱儿时已是第三天的中午。踩下刹车的那一刻,阿亮从车窗里探出头道,刘山明,你这两天跑哪儿去了?

而此刻的东亚研究所里,苏三省正在办公桌后百无聊赖地修剪着自己的指甲。在过去的一个小时里,他已经厌倦了身边女人的喋喋不休。为了排遣她满口的琐碎和无聊,他只能装作一副饶有兴致的样子,和不停说话的女人偶尔对望一眼。但在脑子里,他其实是在思考着眼前的这张脸和一位名叫李小男的女人的区别。

李小男是明星公司的一名临时演员,苏三省正在热烈地追求她。苏三省喜欢的就是像李小男那样娇弱却大大咧咧的女子,虽然她的肠胃不好,经常因为突发胃病住院。想到这里,苏三省问自己,等下去病房,自己是该给李小男送一束花呢还是一碗海鲜瘦肉粥呢?

其实只要你有心,给女人送什么都好。苏三省这么想着的时候,对面的女人突然就说了这么一句。

你什么意思? 苏三省将身子坐直了问道。

你没听我刚才的话吗? 女人说,我是说这么多年,他们刘山明家从来没往我们苏州送过礼。

哦。你是说这个。苏三省应道。

官爷,我也坐了这么久了,不能耽误你修指甲。既然你们也帮不了我,那我还是走吧。女人从椅子上抬起屁股时,苏三省看到她的一双大脚已经迈向了门口。

站住! 苏三省叫道。

话音未落,虚掩的门就被推开了,闻声的阿亮和朱几在门框下怔怔地收住脚。

苏三省摆手,神情沮丧地说,进来进来,说的不是你们。

你们是去替我找人了吗? 背对着苏三省,喋喋不休的女人弯腰侧身给阿亮让出一条道,又对着阿亮身后的朱几热情地笑。

苏三省好奇地望着朱几。

那一刻,朱几颓丧地迎向苏三省的目光。他看见苏所长的背后,正午的一缕阳光正挤进厚重的窗帘,一路开疆拓土,笔直地打在自己的右肩上。

所长,我可以说句话吗?

就是在等你呢。苏三省举起的指甲刀正好停落在从他背后冲出的那缕阳光中。刀尖的反光即刻刺痛朱几的双眼,他抬起手掌将它们挡住,又转头将闪烁的目光落到女人的脸上。他像是镇定片刻后才一字一句地说,石榴,我就是刘山明,我也到处找你。

司机阿亮记得,那一天,惊慌的石榴一步步退回到身后的椅子上,她迟疑地坐稳后,应该感觉到身下还保留着自己的体温。阿亮莫名其妙地笑了。

二十分钟后的东亚研究所铁门前,朱几指着对面的车站说那里有电车,回家9站路。但石榴却望向身后车库里擦车的阿亮,她说我想坐那辆轿车。朱几叹了口气说,那不是你坐的。正要往前迈步时,他又发现踩着高跟鞋的石榴已经颤巍巍地转身,一路橐橐橐走向阿亮,嘴里还说,这位兄弟,送我们一程如何?

才9站路。

后来,两人最终坐上的是一辆黄包车。颠簸的路上,朱几抖搂身上的汗珠,吐出一口长气后才在心里说了无数次的谢天谢地。总算还好,他想,幸亏刘山明没有见过石榴的面。

哎呀,我差点给忘了! 石榴这时突然叫起道,师傅,前面先拐弯。又转身对朱几说,去趟旅社,你得把我欠下的钱先还了。

这么说完时,石榴才满眼开心地晃荡起手腕处的那个坤包。

事实上,除了一方手帕和一支涂到底部的口红,石榴的坤包里空荡荡的别无他物。但她觉得,自己连续两个月的霉运总算是走到头了。于是她提醒自己,等付了大方旅社那个眼珠子长得跟算盘子一样的老板的钱,一定要先吃一碗馄饨。她太喜欢弄堂口的那家馄饨店了,葱花香味里,馄饨的面皮那样柔滑,又有很多精细的肉末啊。但不能吃得太急,那样会烫了舌头,也会让上海人看了笑话。还有,回家之前是要买一盒百雀羚的,就是电影明星胡蝶做广告的那一款,只需手指轻轻一挖,提到脸上那么一抹,就对皮肤很管用。

差不多是同样的时间里,前往同仁医院看望李小男的苏三省眼望着车窗外一排排后退的法国梧桐,他像是随口对着阿亮问起,你刚才接上刘山明的时候没提那女人的事吧?

队长,我知道不能提。阿亮手握方向盘,在前方交通警察举起的红牌前缓缓踩下刹车,又说,队长你不晓得那女的有多笨。

他还是习惯称苏三省为队长。

前面的先施公司停一下,你去替我给小男买一瓶三星花露水。

苏三省说完,将双手枕到了脑后。

11

朱几回家面对的第一个问题是,他得和石榴同房过夜。

横在卧室里的那张沙发,之前的主人应该是通过窗口吊进来的。朱几试过两次,怎么横竖又如何歪斜都无法搬得出去,门框实在是太窄。

要是有斧头就好了。一起忙碌的石榴擦去一把汗说,干脆砍掉两只沙发脚。

朱几绝望地瞪了她一眼,弯着腰身不停喘气。

一看就知道,你没干过粗活儿。石榴让自己的双眼走过房间的四个角,又说,总之床是要留给我的,你睡哪里你自己看着办。你也别想碰我,我不是那么随便的人。

朱几最终在卧室外的阳台上坐了一宿。天光从黄浦江的头顶露出时,双眼混浊的他感觉自己像是一条无家可归的狗。于是他对自己说,沙发是今天无论如何也要买下的。推开门正要出去时,石榴却从床上弹了起来,她说等一等,你不能把我一个人丢下!

这个清晨,石榴又吃上了另外一家小吃店的馄饨。她抹着嘴唇说上海的馄饨都很不错。待老板收了钱走远时,石榴才在朱几面前垂下眼皮说,我要是不跟着你,口袋里连这顿早餐钱也付不起。

石榴手里的调羹搅动着碗里剩下的馄饨汤,碗沿被她叮叮当当敲响时,朱几就没法不想起这个城市里的沈阳了。他想,此时的沈阳,应该也是在收拾着顾客留下的碗筷吧?

令石榴感觉奇怪的是,她那天和刘山明买好沙发时,如果不是刘山明在半路上的坚持,木板车其实完全可以走一段近路的。她后来又想,难道是因为那家煎饺店?

而朱几不会忘记,他那天见到的沈阳,肚皮是更加浑圆了,她走起路来已经显得很困难,一只手得时刻扶着桌沿或是门框。她走到门口送走一拨客人时,似乎还望了一眼头顶门楣上的那四个大字。那时,大红横幅的一处边角正被一阵风轻轻卷起。

当然,如果不是因为那天远道经过普恩济世路,石榴觉得自己也就不会在亚尔培路的路口望见那辆黑色的福特小车。而当她提醒刘山明时,她记得刘山明原本皱着的眉头突然跳了一下,像是刚从昨夜的一场梦中被惊醒。

那的确就是苏三省的车。苏三省拉开车门,侧身坐进驾驶室时,回头望了一眼身后的四周。随后,在朱几视线中的另一侧,一个男人也踌躇着拉开车门,坐上了副驾驶的位子。

朱几就是在这时叫住了师傅,他说,走累了吧? 先停下抽根烟。

从口袋里掏出一包三炮台,又抽出一根烟递向车夫,朱几的双眼始终没有离开福特轿车的后窗玻璃。而苏三省身边的那位男子也一直没有摘下过戴在头顶的礼帽。朱几知道,他之前没有见过这名男子,他于是很想看一眼对方的脸,哪怕是记住他的身影。

但抽完烟的车夫却不想再等,他催着朱几赶紧上路。

朱几只得摸出一把钞票,低头抽出两张给他送过去说,耽误了你工夫,我给你加钱。但也就是在这时,他隐约听见了福特轿车发动机点火的声音。待他将剩下的钱塞回裤袋又抬头后,苏三省的车已经在两根排气管吐出的浓烟中走远。

当晚,客厅里的朱几早早地躺上了新买的沙发。石榴后来对他说起他好像在躲着他们队长时,听到的却是他轻微的鼾声。

事实上,朱几并没有睡着,他无法忘记这一天亚尔培路上的苏三省和那名陌生的男子。此后的梦里,他又看见自己急匆匆奔走在回大壶春煎饺店的路上,望见他的沈阳顿时一阵惊恐,想要套上一块门板将他拦住,却在柜台前踩了一个滑。眼见着肚皮饱满的沈阳将要完全坠落时,从梦中惊醒的朱几猛地坐起了身子。擦去身上的冷汗后,朱几才想起,就在刚才的梦中,沈阳举起的门板上写着四个字:汉奸叛徒!

朱几在第二天的清晨倒是睡得很沉,他甚至没有听见窗外那阵摩托车的轰鸣声,门板后来被敲得跟捶鼓一样时,他拉开一条门缝,挤进来的却是陈看见的一张脸。

陈看见望了一眼沙发上卷曲的枕头说,原来你睡这里。

朱几回头整理沙发,又转身盯着陈看见清爽的衬衫说,陈看见,你还有什么东西没有看见?

但陈看见说,我早就看见嫂子很漂亮。

12

婚礼过后没多久,秋海棠就在一天夜里消失了。沈阳在没有月光的天空下套上门板时,又抚着肚皮久久地望着眼前异常清冷的街道。此后,她又在忐忐忑忑和渐渐冷却的希望中足足等了三天。她那时想,这就是命,是她和肚里踢了自己一脚的孩子共同的命。

所幸,她还是等来了秋海棠回来的那一晚。

但秋海棠却没做过多的解释，他只是坐到沈阳的跟前，拉过她的手放进自己的掌心冷静地说，从现在开始，我们都要保守一件秘密。

卧室里的沈阳后来听见秋海棠卸下门板走出煎饺店的声音，但没过多久，他人就回来了，脚步声随后在厨房里响起。

忙完一切的秋海棠重新回到沈阳的眼里，他说，记得门口附近的那台公用电话吗？

沈阳用力地点头。

秋海棠又说，现在，我们厨房的暗角里也有一台电话，它就串接在那台公用电话上，以后如果有需要，你就在夜里的十点去厨房里接起它。这就是我们的秘密。

沈阳在秋海棠月色般的眼眸里再次用力地点头。

事实上，秋海棠曾经跟沈阳说过，在他每个星期三当班的日子里，差不多是上午九点的时候，电车由东向西经过凯司令咖啡馆的门口时，他都会朝着背后的车厢喊一句，都闻一闻全上海有名的凯司令咖啡吧，再走几步路，你们就来不及了。也就在这时，或许就有人走到车头前，对着秋海棠打听说，师傅，去苏州河是坐你这趟车吗？秋海棠于是就笑了，他说兄弟你坐反了。接着掏出一张折叠好的电车线路图交给对方说，你自己看图。

于是沈阳知道，秋海棠和中共地下交通员的一次次接头，就是通过这样的方式，将藏在电车线路图里的情报送到了各自的手里。

但沈阳并不知道，秋海棠其实还有另外一条情报线路，那是在他们电车公司的换衣间里。存衣柜背后的墙壁处，属于秋海棠的9号柜子的那个位置是打通的，对方可以在合适的时间里拆下墙砖，从另外一头取走秋海棠的留言。

整个英商电车公司，谁也不知道秋海棠的真正身份。但每个同事都清楚，秋海棠是一个不折不扣的孝子，为了给母亲治病，他甚至托友人从国外带回一支药膏，又每天回家一趟帮母亲涂抹。秋海棠母亲的右手是没有食指和中指的，对她来说，搽药膏是一件困难的事情。

同事们还清楚，当初为了送儿子上学，秋海棠的母亲郑国姿在昏暗的油灯下为先施公司的百货衣帽部纳过堆成山一样的数不清的鞋底，直到一双老眼再也看不清油灯头顶的火苗。

秋海棠也永远记得，那天回到家时，母亲转动灰白的眼珠，一双手异常慌张地在空中摸索,她说,海棠海棠,你在哪里?妈怎么看不见你呀。那一刻,秋海棠抓住母亲皮包筋骨如雀爪一般的手,扑通一声跪倒在老人的跟前。

又过了十五天,黄浦江上就响起了隆隆的炮火声。顶着溃散的人群,秋海棠背着母亲跑过了苏州河上的外白渡桥,跑过了杨树浦,又沿着怡和路一直来到汇山码头。澎湃的江水前,秋海棠眼见着日军旗舰出云号上呼啸飞出的炮弹在夜幕下拖出一根长长的光尾。那时,紧贴着儿子后背的郑国姿似乎感觉到炮声是来自头顶轰鸣的飞机,一双深陷的瞎眼四处环顾后又抬拳捶打起秋海棠的肩头。她说,海棠海棠,日本人在哪里呀?

背着母亲的秋海棠顿时感觉心头的萧瑟如江水般翻滚,仿佛整个上海都在1937年8月的热浪中下沉。抬手转过母亲烟尘密布的脸,秋海棠在失声痛哭中以泪洗面,他说,姆妈,黄浦江是在这边,在这边呀!

13

苏三省没有让荒木惟失望,自从那次在梅机关立下誓言后,不到一个星期,他的行动就见到了成效。

先是共产党的一个地下电台被发现。就在南洋花园和中华书局之间一家经营西洋乐器的琴行阁楼里,一位来自杭州的名叫安娜的女人登上老虎窗正要跳楼时,苏三省一个箭步冲上去将她拽住。又在手腕处发力,猛地一扯,嘴里叫道,想死没那么容易。

安娜于是像江浙舞台上的一名发出尖叫的女子,身上被撕扯开的旗袍灌满老虎窗口拼命涌进的风,她的整个身子在空中飞出了一段距离,之后像一只落地的风筝,重重地掉落在阁楼陈旧的木地板上。

铐起来。苏三省说。

当晚,安娜的电台密码本就被找到,它被发现是藏在老虎窗外的一片徽州青瓦下。

苏三省将密码本送往梅机关时,他觉得自己给荒木惟送去的,就是一首令人喜悦的钢琴曲。荒木惟将琴键上的一双手高高提起,让它们神态安详地栖落在声音碰撞的半空中,仿佛是在等候那串曼妙的音符在四周辽阔的空气中继续飞翔。

但在几公里外的刑讯室里,面对血肉模糊又只字不吐的安娜,朱几在痛心的同时止不住地揪心。苏三省后来抱着一份侥幸之心向安娜打听起南郊孤儿院和颓败的龙华寺,安娜虽然只用一阵无边的沉默作答,朱几却就此看见了一场越来越近的风暴。于是他不得不在第一时间给延平路上的老苏州旗袍行第一次发去了一封简短的密信。他在信中说,苏三省最近似乎将注意力移向了南郊的孤儿院和龙华寺,如果那里有我们的人员,得尽快撤离。这封信将要收尾时,朱几停顿了很久,他最终鼓起勇气提出申请,希望组织能给普恩济世路上的大壶春煎饺店送去一双大红绣花的婴儿虎头鞋。他随后又像是羞于启齿地说起,虎头鞋只需悄悄留下就行,就当是某位初次来访的陌生顾客随手遗落下的。

但就在第二天的上午,这封从朱几公寓附近邮筒寄出的信却引起了陈看见的极大兴趣。过去的时间里,陈看见曾经留意过刘山明的笔迹。

他不由自主地将那封信收起,接下去的几天里,陈看见久久地望着信封上那个地址和商号,思虑犹豫了很久。

开设在老苏州旗袍行的这个交通站,是诸葛队长牺牲前向朱几提供的。队长告诉他,遇到紧急情况,可以通过这里联系他们鸿雁小组的上线,对方就是男人码头熊。队长说,整个上海,只有码头熊知道,代号"东海"并且手持一枚不列颠女神银圆的,就是他们鸿雁小组最后的种子。

三天后的早上,刚到办公室的朱几便听到了苏三省在楼下吹响的紧急集合哨。一路风驰电掣地到达龙华路与江山路的十字路口时,两辆熄火的卡车在苏三省一言不发的视线里足足等候了半个小时。直到一个提着扫把的清洁工靠近苏三省的耳旁私语了两句,苏三省才丢掉手中的烟蒂,又昂首理了一把被风吹乱的发丝,道,龙华寺藏经房里的所有人,包括披袈裟的,都给我拿下!

那一刻,朱几的眼里依旧跑动着经久不息的慌乱。他在心底里说,佛祖保佑!

…………

也就是次日上午,陈看见将胯下的脚踏车踩得比汽车还快。一路上,他在心底里反复诅咒着邮政局里的一名同事。如果不是同事在这一天借走他的摩托车,为的是带上新结识的女友前往北郊的暨南大学校舍,他此时或许早就堵在了延平路的路口。

脚踏车上的陈看见从未感觉上海有那么大,任凭自己怎样用力地踩踏,延平路似乎依旧躺在无法企及的天边。那一刻,他甚至担心哐当作响的脚踏车会就此散了架,连接前后轮的横挡突然断开,剩下坐垫上的自己被摔落在康脑脱路的水门汀上。陈看见将绿色脚踏车上的铃铛拨响,像一阵急骤的雨点,仲夏的风在耳旁呼呼地吹过,他的两道目光在街道里河水般的人群中像刀片一样划过。

冲过赫德路上的十字路口,又将教养贫儿院内传出的诵读声甩过,眼见着延平路已经近在咫尺,陈看见猛地一个刹车,双脚跃落地面时又将脚踏车的前轮高高举起,转过90度后才从空中重重地砸下。

像是一块突然掉落的闸板,陈看见的脚踏车哐当一声挡在了这天上午一直赶路的朱几的眼前。

刘山明,跟我回去。陈看见按压着腹部一阵干呕,瞬间在喉底涌起一股胆汁般的苦水。他知道,身后的老苏州旗袍行离自己只剩最后几百米的距离。从邮袋里取出那个信封时,他才将之前弯成一把弓一样的腰身支起,说,信在这里,我知道你要去哪里。

朱几是在教养贫儿院门口的墙角处突然对着陈看见挥出了第一拳。他说姓陈的你浑蛋,我×你八辈子祖宗!

陈看见丢下脚踏车,双手护住自己的脑门儿时,朱几的拳头如暴雨般砸下。

陈看见最终如同一只病入膏肓的鸡一样蜷在地上。从牙缝里挤出一口血水,又睁着鹅卵石般肿胀的双眼,他看见狭窄视线中的朱几像是一团持续燃烧的火。重重血光中,他再次吐出一口血水后,才十分困难地说,刘山明,你有本事打死我。

朱几举起地上的脚踏车要砸向陈看见时,却听见陈看见混浊的声音又一次响起。他说,向天发誓,我只是替你保管那封信,却从来没有拆过。

陈看见是在这天早上串门时从石榴的嘴里得知,刘山明突然心血来潮地问起她的腰身尺寸,说是要去给她做一身时兴的旗袍。石榴提起茶壶正要给他倒水时,陈看见一把抓起桌上的脚踏车钥匙,整个人像一支射出去的箭一般在门口处消失。事实上,陈看见留下那封信时,就一直犹豫着是否要告诉刘山明:老苏州旗袍行七天前就出事了,那里的老板冲向宪兵队的围捕人员,并拉响了身上的手榴弹。直到现在,延平路上依旧安插着梅机关的便衣密探,他们在随时等候着可能出现的接头人。

我知道你是想去那里直接找人,但结果就是多送上一条命而已。陈看见说完这句时,朱几让自己的拳头落在了身边的一棵法国梧桐上。两天前的龙华寺里,他又眼见着四个男人在突围时的枪战中倒下。苏三省踢了一脚掉落在地上的一只破旧的圆口布鞋说,一个个穷光蛋,全他妈的是姓共的。那一刻,朱几恨不得径自冲向延平路,直接砸烂那家废物一样的老苏州旗袍行。

很久以后,陈看见扶起地上满是尘土的脚踏车说,我们都不需要再瞒着对方了,什么身份彼此清楚,我的目标是苏三省,他是我们的叛徒,叛徒就没有理由活着。

又一阵风将头顶的梧桐树叶吹得沙沙响,朱几深深地望了一眼满脸是血的陈看见,他说,你从来没有这么邋遢过,今天这事情,我错怪你了。

好像是命中注定,你的信就是寄过去也救不了那几个弟兄,陈看见最后说,你虽然救过我,但如果下一次再这么抡起拳头,我不会这么客气了。

14

程婴一直没有等来陈看见告诉她88师的去向,带着那封写好的信封,她在这天上午直接前往虹口区。阳光凶狠地打在她的脸上,让她的双眼时常感觉一阵晕眩。四川路上,一辆疾驶的汽车在她身后来势汹汹,然后猛地刹住,司机冲出驾驶室后张牙舞爪地将她截住,嘴里叫骂道,听不见喇叭声吗? 你是不是聋子?!

程婴抬眼,满脸惊慌地摇头。

过了苏州河,到了邮政总局的柜台前,收发员一看她的信封,忽然停下要盖落的邮戳说,小姐,你这信是要寄往哪里?88师总得有个地址呀。程婴还是摇头。她那时几乎将整张脸都伸进了窗口,又指指自己的耳朵,急忙抢过一张白纸后才一笔一画地写道:先生,麻烦你大声点,我听不见。

工作人员于是将三个潦草的字写得有馒头那么大:没法寄!

望着工作人员同样无奈的眼神,程婴又听见他凑到自己的耳根前说,战区都成一锅粥了,离开上海的部队就像脱线的风筝,只有蒋委员长知道他们在哪里。

程婴于是掏出坤包中的一堆信封，那是宽生在过去四年里所有的来信。收发员接下后一一看过，又在大理石台板上将它们安静地推了回来。这一次，他没说一句话，只是深吸了一口气，便在程婴长久期待的眼神里转身离开，脸上是另一种茫然和怅惘。

陈看见在自家楼下将脚踏车的后轮撑起，又擦去嘴角腥甜的血迹。待他抬头时，满脸惊诧的程婴就出现在了他依旧狭窄的视线里。程婴显得那样慌乱，两个突然湿润的眼角似乎在瑟瑟发抖。

接过程婴从坤包里拿出的一面方巾，陈看见在阳光下盯着那朵异常安静的针绣桃花看了很久，又笑了笑，将它送了回去。

我只是摔了一跤。陈看见凑到程婴的跟前说。但他又提防着不让身上的污渍和血迹弄脏了程婴那件湖蓝色的喇叭袖衫。

程婴的眼里写满了不相信，又很确定地摇起头来。

这天的后来，程婴还是用那条方巾异常小心地洗净了陈看见的一张脸，又端着污水和脏衣直接奔向了水池。凝望着程婴在水池前一直忙碌的背影，听着哗哗冲洗的水声，陈看见似乎希望眼前的生活就此停住，直到凝固成一张捧在掌心里的照片。但他那时又想，关于88师和谢宽生，他该如何向程婴开口？

事实上，陈看见在三年前的一次交接班里就收揽了一个来自河南战区的邮包，收件人就是程婴。作为一名邮差，他太了解这样一个免费军邮包裹的定义。过去的许多日子里，往往是在送这样一个贴有军方邮票的包裹时，跨上脚踏车的他才骑出十来米远，收件家属呼天抢地的哭喊就将一个灰白肃穆的上午完全地撕裂开来。

谢宽生死在兰封的战场上，跟随战亡通知书一起寄达的，除了他每天阅读的《泰戈尔诗集》、一本战地日记以及夹在日记中的一张程婴的照片，还有一位家住浙江余杭的战友写得歪歪扭扭的一封信。信上说，作为家中仅剩的一名男丁，他那天在给年迈的母亲写信，正在向宽生哥请教一个汉字的偏旁时，一颗炮弹就在空中滑过，宽生哥于是张开双臂将他盖在身下。战友还说，宽生哥的钢笔连同那只握住它的手臂被一起炸向了半空，最终被成排的热浪和倾泻的焦土所掩埋。他们花了整整一个下午，也还是没能将断臂和那支派克钢笔刨出。

战友最后说,请嫂子给宽生哥找一块向阳的墓地。要是我能活到胜利,之后必将每年都来看他。

一转眼,油布缝合的包裹已经在陈看见的衣柜里躺了三年。每次打开那封信,陈看见似乎都能听见余杭战友泣不成声。许多个深夜里,他洗净自己的双手,又在树影摇曳的百叶窗前虔诚地翻开谢宽生的那本战地日记,对着主人那排颇有柳公权风骨的字体,他小心翼翼地模仿了一个多月的笔迹。字练到最后时,他仿佛觉得,趴在河南战壕里眺望一片无尽月色的就是他自己。而宽生在每一场战事间隙里展开的对程婴绵延的思念,似乎也是自己想要跟程婴说起的每一句话语。

宽生说,亲爱的婴,战壕外冷却的火焰加剧了我对你的思念。两天前,我们断绝了水源。此刻,头顶的月色清冷,而月色下的战地尘烟则更冷,我无法分辨,哪里才是通往上海的方向……

陈看见记不清楚,自己到底给程婴写了几封信。他只记得,最初的几封,他是在盖上河南或湖北的邮戳后直接送往了程婴的住处。但他后来又直接将信件扔进了虹口总局外的绿色邮筒,他希望程婴能有所察觉。

但程婴显然是忽略了其中的疑点。又或许,她根本没注意这样的纰漏:邮票上的寄件邮戳同样来自上海。

陈看见后来烧掉了那两枚自制的邮戳印章。那时,他甚至有一种冲动,想要当着程婴的面将它们烧毁。

石榴终于将附近可以找见的馄饨摊给吃遍了。一般情况下,她会先将手里的那个坤包扔在桌面上,拉出一条四方凳坐下。老板上前,盯着她坤包拉链上新扎的一朵茉莉花道,小姐,两碗馄饨?

石榴满意地点头,说带葱花的那碗不放辣,剩下的一碗来个榨菜虾仁馅的。然后她又俯身,将眉头皱起道,不是我说你,桌子早该擦了,你看这么多的灰尘很不卫生的,你要是脏了我的脸,我又得抹一次百雀羚。

四马路上的麻将馆,石榴是再也不会去了。如果不是因为那次偷牌被庄家发现,她也不至于沦落到四处寻找刘山明的地步。要知道,石榴在苏州打牌是一路赢过来的,那时她几乎用不着偷牌,好牌常常是手到擒来。她随手抓过麻将牌在眼前滑过,拇指一竖,啪的一声说,姑奶奶和了。

的确,石榴在苏州的家族辈分是很高的,与她同龄的,基本得叫她姑奶奶。

那时候石榴在牌桌前蘸着口水点起钞票，对着眼前的一帮女孩，就那么一张一张地分过去，嘴里说，姑奶奶今天手气很好，拿去选胭脂买牙粉吧。

但石榴的手气也就是好到那一年的8月。石榴记得，那天也正好是16日。每个月的16日，她都特别顺，赢钱多。但日本人的飞机似乎是找准日子来的，第一次出现在了苏州城的上空。炸弹像一堆堆牛粪一样落下时，麻将桌前的牌友就顷刻间作鸟兽散了。石榴于是抓起一把麻将牌朝着空中甩去，她说，狗日的鬼子信不信我砸死你。

三个月后，中尉排长马超群的那支队伍像是在城门下螳臂当车，日军第九师团在扔下七十多具士兵的尸体后便气势汹汹地踏上了苏州城的大街。石榴记得，北寺塔里有不少国军的伤兵被日军浇上汽油后活活烧死。

寒山寺的夜半钟声依旧在一片苍凉的月色中敲响。石榴咬咬牙说，那是送终的钟声。

令朱几诧异的是，来到上海的石榴，花钱的速度不比苏州客船下的流水慢。石榴出去买一瓶酱油，胜过朱几买一斤猪油。石榴还几乎每天都要看三四场电影。大世界电影院的经理是不是答应你入股啊？朱几那天问。之后他又板着脸说，我也没钱了！

你是要留着钱去大壶春吃煎饺吧？别以为我没看出来，买沙发时，眼睛跟老鼠似的盯着人家老板娘。石榴吐着嘴里的瓜子皮说，你也不打着灯笼照照，人家早成亲了，肚子也怀上了。

朱几抱头，无计可施地跌坐在客厅里的那条沙发上。

没钱可以去借。石榴又说，要不我去找你们苏所长借，用你下个月的薪水给补上。

石榴有十足的把握，只要一提苏三省苏所长，刘山明就会掏出袋里剩下的哪怕是最后一张钱。

朱几后来说，姑奶奶，我是不是上辈子就欠你的？

从朱几嘴里说出的"姑奶奶"三个字，让赤脚踩在地板上的石榴怔呆了一刻，但她随后又说，姑奶奶我觉得你心里有女人。

一心要钱的石榴那天在和朱几别扭过一阵后就再次想起了大壶春的煎饺和那里的老板娘。但当她到达普恩济世路时才发现，这里的煎饺店却不知在哪一天关门大吉了。

难道是去产房了？石榴心里想。但奇怪的是，连"大壶春"那三个字也都被摘掉了。石榴后来向旁人打听时，才听见邻居说，店铺已经退租，那对夫妻上个星期就搬走了。

石榴在那两块合上的门板前想了很久，"囍"字已经不见了。她嘴里说着，之前没听说她要关门呀。又在心里问自己，关心那么多干吗？真是闲的！她于是就转身叫了辆黄包车，让车夫载着她直接前往静安寺路上的仙乐斯舞厅。石榴觉得，在那样一个开放着冷气的舞池里，跳跳伦巴和恰恰倒是蛮有派头和情调的。但她还是没有忘记，煎饺店的那个老板娘姓沈，刘山明的抽屉里像是有过她的一张照片。她之前去那里吃过好多次煎饺，也在和老板娘的搭讪里知道她的男人似乎是开电车的。

但他们俩没有夫妻相啊，石榴想。

15

陈看见开始隔三岔五地来找刘山明，每一次，他都想着法子支开石榴。他说他要尽快除掉苏三省，就等刘山明给他提供准确的消息。

地不分南北，人不分男女，抗日锄奸人人有责。陈看见说，你们延安的新华电台，也在天天宣传着什么民族统一战线。

这话你去讲给遭遇皖南事变的新四军听。朱几说。

这事你得去问重庆，我在上海，只对付两种人。

是像我们这样的共产党人，然后是日本人？

你错了，陈看见说，一是汉奸叛徒，二是日本人。苏三省是汉奸中的汉奸，叛徒中的叛徒。

事实上，朱几也巴不得除了苏三省。如果不是这个自命非凡的男人，安娜以及龙华寺里那四个弟兄的命运就会被改写。只要苏三省还在，保不齐还有更多战斗在上海的不知名的弟兄会撞上枪口。但要让朱几去了解苏三省的行踪还真不是一件容易的事，他缺乏这样的机会。

朱几后来在暗自思忖时想起了石榴，他突然记起石榴说过，苏三省曾经带着李小男出现在仙乐斯舞厅。他后来是和石榴随口聊起此事时，才得知了李小男即将到来的23岁生日。

然后日子还是一如既往地向前迈进。到了11日的这一天,准确地说是中午过后,就先后发生了两件令人记忆深刻的事情。

首先是这天中午,静候在阳光下的朱几终于在弄堂口里等来了骑摩托车的陈看见。朱几说明星公司在六大埭的那个片场你认识吧?那里有个演员叫李小男,她明天就要过生日,苏三省的司机会接她一起去仙乐斯舞厅,苏三省在那里订下了一个包间。

现在的问题是,苏三省会在哪里上车?他是否会去仙乐斯舞厅?陈看见盯着朱几的眼。

我只知道这么多。朱几说,剩下的就看你自己的运气。

陈看见后来将此消息告知已经来到上海的飓风队队长陶大春时,陶大春只说了一个字:干!

回邮政支局的路上,陈看见觉得,这或许会是自己最后一天上班。他看了一眼深绿色的摩托车、深绿色的制服和深绿色的邮包,心绪起伏时,他又突然问自己,可是程婴该怎么办?

等他吹起一阵口哨走进分拣室时,曾经向他借过摩托车的同事却将一封从外地邮局转回的死信敲在了他的脑门儿上,同事说睁开眼睛看看你干的糊涂事啊,明明是一封本地信,你却将它交给了去苏州的邮车,多长时间了呀,这要是定亲的信,人家黄花闺女都熬成老太婆了。

接过那封信,有那么一段很长的时间,陈看见都感觉窗外的傍晚很不真实。信封上的收信地址,恰恰就是延平路55号的老苏州旗袍行。他最终明白,寄信人当初肯定是将这封信错误地投进了一个黄色腰线的急件邮筒,而他当时一看到"苏州"两字,也就很自然地把它当作了一封寄往外地的邮件。这一切,最终使得他被认为是私藏邮件而被那个诸葛黄昏捆绑了起来。

12日夜晚的静安寺路上,一直到了十点,苏三省的轿车才出现在守候多时的陈看见和陶大春的眼里。陈看见记得,就在陶大春射出第一排子弹时,刚刚走出后排车厢的苏三省即刻将一束手捧的鲜花撒向了空中。按照之前设计好的方案,陈看见此后射出的子弹是直接瞄准苏三省正前方的路线。就此,陶大春分析过,如果他没有第一时间命中目标,对方肯定会埋头冲向舞厅,因为那里可以藏身的地方太多了。

事实证明,陶大春的判断是错误的。23朵玫瑰在空中散开时,还未等它们纷纷坠落,苏三省就猛地一个转身,双脚腾空,直接跃入了福特轿车的车厢。他同时又抱住正要抬腿下车的李小男,将她的整个身子盖在了自己身下。那时,留给陈看见和陶大春的就只有轿车浑圆的屁股。

陶大春一个箭步飞奔向楼下。陈看见知道,他是要冲向轿车尽快结束这场刺杀。也就是在这时,街道的另一个方向却射来了一排密集的子弹。陈看见万万没有想到,仙乐斯舞厅闪烁的霓虹灯下,双手开枪的来者却是两眼镇定的刘山明。从刘山明枪管里射出的子弹,一颗颗落在他和陶大春身边的水门汀上。随后,特工总部东亚研究所的两辆卡车就在呼啸声中及时赶到。

这天半夜,睡梦中的石榴被一阵急切的敲门声所惊醒。待她起床拉开卧室房门时,她看见冲进客厅的陈看见已经像一头狮子般站在了刚刚亮起的吊灯下,然后,刘山明说,一定要在今晚吗?陈看见抬起的皮鞋就在这时一脚将他踢飞。石榴看见抱着肚子的刘山明在客厅里被踢出了很远,她还看见那盏简易的吊灯在陈看见的头顶止不住地摇晃。陈看见转身,面对满脸惊恐的石榴,他左右扭动了一下脖子说,嫂子你先把鞋穿上,再去隔壁吃碗馄饨。我跟他有件事情要解决。

石榴望了一眼墙角处的刘山明,看见刘山明对着自己勉强地点了点头。但她犹疑着还未迈出客厅时,陈看见不想再等的拳头就毫不客气地向刘山明砸了过去。

朱几始终没有躲避。一直到石榴关上门后,他才露出双手护着一张脸说,姓陈的,我们今天算是两清了。到了这时,陈看见才感觉,这样的挥拳如雨似乎有点乏味。

在陈看见后来的记忆里,那天被打得像死狗一样的刘山明在对他做解释时,竟然始终迎着自己的目光。刘山明还言辞确凿地向他证实,苏三省此前已经安排人员前往仙乐斯舞厅执行现场安保,只不过他的福特轿车比行动处的卡车早到了一步。我于是在到达现场时还未等车熄火就第一个跳下了车,并且朝空中开了一枪。因为我很清楚,你们没有机会了,留在那里就是送死。而我射向你们身边的子弹就是要劝你们回去。

很久以后,两人最终提起了那封由苏州转回的死信。此前的中午,陈看见在朱几的家中坐等了很久,一直到楼下的陶大春摁响摩托车喇叭不停地催促时,他才将信留给了石榴,要她记得代为转交。

我相信,之前我们对你有误解。朱几说,但也请你相信,今天的事情的确就是如此。

16

石榴不会知道,普恩济世路上那家大壶春煎饺店的关门是源于郑国姿引发的一场大火。

事实上,如果不是街坊邻居及时发现,秋海棠的母亲郑国姿在那一晚已经葬身火海。沈阳记得,秋海棠从幸存的母亲身边回到普恩济世路时,一副失魂落魄的样子。他说,看来我得将母亲送去难民营,不能再让她一个人住了。

对郑国姿来说,最近的几年,世间所有的亮光已经都是无谓的摆设,她在那天夜里披衣下床点起了油灯,摸着桌角转身时,垂挂在肩头的衣袖就神不知鬼不觉地带翻了那盏新鲜的火苗。又从门口折回时,郑国姿就感觉屋里怎么突然就炙热了起来。与此同时,耳畔似乎吹过一阵不知从何而来的风。双手在眼前探出,空气中竟是异常的滚烫。

闻信赶到的秋海棠后来抱着全身湿透的母亲,他分不清母亲身上到底是惊吓过度出的汗水还是邻居们救火时泼下的自来水,他只知道,抱在怀里的母亲就像是刚从一阵滔天的洪水中被捞救起。他说,姆妈,你为何需要点油灯?

郑国姿依旧惊魂未定,两片干裂的嘴唇过了很久才恍惚着翕动,姆妈隐隐约约像是听见你敲门的声音,我担心你回家看不见路。

秋海棠再次滚下两行热泪。

要不将你妈接过来住吧。秋海棠回到煎饺店时,沈阳给他端去一杯水,站在他身前满脸恓惶地说。

秋海棠的半个身子陷在那张沙发上,抬头望了一眼沈阳越发沉重的肚皮说,再过一阵子吧,等孩子生下来。或者,我们搬到母亲隔壁去住,前提是得有一处同样是附近带有电话亭的店铺。

也就是从这天开始,沈阳每天都等秋海棠下班后,靠在床头听他一页一页地念起张恨水的《燕归来》。在秋海棠渐渐饱满的声音里,沈阳听说,杨燕秋本是甘肃难民,逃荒到西安时已近家破人亡,后得贵人相助辗转到了南京,才总算是苦尽甘来。可惜好景不长,养父母先后去世,燕秋不容于义兄嫂,又不愿寄人篱下，于是决定返回故里。秋海棠在接下去的日子里又说，陪燕秋出潼关、渡黄河的原本有四个男人，他们都在追求燕秋。但到了后来，燕秋最为信赖和倚重的石耐劳却最先离去。

秋海棠的故事说到这里时，沈阳在床头翻了个身，背对着秋海棠声音落寞地说，燕秋她是识人不善，这是命。

还有一天，秋海棠在送完情报后，回家又给沈阳说起电车上刚刚耳闻的一首儿歌。他说要唱给沈阳肚里的孩子听。

"三轮车上的小姐真美丽，一身都是学生气。在她身边坐着个怪东西，胖胖的肚子小眼睛。"

秋海棠双手叉腰，顶起肚皮唱出后面一句，沈阳捂住双眼快把泪都笑出来了。但沈阳欢快的笑容很快就僵住了，她觉得屁股下面温热得一塌糊涂，于是她突然睁大双眼，像是一只饱食过后肚皮圆滚的青蛙，对着天花板叫了一声，天哪！

三个小时后，上海西门妇孺医院的产房里，沈阳涕泪交加地产下一名男婴。那时，经历过一场生死疼痛的她，似乎有很多往事又在已经平复多时的心里涌起。当秋海棠第二天在病房里喂她喝下一碗糖水时，面对秋海棠如何给孩子取名的征询，沈阳沉默了片刻，等到眼光从身下洁白的床单上移开时才说，就叫沈不二吧。我希望他日后不要是燕秋眼里的石耐劳。

<h1 style="text-align:center">17</h1>

仙乐斯门口的那场枪战后，苏三省第一时间将李小男送回了寓所。车厢里，他几次捧起李小男的双手，说生日可以改天再过，只要你愿意，以后每天都可以庆生，那个舞厅也可以叫小男舞厅，我确保它跟你一样平安无事。

李小男在下车后才对他说，苏三省你刚才的话听起来就像是电影台词，我只晓得，现在整个世界都不太平。

提着李小男的坤包，苏三省追上她的脚步，说小男你放心，这事我肯定会去调查。

李小男后来在弄堂口停下，抢过自己的包说，我到家了。

苏三省怔怔地望着此时路灯下看上去有些昏黄和温暖的李小男，又听见她说,我刚才想过了,其实要太平也很简单,我只要不跟你在一起,就什么都安全。

苏三省后来再次回到仙乐斯舞厅时,看见刘山明和他的一帮弟兄正对留置在现场的人员一个个地进行盘问。刘山明过来给他点起一支雪茄时,苏三省说,今天幸亏有你。

五天后,苏三省要求朱几当天夜里带队再一次围捕龙华寺,朱几的一颗心几乎跳到了嗓子眼儿。他说,太出乎我的意料了,难道那里还有他们的人?

不要不相信,苏三省说,所谓灯下黑,这或许正是他们的高明之处,他们以为我们会就此忘了龙华寺。

朱几即刻将一双皮鞋并拢,又声音响亮地说,感谢所长栽培。

我说过,那天幸亏有你。苏三省扔下手中的档案卷宗说,机会给你了,成不成功就看你的造化。

走出苏三省的办公室,朱几觉得必须马上见到陈看见。他又想,眼下另一件刻不容缓的事情是,无论如何得想尽一切办法寻找码头熊。苏三省的情报来源令他细思极恐,他相信,就像陈看见送回的那封寄给老苏州旗袍行转交诸葛队长的密信里所说的,隐藏最深的叛徒就在苏三省的身边。

陈看见那次被阻止的对苏三省的刺杀,朱几其实隐瞒了部分的幕后真相。从石榴手上拿到那封信时,朱几用了显影液后才发现,寄信者告诉诸葛队长,苏三省的手上似乎有一张密不透风的王牌,他可能是秘密拘捕了一名熟悉上海地下网络的中共党员,要排查这个叛徒,唯一的入口就是从苏三省处下手,因为他们是单线联系。此时,朱几家里的电话正好响起,行动处要他即刻一同赶往仙乐斯舞厅。

现在,苏三省是被幸运地救下了,但关于如何查找叛徒,朱几知道,如果没有码头熊的支持,仅凭自己一个人的摸黑前行是远远不够的。他后来又灵光乍现地想起,老苏州旗袍行已经不在,那么藏在龙华寺里的会不会就是码头熊呢?想到这里时,站在第九邮政支局门口那缕风中的朱几,就对这个傍晚还未回来交接班的陈看见望眼欲穿了。他记不清到底在内心里数过多少次的一到一百,远处终于传来一阵摩托车轰鸣声时,他在刚刚亮起的路灯下做了最后一次祈祷。此时,离苏三省定下的行动时间已经不远了。

陈看见并没有让朱几失望,在到达龙华寺之前,他将轰鸣的摩托车熄火停下,又脱下身上的深绿色制服。随后出现在他眼里的龙华寺是一派颓垣残壁,破败不堪,连那口硕大的龙华晚钟,也像是有着说不尽的哀愁。找到这里的住持时,住持停下了敲木鱼的手,在身后一排摇晃的烛光里向他躬身行礼,又将虎口处的那串佛珠提起在胸前,声音像是在一排茂密的银杏叶间穿过,施主这边请!

陈看见后来见到的那个坐在观音阁角落里瞌睡的小伙儿叫芥菜头,听到声音后,他面对住持和陈看见,将身子弯成一把虔诚的弓,随后便如吹过观音神像五指间的一阵夜风,转眼消失在上海南郊无尽的夜色里。

陈看见跟随住持走出观音堂时,一阵清亮的钟声正好响起。

当晚九点,载着朱几到达龙华寺的卡车惊醒了树叶间一群睡熟的鸟。踩在那片坚硬的石板上,朱几那时想,经过四年前的那群炮弹轰炸后,如今还有几人记得,这里曾是千年梵音洗涤的一方净土?

再次抬手看了一眼沈阳当初送给自己的那块欧米茄腕表,朱几在心中默念了一句,人生是苦,佛祖保佑! 又对手下说,心存敬畏,不可惊吓了众僧。

寺庙的窗格上依稀可见一排火苗的光影,在朱几的视线里,更像是几瓣荷花被风吹动起。当打坐的僧人们起身,双手合十出现在道旁时,走向观音阁的朱几仿佛踩着一地的苍凉。

推开那扇摇晃的木门,朱几便被一阵透凉到脚底的失望所笼罩。于是他在心底里无数次地诅咒陈看见。

五六名手下立马上前,抬腿踢倒蹲在火盆前背对着他们的两个男人,其中一个在倒地后便要拔枪,但几颗子弹瞬间就将他很轻易地解决了。朱几合上双眼,仿佛是在观音悠远的注视下向前迈步,一直等到站立在火堆前,他才突然像大梦初醒般地吼道,都愣着干吗? 活着的给我铐起来! 火盆里依旧在燃烧的档案文件旋即化为乌有,朱几在渐渐冷却的火光里看见一片片的灰烬如柳絮般扬起。

像是一排消失在江面中的雨点,在朱几后来的记忆中,他亲眼看见文件里的最后几行字被火苗彻底吞噬。他也清晰地看见了这样的字眼儿:诸葛黄昏……代号东海……不列颠女神银圆。

离开龙华寺的路上,面对被铐着的那个男人,车厢里的朱几始终不敢看他一眼。

此后的刑讯室里，朱儿握在手中的钢笔始终停在半空中，任凭手下对着刑架上那个血肉模糊的躯体叫嚣，对方都只是紧闭双眼。朱儿甚至没有听见他哪怕是一声的呻吟，他像是一个被自己遗忘的毫无知觉的皮囊。

拿锁骨钉来，敲穿他的琵琶骨。苏三省就是在这时气势汹汹地冲了进来，他说，好一个码头熊，我们终于见面了！

那一刻，朱儿眼前一黑，手里的钢笔突然坠落。

18

在朱儿散乱的视线里，他看见被绑在石壁墙上经受琵琶骨穿钉酷刑的码头熊就像一只被撕扯开的螃蟹，又或者是被拉开翅膀钉在墙上的一只黑瘦的蝙蝠。码头熊是破败而凌乱的，看上去简直就是一堆零件。现在这堆零件死气沉沉，毫无生机，在苏三省离开的脚步声中，码头熊努力地抬起了头，朱儿能看到码头熊的一只左眼被血水糊住了。

码头熊说，能不能给我一口水？

朱儿的眼前顷刻间蒙上一层水雾。

将手里的那块银圆沉入递过去的水杯中，朱儿托着杯底，一直让码头熊喝完了所有的水。码头熊此后抬起头，一阵冷笑着说，黄浦江的水，泥腥味。

不用这么挑剔，朱儿说，错过这一口，想喝也没了。又说，黄浦江的水都急着赶路，马不停蹄地要奔向东海。

码头熊冷冷地望了一眼朱儿，嘴里挤出一句，叛徒！

秋海棠在第二天得知了码头熊的被捕，早在沈不二出生后没多久，他就和沈阳举家搬迁到了劳神父路上的一家店铺里，母亲郑国姿就住在附近。那天他背对着沈阳，颓丧地伫立在窗口，像是站在沈阳眼里的一棵秋天的树。他又眼望着窗外亮光收紧的天空，平生第一次点燃了一根香烟。

望着秋海棠夹住烟火的指尖不住地颤抖，沈阳取下沈不二嘴里的奶瓶说，是不是经常会有这样的牺牲？

或许是我们的组织有漏洞。秋海棠突然被吸进的烟呛了一口时，被风吹散的烟灰颗粒就飞进了沈阳的眼里。沈阳说，那你也不用这么自责，沈阳停顿了片刻说，有些东西就连佛祖在身边也没用，那是命。

事实上,就连秋海棠也未必知道,前一天的夜里,离开龙华寺的芥菜头是拼命跑出了很远,才终于在龙华路上那个必经的路口幸运地遇见了正疾步赶回的码头熊。推着码头熊走出了一段路后,芥菜头才在一个黑暗的角落里把该说的话给说完,但码头熊那时一个转身,扯起芥菜头说,赶紧回去!

芥菜头后来知道,记录鸿雁小组代号东海的潜伏种子的资料,和其他档案一起,被码头熊藏在了观音堂功德箱里的一册《解深密经》的摹本内。

也就是这一天,拄着一根木棍的郑国姿在邻居的搀扶下来到了秋海棠的房里。她还是习惯性地伸出右手,用剩下的三根指头去一次次地抚摸面团一样柔软的沈不二。她说,海棠,姆妈如今什么也帮不上,还是送我去难民营吧,你们把大壶春分号重新开起来。

<h1 style="text-align:center">19</h1>

苏三省最终没能够从码头熊的嘴里套出半句话语来,在征得荒木惟的同意之后,他决定让刘山明来执行对码头熊的枪决。

朱几给码头熊准备的那餐断头饭算得上是丰盛,在他的授意下,厨师特意在那个夜晚里温了一壶黄酒。码头熊的胃口也是特别好,看着他一口一口地吃喝,朱几转过身去,抬头强忍住眼眶里打转的泪水。

革命就是隐忍,对于牺牲,我早有打算,码头熊语气平缓得像安静的湖面,更像是在述说着另外一场死亡,他在朱几身后说,拜托你明天枪法好一点。又说,别忘了一起给芥菜头上个香,他是我侄子。当初他以为你是真的叛徒,还在你家煎饺店门口守了十多天。

又一个清晨到来,就在沪西的一片乱坟堆里,面对码头熊宽厚的背影,朱几先后射出了短枪中的两颗子弹。

按照荒木惟的安排,记录这一幕枪决的照片,被苏三省登在了日本人主办的《大陆新报》上。照片里侧身对着镜头的朱几,抬起的枪口正对着五花大绑的码头熊。《大陆新报》并且配发文字:众多有识人士弃暗投明,致力于东亚共荣,为剿灭顽匪恪尽职守。

为刘山明安排的升职仪式就在照片见报后的第二天。面对着带有黄色三角的青天白日满地红旗帜,朱几久久凝视上面的"和平建国"四个大字,又在众人的眼里做了一场宣誓。码头熊中枪倒地的画面在眼前浮现时,朱几感觉自己的誓言声像被一片深不可测的木鱼声所覆盖。当晚,他惝恍的身影就再次出现在龙华寺里的观音阁内。

踩着圆口布鞋的住持像一片树叶般飘至身前,静坐在观音莲花座下的朱几已经没有勇气去抬头凝望。

大师,我罪孽深重。朱几将头埋得更低,哽咽的声音飘落在夜风下瑟瑟发抖的垂帘上。

住持转动手里的佛珠说,第一次遇见你,我就看到你眼里的慈悲,佛祖知道你心里的苦。

朱几后来是在莲花座下的一个暗格里掏出了码头熊被捕前准备好的那份留言。就在那餐断头饭的时间里,码头熊对他说,没想到你就是鸿雁的种子,那份留言里,我已经为你安排好了下一站接头点和接头时间,它也能证明你不是叛徒。

可是,只有朱几自己知道,在此后更多人的眼里,他已经更为确切地成了叛徒。刑场枪决照片登出后,最为凶险的一次,他曾被几个枪手堵截在一个菜市场的出口处,就在那几声细碎的枪声里,他刚买好的两条鲫鱼掉落在地上慌不择路地上蹦下跳,像是要游回残存在记忆中的那条辽阔而水汽氤氲的河里。

当他狼狈如一只斗败的公鸡,拎着那个被子弹穿透的皮包走进苏三省的办公室时,苏三省却开心地笑了,他说这个世界很奇怪,就是有人看不惯你走阳关道。众叛亲离,活在他们的唾沫里,这样的生活我早就已经习惯了。现在,你也一样。

沈阳就是在大壶春煎饺店分号新址开张的那天见到了报上的那张照片。正在空旷的桌椅间收拾碗筷的时候,顾客留在桌上的那张报纸在她眼前一闪而过。将那张照片举到眼前,她几乎可以认定,被枪杀的就是秋海棠曾经提起的那个在龙华寺里被捕的战友。而那个举枪瞄准的男人,沈阳则希望这辈子再也不要遇见。她也似乎在那一刻才醒悟,《燕归来》里的那个面目可憎的男人,张恨水是故意让他姓上了坚如磐石的石,又为他取名耐劳。

秋海棠也就是在这时发现了心绪不宁的沈阳,他抱着沈不二上前时沈阳就收起了手里的报纸,却在恍惚间不知该将它搁在何处。

三天后,当一个踩着高跟鞋的女人走下黄包车步入煎饺店时,望见她手上那个在拉链上扎着一朵茉莉花的坤包后,沈阳终于想起,她是之前普恩济世路上的一位老顾客。

女人进门时环视着店内的陈设,目光闪烁地说,老板娘还记得我吧,原来你的煎饺店新开到这里了呀。沈阳笑笑。一阵寒暄后,她又仔细看了一眼对方抹过百雀羚的一张脸,心里想,好端端的,为什么也姓石呢?

那天回去的路上,石榴都忘了叫黄包车。高跟鞋在清冷的路面上踩过,她有几次都差点崴了脚。就在刚才,她抱过从沈阳手里递来的沈不二,令她惊讶的是,孩子的一张脸她竟然像是早就见过。

20

那天,程婴的前脚刚迈进陈看见的家门,石榴噔噔噔的后脚就踩上了程婴身后的楼梯。面对眼前一下子显得拥挤起来的房间,陈看见突然觉得这个上午似乎有点奇特。

程婴对着两人局促地笑,又弯腰拖出一条骨牌凳摆到石榴的跟前,自己却无所适从地站立着。她随后又将视线移向窗外的阳台。晾衣绳上,陈看见在这个早晨刚清洗过的两件衬衣在阳光下蒸腾着水汽,程婴似乎能闻到空气中肥皂的气味。于是她转身,满脸赞许地对着陈看见竖起了拇指。程婴觉得,陈看见应该是整个上海最爱干净的一名邮递员。

嫂子,她是我邻居。陈看见坐下又站起说,可惜,她言语不方便。石榴于是对着程婴笑得有点尴尬。

程婴后来将要说的话写在了纸上,她是要陈看见帮她买一张去武汉的船票。她说她要去找宽生。

陈看见告诉她,船票买了也没用,71军或是88师哪怕还是在武汉的周围,她最终也只能空对东流的长江水。

程婴后来在茫然间拿出宽生写给她的所有信件时,石榴也将它们一封一封地翻过,她是在看到最后一封时对着程婴叫起来,不对啊,你男人在上海呢。石榴又指着信封上的邮戳,凑到程婴的耳旁说,这些都是上海本地邮局的盖章。

程婴似乎依旧无法在一时之间明白,一双无助的眼睛再次望向陈看见

176

时,这个给自己送信的男人却已经转过身去,脚步沉重地一直走向远处的那个窗口。陈看见后来又打开柜子,将那个保存了三年的包裹交到了程婴的手里。但除了汹涌的眼泪,陈看见并没有听见程婴的哭泣声。世界安静得像死去一样。

一直到这天的中午时分,愧疚难当的石榴才向陈看见说明了自己的来意。她是想让陈看见在邮局里帮她给苏州老家汇一笔钱。

字我是认得的,石榴说,但是手硬,怎么写也写不像,我就怕给寄丢了。

陈看见后来十分惊讶,石榴怎么会有那么多的一笔钱。

这事,你得瞒着刘山明。石榴说。

又说,这么长时间了,我好像越来越看不懂他。

事实上,石榴这几天里的疑惑是越来越多。就在昨晚的仙乐斯舞厅里,几个和她一起在那里陪舞的姐妹竟然也提起了大壶春的煎饺店,她们说劳神父路上的那家是全上海味道最好的。然后,李小男就走了过来,她说,劳神父路上的那家煎饺店你们还是少去为好,我看说不定要出事。

我们去吃个煎饺又能出什么事,其中的一个舞女说,李小男就连你上次也只是虚惊一场嘛。李小男于是就说,那就当我没说。

送走石榴后,陈看见又去了程婴的家,但任凭他如何敲门,程婴却始终将自己锁在房里。站立在门口的陈看见后来想,总是要有这么一天的,这样也好。正要转身离开时,程婴却吱呀一声将门打开,陈看见发现,满脸苍白的程婴已经在头发间别上了一朵玉兰花。

这天后来漫长的时光里,关于石榴寄钱,以及她临走前说的那番话,让陈看见在家里想了一晚。第二天一早,他觉得自己必须跟刘山明见一面。倒不是因为钱的事,而是他担心刘山明的身份被口无遮拦的石榴看穿。

当陈看见站在朱几的面前,说了关于石榴的种种后,朱几于是明白,石榴那么长时间里向自己要的钱原来是都给积攒下来了。但他也有另外的疑问,他昨天见到了石榴掉在床头柜下的一张标着苏州摩登照相馆的照片,那是站在苏州城里的另外一个长相清秀的女人,而照片的背面却写着"姑奶奶留存"。署名者却是石榴。

朱几推断,石榴是在昨天找出那笔私存的钱时,不小心把藏在一起的那张照片滑落到了地上。

21

只有荒木惟知道,苏三省几乎每个星期都能收到一次线报。他同时清楚,苏三省在过去的日子里发掘起获的所有地下潜伏力量几乎都与这个秘密线人有关。荒木惟有理由相信,这个线人是被苏三省拘捕后又未曾公开的中共上海地下组织成员。但他并不认为苏三省此举是对自己的冒犯,他只是觉得,苏三省的骨子里是过于自负了。他也由此会偶尔提防起苏三省,他想,仙乐斯舞厅门前的那次刺杀并不是偶然。

那天,当苏三省向荒木惟躬身汇报又有一条大鱼将要落网时,审视着墙上一份上海地图的荒木惟就干脆转过身说,那个被你策反的延安要员,我允许你最后一次向我隐瞒他的底细。

苏三省于是说,看来什么也瞒不了科长您。

但苏三省并没有就此而沮丧,他在当晚就又联系了一次线人。

自从有了沈不二,沈阳觉得原本灰暗的日子又泛起了光泽。当所有的客人离开煎饺店时,沈阳有时望见柜台里逗着儿子开心的秋海棠,她就更有理由觉得,自己终究还是幸运的。

秋海棠与组织的秘密接头,现在已经改为每个月里逢"3"的日子。但沈阳并不晓得,活跃在上海的中共地下组织人员,现在是越来越少了。码头熊出事后又紧跟着到来的上个月23日,秋海棠没有在电车上碰见打听去苏州河方向的交通员。很快又要等来这个月的13日,如果一切正常,按照当初他和码头熊的约定,就会有一张新面孔来煎饺店与他接头。

南市区的难民营里,秋海棠仔细地替母亲郑国姿涂抹着药膏。令他感觉欣慰的是,他虽然无法让母亲重见光明,也无法替她修补上那两根被截去的手指,但母亲身上那顽固了几十年的皮肤病却是日渐好转了。

这样的时候,郑国姿也仿佛能见到身边的难友投来的羡慕的眼光。她曾经一次次地在秋海棠离去后向人提起,药膏是儿子托人从国外带回来的。郑国姿说,这病她其实也遗传给了儿子,但儿子却一直舍不得用这药膏,只是留着给姆妈用。

当难友问起郑国姿有几个儿子时,郑国姿伸出的右手每次都要在三个指头间进行困难的调整,最后不得已,她只能竖起拇指。

石榴那天从舞厅回到家,在卧室里甩脚踢出脚上的一双酒红色高跟鞋时,猛然看见了那张被摆在床头柜上长相清丽的女子照片。于是她赤脚跑到客厅,一把揪起沙发上的朱几说,刘山明,你也太阴损了吧。

朱几捏紧自己的鼻头说,以后少吃点酒。

那照片怎么回事?

你自己掉在地板上,我扫地时替你捡起了。不要多想。

这天夜里,石榴在床上翻来覆去毫无睡意,刚才波澜不惊的刘山明再次让她感觉难以捉摸。但无论怎样,她还是心虚了,虽然她觉得自己也不是那样无良。

想到这里时,石榴恨不得推开卧室房门直接站到刘山明的跟前,干脆利落地告诉他,姑奶奶我行不更名,坐不改姓,我叫石雨花。

事实上,如果不是因为那年9月出现在苏州城上空的一架战机,雨花现在或许还是麻将桌前跷着二郎腿吐着瓜子皮的姑奶奶,也会在许多个阳光明媚或是雪花飞舞的日子里突然吼一声,你们别动,姑奶奶确定又要和了。那时,雨花的身边常常陪伴着一个与自己年龄相仿的侄孙女,她的名字才叫作石榴。雨花的生日是新历的8月16日,石榴则是旧历的八月十六。中秋拜月时,雨花家门前的那棵桂花树下,总有两个新鲜的石榴是和月饼摆在一起的。

石榴被炸飞的那一天,是为了上街给姑奶奶石雨花买一串茉莉花。在此之前,石榴跳跃在石板路上的小脚像是两只蜻蜓,9月的风吹起时,石榴每跑上几步就要往耳后拢起一次发丝。然后,日本人那架战机突然扔下了一颗炸弹,那颗炸弹就在石榴的身前落下。雨花后来听人说起,那天石板路上四处飞扬的茉莉花瓣像是在空中撒出了一把纸钱。

消息传到石家时,雨花的麻将正搓得热火朝天。她听见了下人们咚咚咚的脚步声,也听见他们慌里慌张地说出事了出事了。客堂前顿时乱成了一锅粥。

是不是天要塌下来了?可不可以打完了这局再说?雨花拿着手里的一粒"东风"敲着桌面说。

石榴四分五裂又无法拼凑起的尸体被抬回时,雨花依旧望着捏在手里的一粒麻将牌出神。一直到下人将几片烧焦的茉莉花塞到她手里时,雨花才站起身子,面对着躺在地上的石榴叫喊起来,你们别吵了,让我痛快地哭一回!又一步跨到天井前,仰头对着一片四方的天空说,狗日的,姑奶奶我×你八辈子祖宗!

两个月后,日本人彻底进入苏州城的那一天,石家最小的儿子在奔跑的路上被一柄刺刀追赶上,刀尖一直穿透他的肩头,转头的雨花眼见着身后的石小弟像是狂风暴雨中的水稻一般,无可奈何地将头低下。随后,又有一把马刀如闪电一般将石小弟的右腿砍落。

事实上,雨花当初来上海,就是为了给瘫痪在床的石小弟赚足后半生的活命钱。但她那次偷牌却失手了。实在不得已,她才想起了侄孙女在上海的未婚夫刘山明,原本也只是为了向对方借几个回苏州旅途上用的钱,可就在双方见面的瞬间,她竟鬼使神差地另有了主意。

这事其实也怪不得我,雨花想,是他刘山明自己要把我错当成了石榴。

22

第二天的清晨,朱几起得特别早。

听着刘山明在门外的洗漱声,雨花起身翻开了这一天的日历。于是她发现,原来日子竟然已经到了13日,再过三天,就是自己的生日了。

雨花后来记得,她那天从刘山明的手上接过这个月的第二笔生活费时,心里还是有愧疚的。她又记得,刘山明紧接着说,不够了我再给你凑,但酒还是要少吃啊。

你这是要去哪儿? 雨花后来对着走到门口的朱几叫道。

朱几回头笑笑说,我知道你不是没心没肺的,过了今天,很多事情我都可以跟你解释,也希望你不要有事瞒着我。

抬腿穿行在这一天稀薄的晨雾里,朱几感觉整条弄堂都特别清新。回头望了一眼自家的窗台,他竟然发现,石榴正在窗口前不解地凝望着他。

石榴后来气喘吁吁地撞开陈看见家的房门时,猛然发现这间房里已经聚满了人。陶大春的一名手下警觉地想要拔枪,陈看见在石榴惊慌的眼里盖住自己的双手说,嫂子,怎么了?

山明,山明。石榴说,我怕山明要出事。

五分钟后,石榴跨上陈看见摩托车的后座时,两人的身后,陶大春和他的三名飓风队队员也已经推出墙角处各自的脚踏车。陶大春抬眼时,晨雾已经被阳光收走,一片耀眼的明亮。

陈看见与飓风队的碰头是因为这天夜里的一次砍头行动。所有的情报证实,为了欢送上海派遣军的一名军事长官回日本,梅机关将在沧州路上的沧州饭店举行一场欢送酒会。荒木惟将现场上台演奏一曲《五木摇篮曲》。但荒木惟并不知道,九天前的那个深夜,陶大春和他的队员已经潜入酒店,并在钢琴底座的毛毡布下摆放了一枚小型炸弹。荒木惟上台敲响琴键时,混入现场的陈看见就会引爆炸弹。然后,飓风队会在现场的混乱里歼灭一些军方高层,同时在人群混乱时撤离。

就在刚才,陈看见和陶大春商议后决定,炸弹的引爆时间点应该修改为荒木惟上台鞠躬的那一刻。只有这样,才能确保让更多炸开来的弹片飞入荒木惟的头颅。

荒木惟死定了。陈看见将双手插入裤兜里说。那一刻,望着窗外萦绕的薄雾,他又想起了程婴。在此之前,他曾经向陶大春请示,等干完了这一票,自己能否带上一个女人登上去重庆的轮船?

陶大春诧异地望向自己时,陈看见说,她的男人阵亡了,是71军的一名报务员。

摩托车上的石榴感觉吹过耳边的风一阵紧过一阵,在这个飞速掠过的清晨里,她原本应该欣喜才是,刘山明和陈看见竟然都是对付日本人的。但刘山明走出家门时的那段话,她像是听懂了一半。于是她又想到刘山明藏起来的那张煎饺店老板娘的照片。出乎她意料的是,她却在刘山明的柜子里翻到了一份一个名叫码头熊的男人写下的留言,码头熊是让拿到这份留言的人在这天去和另一位上级接头,而接头的地址就是劳神父路上的72号。

那就是新开张的大壶春煎饺店! 石榴再次对陈看见说,苏三省的女人说那里很危险!

苏三省也在这天的清晨早早带队出发,到达劳神父路时,他就甩手让司机阿亮和那帮身穿便衣的手下四处散开。他要手下守住各个路口,没有见到他的手势,谁也不能露面。

苏三省是在几天前那个深夜的电话里接到线报,共产党人员的接头时间可能在13日的上午,地点就在劳神父路72号的大壶春煎饺店。

这个看似稀松平常的上午，苏三省觉得他已经等了好多年。已经熄火的福特牌轿车里，他让自己的双手栖落在泛旧的皮质方向盘上。望着风挡玻璃外一排浓密的垂柳，睡眠不足的他才恍惚听清了晨光里响起的第一阵蝉鸣，辽远又苍茫。

副驾驶的那边响起两声敲窗声后，那个男人在他转头的同时将车门打开。

令苏三省诧异的是，对方依旧戴着那顶礼帽。他说，你今天不够放松，不必这样如临大敌。对方却将头顶的礼帽压得更低说，亏心事干多了，难免心慌。

朱几实在没有想到，眼前的劳神父路上，就在前方十来米的对面，竟然有一家看似新开的大壶春煎饺店分号。凝神继续往前时，他就不得不猛然抽回脚步。没错，煎饺店的门牌就是72号！

和沈阳的四目相接，像是顷刻间发出的电光石火，那一刻，朱几如木偶般伫立在空旷的街头。他知道，自己是没法再转身了。而如果不是伸手扶住身后的柜台，沈阳也差点跌倒在这个清晨错乱的阳光里。目睹着这一切的秋海棠，将手搭上沈阳不住颤抖的肩，又缓缓站立到两人目光交错的慌乱里。

朱几记得，自己那天是在秋海棠抬手示意里边请后，才跟着他径直走向了靠窗的那张长条桌子。秋海棠将半遮的窗户打开，又将桌子正中的那顶礼帽收起，将它搁到桌子尽头的一个筷子筒边，然后说，先生是第一次来？

朱几深吸一口气，环顾四周后随口应道，我可能是走错路了，一下子记不清去苏州河该在哪里上电车。

先生可是问对人了。秋海棠说，碰巧我就是开电车的。

两人的目光碰撞时，朱几觉得，这个已经模糊的清晨又亮堂了起来。于是他再次记起，行刑前的那一晚，码头熊在吃了一口酒后将刚才的这段接头暗语连着说了两遍。还没等放下晃荡的酒杯，他就说，请你把我刚才的话复述一次。

先生是第一次来？我可能走错路了，一下子记不清去苏州河该在哪里上电车……码头熊最后脖子一仰，喝完了断头饭的最后一滴酒，他后来的话仿佛是对着那片熟悉的月光说的：拜托你明天枪法好一点。

23

时隔多年，沈阳曾经无数次跟自己的儿子沈不二谈起那天突如其来的一

182

幕。她说我当时也不知道怎么回事,那人突然忽地一下站起身子,对着我满脸疑惑地看了两眼,然后就收起桌上的那块银圆,对着秋先生说,对不起,我其实不去苏州河。

五周岁的沈不二于是在书桌上侧过脑袋问她,姆妈,这是怎么回事?

沈阳抬手指着沈不二写字本上的一个错别字说,你都问了无数回了,那人是你亲爹呀。那时的窗外,刚刚吹过的一阵风带来了远处一阵加油鼓劲的呐喊声。沈阳抚摸着沈不二圆滚滚的脑袋说,写完这一页,姆妈就带你去延河边看游泳比赛。

姆妈不要忘了,你说过等我长大了,要带我去苏州河里游水。

姆妈是答应过你。沈阳说,咱们还要带上程婴阿姨一起去。

沈阳那时想,日子过得真像一匹通信兵胯下飞奔的马,这一转眼就已经到了1947年的延安。她记得五年前的那天,秋海棠从自己手上接过一份煎饺给朱几送去时,眼神像是有点陌生。她又不敢再看坐在前方窗户下的朱几,迷雾笼罩般的目光抛向门外时,她看见阳光正要直截了当地拍打到那天的劳神父路上。

而在朱几的记忆里,秋海棠那天端上那份热腾腾的煎饺时,他在那股喷香的油煎味里抬头说,我吃过了。

你是说你吃过我们店的煎饺?

朱几于是摇摇头,有点慌乱地说,我是说吃过早餐了。

秋海棠仿佛这才会意,抓了一把身后的脖颈道,总算见面了,银圆带上了吗?

秋海棠又一次扭头抓挠自己的脖颈,阳光斜打过来的剪影里,朱几看见一些皮肤碎屑在空气中飞扬起来,又纷纷落在了秋海棠长衫的肩头。

将压在桌面上的银圆推向秋海棠的那一刻,朱几的手突然停了下来,他的目光越过了秋海棠的肩头和洞开的窗户。朱几发现,马路对面那棵垂柳的枝条下,阿亮的一双眼正死死地望着自己。

朱几瞬间起身,想要收回贴在桌面上的银圆时,粘上油渍的银圆却在他的手指间滑落。秋海棠俯下身去将银圆捡起,仓促间,抬起的袖口又带翻了桌上的那筒筷子。

沈阳就是被筷子打翻的声音所惊动的,她看见朱几从秋海棠的手里一把抢过银圆,又听见他说,对不起,我其实不去苏州河。然后,门外的石榴就心急火燎地冲了进来。石榴的脸上竟然也有着慌张,她迅速牵起朱儿的手,声音喘息着说,老公,原来你在这里,赶紧走,昨天说的那块旗袍料子,再不下手就来不及了。

苏三省站在远处的一个角落里,举着手里的那副双筒蔡司望远镜,安静中他似乎能听见自己的呼吸声。就在刚才,两个聚焦的望远镜圆孔里,随秋海棠出现在煎饺店窗户前的刘山明令他出了一身冷汗。有那么一刻,他陷入无比的沮丧,他想,过了今天,等审过了竟然潜伏在身边的刘山明,自己又该如何踏进荒木惟的办公室?他能想象暴跳如雷的荒木惟,那个时候,连头顶的水晶吊灯也会一起颤抖。

秋海棠照计划推倒那筒筷子时,苏三省无奈痛楚地抬起右手,又在空中迅速挥落。

劳神父路上往来的人群显然是被一帮提着短枪又从各个角落里奔跑而出的男人惊吓到了,在苏三省烦躁的视线里,他们如同一堆麻雀一样呼啦啦散开,街面顿时显得宽阔了起来。但几乎是在同时,马路上突然射出的一排子弹却让苏三省和他的手下也即刻陷入了慌乱。苏三省猛地惊觉,对方冲在最前头的正是那天仙乐斯舞厅前的行刺者。

那天,双方的交火让树上的知了异常卖力地欢叫起来,仿佛要与枪声一比高下。望见从一棵柳树下闪出身子又举枪射击的苏三省时,陶大春踢了一脚身边的陈看见,他说甩开膀子干一场吧。

一天两场,今天真够忙的。冲到煎饺店门口的陈看见将子弹推进枪膛,又在门外叫了一声刘山明,并将另一把枪朝他扔了过去。朱儿跨出一步,抬手接住空中飞来的短枪,即刻感觉到身上的血液一阵滚烫。石榴就是在这时扯了一把他的衣角,待他转身时,他看见提着电车公司工具包的秋海棠正要夺门而出。

在沈阳的眼里,朱儿抬起的枪口直接指向了秋海棠的脑门儿,他说,原来就是你。秋海棠努力地想要保持镇定,眼光无助地望向沈阳。沈阳于是急匆匆地将抱起的沈不二放在了柜台上,随手抄起一个煎饺碟,毫不犹豫地朝着朱儿砸去,嘴里喊道,姓朱的,我跟你拼了。

但沈阳的碟子并没有砸到朱儿的身上,碟子飞出的那一刻,她似乎看见朱儿的两道目光锋利得像是刀片。朱儿猛地俯身,一个箭步朝前冲去,在空中张开双手,从柜台上落下的沈不二就正好稳稳地落在了他的怀里。

眼见着自己的手下一个个中弹倒地,视线里似乎只留下了司机阿亮。刺耳的枪声里,渐渐后退的苏三省知道,不能再继续恋战了。转头迅速送出一排子弹后,苏三省便撒腿向着轿车的方向奔去,又掏出口袋中的车钥匙,将它扔向了阿亮,嘴里喊道,快撤!

冲出煎饺店的朱几就是在这时紧追着苏三省,苏三省转身,将抬起的枪口向他瞄准。同时阿亮抬手接住空中飞来的钥匙,也是一个转身,随后在阿亮另一只手举起的枪口里飞出的子弹,直接射向了苏三省。

陈看见记得,阿亮的子弹正中苏三省的手腕,苏三省正要射向刘山明的那把短枪在空中飞出。后来,跌落在地的苏三省挣扎着欲起身时,从陶大春枪膛里飞出的子弹便将他彻底放倒。

石榴实在无法明白眼前的这一切,她只是记得,后来阿亮掏出一个与刘山明手中一模一样的不列颠女神银圆,他说我叫许天亮,寄给老苏州旗袍行转交诸葛队长的那封密信就是我写的。我跟了苏三省这么久,今天如果不是你,谁也想不到叛徒就在这家煎饺店里。

许天亮后来又对朱几说,我在上海十二年了,顾顺章叛变后,只有诸葛队长知道我的存在。现在想来,幸好你上次在仙乐斯舞厅前救下了苏三省。从现在起,你就是我的上线。

朱几仿佛在这时才如梦初醒,他说,糟了,那个电车司机呢?

秋海棠在朱几眼里的彻底暴露是因为他俯身弯腰去捡那块银圆。那时,朱几清楚地看见了他脖颈处那块板结干燥又密布着抓痕的皮肤,那明显是一处长年不治的皮肤病。朱几于是在瞬间想起,和石榴一起买沙发的那一天,苏三省在车厢里秘密会见的那个戴着礼帽的男人,曾经多次反手去抓挠自己的后脖颈儿。当然,他也是到后来才明白,正是阿亮那时在煎饺店的对面投来仿佛要穿透自己的一道目光,才给了他一个彻底的警醒。

一切渐趋平静,缓过神来的沈阳搂紧怀里的沈不二,眼神恓惶地看着朱几,她说我知道秋海棠在哪里。

24

在难民营里找到母亲的那一刻,秋海棠一下跪倒在郑国姿的跟前。很久之后,他才在不断聚拢的人群里将头抬起。那时,他已经泪流满面,双肩抖动,异常凄凉地说,姆妈,儿子不孝。

海棠,你这是怎么了? 郑国姿弯下瘦弱成枯枝一样的身子,空洞的双眼苍老无比。

抬手提起母亲的右手,秋海棠将郑国姿仅剩的三根手指摆到自己的掌心里,他说,姆妈,儿子对不住你。

秋海棠永远记得,哪怕是在那个大雪纷飞的冬夜,自己面对苏三省的酷刑时也始终是面容淡定。但到了凌晨,格子窗外的雪花仿佛一片片鹅毛一样落下,双目失明的母亲却被苏三省牵了进来。门被推开的那一刻,跟随母亲的身影一同涌进房里的还有一批急着赶路的风和雪。秋海棠不会忘记,憔悴的母亲那时接连打了无数个冷战。然后,苏三省客气地说,秋先生,我们有的是时间,你母亲的十个指头,我每一次切去两个你看如何?

秋海棠用尽全身的力气想要挣脱身上的刑架,苏三省早就插立在审讯桌上的匕首却已经落下。只听见咔嚓一声,郑国姿的两根手指便从她的手指根处分离开来。两股温热的鲜血正在桌面上寻找各自的方向,那扇不够紧固的木门便被另外一批赶到的风雪咣的一声撞开来。

秋海棠的被捕是在一个温暖的冬日里,那天上午,走在普恩济世路上的秋海棠没有发现任何异常,直到快要接近那家药材铺时,他才隐隐觉得身后有人跟踪,于是他只得躲进店铺寻找机会脱身。事实上,他这天只是带着一份郎中给配伍好的中药方,去药店里给母亲的风湿病抓外敷的草乌药汤。母亲日渐严重的风湿和顽固的皮肤病一直让他焦虑。但药店老板显然看出了秋海棠此时更为紧急的需求,他说先生不妨随我去后房里躲一躲。

蜷身在那个足有一人高的大缸里,药店老板将一块沉重的木板缸盖在他头顶上方推合,秋海棠顿时就感觉这个上午和母亲眼里的世界一般混沌。吐出两口气后,他便闻到了一股西北宁夏枸杞的香甜,那是一种柔软又倦怠的气息。

可是在当天傍晚,秋海棠还是踩进了76号特工总部东亚研究所设的另一个包围圈。那时,苏三省叉开双腿站在石板路中那堆橘红色的夕阳下,又将双手盘到胸前,兴致盎然地说,你再跑呀,我们有的是时间。

然后,他终于在那个大雪纷飞的夜里向苏三省屈服,离开那个秘密审讯点,他看见从母亲手上坠落的血一滴滴掉落在白茫茫一片的雪地上。

回公司上班的几个月后,他就在一个当班的中午听电车上的乘客提起,附近的西域药材铺已经被极司菲尔路76号的人员捣毁,那位老家在浙西的店老板被泼了一身的汽油,点火后扔进了后房的一口大缸里。听着乘客的诉说,秋海棠那时很没道理地将电车刹住。他想起,这一天的清晨出班前,他曾将一份隐秘的情报塞进换衣间的那个属于自己的柜子里,不出意外的话,苏三省现在已经从墙壁的另外一头取走了情报。而这样出卖组织的行为,对秋海棠来说已经是第三次。对此,除了换来保住母亲剩下的手指以及性命,苏三省还特意为他遗传在身的皮肤病送了他一支药膏。苏三省说,有些病就得下猛药,日本国原产的,效果肯定好。

但苏三省的这支药膏,秋海棠一直舍不得自己用。

又过了几天,秋海棠再次前往普恩济世路时,看见原先的药铺位置上已经开起了一家大壶春煎饺店的分号,虽然眼前早已物是人非,但他恍惚觉得这是一次故地重游。

在最角落里的一张长条凳上坐下,有很长一段时间,秋海棠都陷入了焦灼的往事中。沈阳后来走到他身前时,他感觉这个女人似乎比自己更为憔悴。事实也的确如此,在朱几无端消失了一个星期后,那时的沈阳就像是荒地里一棵不愿再生长的白菜。

事隔很久后,当秋海棠已经成为煎饺店的常客时,中共江苏省委给他提出建议,希望他寻找一名可以提供身份掩护的女性,上级的意思是,如果可以还要将其逐步发展为自己人。秋海棠于是在后来一边面对省委组织和沈阳,一边又在暗处联系苏三省。事实上,他告诉沈阳的那部串接的电话就是一个十足的谎言,每次铃声响起时,电话的那头其实都是苏三省。

那天,朱几和陈看见在难民营攒动的人头里找到秋海棠时,秋海棠正在一片阳光的阴影里给母亲郑国姿的风湿处涂着草乌药酒。朱几听见秋海棠对眼窝深陷的母亲说,姆妈,你的皮肤病看来是痊愈了,这治风湿的药酒也要经常擦抹。

朱几想要上前,秋海棠却转头望着他,以商量的口吻说,等等我,就快好了。

被朱几和陈看见带出难民营的那一刻,秋海棠将提起的那瓶草乌药酒全部倒入了自己的嘴里,又声音苍凉地说,拜托了,替我照顾好母亲。几分钟后,倒在地上的秋海棠就在草乌药酒引发的剧毒中停止了呼吸。

25

除了喜欢音乐,荒木惟其实也喜爱《圣经》。那天,和即将离沪的军方高层散步在沧州饭店里的一片草地上时,梅机关一名突然赶来的特工凑近他耳边私语了两句,荒木惟于是心事重重地将目光放得很低。他说看来"13"这个数字真的很不吉利。

回到办公室的荒木惟,整个下午都对吊灯下的钢琴视若无睹。一直到桌上那壶泡开的龙井由滚烫变成冰凉时,他才对眼前的一群手下说,我早说过,苏三省最大的缺点就是过于自负,在上海可以像他这么任性的,只能是黄浦江里的潮汐。

但欢送酒会还是在这天晚上的8点准时举行。经过几轮可以想见的掌声后,灯火辉煌的大厅里就是一片热情洋溢的觥筹交错。荒木惟后来端着一杯荡漾的红酒,在众人的期待中兴致盎然地走向钢琴台。将酒杯高举到空中,他的嗓音也因为红酒的滋润而显得富有磁性,他说让我们安静地聆听一回《五木摇篮曲》,这样的时候,灯光是多余的,我们更需要引进夜色。

荒木惟放下手里的杯子,走廊里早已准备好的手下便突如其来地拉下了酒会大厅的电源闸门。一阵哗然后,场内又响起一阵气氛和谐的掌声。

就在钢琴的音符于黑暗中响起的二十秒后,胸前挂着一台相机的陈看见按下了隐藏在身边墙体里的引爆装置。那一刻发出轰然的巨响,整个大厅都在地狱般的风暴中战栗。但在随后汹涌奔泻的人潮中,守候在走廊楼梯处的陶大春分明看见了深盖着一顶军帽匆匆离去的荒木惟。

事实也的确如此,苏三省的死让荒木惟在整个下午变得心绪不宁。他开始觉得,今天没有过完,一切都是不安全的。他于是临时决定,《五木摇篮曲》的弹奏者就干脆换成一名同样热爱着钢琴的手下。

陶大春在第一时间跨上了陈看见摩托车的后座,那时,荒木惟的小车已经在宪兵队的护送下隐入了夜色。于是陈看见带领骑脚踏车的飓风队队员抄了一条近路。双方最终在一个弄堂里狭路相逢。等待已久的枪声终于响起时,那早已嘈杂的夜晚像是在顷刻间又遭遇了一场雷电。

踢掉高跟鞋的石榴是最后赶到的。因为没能拦下朱儿的脚踏车,于是她一路狂奔着冲向那个枪火升腾处,赤脚到达枪战现场时,她感觉脚底的石板异常滚烫。石榴随后看见,那时重新跨上摩托车的陈看见,给足油门后直接冲向了荒木惟正要突围的小车,往车厢内扔进一颗手雷,在爆炸引起的冲天火光中,他同时撞上了一群飞速赶到的机枪子弹。

陈看见感觉自己是被一袋沙包击中,他想,这到底是怎么回事?在摩托车上一阵战栗后,胸口处便如一只被扎破的轮胎,扑哧扑哧地往外漏气。朱儿冲过去将满身是血的陈看见抱起,发现他的胸口像是一个被掏空的莲蓬,莲蓬的许多个洞里,汹涌的血流一路往外狂奔。

陈看见踢蹬着双腿,使劲抓住摩托车的车把,在朱儿的搀扶下想要努力地站直身子。那时,他望见辽阔的夜幕像是点起了一排大红的火烛,影影绰绰中,程婴在一个陌生的寺庙里撩开一面面的经幡,踩着如水的月色向他走来。程婴像是开口说话了,程婴叫了一声陈看见时,寺庙里的钟声就响起来了,然后便有一群鸟扑打着翅膀升腾起来。于是陈看见用上最后的力气推了一把朱儿说,别让程婴过来,我身上很脏。

陈看见牺牲后的第三天,许天亮在特工总部一个同事的陪护下前往国父纪念医院,他是去给自己换枪伤药。此前的那场枪战,他在离开劳神父路前,在自己的左腿上连着开了两枪,然后又开着苏三省的小车回到了极司菲尔路76号。二楼的男厕所里,许天亮瘸着一条左腿迈向便池,右脚一不小心踩上了医院清洁工正要提起的一个扫把。许天亮扭头,清洁工便在他眼前摘下口罩,对着他狡黠地一笑。许天亮脱口而出,朱儿,原来是你。

26

1942年的延安,朱儿常常被这样的一个梦境惊醒:梦里的陈看见最终沿着身后那堵墙慢慢矮了下去,就像是海边的一堆沙丘,一个浪头在脚底经过,沙丘像喘了一口气,便把自己放倒了。但陈看见那时依旧展露微笑,他满嘴是血地说,刘山明,你要是有本事,我们现在就再干一架。

这样的时候,朱儿就会压实沈阳肩头的被褥,窸窣着起身,披衣走向窑洞的窗口。点燃一根自己卷的烟,他偶尔也会听见战士在夜色里叫道:口令!那时,一轮镰刀状的弯月正从延安边区的头顶走过。朱几想,这么静的一个夜,怎么反而不能好好睡一场?他又在心里问,陈看见,为什么我总是看见你?

就是这一年的七八月间,在历经了无数个日夜的长途跋涉与车马劳顿后,离开上海的朱几和沈阳终于到达了通往延安路上的一个路口。那时,两名装扮成当地百姓的边区保卫部的士兵将他们拦住,说,请给证件。朱几说,我们没有证件。那总有介绍信吧?士兵说。也没有介绍信。朱几说。那你们不能进。士兵说。

那我们怎样才可以进?沈阳最后说。

怎么也不可以进,说破了天也不可以进。士兵将那把"盒子炮"短枪骄傲地别进了腰间的裤带里。

站在沈阳身后的程婴后来走上前去,一双手在另外一个士兵的眼前比画来比画去,然后又干脆掏出口袋里的纸和笔。沈阳于是腾出怀抱沈不二的一只手,将她拉了回去。又对朱几说,我们非进去不可,身上一分钱也没了。

此前他们逗留在西安城里,沈阳掏出自己和朱几身上所有的钱,让程婴在一张汇款单上写下了一个苏州城的地址,收款人是一位姓石的先生。但程婴落笔时,写着写着就突然惊讶地发现,她竟然在填写收款人时,差点就将那位姓石的先生写成了谢宽生。再后来,她望见邮局窗口里接过汇款单的那个陌生的工作人员时,又想起了上海邮政局第九支局的那个鸿雁传书的邮差,那是从头到脚一尘不染的陈看见。

石榴也死在刺杀荒木惟的那一晚,她是替朱几挡住了两颗突然射出的子弹。朱几将她从地上抱起时,石榴掏出这天早上朱几刚给她的一笔生活费,满脸疲倦地说,替我把这钱寄回老家。还有,其实我不叫石榴,我叫石雨花……

两天后,沈阳和程婴再次出现在通往延安必经的那个路口,走在她们前面的,是被一根麻绳五花大绑起来的朱几。沈阳朝着士兵喊道,都看好了,他是江苏省委的叛徒,之前投靠了汪精卫,我们现在把他从上海带回来了。

边区保卫部对朱几身份的审核在当天下午就展开了,主持问讯和甄别的是一名叫贺羽丰的八路军年轻干部。在后来渐渐宽松的谈话中,得知朱几的老家是浙江诸暨,贺羽丰说那咱们也算是半个老乡,我老家是浙西的江山县城,从省城杭州出发走浙赣铁路,我要回去得经过你家诸暨。

但朱几被刺也是在这一天的深夜，那时，贺羽丰对他的甄别已经接近尾声。一轮镰刀状的弯月正在延安的上方走过时，深夜醒来披衣下床的朱几在窗前低头踩灭了一个烟头。他在心头寻思着为什么总是在梦里看见陈看见时，就有两颗子弹朝着他映照在窗口的身影飞来。那是一把无声手枪发射的子弹。

幸运的是，朱几躲过了这一劫。

当天夜里，贺羽丰就封锁了通向外界的所有路口，在边区首长的指示下展开了细致周密的排查。

刺客在第二天的中午被查获。

甄别工作结束的那天，贺羽丰对朱几透露了实情，他说刺客原来是这么多年隐藏在边区核心部门的一名大叛徒，现在已经证实，秋海棠当初的身份行踪暴露以及之后的被捕都是由这个叛徒通过秘密电台向汪伪76号特工总部报的信。如果不是因为这个叛徒奸细，贺羽丰说，秋海棠或许不至于叛变……

贺羽丰盖上询问笔录时，像是从梦中醒来的朱几又坐直身子说，等一等，贺同志，我还有一件事要向组织汇报。

76号特工总部的车队里，有一名司机叫许天亮，他曾经在东亚研究所开车，是我们的人，也是他救了我。朱几又一字一句地说，自从诸葛黄昏同志牺牲后，许天亮就与组织彻底失去了联系。过去的日子里，他和我一样，一直是一只离群的孤雁……

你最后一次见许天亮是什么时候？贺羽丰问。

是陈看见牺牲后的第三天，国父纪念医院的二楼。朱几的声音像是从那片记忆中走出，他说，对了，是新历的8月16日，那天正是石雨花的生日。我同许天亮说，其实我们都一样，都和组织断线了。他沉默了很久才说，那你去延安吧，一定要活着到那里。我等你的消息，一直等。

等到死。他接着又补了三个字。

这么多年，许天亮一直是一颗闲棋冷子。朱几最后说，他应该还在上海，和之前的我一样，他肯定每个深夜都在苦苦等候着我们的同志去将他唤醒。我现在证明，许天亮，他不是汉奸，更不是叛徒。他的手里也有一块不列颠银圆。

傍晚来临的时候，朱几在窗外漏进的一束光线里擦了一下眼角。抬眼望向边区的窗外，他仿佛见到一群鸣叫的大雁正在头顶的上空飞过。于是他又再次记起，诸葛黄昏曾经在那条船上枕着黄浦江的浊流对着他和刘山明说起，大雁是飞成人字形的，就是做人的人，人民的人。

贺羽丰就是在这时停下了一直书写的钢笔，凝神望向朱几，他看见朱几的眼里像是覆盖了一层疲惫和苍凉。也或许，贺羽丰想，那只是闯进朱几眼里的几颗尘埃而已。

【作者简介】海飞，小说家，编剧。曾在《收获》《人民文学》《十月》《当代》等刊物发表小说五百多万字，大量作品被《小说月报》《小说选刊》等多种选刊及各类年度精品集选用。获人民文学奖、中宣部"五个一工程"奖等多个奖项。著有小说集《麻雀》《青烟》《像老子一样生活》《菊花刀》等多部，散文集《丹桂房的日子》《没有方向的河流》《惊蛰如此美好》等多部，长篇小说《惊蛰》《花雕》《向延安》《回家》《唐山海》等多部，影视作品《惊蛰》《麻雀》《旗袍》《大西南剿匪记》《隋唐英雄》《花红花火》等多部。

赵晖，小说家，编剧。有小说散见于《中篇小说选刊》《青年文学》《文学港》《东海》等，合著有长篇小说《棋手》《内线》。

猫什么都知道

阿　占

女人很晚才回来。

一进门就踢飞了高跟鞋,扯掉一层层时髦行头,只留黑色蕾丝内衣。她把自己扔到沙发里的时候,像一片树叶在坠落。

猫已经饿了整整一晚上。粮草在黄昏来临之前就扫空了。饭量惊人或许是寂寞所致。整日无所事事,除了吃,猫还能干点什么呢? 作为一只宅家的"死肥",老鼠无关了,鸟和鱼也无关了,偶尔会有一只苍蝇飞过,半只蜘蛛自天花板坠落,猫都懒得搭理。

刚才,女人将钥匙插进锁孔旋转了三下,猫控制不住地欢呼起来。夜深人静的,这欢呼声听上去格外夸张,显得没有城府。但猫已经顾不得这许多。如果女人能听懂,猫一定在说——可算回来了,亲爱的女奴!

女人无视猫的存在。猫摇动起尾巴,像人类挥手致意那样,又用左腮帮子试探性地蹭了蹭她的腿,果然,猫被踢了一脚。这一切十分反常。放到以前,女人定要扑上来一顿发嗲,说些神经不正常的话。死乖乖,过得咋样? 想"马麻"没? 肥猪猪,快让人家撸几把。

猫通常会不以为然地傲娇,甚至做挣扎状。女人亲热起来恨不能将猫吞下。受不了啦,受不了啦。猫嚷嚷着。

今晚的角色分配完全颠倒过来,这让猫预感大事不好。灯一直没开。两个小

193

时过去了,猫的晚餐仍无着落。饥饿覆盖下来,猫只能忍着,蜷伏在黑暗里,等待气氛的松动。

黑暗中的一切对于猫来说愈加清晰可见。黑暗中,猫的视力至少是人类的六倍。猫的视网膜包含了很多在昏暗光线中活跃的细胞。猫的眼睛后部还有一层特殊物质,遇到光,哪怕极微弱的光,也能像镜子一样将其反射回来并穿过视网膜——凭借着直射光和反射光的双重加持,猫想不看见都难。

这是一个蓝色的家。玄关、屏风、窗帘、五斗柜、床、沙发、书桌、书橱,都是深深浅浅的蓝。蓝是万物年轻时的颜色,蓝色比粉色更少女。女人曾经跟猫说。猫听了偷笑,有好吃的就行,胖子总归更现实一些。

猫认为女人喜欢花冤枉钱。每去一次当代艺术展,就要收几样东西。去年,女人收了两片昂贵的云,一朵鹅黄,一朵纯白,不过是流浪艺术家拆了数件二手羽绒服所致,偏要美其名曰《游梦》。前前后后女人还买回来五六幅油画,分别挂在客厅、卧室和书房,画里面究竟是什么,猫相信大多数的人应该看不懂——至于猫,高兴的时候,就把那些凌乱的色块想象成鱼群,正在跳玄妙的舞。不高兴的时候,随便是什么就好,与猫何干。

厨房值得一提。那里的灯光效果堪比舞台,几乎是女人最喜欢停留的地方。女人曾经在追光里分解乌鸡,也曾借壁灯影打出烤面包的身姿。中岛比一张大床还宽阔,上面摆放着各种"神器",高科技的诸如3D打印食物,可以理解为3D打印机和电烤盘的结合体,能制作出任意图案的煎饼。恨谁吃谁!有段时间猫到处撒尿,女人就用猫的照片打印了一沓煎饼,至少包括青檬和芝士两种口味。还有只老欧洲古董,据说是一百年以前的平底铜锅,不论火焰大小,导热非常迅速而且平均。大师都离不开它。女人用古董锅做照烧蛋卷的时候,通常会配上这句旁白……

女人在厨房自恋,猫在厨房续命,各求所爱。逢上女人的好心情,东南角就有足量的金枪鱼罐头,反之,女人会骂猫挑食,猫只能去嚼那些嘎嘣硬的猫粮。而此刻,不管好的孬的,餐盘空空如也。

女人在沙发里始终保持着同一个动作,头发散乱,四肢无力,胸口起伏急速。

猫等待着女人拿自己撒气,那样总比可怕的安静要好。

又是一大段的悄无声息。就在猫决定忘记饥饿,枕着无奈进入梦乡的时候,女人哭了起来,声音不大,极度压抑。伴随着啜泣和抽噎,所有的蓝,在黑暗中沉潜下去,猫忽然有种被囚于海底的窒息感。

睾丸素降低,智商就开始上升,猫变得安静起来,不再到处撒尿,乱磨爪子,行为甚是节制。如此修行了几年,猫渐渐能听懂人话了。

这个蓝色的家,除了抄水表的、检测暖气阀门的、调试网线的,几乎再无其他男人造访。哦,对了,欧赞常来。可他好像不属于"直男"。

反正他又不会发生什么。女人这样跟猫说。

欧赞顶着莫西干头,穿机车装或雅痞西装,背麻质字母袋,脖子上绑围巾,且永不重样。欧赞的英文名字一个比一个拗口。从地中海穷游回来,改成了欧赞。亲爱的,希腊语里,"欧赞"是诗人的意思,季风穿行于帝国的遗址,给了我新灵感。欧赞告诉女人。

矫情啊! 猫听了喷嚏连连。

猫凭气味划定敌友。欧赞用过期的古龙水,猫不喜欢。当然,欧赞也不喜欢猫。只要猫在旁边,两米,三米,甚至是五米,欧赞都会嗓子发紧眼睛充血,随后涕泪横流,纸巾被唰唰抽出,很快堆积如山。

猫毛过敏症,属先天发育不良。女人这边抱怨欧赞浪费纸巾,那边将猫轰进书房,关起了禁闭。俩中性货色都不消停,她嘟囔着。

除去味道可憎,欧赞还是个结巴,一激动就发作。某次,他在电台做完直播嘉宾,兴冲冲地发来语音,女人点开免提,任欧赞因亢奋而愈加结巴的声音在蓝房子里回荡。我我我今天是从从从一本畅销书谈谈谈起的,《越老,越有钱,越正点》。没没没错,我们正进进进入一个没有年龄界界界限的社会……

天啊,这种非典型的叙述节奏,几乎要把人和猫同时逼疯。

欧赞还好追瑜伽课,去孟买去巴厘岛,跟印度老师学习如何控制自己的身体,进而控制自己的灵魂。一朝学完归来,必带上冥想和哲思,跑到蓝房子宣讲,亲爱的,打坐可以让我们静下来。

欧赞讲来头头是道,并奉上名牌瑜伽垫,顺便演练一番,什么风吹树式、半鱼王式,不过都是猫伸懒腰舔蛋蛋的琐碎罢了。如果猫能开口说人话,定要怒怼几句——守着天生的瑜伽大师还敢造次,真乃诋毁本猫的优雅日常。

猫一向偏激。女人不同。欧赞是"娘",可还有夹缝中生存练就的机智,以及超强的垃圾情绪回收能力,女人瞧不上他,却也离不开。又说,欧赞在策划界混出了一方天地，与甲方谈价格时不卑不亢，给多给少都不干，钱太多了有压力，钱少了又没有什么动力，老板，您取个中间值？诸如此类，女人都曾击节叫好。

猫和欧赞的梁子结得深，或许早至第一次见面。当时，欧赞跟女人说过猫的坏话，好吃懒懒懒做，一身颓废，亲爱的，养只狗狗狗多好，还能看家壮壮壮胆儿。

女人将食指侧压在嘴唇上，做了一个制止动作，嘘！猫能听懂。

欧赞不以为然，跷着二郎腿，继续往红茶里调桂花蜜。猫趁机跑到玄关处，在那双崭新的男式马丁鞋上撒了一泡尿。知道吗？贵族和暴发户的区别，就落在这微妙的奢颓气质上。猫一边受用于挥洒的快意，一边恨恨作想。

除了欧赞，女人还有两个闺密，一高一矮。高的喜欢穿格子衬衫，衬衫扣子一丝不苟，连最上面那颗也扣得很严谨，显出几分禁欲的味道。猫心里叫她"格子"。格子任教于三流大学，安稳，大约也乏味。

矮的恰恰相反，四季行头都离不开荷叶边、蓬蓬袖、公主线。有一次她穿着蛋糕裙，一路垂到脚踝边，猫只好称她"蛋糕"。蛋糕嫁了个"官二代"，对方习惯性出轨。蛋糕睁只眼闭只眼地过日子。钱拿回家就好，是蛋糕的口头禅。其实，格子和蛋糕一直讨好猫，鱼罐头啊鼠玩偶啊，没少送，故此猫也不便再说她们的坏话。

俩女闺密加上一个男闺密，这几年的长假，总有一天要来合伙杀时间。欢迎光临蓝房子！他们屁颠颠地来了，女人乐颠颠地伺候，一朝吃饱喝足，在太阳底下幸福地剔牙，连八卦都懒得去讲，空气静默温软，四个人外加一只猫逐渐失重，好像飞了起来。

厨房属人间重地。女人做菜喜欢关上门。厨房难道不应该和卧室一样神秘吗？她这样问他们，使用了升调，却又是一副不容置疑的模样。女人向来憎恨菜谱，讨厌围裙的形式主义，穿上紧身衣才便于剔除鱼背上的大刺——她从鱼的颈部下侧刀，一刀通到鱼骨，随后刀面紧贴鱼骨滑行，鱼切两片，刀背松松地拍打鱼背，肉和大刺完整地分离开来。

欧赞曾经溜进厨房，叹为观止，大赞女杀手性感。女人应景地挑眉毛，昂下颌，随后一个横扫腿，落点为45度斜线，欧赞应景地做扑倒状，引发一波哄笑。

很东方的食材撞上很西方的调料，随性大，灵感不重复，甚至，做出来的菜是要有点妖气邪气的，否则没意思。女人跟两个闺密摆明，你们伺候一家老小三餐，不叫做菜，是主妇职责，属分内活计，色香味再全乎，也会因生活琐屑沦为俗常。

好东西都耗费不起啊。

至于做菜水平的发挥,完全参照当日荷尔蒙平衡程度、前夜睡眠质量、身体状态与空气湿度等而定。综合指数优质,女人就能将整个西红柿去皮,毫无破口,里面却塞满了牡蛎肉。白瓷大盘端上来,西红柿艳丽明透,海鲜滑嫩多汁,一旁缀着用扇贝壳盛放的调料——至今都没有人猜出来,牡蛎肉是如何被裹进一颗完整的西红柿里去的。

往往是这样,吃着聊着,聊着吃着,到最后,蓝房子里什么声音都没有,非常安静,甚至能听得见彼此的心跳。最后一道,女人取出盘子,洗好擦净,一勺勺把汤盛入。汤浓稠到几乎凝滞,旁边有黑麦面包。

密们低下头去,吸了一口气,再也没看女人,一直到把那盘汤扫荡干净,最后用面包擦净盘底。

什么汤? 密们在幸福死之前,还是决定问问清楚。

没什么特别。知道你们要来,我早晨用瓦罐炖了一只鸡。火候到了,把鸡捞出来,再往鸡汤里放土豆泥和新鲜鱼蓉重新滚开,加了一点牛奶和白胡椒而已。现在还有一大盘手撕的鸡肉丝,要吃鸡丝面还是麻辣鸡丝?

都要。密们贪婪声四起。女人已然志得意满——不要表扬,今天过后,我就会忘记这一大桌子菜的做法。

一个女人必须要有钱,以及自己的厨房,如果她想要自由的话。密们的吹捧远没有结束。

说说女人吧——其实不消说,也能猜到了。她是一个时代的物种,自己挣钱自己花,住海景洋房,开中级轿跑,早晨迎着朝阳跶扈出街,夜晚披着星月铩羽而归,职场如战场,她必须越挫越勇。

猫无法判断女人的真实年龄,三十岁? 三十五岁? 四十岁? 不知道,这个问题很雾化。猫所能看明白的,是长发及腰,身姿挺秀,在蓝房子里裸体走动的时候,她的皮肤光泽之优柔,就像那些摆在书房里的哑光釉瓷器。

前几年,女人的老妈会来。刚退休,浑身的力气不知道往哪里使,坐上三个小时的高铁,怒气冲冲地就来了。老妈带着一股奇怪的味道,是来苏水。猫对此并不陌生——这个味道攸关当年割蛋蛋的耻辱。

果不其然,退休前,老妈是一名护士长。护士长的洁癖因为猫的存在而瞬间爆发了。大呼小叫地罗列了一大堆人猫同居的恶果。知道吗？猫的毛发、皮屑和粪便蒸发物，都是过敏源。知道吗？弓形虫感染会导致孕妇流产。知道吗？被猫咬伤或抓伤后，皮肤上出现斑丘疹，也可能引起淋巴结肿大，严重的会得肺炎、脑炎……不赶快结婚，跟只猫瞎混，想气死我和你爸！

这母女二人就像烧热的油，滚沸的水，碰到一起只会硝烟弥漫，炸声脆响。后来，护士长扔下了话：你嫂子下个月就生，我至少要给他们看三年孩子，不会再来打扰你了。时间不饶人，婚姻大事可不是一只猫就能弥补的。你自己在这城市里打拼，全家都帮不上忙，找个好人，知冷知热，也算有一个战友啊。

护士长使用了"战友"二字，女人有点吃惊，缓缓地抬起头，一脸从未有过的自卑。战友？听上去很哲学呢，老妈。

护士长不依不饶，不是哲学，是人学。说完拂袖而去。

女人被摔门声吊打在半空，足足五分钟。她显然有些僵硬。等到缓过神儿来，随手打翻了一对花瓶，碎片飞溅，且对猫的胡子造成了剐蹭。猫审时度势，连叫也不敢叫。甚至为了表示支持，猫站在原地，装作什么都没发生。

女人不会哭。这种状况下，她通常只做一些下意识的动作，拖地，擦桌子，洗马桶。其幅度夸张，声势浩大，好像要把某个星球摧毁。尽管从物理意义来讲，那些地方基本尘埃不染。

发泄个把小时，暴汗如雨下，邪气放跑了。女人在沙发上坐下来，恰好坐在吊灯底下，一束顶光打在睫毛上，落下几分阴影，遮住了眼中凌厉，色调模糊起来，分泌出几许凄婉，女人开始说话。

不结婚，至少还是一块锦。结了婚，锦上添花还是添草，就不敢保证了。老猫，我爸妈算是吵了半辈子，你不知道，什么鸡毛蒜皮都可能成为他们的导火线。我爸乃一介名医，本该与我妈这个护士长志同道合，可他们就是生生吵了半辈子！现在他们老了，吵不动了，开始冷暴力，吃饭都是各做各的……如果说婚姻是两个人以合适为基础组队打怪升级，他们一定是最糟糕的队友。

这种一元化选择，会让人产生极大的焦虑，姿势难免难看。就这么着，我妈还逼我结婚！好像我定会遇到良人似的。老猫，我就纳闷了，我妈是哪来的自信啊？

猫几乎被她说睡了，眼神越发空洞。后来，猫总算听到这样一句话，跟你说再多也没用，猫怎会解人愁哪。

话音未落，猫轰然倒下，再也睁不开眼睛。

猫在黑暗中回忆着往事,无边无际。

女人的哭泣声渐渐停了下来。有那么一段时间,蓝房子里静得可怕。只有椴木落地钟在嘀嗒作响。那是一棵树的造型,不难看,但让猫绝望——凭什么它嘀嗒一声,本猫的衰老速度就是人类的七倍。时间竟然被誉为宇宙间最公平的东西,简直是胡扯。

饿过了头,胃就麻木了,不再发送信号,血液都往脑袋里冲,猫能感觉到思维的犀利:女人到底摊上了什么事?

这几年,谋食谋名,其间的遭际和起伏并不少,女人通常都是瓶几样易碎品,喝醉或者疯狂购物,拿欧赞出气,打扫一顿卫生,很快就翻过去了。她要求自己活在坚强与清醒之中。今晚的发泄方式,完全在猫的经验之外,莫非女人谋爱了?不可能。通过观察和偷听,猫知道女人暂时不愿意去冒险,否则会随时面临男人的变心、破产、脾气变坏。两个月前她还说过,只有钱会带来安全感,爱情通常带来伤害。

猫记得那天不是周末,也不是法定节假日,只是个寻常的星期三,女人却宴起客来。欧赞捧着一大束白玫瑰,格子和蛋糕的手上也拎了漂亮的礼品袋,猫方才反应过来,原来女人过生日。

亲爱的,刚才许了什么愿?

跟去年一样伤悲,哈哈哈。

女人笑得十分突兀。密们有点接不上茬儿。好吧,亲爱的,我会很自信,没有怨气,每天都收拾得漂漂亮亮,好像一出家门就上领奖台一样——女人说完,两手同时揭开了餐盘上面的盖子,食欲旺盛似乎比性欲旺盛要安全,来吧!

一道芥末虾球,香酥金黄的奶油脆皮和滑嫩虾仁之间裹了绿芥末,强横的辛辣冲击着神经中枢,直把三人吃得泪眼相望。一道咖喱鱼唇,口感娇嫩,三人竟找到了接吻的感觉,浑身战栗,么么哒,么么哒,喊个不停。

法国梧桐堡干白澄澈透明,放在冰桶里,旁边配一小碟柠檬片。大提琴曲始终没有停。艾吉·瓦班比比比马友友的醇厚,欧赞点评。蛋糕说她只喜欢萧敬腾。女人认为石久让的意识流所向披靡。

四个人都喝出了醉态,嚷嚷着要把有限的人生豁出去。格子脸色绛红,一改往日的拘谨,指着女人说,真羡慕你啊!一个人住,卧室阳台厨房卫生间通通是自己的。你可以把它们搞成喜欢的样子和颜色,而不用经过任何人同意。瞧瞧,你竟然搞成了蓝色……我真想把他和孩子赶出去,一个人住!

女人端起水晶高脚杯,示意了一下,似乎在敬空气。可是,一个人住,死了都没人知道。

猫很不高兴地喵了两声,本猫知道啊。

没有人意识到猫在刷存在感,唾沫星子继续横飞着。蛋糕说,一个人生活,前些年是要被主流鄙薄的,现在总算放任自由了,兴许是我们结了婚的不争气,哪个花好月圆不是拼合着一地鸡毛。说白了吧,婚姻和爱和性都无关,它更像是个利益实体。为了收支平衡,大家都在撒婚姻的谎。

格子酒后吐真言,一堆醉话,信息量极大,女人、蛋糕和欧赞无不一个激灵,吓醒了一半,因为他们听见格子说——

我和丈夫在上司那里属于独当一面的干将,在朋友同事眼里堪称天造地设,在双亲面前更是双双尽孝……终于,我们被社会定位成家境殷实、生活体面的人,很圆满的样子。可爱情到底什么时候溜走的,谁也不知道。客气生分倒是其次,当发现连安慰彼此的夫道妇道都行不得了,不禁大惊失色,因为两个人原本真的是干柴烈火。已经两年了,我们各据一间房一张床一块高地,夜夜无戏,月月无戏,年年无戏。有时候,看别人争争吵吵地过日子,我不禁在心里悄悄揣了一点嫉妒,即便是那样的摩擦,到底也是有声色的啊。

格子喝了一大口干白,似乎想润润嗓子。这些年来,我和他一起供了楼,一起供了车,一起供了孩子上学,两个人的局面风生水起,如果活生生地撕裂开来,各项指标势必大幅度缩水……我实在没有勇气也实在懒得折腾,这就是为什么两个人谁也不去考虑解决方式的原因,毕竟谁也不想血肉模糊。

蛋糕忽然焦躁起来,有什么呀! 大惊小怪的,同床异梦都是寻常,闹上法庭,请私家侦探,甚至挥刀相向的也不少吧? 结了婚就等于给自己找了个对手、敌人甚至仇家。

格子自我宽慰道,早就听说围棋里有一种死局,就是两个人都精疲力竭,又都死劲儿地扛着,只等那扛不住的一方投子认输。没想到婚姻也玩这招,唯一的区别是没有人投子认输,面对死局,双方呈现的是无畏的平静,连胜负的心都没有。

欧赞似乎失去了发言权,他不知道该为男人说话还是要替女人辩解。自言自语间有种风过沙棘的落寞。很怪,每每每每次看到农贸市场都想结婚,一想到婚婚婚姻的平淡我就就就撤退,继续极简主义。嘻,没没没辙,生活的不幸与生命的圆圆圆圆满一直都在对峙中。

女人终于把自己抛了出来,说,这个世界上,吃饭做爱,都是特别需要挑剔对象的,别的方面,能忍也就忍了。没有爱就不做爱,倒可以喜滋滋地做饭——这一个人的饭哪,本姑娘从来没有潦草过。

此番自以为是,遭到了格子和蛋糕双双补刀,她们恶狠狠地重复着女人之前说过的话,得了吧,死了都没人知道。

落地钟敲了两下,深夜两点了。窗外比任何时候都黑。猫以前陪女人看过恐怖电影,伴随着低沉压抑的背景音乐,鬼怪似乎都是在这个时间出没。

手机屏幕蓝光闪动不停,来电提示一阵紧过一阵。什么鬼?定是发生了大事。女人没接电话,哭泣声却升了起来,先是如水声凄凄,如风声呜呜,后来竟如雷声滚滚。一个抱枕被女人狠狠地掷在地上。还有一个,猫想抽身闪躲,又恐不妥,这种做法显然不够义气——幸好,女人改变了主意,用抱枕捂住了越来越大的声响。

猫忽然想起一个男人。格子、蛋糕和欧赞都不知道——曾经连续三年,每年三四次,有个男人会出现。猫记得很清楚,最后一次,他出现在晚秋,是日风大,吹开了云层,阳光从西窗照进来,房间里流动着暧昧的气息。女人换上一条玫粉色的连衣裙,裙摆袖口有罗马花纹,腰臀包裹得很夸张。女人对着镜子做了个鬼脸,似乎在鄙视自己的作态。是啊,她从来不穿这种颜色,日常黑白灰蓝驼,严格比照都市雅痞条款。

中间又倒腾了好几次,还是换回了衬衫牛仔裤的纯棉扮相。衬衫烟灰,上面开着草花,星星点点,意犹未尽。牛仔裤是流苏裤脚,刚好露出剔透的脚踝。她显然有点慌乱,在蓝房子里兜转,煮了壶老茶,又在骨瓷大盘里摆上葡萄。

男人来了。一进门,整个气场就变了。怎么说呢?他穿着卡其色风衣,身板挺拔,下颌雕塑一般硬朗,眼神里有种俱往矣的英雄暮气——这么说吧,他要去演漫威电影,肯定不是正面角色,邪恶天才科学家为了打发时间顺道毁灭世界,就是这个范儿的。

博士你好。女人说。

他给她带了礼物，两大袋子，上面印满英文字母。他伸开双臂，女人却丢给他一怀抱的空气，转身进了书房。他跟进去，争吵随后开始了。猫在门外偷听，起初，他中文英文夹杂，有一些恳求成分，渐渐地，低沉下去，变得模糊含混。

就此了断吧。这是女人的声音。

男人说了什么，猫听不清。

见鬼去吧灵魂伴侣！灵魂伴侣就是生病了你不在，被同事欺负了你不在，被甲方潜规则了你也不在……反正你永远都不在，我们至少隔着一个光年。你真的很灵魂，绝对形而上。这是女人的声音。

男人说了什么，猫还是听不清。

你赖在我的心里不走，道不明，说不清，甩不开，逃不掉……我再无心力爱上别人。这种耗费无论如何你都得道歉。这是女人的声音。

男人说了什么，猫始终听不清。

后来，门就彻底关上了。猫不能确定里面发生了什么。男人没有留下吃晚饭。天黑之前，他打开门，一身苍茫，消失在四合的暮色里。而女人，悲戚的脸上挂着孤冷。

以前可不是这样的。他们曾深情对谈。男人很会聊天，惹得女人时而哈哈大笑，时而娇嗔不已。他甚至抱起女人在蓝房子里转圈儿，这类举动让猫不得不相信头脑发达的人也能臂力超群。

阳春三月，他们双双陷在沙发里，男人开始说梦。宝贝儿，我做了一个梦，梦见我退休了，回国了，要在北京买房，你帮我选在9环外，因为地产商包装的噱头是凭窗一个贝加尔湖。我正沉浸在湖畔生活的遐想之中，突然媒体曝光，说业主都被开发商骗了，别墅群并非建在9环附近，而是41环外！

女人一脸天真，天啊，那得多远？

男人则一脸严肃，宝贝儿，根据环间距几何级增长规律，这些别墅大约建在太阳系边缘的柯伊伯带，不，应该比柯伊伯带还远，是在奥尔特星云附近。那里没有什么大湖，只有一片星际尘埃，离市中心大约有一光年的距离。

女人知道自己又被男人的冷幽默给涮了，几番打闹嬉戏，肢体语言在此无须赘述。

闹完了，男人给女人恶补了奥尔特星云、指数增长、池塘效应、柯伊伯带、星际尘埃、光年、天文单位等知识。女人面带桃花，眼神发湿，荷尔蒙指数瞬间飙升，一瞬间,她就低到了尘埃里。

冷静地分析一下,这个男人应该属于过去式了。当他一身苍茫地消失在四合的暮色里,女人悲戚的脸上挂起孤冷,一切已经画上了句号。自那以后,依照猫的悟性,女人不至于再为此伤筋动骨,否则的话,猫倒有些鄙视了——不就是你情我不愿或者我情你不愿地瞎折腾嘛,谁没有过!

割蛋蛋之前,猫曾爱上一只安哥拉,小冤家矫情,公主病,软硬不吃,追了半月,始终没能拿下,猫为此至少瘦了三斤。

想来猫也出身加菲世家,乃豪门翘楚,凭什么安哥拉如此难搞。不行就硬上!猫开始围追堵截,生拉硬拽,一片硝烟狼藉。在最后一次升级战中,猫已经完成了骑乘位,怎料安哥拉性情刚烈,陡然腰腹发力,将猫掀翻下来,终于打碎了意大利咖啡壶,女人大怒,恨猫不争气,没本事,把家里搅翻了天也做不成事。

给你机会了,是你自己不争气。说完,女人就把猫未遂的女友送走了。走的时候,安哥拉仍是"处女"之身。

公猫,永远爱着广阔的世界、无涯的疆土和数不清的母猫,所以,还得再给你介绍对象,不能马上咔嚓掉。那一阵子女人经常这样骂猫。

女人尽力了。运气不济是猫的问题。母猫们不是太小没发情,就是已经怀了孕。某次,猫趴在窗台上学鸟叫,看见楼下有一只寻常小狸花,眼睛里倒映着天空,很仙的样子。猫在十九楼遥望,为了小狸花宁可粉身碎骨的冲动在体内升腾。正犹豫的当口儿,一只大黑猫来了,又脏又土又壮实,它们两个开始嬉戏,打滚儿,死守着彼此——是啊,猫不必再纵身跳下了,只狠狠地骂声真贱!

爱情不来,猫慌了神儿,开始到处撒尿。沙发、书、花盆,甚至一大摞价格昂贵的徽州宣纸也遭了殃。蓝房子里臊气冲天,局面失控。这其实怪不得猫,要怪就怪那该杀的睾丸素。有了这玩意儿,男人乱来,公猫也乱来。后来,该发生的都发生了,猫被送往宠物医院,一剂进口麻药助其昏死,醒来万事皆休。

从此无爱一身轻,猫一日比一日逍遥,体重暴增,皮毛锃亮。每天,女人装备齐整地出了门,蓝房子变得空空荡荡。猫穿过玄关,跳上沙发,闪于屏风后,飞跃五斗柜。猫的脊骨呈弓形,用后肢提供爆发力,用尾巴保持平衡——猫甚至经常到那支复古吊灯上荡秋千。一时间,这天下好像都是猫的。直到太阳从西窗消失,猫方才结束了当天的第N次巡视,收拾一下仪态,等待着女人回家,大呼小叫地说想,而猫通常只负责高冷。

风月之事没有多少意思。猫曾经以为永远都不会忘记的事情,就在念念不忘的过程里,被忘记了。整个春天,猫听见母猫在楼下的树林里嗷嗷哭泣,打心里觉得她们不够矜持。

既无关爱情,那么女人究竟是为什么所伤?职场潜规则,猫突然灵光闪现,闪出了这样一个专业术语。作为一名职场精英,光鲜和晦暗大约都是对等的,老猫你可懂得?女人喜欢在试穿设计师限量版鞋子、打开某个爆款电子产品的时候,辅以这样的说辞。

也有一些细节,是女人靠在床头与男闺密语音聊天时说出来的。欧赞,你有战友吗?我没有战友。我不是名校毕业的,在这座城市里没有什么校友会拉我一把,凡事只能靠自己,无知无畏,说的就是我……

这种状态下,猫基本听不到欧赞的声音。或许是女人语速太快,欧赞刚找到插话的缝隙,就被打断了。谁让他一个"我"字预热六遍呢,这相当于汽车起步不稳,加油还抖。

听得多了,猫甚至可以捋出女人的成长史了——

从毕业后的第一家单位算起,女人换到这家银行,已经是第七个单位了。她一步步做到了投资经理。刚入行时,每天工作12个小时以上,经常半夜才回家,怕也没办法,一有空就上网跟着视频学习女子防身术。出差更离谱,早上红眼航班飞出去,晚上再红眼航班飞回来。这些年,女人已经练就了对抗恶劣天气、丢东西、迷路等种种不幸的能力,另有好身体外加能拿重物的好臂力。

大老板很器重她,可是还有二老板三老板呢,都是牵牵绊绊的关系。就说二老板吧,色鬼一个,喝了酒吃豆腐第二天装断片儿啥也没发生。女同事当中,有特别愿意和他一起出去应酬的,或多或少地都会得到一些好处,也有打死不愿意的,结果诸事被刁难。

三老板是谜一般的美女,跋扈、强势、斩钉截铁,有时候却又柔情似水、温润如玉。她从来没有浪费过时间,连怀孕生子都精心谋算。有关其上升史,其家庭背景,其人脉关系,在行里被传得甚嚣尘上,众说纷纭,但都没办法整理出个有序的版本。

行业"内卷"一直存在,猫经常听到女人跟欧赞抱怨,35岁,最晚38岁,做不到高管就面临着被边缘化危机。从毕业算起,满打满算只有短短十来年,抵达不了安全区,就要往下坠落。欧赞,留给我的时间不多了。都说要承认平庸、甘于平凡,要和自己和解,对不起,我做不到。

凌晨四点,女人的哭泣才完全停下来。呼吸轻缓渐起,她睡着了。

猫一夜蹲守,暗中反思,竟萌生了负罪感,如果以后少吃一点,女人是不是就不必这么拼了?

天光堪堪放亮,参照往常的设置,闹钟响了。女人从床上弹起来,她甚至没有伸一个懒腰,就直奔跑步机,运动了二十分钟,微微出汗,一个蒸腾而芬芳的淋浴,助她气色转暖。

她把麦片、三种水果、酸奶一起放入破壁机,短暂的嗡鸣声结束了,糊状物被盛在蓝色器皿里,撒上坚果和蓝莓。

她特意选了一条黑白拼色连衣裙,肩部挺括,棱角分明。她对着镜子涂上红油漆一样的唇膏,毫不犹豫地登上三寸高跟鞋。出门前,她没有忘记备好猫粮和矿泉水,拍了拍猫的脑袋,说乖。

猫跳上窗台,望着女人驾车如游鱼而出,优美流线轻甩,绝无丝毫犹豫。猫不得不在心里感叹,她的修复能力太强大了,几乎到了百毒不侵的地步。

接下来会怎样?女人继续狼性,或找到了职场利器,无往不前心情大好,具体的表现是粮草升级,金枪鱼罐头吃一碗倒一碗——这么一想,猫就在十九楼,在早高峰的浊流之上笑出了声。

这个寻常又独特的早晨,猫继续胡思乱想。自打生日宴一别,三个密很久没来蹭饭了。许是那夜酒醉吐真言,话说多了,面具全无,醒来后怕,委实懊悔,不好意思面对彼此了。其实,凌晨四点的时候,女人睡着了,猫也眯了过去,还做了一个奇怪的梦。猫梦见格子提着榴梿,来与女人分享人生真谛,弄得满屋子臭烘烘的。

一生一世一双人,是令人向往的古典式爱情。现在,人类的寿命延长了,有足够的时间可以活明白,让自我意识觉醒,一旦醒了,就很难服从这种模式了。格子坐在餐桌前,吃了小半个榴梿,猫和女人在这种气味里感到生不如死。

格子说,至少到目前为止,人类还没有进化出更理想的模式来取代婚姻。既然不能取代,日子就得继续,何必苦苦相逼,冷暴力杀人啊。儿子今年中考,我们说好了,各自收敛情绪,装一装,忍一忍,弄出个像样的家庭氛围,帮儿子打赢这一仗——对，忽然变得像战友一样了，我们。

前几年，许是懒、麻木，我竟然忘了他当初最吸引我的，就是死磕的认真劲儿。这两个月，看见他陪儿子挑灯夜战，死磕的样子真真性感极了……婚姻不是围棋死局，我现在觉得它更像城池，能攻也要能守。

女人眉头紧蹙。不知是因为榴梿，还是因为格子不再像格子。

格子适时切了一小角榴梿，递给女人，试一试，别拒绝。

女人满脸狐疑地吃了一口，又迅速吐了出来，冲进洗手间反复漱口。

你啊，就是太挑食，对男人也是如此。格子接着吃，也接着说。你其实跟榴梿一个德行，浑身长满刺，用气味伪装，让人敬而远之，内心却醇香细腻得紧。

女人不接话，却问蛋糕近况。

你不知道啊？哦，你当然不会知道，整天忙得跟个鬼似的。蛋糕要离婚了。"官二代"的官爸爸风声正紧，她怕离晚了拿不到钱，忍了这么多年不就是为了钱嘛。她现在是一身中性装，霸气外露，不是扮小就能得到旁人的心疼和体谅的，她终于明白了。

后来猫又梦见女人和欧赞语音聊天。繁杂的日常背后，谁人不是在寻找着，体验着，悲喜着，孱弱而坚定——女人把格子在微信里转发的情诗诵读了一遍，忽然问，欧赞，你到底是攻君还是受君啊？

什么攻攻攻啊受啊啊啊啊啊的，你你你还真真真信？！欧赞似乎比平时都着急。

外面都这么说哪。我看着也像，不然，一起混了十几年，你为何没爱上我？女人揶揄着，笑声在蓝房子里回荡……

这是梦吗？不，猫预感这是即将发生的故事。无数个太阳在窗外的玻璃落幕墙上跳荡，直射光反射光交叠，猫心里乱明白。

【作者简介】阿占，本名王占筠，中国作家协会会员，毕业于苏州大学艺术学院。出版《青岛蓝调》三部曲、《私聊》、《乱房间》、《一打风花雪月》等散文集十部。获得泰山文学奖等奖项。另有小说发表于《新华文摘》《小说选刊》《小说月报》《中国作家》《芒种》《山东文学》等期刊，并入选"2019中国当代文学最新作品排行榜"及《2019中国年度短篇小说》《小说月报2020年精品集》等重要选本。多次推出个人画展，并为多本畅销书创作插画。现供职于青岛市文学创作研究院。

追 心

奚 榜

一

疫情后，我开了个公众号，专门分析陈年谜案。

写到第二十篇文章时，我收到一条私信。对方说是故人，但卖着关子，不暴露真实姓名，也不说有什么事，只神神秘秘邀请我第二天下午三点，去一家咖啡馆见面。

我到了那里后，辨认了好一会儿，也没认出对方是谁，后来才知是张二贵派来接我的秘书。

这名字我也蒙了半天，才想起是梧桐巷的旧街坊，大我十几岁的二哥，小时候一直没称呼他本名，差点忘记了。

二哥那时是个孩子王，待业在家没事干，天天给我们一群十来岁的孩子讲故事。讲的全是惊悚悬疑，还最爱在停电的时候讲。每当我们尖叫着坐在他院子里挑战心跳的速度，或者坚持不下来飞快逃回家，他都会哈哈大笑。后来他离开巷子，出去打工了，几年后我们也陆续出去读大学了，再加上不是一个年龄段的，也就失联了。

说起来是二十多年前的事了，如今，我都三十三岁了，张二哥则已年满五十岁。

梧桐巷拆迁以前,我父母跟他家还有往来,那时只知道他专门承揽拆迁的活儿。有次过江的时候,母亲在的士上指着外面的城乡接合部说,这一大片都是你二哥拆迁的。

当时我在网上看过太多关于拆迁的负面新闻,知道那种公司有点要黑不白的,就没好气地说:"什么二哥三哥的,有血缘关系吗? 喊得这么亲热。"母亲吓得再也没提过那家人。

当天到二哥公司时,我也吓了一跳。

张氏投资有限公司藏在五星级酒店,包了顶楼一整层,装修极尽奢华。我走在厚羊毛地毯上,好像踩在云端,越发感觉出自己腿短。该公司处处都在说着有钱,而之前,我竟然没在媒体上看到过这家公司的名字。秘书说:"做投资的要低调。董事长对我们的要求就是,不能让他的名字在百度出现。"

我大概也明白了,张二贵在做时下最热门的金融生意。那正是我讨厌的行当。

热情相见后,二哥亲手呈上一杯明前特级龙井说:"蔷薇,多年不见,你出息了啊,果真实现了小时候的理想,成了一个作家。"

我吃了一惊,他怎么知道我小时候的理想? 二哥好像窥见了我的心思,说:"你忘记了,有次你听完我讲的《一双绣花鞋》,不敢回家,我就亲自送你回去。你在路上告诉我的。"

我看着他已经发福,并且捯饬得无比精致的外表,好像有点记起来了。

"二哥,你找我有什么事? "我单刀直入。他也直奔主题,说:"我偶然看公众号,看到了你,成了你的'忠粉'。"我哈哈笑了,说二哥客气了。

他却不客套,继续说自己的:"我百度了一下你的情况,又买了你的小说看,还关注了你的微博。我就想,正好请你来帮帮我。"

"我完全不懂投资。"我马上拒绝。他就说:"不是公司这边,是另外的事情。"

他说这话的时候,脸色竟然非常凝重起来。

跟二哥吃了好几次米其林法餐,我才明白了事情的来龙去脉。

2020年夏天的时候,二哥在一个企业家朋友的疫后联谊聚会上,认识了一个名叫罗绮的女子。她是本市有名的章雄食品有限公司的总经理,也是实际掌控人。这个女子只有二十六岁,长得清秀白皙,最重要的是打扮如学生一样简洁,人也很安静,不谈闲话,一开口则很礼貌,也很谦虚,发自肺腑地向二哥请教了几个经营方面的问题。

二哥从没见过这样的企业家,非常感兴趣,一来二去的,就喜欢上了她。深入了解后,二哥发现罗绮并不是用那些"请教"来钓他,确实是新官上任,有困难。他一心疼,便出资帮她聘请了两名管理咨询专家,进驻她的公司,帮助其一步步走上正轨。

2020年秋天的时候,二哥已经爱上了罗绮,并且与她半公开了关系。不想一石激起千层浪,没多久,二哥远嫁新西兰的女儿也知道了,开始出手干预这个身家十亿的单身老爹的婚恋问题。

"雯雯不是为了争财产,是真的关心我的安危。"二哥注意到了我的表情,赶紧申明。他说:"如果不是跟罗绮的事,我也不知道身边有那么多好事者盯着我,随时联系雯雯。不过,他们也是一番好心。"

原来,那个罗绮从云南偏远小镇来,读了个二本的江城经济学院,也无大才干,也无大美色,毕业仅仅三年半,就从一个城郊租私房的打工族,变成了一家年盈利两三千万元的中小型食品公司的实际掌控人。其前后两任男友,一个成了半残疾,远走欧洲。另一个是她老板兼男友章雄,死于非命,所有财产由她管理,可却没有证据证明她的快速上位有什么不妥之处,连有关部门都停止了调查。

"你相信人生可以这么'开挂'吗?"我反问。二哥在半明半暗的米其林餐厅中沉默了一会儿,说自己也说不清,又说如果罗绮是清白的,他会最高兴。

"如果对一个人有疑虑,最好还是远离。你这种大富豪,安全第一。"我半开玩笑半认真地说。二哥却又凝重起来,喝了好几口红酒才说:"我跟你说实话吧,我爱上她了……非常爱……好像是人生最深的一次。我希望她是清白的,我想跟她一起走完后半生。"

我吃了一惊,但以作家的想象力来推,也不奇怪。这种类型的女子都温言款语,通情达理,是老男人的绝配。何况,年龄相差二十四岁,肉体迷恋恐怕也是一个原因。

我没好意思说出来,二哥却自己说了出来,他说:"我看了你好几本推理小说,里面对性的描写也挺大胆的,我就明人面前不说暗话吧,我也陷在她的肉体里面了。"

他把细节都说了，我羞得脸一红，假装看了看周围，才说："这么说来，你是想要我去证明她无罪喽？"

他点点头。

我就说："奇了怪了，既然都停止调查了，你何必理会外面的流言，爱就是了。"

他看着我，目光炯炯，却不作声。我豁然明白了，就说："难道，你怕跟章雄一样，不明不白挂掉？"他还是不作声，我就笑了："刚才二哥不是说，愿意为爱情去死吗？"他就骂："你这丫头，当作家当成毒舌了。"

我收住笑，严肃地问他，你这么有钱，难道请不起专业的私家侦探，找我一个写推理小说的人干吗？他就说："你怎么知道我没请过一打私家侦探呢？"

原来如此。他是需要另一种思路，一种异于侦查技术的推理思路。"这么说来，你不会告诉我其他侦探的调查结果了？"我问。

"当然，我不想用他们的思路影响你的思路。"他说。

"呵呵，这事儿有点意思，我接了。"我说。

二

章雄是章雄食品有限公司的控股人，死前与罗绮的关系有两重，一是董事长与董事长助理的关系，另一重是已经同居在一起的情侣。

罗绮住在章雄的别墅里，另有一个名叫燕儿姐的保姆同住。

章雄和燕儿姐在罗绮去市里开会的时候，双双在家死于蘑菇中毒。

据说出售并代为打碎高档野生蘑菇的菌生行，以及帮助燕儿姐把菌碎用玻璃纱三角包密封起来的章雄公司生产部的操作人员，事后全都接受了调查。菌生行和章雄公司的操作间都装有摄像头，所以接触过菌包的人全都解除了怀疑。唯一有嫌疑的燕儿姐也死了。

那个装着不知从哪里来的剧毒蘑菇碎的透明菌包，成了一个谜。

一个可能是燕儿姐调换了菌生行的菌菇碎，然后拿到章雄的车间去包装。另一种可能是，有人知道章雄是个菌菇迷，要求燕儿姐每天做高档野生菌汤替代高汤来烧菜，用一模一样的三角包，在前一天调换了燕儿姐放在厨房备用的三角包，精准毒死他二人。

二十天内进入过章家的人,都有可能调换菌包,因为燕儿姐二十天用完一批菌包。

章家的厨房紧挨着一楼客厅,是个开放式厨房,中间仅隔着一个大大的操作台,菌包就放在厨房台面的一个盒子里,按顺序卡位排列。

章雄那阵儿见人就提起这种时尚的高颜值菌碎包,曾经叫燕儿姐多包装过一些送给别人,也当着大家的面多次开启过盒子。他想让朋友们反馈,如果自己公司上这样的产品线(当然,不用家里的高档野生菌,只用公司的鸡枞菌、牛肝菌等普通菌),会不会购买。大家都狡猾地说"会",连菌包名字都是一伙人在麻将桌上七嘴八舌取好的,叫"懒人野菌汤"。

这样一来,嫌疑人就多了,除了每周轮番去他家打麻将的那些朋友,以及那些朋友偶尔带来的朋友和家属,还有别的一大群人。听说章雄为了让罗绮高兴,在使用出事批次菌包的二十天内的某天,还学美国人一样,在自家别墅开过一次BBQ(户外烧烤),更让疑凶人数增加了二三十人。

那段时间去过章家的人均被排查过,都与章雄无冤无仇。根据"疑罪从无"的原则,再加他死在2020年12月底,不久全国人民都去关注疫情了,燕儿姐又确实留下了一本对章雄痴情入骨的日记,这个调查只好暂时停滞。章雄公司的银行、保险等股东也做了些公关,不要媒体曝光,怕影响产品销售。

而在公司所在地,离城几十公里的高新技术区,很多人都认为,是燕儿姐因爱生恨,与章雄同归于尽。

到了后来,罗绮突然产下一个遗腹子,变相继承了整个公司,而且越活越风光,与过去的低调判若两人,还把大富豪张二贵都攀上了,大家才回过神来,事情没那么简单。

章雄也孤家寡人的,没人帮他公开鸣冤。

不过,凡事逃不过人心,外面流言甚嚣尘上,都说这是一个极致"捞女"的完美犯罪。罗绮为此还捉了个说得最猖狂的打了官司,以诽谤罪索赔两万元。

二哥给我的信息就这么多,其余都需要我自己去调查。

我一个普通公民,不能调看各种城防摄像头,也没办法查一些系统与网络,困难重重。有一瞬间,我想去找黑毛,他是我的高中同学,就在本市做律师,消息来源特别多,而且是个一心想做好律师的律师。

可黑毛这人有个毛病,太直抒胸臆。比如,高二的时候,有天我们几个女生正在教室刷题,他就站在门口说,你们这些女生,我的数理化水平分分钟就能秒杀你们。他无头无脑说完这句,泰然自若地走了,我们几个女生只好面面相觑,哭笑不得。

三十三岁的他跟我一样,也是单身。有好事者曾经想拉红线,我说算了吧,太了解了,没有神秘感。实际上我拒绝的原因是他总在贬我的推理小说,说内行看了简直要笑掉大牙。为此,我已经大半年没理他了。

我想还是自己来搞定一切,到时,我把结果摔到黑毛面前,说,秒杀你了,不好意思。

三

我首先想找那个被罗绮以诽谤罪起诉的人,据说是她的前司机。这么贴近的关系,敢到处嚷嚷是罗绮害死了章雄,必有原因。

不想名叫艾勇的司机已经不在江城了。房东说他本来就不是本地人,打官司赔钱后,心灰意冷,提着行李就去外地谋生了。至于去了哪里,房东也不知道。

我走下那栋八十年代末期修建的六层楼房,刚一出单元门,就看见一个穿着风衣的女子站在院坝里,望着我皮笑肉不笑的。不知道为什么,我心里一咯噔,感觉会是罗绮,不想就是罗绮。

"蔷薇老师,您好,我是您的读者罗绮。"她伸出手,想跟我握住。我没有配合,却说:"这么快就盯上我啦?"她说:"不是你盯上我了吗?"我就说:"有钱真是消息灵通啊。"她便说:"是房东给我打的电话。"

"房东你也收买了?"

"没有啊,房东只是出于正义。艾勇还欠着她的房租呢。"

我站定了,说:"有钱能使鬼推磨,还说什么正义呢?"她就说:"老师别这样讲嘛,真的是出于正义。我过去就到这里找过艾勇,顺便加了房东的电话与微信。章总去世后,艾勇瞧不起我来主持大局,作为一名司机竟多次玩忽职守,故意耽误公事,我后来不得不开除他了。"

我一愣,没作声。她补充说:"一个被我开除的员工,自然有气,所以到处造谣。""那你想说什么呢?"我反问。

她听了,严肃起来,小小的白皙娃娃脸突然闪过一丝狠色。"我不知道你出于什么目的调查我,但这些事情会间接影响我公司的品牌,尤其是野生菌系列食品的销售。如果是写书的需要,我可以介绍一些更好的案例给您。"

"你怕啦?"我问。

她冷笑了一下,说:"我不怕,只怕麻烦。本来管理七八百人的企业对我来说已经很吃力了,不想再多出一些杂事。"

"干推理作家这行的,就喜欢刨根问底,也没碍着你什么,何必这么着急。"我说完,擦过她,继续往前走。她却在后面说:"为什么你们作家都喜欢浪费时间做些无聊的事情呢?"

"我们作家?"我一下转身,问,"除了我,还有谁?"

她一惊,转而说:"我是泛指,讲的是你们的普遍社会形象。"

"我们的普遍社会形象再不好,也是自力更生族。"我说出了最毒的一句,并且记住了她沉下脸来之前的那个"一惊"。我想,她是说漏嘴了。

那个调查她的作家是谁?难道也是二哥找来的侦探?

走出很远了,我还在想,二哥为什么说她安静、礼貌、谦虚什么的,说得像个雏儿,而我面前的罗绮,绝对不简单,眼里还有狠光。各行业能迅速上位的女人都有几副面孔,人生没有无缘无故的"天上掉馅饼"。

第二天,我约二哥见面,想问他还雇佣过哪个作家去调查罗绮,不想他却说最近最好少见面,说罗绮似乎怀疑他在调查她了。

原来二哥还在跟那个女子有规律地约会,还是深深迷恋着她。

我想,不见面也好,便在电话里问了作家那个事。二哥就说,之前请的都是搞婚外恋调查的那种地下侦探,没有作家啊。话音还没落地,他又补充说,也不一定,现在搞婚外情调查的人,有空也可能在网上写侦探小说呢。

"现在是全民作家时代,什么人都算作家。"二哥笑。

四

章雄死后,章雄食品有限公司的法定代表人并没有变更,跟过去一样,是他在吕梁山区的农民父亲章大熊。

我知道,这是企业家的常见伎俩,也许是准备企业出什么娄子后,没能力的人去顶锅,真有能力的保持自由身,去复活企业。我曾看到好几个企业家把自己妻子或者老妈弄成法定代表人,挂在营业执照上。

据说章雄成为江城高新区数得上的青年企业家后,也曾遭遇过一些风言风语,说他不够孝顺,没把父亲从农村接过来。章雄为此专门跟自己的一些下属谈到此事,辩解说父亲不习惯城市生活,从窑洞搬到瓦房住都几年了至今还不习惯,更不用说来江城了。老人已经七十多岁了,只想在故乡陪着恩爱了一辈子,现已埋在两三米远的坟墓里的妻子。他每天去那里跟她唠嗑。

章雄发财后,硬是接不来父亲,就给村里每年捐款十万元,办这办那,还修了连接主干道的几百米小道,让村里人能买二手摩托车顺着它骑到公路上,去二十公里外的县城卖点山货。村里人感激他,便把他父亲尊为太上皇一样,村主任和村支书总找他父亲商量村里事,村民扯皮拉筋都要求他父亲出面说句公道话。

这样的一份荣耀,与来城市里各种孤独、各种隐形被嫌弃,自然不能比,所以老人坚持要在故乡终老。每年春节,章雄都带着司机、助理等几个人,装满年货,开车回去过年。据说章雄出事前一年的春节,罗绮也跟着回去过,那时他俩只是有一腿,还没公开同居。

章雄去世后,章大熊却来到了江城,带着照料他生活的一个村姑,住进了儿子的别墅。开始大家以为他是来处理遗产的,不想他却说要继承章雄遗志,把企业照常办下去。

他做了完全不管事,甚至也不来公司的董事长,真正的权力全部移交给了罗绮。

章爸爸不回吕梁了,在江城长住,说是为了看着孙子长大,倒也情有可原。他在自己别墅旁边不远处买了另一套别墅,以公司名义分配给罗绮和孙子住,还给孙子请了月薪万元的江城顶级保姆。据说章爸爸还写好了遗嘱,死后一切财产留给孙子。

正因为如此,大家才会说,法律上只属于职业经理人的罗绮,其实是章雄食品有限公司的实际掌控人。大家还说,章爸爸对罗绮早就言听计从了,当初跟着章雄去吕梁过年的时候,她就搞定了老人家,回来后的一年,也隔三岔五地跟老人视频,或寄礼物。

当然,这都是流传在高新区犄角旮旯儿的流言,也许仅仅出于一种嫉妒。

我好不容易才近距离观察到了平日里几乎不出门的章爸爸。

财富没有改变他,竟然还是老农民的打扮。章爸爸戴着鸭舌帽,足蹬人造革运动鞋,化纤感很强的夹克敞着怀,露出里面的老头衫,在别墅区的小公园里,显得格外扎眼。

我见章爸爸坐在长椅上,看着一个戴眼镜的保姆,推着一辆婴儿车,指着各种植物,大声地用英文教还不会说话的孩子。

章爸爸带着惶恐的表情看着这一切,每个英文单词蹦出来都像一发子弹,把他射击得越来越小。等到保姆的教学告一段落了,他突然从荷包里掏出一根棒棒糖,颤抖着撕开,讨好地举着,半弓着身子走向婴儿车里的孩子,说:"狗蛋,来舔舔蜜蜜。"

那中学教导主任模样的天价保姆一下抢过老人手里的糖,丢进了旁边的垃圾桶,大声呵斥聘用自己的老人,说:"章爸爸,说你多少次了,不要随便给孩子尝一些乱七八糟的东西。为了防你,我都不敢转脚。你为什么不听话呢?"

"孩子都喜欢吃糖。"老人弱弱讨好地说。

"别拿山区的那套来。牙齿就是身份的象征,以后David长大了,一张嘴别人就能看出他的血统。哦,对了,你别叫什么狗蛋了,我不信你们那一套,什么贱名好养,哪儿跟哪儿呀。靠名字保佑孩子,不如靠我们专业人士。"

保姆声音比较严厉,孩子以为说他,吓得哭了起来。保姆更恼火了,又说了几句责怪章爸爸的话,转身一手推着婴儿车,一手抱起孩子,哄着走进了旁边的花丛。不一会儿,花丛里传来了David咯咯的笑声,章爸爸脸上担心的神色终于没有了。

他走到垃圾桶边,似乎想捡起那个棒棒糖,但似乎又想起了什么,终于慢慢离开了。

我跟了上去,看见他过马路的时候特别害怕,完全拿不准该什么时候过的样子,我就动了恻隐之心,跑上去学雷锋,搀扶他过了马路。

章爸爸刚对我说完谢谢,一辆车突然停在了我们旁边,罗绮从副驾驶座下来,大声喊着"爸爸,爸爸",飞奔过来,搀扶住老人。

罗绮似乎完全没看到旁边的我似的,心疼地责怪老人不带小琴出来,一个人不知道多危险。

她的关切是真的,眼里竟然闪着一点泪光。章爸爸跟她交流的目光,也是信任无比,完全是血亲之间的那种气场。

我吃了一惊，还没回过神来，罗绮已经把章爸爸送上了副驾驶座，叮嘱了司机几句。司机看了我一眼，把车开走了。

罗绮独自面对我了，眼中不再像上次那样有狠光，反而镇定地走过来。

"蔷薇老师，你知道吗，章爸爸留在江城，一半是为了孙子，另一半是为了我。他说我是他亲闺女。"然后，她突然哽咽了，说，"其实，爸爸根本不喜欢这种生活，只有回到家乡，他才能放松。"

"为了你留在江城？我信。看上去，你们关系不错。"我酸酸地说道，转身想离开。她跟上来，陪我走，继续说："无论股东、客户，还是职能部门，甚至部分老员工，都不买我的账。爸爸要是不在江城坐镇，我没法把这个企业办下去，我需要他，求他留下来的。"我一愣，想她说得合情合理，不由得佩服她笼络人心的本事。

难道，老人就没怀疑过儿子死得蹊跷？

我讥讽道："反正你有太子嘛，名正言顺主持大局，怕什么呢？"她便微笑着，说出了也许早就准备跟我说的一段话。

她说："老师，有个秘密，外面人一般不知道，但我到吕梁去过年就知道了，章雄并不是爸爸的亲生儿子，是从县城火车站捡回来的，全村都知道。所以，我家David究竟是不是太子，谁也说不清。"

我一愣，还没开口，她脸上犀利的表情又出来了，冷冷地说："你是写推理小说的，应该知道，如果章雄在世界上没有一个血亲，我就没法通过他的养父鉴定孩子的血缘关系。"

她说完就走了，走了两步，又不甘心地回来说："你说，我敢冒这个险对章雄下毒吗？你知道吗，我现在户口都没弄进江城来，除了工资，什么都没有。我还是一个打工妹。"

"章爸爸已经立下遗嘱，什么都是David的。"我说。

她指了指自己的心，说："因为爸爸知道，我跟章雄有多相爱。我不会背叛章雄，更不会毒死他。"

她说完，转了个方向往自己的别墅走去。我看着她的背影，咂摸了半天，想她可能猜到了我的幕后人是二哥，才会这么耐心地来我面前洗白自己。

章爸爸与章雄若不是亲生父子，罗绮生下的遗腹子David就根本没法确定血缘关系，没法绝对保证能继承遗产。谁会这么傻，去冒险杀死章雄？

难道，罗绮真的无辜，是被流言冤枉的？

我在电话里把信息告诉了二哥,二哥却说他早就调查出来了。

我说:"按逻辑推,一个未婚孕妇没必要把孩子的亲生父亲毒死,而且对方还是弃婴,没有同性亲属可以比对基因,完全有可能在法律上一点财产都捞不到。我说会不会大家只是嫉妒,才制造那么多流言啊。"

二哥沉默了一会儿,说:"你继续吧。"

五

之前,二哥预付了五万元给我,说真相出来后再给我十五万,平日里调查所需的各种费用,也可以报销。

说真的,我非常要这笔钱,所以有时也是假惺惺说不搞了,等他极力劝说,我又装出调查此事是为了公道,或者为了推理作家的兴趣,也算在旧街坊面前挽回一点面子。

我在家里反复思考这件事,觉得"犯罪动机"过多地影响了我,把事情复杂化了。罗绮从章雄的死亡中,获得了潜在的巨大经济利益,所以我也跟从流言,极大地怀疑罗绮。

反过来想,如果,罗绮并不擅长经营企业(实际上二哥说她确实不行,她也知道自己不行),内心更想做的是章太太而不是罗总;如果,罗绮早知遗腹子无法与章雄养父章爸爸比对基因,她毒死章雄就是吃饱了撑的。

不过,如今人犯罪的动机千奇百怪,除了经济利益、仇恨与恶意,甚至还有心理变态的。也难说。

抛开"动机"这个角度,还有个切入点,就是那个有毒的菌包。

据二哥说,那个菌包跟章雄公司的一模一样,是一个型号的机器密封包装的,甚至还挂着材质分析结果一模一样的他公司的吊牌。也就是说,如果包装车间自买入该机器后,录像都显示没有可疑人员进入过,那么,会不会有人购买了同样的一款机器,偷了公司吊牌,在其他地方包装呢? 查出谁购买了一模一样的包装机器,不就可以了吗?

那是一种专门包装茶叶的机器。我跟厂家联系了一下,据说那种型号的三角茶叶包装机一年也就卖出18台,2019年卖给江城的只有2台。另外一家已被排查过,是与章雄风马牛不相及的家庭作坊。

至于该公司前一年售出的机器,应该跟此事无关。那个时候谁也不知道章雄公司会在第二年秋天买一台来包装"懒人菌菇汤"的机器,而冬天就毒死老板了。

之前,公司一直在做膨化食品,也是开发了野生菌系列休闲小吃后,厂里剩下一些边角余料没用,章雄才想到把它们烘干打成大小不一的颗粒,包装在三角玻璃纱包里面,像高档鲜花茶一样,漂浮在水面上,优雅地煨汤,或做火锅锅底。

不过,购买这个机器,据说是罗绮建议的,具体甄选机型却是生产副总带着几个技术人员进行的,她并未插手,也没过问,不可能提前购入同款机型准备犯罪。

我想找黑毛了解下具体信息,尤其是包装机方面的,思来想去,又有点犹豫。大半年前吃饭时,一言不合我拉黑了他。虽然从高一以来我无数次跟他绝交,但现在真的有求于他,还有点不好意思。

何况,也不知道他那里有没有我需要的信息。

不想第二天,他竟打来电话,主动请我吃饭。我假装端着,不回答,他就说:"哎呀,不要装啦,我知道你在找人要我微信。"我就说:"是啊,我想起大半年前你对我小说的污蔑,气不过,还想继续骂你。"他就笑了,说一直在等我骂他。"要不,一边烫着火锅一边骂?"他讨好地说,然后报了个我最喜欢去的地方,城郊一座院子里的私房火锅。

我准时赴约。在饭桌上,我对黑毛撒谎,说出于写作兴趣,对章雄中毒的事情很感兴趣。黑毛就说:"不会是你那个二哥委托你在调查吧?"

没想到干律师的啥都知道,我气得瞪眼,不否认也不承认。黑毛就说:"这些有钱人啊,自我保护意识太强了,总是一边恋爱一边查人家。"

我又瞪他。他似乎怕我把刚加上的微信又删除,赶紧不多说了,配合地告诉我,章雄中毒案,就是他一个好友负责的,所以他比较了解,如今已经暂停调查了。

我气得又瞪他,然后拿帽子压他,说他不信任我,说他对章雄和燕儿姐冷血。他性子比我耿直,又喝了酒,被我逼急了,就透露,说自己确实知道一点内情。

他说:"好吧好吧,别说了。我就一句话,别在包装上费功夫了,三角包里就是普通的羊肚菌和虎掌菌,所以燕儿姐也没发现跟平日里用的菌包有何不同,毕竟里面的菌碎不是粉末,大的有一立方厘米,小的也有绿豆大,不是真的打碎了,燕儿姐能看出颜色质地与平日用的一样。据说这是章雄设计产品时,故意弄成的原始粗糙的自然系效果。"

我大吃一惊:"那么中毒又是什么原因呢?"

他想了想,就说:"那个菌包没有问题,不用查了,但是两人却是死于毒伞肽中毒。"

我一下明白了,当天还有另外的毒蘑菇。也许熬完菌菇汤后,被捞出来丢掉了。

难道,燕儿姐真的是真凶?毕竟,当时两天时间罗绮都在市里开会,没有回高新区,不在场证明高达四十八小时以上。

黑毛看我又往这条死路上走,喝了口酒,叹了口气,只好继续说了下去。

他说:"你当大家都是吃屎的啊,还比不上你一个推理小说作家?你都能破案,我手掌心煎鱼给你吃!关于燕儿姐,你也别多想了,外面的全部是谣言。是的,燕儿姐高中时就喜欢章雄,就像我喜欢你一样……"

我"呸"了一声。

他坏坏地笑了,继续说:"我再喜欢你,我单着,也不会因爱生恨,跟你同归于尽啊。"

"你是你,燕儿姐是燕儿姐。"我说。

"这个世界上没有那么多金庸小说里的变态女人。只要没疯,就没必要同归于尽,人家燕儿姐家里还有父母等着她养老呢。"他说。

原来,燕儿姐的痴情被外面的流言发酵了十倍不止。真正的燕儿姐日记中,她对章雄的感情发乎情止乎礼,非常理性。

黑毛说燕儿姐是章雄高中时高一个年级的学姐,两人一直关系很好。燕儿姐结婚后遭到家暴,离了婚从东莞跑到江城来投奔章雄,后来就留下来,做了他家的保姆。燕儿姐知道自己配不上章雄,对婚姻也失望了,便决心一辈子留在章家,照料这个干弟弟的生活。章雄给她的待遇也向公司中层干部看齐,让燕儿姐全家都很感激。而且,燕儿姐对罗绮也非常友好,甚至在日记中流露出对罗绮的崇拜。这样的一种心态,完全达不到同归于尽的地步。若真那么变态,她应该把情敌罗绮拉上垫背,一起死。不想外面的流言,竟把一个单纯的农村妇女说成了暗黑小说女主。

我听完沉吟半晌,不作声了,只顾喝酒。黑毛便一转眼珠,逗我说:"你别喊我黑毛,喊我一声'欧巴',我就告诉你另一个思路。"

我火了,扬起手想打他,他一把抓住我手腕,嬉皮笑脸如高中时。我狠狠抽出手,说:"臭流氓。"他就说:"没意思了哈,总是活得跟烈女似的。"

我就威胁说:"另一个思路,你丫说不说?不说我也猜到了,从毒菌查。会不会是一种特殊的毒菌?这也是我今天要问你的另一个问题。"

我说到这里,黑毛不笑了,严肃地说:"据我好友透露,从化验结果看,可能是白毒伞的成分导致中毒,但是尸体消化的食物里找不到一点残渣。中国好多省份产白毒伞。不过,罗绮家乡白盖镇也产这个,当地每年都会毒死个把人。"

我大吃一惊,什么话都说不出来。

黑毛看我那样儿,就说:"但没有办法证明是罗绮干的,毕竟,她已经很多年没回过家乡了,而且……"

"而且什么……"我紧张地凑近了他。他就说:"毒杀案中的罪犯,一般不会故意让毒物与自己扯上关系。"

我就说:"罗绮这样聪明的人,说不定故意让毒物跟自己扯上关系,显得有人要嫁祸她呢?"黑毛没作声,看着我,沉思着。我继续说:"毕竟章雄一死,她是最大受益者,本来就会被大家怀疑,那她不如反其道而行之。"

黑毛就说:"不会吧。一个女孩子心思要深到那种地步,就太可怕了。"

六

我在自己的蜗居里,整日思考着章雄的死,有点茶饭不思。

寻找毒源似乎是大海捞针。那么,我又该从哪里找到别的突破口呢?

三十四岁的章雄正如日中天,以百分之二十的休闲食品毛利,每年企业盈利五六百万,他这个最大股东也税后收入不菲。感情上就更不用说了,章雄是钻石王老五,英俊多金,性格宜人,广受女性欢迎,而他自从得着罗绮这个事业与生活的双助手,据说每天都神采奕奕,逢人便夸罗绮。

章雄绝不会自杀,这一定是个他杀案。

尤其是知道三角包里只有羊肚菌和虎掌菌,另有白毒伞共煨且无踪影后,我更加肯定了,是蓄意下毒。江城根本没这种东西。

网上说它几乎是国内最毒的蘑菇,主要分布在广东的肇庆、清远等地,但河北、吉林、江苏、福建、安徽、湖南、广西、四川、云南、西藏等地也有。

有首儿歌就是形容它的可怕的——

　　白伞伞,白杆杆,吃完一起躺板板。

　　躺板板,睡棺棺,然后一起埋山山。

　　埋山山,哭喊喊,全村都来吃饭饭。

　　吃饭饭,有伞伞,全村一起躺板板。

　　我听完这首童谣的音频后,几天都不敢睡沉,一闭上眼睛,就好像有什么在黑暗中窥视我。

　　我妈很早就反对我写什么社会派推理小说。她说整天琢磨死人的事,后头会有小鬼跟着。我觉得她说的有一定道理,毕竟万事万物就是心变现出来的,意识的能量可能被我们大大低估了。

　　但我有什么办法? 群星天蝎就是对生命中最深的那些东西感兴趣,生与死,灵魂与爱欲,探幽入微了,我们才舒服。

　　我在类似于魔障和生病之间的惶恐中过了几天,有天傍晚,看见阳台上一朵类似于眼睛的蝴蝶花, 突然想起罗绮那个新司机透过车窗射向我的目光,非常冷。可以说,有点恶意。

　　我当时只觉得可能是罗绮在背后对我颇有微词导致,但现在却觉得,那目光中还有一些东西。

　　我马上给二哥打了电话,想既然那司机经常送罗绮去跟二哥约会,他一定也跟二哥打过交道。不料二哥还真的比较了解那个名叫辛虎的司机,甚至在艾勇走后他来罗绮身边做司机之前,就已经很了解了。

　　我们便约到郊外一个湖边茶馆,慢慢聊辛虎。

　　原来,不仅仅是二哥,就连当初章雄跟罗绮开始恋爱时,也专门托人调查过辛虎的事。

　　说起来是罗绮大三那年了,有阵她去学校小树林里练功,总感觉有人窥视。她便买了一条红塔山送给学校保卫科科长,一起策划了一个方案,捉住了那个窥视者,不想竟是学校第四食堂的一个厨师,名叫辛虎,还小罗绮两岁。

　　当时这个事情闹得有点小轰动,差点把辛虎扭送派出所,不想辛虎奶奶来学校后揭开谜底,竟特别简单,而且与大家想的不一样,完全跟色情偷窥之类的没关系。

辛虎在父亲去世后，与母亲和奶奶相依为命。五岁那年，辛虎在小镇背街等从猪鬃刷厂下班的母亲，看见池塘边有只翠鸟特别美丽，不由得忘形追赶，不小心失足跌落池塘。刚好回家的辛妈妈不顾自己不会游泳，纵身跳进水里，狂救儿子。

那是一个奇迹，也是一个谜。一个不会游泳的女子把儿子推上了岸，自己却溺水了。

母亲死去那年，才二十七岁，面容跟二十一二岁的罗绮几乎一模一样。辛虎就是因为这点，每天傍晚去窥视练功的罗绮。

这个故事几乎感动了整个学院，在很多人的撺掇下，罗绮不得不认辛虎做了干弟弟。其后的交往，大约也就是干弟弟来罗绮宿舍，给六个同寝室女生做所有能做的活儿，大扫除、洗碗、打开水、代买东西，甚至省吃俭用买各种零食来送给她们，直到毕业。

据说辛虎是个懂礼节的人，对女生们也尊敬有加，一时间大家享受完他的服务后，都想认他做干弟弟，直到出了那件事，她们才删除了辛虎的微信号，从此不再联系。

那件事发生在罗绮毕业那年的秋天，也就是她离开江城经济学院半年后。

江城经济学院曾经出过师生恋导致教授妻子跑到高教厅喝农药的事，所以新院长有严格规定，师生一旦恋爱，不问任何缘由，一律双双开除，所以直到罗绮留在江城一个小服装公司做办公室主任了，仆人加保镖一样的辛虎才知道，自己的干姐姐大二就跟一名老师搞地下恋爱了。

罗绮的政治经济学老师薛家贵是一位哲学博士，还是本地人，在罗绮有次上台跳惊鸿舞时，他沦陷在她的古典美里。他找了借口请她帮忙整理教学笔记，帮忙改作业等，然后又以此为借口请她吃饭。在吃饭时，男人晒肌肉亮羽毛，讲一切能镇住小镇姑娘的事情，让她不由自主地爱上他，主动投怀送抱，并且相信他会动用自己的关系，帮助她毕业后留在江城的银行里。

直到毕业那年的暑假，薛家贵劈腿的一个富二代姑娘找上门来，罗绮才知道对方从没想过要跟自己结婚。甚至，薛家贵承诺的毕业后找关系帮她"进银行"，也成了进保险公司做销售员。

那是一个面目姣好的二本女生自己也能应聘上的无多大保障的工作。

罗绮自然不甘心，毕业后的那个秋天几次去找薛家贵，希望挽回关系，尤其是她听说那个海归富二代是个女"海王"，跟薛家贵从小就认识，他知道自己hold（掌控）不住她，也没与其结婚的打算时，更是抱着希望前去。

也不知道两人在薛家贵的校外公寓里谈了什么，辛虎就在某个夜晚上门，把薛家贵砸成了轻伤（不是轻微伤），被以故意伤害罪起诉，服刑两年。

以上大约就是公开庭审后，随便找个经院师生就可以掏出的细节。更多的事情，则只有当事人那里才知道了。

七

我来到辛虎和其女友巫大贤的家乡龙灯镇时，看到的已经是个缩小版小城。

镇上人大多住上了楼房，却跟以前住平房一样，喜欢开着门，尤其巫家这种住一楼的，直接就弄了个菜园，把门与菜园通着，半个厨房都设在园子里。

巫家之前是卖羊肉汤的，巫大贤跟辛虎一起在经院食堂做过厨师。罗绮被辛虎窥视的时候，正是巫爸爸去世，巫大贤回家奔丧的日子。父亲去世后，母亲开始连绵不断地生病，巫大贤便在辛虎入狱后，辞掉经院的厨师工作，回到家乡，专心伺候母亲。等到辛虎出狱，她又回到江城，出钱到高新区开羊肉汤馆，聘辛虎做员工，满足辛虎近距离看跟母亲长相一样的干姐姐的心愿。

2019年秋天，她莫名其妙地关掉生意还不错的羊肉汤馆，跟着辛虎回了龙灯镇。2020年夏天，辛虎在疫情后回到江城做罗绮司机了，她却再没返回江城。

以作家的敏感嗅觉，这里面似乎藏着太多故事。

巫家还保留着父母开过餐馆的痕迹，砍骨头的大树墩子杵在玻璃棚下，还去河边弄了河沙，装进大土陶缸子，造了个传统的沙滤自来水装置。我喊了好几声巫大贤，没人应，便只好从菜园子的栅栏门，走过两米鹅卵石路，直接进了巫家。

一进门，我就闻到满屋子药味，寻着味道，就在内厨房找到了正在看药的巫大贤。

她见我突然闯进来，也不吃惊，好像早就听见了呼唤，故意不理人。她问我是谁，我就自我介绍，并说明了来意。不想她听完却激动起来，拉长了脸，要我出去。

皮肤黝黑、鼻子扁平的巫大贤说，她永远也不会伤害虎子。她还说，她从来就不是虎子的女友，只是发小。她说虎子看不上她。

这些话令我大吃一惊。巫大贤怎么就知道我想伤害她的虎子呢?难道,辛虎真的跟章雄的死有关?

她见我赖着不走,就端着药,穿过客厅,走进了卧室。我跟了过去,见她母亲躺在床上,她正垫高枕头扶老人半坐,开始一勺勺喂药。

我在卧室门口跟巫大贤母亲打了个招呼,老太太已经瘦到纸人一样,回答的声音像蚊子叫。我看她家都这个样子了,显然是在给母亲缓释送终,实在也不好意思用别人的事来打搅她们,只好道了再见,从挎包里掏出礼物,悄悄放在桌子上,走了。

那是一套雅诗兰黛的化妆品。我知道那是大多数小镇姑娘的梦想。也不是她们买不起千把块钱的它,而是大多舍不得。

刚回江城几天,我在龙灯镇收买的线人就打来电话,说巫家妈妈去世了。

我想过去帮帮巫大贤,就求黑毛装成司机,送我过去。反正他有车,正好来一场三四百公里的长途旅行。

我和黑毛来到龙灯镇时,巫家已经在出殡。天空下起了小雨,我们赶到公墓的时候,在山脚看见巫大贤与一群妇女在半山腰赛跑,每个人都拼了命往山顶冲。我们不知道这是什么风俗,问了墓园管理人员,才知道是巫家不出五服的妇女在抢五福。也就是谁先冲到山顶,谁以后就最有福。

没想到亲戚之间毫不相让,我们在二三十米下的山脚能清晰地看见弯曲的盘山路上,抱着母亲骨灰盒的巫大贤很吃亏,甚至有几次刚超过一两名妇女,就被人家用手推到了后面,一个趔趄,差点把骨灰盒摔碎。

为了保护骨灰盒,雨中的巫大贤看上去泄气了,一边哭着,一边降低了速度,不再奔跑竞争,自甘做一个家族里未来最没有福气的人。

黑毛一看火了,说了声老子去帮她,就冲了上去。我也赶紧跟了上去,刚爬了几米,就看见长腿律师黑毛已经从巫大贤手里接过骨灰盒,跟她说了句什么,巫大贤就疯了样往前面去追她那些远亲。

葬礼结束后,巫大贤对于我们协助她抢到家族五福冠军的事情非常感激,又对我上次留下的雅诗兰黛很满意,在没暴露身份的黑毛的专业话语诱导下,说了些我们想知道的细节。

原来,当初罗绮知道自己被薛家贵骗了,两年来每周一次的秘密同居不过是

224

一场玩弄时,已经怀孕了,她甚至跪着求薛家贵高抬贵手帮帮她。

薛家贵那时已经不怕罗绮了,后者不再是学生,他也不是老师了,调到了税务局,并且暗中打算移民。据辛虎说,薛家贵表现得像个无赖,无比绝情。

倔强的罗绮从地上爬起来后,决心自强自立。她去医院打胎,没排上号,出来却被医院外的黄牛用安慰剂一样的"中药"粉末欺骗,自己回家搞"中药"流产,导致大出血。

万不得已的情况下,她终于求助于辛虎,说出真相,让后者冒充她男友,背着满裤裆是血的她去医院清宫,并请假伺候了她一周。

当时,无比震惊的辛虎心如刀绞,嘤嘤哭泣着,告诉了巫大贤,好像是自己母亲被人欺负了。毕竟他从小被假小子巫大贤罩着,又靠巫大贤表叔进了经院食堂,请假一周干什么,也不可能不告诉亲人一样的巫大贤。

罗绮好了后,辛虎找了个机会,上门去把薛家贵的脑壳砸出了橘子大的一个坑,坐了两年牢。他唯一的亲人辛奶奶闻听此事,一急之下,脑出血死了。丧事是巫大贤独自主持办理的,辛虎那时已经进了看守所。

巫大贤咬牙切齿地说:"辛奶奶和辛虎都是被罗绮害的。这不是一个好女人,章雄一定是她害死的。"

巫大贤还掏出手机,让我们看了她翻拍的辛妈妈的照片。我和黑毛都吃了一惊,那活脱脱就是罗绮本尊顶着UFO(不明飞行物)一样的灯光,在九十年代的小照相馆里杵着腮帮子做沉思状。巫大贤说:"从小学开始,虎子就把这张照片随身带着。"

回程路上,我不断反刍跟巫大贤的彻夜长谈,作为一个专业编故事的人,浮想联翩了很多,黑毛也知趣地没有打搅我。

巫大贤咬死辛虎犯罪是被教唆,而罗绮却把自己推得一干二净。为了彻底了解真相,黑毛建议去询问经院师生,把当初辛虎的事弄个明白。

这一问,倒让我们有点意外。

八

综合从十几个知情人那里得来的信息,我这个小说家的脑海里浮现出这样一幅画面——

法庭上,辛虎咬死当天是自己一个人去薛家贵公寓的,不想罗绮却出现了,主动做证,说是自己带辛虎去薛家贵楼下的。

罗绮说的事情,跟实际发生的一模一样,一点没隐瞒,让辛虎无法包庇她,可就算是她带辛虎去的,也把自己洗得一干二净。

案发当晚九点多,罗绮带着辛虎来到了薛家贵公寓下。那是一个没有封闭的老旧小区,却坐落在市中心最繁华处的背街。罗绮说此行目的,是找薛家贵要回遗落在他家的一个玉坠。

公寓外面,隔着铁丝网有个公园,从那里可以窥视薛家那个单元没门的门洞。

罗绮把辛虎安排在铁丝网外面的公园里。她给他讲了周围的地理环境,只要往左边走一百米的样子,铁丝网上就有一道口子,是社区想锻炼的人私自开的,从那里可以进到薛家楼下。她又指了不远处薛家的窗口给他看,说人在家呢。她若进去十五分钟没出来,恐怕是起了争执,他就赶紧上来敲门,帮她。

辛虎说,要不,我到单元门口等,上来快些。罗绮就说,你还是把自己藏到公园里最好。你看,楼下路灯太亮,你杵在那里,谁都看得见。这个小区的长舌妇太多,不要落人话柄。

辛虎说自己不知道罗绮说的"话柄"是什么,只顺从了自己性格,一如既往不提议,不反驳,不争辩,乖乖留在了原地,躲在阴暗处,隔着两米高的铁丝网,透过无数小洞,观察着薛家贵那栋楼。

记住看手机,十五分钟赶紧上来劝架。眼睛盯着单元门洞,我要下来了就不要上来,说明拿到玉了。罗绮一边走一边叮嘱。辛虎说,姐放心,我不会让姐吃亏的。

辛虎瞪着眼睛,看罗绮走进了那个单元。他又抬头看了下薛家贵的窗口,在单元门右边,灯光不是雪亮那种,带点红色,很暗,像夜总会一样。

辛虎死死盯着单元门洞,又往上看每个楼层。罗绮有长期练民族舞的功夫,走路竟然轻得没有把楼道里的灯弄亮。

辛虎说,他时不时把手机摁亮看一下时间,并且尖起耳朵,使劲听楼上有没有争吵的声音。随着时间的推进,他越来越紧张,周围却依然安静,让他几乎喘不过气来。到了十三分钟的时候,他差点给罗绮打手机问情况,但又马上批评了自己。他觉得自己差点做了猪队友,罗绮现在可能正义正词严怒斥薛家贵,哪有时间接电话。再说,薛家贵要是知道她找了帮手在下面等着,指不定会对她怎样呢。

七想八想间,转眼就过了十四分钟,辛虎再也控制不住自己,拿出中学跑百米冲刺的劲儿,往左边的铁丝网开口冲去。

　　上楼的时候,辛虎的脚步一下弄亮了楼道里的灯。楼道是很旧的那种,没有大理石,没有地砖,只是水泥地,但很干净。辛虎盯着地面,一步跨三级台阶,跑了上去。

　　到了薛家贵的701门口,辛虎看见门是关着的。他愣了下,突然听到里面传来女人的声音,是嘴被封住了,拼命挣扎的那种"唔唔唔"的声音,但似乎又不是,好像还带有另一种味道。

　　辛虎来不及细想了,使劲拍起门来。他感觉拍了好久,薛家贵才开了门。后者光着上身,穿一条大花的沙滩裤,因为从没打过交道,他一下没认出自己当初在手机里搜索过的窥视罗绮的辛虎,很恼火,问他是谁,找谁。

　　从辛虎这个角度看进去,客厅里只开了一个几瓦的粉红灯。客厅对面的卧室虚掩着门,里面的灯光也是粉色的,也只有几瓦的样子。

　　辛虎一瞬间就认定了,薛家贵在欺负送上门来的罗绮。

　　他想喊罗绮,突然想到她在路上叮嘱他,不要在冲突起来后喊名字,怕邻居听到了,写到网上去。

　　他说,何况对薛家贵那种人,根本不需要吵架。吵架就是还在说理,可任何道理对人渣都是没有用的,所以在路上他就暗暗确定了,不作声,只动作。

　　无论他的律师怎样制止,他都豁出去这样说。

　　他说自己用练了一年多颠铁锅的结实膀子,一下撞开薛家贵,直接往卧室冲去。薛家贵被他巨大的臂力推倒在地上,喊了起来,你想做什么!私闯民宅是犯法的!

　　辛虎哪里管这些,已经冲到卧室门口了。他正要推门,突然想到什么,马上站住了,冲里面喊,姐,你在不在?里边没人回,却有点响动。辛虎急了,说,你穿衣服没有,我要进来了。

　　里面发出"唔唔唔"的声音,似乎很着急。

　　辛虎犹豫了一下,伸出手,刚要推门,从地上爬起来的薛家贵已经到了他后面,一把扯过他肩膀,翻过他的面,往他鼻子上狠狠打了两拳。

　　薛家贵力气并不大,但辛虎是个沙鼻子,从小一碰就爱流鼻血,也是这个小题大做的身体功能,让他很在意鼻子。

辛虎一摸一手血,还没反应过来,薛家贵却不收手,直接从沙发上拿了一副估计是男女情趣用的手铐,上来要铐他。辛虎眼明手快,躲了一下,又反击回去,摔了他一大跤。

这次,薛家贵坐在地上并没起来,就近拿了旁边茶几上的手机,说要报警。辛虎马上想到,若报警,罗绮被玩弄了一场的事情要被曝光了,女孩子的名声怎么办,他就急到巅峰了,想都没想,冲过去,拿起电视柜旁边的接近一米的落地瓷花瓶,直接往薛家贵头上砸去。

薛家贵一下晕倒在地了。辛虎不管他,马上转身推门去救罗绮。

不想卧室里,有个裸体女子被某种工具固定在床上,呈一个大大的"大"字,最羞的地方正冲着门口张开。即便只有暗淡的灯光,辛虎也看清楚了,那个女子剪着短发,非常丰满,不是罗绮。

而真正的罗绮,似乎人间蒸发了。

推敲完十几份当年目击者的采访后,我和黑毛发现,辛虎和罗绮所说的,只有一点合不上。

罗绮说她敲门好一会儿,薛家贵就是不开门。她听到里面有声音,知道屋里有女人,就走了下来,打算改天再来。

她说下楼后,走到铁丝网那里,却没看见辛虎,只好从缺口进到公园,以她指定他站的地方为半径,循着周围几百米找了个圆圈,也没找到。她在找他的过程中,手机掉了(她第二天确实挂失了手机号,还重新买了一个手机),也没法跟辛虎联系上,她看快到半夜了,有点害怕,只好离开了。

据说原告律师曾发问,手机掉了不知道找人借手机打给辛虎吗?罗绮就问他,您能把最熟悉的同事的电话号码背下来吗?对方就不继续追问了。

彼时辛虎在看守所已经待了近半年,巫大贤和已经出院的薛家贵却在法庭上恨得牙痒,始终确信罗绮才是主犯,认为是她指使辛虎去砸人。

罗绮冷笑,辛虎没有你们想的那么傻,可以被人指使。我也没你们想的那么傻,放着前途不要,非要为一个渣男暴露隐私,还毁掉自己和辛虎的人生。

她说得非常在理,薛家贵还是不肯信。他说,你那个玉坠,我曾经瞄过一眼,不是缅甸玉,是和田玉,值不了几百元。你会为了它又来找我吗?我们之间把话都说得那么绝了。何况,分手这么久了,你怎么才想起那块玉掉了呢?

罗绮说,刚才辛虎已经说了,玉坠是我过世母亲的遗物,你没仔细听。

薛家贵又强调,我只想问,分手都那么久了,你为什么现在才想起来我家找?

罗绮回,我一直没觉得会掉在你那里,到处找不到它,都成了我的心病。那天在卡卡西餐厅见到你后,我才开始怀疑,会不会当初掉你那里了。

原来他们之前偶遇过,或刻意遇到过。

跟你说没有就没有,要是看见了,我一定丢进垃圾桶。我不想看见你的东西,脏。薛家贵恶狠狠地说。

谁脏谁知道。罗绮说。

这时,巫大贤还是气不过,不管不顾站起来大声说:"罗绮,照你的说法,就算你走得慢,上楼下楼加起来十分钟八分钟,加上敲门一分钟,也没有你给辛虎安排的十五分钟那么长啊。那个时候辛虎死死盯着单元门口,根本没看到你下来,你怎样解释?是不是早就调查好了薛家贵的行踪,精心设置了一个局,支辛虎这个瞎子去跳崖?"

"我不知道你在说什么,我跟辛虎没有仇,他是我干弟弟,我怎么可能害他犯罪!恰好相反,我反对暴力。我一辈子没使用过暴力。"罗绮说。

"你不恨辛虎,你恨薛家贵。你想借刀杀人!"巫大贤吼了起来。

"记忆总是会发生偏差的,何况那天晚上,辛虎等在楼下有点紧张,记错看错也是有可能的。"罗绮说。

"假设一种可能,也能成为证据吗?"薛家贵讥讽道。

罗绮说:"各位,你们记不记得一句歌词'五十六个民族,五十六枝花'?"

大家都点头,表示记得。

罗绮说:"你们确定,记忆一点没错?"

旁听席上有人喊了起来:"当然没错,这句歌词太有名了。"

罗绮就说:"麻烦你们到网上搜索一下,看看记错没有。"

大家看她那么肯定,更是不知她葫芦里卖的什么药,纷纷掏出手机,搜索起来。

结果非常意外,那位著名歌星根本没唱过"五十六个民族,五十六枝花",她唱的是"五十六个星座"。这太邪门了,世界上哪有什么五十六个星座。西方十二个,东方八十八个。可全国人民都把这事记错了。

罗绮看全场轻轻惊呼,然后鸦雀无声,知道有效果了,继续说:"所以,人的记忆并不可靠。"

辛虎这时听了大家的议论,也急了,吼道:"不要说了大贤,姐不是那样的人!不需要啥歌词来证明,我可以证明自己,看错了,记错了。我经常恍恍惚惚、丢三落四,很多事情都记不起来,读书的时候就经常被大贤骂,笨得屙牛屎。大贤大贤,是不是?你晓得我是全班最记不住课文的。"

他话一出口,不知道为什么,巫大贤愣了一下,想起了什么似的,只好蔫蔫地缓缓地坐了下去。然后她皱眉看着眼前的一切,再不发一言,做听天由命状。

我和黑毛把采访笔记反反复复看了很多遍,彼此没交流,但心里都有一个共同的声音,这个女人不寻常,怪不得能从文秘迅速做到董助兼女友。

如果罗绮真的靠自己与辛虎母亲惊人的相像,把控了辛虎的心,令他愿意去为她犯罪、坐牢,并失去唯一的亲人奶奶,也不能证明章雄就是她毒死的,只能心理侧写出罗绮的隐形人格。

毕竟,报复薛家贵是人之常情,是非常明确的。而章雄是罗绮事业与生活的靠山,她没有理由在怀着孕,还没举行婚礼的时候,就去把他毒死啊。

我感觉有点迷茫——会不会整个事情的方向,都追错了?

九

改天,黑毛约我到公园散步,分析案情。

不想他还是死性不改,在无比优雅浪漫的枫树林里,对我说:"蔷薇,你知道吗,过去我这个堂堂大律师,往来无白丁啊,都是和什么刑侦技术教授、心理学家之类的人一起分析案情,跟你一个十八线推理小说作家天天叨叨,还是第一次。"我一听"十八线"这个词,眼前的枫叶都好像片片成了小李飞刀。

我恶声恶气地问:"那就是说我运气好喽?"他竟然没发现我生气了,继续嘚瑟道:"不瞒你说,你是托我的福了。"

我一听就火了,说:"那我偏要害死你,回家就把从你这里听来的各种信息发到网上。"我这一说,他才明白我生气了,赶紧拉住我的手,嬉皮笑脸地讨好,说都是成年人了,犯不着为了一点意气,毁掉咱俩一辈子的前途。又说有哥们儿说他就是阳光大男孩,不懂谦虚,像美国人。我甩掉他的手,说:"你咋知道美国人不谦虚,你又没去过。"他只好不作声了。

我本想转身离开,突然想到他常说"踏货是买主"。意思是想追我才贬我。我真不信。既然冤家路窄,又转到一起破案,我就杀杀他威风。

我说:"蔺大致,你对凶手的作案手法怎么看?"

他一愣,环视了一下四周,假装害怕地颤抖着声音说:"别那么严肃地喊我学名,在这无人的树林里,喊我黑毛我心里踏实些。"

这人偶尔嘚瑟完了,又总伏低做小逗我,虽然幽默水平不怎么样,但也让人不得不多次拉黑他又加上他。

"别开玩笑,我在认真问你呢,你认为凶手是怎样作案的?别墅区和章家外围的摄像头都显示,罗绮去市经委开会后,四十八小时内,进出章家的只有章雄与燕儿姐,连章雄当时的司机艾勇都没进去过,燕儿姐也只是在家门口几米远处丢过垃圾,那么,究竟是谁下了毒呢?两天内被使用过的两个菌菇包里,只有羊肚菌和虎掌菌的颗粒,可是有一包以及剩下的汤里、菜里、死者的消化物里,却有大量有毒成分,可是如你透露,无论垃圾桶还是别的地方,甚至汤里,都没有白毒伞一点残渣,连细微的颗粒都没有,那么凶手是怎样作案的呢?"

他说:"这也是我想不明白的问题。"

我说:"我已经想明白了,但是,不想告诉你。"

我说完,转身往公园外面走去,他急了,一路追上来,跟高中想抄我作业时一样,说尽赞美我外表、心灵以及智商的话,一直追到我那个蜗居。

我故意拿捏他,要他给我做大扫除,又做了一顿晚饭。他老实地照单全办,跟学生时代想叫我帮他写作文前一样老实干活儿。每当这个时候,他确实显得像一个阳光大男孩那么单纯。

等我酒足饭饱后,才告诉他,我早想出来了,凶手应该是用白毒伞煮出的水浸泡了一个三角菌包,干燥后放在了燕儿姐那两天要用的位置。据说燕儿姐是处女座,有点强迫症,菌包是按照顺序用的,毛巾肥皂什么的都是按照顺序用。即便万一不按照顺序,凶手只需要在那包上面做一点轻微的辨认痕迹即可。所以,凶手的不在场证明,就是假的,因为做下这个事情的时间并不在那两天,可能早得多,早到燕儿姐开始去公司做自用三角包之后的任何时候。

黑毛愣了半天才说:"对呀,只有这样才解释得通,为何有白毒伞成分却毫无一点白毒伞残渣和微粒了。"

我点点头。

他放下自己出钱叫的外卖红酒，说："这样一来，罗绮的嫌疑就最大了。可她从哪里弄来的白毒伞呢？她和章雄公开同居才大半年就出事了，同居那大半年她没出过差，并且因为跟父亲和后母不和，自从上大学就没回过家乡。她那大半年收到的所有包裹据说也查过，除了公司的，就是自己的网购用品，没有山野干货类的。"

"她就不可以有同伙吗？"我反问。

"你说辛虎？"他一惊。

我说："也不一定是辛虎。不过辛虎也很可疑，毕竟他出狱后有一段时间和巫大贤在高新区开羊肉汤馆，跟罗绮和章雄也有往来。2019年秋，他却突然跟着巫大贤离开江城，说是生意不好做，要回家乡开餐馆。可是这次跟巫大贤接触，发现他俩回到龙灯镇并没有马上开餐馆，休息了不久就进入了漫长的疫情隔离期，直到疫情平稳后罗绮把辛虎召回江城做自己的司机。而且，巫大贤除了说薛家贵案辛虎被罗绮涮了，并不提起章雄案。我们提起，她也不说什么。你不觉得蹊跷吗？"

"可辛虎在章雄公司买三角包装机前就离开了。而且，从他出狱到现在，到处都实行了靠身份证买票的政策，他的行程可以查到，除了江城和龙灯镇，没去过别的任何地方，也没收到过干货类的包裹。"

"这确实有点解释不通。"我说。

"还有一点也很奇怪，罗绮好像没有什么杀害自己未婚夫的动机。哪个女子会希望自己孩子生下来就没爸爸啊。"黑毛说。

我就说："黑毛，关于这一点，你就不如一个作家了。"

他一愣，看着我，不明所以。我就说，你知道女人最在乎什么吗？他摇摇头。我就叫他猜，他猜了美丽、爱情、孩子、金钱、身材之类，我都摇头，他就急了，要我必须马上说出来。

我看他急的，就笑了，说："你一直把章雄称为罗绮的未婚夫，是你亲口听章雄喊过她未婚妻吗？"他愣住了。我继续说："你不会傻到以为公开同居加事业伙伴加恩恩爱爱加怀孕了，就等于是未婚妻吧？"

他豁然开朗，说："哎呀，还是作家强啊，我前任女友就是我不愿意一年内结婚跟我分手的。"

我知道他想继续说什么，就说："黑毛，咱们现在不编故事，免得先入为主。按照'杀人动机'这个角度重新走一遍，看有没有什么隐情是我们不知道的。"

他就兴奋起来,说:"蔷爷啊,真有你的,我想亲你一口。"

我说:"你敢耍流氓,我就把你从阳台上推下去。"

他说:"不敢不敢。说真的,我怕你十几年了,所以有时故意贬贬你,给自己壮个胆,就像小时候独自一人穿过坟地要大声唱歌一样。"

他的比喻这么难听,我正想发火,他马上正色说:"这样说来,艾勇、辛虎,以及章雄的那些打麻将的朋友,我们都需要再找他们谈谈。"

十

黑毛找辛虎了解情况,我却常去薛家贵那个小区转悠,想为几年前的事找点灵感——是辛虎记错看错,还是罗绮设计,涮了辛虎?

薛家贵已经移民,房子易主了。我们通过薛母联系上远在匈牙利的他,不想其并不愿意再谈此事。据主治医生说,他脑袋上那个大坑用进口合金修复后,留下了脑震荡和阳痿的后遗症。不知道为什么,我们听了也不太同情,只是决定,不到万不得已不找他了。

辛虎也很顽固,在黑毛面前基本保持沉默。虽是一无所得,却显得更加可疑。当初章雄对罗绮这个干弟弟不错,还经常去巫大贤的羊肉汤馆打尖,辛虎这种态度,简直等于坐实了自己和罗绮有问题。

我问了黑毛一个惊悚的问题,辛虎会不会暗恋罗绮,因爱生恨,才把薛家贵和章雄都干掉了。

黑毛瞪着我,呆了好几秒,说你还可以更大胆一点设想,辛虎和罗绮也许有一腿也未可知。我说这是天方夜谭,他俩根本不像一对。黑毛却说,这几个人连续出事,还搭上了一个燕儿姐,不也像天方夜谭吗?

这一说把我说愣了。

几天后,黑毛联系上了在广东一个小镇开车的艾勇。不想艾勇并不知道章雄与罗绮之间的任何事情,说老板们在车上口风很紧,也没提到婚嫁之事,只把恩爱的一面秀给了司机看。

黑毛一再诱导,又消除艾勇的各种顾虑,他才说,有次章总在一家名叫"伊豆"的日料店请一个女作家吃饭,罗绮好像很不高兴,提前出来,让他送她回了家。那是他看出他俩关系并不那么和谐的唯一的一次,印象特别深刻。

艾勇说,那天罗绮脸色特别难看,一路无话,还暗暗流泪。他说他假装没看见,其实从后视镜里都看见了。艾勇还说,他离开江城后,也知道罗绮有时带着辛虎去那个"伊豆"的同一个房间吃饭。黑毛问他是谁告诉他的,艾勇说打死他也不会说,他要保护自己的朋友不被张二贵伤害。

原来他在怕着张二贵,却不知道张二贵也想调查真相。

不过"作家"一词让我一惊,想起罗绮也提到过。难道,在章雄和罗绮之间,曾经出现过一个女作家?

"伊豆"日料坐落在五星级酒店里,装修艳丽而繁复,但灯光阴暗,仿佛《千与千寻》里的异世界与香艳艺伎风的杂糅。某个角落里确实站着无脸男的人偶。因为高端,人很少,且都在半开放或全封闭的包间里,彼此不见。

有了黑毛,一亮大律师身份,找谁了解事情,对方都很合作。"伊豆"的领班很快提供了一些有用的线索。原来,"伊豆"的包间是有服务员站在旁边服务的,除非客人需要服务员回避。

无论章雄还是罗绮做老总,都喜欢来"伊豆",算是老熟人了,再加上章雄死得不明不白,罗绮做老总后又喜欢带着一个年轻的司机来,"非常变态地"要同一个包间"美脂",所以给领班留下了很深的印象。

领班谈起她第一次在"伊豆"见到罗绮,因为出了点事,记忆犹新。

当时是2019年11月了,章雄预订的美脂是能从高处看到江城夜景的最贵包间,需要点一份高达两千多元的顶级蚝刺身以及论克卖的蓝鳍金枪鱼刺身厚片作为起点。

穿着和服的女服务员来问二十个蚝需要哪些组成,章雄想也没想就把目录单递给了另一位被他称为翠翠的女子,说她更懂行,要她点。

那个名叫翠翠的打扮得波西米亚风格的女子说:"不用看,我最喜欢贝隆,来一打贝隆怎样?"她不待章雄回答,又问女服务员:"会不会让你们亏啊,贝隆在这种档次的地方,单个要一两百呢。"服务员就说:"没事,二十个全要贝隆,我们也乐意。"翠翠就说:"别怕,另外八个给我来吉娜朵这种口味大众化一点的,甚至……"她看了眼罗绮说:"这位美女说不定吉娜朵都接受不了,要吃加州生蚝呢。"章雄就说:"确实,我也是从西雅图奶油生蚝开始的,那种口味适合新手和孩子。"服务员就说:"我们这里没有加州生蚝,只有高端的。"罗绮却尴尬微笑说:"我随便。"

234

章雄和翠翠最终在剩下的八个份额里选了一半法国粉钻和一半美国熊本蚝，罗绮又说随便，不过说自己从没吃过生蚝。

这些细节都是领班贴心的那个已经离职的服务员事后跟她汇报的。

包间里近身待命的服务员说："那天章总话特别多，还特别幽默，跟平日里招待其他客户不一样。看样子是他请那个名叫翠翠的作家跟他一起开一个影视公司，还说准备把食品公司卖给香港的沈先生，自己搬到北京去做影视。他说电影是他从小的梦想。"

谈完网络大电影后，他又天南地北地侃，甚至连自己读中学时的一些趣事都谈了出来。罗绮嗔怪说连自己都不知道。每隔几十秒，章雄就会抖出笑点，让两个女的笑起来。作家翠翠是哈哈大笑，罗绮故意憋不住似的，扑哧一笑。眸子发光的章雄，从未有过地妙语连珠、热情亢奋，连长期专门服务他的那个服务员也有点诧异。

这时候，第一道大菜"海天生蚝盛宴"端了上来，连干冰带生蚝，托盘足足有半米左右的直径，又穿插各种蔬果雕花造型，完全是个微观宇宙，阔气得让人想哭。

服务员说罗总好像赌着气，非要给自己拿翠翠制止她拿的贝隆，但她又不认识，就直接问服务员，哪个是贝隆。服务员指给了她。不想一入口，罗绮一下就喷吐到了地上。她急速不停歇地呕到滑下座位，坐在地上。

所有人都对这种强烈的反应大吃一惊。服务员瞬间跑进来几个，连扶带拖，把罗绮弄到洗手间去了。

罗绮到洗手间赶走服务员后，关上门，弄了好久，也没等到章总过来关心。那边两个人依然谈笑风生，好像把她忘记了。她出了厕所后，领班发现她的眼睛红了，估计她在里面哭过。

经过楼梯口时，她突然想通了什么似的，改变主意，不去美脂包间，却转身下了楼。她要领班去帮她拿大衣，并转告章雄，她胃有点不舒服，先走了。

章总也没出来送她，却嫌弃地面被她吐过，早就换了个包间，继续跟翠翠谈笑风生。

领班说自己后来听说章雄死了，罗绮又生了个孩子，想起第一次见到罗绮那天，掐指一算，才知道她当时已经怀孕四五个月了，因为瘦，又是冬天，谁都没看出来。似乎章雄也不知道，竟让她又喝酒又吃刺身。

领班说，就是没怀孕的人，第一次吃贝隆那种带着铁锈味和海腥味的顶级铜蚝,也受不了。

黑毛很快就把那个翠翠调查清楚了,原来就是江城小有名气的编剧王翠翠,之前写网文,后来又写了几部甜宠剧,自己成立了工作室。

我们跟王翠翠约到咖啡馆面谈时,她说章雄死前正打算跟她一起搞个影视公司。她说山里出来的孩子都有一个影视梦。她还非常肯定地说,罗绮就是凶手,动机就是怕失去章雄,失去公司。

这个动机我和黑毛似乎都不敢马上否定。

我们问她要证据,她说她也正在寻找。我们问她跟章雄的关系,她说章雄确实喜欢她,暗示过几次,但她并不想跟他发展下去,他也不强求。

我们问为什么,她说:"真要合作干事业的人,不能把关系搞复杂了,再说……"她顿了下,没说下去。我就说:"再说,你还嫌弃章雄起家不干净,是吧?"

旁边的黑毛笑了一下,又憋住了。因为以上对话,是典型的女作家之间的对话。他总说,作家这个职业就是一门八卦的职业。

之前在调查中,我早知道了,章雄起家并不光彩,但"人非圣贤,孰能无过",又何必对企业家苛求呢?

他也是从司机做起,给一个五十多岁的单身女企业家开车,两人关系有点不言自明。他跟着她结交各种成功人士。一个山区来的大专生,靠与各路高人交往,成长迅速,水平早就不亚于一个商学硕士了。不久后女企业家患了绝症,留了一笔财产给他,这就是他后来起家的秘诀。事情过去快十年了,章雄也靠能力证明了自己,流水营盘一样的高新区只剩少数知情人,并且也不再把这个事当作一个事,唯有王翠翠还盯着。

但更值得盯着的是,王翠翠是罗绮大学同学,还住一个寝室,并且长期不和。按照王翠翠的说法,罗绮在学校孤独得很。她说:"二本学校的女生,大多来自底层,唯有罗绮长期端着淑女范儿,装腔作势,跟大声喧哗的她们区别开,又当婊子又立牌坊,谁也猜不到她会暗中去薛老师那里出卖肉体换前途,所以很招人厌。"她还说罗绮在学校不怎么说话,独来独往,毕竟一个寝室都不想理她。若不是后来辛虎这个干弟弟来帮大家做事,同寝室另外五个人跟她的关系不可能缓解。

原来,她们是学生时代就结下梁子的同学。

可以想象,性格外向霸道的王翠翠当年是怎样拉帮结派排挤罗绮,不想冤家路窄,竟然又来抢章雄,于是在"伊豆"的那一幕,对罗绮的侮辱性就更强了。

"那你应该跟辛虎很熟？"我问。"熟悉啊。不过后来他坐牢了，就失去联系了。章雄死后我找他调查，他根本不理我，完全成了罗绮的帮凶。"

"当年薛家贵那个案子你怎么看？"我又问。王翠翠就说："怎么看？就是那个猪头被罗绮利用了呗。说真的，章雄的案子我也觉得是辛虎出手的，只是我还没找到证据。听说罗绮现在傍上了地头蛇张二贵，我也怕自己死得不明不白，正打算把工作室搬到北京去，远离是非。"

王翠翠并不知道章雄死的时候辛虎在龙灯镇，有绝对不在场证明。她咬死是他干的，要黑毛从"罗绮指使，辛虎下手"那个方向去调查。

我们也不想跟她多解释，毕竟真相是什么，谁也不知。

十一

如果用心理侧写来捋这个案子，一切都很合理，可却缺乏关键证据。

白盖镇当地的调查结果早就发了过来，这事要从罗绮小时候说起。

罗绮的父亲是镇上小学的数学老师，在她小学四年级的时候，跟菜场卖猪肉的一个小姑娘暗中好上了，这就是仅仅比罗绮大八岁的后母凤霞。

罗父的二婚是靠妻子的死亡促成的。罗绮母亲去菜场买蘑菇，不小心混入了白毒伞，中毒身亡。那时罗绮正在夏令营，罗父也在县里开会，但有多个目击证人说，在菜场时，凤霞过来跟罗绮母亲打过招呼，还在她身边站了半分钟左右。罗绮母亲早跟闺密说过，知道自家男人跟她有一腿，所以只是冷着脸，并不理睬她。

罗绮的舅舅认为，是凤霞趁着打招呼，把早就准备好的白毒伞放进了自己妹妹的菜篮子里，但最后结案却是自杀，因为罗绮母亲认识白毒伞，整个白盖镇的人都认识，炒蘑菇前也都有择菜检查的习惯，更重要的是，她经常跟几个闺密说，活着没意思。至少有五个人证明她那段时间有强烈的自杀倾向。

罗绮对母亲的死并没表现出太多的悲伤，第二年也平静接受了父亲的再婚，但从不跟后母说话，一到初中就住校去了，寒暑假也不回家，直接去舅舅家。不想到考上大学那年，罗绮突然拿着通知书回来跟父亲和后母谈判，要求分家产。说不分就去举报他俩害死了她母亲。

罗父当时只有五万多元存款，再加一套小镇上不值钱的房子，为了息事宁人，就把存款全部给了她，据说正好够读完大学，只是每学期学费住宿费大约五千元,剩下的生活费一个月不到五百元,还需要在各种网上领免费礼品卖出去赚点钱补贴。罗绮离开白盖镇后一去不复返,再没联系过父亲,据说就算父亲找同学加上她QQ什么的,她也会删除,但并不说一句恶言恶语。

这样的童年,这样的家庭,会孕育出怎样的一个人呢?

罗绮来到江城经济学院,又被王翠翠等女生合伙排挤,也难怪她四年没说过几句话了。除了能跳民族舞,她学习成绩也只算中下等,在经院也不是特别醒目的人。

这样的一个人把初恋献给薛家贵长达两年多,该是寄予了多大的期望啊,不想薛家贵却如此冰冷残酷地对待她。

她后来与章雄的恋情更加温暖一些,但被亲生父母遗弃在车站,本来又靠老女人起家的章雄,内心又何尝不是伤痕累累,所以一直不给罗绮结婚的承诺,也是情有可原。

这就是罗绮没告诉章雄自己怀孕了的原因吧?毕竟第一次怀孕的创伤如此深重,并直接导致薛家贵快速翻脸,说她学宫斗剧拿胎儿要挟他。

再来看辛虎,自己落水令母亲失去生命,那种哀痛可想而知,遇到与母亲容貌相像的罗绮后,该是怎样的想靠近,所以他一直在单方面付出。

仅仅依靠巫大贤透露的信息,就可以罗列出这样一些事情——

辛虎帮罗绮乃至于罗绮同寝室全部女生干一切活儿,长期买各种零食讨好她们;罗绮大四上学期实习,辛虎把自己的全部存款一万一千多元借给了罗绮,直到做了罗绮的司机后,她才双倍还给了他;帮罗绮复仇,打伤薛家贵,坐牢两年,在牢中被狱友欺负,帮很多人干活儿,还挨过不少打;因为坐牢的事,气死了唯一的亲人奶奶……

如果这一次章雄的死依然跟辛虎有关的话,动机上不难解释,行动上却不好解释,毕竟章雄死的时候,辛虎早就离开江城了。

我突然想到一个事,辛虎出狱后既然都跟着巫大贤专门来高新区开店,好近距离看看罗绮,为什么在2019年9月突然跟着巫大贤关门大吉,说要回龙灯镇开羊肉汤馆呢?就算餐馆亏损,也可以留在高新区找工作,甚至直接进章雄的公司啊。

我马上微信联系巫大贤,恳求她告诉我一切。她很犹豫,我劝说到半夜,她才告诉我,罗绮吃她的醋了,让辛虎把她弄走。

我有点不信,但没说出来。巫大贤算得上是个丑女,而且没啥文化,说话做事也是一派假小子作风,怎么可能跟古典淑女罗绮比呢。巫大贤好像看出了我的心思,主动说,这是不可能的事啊,是她太敏感了,胡思乱想。章总只是喜欢我做的羊肉汤,把我当干妹妹,支持我开了个美食视频号而已。

她告诉了我视频号的名字,说因为罗绮吃醋,尽管已经有二十万粉丝了,也不得不停止。

我按图索骥找出来看,那个名叫"羊肉不西施"的视频号早已停更,还剩下五万多粉丝没取消关注。过往的视频看得出是专业团队制作,有的在风景区,有的在别墅区,画风挺费钱的。更想不到的是,在视频里愣头愣脑带着乡土口音说话的巫大贤,竟然与那种艺术画风形成奇特的风格,吸引我一口气看了十几期,难怪能有二十万粉丝。

我又查了那个视频号的注册信息,是属于一个文化公司的,法定代表人依然是章大熊。原来主角巫大贤只算员工,所以她一离开,自己也不能在龙灯镇继续。

至此,整个事情就更说得通了——罗绮因为家庭原因,也许心理早就异于常人了,下毒杀死章雄顺带捎上燕儿姐,也不是不可能。

只有她作案最方便,公司有了三角玻璃纱包装机到章雄死前的两个多月,她每天都有机会用白毒伞的水浸透一个菌包再烘干,混入燕儿姐的盒子。

可是,白毒伞从哪里来的呢? 她离开云南已经七八年,难道她身边一直藏着晒干的白伞盖吗?那么久还有毒效吗?何况那么久以前她就知道自己会遇到薛家贵和章雄,并被他们以不同的方式伤害,她就时刻准备着犯罪吗?

不不不,似乎说得通,又说不通。

黑毛说他查了江城的野生菌菇行,似乎没人与罗绮有交情。章雄公司掌管菌菇进货的人,也跟罗绮不是很熟。"何况,按照她心思缜密的特性,不会轻易寻找帮凶。"他说。

"连你都觉得她心思缜密了?"我一惊。黑毛就说:"这阵儿咱俩把她十岁以后的十六七年捋下来,你不觉得她心深似海吗? "

我不作声了。

十二

我通宵失眠,整夜思考罗绮拿到白毒伞的途径。

江湖上自然有一万种途径可得，可罗绮这样心思缜密的人，绝不会假手于人。除了辛虎，她必定亲自操持。

可她跟章雄公开同居大半年，再加之前的暗度陈仓约会,似乎都没有离开高新区去往外地。实际上,从经院毕业到章雄去世,罗绮的生活以及社交单调到令人诧然。

在"伊豆"受辱前,在巫大贤的视频号以及王翠翠的网络大电影一步步令章雄想把精力从饮食转到影视之前,在王翠翠出现更加令罗绮的婚期遥遥无望之前,她不太可能起杀心。

也就是说,在辛虎领命带着巫大贤回老家的2019年9月,她只是与章雄的关系出现了裂痕。而2019年11月在"伊豆"受辱,以及章雄对王翠翠的迷恋,跟港商洽谈转让食品公司股权的事,才是罗绮内心与章雄彻底决裂的开始。

她已经输不起了，她要保卫十岁那年母亲蹊跷死去后，最大的一次生活成果，一旦再次失去，她将万劫不复。

"伊豆"受辱事件距离章雄中毒,仅仅只有一个多月。这一个多月中,她与章雄有没有吵过架,燕儿姐有没有见证他俩的裂痕,只有天知道了。

这一个多月,她几乎没有出过高新区,直到出事那两天主动请命去开市经委组织的会。第二天下午本来已经开完会了,结果她跟几位同行谈得兴起,竟约着晚上去泡了酒吧,第三天才回。

章雄和燕儿姐中毒时间是会议第二天晚饭时,如果当时罗绮散会就能回,恐怕还有机会把昏迷的二人送到医院。

一切都那么巧,一切都那么明显,可却毫无证据证明事情就是她干的。

只要她咬死不承认,就会成为永远的谜。

我胸口闷闷地从床上坐起来，也不看时间就出了门，随处乱走。不想这一走，冥冥中竟寻着心的方向，走到了离我只有一公里多的薛家贵的旧居。

这是一栋二十世纪九十年代末建造的低层建筑，只有七层，没有围墙，没有门卫，独立矗立在江城最繁华地段的背街,闹中取静;前面临一个铁丝网围着的小公园;左侧是另一个小区的围墙,上面开满鲜花;另一侧则是进出通道。

通道四通八达，并不是一条路，而是一个自然社区，内部阡陌纵横，另有一些样式与归宿不一的楼房，所以位居闹市也难以拆迁开发。社区周边通过若干小巷迂回或直接连通二十四小时灯红酒绿的步行商业区。

那栋楼还是跟几年前薛家贵被砸时一样，没有单元门，没有小区围墙，也依然是这个城市最中心最安全的地方之一。我走到案发地一单元701门前，停了下来，这个时候，我才明白了，我是想上楼顶去看看当年罗绮逃离辛虎视线的地方。

我走到楼顶才发现，别说锁，连门都没有，也可能是最近被人取走了。

月光很好，直线距离目测不超过两百米的步行街上，灯光和人声交织成金光灿灿的热闹盆景，漫山遍野流泻开来，仿佛给方圆几里上了把安全锁，连鬼都会嫌弃这里的半夜阳气太足。

我站了一会儿，转过身，走向三单元，却发现二单元和三单元的楼顶门还在，而且是关着的。当年若如此，罗绮根本没路可下去。

我心里一阵狂跳，但一瞬间，又绝望了。我用手轻轻一推，发现严丝合缝的门不过是靠着门框变形带来的摩擦力而关闭着，上面空空的锁洞，竟然连锁都被人取走了。这里太安全了，看上去又不够高档，所以没有人想到要去安装单元门，或维修楼顶门。

我从三单元慢慢走下楼，越来越觉得没力气。

到了单元门口，我站了一会儿，吸了口气，然后一转头，看向辛虎当年站着的地方，果然，隔了各种藤蔓和乱七八糟的网架子，彼此互不相见。

罗绮不简单，一单元进，三单元出，摆了辛虎一道，让他为自己坐了两年牢，还失去了奶奶。

突然，我发现前面不远处也站着一个人，我一看见他，他转身就走。

没错，是辛虎，他难道也在半夜过来验证当年罗绮的谎言？

我喊了他一声，他不理，转头快走右拐，一眨眼就进入了小岔分径的小巷。那些巷子都很短，有的一百来米，有的几十米，大多没有路灯，只有某些人家的窗户亮着。他选择了最短的一条巷子，一下就钻到了人来人往的夜市边，然后他站住了，东张西望，好像在等我。

我跑了上去，顺着他的视线看了半晌才明白过来。

我说："辛师傅，出口周围没有摄像头，五十米远的银行门口有几个，可好几年了，那些录像早就删了，当年罗绮究竟从哪个单元下来的，已经成为永远的谜了。"

他转过头，看着我，目光很古怪。

我接着说："辛师傅，都快十二点了，你从高新区专门赶过来，是为了什么？为了你奶奶，还是为了章雄和燕儿姐？"

他就说："我半夜过来，是因为明天要上班，还因为……"

他突然不说了，眼神很哀伤。我请他去喝酒，他答应了，很合作的样子。

在酒吧喝了一杯"阿斯特克宝藏"后，他主动说："蔷薇老师，当年我有没有被利用，其实一点都不重要，当时我发自内心想砸那狗日的。"

"我明白。"

他又说："你知道我现在跟章爸爸住在一起吗？他住楼上，我住楼下。"

我等着他继续说。

他叹气："我受不了了，他每天半夜三点多起来，去自己给章总做的小灵堂里偷偷哭泣，还以为我不知道。我每天都心惊肉跳地等那个时间，等隐隐约约的哭声，他搞完了我才能睡。我快疯了，真的，半夜到厨房喝水，看见章总和燕儿姐在那里，对我笑。"

我也吓了一跳。他突然转过头，对我说："我知道是她干的。"

我大吃一惊，吓得心脏怦怦直跳。

他说："去年九月，有天干姐姐，哦，就是罗总，把我叫出去，到高新区外面的森林公园散步。这是我出狱后她第一次约我单独见面。我非常兴奋，去了后才发现，她坐在一张排椅上，哭得稀里哗啦。我问她出什么事了，她就说自己怀孕了。我很高兴，催她赶紧跟章总说，她说不行，绝不能贸然暴露。我听巫大贤说，她已经告诉你们干姐姐第一次怀孕的惨状了。那个时候就是她贸然告诉了薛家贵，两人关系才变了，薛家贵还说她用怀孕来做局，所以这一次，她也不敢说出来。我说章总跟薛家贵不一样啊，跟你在一起很专心，没跟别人。结果她哭得更狠，半天才告诉我，她跟章总谈恋爱前就签了协议，只恋爱，不结婚。他给她钱，对她好，但同居到八十岁也不结婚。章总说自己是不婚主义者，怕结婚。"

"没想到罗绮会签这样的恋爱协议。不过这事也不少见，好多富豪都这样。"我说。

"有那么简单就好了。干姐姐对我说，章总弄了个文化公司，做了大贤等几个视频号后，越来越感兴趣。在朋友的撺掇下，想出让大部分食品公司的股份，自己去北京搞影视，食品公司这边只做一个董事。"

我插嘴："这不是挺好的吗？人总要求发展嘛。"

"不好呀，干姐姐不会影视这一块，不就等于变相让她靠边站了吗？再说，影视圈狐狸精太多了,干姐姐知道自己以后稳不住章总了。"

"那她当初干吗要签那么屈辱的恋爱协议……"我问完,却马上自己想到了,"她觉得日久会生情,自己迟早能搞定章总?"

"是的,所以她要求我想办法带走巫大贤,剩下的事她来解决。她说她要把章总的心拉回食品公司。我们离开后,跟她也无联系,不知道她后来几个月遇到了什么事。我这次回来后,她也绝口不提。"

"既然不知道案发前的事,那你刚才怎么说事情是她干的?"我问。

他愣了一下才说:"当天下了点小雨,我和她坐的椅子旁边,长出了一堆特别可爱特别洁白的蘑菇,仙子一样。我忍不住伸手去摘,她一下拉住我说,这是白毒伞,一朵可以毒死一个人。她说江城本来没有的,不知道怎么也有了。她后来又叹息说,世界变了,人来人往的,什么都有可能。也就是那一天,我才知道,她母亲就是死于白毒伞。"

一周后,被我和黑毛举报的罗绮,在公安局专业人士的话术引导下,交代了所有动机与行为。不想真相竟与我和黑毛猜测的,毫无二致。

【作者简介】奚榜,曾用笔名桢理,在各大文学期刊发表长中短篇小说约七十部(篇),部分被选载或收入选集,另出版有长篇和中篇选集六部。

六月的演出

李　唯　李汀汀

一

二〇一六年六月的第一天，儿童节，凌晨五点。腾格里大沙漠边上被一圈儿土坯房子围起来的一个院落。这是一所乡间民办学校，学校里唯一的一位教育工作者，校长，兼老师，兼厨师，兼校工，兼司机，还兼上课下课的敲钟人，把睡得迷迷糊糊的学生，一共十一人，从一大炕上轰起来，召集到院子里，要完成一桩很困难又必须完成的事。他们今天要赶到五十公里外的乡上，去参加全乡中小学六一儿童节歌咏比赛，目标是务必获奖，获奖就有乡政府发的奖金，这笔钱对于学校生死攸关。这所学校是没有办学资质的，得不到县、乡任何一级教育机构的承认，创办人兼唯一的教书人马葡萄只是初中肄业，不在教育局的名册上，所以就没有一分钱的经费划拨，如果得了这笔奖金，就可以给学校买米、买面、买人吃的油和卡车烧的油，还要买煤，最重要的是要买水！腾格里大沙漠是干透了的北方地域，在这里吃水都是要拿钱买的，专门从事这一营生的卖水人从几十公里外用骆驼或者毛驴把水驮来，水是论斤卖的，过去每斤水四角七分，现今已经涨到五角一分了，学校已经十天没买水了，因为已经没钱了，而且还欠了卖水人五十八斤水的账呢！十一名学生包括马葡萄自己已经快十天没有洗脸了，学校干涸成了一团

244

老丝瓜瓢。干涸是学校的常态,今年的干涸更甚。马葡萄原名叫马金花,她给自己改名叫马葡萄就是想让学校听上去还有点儿水灵。马葡萄和学生娃娃现在个个脸上黢黑着,但演出就要化妆,化妆你总要洗把脸吧,你一个个脸脏兮兮地站到台上去唱你怎么能得奖呢?不得奖怎么能拿到奖金呢?拿不到奖金又怎么能买水呢?这是一个绕不过去的死结。马葡萄在六月的第一天面临的难题就是:没有水,又必须要洗脸化妆!

马葡萄于是给她的学生们出的办法是:哭!

使劲地哭。眼泪也是水,哭出眼泪来就把脸洗了。

马葡萄说:"赶紧!个人都快想个人的伤心事,都赶紧地哭!"

听到马校长命令的学生,最大的十二岁,最小的八岁,都对着清晨开始泛红的天边,睁着空洞的眼窝,仰头嘿嘿哈哈地笑起来。这是一群小瞎子。马葡萄办的实际上是一个盲童收养班,她给自己的班自封叫学校,全称是"高沙窝乡特殊教育学校",是因为现在教育是中华民族的心头肉,上上下下都重视,叫个学校她好出去化缘。马葡萄是个聪明的人。

最大的学生徐成则,因为经常说一些电视广播里政策性的话,被马葡萄称为"老干部",同学们也这样叫他。老干部笑得最响亮,他说:"现在日子这么好,冬天学校屋子里都能烧炉子了,有啥可哭的!"

小瞎子们都赞同,认为学校今年都有炉子烧了,都冻不着了,真没啥伤心可哭的。

马葡萄无奈,但今天必须哭出来!她掏出手机来看网上的新闻,想找出一条两条的伤心事,来启发她的学生娃娃们哭。马葡萄很快找到了一条,说的是现在的大学毕业生都拥到北上广深去谋职,有一个应届生,认为自己工资太低,月薪只有五千块,每月租房、吃饭、手机交费等,压力太大,就跳楼自杀。马葡萄念了这条,说:"这是一条伤心事,人家都寻死自杀了,快想想人家多可怜啊!"

小瞎子们却全都更加欢实地笑。老干部说:"这就要寻死啊?这都要寻死,那咱这片的人不是都死绝了!"小瞎子们全都对这位应届生的自杀行为哈哈哈哈地笑个不停。

马葡萄只好再找,她随口又念了一条:山西一个煤老板嫁女儿,婚礼花费七百万。马葡萄念完就觉得不妥,说:"这条不算,这条是人家嫁闺女哩,这条是喜事哭不出来!"

老干部却眨巴眨巴他空洞的眼,呜呜地哭出了声。

马葡萄斥责道:"徐成则你捣啥乱!人家嫁闺女是喜事你哭啥哭?"

老干部哭着说:"这么多钱,要是给咱买水,能把咱学校的人都淹死,那多幸福啊!"

老干部伤心凄凉地哭。小瞎子们也全都跟着伤心凄凉地哭。哭声在腾格里沙漠上飘飞,因为空寂辽阔,传出去很远。沙漠边上是贺兰山,山峦把哭声挡回来,形成回响,小瞎子们的眼泪在有回响的哭声中愈发汹涌。

马葡萄成功地完成了演出前的洗脸化妆。

二

沙漠中通往乡政府的一条公路是362省道,路修得很好,就是车很少,车要比路两边沙砾中出没的蜥蜴少得多。在清晨太阳刚绽开一抹嫣红的大好时光里,公路上只有马葡萄驾驶的一辆卡车在行驶,若从万米高空往下看,你可以看到在浩渺无垠的沙海里宛如一只爬虫在蠕动前行。这卡车也是马葡萄化缘化来的,当时那个乡铝合金厂老板对马葡萄豪迈地一摆手慷慨地说:"我给你们学校捐辆车!"马葡萄被震撼了,真想趴下五体投地给那个老板磕个响头,一辆汽车啊!哪知送来的是这辆长春第一汽车制造厂一九六一年出厂的解放牌卡车,基本上就是一堆废铁了,老板是因为厂里没地方放,给了学校,还落一个支持教育事业的好名声。马葡萄收了来,舍不得扔,自己捣鼓了几天,勉强能继续开。马葡萄早年在生产队里开过拖拉机也学过修理,于是学校也就有了一辆能拉煤拉米拉面拉杂物的车,也能拉人,譬如今天就拉着学生到乡里去参加歌唱比赛。后来,车一直破烂下去,连车头解放牌的车标都被腐蚀锈掉了,马葡萄恨那个铝合金厂的老板糊弄她,有一天,就偷偷摸进他厂里,把他的奔驰车的车标掰了来,安在自己的车头上,从此,腾格里沙漠就有了全中国第一辆恐怕也是唯一的一辆奔驰牌的解放卡车。

马葡萄的奔驰牌在六月的第一天在中国北部的大地上疾驰,她的学生们,十一个小瞎子,脸蛋儿一律被马葡萄画得红彤彤的,站在车厢里,像十一根胡萝卜。马葡萄心情大好,边开车边喊道:"同学们,把咱们一会儿把比赛唱的歌再练习三遍!"歌的曲调是当地民间的"河湟花儿",马葡萄早年开拖拉机还唱"花儿",这首歌就是她填词并担任声乐指导改编的——马葡萄还兼着学校的音乐老师。

　　　　早知道黄河的水干了，
　　　　还修得大桥干啥呢！
　　　　早知道房子的墙塌了，
　　　　还安着个门干啥呢！
　　　　早知道你看不见我的好，
　　　　还长着眼睛干啥呢……

　　乐极生悲，在唱到第二遍的时候，卡车趴窝了，水箱没水了，一股白烟从水箱里蹿出来，那是水烧干后升腾而起的蒸汽。这破卡车开起来很费水，仿佛人病到千疮百孔要不停地喝水。马葡萄无限懊悔，早晨出发前她打开水窖给车加过水，人可以用眼泪洗脸，车不能用眼泪来对付，必须加水，马葡萄原先是已经打起了一脸盆水的，临到要加，她想想，又倒回去半脸盆，她想能凑合开到乡上，就是去讨要，咋也能讨要来点儿水再开回学校，这省下来的半脸盆水能给学生们做顿晚饭了！谁知就是这半脸盆水把她撂到了半道上。马葡萄懊恼沮丧地环顾四周，四周是茫茫的沙海，连鸟儿都不飞过来一只，万般无奈，马葡萄喊："同学们都听好了，都赶紧下来，往水箱里头尿尿，男同学女同学都要尿！"

　　老干部等纷纷下车爬上车头往水箱里头撒尿，动作娴熟，这是他们经常性的作业，经常是车到半道上他们就要往水箱里尿尿。连最小的学生桃桃也说："马老师，我也要尿！"桃桃一张小脸毛茸茸的，真像个桃子，非常漂亮，可惜眼瞎了，这是马葡萄最心疼的娃娃，每次马葡萄看着她漂亮的脸上眼窝凹陷着，恨不得抠下自己的眼珠来给她安上。桃桃摸摸索索地爬上车头，撅着小屁股，也尿了一泡。

　　小瞎子们把早上喝的稀粥化成的那点儿水都泄了出去。

　　马葡萄看看那点儿尿，实在是不够，娃娃人小，尿量少，马葡萄再看看四周，依旧是无车无人过来，近旁站着一圈儿学生反正也看不见，她爬上车头，褪下裤子，也尿了一泡，她尿量大，冲击得水箱起了声响。

　　老干部听见了，瞎子都耳朵尖，老干部嬉笑地说："老师你也精沟子尿尿啊，老师你好不害臊！"沟子，在这片的方言里就是屁股；精，就是光着。

　　马葡萄不能承认，这关乎师道尊严，她说："老师没尿！你哪只眼睛看见老师尿了？"

老干部却是一根筋，他咬定说："那我咋听见唰唰唰的呢？"

马葡萄说："那是……那是老师在翻书哩，老师一会儿还要给你们上课哩！"

老干部嘿嘿哈哈地笑起来，他知道马葡萄在撒谎，不再说破，只是笑。小瞎子们都知道马老师在说谎，也都不说破，都嘿嘿哈哈地笑。连桃桃也知道马老师说谎，她也笑马老师。马葡萄绷不住了，去了老师的威严，跟着哈哈哈哈地笑，说："老师就是尿了，老师尿了一大泡哩，就像王母娘娘尿下的天河，老师就光屁股尿尿了，咋了！"这引来小瞎子们更欢乐的笑。学校的日子苦兮兮，他们却经常笑得哈哈哈的。马葡萄的学校是一片欢乐的湖。

卡车在笑声中接着前进，歌声也接着继续，马葡萄唱着，把歌词改了："早知道汽车的水干了，早上就多喝些稀饭了……"这再一次引得车厢里的十一根小胡萝卜笑得东倒西歪，也再一次乐极生悲：喝了尿的汽车更不禁用，开到一个叫白土岗子的高地上，再一次趴窝了，水箱再一次开锅，更多的白烟蹿了出来。马葡萄脸上阴云密布，小瞎子们也没声响了，知道这回是真正陷入了绝境：早上一人一碗稀玉米面糊糊，能尿的水都尿光了，再没了！马葡萄又环顾四周求救，四周依旧是大漠旷野无车无人无飞鸟，和之前所看到不同的是，远处的高岗上——此地叫白土岗子就是缘于这处高岗——矗立着一大片城堡似的建筑，那是省第五监狱，大西北很多监狱都建在渺无人烟的荒漠戈壁上，以防止犯人逃脱。马葡萄朝着监狱高声喊叫，但只喊了一声就停了，有风！旷野上凛冽的风把马葡萄的吼叫刮了回来，声音传不出五十米远。马葡萄放弃了呼救，只有等着。

终于，马葡萄远远地看见，一辆厢式卡车从城堡般的监狱大门里驶出，在岗子专门辟出来的弯弯曲曲的小道上上下颠簸着向这边的公路驶来。

马葡萄又呼喊起来。她认得那厢式卡车是监狱用来买米买面买油买菜的后勤车，那开车的司机她也是认得的，姓徐，老徐。马葡萄大呼小叫地把老徐一直呼喊到她的脚边停下，直接提出要买他水箱里的水，按市价，她给钱。老徐不是狱警，他是这一带的民营商户，承包了监狱的米面粮油果蔬配送，监狱警员人手缺乏，因此很多的后勤项目，如监区的清洁和食品配送这些，都承包给了地方商户去经营。老徐是个老百姓，所以马葡萄不能要求老徐以人民警察爱人民的爱心来免费援助，老徐的水也是他自己花钱买来的。马葡萄从自己的车里取出秤来，她出门都带着秤，秤是老秤，民国传下来的，红枣木秤杆已经被一代又一代人手心的汗水浸成了乌黑色,秤盘还是早年间白铜一凿一凿敲出来的,这里的人迄今交易都习惯于用老秤而不用电子秤什么的。取来秤,又取过一只大海碗,先用秤称了碗的毛重,而后一碗一碗地称水,扣除毛重后一碗是三斤水,马葡萄称了三碗,九斤,她这次狠了心要多加点儿,免得再趴窝。到付钱的时候,马葡萄和老徐起了争执,九斤水是四元五角九分,马葡萄从兜里掏出四元二角来后再也没有了,这钱还是她带在身上预备要是比赛等的时间长娃们饿了给娃们买几个馍吃的,马葡萄说:"老徐,差个仨瓜俩枣的你就别要了,多个两三毛你也当不成马云。"老徐却不干。老徐说,水贵如油,他从一大早起开车就没舍得喝一口水,可把他渴死了,差三毛九分钱,他必须要喝几口水喝回来!老徐说他要喝三口。马葡萄不干,她说只能喝一口。两人争得面红耳赤。最后达成协议,折中,喝两口!老徐趴在大海碗上,中等程度地——马葡萄在旁边严格地监督着他——喝了两口,而后像喝了酒一样咂着嘴,留恋地回味,开着他的车一溜烟儿地走了。

马葡萄骂一声老徐抠,走向她的车,准备上路,突然她愣怔地站住,瞠目结舌。

老徐刚驶走的地方,路中央,从老徐的车轮卷带起的尘灰中,突噜噜地站起两个男人来,浑身稀脏,沾满油污。这两个人是一直扒躲在老徐的车底下从监狱里出来的。

天爷,两个逃犯!

马葡萄刚要喊,一个蹿过来捂住马葡萄的嘴,控制了她,另一个则跳进车厢控制住了孩子们。逃犯命令马葡萄离开公路往沙漠里开,一直开,使劲地开。

马葡萄觉得天塌了。

三

马葡萄驾车在沙漠中高高低低起起伏伏朝前开,她不知道要开到哪里去,那两个逃犯也没告诉她,因为他们自己也不知道或者也不确定,他们目前只是要逃离这儿,逃得越远越好。马葡萄脸上呼呼地淌汗,她很害怕,无比地担忧,她倒不太担忧自己,而是担忧她的瞎子娃娃们。那个控制马葡萄的逃犯,坐在副驾驶座上,听口音他是南方人,他自己说他是上海人,他对马葡萄说:"我姓裔。上海过去有个劳模,叫裔式娟,老有名了,和毛主席握过手。我就是那个裔。只有上海人才姓这个姓,外地人没有的。"他话里透着优越,即使坐牢也显优越,马葡萄便称呼他老裔。老裔人倒是斯文白净,不凶悍,还和蔼,他从车厢里挑了桃桃来跟他一块儿坐,抱着桃桃坐在他的腿上,不停地抚摸着桃桃像桃蕊一样的脸,用他那夹杂着上海词汇的南方普通话说:"个小囡真漂亮,还有介漂亮个小囡!"你也可以理解为那是长辈的慈爱,但马葡萄总觉得那慈爱后面是让她战栗的东西。

灾难在几分钟后就来临了,快得让马葡萄猝不及防。

几分钟后,卡车陷在了一个沙坑里,沙漠中到处是这种野鼠和臭鼬挖的坑,它们把芨芨草和红柳从根上吃掉掏空,留下小如人的脚窝大到人脸的空穴,人踏崴脚车过陷轮。马葡萄和她的学生们下来推车,那个留在车厢控制看管小瞎子们的逃犯也只有下来一起推。小瞎子们很害怕,眼睛看不见,不知道到底发生了什么,都哆嗦着。马葡萄想他们要是能看见会更害怕,看管他们的这个逃犯一脸的凶神恶煞,有三四道疤痕横在额头和脸颊上,马葡萄想那简直就是暖气片砸在脸上了。后来马葡萄知道那果然就是暖气片留下的痕迹,不过是他自己一头撞向暖气片,那得是多凶狠的自杀啊!这么狠的人啥事干不出来!马葡萄推着车自己也在哆嗦,她真怕这疤痕脸发作起来,把她的瞎子娃娃们捏死一两个。但旋即马葡萄的哆嗦害怕就被更大的慌乱取代:她发现老裔不见了,桃桃也不见了,被他带走了!

马葡萄抬眼朝四周望,看见不远处老裔正抱住桃桃向一弯沙梁的后面走去。

马葡萄身上一凛,汗毛倒竖了起来,她最担心的事情发生了!马葡萄疯了一样地冲过去,拽住老裔,因恐慌和愤怒,她说出来的话都严重地结巴着:"大大大大大大大哥,你你你这是要干啥呀?!娃才八岁呀!"

老裔并不隐瞒,但态度依旧和蔼,还有点幽默,说:"大嫂,这不能怪我,只能怪政府判我的刑期太长了点,这十多年了,我连个母的老鼠都没见过,我忍不住了,你有意见只能跟政府去提。"他抱着桃桃依旧向沙梁后面走。

"你和我来吧!"马葡萄横在他前面,挡住去路,说,"小丫头娃娃,还没长开哩,青格蛋蛋的枣儿涩得很,吃不成,没意思。你跟我,咱俩来。我是寡妇,我也想哩!"

马葡萄竭力向老裔浮起一个妩媚的笑,她恶心地想啐自己。

老裔迟疑了,眼光在马葡萄和桃桃之间瞟来瞟去,踌躇。

马葡萄当胸打了老裔一拳,这是亲昵的捶打,带着撩拨,马葡萄亲昵地捶打着正踌躇的老裔并且说："死鬼,你还磨叽啥呀磨叽,你还是不是男人?"

老裔哈哈地笑起来。这个上海男人被从未见过的大西北女人如此凛冽的风骚征服了。老裔笑着放下桃桃,揽住了马葡萄。

马葡萄抢似的先拉过桃桃来,桃桃完全不明白正在发生什么和将要发生什么,她仰着毛茸茸的小脸朝马葡萄笑,马葡萄交代她说："快,桃桃,你哥哥姐姐们都在那边推车哩,你听那边的声音,听见了吧?你快找哥哥姐姐们玩去,千万别再过来啊!"

桃桃听话地朝推车发出声响的地方一路摸摸索索地跑去。

老裔迫不及待把马葡萄拽到沙梁后面,放倒她,扑上去。马葡萄冷静地承受着老裔,一只手摸索着他的身体,摸索到尾椎那儿。她在找,人的尾椎那儿有个穴位叫长强穴,按那个穴位,男人会刺疼,疼了就不能再举事,就会放弃纠缠女人,哪个男人会身上阵阵刺疼还兴致勃勃地行事呢?马葡萄这一招是她已经殁了的老娘教给她的。老娘也是寡居了多年。西北黄土高坡,漫漫岁月里,寡居的女人们,一代又一代,妯娌姑嫂姐妹,黑夜,盘腿坐在大炕上,就着一盏炕头油灯,纳着鞋底儿,悄悄地相互传授交流着这妇道间的秘密。马葡萄就是在这样的村野女经文化里长大。马葡萄找到了老裔的长强穴,尾椎那儿有个稍稍凹下去的小坑,那就是了,她像扎针一样地按下去。

老裔嗷的一声叫起来,马葡萄明显感到他像汽车轮胎爆胎撒气一样地泄劲了。

马葡萄持续地按。

老裔汗都渗出来了,疼的。他撑不住了,从马葡萄身上滚落到旁边的沙地里。

"是不是我一按你这儿你就疼?"马葡萄抢先问,她不能让老裔有狐疑和思索的间隙,她要把他导引到她的语境中来,让他按照她设计的路径去思想。老裔果然被套了进来,他鸡啄米似的慌忙点头:"对对对对对对!"他急切地想弄清楚他是怎么了。马葡萄进一步发问,她要把她的套路做得更加坚实,她说:"是不是我越按你就越疼?不按不疼,一按疼得厉害?是不是像有针往你肉里扎?还有点酸?还有点麻?像俺们这儿的土话说的,第一下疼,第二下麻,第三下好像是蜜蜂爬?"马葡萄一脸的淳朴。老裔一听症状全对,同时马葡萄满脸乡野村妇的憨直也让他不能不产生信赖,他连忙点头称是,说:"对对对,是这样的!我是怎么了?"马葡萄觉得到火候了,她瞬间变得凌厉,一拍老裔的大腿叫道:"嗨,这就是了!"她拍得老裔的大腿生疼,她必须要拍得这么迅捷和猛烈才有恫吓效果。

老裔吓了一大跳,脸上的汗刹那间汹涌地淌下,他的汗是被马葡萄的一声大喝加猛拍大腿生生吓出来的,他哆嗦地问:"什、什么'这就是了'? 我是不是得什么病了?"他哆嗦地问。他的表情经常可以在医院里病人紧张地询问医生时看到。

马葡萄肯定地说:"你是病了,不轻。"

马葡萄的表情也可以在医院里医生回答病人时看到。

老裔已是汗流满面,说:"那我,到底是、是什么病呀? "

马葡萄又恢复了憨厚、淳朴、真诚,说:"俺也不太懂。俺也是听老辈人说的。你这病啊,是在号子里待得久了,就是你自己说的,这么些年你连母老鼠都没见过,你越是没见过女人你就越想,你白天黑夜都在想,对不?你一出来就着急忙慌地要干这事儿,拦都拦不住你! 可是兄弟你想啊,人要是饿久了,一下猛吃猛喝,那还不把人给吃死了! 干这事儿就跟饿狠了不能马上胡吃一样。你现在光是疼,你要真干了,一会儿,你就得浑身的血上头,血崩,一口气上不来,你人说没就没了!你要想活,你就得先戒了这事儿,对女人,不管老的小的,你都先不能动心思,就跟饿狠的人你先得戒饭,要不你活不成! 你想想是不是这个理儿兄弟? "

老裔越发相信了,饥饿久了的人一下子猛吃确实有丧命的,很多书上和新闻里都说过,这他是知道的,因此他信了。马葡萄机智地抓住生活中的逻辑常识击中了老裔。但渐渐地,老裔有些摇摆,有些狐疑起来,又渐渐地,他的狐疑一点点地重了,说:"不对吧? 好像,不是这样吧? "他狐疑的依据是他突然想起来他入狱前曾经在上海看过一部碟片,那部电影叫《美国往事》,那里面有个情节,主人公也是刚出狱,他的朋友来接他,专门花钱找了一个妓女脱光了躺在汽车里作为送给他的出狱礼物,文艺创作是来源于生活的,老裔狐疑地说:"都是搞女人,怎么外国人刚出狱就能搞,中国人就不行? 干这种事,难道还有品种不一样的区别吗? "到底是上海人,老裔见的世面广。

马葡萄没看过什么《美国往事》,不知道那是个什么鬼,马葡萄按照自己的秉性杀伐决断,在贫瘠恶劣的旷野大漠能活下来的女人在关键时刻都必须果断出手,以避免事态的反复,马葡萄说:"你要是不信,那好,你要不怕死,那咱们就来干! 反正死的又不是我! 你刚把我撩起来,你又不行了,我现在还难受着哩!"马葡萄说着就扑上去,把老裔推倒,压在自己身子底下。

老裔反倒慌了,连声说:"不不不不不不,不行!"

252

马葡萄强横地继续,说:"必须行!今天咱俩非得来!必须来!"马葡萄强行扒下老裔已经提上的裤子,并且说:"你沟子白,我喜欢!"

老裔慌乱地从马葡萄身下挣脱了出来,他要保命,万一是真的呢?他嘴里沮丧地骂骂咧咧,走到汽车的那一边去了。

"呸!"马葡萄一口唾沫鄙夷地啐在脚下的沙地上。

四

老裔走到汽车那里,车已经被他的同伙那个疤痕脸的逃犯和一群小瞎子从坑里弄出来了,疤痕脸还是个摆弄汽车的行家。老裔阴郁着脸,情绪很坏。"老董,"他喊那疤痕脸同伙,说,"刚才,我弄那女的没弄成,我生毛病了,弄不成这事,至少这一阶段不能弄,他妈的!我蹲班房还蹲残废了我!老董,你弄去。那女的还有点味道,你弄她去,狠狠弄她!"他阴郁而又怨怒,他让老董去干,是满腹怨怒的宣泄。

马葡萄正好朝这边走过来,掸着身上的沙尘,腰身的一弯曲线水波般地起伏。

老裔叫住马葡萄,叫她过来,说:"这位老师,我是生病了,可我这兄弟没病,辛苦老师你再陪陪我这兄弟。老师要是不愿意呢,也行,你这不是还有这么多小姑娘吗,这方面的资源你这儿不缺。"

马葡萄看见疤痕脸老董的眼睛正直勾勾地看着她,像一把冰锥。

马葡萄脑子"嗡"地一下炸了,她想这才是刚刚撵走一只狼拐个弯儿又来一只虎,她都没来得及从刚才的厮拼中喘一口气哩!马葡萄看着老董那道道疤痕的脸,她想,这张脸一会儿要是挨上,那一条条凸起的肉棱子会不会像锉刀?她会不会像被锉刀锉?马葡萄一阵战栗。她回头看看她的学生,小瞎子们此刻都龟缩在车厢的一角,他们依然还不太明白发生了什么,但感觉到了危险的迫近,一个个都屏声静气的,生怕出气的声响稍大,会惊动什么招来横祸砸在头上。连八岁的桃桃都很乖,她在挪动蹲得久了已麻木了的脚时都是一点点地挪,尽量不弄出一点动静。她被吓着了。孩子们也都被吓着了。马葡萄看得心悸,她别无选择,她只有再一次挺身而出挡在她的这群瞎子娃娃前面。马葡萄主动走向疤痕脸老董,迎着他冰锥一样的眼神,和刚才一样,再次浮起一个妖媚的笑,并且也亲昵地

253

当胸捶了老董一拳,说:"死鬼,看啥看,看傻了？"

老董的脸逐渐地憋涨红了,马葡萄想,这王八蛋是激动的吗?

马葡萄继续风骚,她甚至去抚摸那张坑洼不平的脸,努力忍着反胃,努力让自己的声音听上去媚俏而冰甜,说:"走,这里娃娃都在哩,咱两个也往那沙梁梁后头走。"

马葡萄忽地一下像片树叶直直飞了出去。是老董!老董一个大耳刮子扇在马葡萄笑意盈盈的脸上,那力道刚猛得像打铁,马葡萄顿时像没了重量,被扇出去几米远,跌坐在沙地上,脸上瞬间红肿了起来。

老董恶狠狠地瞪着马葡萄,像是要弄死她。

马葡萄吓死了,她不知道自己在什么环节出了什么错会招致这样突如其来的一掌。她看到老裔丝毫也不觉得有什么意外,居然还笑模笑样地走过来。她靠上去,佯装委屈试探地问:"大哥,你那个兄弟是咋回事呀?你让我跟他,我没不愿意呀,他咋还这么下狠手打我呢? 你看我脸上这手印子！"

老裔却说:"他刚才没弄死你,你就万幸吧！"他坐下来,跟马葡萄细说原委:老董坐牢前是开大货车的,经常在外头跑车不在家,他老婆就和村里他的一个叔伯堂哥搞上了。"你知道老董是怎么发现他老婆把他绿了的吗?"老裔问马葡萄,而后他自己回答马葡萄,"就是你刚才对老董的那一笑！"老裔说老董当时看见他老婆就是这样对他堂哥笑的,也是这么媚,这么风情,贱不啰唆的,他发现后,开始留意,结果就让他在床上逮着了,他掂把砍刀就把他老婆和他堂哥劈了,然后他自己一头撞向暖气片。自杀未遂,他被判了无期,留下一个儿子现在寄养在孤儿院里,今年八岁了。他越狱就是想去看一眼已经长大的儿子。"你就坏在你刚才那一笑上！老董已经刀劈了两个人了,还在乎再多杀你一个吗?"老裔玩耍着沙地上一只爬行的四脚蜥蜴,把那可怜的小蜥蜴一条条大腿都扯下来,说。

马葡萄头上渗出了冷汗,她想她刚才差一点就像这蜥蜴一样被老董撕了。

卡车在六月的阳光里继续在沙原上前行。

这回开车的是老裔,他弄清楚了方位后就自己开车,并且不告诉马葡萄他要开到哪儿去,他怕和马葡萄脱离接触后马葡萄会向公安泄露他们的行踪。老裔还要马葡萄坐在副驾驶座上挨着他,他要时刻监控着马葡萄,尽管他已经搜走了马葡萄的手机,断绝了她与外界联络的一切可能。老董依旧留在车厢里看管着那一群娃娃。小瞎子们越来越意识到危险就在身旁,越是看不见越是不知道发生了什么就越害怕,有一个吓得哭起来,孩子的哭声是会传染的,一个哭会引来一群的哭,一群小瞎子仰着空洞的眼窝哭得地动山摇。

马葡萄心焦如焚,她低声央求老裔,说:"大哥,你行行好,你看娃娃们都吓哭了,你哄哄我这些可怜的瞎子娃娃,你就说你们是……是这个,哦对,是地质勘探队的,在沙窝窝里迷路了,想搭我们的车捎你们一段,你行行好!"

老裔居然很配合,他边开着车边对哭号的小瞎子们高声说:"孩子们,别哭,不要害怕,我们是地质勘探队的,迷路了,想搭你们的车捎我们一段,到前面我们就走。别哭别哭,你们,哦对,你们唱个歌吧,唱《两只蝴蝶》,这你们总会唱吧?来,唱!"

没有人唱,因为不会。这半年多来,马葡萄只让他们反复唱那首比赛唱的"花儿",为的是心无旁骛专心致志,好一举夺魁拿到奖励,其他的歌差不多都快忘了。但哭声却停止了。去除了危险,小瞎子们都瞬间活跃快乐起来,以老干部徐成则最甚,他刚才憋坏了,一个蹦子顽皮地跳起来,摸索着,抓住了老董,居然一跃猴到了老董的身上去,甚至去拍老董的头,老三老四地说:"哦,是地质队的呀!地质队我知道,有女不嫁地质郎,一年四季守空房,有朝一日回家转,捎回一堆脏衣裳!地质队好多都没老婆。大叔你有老婆吗?你肯定没老婆!"

马葡萄简直要吓死了,她看见老董的脸憋红了,两只手都在抖,马葡萄急喊:"徐成则你要死啊!你胡说八道啥!你赶紧下来你个死孩子!"

老干部徐成则却继续嘻嘻哈哈,相反更紧贴地猴在老董身上,说:"没事,我跟大叔闹着耍哩!"他继续顽劣地撩拨老董,还笑,"大叔你让我说着了吧?你就是没老婆对吧?你老婆是不是洗你的脏衣服洗烦了跟人跑了?嘿嘿嘿嘿嘿嘿!"

马葡萄吓傻了,彻底吓傻了,她甚至都不会说话了,车开得飞快,她甚至都忘了央求老裔把车先停下来,马葡萄甚至还对老裔莫名其妙地龇牙笑了一下,痴傻地笑,这是她脑子彻底蒙圈一片空白的表现。

一切为时已晚,老董脸青紫,他一把将徐成则薅起来,擎在空中,蹿到车槽边,将徐成则的头朝下伸了出去,他要把徐成则摔到飞奔的车下摔死。马葡萄眼睁睁看着老董的眼睛血红,她想他这时肯定满脑子晃的都是他当时怎么杀他的堂哥和他的老婆。老干部徐成则的头悬空在车槽和下面飞掠而过的土地之间,他的眼睛看不见不断涌来又涌去的沙土和砾石,但他能嗅到沙原上升腾的极端干燥的土尘气,老干部此时才感觉到了害怕,他"哇"的一声哭出声来。

马葡萄情急中大喊:"徐成则!大叔是跟你耍哩,大叔喜欢你,你快喊他爸!你大声喊!"

徐成则没有大声喊,他十年没喊过了,已经不习惯了,他只是带着哭腔嘟囔地说:"爸呀……"

这一声嘟囔却是石破天惊。

老董已经伸展出去的手臂陡然僵住,像被什么硬生生地拽扯了一下,拽住了,僵了一大会儿,而后,缓缓垂下,他甚至是小心地将徐成则放在车厢的地板上,踢了他一脚,这不是打,而是一种父亲对顽皮孩子的责怪,他甚至还笑了一下,这一笑让他恐惧的疤痕脸看上去竟有些慈祥,他说:"真是狗都嫌,跟我那狗儿子一个样!"这是他头一次开口说话,马葡萄听出他是宁夏西吉县山区的人,那地方民风彪悍。

马葡萄这是在赌,她猜这个杀人不眨眼的逃犯心里一定有着一块最柔软的地方,轻触一下,血就会汩汩地流。

马葡萄赌赢了。

马葡萄汗如雨下。

五

卡车一直向前开,老裔路不熟,并且他依旧坚决不告诉马葡萄他们要去哪儿,也不让马葡萄接手开车。茫茫沙海,没有可以参考的地标,所以卡车一直是在一个不大的范围内来回兜圈子。天地暗下来的时候,前方越来越看不清楚,老裔也实在是累了,饿了,渴了,主要是渴,他停下车,要休息,让马葡萄拿水和饭来吃。水和饭马葡萄是有的,她早上跟老徐买水的时候特地多买了一小塑料桶,小塑料桶当地土话叫"鳖子",一小鳖子水,饭是她昨晚在学校灶上烙的麦饼,但马葡萄不愿拿出来,这是她给她的瞎子娃娃们预备的,她的娃们和她也是快一天没吃饭喝水了。马葡萄的遮掩不能阻挡老裔的强取硬夺,他的和蔼与亲切在这一刻荡然无存,凡关乎生存他的恶与狠便立刻彰显。老裔抢夺过去水和馍大口地吃着,嘴里发出的动静在夕阳下广阔空寂的沙原上显得格外响亮,小瞎子们眨巴着空洞的眼窝全都转向这边侧耳听着,像沙原上探出头来觅食的一排土拨鼠,他们看不见但全都听得见他们和老师的饭食,也是这一天里唯一的一顿饭食,正被别人一口一口地吃下去,小瞎子们只是吞咽着唾沫全体噤声敢怒不敢言,老干部差点被摔下车活活摔死的事大家都记忆犹新,马葡萄低声下气地央告老裔:"大哥,你饿了,渴了,你吃,你喝,俺们没意见,但是,你给娃们留上一口,你好歹留上一口!"老裔笑眯眯地说:"到时候我看能不能给你们留上一口。"他继续吃喝,继续吃第五块麦饼。马葡萄叹一口气,不敢再说什么,在这些不是立刻要命的地方她只能忍耐着。

一只大手从马葡萄后面伸过来夺下老裔手里的水鳖子和麦饼,又是老董!老董夺下水和饼后丢还给马葡萄,他还特地多拿了一块麦饼放在老干部手里,他怕这个小瞎子自己看不见不知道去哪儿找吃的。

那一声"爸爸"发酵起了作用。

老裔满脸怒色,但看着老董粗壮的身板,想起他杀人的经历,老裔只能作罢。

马葡萄心里溢满暖意,在这样的时候,老董这个杀人犯有这样意想不到的举动让她感到格外难得,她朝老董挨近过去,说:"哥,"她去了"大"只称呼"哥",想显得更加亲近,她真心地想向这个老董表达谢意,"哥,我谢谢你,我尤其替娃们谢你!"

老董脸上却依旧阴沉,对马葡萄冷冷地说:"滚!"

老董依旧记着马葡萄方才的媚笑。

马葡萄不敢再跟老董说什么,老董始终让她不寒而栗,她躲开去照顾安抚她的瞎子娃娃们。马葡萄让娃娃们每人只能喝两小口水吃半块麦饼,她坚决地把老干部手里老董刚才给他的麦饼拿了回来只掰给他半拉,剩下的半鳖子水和饼她收了起来,因为马葡萄不知道这场突如其来的灾祸还将延宕多久,他们还将在沙漠里滞留多久,她必须要留点儿积存。小瞎子们吞咽着只能引起更大饥渴的少得可怜的水和饭,又是由老干部带头,小瞎子们又都悲伤地哭了起来,这次集体号哭并不是因为渴与饥,而是因为演出。夕阳的余晖投在脸上,他们看不见但能感觉到那已经没有多少热气渐渐冰凉的残光,这表明今天的演出比赛是无论如何也赶不上了,还指望能获奖拿到奖金给学校买水买过冬烧的煤,这些构想全部泡汤,小瞎子们自己附加在这次演出上的个人期望也随之湮灭,那些期望对于个人来说也是巨大的:老干部想要一双新球鞋,他脚上的球鞋已经穿了四年了,日渐长大的脚使鞋子小得只能像穿拖鞋一样地趿拉着;桃桃想要一瓶可乐,她长到八岁了还没喝过可乐；还有一个叫李七庄的小孩想跟老师要三块五毛钱买挂面拿回老家给他奶奶过生日，他问过了一把挂面三块五，他奶奶快死了，他想给奶奶过最后一个生日……马葡萄已经答应等拿到乡上的奖励后这些全都给孩子们兑现，现在眼看着这一切都不可能了。

马葡萄被哭声冲击得心烦意乱，她再三劝说着她的瞎娃们，乡上的庆六一歌咏比赛活动一共安排有三天哩，今天赶不上了，还能改成明天、后天，不碍事的，总能赶上！小瞎子们却还是啼哭。老干部哭着说，能赶上，能赶上，能赶上个茄子！说好安排咱们今天比赛，咱不去，肯定就把咱刷了，还能等咱们到明天、后天？本身咱就让人家瞧不上，咱一群瞎了吧唧的，啥都拿不出来，咱就是想讨好人家给人家鞠个躬都不知道朝哪个方向！小瞎子们都认同徐成则说的，集体越发凄厉地哭。马葡萄听得心酸、心碎，她厚下脸来，身子朝老裔挨过去，再次低声央求他，希望把她的手机先还给她使使，就几分钟，她想谎称乡上来电话了，同意改成明后天比赛，哄哄她的娃们，娃太可怜了！老裔倒是把夺去的手机拿出来了，却不给马葡萄，他涎着脸冲马葡萄笑，说，手机我可以暂时让你拿去用，不过，早上我们没玩儿成，你总得补偿一下吧？大菜我现在吃不了，小点心什么的，你总得提供一点吧？老裔的意思无耻又明了。马葡萄二话不说，上去抱住老裔就咬似的和他亲嘴，她不是亲而是咬，狠劲，下重口，她心想今天就当是啃狗嘴了！老裔倒泄劲了，他让马葡萄咬得生疼，那种想乘机亵玩一下马葡萄的兴致索然无味，把手机给了马葡萄。马葡萄打开手机，先让她的盲童学生们听听来电的彩铃，证明这确实是来电话了不是妄言，然后装模作样地接听，接着向大家通报来电内容，她说，乡上说了，可以等！今天来不了，明天后天来，也算。三月的韭菜，六月的韭菜，都是韭菜。马葡萄还说，乡长亲自说了，不急！日月常在，何必忙坏。望同志们注意身体，做出更大成绩。小瞎子们不哭了，他们信了，"望同志们注意身体"，这确实是领导才说的话。

然后大家在月儿升上天空中时睡觉了。

月亮照着，像一块白面麦饼，马葡萄是这样感觉的，她一天没有吃食了。马葡萄和小瞎子们睡在车厢里，六月的荒原已经褪去了冬日的寒冷，但依旧夜凉，他们挤作一团。老裔和老董则躺在卡车下的沙地上，把沙子拥在身上作被，呼呼大睡。他们本来应该是轮流换着睡，有一个醒着监视马葡萄和这些小孩的，但因为一天奔波下来太累，更因为紧绷了一天的神经一旦松弛下来便昏昏沉沉，还由于马葡萄和她的学生都是妇孺,谅也不会掀起多大的浪来,因此两人都沉沉睡了过去。马葡萄从车厢木槽板的缝隙里看着睡在下面的老裔大张着嘴,吹哨一样地吸气呼气,老董也是差不多一样,这是两人睡实了的表现,马葡萄陡然心慌,汗涌,要窒息过去,她萌生了一个念头,也因此极度紧张。她悄悄把孩子里最大的老干部捅醒,耳语过去,让他把孩子们一个个都叫醒,都别出声,别动,等着,而后她悄无声息地爬下车厢,蹑手蹑脚地摸到驾驶室,点火发动,老旧的卡车像咳嗽一样地响起来,马葡萄自己也咳,这是她窒息到快要受不了的狂咳,她在狂咳中一踩油门,汽车箭矢般地在沙地上蹿了出去。

待老裔和老董惊醒爬起来追的时候,马葡萄的"奔驰"已在十多米开外了。

老裔和老董,尤其是老裔,跳着脚大骂,他用最恶毒、最污烂的词语大骂。

马葡萄恶狠狠地回骂:"我日你……"只一句,像刀子利斧一样地剁过来,老裔甚至被一下噎住了,嘴里再骂不出来,作为西北人的老董甚至都笑了,没见过女人骂人有这么粗猛的,完全不像个女人在骂人,比最野的男人还野,这一句就让老裔的叫骂完全没有了力度。

马葡萄胜利且得意地哈哈大笑,驾车飞驰。小瞎子也都跟着她哈哈大笑。马葡萄边开车边教育她的学生,说:"别跟老师学啊,骂人是不好的!"小瞎子们继续欢笑,不以为然。笑声在毫无阻挡的夜的旷野上扩展出去很远,乐极生悲也在这一时刻又一次发生。飞驰的汽车猛一下跌进臭鼬或者是獾在沙地上挖出的坑里,发出哐唧唧的一串响,像是要折断一样,而后熄火!马葡萄急忙跳下车,小瞎子们也纷纷跳下车,推!但无济于事,獾或者是鼬挖的这个洞太大太深,汽车前轮胎整个都陷入了,推不动。马葡萄汗淋淋沮丧地停下,让娃娃们也停下,她要歇一歇静一静想想怎么办。蓦地,她惊愣住,浑身的汗毛连带头发像被雷击般倒竖起,汗水只在一瞬间完全变得透凉,且更汹涌地涌出。

马葡萄看见一头狼站在离她三四米远的地方,差不多就等于是站在她面前!

狼很大,是头巨狼,在缺吃少喝的沙原上能生存下来的大都是巨狼。巨狼对马葡萄龇着獠牙,毫不掩饰它准备进攻的企图,马葡萄在月光下能清楚地看到它獠牙上往下滴落的涎水,马葡萄魂飞魄散,她用几乎已经不是人声的惊呼让她的瞎子娃们赶紧爬到车厢上去,快!快!快!而后她自己横挡在车厢前,横挡在她的孩子与狼之间,将自己的肉身作了一道屏障。狼进攻了,极快,但它却没有攻向马葡萄,而是向车厢上蹿去,只一蹿,前爪便搭上了车厢的木槽帮,再一纵身,就能跳到车厢里去了。马葡萄猜想它的目标是那些小的、没有太多反抗力的、便于捕获的娃娃，咬死一个，叼了就走，像扑到羊圈里叼羊，狼是最能够审时度势精于盘算的动物，马葡萄想它多半是已经瞄上最小的桃桃了。马葡萄恐怖到了极点，这是碰到凶犯硬闯进家来要宰杀她亲人的恐怖，马葡萄想都不想，也本能地纵身一蹿，蹿上去拽住狼的两只后腿生生把狼从车槽帮上拽了下来，她不能让狼叼走她的桃桃！狼被拽下来在沙地上翻了一个滚，继续朝车厢上蹿去，马葡萄也再一次扑上去拽住狼。狼这次跌落在马葡萄的怀里，马葡萄又想也没想就顺势抱紧了狼，不放手，她只有一个念头就是不让这畜生接近她的孩子。狼死命挣脱，马葡萄死命不放，狼和马葡萄就在沙地上翻滚起来。狼张嘴去咬马葡萄的喉管，马葡萄用头死抵住狼的下颌，让那獠牙始终在她头顶几寸的地方悬空着，那腥臭的涎水就顺着狼牙一滴一滴滴落在她的头皮上。这是马葡萄活到三十九岁最惊心动魄的一刻，她怀抱着狼，她能闻到从狼嘴里哈出来的阵阵热气和狼身上的气味，最初她以为是臊气，就跟她闻到过的很久没洗过澡的柴狗身上的气味差不多，但是她错了，她发现狼身上散发的是草的气味，只不过是腐草，是在沼泽和烂泥里沤了很久的腐草，酸臭，还有点荆棘草棵的辛辣，马葡萄想这头狼在沙原上大概已经很久没吃过肉只吃草了。狼开始是有力的，两只后爪拳击一样地蹬，马葡萄腰腹及腿上被蹬到的地方生疼，但很快，狼的力量衰败下去，后爪还是在蹬，但由拳击变得只是伸缩了。马葡萄发现这头狼虽然硕大但并不强壮，可以说是虚弱，马葡萄能清晰地听见狼在虚喘，像人病了或是营养不良的虚喘，狼和马葡萄的扭结也一点点地松弛下来，因为狼的力量不能持久。马葡萄乘机松开了狼，她必须要松开一会儿喘息一下，狼的那股腐草的酸臭熏得她简直要晕厥了。狼脱离了马葡萄，却只停歇了几秒，又一纵身继续朝车厢里扑去，它的目标居然丝毫不变！马葡萄也奋力一纵，扑上去，再次拽下狼来。这一次的拽就要省劲许多，马葡萄这一次只一拽就把狼拽拉在地，马葡萄明显感觉到狼先前腰背上的弹力已经没有了。狼又停歇了一会儿，这次它停歇的时间要长久一些，它需要更多的喘息来恢复体力，之后狼又纵身向车厢扑去，马葡萄再次将狼拽了下来。其实这回不是拽而是扒拉了，狼已很虚弱，马葡萄一扒拉狼就一个趔趄，又一扒拉狼又是一个趔趄，像拨弄一头刚出生的小牛犊。狼匍匐在地上剧烈地喘息，它需要长久的歇息才能恢复一点体力。狼长久地歇息后站起，这时狼已经没有力气腾跃了，但它继续朝车厢攀爬，锲而不舍地、坚韧不拔地、舍生忘死地朝车厢上攀爬，用它生命中的最后一点气力。马葡萄想,这头狼是不是疯了?

马葡萄蓦然醒悟过来:这头狼如此拼死相搏,不是要来吃人而是要来喝水!狼要喝水!车厢里放着那剩下的半鳖子水,飘散在空气中的水汽把这头荒原狼引诱了过来。动物的嗅觉比人要灵敏数十倍。

这头狼是渴疯了!

马葡萄急忙攀爬进车厢,取下水鳖子来,没有别的器皿,她就拧开盖子直接往狼的嘴里倒。狼竟然像羔羊一般张大嘴乖乖地接着。马葡萄倒了一半停下,她本来想再多喂狼一点的,但她必须要给她的孩子们留下一些。

狼喝了水,好多了,它朝马葡萄塌了塌腰,转身朝着夜幕走去。

你可以看作那是狼对人的致谢。

六

马葡萄跪在老裔和老董面前。

马葡萄没法不回来,卡车陷在沙坑里死活推不出来,夜半三更,茫茫荒原,就她和一群小瞎子立在夜风中,如果万一再碰上狼群,那结果……马葡萄不能想!好在车开出去还不算太远,返回来找老裔和老董求救也不会走太久,这也是眼下唯一的办法,两个凶犯虽然狠恶,但毕竟是人类。马葡萄再见到老裔和老董自己先跪下了,让孩子们也跪下,她想让自己和瞎子娃娃们的服软和告饶使这两个凶犯对她的虐打能下手轻一些。

老裔和老董开始揍马葡萄。老裔狠狠地揍,他气坏了;老董也揍马葡萄,他也很气,马葡萄的逃跑让他陷入了险境,万一马葡萄去报告警方呢? 万一马葡萄的车开到大路上让别人看见去报告警方呢? 马葡萄和一车的瞎子娃娃失联了一天警方肯定在找!但老董只揍了几下就住了手,因为他看见老干部和小瞎子们一直在旁边哭,这哭声牵扯住了老董。老裔也住了手,牵制老裔的是他要马葡萄给他去做一件事,这关乎着他和老董的逃遁,他不能把马葡萄打得不能动弹了,更不能把她打死了。老裔停了手对马葡萄说:"好,我不打你,我们的政策是给出路的政策!"老裔坐了十几年牢,这一句是他听到的最多的一句,他自然而然就学会了。老裔让马葡萄不管去借去骗都要想办法至少去弄三千块钱来! 他们身无分文,没钱是跑不远的。老裔告诫马葡萄不能到人聚集的村庄或者集镇上去,只能去住在沙漠里或者沙漠边缘的孤家独户弄钱,这样做是为了不惊动其他任何人。老裔告诉马葡萄,他和老董会一直尾随着她,监视着她,一旦发现异常,譬如发现马葡萄借机让借款人打电话报警,或者马葡萄借不来钱,他们会把马葡萄用绳子捆了,正好马葡萄的车上就有自备的牵引绳,绳子的另一头他们会拴在卡车上,然后他和老董开车拖着马葡萄就跑,一是他们可以快速离开,二来可以拖死马葡萄。"你弄不来钱对我们没有用了,我们干吗还要留着你呢?就像吃完了盒饭我们干吗还要留着盒呢?"老裔慢条斯理地说。

于是马葡萄知道她已没有退路。如果老裔是气急败坏地说,那么还有可能是他一时出于情绪的冲击,带有情绪化的恐吓,但他是沉稳地说,说得笃定,说明他是经过思考的,他一定会这么做!老裔已经到了命悬一线之地,马葡萄相信他任何事都能做出来。

马葡萄只有和老裔老董一同去到卡车的凹陷地,将车推了出来,而后开车前行。当沙漠的天际透亮的时候,马葡萄将车开到了一个叫石沟驿的地方。远处是村落,在晨曦的薄雾中影影绰绰,在沙漠的边缘,准确地说已经踏进了沙漠一脚来,有三间当地人叫地窝子的干打垒土屋趴着,有一个小院围成一个椭圆,院四周堵着柴草,以防止流沙漫进院里来。这是马葡萄唯一知道远离村落独门孤户的人家,更重要的是马葡萄知道这家是有可能拿得出三千块钱来的。在这贫瘠的沙原上能一下拿得出这么多钱来的人这也是唯一的一家。马葡萄把卡车悄悄停在了这家屋后的沙梁背面,隐匿起来,而后进去借钱,她看到老裔和老董果然尾随着她,悄悄藏匿到这家的窗棂底下,预备监听,像两条竖直了耳朵的猎狗。

马葡萄朝这户人家推门进去的时候,面容决绝近乎是去拼命,她准备拼上命去弄到钱!

这家只有一个妇人寡居,姓李,和马葡萄同岁,李和马葡萄是深仇。马葡萄跟已经殁了的丈夫偷偷相好的时候,她的丈夫那时还是李的丈夫。李的男人叫梅国梁,梅和马葡萄是乡上中学的同班同学,在学校时,梅亲过一次马葡萄的脖子,马葡萄像被电击了一样地记了很多年。但毕业后,在家里父母的高压下,梅却娶了李,李是村里支书的女儿,支书在村里管着年年发救济粮以及很多事。这是一个毫无新意但时常发生的乡村故事。梅过得不好,他开始还忍着,后来忍不住了,开始找老同学马葡萄诉说婚姻的不睦,说到痛处,梅还哭,李太强势,支书的女儿强势惯了,过夫妻生活还要给梅规定姿势和角度,角度偏了,李就要发火,梅在家中活得窒息。看着梅一个大男人哭得涕泪横流,马葡萄生出一波一波母性的无限怜惜来,但马葡萄依旧理智,她不想介入梅和李的家庭,马葡萄做人是讲规矩的。但梅却不想仅仅止步于诉说,梅哭着,又亲了马葡萄,规矩和原则在燃烧的情愫面前变得苍白,马葡萄不顾一切地投入了进去。强势的李知道后打上门来,既然开了弓就不打算再有回头箭的马葡萄便和李对打,两个女人从屋里打到院里,又从院里打到村道上,引得一村的人围看。两个女人的脸面都撕去了,李把马葡萄的头发狠狠薅掉了好几绺,马葡萄则抓破了李的脸,两道挺深的血痕横过李的脸颊,久久都不能消退,李没脸在村里见人,她自此恨极了马葡萄。李离婚后,便离群索居搬到这里来住,从此不谈婚嫁,一门心思做起了收购贩卖羊绒的买卖,凭她的强悍和精明,几年后,她发了财,成了全乡最大的户,成了家中的柜子里时时都放着一摞一摞现金的户(收购乡民的羊绒是要用现钱的,农民一概不认微信、支付宝转账之类)。在这个晨雾缥缈的沙原上的早晨,在这方圆几十里内,马葡萄只能从李这儿抠出现钱来,她再没有第二条路。

李迎出来,在晨雾笼罩的影影绰绰中,看到很多年不见突然走进来的马葡萄,用惊愕来描述都已不准确,确切地说是瞠目结舌。马葡萄也很惊讶,她已料想到李寡居多年的憔悴,但还是想不到李不是憔悴简直是枯萎,马葡萄看出李不梳洗,或者至多只是潦草地抹过一把脸,蓬头垢面,头发上沾着羊绒、羊毛和柴棍,甚至还沾着一块被沙原上的风刮过来的口香糖的纸,她都懒得拿掉。一个不算太老的女人,这得是对生活多大的失望才会这样!马葡萄看到了离婚对于李的重伤。那两道马葡萄当年留在李脸上的血痕已经不见,但马葡萄确信它们依旧在李的内心留下深深的痕迹。

李听到马葡萄说是来找她借钱的,更是惊愕。

"你来,"李警惕地看看马葡萄身后,她怀疑马葡萄是撒谎,看马是不是还带着人,是不是来找她打架的,"跟我借钱?!"

马葡萄说:"是。"她垂着双手说,她必须谦卑。

李说:"你这是又把谁的男人睡了?怀上了,着急借钱打胎?所以你才这么狗急跳墙,连人都顾不上分了?你跟阎王伸手啊?!"

马葡萄不理会李的恶讥,同时她不能说明缘由,老裔和老董还在屋外扒着窗缝看和听哩!"姐,"马葡萄称呼李姐姐,语气的谄媚她自己都极度反胃,"是因为啥姐姐你就别问了,总之是碰到绕不过去的难处了,要不我也不可能一大早来登门向你张口。"

李不再问。李对因为什么要借钱不感兴趣,李对马葡萄来借钱感兴趣,对马葡萄居然自己撞到她的门上来大感兴趣。李开始兴奋,那是一种有了可以抓挠什么的兴奋,是一只猫可以摆弄一只上门来的耗子的兴致勃勃,李在堆满羊绒的屋子里转着圈,思考,想着要怎么好好地对待这桩事。

李对马葡萄喝道:"跪下!"

马葡萄立刻跪下,她早就想到不可能轻易就拿到钱。

李对马葡萄说:"你把这羊毛嚼着吃了!"

李从地上捡起一撮羊毛交给马,地上还有散落的羊绒,羊绒比较细软绵柔,比较好嚼,李不让马葡萄吃这个,她要让马葡萄吃粗糙扎嘴的羊毛。

马葡萄就把羊毛嚼着吃了。

李又让马葡萄吃锅灰,吃麻绳头,吃一块扔在窗台上忘了已经扔了很久的干硬馒头,马葡萄一一都吃了。李依旧恨不能消,她又破口大骂,宣泄心中怨怒,叫着马葡萄的本名马金花让她痛骂臭骂自己。

李恨得不知骂什么好,她又在屋里来回转圈儿,想,想到什么骂什么,她又让马葡萄说:"你说,马金花宫颈糜烂!"

马葡萄有些想笑,她宫颈并不糜烂。但马葡萄不能笑,她不敢笑,她知道一笑这钱就休想拿到!马葡萄顺从李说自己的妇科糟朽得一塌糊涂。

李依旧恨不能消,她继续让马葡萄骂了自己许多,马葡萄一一照办,她不惜作践自己,想让李的怨怒平复一些,这样她或许有机会借到钱。终于李的愤恨似乎到了尾声,她的声音哑了下去,乏了,有些骂不动了,李就让马葡萄骂梅国梁。

马葡萄心中一凛。梅国梁,这是她活到快四十岁唯一爱过的男人!如今人已殁了,李竟然要马葡萄自己糟践他,何其歹毒!马葡萄站起来,她不跪了,同时"呸"一口,将一口混着羊毛、麻绳头的口水啐过去,啐到李的脸上,将自己一直强忍着的屈辱啐了出去。马葡萄放开了自己,和李对骂,也恶毒地说:"我就不说!我死都不说!我不借你的钱了,我宁可出门就死去哩!"

李也是一凛,怔住了,没想到马葡萄,马金花,会是这样!

马葡萄站好身姿,预备着,预备李恼羞成怒扑过来撕打,马葡萄想如果李还像上次薅她的头发,她就还挠李的脸,在爱情面前,她凛然不退。

李却没有。李哭了,先是哽咽,而后泪水长流。李哭号着说:"梅国梁,这狗日的,命真好,他找的女人真好,宁肯自己去死都不糟践他,梅国梁,你命真好啊,你命真好……"

李哭着上炕去,打开炕上的躺柜,取出钱匣,数了三千块,甩给马葡萄,而后让她滚。

李心中也依旧爱着梅,深深地恨着同时深深地爱着。

马葡萄居然就这样借到了钱,她自己也没想到。

七

马葡萄和小瞎子们坐在沙原上等。

老裔说他们要到天擦黑才出发。去哪儿他依然不说,只说他们要去的那个镇子是陕甘宁三省交界的交通要道关口,白天人很多,何况还拉了一车的瞎子,平日一个瞎子走在街上都会引起旁人多看一眼,更别谈忽然来了一群瞎子,这是要开残疾人运动会呀,太引人注意了!所以必须要等到晚上过关。老裔说得言之凿凿。

于是马葡萄和她的娃娃们只有坐在沙原上等天上的太阳落下。

在广袤单调的沙海里坐等,干耗着,加上遭人劫持心情沮丧,这是很容易让人精神委顿的,小瞎子们一个个蔫了下去,无精打采,再小一点的孩子如桃桃,嘴噘着,又要哭出来了。马葡萄看着,很着急,她不能允许她的学校和她的学生这样,学校再穷再苦再难,精气神儿不能垮,她的学校和学生本来就被人看不起,连要饭的乞丐都有资格轻视他们,如果精气神儿倒了,那就更加卑微低贱到尘灰里再站不起来了!她决定上课,上课是精气神儿最容易被唤醒的时候,何况整整一个白天的时间不能这样空耗掉,马葡萄掏出哨子来,她带学生外出总是随身带着哨子,"嘟——"的一声长哨,开课,小瞎子们果然都抖擞精神站了起来。

马葡萄先上体育课,体育课又是所有课程里精神最为激昂的,马葡萄更是选择了最为激烈的踢足球,让自己的盲生踢足球,是马老师马校长琢磨了很久自己发明出来的。马葡萄去卡车的驾驶室里取来足球,她总是和哨子一起带着。足球是特制的,马葡萄用纳鞋底的锥子戳了一个洞,往足球里灌上绿豆、黄豆、芸豆、红小豆,还有沙地里长的一种荆棘棵的籽儿,一种干硬的颗粒,而后将洞眼缝好,灌了豆儿和籽儿的足球在地上滚动会发出"唰啦啦"的响声,盲生听着这响动去追逐着踢。这瞎子们的足球赛没有射门,没有进球,因为看不见球也看不见球门,只有听辨、追逐、呐喊、亢奋、极度的亢奋,比赛的输赢是累得跑不动了踢不动了的率先退场,胜者为最后还站在场上的人。人人都在争当那最后的挺立者!小瞎子们在马葡萄哨声的催促下龙腾虎跃,在沙地上踢起团团沙尘,那沙尘太过汹涌串结成了沙雾,人和球就在沙雾里奔突,很多时候就只看见人影儿在迷雾中团团转。激烈是自始至终的,呐喊是自始至终的,呐喊是为了给自己鼓劲儿同时喝止别人来撞。到结束,胜利者和被淘汰者全部累瘫在地,全部是身上的汗水把身下的沙土洇出了深色的坑窝。他们声音嘶哑,笑意漾在脸上,萎靡荡然无存。

老裔和老董被这见所未见的盲人运动赛惊得目瞪口呆。

体育课后,课间休息,而后上语文课。马葡萄选出徐成则同学来领诵课文《我们的祖国是花园》,因为有外人,老干部格外用力,他甚至往掌心吐口唾沫,把自己乱草样的头发抿抿,尽量显得顺溜和齐整一些。调整了形象后,老干部打着手势声情并茂道:"我们的祖国,是一座美丽的大花园,到处绿树成荫,繁花似锦,正所谓'一条大河波浪宽,风吹稻花香两岸'!同学们啊,小朋友们啊,你们看啊,就在我们的眼前,是一条好大好大的河啊!那水大得呀,是不得了的大呀!那鱼多得呀,是不得了的多呀!战士归来鱼满舱啊!同学们啊,小朋友啊,你们再看哪,还是在我们的眼前,在大河的两岸,是好大好大好大的花的海洋啊!那花呀,红的、绿的、蓝的、紫的,还有蜜蜂在飞舞,好多好多的蜜蜂,嗡嗡叫。小朋友们,你们听啊,你们看啊,我们的生活多美好!"

老裔哈哈大笑,说:"有个狗屁的蜜蜂啊!眼前哪有什么蜜蜂啊,连苍蝇都没有,苍蝇都干渴得受不了都飞跑了!还什么有一条大河,还鱼,还多得不得了的多,这儿有八百年都没有见过鱼了吧?还什么花,还红黄蓝白,还好多好多,太扯了!小朋友们,你们的眼前除了沙子,狗屁都没有!现在的学校啊,书啊,都是骗人的,连瞎子都骗!还生活多美好,你们可别信!哈哈哈哈……"

课停了,上不下去了,老干部不知所措地呆住,他用唾沫仔细抿过头发的脑袋四顾地转动,寻找马葡萄出声的方向,他要等马老师怎么说。

马葡萄恶骂并且跳将起来,完全彻底一副悍妇的样儿。

马葡萄说:"是,我们的眼前除了沙子啥都没有,大城市啥都有,有河,有水,有花,有草,唯独没有赶着驴车来卖水还要拿秤称的,可那种好地方离我们太远了,老天它就把我们生在这个连苍蝇都渴得飞跑了的地方了!可我们要活下去

266

呀!我们还不能在心里想象一下我们也活在那些有水有鱼有花有草的好地方吗?就算现在没有,我们还不能想象一下以后有一天它就会有? 我们苦成这样,还不能在心里头有一点念想? 你们要让我们眼睛瞎了,心也要全瞎了吗? 心里头黑洞洞的,连一点念想都没了,我们还能活吗?! 你们要么就现在过来干脆把我们全杀了,要么就闭上你们的臭嘴!"

老裔和老董被马葡萄的咆哮惊愕住,缩头了,不再吱声。

马葡萄,马校长,马老师,继续上课。

八

沙尘暴在毫无预兆下陡然就来到了,天瞬间就黑了下来,不是伸手不见五指的黑,是天地黛青色的暗,接着是来风,来风只有很小一段时间铺垫过渡,转眼便是大作,沙砾像海啸般十几米几十米高地被掀起,十几座几十座沙丘瞬间消失,接着又是十几座几十座新的沙丘诞生,茫茫沙原成了沸腾的重庆火锅,马葡萄眼睁睁看着一头狼被狂风裹挟着在她头顶上方十几米高处掠过, 狼成了会飞翔的鹰。作为从小就生活在腾格里沙漠的马葡萄,她有丰富的经验,在天还不很暗,在四周的沙原还平静着,在来风的锋头仅仅像哨音般低鸣的时候,马葡萄立刻像触电了一样,喊着叫着吼着,撕心裂肺,让她的瞎娃们快快钻到车底下去,在无遮无挡的沙原上,马葡萄知道只有这卡车不易被吹跑刮上天去,可作屏障,而后马葡萄从车厢里拽下来一块卡车上平时苫货物的帆布,很大的一块,她每次外出总是随车带着,以备不测,马葡萄拖拽着这块大帆布也快速爬入车底,让瞎娃们以及她自己都钻进帆布下面去,同时马葡萄把盲生们分为四组,每组把守一边,拽住苫布的四角,死活不能松手,这样在卡车车底,就成了临时避风的小小洞穴。而这时,老裔和老董,还在沙梁上站着,愣愣地看着马葡萄疯狂地忙碌,完全不知道将要发生什么。马葡萄刚安置停当,苫布外面的世界翻江倒海了。

卡车被飓风吹摇着如同海上的浮桥,但因其重量而不至于翻倒,这大大庇佑了车底下苫布搭起的"洞穴",卸去了大部分的风力,虽然苫布也被鼓荡得如同灌饱了风的帆,且被风撕扯得毕剥作响,好似要裂开,但终归是始终钉在地面上,这也多亏了小瞎子们的小手死死拽住边角。马葡萄此时大大松了一口气,她躺下来,她必须歇一歇喘息一下,她累坏了。马葡萄刚休息片刻,她的眼皮刚要合上,突然发现天塌了！马葡萄发现一个叫孙鲜枝的九岁女娃不见了！她没钻进来！她落在外面了！马葡萄的心一下子揪起来，她赶紧脱下裤子尿尿，而后用浸湿了的衣服蒙住口鼻。没有水，一口水都没有了，只有尿了，现在外面是漫天弥漫的沙尘，如果不用湿布蒙住自己，出去待久了就要窒息。马葡萄蒙好自己，叮嘱最大的孩子徐成则要管好弟弟妹妹们，要死抓住四角待在苫布底下不要出去，等她回来。而后她深吸一口气，钻出苫布去寻找孙鲜枝。

　　风像巨铲，把钻出来的马葡萄铲起又抛下，再铲起，再抛下。她骨碌了好几个滚儿，滚了好远才艰难地抬起头来观看四周，她就是在这时候抬头看见一匹狼像鹰飞一样从她的头顶掠过，跟随着狼在天空飞的还有沙原上的茭茭草、红柳棵、蜥蜴、壁虎、蜣螂虫（屎壳郎）、地鼠等等，马葡萄不能站立起来，她站起来也会被拔上天去，她只能爬，爬行。马葡萄爬行着四下搜寻孙鲜枝，她太贴近翻涌如浪的沙面了，她的眼窝成了沙坑，她连阻拦一下的可能都没有，被尿浸湿的布只能蒙住口鼻而不能蒙住眼睛，蒙住眼睛还怎么找人呢，她只能眼睁睁任凭风沙对她的眼睛肆虐。马葡萄在地上爬行了很久，眼睛很快红肿了起来，流泪，很快连泪也没有了，不断刮来的沙砾吸光了有限的泪水，在眼窝四周结成了半干半湿的壳，马葡萄就顶着这层壳在漫天迷蒙中爬着找……她最后找到了，总算！孙鲜枝已昏厥，蜷缩在一个沙坑里，幸亏有这个坑，她才没有被刮上天或者刮出几里地去。马葡萄拖着孙鲜枝又往回爬，回去是顶风，当把孙鲜枝拖进苫布里后，马葡萄累得已喘不上气来。

　　孙鲜枝被唤醒后，马葡萄问她为啥不跟大家一起钻进来，是没听见马老师的呼喊吗？这个九岁的小瞎子女娃不说，被马葡萄催问得紧了，孙鲜枝嘤嘤咛咛地哭了，说了实话：她是故意不跟进来的，她故意要留在外面。马葡萄愕然。孙鲜枝抽噎地说了原委：她在学校里最好的同学和朋友赵明娟（她摸索地抓住了旁边另一个九岁女娃的手），攒了一年多的钱，共三元七角，前几天，赵明娟把这三元七角钱交给了她，她有个舅舅是王团村的，是个淘粪的，隔个四五天或者一个礼拜就会来学校茅厕淘一回粪，赵明娟想托孙鲜枝她舅舅在王团村的小卖部给她买一个小飞机造型的发卡捎来。赵明娟六岁时眼睛失明前看见过那种发卡，这是她还能看见那个有光亮的世界留给她的最后一道美丽，赵明娟想那种发卡从六岁一直想到九岁。可是孙鲜枝她把赵明娟的这三元七角钱丢了，不知丢在哪了，也不知怎么丢的，她到处找也找不到，瞎子丢了东西一般是再难找到的，孙鲜枝没法向她的好朋友交代,她无论如何也赔不起赵明娟的这三元七角钱,她自己攒了一年多钱想买双袜子,可只攒了一元四角,这三元七角是孙鲜枝翻不过去的高山,她不想活了。当耳朵里听到沙原上风乍起的呼呼声,知道沙尘暴要来临时,孙鲜枝想,让风把我呛死吧!孙鲜枝这样对马葡萄说了。"呛死"是这儿的土语,孙鲜枝只会说土语,她只有九岁,她还没来得及学到"窒息"这个文化词儿。

马葡萄抱紧孙鲜枝说:"傻孩子啊!"然后她放声大哭,像母狼一样地哭。

沙尘暴来时迅猛,退去时悠长,又吹了好久才彻底停止下来。等马葡萄领着小瞎子们从苫布下面钻出来时,沙原再次娴静如画,只是模样变了许多,原先的沙丘沙梁沙坑许多都消失不见,又出现了许多新的凸起凹下。不见的还有老裔和老董,马葡萄四下看,又跑到高处的沙梁上四下看,苍茫无人,凭经验,她知道这俩是让沙子给埋了。马葡萄连片刻的犹豫都没有,连一丝想要乘机逃走的念头都没有,卡车就在旁边,只要一脚油门就能远遁,她立刻大喊大叫着找人。这是腾格里沙漠中人祖祖辈辈立下并传承至今的规矩,只要风起,沙扬,天地翻覆,第一位的事就是救人,不光马葡萄喊叫着四下寻觅,小瞎子们也喊喊叫叫摸摸索索地加入了进来,祖辈传承的规矩也融在了他们的血脉里。已经平静下来的沙原又响起了此起彼伏呼叫的喧闹。先找到的是老裔,他埋得浅,在一个沙坑里,马葡萄把他刨出来,抠去他嘴里和鼻孔的沙子,他便从昏厥中醒转,躺在地上喘息。找到老董就费了老大的劲儿,老董也在一个坑里,但埋得要深得多,马葡萄把老董拽出来,也是替他除去堵在嘴里和鼻孔的沙子,老董这才醒转了过来,但老董的情况比老裔要严重得多,他眼睛要瞎了,他眼球上沾了一层的沙砾,除不去,醒转后老董有了触感和意识,被沙砾磨研着眼球,疼得老董大喊大叫。

救老董唯一的办法就是赶紧给他洗眼睛,但现在只有卡车水箱里还剩余一点水,且不说卡车还要行驶这点水不能动,就是取出水箱里的水也不能用来洗眼,水锈和渣滓太多,越洗眼越瞎得快。马葡萄看着已是近乎哀号的老董一时也怔住了。

老董开始失控了,他除了哀号,同时对一切挨近他的物事施以拳脚,甚至恶狠狠一口咬在卡车的木质槽帮上,硬是咬下一大块木头来,咬得木屑横飞,看得人心惊胆战。连老裔都惊悚地喊:"都别靠近他,都躲远点,他真会杀人的!"

马葡萄却不能不挨近老董,她若躲开,老董会这样一直疯狂下去,直到暴死。马葡萄去拉拽老董,试图让他先安静下来,却让老董一掌劈出去一个跟头,她爬起来又去拽，又被老董劈倒……最后马葡萄跳起来，扑上去，一口咬住老董的鼻子，这是腾格里沙漠的老人们教给她的，老人们说，人若疯癫，制不住，就咬鼻子，鼻子通着心哩，最疼，酸麻地疼，咬上去人一下就软了。老董果然就瘫软了。随后马葡萄一团柔软印在了老董的眼睛上，把老董的狂躁彻底压制了下来——马葡萄要用口水为老董洗眼睛。

马葡萄的口水滑过老董的眼球，她的舌头舔刮着老董的眼窝，洗涤出来的沙砾很快便脱水干涸，在老董的眼角至脸颊上一粒粒地粘贴着。马葡萄一个人的口水不够，小瞎子们都围拢过来，排着队，在马葡萄的指导下，一个一个接力般地用口水给老董的眼睛冲洗。当老董能睁开眼重新看人的时候，他正好看见最后一个为他洗眼的桃桃从他的脸上抬起头来，在沙原上正午阳光的勾勒下，老董看见八岁的桃桃是那样的纤弱，老董的心颤了一下。

老董又闭眼躺了好一会儿，而后爬起来，尽管眼睛还疼，干涩，还红肿着，但毕竟能睁开眼站起来走路了，老董还特地绕着眼前的沙梁走了一圈，检验自己是否恢复到了先前。然后老董朝马葡萄走过来，慢慢地坐下，这是他头一次主动过来挨着马葡萄坐下，想对她说点儿什么。老董对马葡萄吭哧了半天，却什么也说不出来，他不善说。

马葡萄一摆手制止了老董的尴尬，说："行了，啥也别说了，你少祸害我们一点就行了。"

老董脸赤红，羞臊的。他感到羞臊了。眼前，刚扛过了风灾的小瞎子们孩童天性未泯，又在沙地上相互追逐打闹嬉戏，老董看着，转移话题说："你是咋想起来要办个瞎子学校的？这又不挣钱，又受苦，还担责任，你真够模范先进！你怕是个啥先进人物吧？"

马葡萄笑笑，不说什么。

老董说："这个，马，你姓马对吧？马老师，你教的这些学生，真不错！特别是那个娃——"他说的是桃桃，桃桃也夹在嬉闹的孩童中，欢笑着，她欢快的身影像是沙漠上空的鸟雀一样在飞旋。老董很特别地望着她，眼露柔光。老董由衷地说："你教的这学生，真好！"

马葡萄望着桃桃，长久地望着，依旧不作声。

马葡萄突然说："我告诉你，那个学生，她叫桃桃，她其实，是我的女儿！亲生的！"

老董惊悚,红肿的眼睛睁得老大:"真的啊?"

马葡萄叹一口气,说:"真的。"马葡萄望向那一群欢声笑语的小瞎子们,面露怅然,沉浸于以往,又说:"你不是问我是不是为了当先进模范才办这个瞎子学校吗? 这我也全告诉你吧。我这个丫头,先天性的眼底黄斑病变,生下来就瞎,治不了。三岁时,她爸得病殁了,我一个人带着她,日子更难。但日子难过,也还能过,糠一把,菜一把,也饿不死,最难过的是我娃的孤单,村里的小孩就她一个瞎子,那些正常的孩子都不跟她玩,我娃对着一只猫常常就能坐一天,一句话都不说,看得我心都碎成了土坷垃! 我得给我娃找个伴儿啊,我不能让我娃一辈子都孤独死啊! 我下决心把家从沙漠南边搬到北边这儿来,不让人知道我的底细,我就说我是中专师范毕业的,想办学。开始我办的是个残障盲童培训班,以这个名义招了两个瞎孩子过来,给我娃当伴儿。后来人越来越多,四邻八乡的,还有甘肃的、内蒙古的、陕北的,那些家里养不活的,嫌是个累赘的,听说了,都把瞎孩子送到我这儿来,都是可怜的娃,都死乞白赖地求,我也没办法不收,就这样,我索性就办了这个盲童学校。同时,我让我的桃桃从此不许喊我妈,只许喊我马老师,开始她不习惯,还喊我妈,我就打她,她喊一声我就打她一次,她喊一声我就打她一次,硬硬把她扳过来了,她现在都差不多忘了我是她妈了。现在没人知道我是她妈。"

老董十分地不解,说:"你就是办学校,也不碍着你娃喊你妈呀! "

马葡萄苦楚地笑笑,说老董不懂。马葡萄说:"我要是抚养我自己的残疾孩子,我就是个妈,我就是日子再困难,村里乡里最多就是给我发点儿困难补助;但我要是抚养教育别人的残疾孩子,那我就是见义勇为,我就是助人为乐,我就是扶危助困,我就是先进,我就是马模范!咱这个社会是要树立先进奖励模范的,政府就有可能对我政策倾斜,给我拨款扶助,社会各界也会跟着水涨船高,给我捐款赞助,我只有当了先进和模范,我的学校和我的娃才能活下去! 所以我要拼命当模范,当先进! "

老董听得惊心,说:"那你现在当上先进了吗? 你总已经当上了吧! "

马葡萄又苦楚地笑,说先进哪能是想当就能当上的。马葡萄说这还要宣传,要炒作。马葡萄说她倒是积极地活动来着,她专门跑到省里去,到处托人,认识了省报的一个记者,姓尚,有名气,报道过不少先进,她把这位尚老师请到了学校来,尚老师也转了,也看了,饭也吃了,酒也喝了,当地的土特产,红薯粉条、散养的土鸡、笨鸡蛋,还有一只宰好的绵羯羊,也给尚老师放进小车的后备厢里了,尚老师说写一篇没有问题,他提出要两千块钱,说润笔费是要给一点的,就像现在书法家给人写字也是要收钱的。尚老师说现在记者也难,就靠手里的一支笔,要把房贷、老婆看病的钱、孩子上好学校的钱,等等这些,挣回来。马葡萄能理解,但她实在没有这两千块钱,有这钱她还要给学校买过冬的煤和娃们喝的水哩!

马葡萄感叹地说:"我离先进就差两千块钱!"

九

马葡萄的眼睛也睁不开了,疼、肿、涩,她也闭眼躺在沙地上。

小瞎子们已经没有多少口水了,吐出来的都是干涩的唾沫,就连这唾沫也没多少了,盲童们只有着急地围着马老师哭。连哭也没多少泪水淌出来了,大人和孩子都接近干枯。

老董和老裔也是干渴得要命,还饥饿得要命,馒头饼子和水一样,都是彻底光了。老裔把老董拉到一边低语密商,说:"老董,咱俩得赶紧走啊!一会儿,咱俩开车就蹿儿!"老董迟疑,说:"那……他们咋办?"老董指指躺在前面不远处沙地上的马葡萄,马葡萄躺卧在那里像一条干涸等死的鱼,老董说:"一群小瞎子,现在大的也瞎了,咱把他们的车开走,留他们一群瞎子在沙漠里,没水没吃的,他们咋活啊?带上他们一块儿吧?"老裔断然拒绝,斥骂老董:"你还管他们!你再不走,等政府抓到你,你想想你咋活!你是杀了人判了无期的,现在又逃狱,要让政府抓到你,那还不得给你加刑判你死刑啊?你好好想想!"老董沉默不语了,老裔这话并不是危言耸听。老裔给老董布置任务,说他看见车厢里扔着一根铁棒,让老董去拿过来,在车边守着,要是一会儿他们开车走,那个马,她要是发现了敢过来阻拦,让老董照头就给她抡一棒子,老裔说都到这时候了绝不能心软。老董不动,也不说话,脸上的肌肉开始抽搐,像有肉虫子在皮肤下滚来滚去,这是他内心在熬煎的表示。老裔按捺着焦灼,继续劝说老董,他必须说服老董跟他一起行动:"老董,就算你不想要你自己的命了,但你想想你为啥冒着吃枪子儿的危险要跟着我逃出监狱吗?还不是你姑姑来信,说你儿子让车撞了,躺在医院里,想见爸爸吗?你不想见你儿子了?"老董嘴唇和腮帮的肌肉更加剧烈地抽搐起来。老裔又补了一句,如同一柄刀又狠扎了一下,他说:"老董,说不定你儿子就等着见你最后一面呢!"老董的眼泪终于忍不住,大滴地涌出来,越过脸颊的伤疤流下,滴落到沙地上,老裔戳到了他心里最柔软也是最疼的地方……

马葡萄恰好听到了老裔和老董说话。

沙漠上空旷,声音没有阻挡,老裔开始是压低声音和老董说的,因为老董的迟缓、犹豫不决,老裔很着急,话音不自觉地就高了起来,或者是看到马葡萄眼睛快瞎了躺在地上不动,谅她也不能怎么样,所以也就不顾忌,越说声音越高,越说越激动,马葡萄就听到了。

马葡萄听到了继续躺着有几分钟不动,这突如其来的打击让她几乎绝望。

马葡萄沉默了数分钟后强睁开眼睛,她把孩子里最大的老干部徐成则叫过来。"徐成则你听着,"她说,有丝丝鲜血从她红肿的眼眶里渗出来,脸上是交代后事的凝重,"一会儿老师要干点事,老师要有个三长两短,你最大,你要把弟弟妹妹们都带好。老师现在要跟你说一件事,很重要的事。为了不让那两个人看见抢走,老师偷偷在那边的一棵芨芨草底下刨了一个坑,埋了一瓶水和一袋馍馍,要是一会儿,老师出事了,你别慌,也别哭,等那两个人走了,你把水和馍挖出来,和弟弟妹妹们一块儿吃喝,熬下去,等着别人来救你们,你记住啦?那棵芨芨草就在你正前方,你直直走,走个七八十米,就到了。你记住啦!"马葡萄开始也是压低了声音说的,也是因为徐成则的迟滞、懵懂,不能明白马老师的话是什么意思,什么老师要出事? 会出啥事? 马葡萄很着急,竭力要让这孩子明白,但又不能直接点明,因为那两个人就近在咫尺,她焦灼而又急切,忘记了控制,说话声音不觉间也就高了起来。

老裔恰好也听见了。

老裔听见了也是沉寂了数分钟不动,他不作声。

而后老裔慢腾腾地站起来,若无其事地、闲散地向那棵芨芨草旁边的一丛红柳踱步走去,他一眼就看见了马葡萄说的那棵芨芨草,但他并不径直走去,而是走向草旁边的红柳丛,仿佛是漫不经心地、随意地要去折几枝。他慢腾腾地走到红柳丛前,真的就折下含苞的一枝来,还回身朝老董和马葡萄这边笑嘻嘻地晃晃,完全是把玩似的展示,倏地,没有任何过渡地,他一个箭步鱼跃般蹿向旁边的那棵芨芨草,开始刨挖,整个过程在两秒钟之内,这样就算马葡萄看见,也是猝不及防了,老裔的精于算计再一次完美体现。

情况接下来却有了一点偏差:芨芨草棵底下没有水和馒头。老裔并没有气馁和乱了方寸,他扩大了刨挖的范围和深度,沉着地继续,那棵草被连根拔出,在草根处出现了一个坑，接着，坑在扩大，在向下深入，深入到了几乎可以放下一口大水缸的坑，但还是什么都没有！老裔开始慌乱，开始觉得什么地方有一点不对了，但他并不就此放弃，一种带有强烈期盼的惯性心理让他不能罢手，他不甘心地继续挖掘，满脑子只有水和馒头，直到听见身后有什么声音轰隆隆地响起，并且一直迫近他，他才目光迷离地抬头扭过脸来看。

老裔在迷蒙中看见马葡萄那辆破卡车像坦克一样朝他冲过来。

完全来不及反应，完全来不及躲闪，完全就是一刹那间，老裔被卡车撞飞了，他被撞起在空中划了一个弧线，重重落在地上，一时间完全不能动弹。

马葡萄从驾驶室跳下来，原先只是有血丝渗出的眼角现在已经有殷红的血淌下，看上去人应该很痛楚，但马葡萄却在笑，得意地、解恨地、欢畅地笑着，这流淌着鲜血的笑让她看上去有些狰狞，她笑着走过来，踢踢不能动弹的老裔。"孙子！"她说，并且用脚后跟踩踩老裔的生殖器部位，这是腾格里沙漠的女人对一个男人的最大轻蔑和羞辱，"我要不那么故意说给你听你能撅着沟子让我撞吗？我那么说你就真信啊？我好心救了你，狗日的你还要算计谋害我，谋害我的娃们，我真该朝你的头上再开车碾过去，把你碾成个柿饼！"她不解恨地又狠踢了老裔一脚，她想照他的裆处狠踩一脚的，一想，算了。

老裔身子不能动但嘴没瘫，他威胁马葡萄说："你等我能站起来我弄死你！"

"好，我现在就先弄死你！"马葡萄反身回驾驶室，取来卡车的生铁摇把，攥在手里沉甸甸的。"今天，就是你跟社会主义告别的日子！"她说，还带着一点俏皮，她真的是要拿铁摇把砸老裔，准备把他的腿砸骨折，或者再把他的两只手也砸骨折，看情况而定，目的是彻底消除他对她和孩子们的威胁，但马葡萄一脸的凶神恶煞却是要立取老裔性命的样子，她高高扬起铁摇把，带着风声，恶狠狠朝老裔劈砸下去。

老裔吓得哇哇大叫，他动不了，只有闭上眼，引颈待死。在濒死的时刻，老裔想马葡萄的铁器砸下来，他的头会不会"噗"的一下爆开，那些红的白的黄的血和脑浆什么的，像西瓜的汤汁淌下来，流到下巴上脖子上衣领上，沾得哪儿哪儿都是。老裔一瞬间甚至想到他死得这么不卫生。上海人是讲究清洁的。但是这一切并没有发生。甚至七八分钟都过去了也没发生。老裔偷偷摸摸头，他的头，以及哪儿哪儿，都是完好的！老裔在恐惧地等待中悄悄睁开眼，他看到了奇怪的一幕：马葡萄依旧在劈砍，一下又一下，依旧很用力，很拼命，咬牙切齿，但她劈砍的却是空气！马葡萄每一下都没有砸向他，而是砸向他旁边的地上，恶狠狠地溅起一溜溜沙土来。老裔看得愕然，而后，他恍然大悟。

马葡萄又失明了！马葡萄是间歇性失明。马葡萄又看不见老裔了，她拼命地想要砸中他，却一下一下离他越来越偏越来越远，最后的砸击点竟要偏远出去三四米了。马葡萄自己也感觉到偏差得太大，因为她用脚去摸索着触碰老裔的身子已经触碰不到了，她着急，恐慌，心悸，汗如雨下，她一点一点摸索着往回找，同时继续恶狠狠地抡着铁摇把四下劈砸着，万一哪一下碰巧就砸到了呢，一下就能要了老裔的半条命。突然，马葡萄浑身一紧，通体冰凉——她握着铁器的右臂被一只手死死攥住了！接着，铁摇把，她遏制对方也是自己保命的武器，被另一只手猛地夺走了。

老裔一激灵站了起来，他竟然站起来了！人在要活命的时候刹那间产生的爆发力是巨大的。当老裔把铁摇把从马葡萄手里夺过来的时候，他真切地感觉到他把生命又握到了自己手里。老裔说："看现在咱们是谁把谁弄死！"接着老裔连片刻的犹豫都不再有，他绝不能再给自己留下一丝的隐患，老裔也抡起铁摇把，也是恶狠狠地，也是带着风声，照着马葡萄的头颅正中，劈下。

马葡萄绝望地闭上眼，她本来就看不见了，她此刻不再抵抗。她太累了，同时她知道此刻的抵抗也是徒劳的，她看不见老裔在哪儿，她根本不知道他的击打会来自哪个方向，不要说抵抗她连躲闪都不知道朝哪个方向，她只有站在原地，直着脖子，不躲不闪。在濒死的一刻，她想到的是桃桃，她想到，前几天，桃桃脸上长了一块癣，因为风沙，因为天干物燥，也因为没有足够的水喝，桃桃脸上长癣了，临来时，马葡萄买了一支皮炎平，揣在兜里，准备抽空给桃桃搽一搽的，现在已经来不及了，她临死都不能给可怜的还只有八岁的瞎眼女儿，搽一回药膏。马葡萄哭了，哭声嘶哑，近乎哀号。

"咚"的一声，很响亮，马葡萄听到铁器狠狠砸在头颅上的声音，这是她的头吧？

马葡萄一激灵睁开了眼睛，因为一激灵，她模模糊糊竟又能看见一点了。

马葡萄看见老裔在她面前倒了下去。

马葡萄接着看见老裔死了！

是老董！老董手里拎着从卡车车厢里拿来的铁棒，那原本是老裔想让老董取来对付马葡萄的，他却一棒子抡在了老裔头上。老董没有想杀死老裔，他只是想

275

要制止老裔杀马葡萄,他拎着铁棒朝老裔冲过来的时候,情急之下,手上失了控制,力道使得太重了。老董看着血肉模糊已经死了的老裔,开始害怕,浑身哆哆嗦嗦颤抖个不停,他又杀人了!

"老董,"待惊魂甫定后,马葡萄说,"你这回是见义勇为,我和娃都可以为你做证! "

十

马葡萄拼命把卡车往高沙窝镇开,那是乡政府所在的镇子,在间歇性失明的自己坠入下一个黑暗之前她一定要赶到那儿。马葡萄从死去的老裔兜里拿回自己被抢夺去的手机,手机早已没电了,这使马葡萄急切想和外面联络寻求帮助的企图彻底落空,马葡萄只有靠自己了。今天已经是六月三号,是全乡中小学庆六一歌咏比赛的最后一天,小瞎子们全都焦灼不堪,都急得哭了,这是盲童们,也是马葡萄自己,最后的机会了,他们必须赶到参加比赛,这对于他们已经不是为了比赛,而是为了活下去!所以马葡萄除了要赶在自己失明之前也必须要赶在太阳落山之前,带领她的团队,去歌唱!

卡车在凹凸不平的沙原上火急火燎地奔驰,这辆二十世纪六十年代制造出厂的车子,全车身都在轰隆隆咯吱吱咣啷啷地响,仿佛每前进一米都会散架。马葡萄已经是不顾一切地开车了。车厢里还扔着个死人,几个小时之前还蹦跶的老裔此刻被装在一只盛过化肥的大蛇皮袋子里,扎着口,马葡萄想去乡上和老董一起把他交给公安的。死了的老裔在卡车剧烈的颠簸中被上下地抛甩和左右来回地翻滚,不时地碰到站在车厢里的小瞎子们的腿,按说小孩子应该感到害怕,但此刻小瞎子们全都漠然,置之不理,他们在抓紧时间一遍一遍地练习比赛要唱的歌,老干部一边歌唱,还一脚踩住朝他翻滚过来的老裔,让他别再滚来滚去的,烦人。

卡车却在离镇子还有四五公里远的地方停了——没水了,水箱里的水烧干了!卡车最终被迫停在沙原上。沙原上,一马平川,没有障碍,视野极为辽阔,远远地能看见镇子上的房屋鳞次栉比,能看见像兔子一样大小的狗在镇街上钻来钻去,能看见乡政府的大院,有旗杆从院中耸立出来,伸向天穹,能看见一抹鲜红在旗杆上飘扬。

看见了夕阳!

夕阳正贴上来,天际被灿烂的金光逐渐铺满的同时也逐渐地暗下去,渐渐地,远处镇子里方才还清晰的房屋模糊了起来,兔子一样大小的狗也看不真切了,只看到有影子在动,乡政府的旗杆看不见了,杆顶上的那块红还若有若无地衬在暮色里,成了夕阳余晖的一部分,一天的时光即将结束。

"我让大家猜个谜语啊!有个老奶奶九十岁了,吧唧生了个娃……"老干部想说个笑话来缓解一下心碎,话没说完哇地一下大哭起来。徐成则的大恸开启了弟弟妹妹们哭的闸门,小瞎子们都绝望地大哭起来。他们眼睛看不见天际、沙漠、村镇、红旗……在暮色里的变化,他们是从温度里感觉到黄昏已经到来。沙原上,太阳一落下去,寒凉立刻争分夺秒地蹿上来,他们感觉到了凉。小瞎子们在凉飕飕中绝望地哭,他们的全部努力灰飞烟灭了。在夏日的荒野上,小瞎子们想到的是冬天,在以往的冬季里,他们最烦最怵最恨的是,早上起来洗脸,脸盆边缘都结了一层薄薄的冰,手伸进去,都像小刀割肉一样,所有人的手上都长着冻疮,冰碴就在冻疮的裂口上划过……在这个即将到来的冬天,连这种刀割样的痛楚都将成为奢侈,已经没有能结成冰的水了!

马葡萄心如刀绞。她站在再也开不动的破卡车旁,娃娃们的哭声从四面包围着她,她必须做出点什么来。马葡萄略一思忖,掏出已经没有电的手机来,在孩子们的脸上、额头上、手和肘上触碰,以证明马老师手上拿着的是电话而不是其他什么,这再次说明老师没有骗他们,而后她走到一边去,走向茫然站立的老董那边,离孩子们有一点距离,好让他们能听见又听不太真切,她开始大声地装模作样地打电话,打给乡政府,直接打给了乡长,向并不存在的乡长汇报她遇到的窘境,汇报她的学生们苦练半年期盼半年却遭到毁灭性的打击,请求政府的帮助!而后,马葡萄开始笑,她强迫自己大声地笑,笑声从她的喉管里出来像被挤扁了的鸡叫,马葡萄声音颤抖地笑着,兴高采烈地对小瞎子们报告乡长的回答:乡长说他马上赶过来!乡长说了,既然马老师和她的学生被困在沙漠里来不了,那么他作为人民政府的乡长,就应该亲自赶过来观看审查他们的演出,不能让眼泪陪着孩子们,尤其是残疾孩子们,过夜!马葡萄说得就像真的一样。她竭力让自己说得就像真的一样,她必须尽快止住大家的哭,不然这么小的孩子会哭坏的。

小瞎子们被陡然来临的翻转惊愕住了,这是真的吗?他们半信半疑。但哭声止住了,他们尽管怀疑,但毕竟有了新的指望,没有人再继续哭,都在迟疑中被新的希冀所吸引。

于是大家都等着.等着乡长的到来。

暮色开始浓重,有了夜风,夜风在沙原上轻扬,逐渐匀速地飘移,把第一颗星星牵了出来,夜更凉了。

马葡萄只有继续演下去。马葡萄估计四五公里外的乡长这个时候差不多应该赶到了,便以极低的声音让老董来回地走,脚步很重地走,走出响动来,显示果然是有乡长这个人的到来。马葡萄自己则高声地迎接寒暄,说些絮絮叨叨感谢的话,显示乡长不辞辛苦尊师重教扶残助弱的高风亮节。

小瞎子们相信了。相信乡长真的来了!或者说,是小孩子们自己选择了相信。在怀疑和相信之间,在一边是冰凉的毁灭一边是温暖的帮扶之间,孩子们选择了相信暖融融的那一面,选择了相信给他们带来新希望的那一面。十一个瞎眼的孩子都选择相信了美好。除此,他们还能相信什么呢? 小瞎子们开始叽叽喳喳地说笑,在卡车前排成一列站好,马葡萄站到了指挥的位置上,这是他们排演了无数次的阵势,准备开始演出。

老干部徐成则低声向马葡萄提出一个问题,他说:"马老师,咱这些娃,几天没洗一把脸了,脸蛋黑黢黢,脏得都跟驴粪蛋一样了,这能给乡长演出吗? "

马葡萄一愣,这个问题是她事先没有想到的。她反身朝站在远处的老董走去,佯作是去向乡长请示汇报,而后她又反身走回来,郑重而庄严地对她的娃娃们说:"乡长说了,再好不如思想好,再美不如心灵美,脸脏没事,照唱照演! "

小瞎子们立刻都精神抖擞起来,一张张小脏脸像绽开的花。

演出开始!

> 早知道黄河的水干了,
> 还修得大桥干啥呢!
> 早知道房子的墙塌了,
> 还安着个门干啥呢!
> 早知道你看不见我的好,
> 还长着双眼睛干啥呢……

歌声在沙原上流淌。歌声是旱漠中的水,让干涸也一时湿润起来。没有人观

278

看和倾听,沙原上,百里辽阔,月色朗朗,万籁俱寂,能睁开眼睛看和支起耳朵听的,只有夜空中掠过的夜鸟,沙原上的蜥蜴、壁虎、地鼠,或者,还有狼。歌唱在旷漠中荡漾。

> 不怕黑暗的长,
> 不怕黑暗的凉,
> 再苦再难也要扛,
> 把自己活成一道亮,
> 眼瞎也要放光芒,
> 眼瞎也要放光芒!

唱完了,小瞎子们都屏声静气,肃立着,一双双空洞的眼睛望着前面,忐忑、紧张、等待,被汗淌过涸花了的脸显得越发的脏污。小瞎子们都等待着乡长对他们做出评价。

四周静得能听见地鼠在沙地上窣窣爬过的声音。

马葡萄的心狂跳,她俯身向老董,声音已近似耳语:"老董,你帮个忙,你现在就当乡长讲几句,给娃们一个鼓励。这一路上你都不咋说话,娃娃们不熟悉你的声音。"

老董吓了一跳,浑身都哆嗦起来。

老董说:"我?当乡长讲话?!我、我、我是杀人犯啊!"

马葡萄说:"没办法,现在这儿只有你了!"

老董说:"不行不行!我哪会当乡长讲话!这么些年,在里头,正经话,我只会说,报告政府,我肚子疼要上卫生所!或者是,报告政府,我交代!我净说这些了。我哪知道乡长讲话是嗯开始还是啊开始!"

马葡萄说:"老董,你别紧张,你稳住,好歹你说几句,鼓励鼓励娃娃们!"

老董说:"不行,我真不行!"

马葡萄说:"老董你就算帮帮这些娃娃吧,娃娃们太可怜了!"

老董说:"实在是不行!我怕我一张嘴,血就会飙出来,我的血真会飙出来!"

马葡萄恨得踹了老董一脚,说:"你不是连杀人都行的吗?你现在咋这么尿呢!"

老董嗫嚅地说："我是尿货，尿货！"

马葡萄气恼沮丧地闭上眼睛，又睁开，说："那你咳嗽总会吧？"

老董说咳嗽他当然会了，咳嗽他会。

马葡萄说："那你就咳嗽！"

老董不知道马葡萄让他咳嗽干什么，但他遵照嘱咐咳嗽，重重地咳嗽。

马葡萄转向小瞎子们大声地说："同学们，你们都听到了吗，乡长他认为大家唱得太好了，他太受感染了，他现在激动得都说不出话来了，他光咳嗽了！你们听，乡长咳嗽得多厉害啊，他太激动了！"

小瞎子们激动万分，热烈地鼓掌。

老董愈加重重地咳嗽。

小瞎子们猛烈持续地鼓掌，都哭了起来，凹陷的眼窝里眼泪像河水一样地淌。

老董继续咳嗽，他泪流满面，不停地咳……

十一

马葡萄带领她的盲童残疾学生勇斗逃犯的事迹，传遍了全乡、全县乃至传到了省里。乡政府专门开会，研究解决马葡萄民办学校的问题。在会上，乡长动了感情，说："马葡萄和这些残障孩子所暴露出来的贫困问题，说明我们的工作没做好，没做好啊！现在党中央提出要大打扶贫脱困攻坚战，要在2020年底之前实现全面脱贫，我们要坚决贯彻落实，下一步，我们要想尽一切办法逐步解决马老师和这些残疾孩子的困难，要做到在脱贫致富路上一个都不落下，一个都不能少！"会上同时决定将学校的情况向县里和省里的教育部门汇报，争取由县里和省里来统一安排，毕竟这种残障儿童的特种规范教育不是一个乡所能解决的。

老董击杀老裔，经马葡萄和全体盲童的证明，政法部门最终甄别定性为见义勇为，决定将功抵过，对董裕民（老董的全名）的逃狱行为，不予追究，不予加罚刑期，继续收监服刑，同时适当考虑减刑。对老董儿子的病况，也由省监狱局出面，和当地乡里沟通协调，妥善安排医治，使犯人能够安心劳改。

省报的大牌记者老尚，听闻马葡萄的事迹后十分激动，他驱车几百里又来到马葡萄的学校，这回他既不喝酒也不吃肉，饭都不让马葡萄管，提出要独家采访马葡萄。老尚以他资深的记者经历,认定这将是一篇有爆炸力的大新闻特稿。

马葡萄说:"两千块。"

老尚面露惭色,连忙说:"不不不,这回我不要钱,我一分钱都不要!"

马葡萄说:"尚老师,我是说,这回不是我要给你钱,而是你要给我两千块。"

老尚傻了,像老董一样地剧烈咳嗽起来。

马葡萄强调说:"尚老师,你不给也没事,我可以接受其他报社其他的记者同志采访。"

老尚慌了,无奈,他从背包里掏出两千块钱给了马葡萄。老尚说:"马老师,你可是人民教师啊,你、你、你够狡猾的呀!"

马葡萄嫣然一笑,这个冬天买煤买水的钱,先有了。

【作者简介】李唯,一级作家。毕业于复旦大学中文系,供职于天津电视台,在多个文学艺术协会担任职务。发表《腐败分子潘长水》《暗杀刘青山张子善》等中长篇小说多部,曾获《小说月报》百花奖、《小说选刊》年度大奖、《北京文学》奖等多种文学奖项。著有《黑炮事件》《美丽的大脚》《我的父亲焦裕禄》等电影、电视剧剧本多部,曾获金鸡奖最佳编剧提名奖、夏衍电影文学奖等,三次获得"五个一工程"奖。荣获"德艺双馨"文艺工作者称号。

李汀汀,编剧。毕业于新西兰怀卡托大学,中国文联新文艺群体拔尖班一期学员。著有电视剧剧本《守望爱情》《80后进行时》、电影剧本《六月的日头》《李保国》《范进中举》等。

没有你之后

杨映川

一

那晚我偏偏没接着电话,怕辐射,手机没带进卧室,落客厅里了,还调的是振动。我听了几首胎教歌,给自己按摩腿脚后睡下了。一时找不到我,着急忙慌的他们就找到了谢思源的父母——我的公公婆婆,所以,第一个接到噩耗的不是我,是我的公公婆婆。

公公婆婆用了将近十个小时来吸收和消化那个可怕的事实,我不知道他们是怎样熬过来的,他们出现在我面前时,应该已经做好了准备。公公当过某单位的头头儿,懂讲话的艺术,更懂得人心动向。婆婆会做生意,泼辣果断,原来开有四家饼屋,几年前得了糖尿病才把生意交到谢思源大姐谢润玉的手上。他们按响门铃时我正在上厕所,我自从怀孕以来就患上便秘,早上起来第一件事是蹲厕所,能蹲上半个小时。我听到门铃声以为思源忘记带钥匙了,早上起床没看到他回来没觉得奇怪,昨天他从坛洛回城,但特地跟我报备过,他的菜农团队在鸿雁鹅庄聚会,庆祝收获了市区第二十八家便利店的订单。

打开门看到是公公婆婆,顾不上吃惊,我打声招呼赶紧往卧室里跑,我头没梳,穿着一件既透明又宽松的睡裙,里头还没戴胸罩。我冲回卧室,换了一身家常衣服出来,公公婆婆已经坐在沙发上,他们俩并肩挨着坐,严肃沉默,谁都没看我。没来由的,我的心怦地跳了一下,在这之前我没有任何预感,一点儿也没有,但这会儿排山倒海的恐惧向我袭来,我死死盯着他们看。"爸妈你们怎么这么早来了?"婆婆颔首示意我坐下。"你最近身体怎么样?还吐吗?""不吐了,现在胃口好了,喜欢吃甜的。""我们今天就搬过来住,想吃什么妈给你做。"我的疑虑加重,神思开始飘了,眼睛搜寻了一番,在餐桌上发现了我的手机。我仿佛看到手机在振动,我朝它奔过去。手机拿在手里,它并没有振动,只不过,我看到了26个未接来电,我脑门儿上一团刺麻的气流炸开,整个脑袋一片混沌。

"盛盛,思源已于昨晚11点14分离世,心梗,他走得很平静,没有遭什么罪。"我的公公总算是看着我说话了,他的眼睛溢出泪水,一口干枯的井无法承接这么多水,崩溃得十分狼狈。我开始发抖,抖动好像是从腋窝下出来的,我的两个膀子上上下下转了几个圈,然后抖动着往下坠,两条小腿也开始抖了。我的眼睛怨毒地盯着公公看,他怎么可以这么说自己儿子,谢思源才35岁,这么年轻怎么会心梗?

"盛盛,你一定要好好保重身体。逝者已逝,思源最担心的肯定是你和你肚子里的孩子。"婆婆的眼睛红得吓人,她没有流泪,声音如乌鸦。

我不喜欢公公婆婆,就像他们不喜欢我一样,他们一大早跑到这儿来跟我说这些更让我讨厌。我喊起来:"思源怎么了,你们把思源怎么了?"这句喊出来的话,腔调古怪,把我自己吓了一跳,随后,我一直在谩骂,如泼妇,骂什么我不记得了,好像是说谁也别想拆散我和思源,埋怨公公婆婆过往对我的嫌弃。我完全垮掉了,又哭又闹,一点儿也顾不上他们。其实,公公婆婆接收到的是第一手的噩耗,还曾经抚摸着思源逐渐失去温度的身体。他们的痛苦只会比我更深重,可我真是什么也顾不了。我在歇斯底里发作完之后就短暂地晕过去,在被送往医院之前醒过来,婆婆坚持让我住进医院。我到了医院也没有消停,还是又哭又喊,累了就躺着睡,睡饱了又喊上一阵。其间,婆婆炖了很多补品汤水送来,消失一段时间的初孕呕吐又回来了,我除了哭还吐。

我爸妈从外地风尘仆仆赶来,我爸抚着我的头一声声长长地叹息,我妈抱着我哭。"我苦命的女儿啊,以后你怎么办啊!"真正心疼我的人来了,我把自己拽回到现实中,我不哭了。我又休整了一天,收拾东西出院回家。公公婆婆早就搬到我家来住,我原以为我爸妈来了,他们会回自己家去住,毕竟公婆家就在本市,他们却把我爸妈安排到宾馆。我和思源住的这套三居室是公婆出首付为我俩买的婚房,房产证上只有谢思源一个人的名字,我是最没有话语权的那一个。从医院出来,我还是得面对思源的后事,公公婆婆已经安排妥当,就等我从不正常的状态中恢复过来。我向他们道歉,说没有帮上一点儿忙,他们说:"只要你照顾好肚子里的孩子就行了。"他们的宽容大度让我忐忑不安,这种过去我从来没有享受过的待遇在今天能够享受到,我明白我是仗势欺人,肚里如果没有东西,我怕是在这间屋子里都坐不安稳。

说实话,我不愿意去想谢思源离开的事,也没有能力去应付。最初那些日子,我总觉得这是一件再虚幻不过的事情,所有的人都在演戏,导演在哪里我不知道,除了"领盒饭"的谢思源,每个人都演得很用心,包括我在内。再好的戏都有穿帮的时候,说不定哪天我就能在群演里看到思源的身影。我会把他揪出来,取笑他:"演过主角的能不能不要再跑龙套?你长得这么好看,就算是藏身茫茫人海,我也能把你揪出来!"

婆婆对我是没说的,一日三餐各种汤饭安排得明明白白,我爸妈也过来一块儿吃,他们吃他们的菜,我吃的是我的小灶,每天不带重样的,以海鲜为主。婆婆说"多吃鱼,孩子聪明""吃燕窝皮肤好,不容易长妊娠纹"。婆婆还给我买了几套防辐射的衣裙,家里阳台上多了十来盆花木和一张躺椅,说躺椅是我专用的。家里的Wi-Fi被关掉了,我主卧室卫生间里铺了防滑地垫。什么都有人替我考虑,那我就不用考虑什么了。以前从未觉得日子漫长,现在每一天都在熬,从早上熬到晚上,夜里睡到床上会庆幸一天终于过去。我的身体迅速膨胀起来,我第一次有了胖子的惆怅。

爸爸妈妈把我拽到楼下晒太阳,初秋早晨的太阳还是有些凉意的。小区里安放的都是铁长椅,妈妈把她的蓝色线衣铺在长椅上头才让我坐下。父亲站在离我们十米外的距离吸烟,左右张望,像是望风。"盛盛,肚子里的孩子你要想好留还是不留?这话问出来妈也不好受,可我是你妈,我为的是我女儿,就像你公公婆婆为的是他们的儿子。把孩子生下来,不可预知的事情太多了,没爸的孩子,你怎么带?你才29岁,将来肯定是要再嫁人的,再怎么好的男人,带个没血缘的孩子,吃苦的是孩子。"母亲的话句句打在我心坎上,像一根根细细的针,戳破了我身上吹鼓起来的一层气泡,这层气泡是公公婆婆为我充的气,他们一直在为我鼓劲。我也为自己充了一层气,我什么也不愿意想,气泡把我裹

284

起来,除了留一张吃饭的嘴,其他的都被挡在外头了。母亲揭开了这段时间我不想面对的那一部分深核。我不是没有想过肚子里的孩子,一想,心就会跳得要从嘴里蹦出来。我想到这孩子没有爸了,想到自己变成一个寡妇了,我不相信自己能一个人把孩子带大。我是知道自己的,一贯胆小没主意,我就没有在什么大事上拿过主意。我还怕漫漫长夜,怕打雷下雨的天气。我是一个身后要靠着人的女人,以前靠着爸妈,后来靠着思源,如果我身后空无一人,手边还牵着一个孩子,我不一定会摔倒,但我肯定不敢迈开腿走路。是的,我还年轻,将来还会遇到很多人,其中会不会有比谢思源更好的男人?他会不会宠我爱我?没有一个刚生出来的孩子机遇肯定会多许多。此念一生,我心中的愧意如狂蜂乱舞,扎得心疼,我竟然没有把思源血脉留下来的坚定信念,想不到我是这样一个女人,既不坚强忠贞,也不痴情守望。过去,我以为我可以为思源做一切事情,我以为我爱他胜过一切。

"思源的爸爸妈妈对我很好,如果不要这个孩子,他们会垮下来的。"我用这话来稳住自己最后的信心。我知道公公婆婆之所以如此能撑,正是因为他们想到我肚子里还有一个孩子,那是谢思源的血脉。

"他们做的我们都看见了,就是想让你把孩子留下来,他们的心情我们可以理解,但我们是你的爸妈,我们要为你的将来考虑,现在趁孩子月份小,做无痛人流方便,不好再拖了。"妈妈搂着我的腰,像要把我架起来,让我挺直腰板。爸爸吸完了一支烟,快速将烟蒂扔进旁边的垃圾桶,搓着手朝我走来。"盛盛,爸爸和你妈的意见一样,这事当断就断,日子还长着呢。"

把孩子打掉,是为了撇清与谢思源的关系,是为我将来可以轻装上阵,这便是两个曾经相爱的人最后的结局,却又是一个最体贴的安排。我并没有强烈地抵制,我还觉得那样做合情合理,合乎人性。我为一份凉薄浸得透心凉,我羞愧,我掩面哭泣。"爸妈,难道我要杀谢思源的孩子?那也是我的孩子!"我在垂死挣扎,把问题抛给父母。母亲说:"不哭,不哭,什么都会过去的,谁都有不得已的时候,这不是道德人伦问题,这份经历是磨炼,过了这个坎儿,我女儿以后的日子一定顺顺当当。"爸爸又是长叹一声,把一切归于无奈。

回到家里,婆婆做的午饭已经摆满一桌,看到我微红的眼睛,她警惕的目光扫过我爸妈的脸。母亲迎上去说:"辛苦亲家母了,晚饭让我来做。"婆婆说:"做个饭有什么辛苦的?能为孩子做点儿事能证明我们不是废物。"六十岁出头的婆婆身材挺拔,站着比我还高半个头,我始终和她亲近不起来,但她为努力去达到那个目标付出的心力让我心痛。我想,如果肚子里的孩子被打下来,我立即就能成为她的仇人。

晚上,我躺在床上。我的床也是谢思源的床,他睡过的枕头依旧摆着,枕上有他的气息,是一股青草的味道,这应该是坛洛菜园子的味道。我有时会睡在他的枕头上,希望在他的气息里能做一个与他相关联的梦。奇怪的是,我没有梦到他,一次都没有。我们结婚的时候,他30岁,我24岁,我说不想太早要孩子,想自在几年,他同意了,任他父母怎么催,他都由着我。一年前备孕要孩子还是我提出来的,因为我发现他不如以前那样粘着我了,我想拿孩子粘住他。他那时已经辞掉科技公司副总的职务,跑到坛洛租地种菜。与土地打交道仿佛是思源的宿命,计算机软件设计出身的他,理想却是搞农业。终于在某天,他卸下所有担子,义无反顾实现他的田园梦想去了。那几百亩菜地种的是有机菜,成本高,市场前景不明。他一直很乐观,种菜赚钱不是他首先考虑的问题,他说很多人嘴里说回归田园,那颗心却半天也离不开热闹,他庆幸自己四十岁不到就能知行合一了。

坛洛离市区有一个多小时的车程,思源在菜地边上搭了一排砖房,围出一个很大的院子,他和好几个他雇佣的菜农住在一块儿,周末才回一趟家。我到那儿住过,那里蚊子多,苍蝇多,空气中有田间地头的肥料味,院子里养了一大群土鸡和几只见人就冲过来想啄几口的凶狠大鹅。这些动物贡献的肥料让院里的花草长得又野又浪,围墙边的茉莉跟树一样高大,花香满园。思源变得非常不讲究,夏天是T恤大短裤,冬天是解放鞋军大衣,头发能几个月不理,敢把自己背上的皮晒脱,那两条腿上被蚊子叮的疙瘩灿若红霞,总没有好的时候。他雇的菜农,其中有四个是一家人(运货的陈伯、煮饭的陈妈及一双儿女小树和小慧),再加上几个青壮年男女,十几个人混在一块儿吃饭,没有公筷,经常就是一大盆青菜、一大盆肉和一大锅汤。有一次,我在思源那张硬邦邦潮湿的床上撒娇说睡不着,想让他带我回市里,一起去吃炸鸡喝可乐,然后回家睡又软又宽的大床。思源说:"你实在想回去,我让罗明送你。"罗明是谢思源既得力又忠心的助手,年纪跟我差不多,是坛洛本地人,在科技公司的时候就是谢思源的手下,谢思源辞职他跟着一起转过来当农民了,在坛洛租地还是罗明帮联系的呢。谢思源这么说我十分不高兴,很明显,我想走就走,他没打算留我,守着这一片菜地比陪我有乐趣多了。吃饭时,我对那些油大粗糙的饭菜不满意他也不放在心上,他捧着大碗大口大口吃,和其他人聊天聊得很开心,说的都是什么腐肥、有机液、黄板之类的话。我和谁都说不上话,我也不想说。思源还学会吃生蒜了,小慧姑娘给他剥了几瓣在手边,他咬在嘴里,啧啧啧爽快的劲头好像吃的是龙肉。小慧身上有几分土里出清泉的气质,我牙齿倒酸。晚间,思源嘴凑过来要与我亲热,我说大蒜臭,他不再坚持,离远了去。他睡着了,鼻腔里响起闷浊的呼噜声,散发出蒜臭味,远处有狗咬狗的声音传来,我想,这个地方我不会常来,但我是该要个孩子了。

如今思源不在了,我还要拿孩子绑住谁?

二

公公婆婆在我面前摆出了几份协议。他们有两套房产,市价目前大概值个六七百万。四间饼屋的生意不错,每年有将近几十万的收入,谢润玉的分红是30%,剩下的掌握在公公婆婆的手上。他们承诺,如果我把孩子生下来,他们的两套房产、饼屋每年70%的分红,再加上一百万现金,马上转给我,另外他们会放弃目前我和谢思源这套住房的继承权。我妥妥是个法盲,到现在才知道思源不在了,公公婆婆会有我们这套房和思源所有资产的继承权。公公说:"协议上写得明明白白,我们两个老人不会让你吃亏,孩子生下来,你可以像现在这样不用上班,看着孩子就好了。"婆婆说:"思源租的近千亩地刚见效益,银行贷款还没有还完,我想你不会有精力去打理,我们两个老人也不可能操那份心,力不到不为财,菜地只能转让,希望能把银行的贷款还清,不欠钱就好。"

原来,我除了肚子里的孩子,再没有什么可以傍身的东西了,把孩子生下来,就能一劳永逸。

公公婆婆说:"我们做这份协议完全是为了保障你的权益,毕竟我们还有一个女儿,我们一直偏向儿子,这你肯定也看出来了。"

我把公公婆婆拟的协议收下,我说我看看,没说我考虑,如果说考虑就证明我曾经动过不要孩子的想法,这一点我是万万不能承认的。我没有把这些协议拿给我爸妈看,作为他们的女儿,我也不希望他们看到我的犹豫,我相信,爸爸妈妈仍然会义无反顾地让我选择打下孩子。他们是一对清高的教师,是一对连家教都拒绝去做的老师,他们说,他们能教的会在学校里全部教给孩子,他们不会赞同我因为身外之物委屈自己。

不知道现在工作好不好找,我就算是回到原来的保险公司,丧失了生瓜蛋子的无畏勇气,估计业务也不好做。我不是一开始就讨厌"朝九晚五"的工作,我上的大学也是985,出来应聘进了一家保险公司,做的是财保这一块,业绩不是很突出,但养活自己绝对没问题,而且按照当时的成长点,没准现在能做到一个经理的位置上,什么不是靠经验和时间熬出来的?我就是因为卖保险才认识了谢思源。他们公司的业务是我顶头上司亲自跑的,大单子,上司把我拉出去一块儿应酬,不讳言"美女在旁,生意好谈",谢思源当时也在应酬的饭桌上。后来上司的单子顺利签下,谢思源打电话来问我有没有提成,我说和我有什么关系,我是虾兵蟹将。谢思源请我吃饭送花送礼物说是弥补我的损失。他样貌出众,谈吐风趣,每次聊天都能把我哄得开开心心,他还很有能力和想法,年纪轻轻就坐上副总的位置,更重要的是,他并不在意这个位置,他向往的是与泥土作物打交道的田园生活。他不止一次跟我描绘我俩的夕阳红:住在一幢有天有地的小青砖楼里,前院后院,种菜养狗,打水做饭,早睡早起,晒太阳数星星。我完全被他迷住了,不是因为他所描绘的场景,而是因为在那样的场景中我俩一起白头偕老。

确定关系后他表示不太喜欢我干保险这一行,说我长得太招人,容易被占便宜。我说:"你养我?"他说:"养,养一辈子。"谢思源的父母当时非常反对我俩在一起,当着我的面给脸色,难听的话没少说。他们认为我是小县城人,没见识,心机重,仗着几分姿色钓金龟婿。他们还评价我是"网红脸",说我在保险公司工作,名声肯定好不到哪里去。我那时候好泄气,觉得我进不了谢家门,没想到谢思源说服了他的父母,具体是怎么说服的,他不告诉我。我和谢思源结婚没几个月就辞职了。这当然又得听公公婆婆的冷言冷语,正如他们预料的那样,我就是个贪图享乐的女人。我对付他们的办法是装聋作哑,他们说他们的,我做我的。辞职之后我原本是想到谢家饼屋去帮帮忙的,但思源说有他姐在做,我不用去凑热闹了。我想思源是怕他大姐不高兴,觉得我插手是想分钱,所以就打消了念头。我每天睡到自然醒,上网、健身、买菜、做饭、看剧,还在网上发文发视频充当瑜伽美容达人,粉丝不少。一天天过下来,时间一长我都忘记工作的感觉了。我想象不出回归职场的样子:重新作为一个小白杀回,朝九晚五挣钱吃饭买衣。我的内心不能不说没有恐惧,而且恐惧还不小。把孩子生下来,这些事就不用担忧了,可以一劳永逸地解决问题。人的本能是不是都想走好走的路?

爸妈假期结束,老妈想再请几天假,等我做完手术再回去,我说再等等,让思源的爸妈缓口气。千哄万哄把爸妈送走了,产检的时间到了,婆婆陪着我上医院,上一次还是思源陪的呢。做了超声波检查,医生说孩子一切正常。影像上孩子像葡萄一样大小,我感觉这是思源在我身体里栽种的一粒种子,不知道是什么植物,多半是他热爱的蔬菜,茼蒿、黄瓜、西红柿都有可能。婆婆手里抓着我的检查报告,在从医院回家的路上一言不发,瘦削的肩膀紧绷着,我猜想那不是悲伤而是激动。回到家里,刚进门,鞋子还没换,婆婆突然扑腾跪在我面前。"盛盛,求求你,一定要把孩子生下来,好不好?"我吓了一跳,用力搀扶她,她用力反抗不起身。"思源走了,我也不想活了,可我不能走啊,我还要替他看孩子。做B超的时候我看出来了,肯定是个男孩,和思源长得一模一样,我的孩子呀,我的孩子呀……"

那么小小的一个东西,哪里能看出性别和长相,婆婆是思子过度出现幻觉了。我的眼泪被引出来了,心软成豆腐,腿一软我也跪了下去。我跪在婆婆面前,与她抱头痛哭。"妈,你放心,我会把孩子生下来!"在那一刻,我信心坚定,无比悲壮。去他妈的漫漫长夜,去他妈的生子协议,去他妈未来的男人,我要把孩子生下来,他是谢思源生命的延续,我要让思源播下的种子枝繁叶茂。婆婆泣喊"谢天谢地""阿弥陀佛",我仿佛又回到一个充满气的罩子里。

可以说,在谢思源走后,家里反倒是热闹了。公公婆婆住进来了,天天围着我转。大姑子谢润玉在我爸妈走后也是三天两头上门,还捎带上她刚上高中的儿子贺允正。我还是挺喜欢这位大姑的,她长得和婆婆挺像的,又高又飒,精力旺盛,说话嗓门儿从没低过,照我看是爽朗欢快型,但婚姻方面不太顺,被家暴,谢思源找她姐夫约过架,要替姐姐出气,后来因为姐姐死拉着没打成。大姑子上门从不空手,饼屋里好吃的糕点一盒盒带来,满足了我对甜食的念想。贺允正长得又矮又胖,不爱说话。这孩子脑子不太聪明,学习差且不论,人情世故半分不懂,每次来访都要在各间屋子乱翻一气,有一次还翻出我的情趣内衣,套在头上玩耍。对贺允正,公公婆婆有肉眼可见的不待见,好像有这么一个外孙脸上不光彩。不知道是不是因为儿子的缘故,谢润玉在自己爸妈面前总是卑微讨好，轻声细语诉说儿子身上的闪光点，有时，公公婆婆的脸色是能缓和一二。

谢润玉看我成天无所事事，问我要不要学做糕点。她说闷在家里生不出健康聪明的宝宝，不要把自己当孕妇，一定要快乐工作到生产最后一刻。大姑能说出这一番理论，让我对她刮目相看。这是个不错的提议，我随她欣然前往。我们换上白色工装，戴上帽子，进入制作间。我选做我最爱吃的古早咸蛋黄蛋糕。玉米油加热拌入低筋面粉，再加入蛋黄，蛋清打匀加盐加糖，最后咸蛋粒加乳酪粒混合。工序虽然较为复杂，但操作难度不大。我吃到亲手烘焙出来的蛋糕，香甜胜于从前，很有成就感。

我感谢我的大姑子，她让我身口意皆愉悦。谢润玉说随时欢迎我来学习，她负责教会我。我是有想法以后多来饼屋，既能学习，又能吃上自己烤的新鲜蛋糕，哪里去找这么好的事。谢润玉上下打量我说："吃归吃，你还是要注意一下体重，有没有用妊娠纹油？"我说还没开始用，肚子还没有太显大。"显大就晚了，我打听到有一款法国产的食品级的最好用，从现在开始坚持天天用，以后一点儿妊娠纹也长不出来，我给你买了两瓶。"我嘴里洋溢着古早蛋糕的香气，手上又拿到两瓶可以让自己不长妊娠纹的油膏，真是圆满的一天。我看时间不早，说要回家了，谢润玉拉住我说不急。她拿出一本蛋糕图样，让我挑个喜欢的，到我生日她给我做一个。离我生日还有一个多月，挑一挑也无妨。我挑着，谢润玉在一旁玩手机。"盛盛，你以后有什么打算？""走一步看一步了。""哪能这么消极，你年纪轻轻，长得这么漂亮，好日子还在后头呢。""目前我只想着把孩子平安生下来。""人是为自己活的，为别人活就是没有活明白，我要和贺俊康离婚了。""离婚？""贺俊康以前老拿允正来要挟我，知道我舍不得孩子。现在，我舍得了，什么都舍得了。我生的我不养，他也是我儿子，再说了，我总得为自己活一把，我已经不年轻了。"谢润玉说这些话时嗓门儿还是一如既往的大，我虽然挺震惊的，但无法相信她真能舍得下她那个笨儿子。她的话当然有道理，也许她真的有所领悟，但就我目前的状态来说，与前途有关的事情我会放弃任何有逻辑倾向的思考，我一点儿也不愿意思考。

"挑不出来，看这个。"谢润玉扔给我一页卡片，上面推荐的是3D制作，就是通过电脑操作把人物和动物等图案印在蛋糕上，很多人结婚喜欢用这门子技术，把新人结婚照印蛋糕上，我可不习惯自己的形象覆盖在食物上，然后被人吃掉。"全市只有我们谢家饼屋有这设备，前两个月思源来订过一个3D生日蛋糕。""一孕傻三年",我可能还没开始傻,听到这一句,我心头一动,我突然觉察今天交流的重点在这儿,这应该是谢润玉邀我来的真正目的。思源的生日大半年前就过了,没专门订蛋糕,我们在西餐厅吃饭,饭后上了一个小蛋糕庆祝。我顺着谢润玉的话问:"蛋糕上印的是什么呀?"谢润玉从柜台里拿出一张照片递给我,看样子真是准备好了的,照片中是一个精美的蛋糕,蛋糕顶上是彩色奶油3D图像,人物当中有一个是谢思源,另一个是我不认识的女生。我认识蛋糕上的字:宝贝生日快乐!

谢润玉解释道:"我们店里的规矩,做好蛋糕都拍照留个底。""姐姐是大义灭亲吗?"我可是每日看剧的人,谢润玉的招数很有戏剧性,但技术含量不高。"早就想跟你聊这事,怕你想多了,这不还拐了一个弯先把我离婚的事告诉你。思源是我弟弟,人也不在了,但他若做得不对,我不会站在他那边。我想怎么都要让你看到一些真相,这对你才是公平的。以后的路要怎么走你自己选择,你不用觉得对不起谁,欠谁的情。我还是那句话,人是为自己活的,不为别人。"谢润玉是怕我沉浸在与思源往日的恩爱当中,不能自拔,无谓守节,来送我一剂人间清醒药吗? 或者是感觉自己已参透人生要义,便迫不及待要给我当导师? 即使是这样,我对她也说不出"感谢"二字,我和思源曾经的美好都变成对我的嘲讽,我对思源不会再有温情的怀念,这些全拜她所赐。

我不让谢润玉送我,一个人走回家去。我是想哭,可是压下去了。我以前怀疑过坛洛的小慧,认为那样的女孩子会主动投怀送抱。在某种可能的契机,比如田间地头、瓜田李下,谢思源或许脑子一热就犯错误了。那样犯错与感情没多大关系,我从没把小慧当对手,论长相、学历,她有哪一样胜过我? 我进谢家还被嫌弃,她能有什么前途? 我相信谢思源是爱我的,至少有一段时期爱过我。五年前我们手拉着手到民政局领证,拿到红本本后,他驱车带我直奔一家立于江边的民宿。夜里,窗外的江水缓缓流动,声音如喘息一般。屋里的灯光昏暗,我们的身体发光发热。谢思源抱着我说:"盛盛,我会宠你爱你,我会一直陪着你,如果将来你不再爱我,我也不会离开你,这世上只有死亡才能让我离开你。"我说:"思源,我也爱你,死亡也不能让我们分开,天涯海角、天上地下,你到哪儿我跟到哪儿。"那时候我们一说到爱,就会说到死。

谢思源在死之前就离开我,搂着另一个女人。他死了埋在地下,化为尘土,我还好好地在这儿站着,就在刚才还吃了香甜可口的蛋糕。

一晚上我无法入睡，全身冒汗，半夜起来喝水，上厕所，天亮后才睡过去。中午起床坐在床边，面对着五斗橱上我和谢思源合影的几个相架，那种极其虚幻的感觉又来了：谢思源没死，他只不过是玩了一个障眼法，实际是遁去与另外一个女人私奔了。大家都知道真相，只瞒着我一人。我听到那个不忠男人的嗤笑，他笑我想借腹中的孩子获得利益。我为什么要替你生孩子？这游戏恕我不奉陪了。我不会等着种在我子宫里的种子结出果子来，然后看着果子，回忆我"被绿"的时光。

我在婆婆的殷切注视下吃完午饭，回房间换好衣服，拿上简单的行李，趁公公婆婆午睡溜走了。三个半小时后，我回到爸妈生活的城市。爸妈看到我如释重负：这个时候我跑回来，只可能做一件事。母亲说："明天我陪你上医院。"我点了点头。

婆婆的电话晚间追来了，我不打算瞒她，我说我决定不要孩子了，请他们原谅，说完马上把电话挂了，手机关机。凌晨，公婆敲开我家门，谢润玉开车把他们送来的。这是一次最尴尬不过的见面，公公婆婆提出要跟我单独谈话，我爸妈不同意，他们寸步不离守在我身边。谢润玉站在公婆身后，抽空对我挤出无可奈何的笑容。婆婆说："盛盛，你只要把孩子生下来就可以，孩子交给我们，你什么也不用管。你要嫁人不认我们都可以的，我们保证不打扰你将来的生活。""我又不是个生孩子的机器，既然生了肯定要负起责任，我负不了责任就不能生。""求求你了，要不我们给你磕头好不好？一日夫妻百日恩，你就看在和思源的情分上给我们留个念想吧，让我们多活几年。"这能把我逼到悬崖边上的话，听起来十分滑稽。我说："要不你们去问问思源别的女人吧，说不定他另外给你们留了孙子。"公公婆婆、我爸我妈都一脸讶异地看着我，爸妈一瞬间了悟了我突然跑回来的原因，而公公婆婆自然也不是傻子，在突发状况之下，他们一时间失去了主张。他们不敢为自己儿子辩护，怕引起更大反冲，可他们又不想轻易放弃。"如果思源有对不住你的地方，我们替他向你赔不是。你大人大量，给我们谢家留条根吧，你就当是做善事……"

我跑回自己房间，蒙上头，外面就算是天塌下来，我相信作为人民教师的父母都能为我善后。果然，不多一会儿，门轻轻叩响。"睡了没？"我打开门，母亲站在门外。"你们怎么把人劝走的？""我让思源他姐把他们带走的，这种事下跪磕头不管用，再闹下去撕破脸谁也不好看，我们又不欠谁的。"听完这话我彻

292

底松懈下来,就这样快刀斩乱麻吧,好好睡个觉,明天上医院。母亲却意犹未尽,她说:"思源看上去挺本分的一个孩子,想不到也变坏了,自作孽不可活啊。上次我们去看你,你只想着念旧情要把孩子留下来,好险啊,你是怎么知道这事的?""这还得感谢润玉,她自己过得不顺,要离婚了,想着来点醒我,不让我犯傻。"母亲的嘴角浮现出一丝不屑:"她有这么好心?我记得你说过她儿子不太争气,你肚子里的孩子不要了,她儿子就是最大的受益人,不过,我们也不跟人家争了,过好自己的日子要紧。你睡吧,明天还要受苦呢。"妈妈关上门走了,她随口说的话如霹雳一样炸在我头上。谢思源的背叛我尚未消化,谢润玉的用心又如毒蛇缠绕。无论如何,谢润玉都不该算计她唯一的弟弟。谢思源很爱他大姐,对外甥贺允正更是关照,知道这孩子脑子不灵光,很多场合都把贺允正带上,让他多长见识。就连我俩到外地旅游,碰巧贺允正在假期里,这小家伙儿都会被带上,成为耀眼的电灯泡。坛洛的菜地,有一畦专门被留出来,插了牌子,上书"允正实验基地"。只要贺允正想去种菜,罗明负责接送。这样一个贴心的弟弟,谢润玉都能拿来作自己的棋子:她希望我恨谢思源,希望我打掉孩子。谢家没了孙子,贺允正理所当然成为谢家的继承人。贪婪让人面目全非。

遭到背叛确实可以成为我打掉孩子的动因,但被人算计实在是不太好的体验,我决定先把孩子留住:哪能这么痛快让人遂了心愿?

三

我再一次逃跑,给爸妈留了一张条子说人命关天,我要再考虑考虑。爸妈肯定郁闷死了,生了我这么个不省心的女儿。

我想,如果谢思源有女人,对他忠心耿耿的罗明一定知情,于是我直接找到坛洛去。我到了那儿才给罗明打电话,他说他在地里干活儿,让我等他一会儿。我没有等他,我直接往地里去。几百亩开阔的菜地生机勃勃,细长的豆角从一排排架子上挂下来,我最爱吃的芥菜长得又肥又嫩,这里没有因为一个人的离去而有任何改变。有的生命悄然凋落,更多的生命沐浴在阳光里。我看到罗明从那头走过来,他的步子不急不缓。他和谢思源走路的姿势很像,稍稍的高低肩,手甩得很有力。我蹲下来摘芥菜,碧绿的叶子在我的手中折断,发出清脆的声音。罗明走到我身旁,我举起手中的芥菜说:"午饭我和你们一块儿吃,给我煮个芥菜瘦肉汤吧。"罗明一手接过芥菜,一手拎起我放在地上的拉杆箱。

"我也爱吃芥菜。"我们并肩走,朝着他们住的青砖大院走去。"你还好吧?""不太好。"我的回答让罗明一下哑然。我们又走了好一会儿,他才说:"这段时间这里的事情我是跟谢伯伯汇报的,你放心,我会把农场管理好,账目定期送给你们过目。""你和思源认识多少年了?""我刚工作就跟着他,算起来有八年了。""比我认识他的时间长,他一共有多少个女朋友?把在我之前之后的通通算上。"我侧身盯着罗明,他的目光并无一丝闪烁。"你之后没有,你之前有一个,叫冯新颜。""不要和我说谎,真相对活着的人才有意义。""大哥的事没必要说谎。"

我们走进院里,陈妈正在露天切菜,旁边是一筐紫色的茄子和红艳艳的西红柿。在这里生活的人可以奢侈地享受有机菜,这也是一种幸福。罗明把芥菜递给陈妈说:"洗干净切丝煮汤,搁点儿姜丝瘦肉,油就不要放了。"看来罗明是个细心的人,我在这儿吃过几次饭,有过一些特殊的要求,比如说青菜汤不放油。"大哥的房间我收拾好了,谢伯伯他们一直没时间来,你要不要看一看?"我点点头。我推开那扇门,首先看到的是床,一张简陋的木板床,没有床垫,竹席下边铺了一张薄棉被。这张床我睡过三四次,最后一次至少在一年前了。一沓洗干净的衣物整整齐齐叠放着,最上头的是思源的睡衣睡裤,我买的,灰色纯棉套装。我跟罗明说我想休息一会儿,他点头退了出去。我换上思源的睡衣,有太阳的味道。我睡了一觉,我知道会是很长的一觉,要把这两日的动荡在睡眠中沉静下来。

我醒来已经临近晚饭时间,推门出来,仍然看到陈妈在切菜,青椒、白萝卜、韭菜。那会儿人就有一种时空穿梭的感觉,仿佛走遍万水千山,回眸发现仍在原地,并未移动半分。倚墙闭目养神的罗明听到动静马上睁开眼睛。"睡好了?饿了吧?""是有点儿饿了。"他从灶上端下来一砂锅鸡汤。"这是刚炖好的,中午给你煮的芥菜我们吃了,等会儿给你煮新的,先喝鸡汤。"我没有反对,端起碗盛鸡汤。鸡汤上漂着一层黄油,罗明拿来一只漏勺,在表层上一撩,把油收进勺里。

"看得出我怀有孩子吧?""我早就知道了,大哥告诉我的。他接到你电话那天很高兴,拉我一起到村外小卖部喝啤酒,他还跟我说希望是个女孩,像妈妈一样漂亮的女孩。"

我记得验孕结果出来后给谢思源打电话，那两天正好有暴风雨过境，他留在坛洛守菜地，过了好几天才回来看我，进家没说几句话就上床睡觉了。我觉得他是回来睡觉的，不是回来看我和孩子的。他醒来时我对他说："要睡觉你不如在坛洛睡，何必辛苦把时间花到路上。"他一点儿也不生气，他做新鲜的蔬菜沙拉给我吃，动员我搬到坛洛去住，说那儿空气清新，每天在地里活动活动，看看五颜六色的果蔬，对我和孩子都好。我哪里可能同意，我早烦他总把菜园子挂在嘴边。我催他早点儿回坛洛，肚子里有了孩子，全部心思就在这上头，我没心思管他了。

两只鸡腿让我吃光，陈妈给我煮好了芥菜汤。芥菜有淡淡的青苦味，能回甘的，与苦瓜的腥苦不一样。我对蔬菜的品鉴力是谢思源培养出来的，他喜欢用有机菜榨出菜汁，我们生喝那些汁水，细细地品，品出百种菜蔬的不同风味。我过去最讨厌吃茼蒿、芹菜，觉得有一股臭味。思源打出来的茼蒿汁和芹菜汁臭味更具体，一口下去鼻腔口腔都被渗透。思源让我闷着那一口味，以品茶的思路和格局慢慢品。我先是品出芹菜涩臭背后的清冽，再品出茼蒿烈臭背后的奇香。我甚至觉得茼蒿完全可以拿去提炼香水。我还有一种领悟，所有挑食的人如果能静下心来用我们的方法去品菜，最后会爱上所有菜蔬。思源只是没想到，我虽然爱上所有蔬菜，但我还是不愿意接近种蔬菜的生活。我不想被晒黑，我不想让手变得粗糙，我不想让蚊虫叮咬我的皮肤，我也不愿意把自己放在一个偏僻的村落，眼里只有蔬菜。

"如果我把孩子打掉，你会觉得我是个无情无义的女人吗？""不会，我想大哥也不会。大哥说，他小时候谢伯伯总是出差参加各种会议，他经常觉得自己没有爸爸，他肯定也不希望他的孩子没爸爸。""你的意思是我应该把孩子打掉？""我不是这个意思，如果你把孩子留下来，父亲的那个角色我愿意来承担，只要你不反对。"罗明说得很认真，他的脸还因此变得绯红。我忍不住调侃一句："你是想做孩子的父亲，还是我的丈夫？""当然是孩子的父亲。"罗明飞快地回答。我没有感到半分尴尬，我喝了两碗芥菜汤，又吃了一碗米饭，在罗明跟前打起饱嗝儿。我说我从昨天晚上到现在就吃了这一顿，我还说这个时候我本来应该在医院里做人流。

"你现在有什么打算？""我想见见谢思源的女朋友，半年前他给她过生日那个，两人的照片印蛋糕上，挺浪漫的。""哦，这个我记得，蛋糕是我帮着取回来的,谢思源专门给冯新颜过生日订制的。""你果然什么都知道。""刚才我跟你说了,冯新颜是大哥的前女友。"听说是前女友,我的心情好了不少。死灰复燃好像不比另起炉灶对我的侮辱性强,我的自尊心很可笑。"大哥给冯新颜过生日也是迫不得已,他对冯新颜有愧。大哥肯定没跟你说过,他是因为你才和冯新颜分手的。"原来我才是第三者,这倒真让我有点儿受宠若惊。"大哥和冯新颜好的时候曾经承诺过,每一个生日都会陪她过,后来大哥食言了,大哥和你结婚后,冯新颜没有死心,她一直在等大哥回心转意。半年前她要求大哥给她过最后一个生日,过完她就嫁人了。""谢润玉知道冯新颜吗?""知道,他们全家都知道。""我要在这儿住一段时间,可以吗?""没问题。"

当晚我给婆婆打了一个电话,把谢润玉前两日跟我说的一五一十转达。我说这就是我要打掉孩子的原因,我阐述完事实就把电话挂了。公婆那边早认为我把孩子打掉了,我们已经是仇人,我不想再彼此牵扯,我只是不想让谢润玉好过。我想象得出公婆教训谢润玉的力度,争家产总得付出点儿代价吧。

第二天中午我收到谢润玉用手机发来的一份文件,是她和贺俊康的离婚协议,双方都签了名的。协议中谢润玉净身出户,房子车子全归男方,谢润玉还欠对方一百万,贺允正由谢润玉抚养。这和谢润玉前次跟我讲的稍有出入,她说她要自由,要为自己活,不要孩子的;再说了,她可不像这么不会讲价的人。当然,离婚回到父母身边能获得更多同情和关照。谢润玉估计已经被父母收拾过了,还想在我这里挽回声誉。她还发了语音说:"我不敢说把思源的事告诉你一点儿私心也没有,但如果说我不为你着想,全是算计,我不承认。"我信与不信对她很重要吗?我想起我第一次见谢润玉的情形。那时我还没同意做谢思源的女朋友呢,他带我进一家饼屋,让我挑了几块糕点。他从冰柜里取了饮料,付钱时他跟收银的姑娘说没钱。收银姑娘蒙了,我也蒙了,我赶紧从小钱包里找钱,旁边站着的一个女人笑盈盈地说:"没钱就把这姑娘留下来呗,姑娘这么漂亮,可以刷脸的。"谢思源也笑着说:"我跟她商量一下。"谢思源转向我说:"想不想刷脸吃蛋糕?""怎么刷,要先认证吗?"我当时还真信了。女人说:"是的,认证是谢思源的女朋友就可以。"谢思源攀着女人肩膀说:"姐,太给力了。"那次我给谢润玉打一百分,好有亲和力的一位大姐。

时间的长河里,总有一些美好在后来狼狈尴尬痛心愤怒的时候能想起,它们存在的意义可能是激励,可能是安慰,也可能是为了更好地忘却。

凌晨四点，住在大院里的人就起床了，隔音不好，洗漱上厕所的声音很清晰地传进房间，我穿衣起床出门。昨晚上已经跟所有人重新认识了，包括小慧姑娘，他们见我都点头问好。罗明说我起得太早了，我说等会儿我要跟他们出工。他们早起是要把菜早早收了，西红柿、青椒、豆角之类可以头天傍晚摘取，带叶的青菜一般都需要凌晨收取，保证新鲜不打蔫儿，到了五点钟发四五车货出去，六点钟再发四五车出去。我头回参加劳动，做的是二线工作，专门负责装箱，将新鲜蔬菜码齐，清理掉一些黄叶装到菜筐里。等货运走，大伙儿才收工吃早饭。早饭是面条，看那盛面条的大盆，我一点儿胃口也没有。陈妈专门给我煮了小米粥，还有煎得金黄的两个鸡蛋。太早，我吃不下，勉强喝了一碗粥，吃了一个蛋，感觉困得很，洗把脸睡回笼觉去了。等我睡醒，家里头的人又都出工了。我一个人把吃剩的粥喝了，换一身长袖长裤，也出门去了。

八九点钟的太阳照耀着，让地里的空气更为清爽。我在花生地里找到罗明。他给我递来一把剪子，让我把那些带霉菌的叶子剪除就好。我知道有机菜特别难伺候，长了虫不能用杀虫剂，只能用笨办法，除了提前在菜地装捕虫器，就是人工捉虫。如果人手不够，那些菜就等于送给虫子吃了，像这些带霉菌的叶子，也只能人工摘除。我弄了一会儿，站起来伸伸腰。罗明拿了个小马扎过来。"累了你就休息，活儿慢慢干。""你管理这儿挺辛苦的吧？""没觉得辛苦，自己做表率领着大伙一块儿干，利益都照顾到，这两样做好就行了。""听你这么说，我也能管理啰？""你可以试试。以前我主要管内部业务，外头的销售是大哥自己跑的。""以后我来跑，我以前卖过保险，卖菜不应该比卖保险更难吧？是人都要吃菜，保险却不一定要买。"罗明笑了。"你真可以试试，我们家的菜种类多、质量好，市场会越来越大。我们的口号是让老百姓都吃得起有机菜。"

四

菜地的中部有一片很大的荷塘，占地至少五亩。除了种莲藕，还养了不少鱼。这个季节荷花盛开，清香能传到几公里之外。这里离我们住的大院有两公里，我说想要来看看，罗明就用自行车把我载来了。荷塘周围修了石板步道、观景亭，还有几间小木屋。我以为小木屋是建给值夜班的人用的，罗明说不是，他说这里没有小偷，用不着值夜班，屋子建起来是为了方便赏荷。木屋没上锁，推开一间门进去,里边有茶桌茶具,也有不少厨房用具。看我目光落到那些锅碗瓢盆、油盐酱醋上,罗明解释说他们偶尔会来这里钓鱼,然后现杀现煮吃新鲜的。我说:"好啊,今晚我就在这儿等吃鱼了,我先散散步。"

我不再管罗明,自己沿着步道走,看到有鲜亮盛开的花朵,俯下身,用手机拍一拍。罗明从一间木屋里拿了一根钓鱼竿出来,在菜地边鼓捣了一会儿,我猜是在挖蚯蚓。看来鱼塘里的鱼不少,我围着荷塘走满一圈,罗明钓上来五六条鱼,有草鱼、鲤鱼、罗非鱼,每条都有一斤半左右。他还给我折了两枝莲蓬。我坐在小亭里吃莲子,夕阳下,微风拂动,荷叶田田,蜻蜓飞舞,动静之间我仿佛徘徊在一个秘境的门户之外,我想这应该就是谢思源追寻的桃源。他所追寻的在现实中明明白白看得见、摸得着,而我认同的桃源从来不在一个人能到达之地。罗明把我唤回现实,他在小木屋前面朝我挥手说:"回来吃鱼啰!"

鲤鱼没有去鳞,用热油煎得焦黄,香味扑鼻,草鱼煮出来的汤白如牛乳,一顿鲜美的享受。桌上鱼骨狼藉时,月亮出来了,我拎把小凳坐到屋外。上弦月算不上明亮,荷塘蒙上淡淡如纱的雾,盛开的荷花看不清了,荷香和一切能诱惑人的东西在夜里更为活跃。蚊子是荷塘的标配,如诗如画的境界里,嗡嗡叫的蚊子能提醒画中人,美好需要克制。罗明点了蚊香片,找出一瓶花露水。我在腿上手上抹了不少花露水,蚊子仍然前赴后继,身上的痒处越挠越痒。罗明穿着阔腿短裤,腿毛浓重的大腿不可能不招蚊子,他端坐着,如大家闺秀。我把花露水递给他说:"你也给自己喷点儿。"他说:"不用,让蚊子咬我好了,你能轻松点儿。"

有风吹来,我的衣裙在身体上摩挲,身体里最原始的欲望突然到来,向上蹿扬的热量扑在头脸上,有如醉酒。荷塘的风让我知道我不是什么贞洁烈女,我需要男人。我跟罗明说我决定打掉孩子。罗明仍然端坐着,没有回应。几分钟过后,他说:"你可不可以等上一个星期再做决定?重要的事情放一放才好做决定,这不是小事。"我点点头说:"有道理,一个星期不长。"

我让小慧给我当助手,拍下我在地里摘西红柿和豌豆当场"食用"的视频,标题为"重口味有机菜"。过去我作为居家太太,经常在网上发布视频,分享日常经验,让我潇洒拥有"瑜伽美容达人"的身份,也拥有一批为数不少的粉丝。"重口味有机菜"的视频发布之后收到不少留言,网友纷纷询问有机菜的出处。我所在健身中心的老板也打电话来咨询,听说菜园子是我家的,他马上跟我谈合作。"健康运动、健康饮食"是他们健身中心一贯的口号,我只要给他合适的价格,他会发动会员订购。他说能生吃做沙拉的有机菜,随便卖。我与罗明商定了价格,和老板签下供应协议。这家健身中心在市里有三家分店,会员上万。并不是很有心的一个行动就能带来生意,我做菜农的信心更坚定了。我跟罗明说,还有一些不缺钱的企业和公司,都有自己的食堂,吃得起有机菜,我一家家去跑,这事我能做得来。罗明说:"不急,慢慢来,你有什么想法我都支持。"

我每天和大伙儿一样凌晨四点起床,在夜色和露水中把地里的收获送上车子。我的特权是可以回来睡上一个回笼觉,从容吃完早餐再上工。

西兰花最招虫子,蚜虫、菜青虫都有。有机菜上生蚜虫一般是把烟草磨成粉加上生石灰喷洒,这方法对个头儿大的菜青虫不太管用,这里就有我的用武之地了。我喜欢把虫子一只只地从菜上捉出来,工具是一把长柄小镊子。虫子捉出来放到塑料盒里,数量越多成就感越大。虫子拿回去喂鸡,能喂一两天,鸡看见我都兴奋地迎上来。这工作像玩耍,这样干活儿的效率,一棵西兰花要不卖十元一棵算亏本。太阳出来,虫子拼命往花蕊里钻,这可难不倒我,有小牙签作为辅助工具,一挑,虫儿落地,镊子拾起。罗明给我带来一顶奇怪的帽子,戴在头上,帽檐一撑开,是一把小伞,阴凉能罩住全身。我问他从哪里搞到这么奇怪的一把帽伞,他说是网购的。他提醒我不要蹲得时间太长,也不要总弯腰。"你最好能像捕蝴蝶一样捉虫子,那样就轻松了。"我让罗明来示范捕蝴蝶法,他个头儿这么高,菜这么矮,他采用半跪式,一手握镊子,一手拿盒子,这样的神操作,赢得我的大白眼。不过,这样动作幅度不大,腰不累,我试了试,还不窝肚子,就是膝盖沾土。我俩就用这个方法欢乐地在地里劳作。

"哟,这是过家家还是秀恩爱呀?"充满讥讽的声音从远处传来,我和罗明齐齐扭头看去,一个白衣女子骑着一辆山地自行车快速地朝我们的方向冲来。罗明用同样的速度向我介绍:"这人是冯新颜,等会儿她说什么你千万不要往心里去。"

谢思源的前女友突然杀到,让我紧张又兴奋,本来以为再没机会相认的。她能主动找上门来,当然不是为了认识我。既然我是横刀夺爱的那一个,那她早就认识我了。虽然在不知情的情况下当过小三,我也没什么害怕的,在争夺的焦点消失后,我们谁也不是胜利者。我想象——我们会不会像某些电视剧里演的那样,握手言和,共同追忆故人?

"罗明，真行啊，我让你帮忙联系，你说联系不上，原来把人藏在这儿，你到底是不是谢思源的兄弟，你安的什么心？"我有点儿莫名其妙。冯新颜扔下自行车，穿过菜畦向我们走来，她眼睛一直盯着我的肚子。"郭盛盛，孩子还在肚子里吧，在就好，你算是积德了。你要是把孩子打掉了，我能跟你拼命。"这口气，好像谢家人，难不成她是我公公婆婆请来的说客，这也太狗血了吧？再一想，不是，老人家不会知道我没把孩子打掉，再说了，他们要找说客也不会笨到找个情敌来。

我没有回应，目光却也没有半分回避地迎向冯新颜。冯新颜有一种热带美，眼睛黑头发黑皮肤黑牙齿白嘴唇艳，比我高一个头，我迅速评估她的颜值和气质。冯新颜头一偏说："郭盛盛，我们单独聊一会儿？"我微微颔首。我自认为性格温婉，但不代表别人可以吓唬我，特别是一个曾经的手下败将更做不到。罗明紧张的目光在我们之间游走，我冲他嫣然一笑，跟着冯新颜走了。不远处有个仅能容两三个人的避雨亭，安放着两只石凳。冯新颜一屁股坐下来，我也坐下来，我们面对面。

"罗明和你说过我吧？"我点点头。"说过就好，谢思源在我们的问题上是个渣男，他喜欢你才跟我分的手，我还求他把我当备胎，够贱吧？我赖着他不放，经常找他，这片菜地我可比你来得勤，不过，我没钻到空子，这点你放心，对你他倒是忠贞不贰。有一天他告诉我你怀孕了，他要当爸爸了，他希望我不要再在他身上浪费时间，那天我真正死心了。我求他给我过最后一个生日，后面一别两宽，我去寻找自己的幸福，没想到，他突然没了。听到思源出事的消息，我第一时间就想到他的孩子，我很担心这个孩子能不能顺利生下来。我找罗明打听，他说不知道。我让他帮忙约你，他说约不着。我找思源的姐姐，听说你可能会打掉孩子，我还找到你父母家也没见着你。这儿是我最后能找的地方了，老天保佑，还真让我找到了。"冯新颜似乎很激动，讲到这儿她呜咽了。我有点儿摸不着头脑，我的孩子和她有什么关系？"郭盛盛，是你从我手里把思源夺走的，如果没有你，我和思源早该有自己的孩子了。换作我是你，我会为思源生下这个孩子。他爱你，你要对得起他的爱。他妈的，我就不信这世上还有谁比我更爱谢思源！郭盛盛，就算是你不够爱他，我也请求你把孩子生下来，我帮你养行不行？我能把这孩子当我亲生的养，你有什么要求尽管提……"冯新颜语速极快，说到动情处，鼻涕眼泪都有。

原来如此,我的情敌来找我竟然是为了让我保住孩子。说实话我真佩服她,她能跑来跟我说这些已经能证明她对谢思源是真爱。我在她的衬托下,就是一个再薄情不过的女子。我一直摇摆不定,思前想后,计较得失,我做不到义无反顾。有时候看清自己挺不容易,承认更难。我生出羞愧之心,羞愧让我选择退到一个局外人的位置上,仿佛我听的是别人的故事。我希望时光倒流,希望我从来没有在冯新颜和谢思源中间插上一杠子。

冯新颜最后迫切地表示需要我给她一个肯定的答复。她摇我的肩膀说软话,又指着我的鼻子跳脚骂狠话。我咬紧牙关一字不吐。她可能不知道,她的出现,会加强我打掉孩子的决心,因为在她的对比下,我确认自己身上没有足以支撑我做单亲妈妈的力量,这份力量可能是爱,也可能是别的,但在我的身体里都没有。

冯新颜叹了一口气说:"孩子还在你肚子里,你到底还犹豫什么?"她起身离开我,走向她的自行车,我以为她要骑上自行车离开,心里有点儿失落。罗明朝我走来,问我有没有什么地方不舒服,我摇摇头。罗明在我身边坐下。太阳已经升得很高了,开阔的菜地在光亮中显出一种特有的宁静,宁静到我们都能看到时间在一秒一秒地走。没过一会儿,冯新颜又出现了,她单手撑着车头,拿了两根一尺长的细棍,岔到另外一条路上去了。罗明伸长脖子说:"她又要去挖紫薯了。""她说以前经常来这儿帮忙种菜。""是的,她喜欢来这儿种菜。"

我朝着冯新颜的方向走去。我到达紫薯地的时候,好几个紫薯已经被挖出来扔到路边。冯新颜动作熟练,找的地方极准,尖头木棍戳进松软的土里这么一撬,一个紫薯就滚出来。她扭头看着我说:"那儿还有条棍子,你来试试!"她又挖出几个紫薯。"这片紫薯地在思源他们插枝的时候我就来帮忙了。思源最爱吃紫薯了,他说现在自家有地了,想吃多少有多少,'土豪'。"我站在旁边看她挖,我没动手。她在劳作中回忆与谢思源的过往,我这个时候不想再做第三者。

我不爱吃紫薯,我对植物中的深紫色有莫名的敌意,觉得如染料。谢思源爱吃紫薯吗?我在记忆里搜索了一下,没什么印象。

冯新颜不但把紫薯挖了,还拿回大院煮了一锅。她吃得一嘴紫,罗明他们帮衬着也吃了不少。冯新颜不只吃紫薯,还吃了鸡,喝了酒。天完全黑下来,她才说要走了。她在的时候,我就把自己当成一个局外人,成全她在这个回忆中的圆满。

　　离开前冯新颜揽着我的肩说："妹妹,多去想想你和思源的恩爱,你就有力量了。我还是那句话,孩子我能替你养,有事找我!"冯新颜坚持不让人送,骑上自行车离开了。我用眼睛目送她,她骑自行车很用力地蹬踩,看得出她是有目标、有恒心的人。

五

　　冯新颜让我好好回想与谢思源的恩爱,其实,这段时间我一不留神就会被拽回过去,但会马上把自己拉回来。我很警惕,觉得那是一片黑暗的森林,我不愿意在回忆中伤心流泪,还有,我害怕闻到死亡的气息。可是,这是应该做的功课,肚子里的孩子不仅属于我,也属于谢思源。这也是告别的功课,我想用回忆来和回忆告别。我也希望能更清楚地看到自己的心,是不是要留下孩子。

　　从认识谢思源的第一天开始,我就进入了一片森林,树木虽然遮天蔽日,但并不黑暗。那些树当中有一棵是我,有一棵是谢思源,我们根部相连,挨在一块儿。为了争取阳光,我们努力向上生长。在伸展的方向上尽量不挡住彼此的阳光,我们都长得郁葱葱、生机盎然。面对浩瀚的星空,我们许下许多誓言,包括天长地久。

　　有一次登山看日出,头天晚上我们住在山中的旅馆,为了第二天能早起登上主峰去守候。半夜我睡得香浓时被思源唤醒,头天爬山腿脚酸疼,全身疲软,那个时刻感觉美美睡饱比观日出更重要。我说:"我不看了,我要睡觉,你自己去吧。"谢思源让我继续闭着眼睛睡,他帮我穿好衣服,背着我上山。这么折腾我早已完全清醒,但我还是愿意赖在他的背上,听他的喘息,看他的头发被汗湿透,被雾水打湿。到了观日点,他没有把我放下,他背着我等待日出。太阳从云层里破出,金光万丈。他晃了晃身子,发出惊喜的欢呼:"宝贝,太阳出来了。"我抱着他的脖子,下巴顶在他的头顶上。我说:"太阳出来红艳艳,谢思源,我爱死你了。"

　　决定备孕的头一年,我每个月测排卵期,吃叶酸,验孕棒上的一条杠总让我情绪低落,我怪谢思源不配合,骂他自私,咒骂坛洛,在我眼里坛洛和情敌一样可恶。谢思源每次都能在我的怨怼声中睡去,发出宽宏大量的呼噜声。我怀疑自己没有生育能力,我跟思源郑重讨论,如果我不能生孩子怎么办,他说不能生就不能生呗。我说:"别装了,你在外头特别喜欢逗人家孩子玩儿,就是馋孩子。""跟上动物园看动物一样,看着高兴,自己养就难保还有那份开心,顺其自然就好。""说得好听,你妈会让你休了我!""不会。""肯定会!"讨论会结束,谢思源给我写了一份保证书,还在上头摁了手印。保证书上说,如果我真的没有生育能力,他就去做结扎。这份保证书夹在我的学士学位证书里,锁在书柜最下边的抽屉里。

在谢思源最后的日子里,我们之间谈的最多的是孩子。我们谈到孩子的性别,我们商量好分工,我管养,他管教;我扮白脸做慈母,他扮红脸当严父。我们每年给孩子存一笔教育基金,管够他上大学。我们带孩子到各地旅游,让他眼界开阔,让他快乐,让他自由。有一天谢思源说:"等你把孩子生下来,我们全家去一趟拉萨,带孩子去看最干净的天,看最光亮的日头。""为什么选拉萨,太远了吧?""因为我想去拉萨,很多地方都去过了,就剩拉萨了。现在有了孩子,我当然要带上孩子一块儿去。"

让肚子里的孩子代替他的父亲去一趟拉萨,这是我能替思源做的最后一件事情。

这想法一出来我就没有犹豫,上网查资料做了一番攻略,买了半皮箱可能会用得上的东西。我向罗明告假说要去旅游一段时间。他问去哪儿,我说去拉萨。他说是替大哥去的吧,看来思源也跟他念叨过。

我乘飞机抵达拉萨。我的安排很宽松,没固定行程,大部分时间是在休息中观赏,看人看天空、看庙宇看街道。不少人看到我已经藏不住的肚子,热心地为我提供便利,他们的目光同时在寻找我身边应该存在的另外一个人。我想告诉他们,人就在肚子里,我随身带着。在寺庙、客栈、饭店,我得到很多人的祝福,我的脖子和手腕上挂满了吉祥物。我一个星期洗一次澡,没有高原反应,我的心情和日头一样光亮。我吃遍所有当地人推荐的食物,糌粑、风干牦牛肉、酥酪糕、奶渣包子,酥油茶令我着迷,一日三餐停留在我的手边。我从来不是一个这么随意的人,我觉得我学会了旅游和随遇而安。

我与几个陌生的年轻人结伴,包车前往定日,来到珠峰脚下。这儿真够冷的,我用棉衣把自己裹得紧紧的。孩子们都很兴奋,说这里的日头是全世界最亮的日头。我首先庆幸自己没有高原反应,再庆幸我今生能与神山相遇。太阳光照在雪山上时,孩子们欢呼雀跃。我摘下墨镜,眼睛被光亮刺得泪水涟涟。我想起曾经和思源上山看日出,我抱着他的脖子,下巴顶在他头顶上。思源就在这里,他的怀里多了一个孩子,我们仰望雪山,全身洒满阳光。

我以拉萨为大本营,住了整整一个月。无论走到哪儿,我都知道不是我一个人在行走,我看到的也不只是我一个人看到了,我的味觉听觉视觉与我的爱人和孩子共享,这真是一种奇妙的体验,特别是在那样一个日头光亮的地方,一切甜美又光亮。过去的我摇摆不定,忽左忽右,所有的选择都不能确定是否出于本心,因为周围有太多的意见和试诱。我想,在这里我能最大限度地看见自己,这样的看见并不是因为我来到拉萨,而是我需要这么一段属于自己的时间和空间。

我在经幡飘动的风中,借助风力,把祝福送给逝者,还有与我亲近的人:我的孩子、我的父母、公公婆婆、谢润玉及她的孩子……许多名字无意识地滑出,生命中如水一样经过的人。

我从拉萨回来,皮肤晒得黝黑,过了几天开始掉皮,掉皮那阵子就跟蛇蜕皮一样吓人,见到我的人都觉得我迅速地苍老了,他们看在眼里说不出口。只有小慧是勇敢的,她说:"姐,我们地里种有芦荟,我帮你扯几根来敷脸吧?""不用,过几天皮掉光就好了。你还是帮我剥几瓣蒜,我配黄瓜吃。藏地什么都好,就是新鲜蔬菜太少了。"

当我躺在手术床上的时候,我抚摸隆起的肚子,感谢一个曾经与我血肉同在的生命。我已经在前面的旅途中忏悔我将要做出的选择。

我没有告知任何人,没找人陪伴。我在全麻晕过去之前,还幻想如果醒不过来也蛮好,反正无知无觉,一点儿也不痛苦。

我醒来了,白色的病房,微弱的阳光,另外一个人生徐徐展开。从现在开始,我只有一个人了,我做的任何事情只忠于自己的心。我今天的决心也不一定能落到实处,人总是容易混淆视听,还自以为是。无论如何,我尽量警醒。

我回到坛洛休养,喝土鸡汤,吃新鲜蔬菜。荷塘的荷花逐渐残败,肥大的莲藕成了时令蔬菜,大家欢天喜地下塘挖取。我鸡汤喝腻了,换上莲藕排骨汤。

我问罗明:"银行的贷款你觉得什么时候能还完?"

"这说不准,如果市场对有机菜的接受度按目前的速度持续增长,用不了两年。"

"罗明，我和谢思源不一样，他种菜是回归田园，是圆他的桃源梦，我种菜是为了讨生活。"

"我也是为了生活。"

我俩相视一笑。罗明的笑容里有田园阳光，也有城市霓虹。我不知道他将来会不会爱上我，我对他有好感，但不打算主动去做些什么。两情相悦是两个人同时靠近彼此，在踽踽独行中摸索着牵上另一只有温度的手。我计划好了，如果他不喜欢我，等银行贷款还完，我要离开坛洛，我要到别的地方，让可能爱上我的人有机会遇见我。

【作者简介】杨映川，曾用笔名映川，做过记者及报纸副刊编辑，在《人民文学》《作家》《当代》《十月》《花城》等刊物发表过数百万字小说，有《魔术师》《淑女学堂》《我记仇》《狩猎季》等十余本长篇小说、中短篇小说集出版。曾获2004年度人民文学奖、第十七届百花文学奖、广西独秀文学奖、文艺创作铜鼓奖等。

致 余 生

宋潇凌

> 麦子熟了,为了等待它的镰刀。
>
> ——题记

星期天的上午,王志15岁的女儿正要出门,她新买的鞋子却不见了,吊诡的是,鞋子只丢了一只。

"谁偷了我的鞋?"她怒气冲冲地嚷着,冲王志抖着仅剩的一只红色带蝴蝶结的塑料凉鞋。

此刻的王志,心情很好,他穿着那件蓝色条纹的衬衫,这是小惠特意嘱咐过的。她说:"请你穿我送的那件衬衫好吗?"王志心里说,好的,怎么会不好呢!

王志没有理会女儿,他靠在沙发上翻一沓打印的诗稿,是那个叫小惠的女孩儿写的。她写山,写水,写一棵孤独的玉兰,也写一场狭路相逢的山雨。看得出这个18岁的女孩儿激情有余,却才华稍显不足。就算这样,他还是想把小惠的这些诗歌发表了,就在他主办的那本文学杂志上。她一定会很高兴,用她那双麋鹿一样的眼睛看着他,洁白的脸颊上飞起两朵红晕,如不胜娇羞的水莲花,令他怦然心动……

不!不!她还是个孩子,他们之间差了将近20岁,他怎么能有这样的念头?可是……他下意识地看了一下手表,马上站了起来。他和小惠约好了今天见面,就在那家花憩茶餐厅。10点半，不见不散！时间快到了，他必须马上出门。

女儿矮胖的身子堵在门口，那里的空间顿时显得局促狭小。这个胖妹冲王志喊道："爸，我的鞋子被人偷走了！"

王志把小惠的诗稿仔细放进手提包。他从女儿身边的衣架上取下外套，顺便扫了胖妹一眼，那张熟透的西红柿般的大圆脸，让他不忍细看。同样都是女孩子，小惠苍白瘦弱，让人心生怜惜。他的女儿却不堪得像个发面馒头。真是不开化呀！就从不反省吗？小时候做个呆萌的大胖闺女，倒也不失可爱。15岁了，仍然是个大胖闺女，简直前景堪忧。

王志没有理会女儿，心里暗想：一定是你自己丢到哪里去了。没心没肺，跟你妈一样。真是烦人。

此时，正在冰箱里找东西的儿子砰地摔上冰箱门，冷笑一声说："哈哈，我的奶茶也被人偷走了。四瓶奶茶。胖妹，你干得漂亮！"

这对15岁的双胞胎兄妹愤怒地互相盯着对方。儿子鄙视地说："吃货！除了吃没有任何追求。"女儿攥着那只凉鞋向他冲过去，嘴里嚷着："变态，你偷我凉鞋，你还偷我的花裙子。"

两人纠缠着撕扯起来，王志厌烦地皱起眉头，他准备快速出门，在局面变得更混乱之前。

就在他穿鞋的工夫，他的老婆江小红已迅速隔开了兄妹二人，她壮硕的身躯像座小型山峰一样巍然屹立，大声喝道："都别吵，是奶奶偷的。"

两个孩子愣了，互相看看，不约而同地把目光投向一扇紧闭的房门。那里住着他们60多岁的奶奶，怎么会呢？奶奶？也就是爸爸的妈妈！她为什么偷东西？他们不约而同地盯住王志，似乎他有意隐瞒了这件丑事。

王志感觉到了深深的羞辱，他不满地瞪着老婆。二十多年来，他眼睁睁看着这个女人从一个90多斤的小丫头，变成将近160斤的庞然大物；从说话像蚊子嗡嗡叫似的小可怜，蜕变为声可退贼的悍妇。曾经，她因为脸太小，每次敷面膜，脸上都会多出来好多面膜；现在脸太大，偶尔敷一下，面膜下会多出好多脸。

是什么让那个曾经低眉顺眼的小媳妇变得如此嚣张，竟敢公然诬陷自己的婆婆是窃贼！

这绝不可能！王志的妈妈是一位中学语文老师，曾连续多年获得省级优秀教师称号。她最喜欢《周易》中的这两句"天行健，君子以自强不息；地势坤，君子以厚德载物"。这样一位胸襟磊落的女人,与贼不共戴天。王志还记得上小学一年级时,他偷了同学一块橡皮,妈妈拿起铁尺把他的两只小手打得肿起老高。面对他的哭泣与哀求,妈妈没有丝毫心软,她恶狠狠地威胁说:"你若再敢偷一次东西,我就把你的手砍掉。"那次的教训令王志终生难忘,也由此知道"偷"是这个世界上最可耻的事情。

而此刻,他的老婆正用世界上最可耻的事情令他蒙羞。她当着两个孩子的面,冲王志说:"你妈是家贼,她偷东西不是一次两次了。"

王志顿时面红耳赤,他指着老婆,气急败坏地说:"你……你等着,我要是找不到证据,再跟你理论。"他大步冲向母亲的房间,一把推开门,打算冲进去,然后……他就愣在了门口。

不!他应该是被堵在了门口,屋里光线阴暗,大白天也拉着窗帘。他凭直觉感到脚边被许多乱七八糟的杂物阻挡了。艰难地挪步去拉窗帘时,他踢翻了一只塑料桶,碰到了一块木板,还撞倒了一只装杂物的大纸箱子。与此同时,一股酸臭腐朽的气味扑面而来。他硬着头皮冲向窗户,拉开窗帘,然后,王志就被眼前的情景镇住了。

小小的屋子堆满杂物与垃圾,他心生厌恶,却又同时意识到正是他和妻子把这里当成储藏室的。起先只是一些不常用的东西,废弃的家电、断腿的沙发、过时的旧衣服、孩子小时候的布偶和玩具,以及舍不得扔掉的陈年旧书……他哪里有理由厌恶呢?不正是他……和他们把这里变成这样的吗!

可是,那些花花绿绿肮脏的塑料袋子又是怎么一回事呢?它们遍布墙壁,装满诡异莫测之物,像一些恶之花,触目惊心。

江小红和两个孩子一起挤在门口,神情讶异,他们和王志一样,都不记得有多久没进过这间屋子了。一个星期?一个月?两个月?或者更长时间?

一股莫名的怒火令王志扑向那些塑料袋子,他疯狂地撕下这些"恶之花"扔在地上。

江小红和孩子们打开那些袋子探究着,真是应有尽有:融化的大白兔奶糖、巧克力、发霉的饼干和点心,以及腐烂的各种水果……它们滋生了蠕动的蛆虫,孵化了鲜活的蛾子……

毫无疑问,这都是母亲趁人不备偷过来的。除了大部分是孩子们的零食外,他们也找到了女儿的那只红色蝴蝶结凉鞋和花裙子,找到了儿子的统一奶茶和墨镜,还在被窝里找到了江小红丢失的乳液、口红和眉笔,找到了一罐茶叶、两瓶白酒,找到了王志的领带、蓝色羊毛衫……总之她的小屋就像一座宝库,很多消失已久的东西,都在这里重见天日。

众人无比震惊,而那个可耻的贼——王志的母亲端坐在墙角那张窄小的单人床上,无动于衷,一脸漠然。

王志被母亲的所作所为击成严重内伤。他不敢相信这就是那个把"天行健,君子以自强不息;地势坤,君子以厚德载物"当成座右铭的母亲。

王志压抑着羞耻感低声质问母亲:"你为什么……偷这些东西?"

母亲一脸无辜地说:"我没有。"

王志抓起胖妹的那条花裙子,气急败坏地抖动着:"这是什么?你还不承认!"

母亲瞪着眼睛看他,口气依然坚定地说:"我没有!"

王志呆呆地站着,他已经不知道如何应对眼前的这种情形了,母亲却一把拽住他,另一只手指着江小红,神情诡秘地说:"我的狗被她偷走了,我的拴狗绳也被她偷走了。"

王志和江小红惊讶地对了一下眼神,在他们两人的记忆中,母亲从未养过狗,他们家也从未养过狗。这到底是怎么回事?难道……母亲中邪了?!

这时,儿子突然叫道:"我知道了,奶奶好像得了老年痴呆症。"这个15岁的少年与胖妹的混沌完全不同,他早熟、自律,智慧且敏感,有一个善于思考的大脑。

几个人面面相觑,王志冲儿子训斥道:"胡说!不可能!老年痴呆症病人不知道自己是谁,经常出门就回不了家。"

儿子镇定地说:"没错!你说的是第三阶段,奶奶这是第一阶段。"他把打开的百度词条递到王志面前说:"你自己看。"

…………

一家四口迅速撤回客厅,各自用手机研究着关于老年痴呆症的信息。王志对这个词并不陌生,只是没有清晰的了解,他只是曾经从新闻或影视作品中知道这些病人不记得自己是谁,从哪里来,又要到哪里去。他甚至觉得有些好奇,甚至好玩儿,一个人怎么会忘掉所有的一切呢?

而现在,那遥不可及的事情却猝然发生在自己母亲身上,王志不敢相信,也不能接受。

是什么时候?是什么事情?令母亲变成这样!

他们生活在一个房子里,每天坐在一张桌子上吃饭,看不出她有什么异常。她跟所有的老人一样,喜欢自言自语,有时会乱搭话,大家都不以为然,她说什么,也只当没说。

江小红嘟囔着:"我早就觉得她不对劲了,没想到竟然就……"

胖妹低声啜泣起来,她嘀咕着:"我害怕,爸爸会得老年痴呆症,我也会……"

王志惊讶地看着她,胖妹抹一下眼泪说:"百度上说老年痴呆症会家族遗传。"

江小红愣了一下,赶忙转移话题,她拍拍女儿的肩膀,安慰地说:"哎,宝宝,咱们的蛋糕烤好了,有巧克力的,还有蓝莓的,是蓝莓味的呢。"她有意提高声音,向女儿眨眨眼睛。

胖妹立刻破涕为笑,她深深嗅了一下弥漫在空气里香喷喷的烘焙味道,快乐地叫道:"爸爸,你要吃蛋糕吗?"

江小红搂着女儿向厨房走去,边走边说:"要吃,我也给爸爸烤了荞麦玉米饼。"

王志听到荞麦和玉米的字眼儿,不禁眼前一黑。作为一名新近"晋升"的"三高人士",抱歉,非高地位高收入高学历,而是指高血压高血脂高血糖,也许,他的余生只配享用那些"粗鄙"的粮食。

时光,这个阴险的家伙,它到底都干了些什么?它像无耻的蛀虫潜伏在他的身体里,不卑不亢又不动声色地蚕食着他,直到把他吃干抹净。

王志不服气,也不甘心,在半年前刚刚拿到体检报告时,他对报告上那些上升的小箭头不屑一顾,自以为少吃几次肉,撒丫子暴走,就能干掉它们。于是他严格控制饮食,戒荤戒酒,并每天暴走两小时,结果不到半个月时间,就饿得头晕眼花,嘴里淡出个鸟来,看见街上的流浪狗,都恨不得冲上去啃两口。

更要命的是他还新添了跟腱增生的毛病,走不了几步路,脚就疼得不敢落地。尤其给他带来致命一击的是:单位一"糖友",猝死于出恭时用力过猛导致的脑血管崩裂。

为什么他变成了一尊玻璃制品,须轻拿轻放,而且随时会破碎?难道就真的没有办法了吗?难道,就真的只剩下粗鄙的余生了吗?他的内心充满恐慌,似乎正驾驶一辆失控的车子狂奔在高速公路上,他拼命握紧方向盘,不让失控的车子冲出路基坠入悬崖……

王志的手机在这时突然响起来，是小惠。她在电话里怎忑地问："王老师，您在哪儿呢？我怎么找不到您呀？"

胖妹端着几块蛋糕从厨房里出来，用小叉子举着一块递到他面前，诱惑道："爸爸，你尝尝，很好吃的！"她神情喜悦，真是有福之人，转眼她已忘记刚才的不快。

王志躲开女儿，对着手机话筒搪塞道："哦，我马上就到，马上。"他迅速挂掉电话，对随后出来的妻子说："领导找我，工作上的事。"

江小红好似如释重负地说："去吧，赶紧去吧。"其实她巴不得丈夫赶紧出门，剩下她和孩子们在一起，轻松愉快得很，想吃什么就吃什么，根本不用考虑丈夫的感受。省得每天的餐桌上，她和孩子们吃香的喝辣的，他在旁边板着脸吃糠咽菜，好像她是个假老婆。而胖妹总是一边吃肉，一边由衷地夸奖王志："爸爸，你好自律啊！你都可以不吃肉，你是我的偶像！"

胖妹不知道的是，她的偶像爸爸经常出去偷吃。就躲在家附近的咖啡店。他喝咖啡，更喜欢吃甜点。夏洛特草莓、黑森林蛋糕、提拉米苏、焦糖玛奇朵、加了很多很多糖的甜甜圈……每一款，都是她爸爸的挚爱啊！或者他干脆到餐馆饕餮一顿，让那些万恶的红薯、萝卜、窝窝头、菜团子、荞麦饼通通见鬼去吧。他就是要吃红烧肉、卤煮肥肠、松鼠鱼，他就是要吃汉堡包、啤酒、炸薯条，他就是要吃起司大比萨、炸鱿鱼圈、凤尾虾……越是禁忌的食物，越是对他充满致命诱惑。他这个嗜吃如命的人呀，不吃，是生不如死的煎熬；吃，是视死如归的豪迈。

每当王志怀着悲壮的心情，眼含热泪，一口一口吃下去那些美食，他的内心都有一种甜蜜的忧伤，更有一种悲壮的绝望。

于是，每当王志偷吃后回家，他的血糖一定又会飙升到最高危险值。他头晕目眩地歪在沙发上大把大把地吞着药片，一边痛恨自己嘴贱，一边自我原谅：人生那么苦，我需要一点儿甜啊！

江小红总是百思不得其解，为了帮丈夫控制血糖、血压和血脂，她已穷尽洪荒之力，每天按照专家的说法只允许他吃猪狗食一般的粗茶淡饭，像魔鬼教官一般每天逼着他走路达万步，甚至在春天来临时，也不轻易向他求欢。作为一个妻子，还能要她怎样呢！可就算做出如此大的牺牲，他的血糖仍一路飙升，这到底是为什么呢？

311

王志逃一般地出了家门,似乎正是门里的那些人,拖了他的后腿,又似乎有老年痴呆症正在后面追赶他……不!他还年轻,他身轻如燕,他健步如飞。他要去见小惠——那个年轻的、美好的姑娘。

　　认识小惠,缘于不久前的一场诗歌讲座。作为文学期刊的副主编,他会经常性地被一些朋友请到各个高校去演讲。那次是在离他单位不远的一所大学,当他面对那些年轻的面孔,他似乎看到青葱年少的自己,不禁神采飞扬、妙语连珠。其间,有人递上来一个小纸条,上面写着:老师,请您朗诵一下仓央嘉措的《见或不见》行吗?拜托您了。字迹娟秀、纤细,应该出自女孩子之手。似乎有一个女孩儿正怯怯地望着他,柔弱的眼神充满哀求,竟然使他不能拒绝。于是他从手机中调出那首《见或不见》,朗诵起来:“你见,或者不见我,我就在那里,不悲不喜;你念,或者不念我,我就在那里,不来不去;你爱,或者不爱我,爱就在那里,不增不减……”多么美好,多么令人向往。他的声音饱含深情,竟然有些许颤抖,似乎与那陌生女孩儿有了某种默契。他扑朔迷离的眼神扫过全场,扫过那些清丽的面孔,此刻,那个写纸条的女孩儿躲在哪个角落呢? 她一定有双明亮的眼眸吧?

　　应该会发生些什么的,可是,散场的时候,并没有人走上前来搭讪。或许是自己想多了,他有些失落。

　　然而,还是来了。几天后的一个清晨,他走在单位门前的林荫道上,发现有个女孩儿在后面跟踪他。他快,那女孩儿就快;他慢,那女孩儿就慢。他突然转过身迎着她大步走过去,那女孩儿愣了,她似乎被吓住了,呆呆地站着,脸色苍白,双手紧紧抱在胸前,似乎要抵御他的袭击。

　　娇小、瘦弱、精致的脸庞,白色小雏菊般的清丽可人,纤细的胳膊上淡蓝色的血管隐约可见。他顿时心生怜惜,不禁温和地低声问道:“你是想要干什么呢?”那女孩儿白皙的脸突然红了,她张了张嘴,竟然一个字都说不出来,只是慌乱地把怀里抱着的一本书塞给他。他愣了一下,这是他几年前出版的一本诗集,封面已经有些破旧。

　　他意外地看着女孩儿,女孩儿结结巴巴地说:“我买的,我喜欢……”她低下头用脚踩着地上的一片落叶,似乎做了错事正等待被宽恕。是的,她喜欢,从她递纸条的那一刻,他就知道,她是喜欢他的。他轻轻舒出一口气,笑了。

　　两人站在浓密的树荫下,他掏出笔给女孩儿签字,郑重写下她的名字:小惠。小惠一笑。

这个叫小惠的女孩儿终于笑了,他们交换了手机号码。她仍然把诗集紧紧地抱在胸前,傻傻地看着他的脸,好像他的脸上正上演她美好的未来。

　　他们就这样站在树荫下,看着对方,不说话,一时竟然都有些羞涩了。小惠冲他一笑,挥挥手,转身跑了。他看着她窈窕的身影渐渐远去,感觉到初恋般的甜蜜与忧伤。

　　他慢慢地转身走开,眼前浮动着小惠那娇艳如花的脸蛋,像踩着云朵一般轻飘飘地进了办公室。站在镜子前,他觉得镜子里肯定会出现一张吴彦祖那样俊朗的面孔,然而……出现的却是郭德纲! 一个肥头大耳的油腻中年男人。

　　他愣了愣,被自己吓醒了。

　　他呆呆地站在办公室斑驳的镜子前看着自己:脸庞浮肿、眼袋深重、唇青面黑,了无生趣,而额头那三道川字纹与嘴角两道深深的法令纹,则构成一个大大的"兴"字。嗯,是"败兴"的"兴"!

　　他皱起眉头:唉! 这胖脸,就不能瘦点儿吗? 这灰发,就不能黑点儿吗? 这松弛的皮肤,就不能紧绷点儿吗? 还有这鼓鼓囊囊的啤酒肚,就不能缩回去一点儿吗? 他恼火地问自己,心底有一个声音不怀好意地回答:不能! 真的不能! 在有生之年,这是你最年轻的一天。明天,你将会再老一点点。

　　他气馁地从镜子前走开,跌坐在自己的位子上。

　　那天中午,他破天荒地没有吃午饭,虽然食堂做了他最喜欢的红烧排骨,他还是悲壮地拒绝了。他希望自己看起来瘦一点儿,曾经,自己也是小清新的少年呢!

　　过了几天,是清明节,他收到了一件礼物,是小惠送给他的,一件杉杉牌的男士衬衣,淡蓝色的竖条纹,看着很是雅致。也许这些情窦初开的女孩儿都愿意给自己喜欢的人挑选衣服吧。正陶醉着,小惠的电话打过来了,她温柔地说:"刚才去看爸爸了,回来的路上顺便给你买的,这是爸爸最喜欢的款式。"他静静地听着,有些欢喜,又有些惭愧,隐约觉得不合适。一个18岁的青春美少女,一个年近50岁的中年油腻男,就像乡间劳作的粗鄙农妇穿着丝绸的华服,不合适。可是……他贪恋着这样的不合适。

　　今天,是他们约定见面的日子,他穿着那件蓝色条纹的衬衫来了。

　　就在花憩咖啡馆,他向小惠走过去,一步又一步,坚定而有力。小惠看着他,双手按在胸前,眼睛闪闪发亮。

他们相视而笑。小惠给他的咖啡加奶,他没有拒绝;加糖,他也没有拒绝。芬芳甜腻的玫瑰花饼啊,美味诱人的奶油冰激凌啊,他都没有拒绝,他怎么能拒绝一个青春美少女的盛情呢!

后来,他们去了游乐场,小惠跃跃欲试着要坐过山车,他还是没有拒绝。他原本以为自己是可以的,但是当过山车动起来开始上天入地,他知道了,其实自己真的不可以!

巨大的头晕与恶心迎面袭来,就算他用仅存的理智咬紧牙关,不失声尖叫出来,黏稠的白色泡沫还是从嘴角汹涌而出,血糖飙升!这个心怀叵测的家伙,他多么想拒绝啊!但是,晚了!

有一瞬间,他肯定是晕过去了,他感觉到三魂七魄从所有的汗毛孔倏忽飞出来,像灰色的丝带在飓风中凌乱飘摇。他拼命想抓住它们,不让它们离开……过了很久,过山车终于慢下来,他呆呆地坐着,身上的衣服被冷汗打得湿透,小惠抱住他兴奋地嚷着:"哇,太好玩儿了!太好玩儿了!"他一动不动,恍惚觉得自己好像做了鬼又回来了。

傍晚的时候,小惠还要拉他去跳舞,这一次,他终于拒绝了,他说:"我们去个安静的地方吧。"

于是,小惠带他回家。

她的家里非常安静,没有别人。她带上门,两人便站在宽敞的客厅里。他想开灯,小惠抓住了他的手,她拉着他径直走到一张长长的桌子前。

然后,小惠拧亮了一盏微弱的小灯,这时,他才发现,这竟然是一张供桌,桌上摆着一个男人的遗像,一些水果和燃香的炉子。

他看着镜框中的男人,那男人也看着他。他的脑袋轰的一声,整个人被镇住了。镜框中的那个男人有着和自己一样的胖脸,敦厚的笑容,微微下垂的单眼皮。他看着那男人,不,他看着他自己,一时恍惚着,好像陷入重重的迷雾里,想醒却醒不过来。

小惠喃喃地说:"这是我爸爸,车祸,去年,突然……就走了。"

他愣着,整个人被一股巨大的诡异气息攫住了,一时竟不知如何开口。

小惠说:"你像我爸爸,真的,特别像。"

他愣着,不知如何应答,他和小惠的爸爸,他们真的很像。可是,他活着,而她爸爸,已经死了。这样的情形,让他感觉不适,可是又说不清地颠顸。

小惠又说:"我把你的照片发给了姑姑,她哭了。"

他惊讶地问:"为什么?"

小惠说:"姑姑说你太像我爸爸了。真的,哪儿都像,她以为我爸爸又回来了。"

他的思绪飘出很远,拽都拽不回来,一时又是无语。

突然,小惠从身后一把抱住他的腰,把脸埋在他的后背上,哽咽着喃喃地说:"我爱你,我喜欢你……"

他后背一紧,好像有把手枪抵着他的腰扣动了扳机。这个少女,在父亲的遗像前,抱着一个酷似父亲的男人说爱。

她以为……这是爱?

他看着遗像中那个男人的眼睛,一双父亲的眼睛,有对女儿的不舍、担忧和无能为力!

不! 不! 他颤抖着,冷汗忽地涌上了额头。挣扎着,他甩开小惠。这一刻,他终于清醒了。

他打开所有的灯,让通明的灯光照亮自己,照亮小惠,也照亮遗像中小惠的父亲。他告诉这个懵懂又无知的孩子:"这不是爱啊! 这只是你对父亲的想念,这只是你把对父亲的爱投射到我身上罢了。"

在这一瞬间,他终于明白了,这些天,小惠都在梦里,她以为抓住了这个男人,就抓住了死去的父亲,或者抓住了父亲对她的爱。而他呢,又何尝不是? 以为抓住一个年轻的女孩儿,就改变了即将老去的败局。

他为自己感到羞耻,也为小惠感到不值,她要的爱,他无能为力,他也不配。

他与小惠匆匆分手,决定以后不再相见。

在离开前,他告诉小惠:"找个年轻的男孩儿去爱吧,那才是与你相配的爱。"

那天晚上,他一个人慢慢走在回家的路上,想到小惠,想到母亲,想到妻子和孩子,又想到他自己,心情沉重到竟然无力走进自己的家门。他进了电梯,又出来了,一个人失魂落魄地在楼下坐了很久。他想,小惠要的爱,他无能为力,可是他母亲和家人要的爱,他是能够给的。

终于,他站起来,摇摇晃晃向家里走去,他决定明天一大早就带着两个孩子给老母亲打扫房间,然后全家人一起出去吃大餐,还要一起去公园游玩,看孔雀开屏,也看看那些雪白的樱花开了没有。

他推开家门时,江小红正在看电视,看见他,笑着问道:"你吃玉米荞面饼吗?"他赌气似的大声说:"吃!"

江小红转身去厨房端出来一盘烤好的玉米和荞麦面点心,他大口大口地吃着,这才是他的粮食呀!

他吃完一块,又吃一块,直到把那盘粗鄙的点心都吃下去了,噎得眼泪都快流了出来。

那天晚上,他躺在被窝儿里,眼睛酸溜溜的,似乎受了天大的委屈。他握住江小红松软萎缩的乳房,不乏温暖,却再也不能坚挺,就像他的未来。

其实,他是知道的,时光曾经给予他的一切,都将被拿走,包括记忆,包括所有的眼泪和欢喜,也包括生命。就是因为这样吧,才要善待这活着的时光,以及,这世间所有点滴的美好。

【作者简介】宋潇凌,女,中国作家协会会员,著有长篇小说《单行道》《个别女人》《说吧,你到底要什么》,小说集《笑相逢》《我为谁守身如玉》等。大量中短篇小说发表于《人民文学》《中国作家》《小说月报·原创版》等刊物,并入选《小说选刊》《21世纪中国文学大系》《小说月报年度精选集》等各类选刊及年度精选集,共计五百余万字。另有影视作品《西域花开》《另类村姑》等。现居北京。

通往天堂的夜航船

樊健军

一

这是个令人悲伤的日子。早上,柳上梢豢养的三只鸬鹚中的一只,不知什么病因去世了。那个可怜的小家伙同他一块儿生活了三年,最后一年,它几乎没捕到什么鱼,全赖他网的小鱼小虾苟活于世。它的动作总是慢慢腾腾的,最近两三个月都没有气力下水了,成天缩着脖子,呆头呆脑地蹲在船边的木架子上。他揣摩它是老死的,寿终正寝。他带它去过一次兽医站,那兽医也是个呆子,医过猪医过牛,就是没医过鸬鹚,胡乱拿了几粒药片,给鸬鹚服下后什么效果也不见。

柳上梢将鸬鹚的墓地选在了河岸边的缓坡上,鸬鹚到了那边的世界下河也很方便。这是他唯一能帮它做的事情。当初,他接受几只鸬鹚时没有想到今天的结局,如果有先见之明,决不会收养。可是要将它们转送给别人,又割舍不了,毕竟这么多日子都是它们在陪伴他。他陷于这种进退维谷的矛盾中——暂时相处的亲昵让他忘却将来有一天必须面对失去它们的痛苦,失去时的折磨又使他回忆同它们在一起的美好时光,而这种回忆带给他的是呈几何级数倍增的哀伤。

埋葬鸬鹚后,他摇船进城了。换在往日,吃过早饭后,他该带领几只鸬鹚出去兜一圈,重点不在捕鱼,更多是遛一遛鸬鹚,像养宠物的人家遛猫遛狗一样。以前

317

进城多半是卖鱼，而这一次是为了讨要卖鱼的钱。钱是辛苦钱，既有他撒网扳罾的辛劳，也有鸬鹚出生入死的所得。他习惯在农贸市场卖鱼，那儿买菜的主妇多，虽说她们很挑剔，但总能卖个一干二净。其间遇到一位中年男人，姓方，经营着一家小餐馆，让柳上梢便宜几角钱将鱼全卖给他。方老板说话带点侉腔，偏瘦，黑脸，佝偻着腰，不像个贪奸耍刁的人。柳上梢答应了，虽说少了几张毛票，可也免除了卖鱼之苦。之后得了鱼，他直接送去方老板的餐馆，方老板也很爽快，不论多少都收下了，且从不赊欠，都给了现钱。如此送了半年鱼，三个月前方老板突然说要记账，月初开始，月底结算，绝不会少他半个钢镚儿。这一来二去，他同方老板早成熟人了，记账就记账吧，无非晚些日子收钱而已。谁承想一个月过去，方老板鱼照买不误，可结账的事闭口不提。如此又送了一个月鱼，方老板仍然没动静，他只得将话挑明了，方老板解释说最近手头有点儿紧，别看每天食客进进出出，可是房租税收水电费燃气费加起来不是天文数字，也够压死人。说话时方老板的脸黑得如炭，像被火烧焦了似的。谁能没个难处呢，他动了恻隐，宽慰说，您这生意流水似的，有啥可愁的呢。还念了副当年摆渡时听到的对联逗乐：门前生意有如夏天蚊子飞进飞出；柜里铜钱好比冬天虱子越捉越多。方老板苦笑。过些日子再问，方老板仍请他宽限几天。追问了两三回，反倒柳上梢不好意思了，好像不是方老板欠他的钱，而是他亏欠了对方什么。三个月没进项，他有限的积蓄花得差不多了，口袋里快要布贴布了。一文钱难倒英雄汉，好说歹说，怎么也得把鱼钱讨到手。

柳上梢穿过茫茫白雾来到餐馆时，不想吃了闭门羹，方老板不在，玻璃门上挂着一把U形锁。往常这个时间，餐馆里正是备厨的紧要关头，剁肉声，高压锅吱吱的喊叫声，锅碗瓢盆勺碰撞的当啷声，编织出一派繁忙的人间烟火景象。他隔着玻璃瞧去，餐馆内冷火寂烟的，桌椅摆放得规规矩矩，地上也很洁净，就是不见半个人影。他很纳闷儿，方老板这个点还不营业，是不是发生了什么事。如果对方真有什么事，他这个时候来讨账似乎太不厚道了，有点落井下石。想到这层，他便扭头往回走，走了几步又觉得不妥，至少得问问对方遭遇了什么难题，帮不上忙也该说上几句暖心的话来安慰人家。见人有难绕道走，这为船家所不齿。他折回身，在餐馆前蹲下来守候方老板的到来。

大雾慢慢散去，街头渐渐热闹起来。柳上梢抽去了半包烟，脚边积了一堆烟头。方老板还没有现身。守了半下午，才从旁边的店铺里走出个肥胖的女人，带着些诡异,又有些幸灾乐祸似的说,大叔啊,是不是找姓方的要钱? 我劝您别等了,这姓方的买地下六合彩,欠了一屁股债,跑路啦。柳上梢听不惯那女人的口气,瓮声地说,能跑到哪儿去?难不成不回来了?!女人回答,他本来就是外地人,回来找挨打啊?!他找不出恰当的话来反驳,低下头不吭声了。那女人可能觉得她的好心被当成了驴肝肺,说了句您老慢慢等啊,缩回了店铺。

他接着闷头闷脑待了半晌,没着落,肚子里又咕咕叫个不停,饿慌了,才记起两顿饭没吃,往回走经过包子店时,买了几个剩包子,狼吞虎咽地吃了两个,余下的拎在手上。到了码头,日头已经西斜,河面上波光粼粼的,像铺了层碎金,很抢人眼。码头上停靠的船只都离开了,就剩下他的乌篷船。他解下缆绳,脱了鞋,走下水。此时的水温比早上暖和,他的腿肚子暖融融的,说不出的舒服。

待上了船,他才发觉有些不对劲,原来船上多了个人,是个女孩,像只小虾米似的蜷缩在船舱里酣睡。

二

如果放在二十世纪七十年代以前,季小麦就不是乘坐长途汽车,而是会乘船逆流而上,来到这座被大山重重包围的小城。而此刻大雾弥漫,小城蒙上了神秘的白纱。在季小麦眼中,这是个参透人意的好天气。她不想看见谁,也不愿被谁看见。只有一个人例外,是柳笛的父亲柳上梢。

笛子,我到了。下车时,她给柳笛发了个短信,走出长途汽车站,沿着街边缓缓而行。她要去的地方在河边,这条素未谋面的河流穿城而过,像腰带一般环绕旧城区。柳笛同她说过,往南走,哪儿都直通河边。他告诉她这些时,可能没想到有一天她会按图索骥来到这儿。

她的脚步软绵绵的,像在云端上飘忽,那是饥饿和疲惫所致。她机械性地挪动双腿,而又小心翼翼地,生怕一步不慎会跌入陷阱。上这儿来是她自己的决定,没有谁强迫她。

果然,她没走什么弯路就抵达了河边。白雾正在散去,先前被蒙蔽的事物慢慢浮现,建筑,树木,车辆,行人,忽然自另一世界突兀而来。河岸边栽有垂柳,柳树下有便道。她顺着便道溯流而上,目光全落在河里。河水泛着绿,水平如镜,这不像是河,更像是静止的湖泊。水面上空空荡荡的,偶尔有一两只白色的水鸟飞过,除此之外,只有对岸楼房的倒影。经过的两处河湾,蹲守着三五个垂钓者。他们完全沉浸在垂钓的乐趣中,周遭的一切都与他们无关。

柳笛说的那只小木船在哪儿呢?

季小麦朝上游慢吞吞地走去。这中间她停下来小憩了几次,背靠树干,两眼直愣愣地盯着河面。有个捡拾垃圾的义工男留意到了她,问她需不需要帮助,她用残存的气力摇了摇头,谢绝了对方的好意。

她自问要不要先找个地方吃点东西,躺下来歇一歇,养足精神后再去找寻。对她这种自虐的野蛮行径,身体的抗议越来越强烈,可暗处又另有声音在鼓励,甚至怂恿她,你没那么脆弱,一鼓作气,不会倒下的。稍微安抚身体的反抗情绪后,她踉踉跄跄继续沿河搜寻。

前行不远,河中出现草洲,状若船形。草洲同河岸之间夹着水道,形成天然的避风港。在河岸的凹陷处,泊着几只小木船,敞口的那种。它们的主人不知去哪里了,将它们牲口般系在这里。另有一艘乌篷船停在不远处,同它们保持一定距离。船篷发黑,是日晒雨淋给闹的。船头有个模糊的字迹,像是"柳"字。她打了个尿颤似的,身体猛然颤抖了一下,没错,柳笛说的就是它,找到它就能找到他的父亲柳上梢。

堤岸上有台阶,她走了下去,转眼来到了乌篷船跟前。船上没人。她试图登上船去,可船离岸足有两米多远,怎么也够不着。她拽了拽缆绳,船身纹丝不动,像是搁浅了。她脱下鞋子,试探着下到水里,所幸水不太深,最深的地方刚好没过她的膝盖。她从船头爬上了船。船头的甲板上扣了锁,可能甲板下藏着什么东西。船舱很干净,除了一只小杌子外,什么也没有。她将背包放下来,扔在船舱里,这个动作将她仅剩的力气给消耗尽了。她想在小杌子上坐下,可小杌子似乎很不情愿,翻倒了。她摔倒在船舱里,没觉得哪儿疼,心想这样更符合心愿,我正要这么块儿地方好好睡上一觉呢。船舱太逼仄,她不得不屈着身体,可这没有阻碍她进入睡眠的速度。

三

后来,季小麦不止一次后悔,不该以这种方式接近老人,尤其是不该编造那么个故事来欺骗他。她又宽恕自己,如果不以那种方式,还真找不出别的行之有

320

效的办法。那天在船舱里，她是从噩梦中惊醒过来的。梦中柳笛用摩托车载着她，先是在峡谷里蜿蜒的公路上狂奔，每次拐弯时，摩托车几乎贴着地面要飞出去，那种疯狂的举动令她尖叫不止，叫声中既有恐惧，也有濒临绝望的亢奋。耳边是呼啸的风，树木，岩石，谷底的河流，一切都一闪而过，什么印迹都留不下。就在她的脑海空白时，摩托车忽然飞奔上山了，原本高不可攀的峭壁都被碾轧在车轮底下。他好像要载着她奔向天堂。天空触手可及，云朵在发丝间飘舞，星星伸手可摘一把。可能是她想象得过于美好，摩托车骤然失重了，一头向下扎去，她被迫趴在他的背上。她死死地箍住他的腰，生怕一松手，就会从摩托车上摔出去。蓝天白云不见了，阳光也没有了，眼前黑暗一片。摩托车载着他俩朝无底的深渊坠落，坠落。且因为重力的原因，速度越来越快，越来越不可驾驭，连人带车都成了自由落体。

醒来时，她冷汗淋漓，全身都湿透了。好像经历了半辈子的漫长，她才明白自己置身何处。她勉强撑起身子，将头探出舱外。此时仅剩下半边日头挂在山尖上，稍一恍惚，日头就会滑落下去。河面正转向黄昏来临时的宁静，渐渐转灰。爬出船舱时，船身摇晃了一下，她趔趄了两步，幸好及时扶住了船篷。没有人看见她的窘相，四周空荡荡的，那些船只不见了影踪。她察看了一圈之后，才留意到堤岸的台阶上坐着位老人，头发半白，像只好奇的鸟儿似的歪着头向着她。她没有察觉他脸上流露的疑惑。有那么一会儿，她只是怔怔地盯着他，不敢确认对方是不是她要找的人。

大概岸上的人把她的犹疑理解错了，蹚水来到船边，向她伸出手，那样子是要搀扶她下船。她没有去握他的手，而是惧怕似的缩后了一步，但身后被船篷阻挡了，已经无路可退。

您是柳叔叔吗？她怯怯地问。

我姓柳，你叫我老柳就是。柳上梢的声音炸炸的，好像面对的不是个小姑娘，而是同他一般模样的糟老头儿。

季小麦第一次见到如此黝黑的人，不，不是第一次，在老家的村子里也见过类似样貌的人。那是个放鸭人，夏天的时候只穿条大裤衩，赤裸上身，光着脚板，从头顶到脸到脖子，到前胸后背，哪儿都黑黝黝的，像上了黑漆般油光发亮，水落上去，哧溜一声滑到了地上。他俩的差别只在于脑袋，放鸭人是颗瓢似的秃头，而柳上梢的头顶覆着染霜的短发。

我叫季小麦,是……您就叫我小麦吧。她险些说漏了嘴,幸好及时打住。

小麦?地里种的小麦?柳上梢故意瞪着眼,显出吃惊的模样。

以前是,现在不是。她没有被他的玩笑调动情绪,反而阴暗了,有如骤然而至的暮色。

柳上梢不知自己哪儿说错了话,触发了小姑娘的伤心。他期待她快点离开,可她就是一动不动。她不下船来,他便不敢贸然上船去,好像只要他踏上船板就会伤害到她似的。现在的孩子都是任性的祖宗,随便霸占别人的窝,还把它当成自己的紫禁城了。

你看,天色不早了。后来,他忍不住提醒她,都这个点儿了,该去哪里就抓紧时间去。

季小麦突然哭了。她的哭不是那种歇斯底里的号啕,也不是蚊蝇似的嘤嘤泣泣,而是两行细碎的泪珠像小溪流般从眼眶里流出来,无声无息地顺着脸颊往下滑落。柳上梢的脸像卷起的水花般哗啦一声白了,这孩子八成遇上了什么难事,爬上他的船,是不是……他不敢往下想,赶忙开导对方说,孩子,别哭嘛,没有过不去的坎儿,有什么事同大叔说说。她仍旧不说话,只顾着流泪。他摸不清她流泪的缘由,季小麦这泪水至少百分之九十五是真实的,发自伤心处,剩余的百分之五是为后面的故事做铺垫。而后来,她后悔也就因为这个百分之五。

她情急之下编造的故事很简单,几乎没多少情节。她说她是洗发水推销员,第一次上这儿来。来这儿之前失业好几个月了,好不容易找到这份工作,没有底薪,全靠拿销售的提成。公司给了她几瓶洗发水,让她自个儿找地方推销去。她到小城几天了,一瓶洗发水都没卖出去,还把钱包给弄丢了。说到这儿,她蔫了下来,像个干蘑菇似的在船头的甲板上缩成一团。

真是个没经世事的孩子,芝麻大点的事儿吓成这样,果真摊上大事,还怎么对付得了?!他不把这层意思说穿,怕伤着她的自尊心,半是责备半是心疼地说,着什么急呀!谁没有过不称手的时候?!五百元够了吗?叔叔先垫给你,等你挣钱了再还给叔叔。

季小麦依然止不住泪水,这止不住的泪水归属于那百分之九十五的部分。柳上梢没辙了,绕着船头转了半个圈,搅起的水花哗哗响,水都淹到了他的大腿上。半刻钟过去,她才慢慢平静下来,抹去脸上的泪水,瞄一眼船的主人,复又埋下头,估摸是为自己的失态而害臊。这可怜的人儿……他在内心叹息了一声,不能指望她下船来,如果她自觉下船,他会放心不下,会极力挽留她。如此想着,他又绕到船尾,上了船,穿过船舱,把没吃完的两个包子递给了她。

乌篷船是在浅薄的夜色中起航的。季小麦端坐在船头,面向苍茫的水域。柳上梢在船尾摇桨,桨声很轻,几乎没有激起任何水花。船行驶得特别平稳,离岸不远不近。城区亮起了灯光,那些饱含色彩的光照射在河面上,河面也给染色了。河面和岸上是两个不同的世界,岸上的世界是喧闹的、嘈杂的,而河中是宁静的,不受人打扰的,是远隔千里万里、千年万年的存在。月亮还没有上来,头顶的星空是澄明的,一颗一颗,朗朗可数。季小麦的内心也跟着澄明起来,好像被这河水洗涤过一般。一种异样的感觉慢慢从她的体内涨起来,这是属于她的世界,属于她的河,属于她的星空。仿佛她就出生在这儿,出生在这条河上,踏上这艘船,就是回家了。回家了。回家了。一种久违的温馨笼罩着她,环绕着她,她失去它们的拥抱好久好久了。日后,她无数次坐在船头,总想重温这一晚的感觉,每次都感觉近在咫尺,可没有一次真正抵达这种澄明之境。

船是往下游行驶的,渐渐离开了城区的水域。河面上慢慢幽暗起来,只剩下些许朦胧的天光。水面上的一切都模糊了,隐藏了。可是更加静谧,除了桨声的吱呀,此时的河面仿佛被静音了。船只忽然拐了个弯,朝一个幽深的河汊驶去。

四

第二天早上,季小麦才看出来自己昨晚安睡之所在。她以为睡在一栋上了年月的木屋里,闻不到木头的香气,只有扑鼻的潮湿的带点腐败的烟火气息。她还以为它修建在坡地上,不很高,上十几步木梯子就到了。当屋外被天光照亮后,她透过木格窗的缝隙看到,被灌木覆盖的山岩伸手可及,推开窗户,窗下竟然是清亮的水,透明见底。噢,原来木屋临水而建。

当她走出木屋后,才意识到自己完全错了。压根儿不是什么木屋,而是一艘巨大的木船。船身长近二十米,船舱被隔开成两个房间。船顶苫着油毛毡,檐下刻有水波似的花纹。半截桅杆光秃秃地竖着,上面什么也没有。它该是被砍断的,斧斫的伤口依然清晰可辨。船帮留有狭窄的通道,仅限一人贴着船舱而过。船底搁浅了,相当一部分没入了淤泥。船身的重量不全压在船底,它的四周立了好些根木柱子,是它们在支撑着。这些木柱子不知在水里立了多久,被浸泡得发黑了,好像一根根黑炭柱,随时有可能折断。船的动力装置很早被拆卸了,拆卸时的伤痕原原本本保留在船尾,甚至还因风侵雨蚀而扩张了。船底没被水淹的部分长了青苔,往下更潮湿的地方吸附了不少天螺,好像一颗颗从船舱里钻出来的生锈的箭镞。

这个庞然大物是有历史的,她不止一次听柳笛说过。有一次是在海边,柳笛租了辆水上摩托,载着她,在海面上疯狂了一上午。后来,他俩在沙滩上休息,正好海面上有一艘货轮经过,大概唤起了柳笛内心的什么,他同她说起了那艘神秘得让她困惑的大家伙。柳笛的祖父是个放排工,山沟里的木头扎成排,顺河而下,走完七百里水道,进入鄱阳湖,再入长江,一直将木材送到南京地面。深山里盛产红心的杉木,这种材质做家具和地板特别漂亮,甚至给起了别名叫南京材。柳笛的祖父称得上是狂想症患者,十五岁开始跟随同乡在木排上漂流,两杯烈酒下肚,就会萌生一些宏伟而不着边际的幻想,要造那么一艘船,顺江而下,进入浩瀚的太平洋。至于船上装载什么,到太平洋上干什么,去兜风还是去旅行,或者当海盗,你问他,他也支支吾吾答不上。顶多他会挥一下手,说,造那么一艘大船,到太平洋上……呼啸着喷口酒气,头一歪,趴在狼藉的杯盘之间呼噜呼噜睡着了。

柳笛的祖父放了十多年木排后进了航运公司,照旧在水上生活,放木排,运粮,运茶叶和蚕茧,也运山沟里产的香菇和木耳,航运公司安排什么活儿就干什么活儿。后来,柳笛的祖父幸运地遇到了一位造船工,这位造船工造了一辈子船,对他的想法很是赞赏,愿意助他一臂之力成就这个伟大的梦想。柳笛的祖父受到鼓励,越发将梦想放在了心尖上,想方设法积攒木头,终于有一天开工了。可是进度很慢,第二年河道中游的水库破土动工,待到船竣工时,水库开始蓄水,河道被拦腰截断了。柳笛的祖父他们造出来的那艘木船,打一下水就被圈定在河流的中上游。虽说通航的河道有限,可毕竟还有一大截,载客,运送货物,倒也不闲着。后来,公路运输发展了,船运渐渐没落,当年的航运公司也破产倒闭了。雪上加霜的是,河流的上游地段又建起了拦河大坝,船运彻底退出了历史舞台。轮到柳笛的父亲,只能被迫干起了摆渡的营生,从北岸到南岸,又从南岸返回北岸。

这究竟是不是柳笛说的那艘大木船呢?季小麦很是怀疑。如果是,它是怎么从渡口挪到这汊港里的,挪过来多久了?如果不是,那柳笛说的那个大家伙哪儿去了,眼前的这个又来自哪里?那一次,他们在沙滩上遥望着那艘货轮,瞧着它慢慢变小,淡化,被海上的雾霭遮蔽,最终消失不见了。柳笛也因货轮的远去而失去了讲述的兴趣,缄默了。

停放木船的河汊是个死角,上游没有活水下来,是大河的水倒灌形成的。河汊的入口揳入了一排粗壮的木桩,只留下小豁口,供小舟进出。河汊好像潟湖一般。往里走,三面都是陡峭的山岩,只有水面才是唯一的出路。对搁浅的木船来说,这里仿佛世界的尽头,换一种戏谑的说法,说世外桃源外人也无可厚非,只要居住的人愿意。

这里的确是另外一个世界。暖暖远人村,依依墟里烟。狗吠深巷中,鸡鸣桑树颠。季小麦查看木船时,一条德国牧羊犬始终跟随着她,这条狗很强壮,但对她很友善。只要她面对它,它就张着嘴,加上那眼神,仿佛在向她笑。后来,她了解到,它是条被人抛弃的宠物犬,被柳上梢收养了。当她转到船尾时,一只猫蹲在船边,喵喵两声,向她打招呼。水面上有两只鹅在游弋,两只鸬鹚立在一叶扁舟的木架上,好像两位垂钓的小矮人。河汊的最底部,有个用石头和木篱笆围起来的菜园子,面积不大,绿油油的一小片。菜园子旁边有间简易的棚垛,是厨房,此刻正飘出丝丝缕缕淡蓝色的炊烟。那是它的主人在做早餐。

季小麦的内心忽然复杂起来,一股温暖的感动直往上涌,而与此同时,又有一种隐隐的不安。假如让她生活在这里,是迎合她自己,还是对自己的背叛,她无法回答自己。她摸出手机,想给柳笛发条短信,可又不知该说些什么。

小麦,吃早饭啦。在她出神的当口儿,柳上梢端着两碗面条,站在棚垛前招呼她。瞧他那神情,好像他是她的老父亲。

她应声走了过去。饭桌是摆在棚垛前的一块青石板,梯形,用几块砖头垫着。旁边有个石礅,是主人固定的座位,现在让给了她。柳上梢端着碗,蹲在石桌的另一边。他们开饭时,狗和猫,包括那两只鹅,都围拢在它们主人的身边。它们的主人吃一口面条,搛一筷子面条丢给狗,又吃一口面条,又搛一筷子丢给猫,第三次,轮到了那两只鹅。他一碗面条吃下来,倒有一大半丢给了他的宠物们。季小麦吃得慢,柳上梢完事后,那狗、猫和鹅一直虎视眈眈地向着她。她不好意思独自享用了,学着他的样子,边吃边给它们丢一筷子。她的内心没来由地滋生了一种沦落感,好像是她抢走了它们的食物。

你别惯着它们,少不了它们吃的。他看见了她的举动,将那些馋嘴的家伙轰走了。之后,从棚垛里端来两只食盆,狗一只,猫一只,再转身抓了两把苞谷撒给鹅。

早餐过后，柳上梢不知从哪里拿来几张纸钞，递给季小麦说，走吧，我送你出去。她心慌地看了对方一眼，他的眼睛里有的是慈爱和怜悯。她像被烫伤了似的，慌忙后退了几步，似乎面对的不是几张钞票，而是一支熊熊燃烧的火把。她不能这么轻易接受他的帮助，否则就没有留下来的理由了。柳叔叔，谢谢您的好意，我还是到别处去想办法吧。她婉言谢绝，却又是心虚的，不敢直视他的眼睛。

　　可是，在柳上梢看来，她在以拒绝的方式维持脆弱的自尊，这倒让他有些难办了。硬将钱塞给她吧，明显不妥，不给她吧，离开这儿后她该怎么办？小姑娘家家的，人生地不熟，找谁去？他思忖了一会儿，想出了一条缓兵之计。我先去遛遛那几只鸬鹚，它们一天没出门了，你帮我照看一下两只鹅，别让它们跑出去，待我回来就进城。他给自己找了理由，也给她分派了任务。交代完后，他上了那叶扁舟，划着它往河汊的外围走。她站在岸边朝他挥手，也不知他看没看见，扁舟转个弯，眨眼间就没了影子。

五

　　河汊里顿时寂静了，这让季小麦感觉有些害怕，似乎有一种不可预知的厄运埋伏其中。偌大的空间只剩下她一人，仿佛被世界抛弃了，被时间隔离了，或者是被一只无形之手给抽空了。她朝远处的大河望去，灰白一片，河流像是患上了白内障。河面上什么也没有，视线所及之处，见不到房屋，也没有道路，更不可能有行人。幸好那条德国牧羊犬伴随在她身边，它的目光纯净而又带着些许警惕。或许它在监视她。她才不管它对她怎样，身边有这么个活物，会让她的心安定些，不至于那么仓皇。

　　她在水边的一块石头上坐了下来。她要给柳笛发个短信，他是唯一倾诉的对象，向他报告行踪，将她的所见所闻告诉他。她拿起手机时犹豫了一下，要不要将见到他父亲的消息如实相告呢？

　　亲爱的笛子，你猜猜，我在哪儿给你发短信？此刻，我多么希望你在我身边，搂着我的肩膀，或者拥抱我，亲吻我，就在这条你出生的大河岸边。我坐在一块圆鼓鼓的鹅卵石上，它洁净得像个处子，上面有个浅窝，我怀疑是你用脚踢出来的。你说，你小的时候总是那么调皮，一刻也不肯安分。但我要告诉你,你不该踢出那一脚,它是块多么美好的石头啊,我还从来没见过这么叫人愉悦的鹅卵石。我想,有一天我要把它带走,放到阳台上。我要每天坐在上面,感受你用尽全身气力踢出的那一脚的力量。你踢它的时候仿佛是踢在我身上,痛入骨髓,而又嫁接给我那种摧毁一切的巨大的战栗。

她将这一段发出去后接着写道:

> 告诉你吧,摩托侠,我是在一艘木船上给你发短信——我坐在船头,双腿悬在船外,风从大河上吹过来,很轻,很惬意。我还不能确认它是不是你说的那艘大木船。它的确是太老了,像一个进入耄耋之年的老人,脸上密布老年斑,牙齿松动脱落,什么东西也啃不动了,只能依赖拐杖勉强站立。这是它的外表,它的里面怎么样,我还没有仔细参观,虽然在船舱里睡了一晚上。过会儿我就去看个遍,到时再描述给你听。我很想为它做点什么,不过还没想好,也不知从哪里开始。

第三段:

> 笛子,对不起,我没有同你商量就跑来这里了。你肯定会原谅我的,对不对?不管我做错了什么事,你向来都是原谅我的,相信这一次你也会。我准确无误地找到了这艘船,几乎没走半点弯路。好像是有谁在引导我,那个人就是你,或者我来过这里,不是这辈子,是前辈子,要不然没法解释我的幸运。我遇到了这艘船,自然也见到了它的主人——你的父亲。我不明白你为什么不愿意见他,他是个多么慈祥的老人,善良,还爱帮助别人。他给我钱,我当然不能接受。我是要留在他身边的,你可能没想过他是多么孤独,好像是被囚禁在船上的犯人。我不知你爱不爱听到他的消息,他很老了,但身体还过得去,看不见明显的病痛。不管你是否同意,我还是决定留下来,要替代你来陪伴他的晚年。你放心吧,我说到做到。吻你啊,我的摩托侠。

她给柳笛发了几条短信后,再没有别的事情能够牵掣住她的注意力。她双手托腮坐在石头上,望着大河的方向发呆。她为什么要上这儿来?就为了看一眼柳笛说的大木船？为了看看这条河流？还是替代柳笛来看望他的父亲？出发时是这样想的吗？这个决定是不是太草率了？

柳笛那张瘦削的脸从幽暗中显现出来，正用那双刀子般的眼睛冷冷地盯着她。

她认识他是在一家酒吧，夜场，她在那里做试用服务员。那天，她的心情如同燠热的夏夜烦躁不安。那阵子，她刚刚从一个四川男孩的怀抱中逃离出来。她同四川男孩在一起两年多了，四川男孩不止一次说过要把她带回四川老家去。但他始终对他老家在四川的具体位置守口如瓶。终有一天，她架不住他的讨好和哀求，随他成行了。他们坐了二十多个小时的火车到了成都，出站后他领着她进了长途汽车站，几个小时的颠簸后到了一个偏僻的小县城。她以为到终点站了，不想下车后，他又要领着她换乘一辆通往乡村的小巴。她不敢想象那辆破破烂烂的小巴最终会通往何处。她见到它时好像一条鱼被抛到了荒漠一般，恐惧了，绝望了。那绝对不是一条鱼的理想国，也不是一条鱼的乌托邦。她借口上厕所，逃出了他的视线。她在小县城里躲藏了三天，不敢回到车站坐车，怕那个男孩在那里守株待兔。她是在加油站搭乘一辆长途货车，才离开那个几乎让她窒息的山旮旯儿。付出的代价是险些被那个货车司机强暴，幸好她及时察觉了他的邪恶，才得以躲过一劫。

那天晚上，她有些笨手笨脚，犯了个小失误，不小心碰翻了一只酒杯，泼出来的酒水把一个女孩的裙子给弄湿了。那个女孩瞟了她一眼，脸色很不好看。旁边的一位男孩，是那女孩的男友吧，站起来，倒了杯酒，让她向女孩道歉。她不想再生枝节，一仰脖子干了那杯酒。她没觉得有什么屈辱，打湿了人家的裙子，本来就该请求人家原谅。但后来，领班居然让她陪他们喝酒去，她斜睨了那伙人一眼，里面有个瘦高个儿在朝她招手。她像被谁搧了一掌似的，泪水在眼眶里打转。她被羞辱了，但强忍着没让泪水流出来。她放下端酒的托盘，带着笑加入了他们。他们对她没有另眼相看，而是热情地欢迎她，好像她原本就是他们当中的一员。也许是受了他们的感染，也许是四川男孩给她的内心淤积了太多东西，她要把它吐出来，像产妇用催产素催产一般，她借助的是酒精催吐。她是能喝酒的，同谁都喝，甚至同那个女孩的男友连干了三杯。曲终人散时，她把自己给喝趴下了。同在酒吧上班的一个小姐妹将她扶到后台，让她在那里休息一会儿，醒醒酒。她没敢多停留，万一被老板发现，说不定就得滚蛋了。当她跌跌撞撞走出酒吧，准备召唤出租车时,一辆摩托车悄无声息从身后蹿了过来,挡在了她的前面。摩托车手就是那个朝她招手的瘦高个儿。

后来,她知道了他叫柳笛。

她上了柳笛的摩托车,柳笛让她搂紧他的腰,她顺从地抱住了他。柳笛载着她不知在街道上转了多少个圈,怎么也找不到她的住处。最后,他只得把她带回他的出租屋。醒来时,她发现自己躺在一间狭小的地下室里,这儿仿佛太平间似的静穆,四壁苍白。它的主人不在。她依稀记得有人给她洗过脸,给她喝过水。当时她困倦极了,好像睁开过一次眼睛,那个人有张寡瘦的脸,一双刀子般细长的眼睛。他会不会趁她昏睡时强暴了她?她慌乱地察看了一下自己的身体,没有半点被侵犯过的迹象。

第二天,她在地下室里躺了一整天,傍晚时,地下室的主人回来了。他开门时的表情很奇怪,好像怀疑他走错了房间,或者惊奇她竟然没有离开。他的那双眼睛形状虽然像刀子,但没有流露出刀子的锋利和冷漠,反而像两只小蝌蚪似的有些可爱。

那双眼睛是上天赐予柳笛的伪装。

季小麦从石头上站了起来,坐得久了,腿有些发麻。她在原地立了小会儿,待双腿恢复正常后,才往船上走去。她先进的是昨晚睡觉的房间,一张床占去了大半边空间。之前它肯定是柳上梢的休憩之所,但昨晚让给了她。它的主人是个爱整洁的人,没有老年人的那种腐败的气息。她将床铺收拾整齐了,然后去往另一个房间。两个房间是相通的,中间没有门。这是个杂物间,里面什么东西都有,渔网、塑料桶,钓鱼竿,一身黑色的雨衣挂在墙上,临窗的地方摆了张长条形的桌子,桌子跟前有只木鼓凳,不知什么木头做的,凳面都泛白了。桌面上很凌乱,木条,短锯,木工用的刨子,一只尚未完工的船只模型放在中心位置。她对那只船模有了兴趣,是只帆船吧,桅杆已经竖了起来,只是还没挂帆。她小心翼翼地捧起它,迎光端详,突然啪的一声掉下一块小木板,将她吓了一大跳。她以为自己把它弄坏了,可是观察一番后,并不觉得哪儿缺少什么,有可能那块小木板只是搁在船模上,主人还没来得及把它镶上去。她轻轻地将它放回了原处。

后来,她在旁边的柜子里发现了许多类似的船模,种类繁多,单桅帆船、三桅帆船、小舢板、画舫、乌篷船、造型精致的龙舟。船模的大小不一,有的精巧,不过两三寸长,有的大气,占据了柜子整整一层分隔。船模的材质也不一样,有的通身泛红,有的有着好看的线条,那些线条是木材自然生长的纹路。有的船模上还立着人物,有渔夫、水手,也有立在船边欣赏风景的人。她吸取了刚才的教训,没有动它们,只是站在柜子前逐个儿逐个儿地欣赏。

六

临近中午,柳上梢划着那叶扁舟回来了。他的收获不怎么丰盛,只有半塑料桶杂鱼,约莫五六斤的样子。可能惦记着河汊里还有个人,不能在外面待太久。若是以往,收工后他会直接进城,将鱼拿到市场上去卖。鱼儿新鲜,更容易脱手,价钱也高一些。他把一部分小鱼奖赏给了两只鸬鹚,留下的那部分季小麦帮着清理了,撒上盐,给腌了起来。午饭仍是柳上梢做的,炖了钵鱼汤,鱼汤很鲜美,调动了她的胃口。之前的几天,她都是将就的,肚子饿了就随便买点儿东西搪塞一下。这一顿她吃得有些撑,还打了两个饱嗝儿。饭后,她抢着去洗碗,他也由着她。

下午,他又驾着小舟出去了。他没有提议送走她,也没有问她走不走,可能按他的理解,她没有说走,肯定是没想好下一步怎么办。如果他贸然说出来,就有赶她走的意思。而在她看来,这事本该她主动提出来,她不说,分明是在要无赖。要无赖就要无赖吧,她不在意过程,要的只是结果。第三天,他没说送,她也没说走。第四天,他照旧按往日的节奏,带着鸬鹚去捕鱼,而她始终沉默着。一个星期很快过去,河汊里好像再也没有送和走这回事了。他同她如同一对父女,生活在祖先遗留给他们的世外桃源。他们不用分工就达成了某种默契,他去捕鱼捞虾,她负责看守家园,同时料理每一天的炊食。她是不是个入侵者?她的自问没有答案,总之,她像枚楔子一样揳入了他的生活,而他无法拒绝,甚至还是欢迎的。

后来的一天,她央求他捕鱼时带上她,他不得不放弃扁舟,换上乌篷船。扁舟太扁窄了,只能承载他和鸬鹚的重量,加上她非沉不可。她第一次见识鸬鹚捕鱼,对此萌生了浓厚的兴趣。每次鸬鹚叼着鱼从水底钻出来时,都是她把鱼从它们嘴里抢出来。她觉得这很残忍,可又乐此不疲。当鸬鹚休息时,他开始撒网,收获的好坏全凭运气,有收获时就交由她来清理。他得了空,坐在船尾闷声不响抽着烟。也许他在想着什么,她无从知道。有时接连几次空网,他会咕哝几句什么,声音太混沌,她听不清楚,揣度他是在诅咒自己的坏运气,或许也不是。忙碌了大半个上午后,他们在船舱里吃午餐,吃着简单的饭食。这中间,她同他有过简短的谈话,是围绕鸬鹚展开的。

柳叔叔,您养鸬鹚多久了? 她带着好奇问。

没几年。他回答。

过后,他也许觉察到他的回答太简单,太冷淡,又主动谈及了鸬鹚的来历,是他早年在航运公司的一个老同事送给他的。当年,航运公司倒闭前夕,放开门槛内招了一批职工子弟。公司早已名存实亡,多几个人同少几个人有何差别,反正公司不支付工资,也无钱支付工资。这批职工子弟一天班都未上过,得到的不过是空头的企业编制,但正是这个编制让其中不少人找到了出路,有的被调到电力公司,有的去了自来水公司,还有去水泥厂的、烟草公司的、盐业公司的。航运公司之所以这么做,可能是觉得对职工们问心有愧,变相给他们的子弟架设一条活路。有门路的自然顺路走了,没门路的也就怨不得谁,只能自求多福。柳上梢和送鸬鹚给他的同事都是无路可走的,他们的父辈教会他们的是在水上讨生活,若是往岸上走,同一条鱼被捞上岸几乎没什么区别。送鸬鹚给他的同事同柳上梢一样,在这条河上漂了一辈子,前几年风湿性关节炎恶化了,再也不能驾船到河上来,才将几只鸬鹚送给了他。

捕鱼的地点不是固定的,今天在河的上游,明天又去往下游。拦河大坝筑成后,河水变深了,水面更宽阔了。上游下来的营养积蓄在库区,所以鱼长得特别快,但另一个问题也来了,下游的鱼洄游进不了库区,鱼资源日见枯竭。当地的渔政部门可能发现了这种情况,每年的冬季都会投放大量鱼苗,以便丰富库区的鱼资源。季小麦尝到了在船上的乐趣,每天非跟着柳上梢出去不可,再说一个人留在河汊里够寂寞的了。他似乎也很乐意,多个人就有个说话的伴儿,在河上待久了,乍一上岸连说话都有些结巴,不知怎么同人交谈。他说的都是些无关紧要的话,大多同船底下的河流扯得上关系。比如,季小麦那次找到柳上梢停泊乌篷船的地方,叫南门头,从那里上岸,没多远就是旧城区的青云门。

从南门头往对岸,是个渡口,以前没修建跨河大桥时,两岸的居民往来就从那里过河。柳上梢从十几岁开始,陪同他父亲在那儿摆渡。最初过河的船费一人才两分钱,后来涨到五分,再往后涨到一角钱。刚开始,这个两分到五分到一角的钱,柳上梢的父亲还不能全拿,要向航运公司上缴一部分。从南门头渡口往下游走,南岸依次是云岩寺、挂榜山,传说古时候金榜题名了,榜单就挂在挂榜山上。从挂榜山往下不远有个公园,是为纪念宋朝诗书双绝的黄庭坚而建,岸边有两棵重阳木,传说是黄庭坚亲手所植,岩壁上有个巨大的"佛"字,据说也是黄庭坚手书。河流在这儿拐出个弧形,风急浪高,不少过路的船只出过事故。人们疑是河妖作怪,就请黄庭坚在石壁上写下了这个"佛"字,用以镇压兴风作浪的魑魅魍魉。顺河而下,有状似乳房的山包,更远一点,有望夫石。传说有商人外出经商,妻子抱着孩子送行,在岸边目送载着丈夫的船只远去,久而久之,凝固成了抱子望夫石,日夜召唤着丈夫归来。

过去贩卖茶叶的商人坐船而下,将茶叶卖到了秦淮河的画舫上。柳上梢将遥远的秦淮河同这条河流连接上了,这一河的历史也就涓涓细流般流进了季小麦的心里。这不是一条冷冰冰的河流,它有温度,有真情,有怀念,有轰轰烈烈,有声色犬马,也有客死异乡。有个意大利传教士溯流而上,来到古城传教,修建了教堂。传教士起了个中国名字,姓罗名马,叫罗马,罗马娶了一个不能生育的当地女人为妻,罗马死后埋葬在这条河流边的一处山坡上。

季小麦听了传教士的故事,不由自主地哆嗦了一下。她会不会像那个叫罗马的人一样,要在这个地方生活一辈子,死后都得葬身在这里? 她距离那个答案太渺茫,未来的任何蛛丝马迹都被命运的迷雾层层遮挡,谁也不能拨云见日。

柳上梢没有注意到她的异样。有一天,他们如往日一样闲谈,他突然发问,小麦,你老家在哪儿? 你不回去,你父母会不会着急?

她被他问住了。前一个问题柳笛也问过她,那时她编了套瞎话来哄骗他,他将信将疑,可听她说得有板有眼,又不能不信。后来,他再也没有问过她,要么是相信了她的话,要么是明知她说假话,却又没法揭穿她。她没说她的家在哪里,只告诉柳笛,她父母如何溺爱她,把什么都给她想好了,房子、车子、工作、婚姻……条条道路都是宽广的、笔直的、花团锦簇的光明大道。她可以随心所欲,想干吗就干吗。而她呢,偏偏不接受、不领情,故意同他们拧着干。他们让她坐着,她便站着;他们让她走,她便跑;他们让她守在家里,她便偷偷地跑出来,并且铁定了心,一辈子都不回去。

她不能再拿这套瞎话来欺骗柳上梢。之前,她是有意在柳笛面前嘚瑟,但许久之后才知道,她的话深深刺伤了柳笛。现在,她只能实情相告,或许她更应该感谢老人,是他给了她倾诉的机会。她来自一个撕裂的家庭,她父母的结合本是一场错误。她父亲是个极为自私的人,巴不得把每一分钱都花在他自己身上。她母亲在某些方面恰好同他父亲相反,血管里流淌的是博爱的血液,恨不能将她的爱奉献给天下每个男人。父母的撕裂伤着的不是他们自己,而是季小麦。父母离异后各自组建了新的家庭,无论哪个家庭都没有季小麦的位置。她父亲同一个比他更为自私的女人再婚,被对方收拾得服服帖帖。她母亲经历了二婚三婚,到第四婚才暂告一段落,相对稳定了一些。季小麦五六岁开始同爷爷奶奶生活在一起,后来奶奶因病去世,爷爷不甘寂寞,给她迎娶了一位后奶奶。这位后奶奶喜欢收养被人抛弃的猫啊狗啊,很快家里动物园似的热闹起来,狭小的两居室不够用了。搬出去的只能是季小麦。从上初中开始,她基本上就不回家了,也无家可回。好不容易熬到高中毕业,没能考上大学,唯一的去处就是投奔社会。

柳上梢愣住了,很后悔自己发此一问。他不知该怎么安慰她,似乎说什么都不妥当,然而又必须说点什么。以后啊,只要你愿意,柳叔叔这儿就是你的家,你想待多久就待多久。他的鼻孔有些发酸,说话声带着很重的鼻音。这正是季小麦想要的,她噙着泪花说,谢谢柳叔叔。

七

你见过蚂蚁过河吗?柳笛问。

蚂蚁怎么过河?季小麦反问。

柳笛从街边的杧果树上扯下一片叶子,放在地上,再捡粒小石子摆到杧果树叶的中央。蚂蚁趴在树叶上漂啊漂啊,就这么过河。柳笛拍了拍手掌说。说话间,一阵风吹过来,把树叶掀翻了,小石子跌落在水泥地上,风再大点,杧果树叶被吹跑了。我就是那粒小石子。柳笛幽幽地说。那什么是杧果树叶呢?季小麦问。一艘破船。柳笛往虚空处吐了口唾沫,仿佛他说的那艘破船就停泊在那里。

每当回想起这个细节,季小麦的内心就隐隐作痛,好像有股野蛮的力道在挤压着她的心脏。柳笛并非像那粒小石子一样,不是被风掀翻的,而是主动逃离了那片树叶。不过,在他逃离之前,时代前进的脚步挟带的龙卷风早已将船上的生活给吹翻了。那不是一艘船,而是座孤岛,一只流放犯人的囚笼。一辈子守在这样的岛上能有什么出息?四周都是死寂的水,看不到任何生机。一个在水上生活了大半辈子的人怎么就不明白这个道理?只有追着潮走,赶着浪追,才会海阔天空。柳笛就是追赶时代的浪花,追赶时代的潮流,朝海阔天空奔去的。

季小麦认定,柳笛是个叛逃者。她很想问问柳上梢,是不是她认为的这样。如果他愿意说,她还想从他这儿知悉柳笛更多事情。但她没敢问出口,一旦问出口,那刻意隐瞒的势必会暴露。她还没有做好心理准备,只能把想法压抑在心里。待到以后再问吧,有的是时间。

一晃二十多天过去,这些天里,季小麦几乎每天都与柳上梢同进同出,他打鱼,她跟着,他去卖鱼,她也跟着。在外人看来,她是他的侄女,他显然也把她看成了他的侄女。这毕竟不是真实的亲缘关系,她内心总有些发虚,有点小尴尬,有些微生分,所幸他们独处的时候多,只在卖鱼时偶然碰到他的熟人,人家才会留意到她的存在。他的熟人少,卖了那么多次鱼才碰到一次,一个同他年纪相仿的老妇人,挎着篮子来买菜。老妇人见她喊柳叔叔,问柳上梢,你侄女?柳上梢说,嗯。老妇人瞥了两眼季小麦说,怪妖的。后来,季小麦问柳上梢,妖是什么意思?他说,就是漂亮啊,美啊靓啊。柳上梢送给老妇人两条鲤鱼,老妇人丝毫不客气,让季小麦刮了鱼鳞,剖开鱼肚,清理了内脏,还让把鱼鳔留下,说是她孙子爱吃。季小麦摆弄干净了,老妇人接过鱼,又将柳上梢拽到旁边去说话。说的什么,她没听进耳,只捞到一两句,老妇人问柳上梢怎么不回去看看。后来柳上梢告诉季小麦,老妇人是原来的邻居。

柳上梢一定在别的地方还有个住处,肯定不在水上,这是季小麦的猜想。至于在何处,迟早她会知道的。可眼下的这种生活方式,却不宜让她久留。表面上她也在干活儿,没有吃白食。然而,她没来之前,他里里外外都是一个人,单打独斗,照样过得好好的。她的到来没能给他带来什么,如果说有变化,他可能说话多了。以前想说话,苦于没有听众,现在话说多了,心情随之轻松起来,笑容不时浮现在脸上。这成了她对他绝无仅有的回报。在物质上,她成了他的累赘,分明是他在养活她。

她暗暗动了心思,要在小城里谋个工作,随便干什么都行。再进城卖鱼时,她就找机会到小城里四处转转,转了几次,一无所获。有一次,在一个张贴栏中看到一则招聘保姆的启事,对方是老母亲需要人照顾,要求吃住都在他家里。这个不符合她的所想,吃住都在雇主家,离柳上梢可就远了。过几天,她冒冒失失跑进一家招待所,询问对方要不要招人,凑巧的是,招待所的一名服务员回乡下结婚去了,她刚好顶替了她的空缺。早上九点上班,晚上九点下班,中饭和晚饭都在招待所里吃,一周休息一天,工资虽然不高,但一切完美得很,仿佛是为她量身定做的。

刚刚建立起来的平静忽然又打破了,柳上梢多了项义务,每天早上驾船送季小麦去上班,晚上九点在码头上候着,接她下班。季小麦很享受这个接送的过程。她也想过,她可以学会摇橹驾船,那样就不必辛苦他。她果真学会了划船,要独自驾船上下班,他却坚决不答应,那怎么行?!你不会游泳,又不熟悉这条河流,哪儿水深,哪儿水浅,哪儿有漩涡,有的地方还有暗礁,万一出了危险,怎么得了?!她拗不过他的坚持,仍旧任他做她的船夫。在内心,她也情愿让他来做。

他是个相当称职的船夫,不管是青天白日,还是刮风下雨,为她开通的渡船从来没有晚点过。遇上风雨天,他让她穿上雨衣,以免被淋湿。河面上风大,雨几乎是横着飞的,打在脸上生生地疼。浪虽然不很大,但船颠簸是难免的。他一路上不停地叮嘱她,坐稳了,别看外面。晚归是另一幅情景,如果是有月亮的晚上,她会像第一次去往河汉的那个晚上一样,端坐在船头,眼前是流光溢彩的灯火,耳边是桨声欸乃。她的心情从来没有这般平静过,她好像是坐在自家的船板上,身后摇橹的是她的老父亲。若是没有月亮的夜晚,他会在船头挂一盏马灯,马灯是个旧物,是柳笛的祖父用过的。在河汉里,她也见过它,每当晚上,柳上梢就会把它点亮,挂在木柱上,照亮上船的木梯子,也照亮整个河汉。她下晚班时习惯抄近道,出了招待所,拐入一条幽暗的小巷,穿过巷子来到河边,老远就见到了氤氲的夜色中那团有些发黄的灯光。她会放慢脚步朝灯光走去。那团灯火随着波浪忽上忽下忽左忽右摇动,好像是一颗跳动的心脏,一颗夜的心脏,一条河流的心脏。

离船还有些许距离时,她会轻轻喊一声,柳叔叔。

嗯,在这儿呢。他从台阶上直起身,或者从船舱里探出头来。

休息日,他照例领着鸬鹚出去打鱼,她留在河汉里做清洁工。这是她假日里的必修课,清洗衣物,扫除垃圾,把乱糟糟的东西分类归位,摆放齐整。然后煮饭、烧菜,烧菜的手艺是她从招待所偷偷学来的,招待所的厨师是个胖子,很憨,愿意指点人。每个休息日,她都会带回新的手艺,展示在餐桌上。他们的餐桌不再是那块青石板,他打制了一张四方小桌,在厨房的旁边另搭了间简易的棚垛,权当餐厅。这一天烧的是米酒田螺,螺是他捡来的,在水盆里养了半月,肚里的泥都吐净了。这个菜的烹制过程并不复杂,先将田螺炒熟,加入甜米酒,再加入紫苏等作料,三下两下就成了。柳上梢在河汉口就闻到了香味,被这一撩拨来了兴致,让她给摆上杯盏,喝了两杯老火烧。

饭后,他进城卖鱼,叫上了她。放在过往的休息日,他是不会叫她的。她有些纳闷儿,还是应声上了船。这会儿城里主妇们买菜的高峰已过,所幸鱼儿不多,不到两小时就卖完了。时间尚早,他却不着急回去,领着她往城东的方向走。穿街过巷,越往东街道越破败,最东头是棚户区,各式各样的房子都有,有新建的砖混结构的水泥楼,也有砖木结构的老房子,还有木板房。进了棚户区,街道更狭窄了,路面虽然硬化过,但已是残破不堪,到处都是裂纹,甚至还有小洼的积水。老柳回来了。有人招呼,柳上梢只是噢了一声,算是答应过。进去百十米远,他们在一栋简陋的木板房前停住了,门上挂着锁,柳上梢从裤袋里摸出钥匙,开了锁,吱呀一声推开门,一股潮湿的霉味扑面而来,熏得人直想吐。房子是明三暗五的格局,中间是正厅,两侧分前后排,各有两间厢房。房子很矮,仅有一层,房顶有阁楼,只能放杂物,住不得人。房子里的生活设施是齐备的,但也陈旧得掉牙,还蒙着厚厚的灰尘,显然很久没住人了。

往后呀,你要是上下班不方便,可以搬到这里来住,这房子空着也是空着。他将钥匙递给她,她没接钥匙,也没接话。

在回去的路上,他同她讲起了这栋房子的来历。城东原来是块湿地,也是在河上讨生活的人在岸上的聚居地。遇上天晴的日子,船上的主妇们在那儿晾衣晒被,清理渔网,缝补船帆。久而久之,有些船家为了方便,最初在湿地上搭建了简易的窝棚,后来窝棚变房子,慢慢热闹了起来。柳上梢的父亲建房算是比较早的,后来河上断航了,船上人家没了活路,不得已弃船上岸,大部分人都选择在城东落了脚,才有了这块棚户区。

您干吗不在这儿住呢? 她唐突地问。

我在岸上住不惯,老是做噩梦,不是梦见自己渴死了,就是梦见房子着火了。他叹口气,转而一笑,我父亲说我是属鱼的,魂在河里泡着呢,离不得水,离开水就活不成了。

八

同柳上梢去过老房子后,季小麦有过一阵恍惚,如果说船夫是鱼,那船是什么? 是鱼篓,还是鱼蜕下的鳞衣? 船夫上岸,那些船呢,去哪儿了? 总不能跟着上岸吧? 不能上岸的船没有了主人的撑持,是不是变成了孤魂野鬼,在河流里漫无目的地漂荡? 这河里看起来空空寂寂的,可虚无之处是一河无主的船的游魂。她不由得联想到河汉里的那艘大船,虽然还在水上,实际上它已经死了,只是尸体还没完全腐烂,像具庞大的木乃伊。一个大活人抱具木乃伊该怎么过活呢?

她似乎明白了,柳笛为什么要逃离。

她同柳笛的交往是从喝醉酒的那个晚上开始的。第二天,她没去酒吧上班。第三天再去时,领班告诉她试用不合格,让她到财务室结算工资走人。干了将近一个月,扣掉旷工一天的罚款,所剩无几。她攥着两三张纸币从酒吧出来,不知去往何处。她顺着街边的人行道默默往前走,视线所及之处都是陌生的建筑、陌生的树木、陌生的脸。她上了公交车,下了公交车,又上了公交车,再下公交车,最后站在了柳笛藏身的地下室门口。门是锁着的,她就背靠门坐在水泥地上。直到中午,才见柳笛拎着盒快餐回来,将她放进屋。那盒快餐是他们共同的午餐,一人一半,风卷残云,食核既尽。

柳笛的全部家当就一辆半新不旧的摩托车,全赖它养活他。他用它载客,起步价三元,远一点的地方得议价,三言两语,双方同意了即刻出发。他也骑着它去酒吧,去同他的一些来历不明的朋友约会。在没有找到新的工作之前,她把她的一日三餐交给了他,他没有将她当成负担,多一个人吃饭与少一个人吃饭,对他来说没有本质性的区别。他们虽然同处一室,但他没有欺侮她,她也没有将自己的身体交出去。蹭饭的同时,她在努力寻找工作,可工作不是那么容易找得到的,好在没有时间限制,他也不可能给她限定时间。他恰当地把握了对待她的分寸,让她丝毫感受不到作为蹭饭者的自卑和屈辱。他的生活节奏也没有因她的到来而改变,每天照常出车,晚上出去聚会时必定先回地下室。她请求他带她去,他也二话没说,扔给她一顶头盔,让她上了摩托车的后座。只是她一直没弄明白,同他聚会的那些人到底是干什么的,从哪里来。他们同他几乎没什么区别,从他们的穿着、谈吐中也没看出什么端倪。但他们在她眼里显得莫测,有点诡异的陌生。

有天收工时,他带回来几罐啤酒和两袋小菜,两个人在地下室里喝开了。他们对着酒说了好多话。他问她从哪里来,为什么跑出来。她胡诌了那个故事,好像不那么说不足以维持她的尊严。瞧他的表情,似乎并不相信她说的话,但也没有当面质疑,更不至于揭穿她的谎言。一段沉默过后,他开始主动说起他的家庭,他们家是水上人家,全部家当都在一艘船上,祖辈的灵位和魂魄也都供奉在船上。水上人家在当地是被人瞧不起的,没有哪个人家愿意将女儿嫁给船夫的儿子,船家的女儿千方百计想上岸。他父亲到三十多岁还是光棍儿一条,船上人家的身份等同于宣判了他父亲一辈子都将是光棍儿。后面发生的故事可谓柳暗花明。某年夏天,他父亲去一个村里运粮,突遇瓢泼大雨,河水猛涨。他父亲怕不安全,不敢开船。事有凑巧,当天晚上,他母亲的母亲突发急病,村里的赤脚医生束手无策,只是一个劲儿地提醒病人家属,要赶快送去县上医院,不然会有性命之忧。他母亲一家人来向他父亲求助,他父亲犹豫一会儿之后答应了,让村里人帮着先将粮食卸下来,然后冒着翻船的危险,连夜将病人——他父亲后来的岳母送进了医院。他母亲的母亲得救了,后来将他母亲许配给了他父亲,那时候村里还有点儿封建残余,有些人家子女的婚姻还是父母说了算。他母亲才二十岁出头,比他父亲小了十多岁。婚后,他母亲流产了两次,她的流产估计是有原因的。医生警告说,再流产这辈子别想生孩子了。他父亲四十五岁的时候,他母亲才生下他。

柳笛的母亲叫蓝凤菊,这是若干年后柳上梢告诉季小麦的。蓝凤菊没生柳笛之前可能还有别的想法,生下柳笛之后似乎对什么都淡心了,死心了。她对柳笛并不上心,柳笛是喝他父亲在行船的那条河里捕捞的鲫鱼汤加上米糊糊长大的。蓝凤菊在生下他之后老是往岸上跑,留下柳上梢带着他守在船上。柳笛的说法不一定准确,他那么小的年纪能够记住什么呢,八成是听柳上梢说的。柳上梢在中年将尽时得子,那种欢欣和幸福感丝毫不亚于晚年得子,他对柳笛的溺爱可想而知,为了表达父爱,或者是树立父亲在儿子心目中的形象,难免会歪曲某些事实,掩盖某些真相。有一点却是歪曲不了,也掩盖不了的,柳笛有个母亲叫蓝凤菊,可季小麦没见过她,那到底是个怎样的女人,现在又去了哪儿,很令她遐想。

又一个休息的日子。早饭后,季小麦开始收拾船舱、棚垛,清洗衣物,清除河汊里的各种垃圾。把水边漂浮的柴草捞到岸上,晒干,充当柴火。那天,柳上梢破天荒没有出船,将自己关在船上那间摆放船模的房子里,不知在干吗。他之前的卧室让给季小麦之后,他就将两个房子中间的通道用木板封死了,并在船尾架起了木梯子,上下船他走船尾,她走船头,各有各的道。他好像用这种方式在同她保持距离,对此,她不觉得奇怪,换成她的亲生父亲,在这种环境中肯定也会这么干。她有时会去船尾,帮他整理房间,或者喊他吃饭。这样的事情他是不会拒绝的,相反,是她让他感受到了已经多年未曾有过的亲情的温暖。他也因此心生幻想,如果真有个女儿,该对上苍感激涕零。

午饭时,她站在船尾的木梯口朝船上招呼,柳叔叔,吃饭啦。可是船上没有回应,她以为他出去了,扭头看看河汊,几艘船都停泊在原来的地方,没一艘是离岸的。她提高声音，复喊了两声，仍不见他下船。她莫名心悸起来，是不是他发生了什么状况？这种慌乱中的想法是偏向悲观的，清浅的，灾难的。她抓住栏杆，忐忑不安地爬上船，结果却是虚惊一场。柳上梢坐在临窗的长条桌边，埋着头在组装一只船模，是只三桅船模，桅杆已经立起来了两根。柳叔叔，吃饭啦。她没敢走进房间，只在门边轻轻呼唤。你先吃，我马上来。他连头也没抬，精神全集中在船模上。

她没再坚持叫他下船，而是悄然退回去，在饭桌边等候他。后来，她才知晓，这一天他没出船是有原因的，他的风湿性关节炎发作了，走路时一瘸一拐的。这种日子他哪儿也去不了，只能待在船上摆弄那些船模。她的内心陡然泛凉了，一种恐惧感紧紧攫住了她，如果某天他的腿疾严重到使他下不了船，身边又没人照顾，他是不是要死在这艘船上，那样的话，这船就成了他最后的坟墓。那些本该陪伴他的人哪里去了？柳笛是残忍的，抛下他的父亲不管不顾。可因此责怪柳笛，又是不公平的，做儿子的就该陪着父亲囚禁在一座坟墓里吗？父亲有父亲的生活，儿子有儿子的世界，两者的交集只是两根射线，走过原点后彼此的距离只会越来越远，遥远到没有边际。

她被阴云笼罩了许多天。其间，柳上梢勉强出过几次船，不能不出去啊，两只鸬鹚还得喂养呢，这时候它们已经成了累赘。他看过一次医生，煎了几次中药喝，还用上了些土法子来对付他的腿。慢慢地，他的病痛好转了，只是行动迟缓，没法恢复到原样。有一天，季小麦逮到了恰当的时机，抛出了那个盘桓在心头好久的疑问，婶婶呢？去哪里了？哥哥姐姐们又在哪儿呢？

他没有答话，只是斜睨了她一眼。之后，他别过脸，朝河汊出口的方向张望了良久，好像他们就在某个地方站着，或者正目睹那些远去的背影消失。她不安地瞧着他，生怕自己冒冒失失的问话刺激了他什么。好半日过后，他才转过头来说，她呀，早不在凡间了。他的声音裹挟着苦涩、揶揄和嘲弄。

她一时没能琢磨出他话里的意思，以为蓝凤菊不在人世了。后来发生的事情告诉她，是她理解错了，他说的凡间不是她认为的凡间。

九

某个休息日的午后，柳上梢又驾船去捕鱼了。他好像被什么追赶着，都来不及等到腿疾完全康复。他摇桨的力道明显不如从前，船走得很慢，出河汊的时间比往常长了不止三分之一。收获也不如以前，有时喂饱两只鸬鹚后几乎没有剩余了。季小麦想劝说他不要出去了，她能养活他。在她的内心，已然把他当成了她的父亲。可是，她不敢说出来，这种饱含极度同情的话语对一个勤劳毕生的渔民来说，其杀伤力不啻一把匕首，不只见血，更是诛心。

河汊里因阒然而空旷起来，仿佛变成了巨大的空洞，无法填满的空洞。与此形成强烈反差的是，季小麦的内心却堵得慌，堆积了很多话，找不到宣泄的出口。她回到船上的房间，打开随身携带的背包，背包里有一张她同柳笛的合影。几个月过去了，这是她第一次翻看照片。当她将照片拿在手上时，那种空洞立刻被驱走了，它们之前盘踞的空间让位给了柳笛。这张照片是柳笛的朋友抢拍的，那一次柳笛换了辆崭新的摩托车。那辆摩托车的价格后来她才知道，相对于当时的他们，是个天文数字。柳笛不知从哪里弄到那么一笔钱，在她跟前只字未提过。照片上的柳笛一身黑色的皮衣皮裤，戴着黑色的头盔，长发飘飘，脸部的表情有些冷峻，甚至冷酷。她紧挨着他坐在后座，下巴搁在他的肩膀上，一双眼睛直视前方，眼睛里放出憧憬的光芒，好像幸福有如某件触手可及的物体，正在前方不远处守候他们。

她好像听到了耳边呼呼的风声。

她摸了一下柳笛的脸，照片是光滑的，可分明触摸到了有棱有角的五官。

她拿起手机，给柳笛发短信。开始时，她还是迟疑了一下，同照片上的柳笛对视了一眼，才确定自己要对他说什么。

摩托侠，你得有个思想准备，这一次我可要批评你。不过，我还是先同你说说我在这儿的生活吧。我找到了一份工作，早出晚归，都是你父亲接送。不管你同不同意，我都把他当成我的父亲了。他是个慈爱的父亲，比我那个自私的亲生父亲不知伟大多少倍。我喜欢坐在他的船上，他划船时我就盘腿坐在船头，那种感觉像是坐在摇篮里，又像是坐在出嫁的花轿中。你别紧张，除了你，我不会嫁给别人。我爱上这儿了，爱上了这条河流，爱上了河里的水草、游鱼和岸边的垂柳。它们让我平静，心如止水。它们多么安宁，这才是我渴望的世界，是摩托车的后座所不具备的。我不是有意打击你，因为这正是我真实的想法，真切的感受。原谅我的多情吧。

她摁下了发送键,接着编写第二段:

　　在我眼里,那艘大船是座流动的城堡,不是最豪华的,但却是最安全的,最自在的。虽然航行的区域有限,可在这有限的空间里是自由的,你想停泊在哪里就停泊在哪里,甚至可以停泊在水中央。那样它就是水上宫殿了。宫殿里的人是这河上的王,是这河上的主宰。恰好你忽视了这一点,或者对此不屑一顾。你是个自私的家伙、残忍的家伙。给你一座城堡都不懂得珍惜,给你一座宫殿都不知满足。你是不是太任性了? 太贪婪了? 你去了南方,拥有了什么呢? 那辆摩托车就是你的全部……我也错了,在一个不能扎根的地方幻想着扎下根来,并且幻想把你也拴在那儿。那时候,我们满以为幸福就在那里,可现实呢,真的非常渺茫,像沙漠中的海市蜃楼。你的摩托车速度再快,超音速,超光速,都抵达不了目的地。我不能多说了,你会不高兴的,会愤怒的,会冲我咆哮的。我可不希望看见你这种狰狞的面目。我知道,你同我一样,现在的结果……是谁都不想要的。笛子,对不起,我不是有意让你难堪的。

河汊里的时间是极慢的,河水也变成静止的了。划船出去,在河汊同大河的交汇处,有时能看见漩涡,一圈绕着一圈,在原地旋转。柳上梢不出船的日子渐渐多了起来,有时出去,一两个小时,纯粹遛一遛两只鸬鹚。他不出船时干脆放开它们,让它们在河汊里蹦跶,任由它们自己觅食。后来,他不知从哪里学到的办法,将剩饭剩菜抛进河汊里,吸引河汊外的游鱼进来,这样鸬鹚就不会饿肚子了。德国牧羊犬和猫,还有鹅,全靠季小麦从招待所带回来的食物养着,顾客剩下的饭食中鱼肉不少,养活它们并不需要多少。也幸好她学会了划船,不必依赖他来接送,早出晚归,都是她独自来往。

　　小麦,你还是搬到岸上去住吧,别跟着在这儿受罪。有一天,柳上梢带着愧怍似的对她说。

　　柳叔叔,咱们都住到岸上去,这对您的腿有好处啊。她正好顺水推舟来劝说他。

　　我呀,哪儿也不去,就想老死在这艘船上。他瞥了她一眼,叹口气,扭过头去看身后同他一般苍老的大木船。

她被他的话给堵住了,往后不知如何开导他。他俩的所为是反向的,他将她往岸上推,她不走,她将他往岸上搂,他赖着不动。她很清楚,他袒露的是内心的真相,对他来说,如果没有腿疾,这儿的确是个理想之地。可现在,这潮湿的环境对他的腿疾有百害而无一利,她不能放任他这么做,总有一天要把他弄到岸上去。

您把腿病养好了再回来。她企图消除他的心理障碍。

小麦,你说这大船还能回到河里去吗?他顾左右而言他。

它本来就在河里呀。

他觑了她一眼,呆滞了一下,而后起身走开了。他的腿疾影响了他,走动时上身无力地摇摆着,好像风中一株被烤晒发蔫的植物。

没过多久,现实给了她残酷一击,她被招待所辞退了。没有任何理由,哪怕是仅仅作为借口。她得重新找个工作,问询了好几处,无奈同她的预想不切合,要么要她住宿,要么上班时间太早,又或者下班太晚。她只能暂时回到河汊里。她又开始同他一块儿去捕鱼,不同的是过去偶尔他会叫上她,而现在是她主动要去,而且一路上都由她来划桨。有她的加入,收获多了许多,得重新卖到城里去。晚归时,她在船尾摇桨,他坐在船头抽烟,她在明明灭灭的烟火中将船驶得平平稳稳。此时的心境同之前坐在船头不一样,她的双臂凝聚了让她难以置信的力量,她掌控着双桨,仿佛掌控了一条河流的走向。

她同他就这么在大河里漂荡着。有时,他会打破沉静,用低沉的嗓音唱起歌谣:一出东门二神滩,遥埠"刷帚"不须拦;磨滩小桥容易过,石臬滩前早早拦。铃盘滩里挨山走,鹅头抱子出西关。上下彭姑容易过,心中又愁北岸滩。歌声中有着被河水浸泡过的悲凉,被河风吹打过的凄楚,很多说不清道不明的东西,像河水一般从身体的某个部位汩汩流过。柳叔,这是什么歌啊?她问他。滩歌。他回答。后来,有时她单独划船出去,不知不觉也会哼唱起这些歌谣,从这些古老而又苍凉的歌声中似乎品咂到了什么。

有次捕鱼后进城,他让她先将船划回河汊,然后从大船上抱下来两只船模,放到船舱里带进城。她很纳闷儿,不知他要干什么。她以为那些船模完全是他自娱自乐的玩具而已,除此之外,想不出还能派上什么用场。卖完鱼后,他让她抱着船模跟他走,两个人穿街过巷,后来进了条破败的小弄,弄堂底还有条小弄堂,到底是座老房子。上了三楼,也是顶楼,过道,一边安装了铁栅栏,还锈迹斑斑的。柳上梢上前推它,没动静,摇撼了半天,整幢楼都摇动了,才有个人用手转动着轮椅出现在铁栅栏的另一边。是个老妇人，头发稀败的白，核桃脸，瘪着嘴，用混浊的眼警惕地注视着他们。

老魏在吗？柳上梢问。

老妇人依然死死地盯着他们。

老魏在吗？柳上梢喊着问，他的声音高得过头了，楼顶发出叫人发怵的啁唽声，某个地方好像被震裂了。

你吼叫什么呀，我不是聋子。老妇人翻了下白眼，沙哑着嗓子说。

这是老魏让我做的。柳上梢从季小麦手上要过一只单桅船模，展示给老妇人，但对方只是追着船模看，没有开门迎接他们的意思。他只得把船模放在铁栅栏前的地板上，我放这儿了。

放那儿就放那儿，我又不是瞎子。老妇人不满地吵嚷说。

下楼时，铁栅栏嘎嘎响了几声，之后又哐啷一声巨响，寻思是老妇人将船模拿进屋了。去往另一处的路上，柳上梢同季小麦说起了这个老魏，老魏是航运公司的老船工，年轻时骁勇得很，有次运粮时遇险，就凭老魏一支桨顶住巉岩，才化险为夷。船模是老魏央求做给他孙子的，说不能叫他的后人断了对河流的念想。

十

后来的一天，柳上梢将大船搁浅在河汊里的缘由，细枝末节，毫无保留地告诉了季小麦。好像她有这个知情权，不能对她有所隐瞒。她揣测，这段历史柳笛该是清楚的，不让她知道可能是觉得太琐碎了，没必要说出来，况且自己在他跟前隐藏的远比坦白的要多得多。大河断航以后，柳上梢在南门头的渡口摆渡，后来政府为了解决老城区和新城区的交通瓶颈，修建了几座跨河大桥，河面上又搭起了浮桥，摆渡的营生被釜底抽薪了。那艘大船成了水上浮萍，在水面上漫无目的地漂荡。航运管理部门觉得不能让它这么自由散漫地漂着，万一生出什么事端就麻烦了。他们几次动员柳上梢，尽快将船处理掉，要么挪往他处，要么拆除。并且承诺，在费用上会给予一定补偿。柳上梢不为所动。他们不得已给了他最后期限，最终还是他们亲自动手，卸除了船上的柴油机，没有了动力系统，大船成了艘死船，哪儿也去不了。后来，柳上梢请了几个人帮忙，将船转移到了河汊里。

翌日，河汊里发生了件意外的事情，进窃贼了。窃贼从哪里进来的？应该不是从水上。有船的人家就那么几个,都是打鱼的,大家都是老熟人。有些人还到河汊里做过客,有时口渴了,绕进来喝杯水。有时船突然出了小麻烦,它的主人前来借修理工具。问题可能出在后山上,后山那边还有不少小山包,小山包下有路连通村落。新城区慢慢扩张,后山到处是工地,熙熙攘攘的。可能是工地上的人,误打误撞翻过山,见河汊里没人,就滋生了歹意。窃贼的收获不算多,但也不少,掳走了两只鹅,抱走了一只船模,顺手牵羊拿走了没卖完的一小袋鱼干,将季小麦藏在枕头下的几百元现金给搜走了。

当天早上,季小麦同柳上梢是分开走的,柳上梢撑着扁舟带上两只鸬鹚走在头里,她是划着乌篷船进城,想去试试运气,看能不能再找到一份合适的工作。她比他晚一步回来,老远就见他坐在河岸边的石头上,呆呆地朝她回来的方向张望着。她以为他在盼着她回来,下了船,才发觉不是。她都快走到他跟前了,他还没有反应,不曾觉察她回来。她喊了声,柳叔叔。他仍不见动静,眼神像被冻住了似的,仿佛不认识她。柳叔叔,您怎么了?她以为他的腿疾又犯了,失声叫了起来。他的双眼茫然地向着她,鹅呢?

她看他不像是在开玩笑,紧张地瞄了眼河面上,河面上只有细碎的水波,看不到任何活物。两只鸬鹚静静地立在扁舟的木架上。德国牧羊犬躲得远远的,似乎明白了自己的失职,没有看守好两只鹅。猫不知逃到哪儿去了。渐渐地,她留意到了更多异常,原本堆放整齐的物件不知被谁翻动过,有的跌在了地上,有的保留着被侵犯时的凌乱状态。棚垛里也有人动过的痕迹,米缸被揭开了,缸盖扔在地上。为着防老鼠也防猫,鱼干原本挂在棚垛的横梁上,现在不知去向了。大船上更是狼藉一片,柳上梢睡的房间成了重灾区,木鼓凳翻倒在地,塑料桶滚到了门边,渔网、雨衣、组装船模的工具,甚至床上的被褥,都被胡乱地抛弃在甲板上。盘点过后,暂时只发现丢失了那艘夺人眼目的龙舟。季小麦的房间相对好一些,因为存放的东西不多,窃贼想有更大的作为也不可能。床上的被子只是掀开了一角,大概是窃贼轻而易举就得到了想要的,她的背包有些惨,里面的东西全都被倒了出来,小圆镜、口红、护手霜及柳笛送给她的一条手串……天女散花般的,到处都是。她同柳笛的那张合照飘落得远一些,正面朝下,它的背面蒙着一小块弧形的灰色印迹,可能是窃贼鞋印的一角。她将照片拾起来,小心地拭去了上面的印迹,然后裁了张纸巾将它包裹起来,放进随身背着的小包里。

柳上梢的心情始终好转不过来,在水边踟蹰到快天黑。吃晚饭时,他还在念

344

叨,那两只鹅呢。德国牧羊犬可能肚子饿了,很不识趣地凑到他跟前,遭遇了一顿臭骂,你个不识好歹的家伙,同那臭崽子一个样,需要你时跑得不见鬼影了。

换了谁都听得出,他表面上是冲着狗去的,话外音却是在责骂他不争气的儿子。季小麦忽然惴惴不安起来,他会不会看见照片了?落在甲板上的照片那么显眼,只要他进了她的房间,不可能看不见。是他看过照片后故意原样放在了地上,还是他没上她的房间去,或者上了她的房间却没注意到照片? 那个晚上,她躺在床上怎么也睡不着,翻来覆去地思索。她将回到河汉后他的表现仔仔细细地反刍了好几遍,除了他因痛失两只鹅而流露的悲伤外,似乎没有别的异常。如果要说异常,以前他从不在她跟前提起他儿子,他咒骂狗的时候分明在向她暗示什么。他一定是看见照片了!她腾地从床上坐了起来,该怎么办?把她同柳笛的一切向他和盘托出? 她暗暗自责,也许早该告诉他……她的隐瞒是恶意的,是别有用心的,是对一位老人的犯罪! 可是,她实在没有勇气说出来……她都不敢朝这方面去想,若是真有这种打算,该怎么面对他的双眼?她莫名联想到那些罪犯,他们接受审判时是怎样的心理状态。她触摸到了自己的怯弱,却无力去战胜它。思前想后,她宁可臣服于自己的怯弱,暂且不向他坦白。

她得有个准备,她交代她是柳笛的女朋友、未婚妻?还是同事,或者刚刚认识没多久的朋友? 她该给他怎样的答案,又能拿出什么答案? 这些问题在出发之前没有考虑过,现在自然没有明确的答案。

他没有像她预想的那样来质问她什么。他的情绪完全被那两只鹅左右了,不经过脑子都能知道,它们会是怎样悲惨的结局。失窃后的第二天,他没有出船打鱼,也没有心情同她说话。早上他下了船,去关鹅的埘橱里看了一圈,而后又瘸着腿回到船上。上船时他很吃力,右手用劲扣住栏杆,整个身体的重量右倾,几乎全部压到了栏杆上。所幸栏杆很结实,才不至于被压崩。他的样子让她很不放心,想上去扶他一把,又怕他尴尬。她就那样绞着双手,眼睁睁地看着他上了船,进了船舱。

中午,他没下船吃饭,她上去看他时,他正在修理一些材料,从摆在长条桌上的骨架看,可能是准备再造一艘龙舟。柳叔叔,吃饭啦。她怕扰乱他思路似的轻轻叫了他一声。我不饿。他回复。一整天他都待在船上,直到吃晚饭才下船。他坐在饭桌的对面,似乎忘了要干什么,只是拿眼睛痴痴傻傻地看着她。她陡然一惊,内心某个部位像软体动物受到针刺似的痉挛起来。她在痛苦地等待他提出那个令她纠结了好久的问题,可他一句话不说,就那样直视着她。她心虚地埋下了头,他的目光落在她的头顶上,像烈焰似的灼人。可能就差那么一点点……她就要崩塌了,向他投降了。当她鼓起勇气抬起头时,他已端起饭碗,在认真吃饭。

饭毕,她收拾碗筷正要离开时,他忽然叫住了她,小麦。

她又坐下来,听他要说什么。

我为什么要买那两只鹅呢?他好像不是要对她说,而是自言自语。从两只小毛球养到现在,都快二十年了。她推算,那会儿柳笛该是多大,那时他该还在船上。我那狗崽子是只水猴子。他这么称呼柳笛。柳笛从小就淘气、调皮,没少给人家添乱。有一次,他偷了两枚鹅蛋,被人家发觉了,偏对方是个暴躁而凶狠的女人,用一根断篙险些将柳笛的胳膊打折了。后来,柳上梢买了那两只鹅,为的是给儿子下鹅蛋。可没想鹅蛋也没能拴住儿子的脚,更没能拴住儿子的心。下的鹅蛋都留着,都留坏了。鹅也老了,一只已经不下蛋了。他舍不得杀了吃,不管怎么说,它们都是有功之臣。虽然它们的"功"没有人品尝,可他不能过河拆桥,不能兔死狗烹。他养着它们,当养着自己一样。

她好像一艘满载负荷的大船,被他的话给击沉了。她觉出了她的苍白,那是对爱情的浮浅的苍白。她无论如何也不能说出真相,真相是件威力无比的利器,同样会把老人给击沉的,虽然老人的船远比她的船承载更多。

她沉默了。

十一

许多日子,季小麦都是在惶恐不安中度过的。她很害怕聆听老人谈论柳笛,之前可不是这样,她对柳笛的一切是那么感兴趣,巴不得一秒钟掌握他所有的秘密。如果当时有人将柳笛的事情讲给她听,即便对方讲完了,吐了个干净,她肯定还会追着问,还有呢?她弄不懂自己为什么会变得这样,扪心自问,还是以前的她吗?她不能拒绝当一位忠实的听众,在他缓慢的叙述中保持足够的耐心。也许正因为她的表现,老人的讲述越加从容不迫,低沉的嗓音,拖长的语调,仿佛一把把细小的刀子,一刀刀从她心头上划过。他是个优秀的刽子手,在拉长行刑的快感。她不能责备他,也不能埋怨他,他有权利这么做。为什么他不直截了当问她呢?而总是以这种曲折迂回的方式,含沙射影的方式。她情愿他痛快一点,麻利一点,把想从她嘴边知道的一股脑儿说出来。有时她的内心会骤然生发一种鲁莽的不计后果的冲动，不消他主动追问，把什么都吐出来，不必再忍受这种摘胆剜心般的痛苦。

两个月后，她找到了新工作，在餐厅当服务员。对方先前只答应每月给她两天休息时间，争取后勉强给了三天。她又过上了朝发夕归的生活，早上在薄雾中驾船从河汊出发，晚上在不尽的苍茫中归来。这种生活也是有小变故的，如果遇上暴雨倾盆大河涨水的日子，她就不能划船出去，只能旷工。罚过她两三次旷工款后，餐厅老板了解了事情的原委，给了她一项优待，遇上大雨天旷工，只扣发当天工资，不再额外惩罚。

柳上梢很少出去捕鱼了，不只划船困难，撒网也不利索了。两只鸬鹚也好像有意捉弄他，每次都同他争抢到手的猎物。他只能在河汊里活动，主要的工作有两项：一项是勤勉地打理那几畦菜地，争取蔬菜自给；另一项是无休无止地制作船模。他和他豢养的两只宠物的生活费用差不多全落在了季小麦的肩上。有一天，季小麦突发奇想，那些孩子不是喜欢船模吗？能不能把它们拿去变卖呢？她征求他的意见，他沉吟片刻后点头答应了，大约他也意识到了他们的窘境。南门头的不远处有个临水公园，公园里有个游乐场，每逢周末有不少孩子在里面玩耍。她趁着休息日，在公园门口摆了半天地摊，带去的几只船模全都卖出去了。有两个孩子同时看中了仅剩的一只三桅帆船模型，互不相让，结果是她承诺下个周末一定带只一模一样的船模来，才平息了他们的争端。那个礼让的孩子不放心，还同她拉了钩，才恋恋不舍地走开。

当她将卖船模的所得交给柳上梢时，他几乎不敢相信，接过钞票的手始终哆嗦个不停。这无疑给了他另一条活路，是他的手艺，更是她的发掘。她的内心轻松了许多，好像从一个狭窄而憋闷的空间里走出来，遽然呼吸到了新鲜的空气。她想把这份愉悦同柳笛分享，拿起手机时才记起，已经好长时间没给他发短信了。

　　笛子，很抱歉，这么久没给你发短信了。我要学会适应你不在我身边时的生活，不是吗？我相信我会做得很好。你见过你父亲制作的那些船模吗？它们多么精致，多么完美，每只船模都是一座堂皇的岛屿，随便摆在哪里，哪里仿佛就是一个璞玉浑金的世界。我把它们拿到公园里，很快被孩子们抢购一空，你想象不出他们是多么欢喜。你父亲，不，也是我父亲，我们的父亲,他已经答应制作更多的船模,以便更多的孩子喜欢并得到它们。我们的父亲说,他们会因为他的船模而爱上身边的这条河流。这是一定的! 实际上他们早就热爱上了这条昼夜不息的大河。

亲爱的笛子,以后我不会给你发太多信息了。你别挂念我们,我和我们的父亲,一切安好。

季小麦在餐厅工作三个月后,遇上了餐厅的厨师余双庆。他们的分工不一样,他在厨房,她在外厅,只在传菜窗口才有机会碰个面,那样的环境彼此都不会留下什么印象。是一场雨让他关注上她了。那天早上,她驾船出来时天气尚好,半道上突然下起了雨,浑身都被浇透了。到餐厅换上工作服,还是打起了喷嚏。餐厅的一位老大姐怕她感冒了,吩咐后厨给她熬碗姜汤,后来是余双庆掌勺,并亲自将姜汤送到了季小麦手上。

晚上下班,季小麦在距离餐厅不到百米的地方巧遇余双庆,后者正要去河边散步。余双庆是个话匣子,一路上喋喋不休。季小麦因为对白天那碗姜汤的感激,不好冷落对方,多半在倾听,偶尔也插上几句,怕他觉得她在敷衍。说的都是餐厅里的人和事,有的听过,有的新鲜。还因那碗姜汤,围绕老大姐的话题相对多一些,老大姐是餐厅老板的亲戚,可不端一点架子,特别会照顾人,是个暖心的大姐。如果不是她说话,我才不会熬那碗姜汤呢。余双庆倒是不会讨好人,话到这儿,河边也就到了。她解缆上船,起篙摇桨,他站在台阶上挥手目送她离去。

这似乎成了彼此心照不宣的情节,往后每天下晚班余双庆都会在餐厅前守着她,同她一块儿走到河边。她有过矛盾,躲避过他几次。可他没有什么出格的举动,连带暗示性的话也没有,倒显得她有些多心了。再者,他不是个讨厌的人,虽然有点夸夸其谈,可哪个男孩子在女孩子跟前不是这样表现的呢?他的不少话是实锤,真实,不掺水分,稍加琢磨,还是他说的那个道理。她也就由着他,有个人说话不至于太孤寂,要不然满街灯火只会让她徒增伤情。有次,他们在河边告别时,冷不防柳笛从她内心的某个角落跳了出来,她想起了柳笛接送她上下班的情景。有段时间,她在咖啡厅当服务员,柳笛每天骑着摩托车将她送到咖啡厅的后门,下班时他总是提前在那里等候她。有时他会载着她,到海边的林荫大道上兜一圈风,然后再回出租屋。如果柳笛在这儿,他一定会亲自划船送她回去。她的内心邃尔怏怏的,像是丢失了什么。

她有过另一种假设,若是余双庆真的送她,也不能答应。倘若被柳上梢看见,该做何解释?况且她还不能确定老人家有没有看见她同柳笛的合影。如果真是那样,老人家不说,她也会无地自容。

有一天,余双庆问她住在哪里,为什么非得驾船往来。她的回答半真半假,她说她住在河边的村子里,划船等于抄近道,要是骑车可就绕远了。他听后似乎相信了。过后,他又问,你不是本地人?她含糊其词回答,我从小在外地长大。后来,她反过来问他,听你的口音也不像是本地人?

我是本地人,同你一样,也是在外地长大的。他向她笑了笑,笑容里夹杂着看得见的苦涩和落寞,我是个弃婴。

听我养父说,我小时候体弱多病,先是被福利中心收养,后来是养父母领养了我。他的语调并不显得沉重,可能早就接受了这个事实。我八岁时,随养父母离开了这儿,前几年他们才将真实的情况告诉我。他们让我回来,是希望有一天我能找到亲生父母。

你找到他们了吗? 她愕然问。

谁能告诉我他们在哪儿呢。他的眼睛里全是迷惘。

慢慢找,总有一天会找到的。她安慰他。先前他们之间阻隔着堵墙,现在这堵墙忽然被打通了,在她和他之间辟开了一条秘密的通道,从通道里透过来的光亮只有她看得见。

十二

雨季来临时,柳上梢的腿疾再次发作了,准确说是加重了,因为他的疼痛就没有停止过。此前,他全身心投入船模的制作中,可能忘记了病痛。季小麦每天提前给他做好了中晚饭,并遵照他的嘱咐将热饭的炉子搬到了船尾的甲板上,那样他就不用下船。待到她察觉时,他已经卧床一整天了,粒米未进。也是从此开始,他控制了自己的饮食,将饭量减少到了平常的三分之一,水也喝得极少。与之相对应的是排泄物的减少,排泄次数的减少,及排泄间隔期的拉长。他很理智,怕增加她的麻烦。她要送他去医院,却遭到他强烈反对,妥协的结果是先找医生开几服中药,服用后看疗效再做决定。他是在拖延离开大船的时间,或许他有某种预感,一旦下船就是永远的告别。她的内心骤然一阵酸楚,不能不顺着他的意愿。她请了几天假,守在河汉里照顾他。这也是她留下来的初衷。

几服汤药煎服完,他的病患不见任何好转。于是,去医院的事又突兀在他们中间,到底是听他的,还是由她安排。再买几服中药吧,万一治好了,就没必要到医院花那冤枉钱。他恳求她说。您喝的中药还少吗?要是能治好,早该治好了。她反驳说。他见恳求失效,换了种方式,耍赖加威胁,我哪儿也不去!就让我死在船上。她被他气晕了,一句话都说不出,直掉眼泪。他可能觉得还不够狠,又添加了一句,我就要死在船上。

咱们是去治病,不是离开这里。您的腿疾治好了,谁阻挡得了您回来?缓过一阵气后,她劝说他。

他闭着眼,不答话。

考虑再三后,她放弃了同他协商的幻想,不能由着他任性,柳笛不在跟前,她得当家拿主意。明天去医院。她告知他,再不容他争辩。事实上他也没有争辩,而是睁大双眼绝望地仰视着她。她不看他的眼睛,因为她清楚不能心软,如果再顺从他,那是害了他。可单凭她一个人,没法将他送去医院。她特地去了趟餐厅,请余双庆帮忙,余双庆二话没说就答应了,餐厅老板却不让,要另派人去。余双庆坚持要自己去,餐厅老板退让了,叮嘱说,忙完赶紧回来。

这中间,柳上梢可没闲着,从床上翻滚到了甲板上,再靠双手的力量一厘一寸往外爬。待季小麦赶到时他已爬到船边,上半身正往下栽,眼看着就要从船上跌下去。余双庆反应快,抢先一步拽住了老人,两个人合力把他抬上了床。虽然船上通风,可老人的床铺上臊臭熏人,更别说他身上了。季小麦很是愧疚,再也顾不得许多,烧了盆热水,给老人擦洗了身体,换上干净的衣裤。干这一切时,老人始终紧闭双眼,像件物品般任其摆弄,其中的羞辱可想而知。临到出发,老人指示季小麦取出一纸存折,存款不多,可能他早就预想到有这么一天,平常省吃俭用积攒下的。存折藏在一个小暗格里,外表钉了木板,余双庆费了好大的劲儿才撬开木板,取出存折。

柳上梢在医院住了一星期,医生就让出院了,这病完全康复是不可能的,以后怕是要坐轮椅了,回家养着吧。

季小麦将城东的老房子做了一次大扫除,抬掇齐整了,买了轮椅,将柳上梢从医院接了回去。从医院出来时,柳上梢朝河汉的方向张望了几眼,又扭头看了看她。等您的腿好全了再去吧。她摇摇头,否决了他的想法。他已无力反抗,只能屈从于她的做法。待她去河汊收拾东西时,他不忘嘱托说,记得把狗和猫带过来。猫却野了,还惧怕她,总是躲躲藏藏。她设法要逮住它时,它幽灵似的钻进了山林,再也不现身了。狗很乖巧,她上了船,它也老老实实跟着上了船。两只鸬鹚在征得他的同意后,转送给了一个同他熟识的打鱼人。

最后一趟去河汊是在搬到老房子后的第一个休息日,她怕遗漏了什么东西,将船里船外仔细搜寻了一遍,只寻回几块木板。菜地里仅剩的一点青翠也被她拔干净了。她站在乌篷船上回望空无阒然的河汊,眼泪猝不及防涌了出来。这泪是为她自己流的,也是替柳上梢流的。从将他抬下大船的那一刻,她深知,他不可能再回来了。她涌起过一股莫名的冲动,要点把火,把大船连同河汊里能够燃烧的东西都烧它个灰飞烟灭。她克制了那股冲动。她没有剥夺它们生命的权利,也不能干预它们的存在。特别是那艘年逾半个世纪的船舶,它的结局不是她能给予的。从诞生之日起它就注定了死亡的方式,死亡的航向,别人想改变也改变不了它进入历史窄门的路径。她吃力地划着桨,乌篷船后拖着那叶扁舟,宛如一根粗硕的尾巴,那也是她切割不了的。

柳上梢在城东老房子的日子远比在河汊里热闹,周边昔日的朋友熟人闻听他回来了,一个个前来看望。有几个是坐着轮椅来的,患的是同柳上梢一样的顽症。那个买鱼说要把鱼鳔留着给孙子吃的老妇人来过好几回。他们在一起絮谈的都是陈年旧事,间或插上几段柳上梢不知情的故事,毕竟他好久没在这里了,不是什么事都能知道的。也有人问柳上梢,季小麦是他什么人。女儿。他回答得挺自然的。没听说你有女儿呀?问的人惊诧。你没听说的事情多着呢。柳上梢回敬得不留余地。别人便不再多问了,就当季小麦是他女儿。船上人家多是见怪不怪,当年跑船忽而多个人,忽而又少个人,都不是什么稀奇事。船上客嘛,愿走就走,愿留就留,不关旁人什么事,刨根问底是跟自己寻烦恼。

柳上梢的腿疾依然不见起色,身体也每况愈下,但这日子暂时还是进入了有序状态。季小麦照常去餐厅上班,因为离得近,下午还能抽空回来一趟,看看柳上梢有什么要处理的,或者小憩一下。下晚班时,余双庆照例陪着她一同走,直到将她送到老房子跟前。有时,她也会邀请他进屋坐坐,上次帮忙将柳上梢送进医院时,他们已经认识了,同老人再见面也不会尴尬。余双庆每次都会说上几句让老人宽心的话,老人的应答也很正常,少不得感谢一番,有次还让季小麦代他送了只船模给客人。

没过多久,余双庆还是曲径通幽地表明了他的心迹,正因他没把话说透彻,给了季小麦回旋的余地。你说什么?她假装没听懂,其实早已猜到了他的心思,只是还没做好准备接受他。我该怎么办?我该怎么办?她在内心一遍遍问柳笛。她承认,余双庆是个比柳笛更有安全感的人,可是,有安全感就够了吗?好在余双庆见了她的态度没有穷追猛打,而是自觉地退了回去。他遮遮掩掩地说,没什么,你别放在心上,我就随便说说。

后来的某天,他乞求她,能不能载他到河上转一转。我还没去过河上呢。他讪笑着说,好像这是个非常大的遗憾和错误。她应允了。他们是在晚上下的河。她荡着双桨溯流而上,水很静,阻力不大,船行驶得很悠闲。他们不是在河上讨生活,不用那样着急。他们不必朝哪个固定的目标航行,也不赶着上岸。他们是在享受这条河流。她偏爱夜晚的河流,或者说河流的夜晚,那样的光和影,那样的平静和神秘。有鱼跃出水面,泼剌一声。看,鱼!余双庆像个孩子似的快活地叫了起来。她在黑暗中微笑了一下。而后,她从容地划着桨,拐了道弧,将船头对准河流的下游。

往下游行驶时,每经过一个地方,她都会准确地报出它们的名字。这些地名好像路标一样,提醒船在哪里,提醒她在哪里。有个地方叫老码头,拦河大坝筑起来后被水淹没了,水面上什么也看不到了。但柳上梢仍叫它老码头。

他们漂到半夜才返航。下船时,他带着憧憬信誓旦旦对她说,我一定要在这里买间大房子,小麦,你愿意同我一块儿住吗?

她的心猛然抽搐了一下。当初,柳笛也说过同样的话语,只不过地点不同,时间也不同。某天下班,她从洗头屋走出来——那会儿她成了洗头妹,柳笛及时摁响了喇叭,等她上了后座摩托车就风驰电掣起来,好像长出了翅膀。他载着她在海边转了一大圈后去了火锅城。他们挑了个靠窗的位置,窗外是满街灯火。两罐啤酒下肚,柳笛不知从哪里拿出只黑色的塑料袋,隔着桌面扔给她。塑料袋有点分量,落在她的胸口上,将她的乳房都砸疼了。他让她打开袋子,她差点失声尖叫起来,袋子里居然是几沓钞票。这是她第一次见到那么多的现钞。天呀!他哪来这么多的钱?当着大厅里三五成群的食客,她不敢贸然将疑问说出来,只是一脸狐疑看着他。他偏不做解释。

我给你买套大房子,要不要?他隔着升腾的雾气笑着问她,他的脸有些模糊,让她看不真切。

十三

老房子喧闹一段时间后慢慢归于岑寂，究其原因可能是柳上梢不太习惯这种经常受人打扰的生活。德国牧羊犬成了他忠实的护卫，他用铁链子将它锁在门口，铁链子有些粗，估摸是早年在船上用过的。犬看上去很温顺，可不明就里的人还是会悚然，万一被它咬伤了呢。那些前来探访的人在门边喊叫几声，通常都得不到回应，又不敢冒险闯进去，只得悻悻然走了。时间一长，门庭自然冷落了。

为了方便柳上梢活动，季小麦将室内整饬了一番，该填的坑都填平了，该铲的也铲除了，几处门槛叫余双庆给锯掉了。可柳上梢哪儿也不去，就猫在自己的卧室里。他将那些工具重新找出来，又开始埋头制作船模。当船模累积到一定数量时，季小麦会在休息日去公园摆上一天半天地摊，多多少少换回来一些收入。他们需要钱，柳上梢的那张存折早在医院就掏空了，往后还不知有多少需要钱的地方。好在街道办得知了老人的窘况，上门给他办理了城镇低保，日子勉强能够维持。

有一天，季小麦不知是心血来潮，还是想取悦老人，缠着他要他将制作船模的手艺教给她。他将信将疑，嘴上没说，但手底下已经行动了。从选取材料，画线打孔，到组装的顺序，一个步骤一个步骤做给她看。她上学时数学成绩向来不好，几何更是一塌糊涂，这些同数学几何有着紧密关联的木工活儿仿佛疑难杂症，令她愁眉苦脸。他却很有耐心，不厌其烦，一次次推倒重来。她有些泄气，恨自己太笨了。

有次上课时，他忽然停下手中的活计问，小麦，你说我那狗崽子到底去了哪里呢？

她被他问住了，直眼看着他，半天都想不出话来回答。他的问题让她想起了那张照片，他一定是看见它了。他在等着她自首，等着她坦白。后面的课程她上不下去了，找个借口中断了。

半年后的某天，老房子来了两个陌生人，被狗挡在门口。季小麦将他们迎进屋，来人自称是开发区拆迁办公室的，找柳上梢商量搬迁的事情。河汉那一带已被规划成湿地公园，那样一艘破船停泊在那儿有碍观瞻，必须把它挪走，要么就地解决。所谓就地解决，是直接拆除它，破木烂料权当垃圾给运走。他们了解到，之前在整顿航运时柳上梢没有得到补偿，这次拆迁会弥补。他们特地来征询他的意见，看他有什么要求。

老人闻听要拆除那艘相依为命的大船，慌张得像溺水一般，双手胡抓乱刨，想要从床上爬起来。爬了几次都没能起身，季小麦见状赶紧搀扶他坐了起来。你们……说什么，再说一遍！老人的气还没喘匀，说话有些结巴。

来人将刚才的话复述了一遍，并解释说，不只您老的船要挪走，那一带的建筑也全部要拆除。

如果不挪走呢？老人硬邦邦地问。

这恐怕不行。来人中个子较高的那个说，您老要是不方便去办，我们会帮您把它挪走的。

船都那样了，放在那里也没什么作用啊。个子矮一些的那个帮腔道，再说也不是白拆您的船，我们会照规定补偿。

没有作用?！眼瞎的人才会这么说！它运粮，运蚕茧，运茶叶，什么东西没运过?！什么风浪没经过?！老人愤怒难掩，继而嘲弄矮个子，那会儿你还没在你娘肚子里投胎，哪里看得见?！

您老别激动，咱们说的是现在，不是过去。高个子朝矮个子丢了个眼色，示意他别说话，让他来说服老人，您看，咱们把那里规划成公园，是美化环境，是让人们在茶余饭后有个舒心惬意的好去处。这是社会的发展，时代的进步，也是人们对幸福生活的向往和追求，您老得做些让步，咱们都得让步，换了谁都得让步。

我都坐在轮椅上了，还得给人让步？给谁让步？我挡着谁碍着谁了？谁又给我让步?是不是要我死了才罢休?要我死了才一了百了?老人的脖子上青筋暴突，脸色乌紫，两只眼睛喷得出火来。他的嘴唇嗒嗒嗒地翕动，宛如两片飞速碰撞的桨叶。

商谈没有结果，来人丢下一句话，您老再考虑考虑吧，然后夹着带来的文件走了。后来，又来过几拨人，一拨是两个中年女人，净拣些好听的话说，妄图打动老人，后一拨是几个男人，之前的高个子也在其中，好话硬话轮换着说，老人就是不松口，两拨人都无功而返。第三拨来的晚了半个月，是一个男人和一个女人，女人出面将季小麦叫了出去，男人则向她动之以情晓之以理，大意是船必须拆除，无论如何都会拆除，何况那早就不是一艘船了，让她代替老人签字，现在签字他们还能给争取点奖励，要是等到强拆，那就什么都没有了。男人说话的同时，女人将笔塞到她手上,几乎是捉着她的手把字给签了。补偿款是一万两千元,一万元补偿,两千元奖励。对那样一艘船来说,这个价格不低了。

你有空的话去河汊里看看,能不能拆点有用的东西。临走时,男人好心提醒说。

季小麦几乎不敢相信,是她把字给签了。手上的现钞成了烫手的山芋,是无法抵赖的证据,她的确这么做了。她是叛徒,彻底背叛柳上梢了。她朝他心上捅了一刀。她不能去想象,如果让他知道,该会怎么对待她。他肯定恨不得杀了她。可是,如果她不签字,那船会怎样呢?他们会听之任之吗?不可能!他们照样会拆了它,其实她签不签字,那船的结局都是明摆着的了。他们也很清楚是这样的结果,为什么还找她来签字?仅仅是为了给他那笔钱?或者他们是为了他们自己心安理得?对于男人的建议,她不予理会,甚至觉得那是个陷阱。拆几块船板,物尽其用,这会是延续了船的生命吗?这很荒诞。纵使有一千个人一万个人在拆除它,她也不能参与其中。

绝对不能。

她在想,该把这些钱存放到哪儿,可不能让老人看见。以后的日子,老人绝对用得着,这是唯一能让她减轻愧疚的地方。后来,就这事她给柳笛发了条短信,一句话,我做得对吗?

十四

那些声称要拆船的人再也没有出现,这让柳上梢疑虑丛生,可是病患让他下不了床,只能干着急。他们是不是将大船拆掉了?有一天,他忍不住问季小麦。您都没同意,他们怎么会动手呢?她诓他。我们去河汊里看看吧。他几乎在乞求她。她的内心一酸,眼泪直往肚子里流。过几天吧,您要出去,我得请个人来帮忙。她想到的办法唯有拖延。他不吭声了,这是现实,她一个人没法将他带到河汊里去。他不能再强求她,她同他非亲非故,已经为他做得够多了。

几天过去,他没再提要求,对那艘大船也不再念念叨叨。可能在他心里已经认定,它早就被拆除了。他一定是绝望了。在她看来,这有些残酷,也没什么不好。这在与不在,全在人们的意念之间。有些东西即使天天得见,可在见者的眼里它们早已死了,不复存在了。有些东西不存在了,看不见了,摸不着了,可在人家心里依然活得好好的,上升成了无形的存在。外界再不能破坏它,毁灭它。她委婉地拒绝他,是想给他保留一些幻想,这尘世总该给人些许美好的记忆吧。

可能是心理的缘故,柳上梢的身体日渐衰弱,大多数时候卧床不起,心情好些的日子才会披衣靠坐在床头。季小麦劝他要多吃点儿东西,他总是嘴上答应,而端给他的饭菜几乎原样不动。她去市场上买了新鲜的鱼,炖了他喜欢喝的杂鱼汤,可他禁食的状况仍丝毫不见改善。

这种缓慢的灰色的生活像地下暗河般漫漶了一年多。

某个日子,城东的这片棚户区——老城区一块需要蜕掉而尚未蜕掉的残壳,也可以理解为老城区伤口痊愈后的一块陈痂,陡然间无端沸腾起来。人们都在传言旧城改造,棚户区要全部拆迁。脸上被喜悦笼罩的多是年轻人,拆迁意味着有新房住了,还能收到大把的补偿款。好日子在前面奔着呢。他们在这些低矮的屋檐下早就生活腻烦了,巴不得下一分钟就能搬进高楼大厦。老人们倒是很坦然,拆与不拆一个样,迁与不迁也是一个样,在哪儿不是日食三餐,在哪儿不是夜眠三尺。也有些老人生了留恋,毕竟住习惯了。几十年下来,脚板下早在这儿扎下根了,把它硬生生拔出来,肯定会疼,会不舒服。

果然,没过多久,来了几个人,提着红漆桶,在一家家的墙壁上画上记号,写下一个个大大的"拆"字。这拨人走后,工作队上门了,挨家挨户地走访,签订协议。他们的进展不怎么顺利,很多拆迁户都在观望,探听别人家的消息,暗暗盘算该如何同工作队讨价还价,尽可能将利益最大化。来找柳上梢做工作的是两男一女,早上八点钟到,下午六点离开,准点得像上班。他们先是宣讲拆迁政策,之后自告奋勇地替柳上梢算了笔账,好像他雇用了他们一般。他们说得唾沫横飞,老人家始终安安静静地躺着,一言不发。揣摩上次拆船的疼还在,不想搭理他们。工作队的人跑了一周,连屁都没听到一个,不得已向季小麦求助。她也摸不透老人的想法,不敢贸然开口。最后的期限到了,老人才摊牌,只要两套回迁房,别的都好商量。这个要求把工作队难住了,柳上梢这一户按规定只能安排一套房,还不是回迁房,是在新城区的安置小区。工作队向上级请示后再同老人商谈,如此反复几次,可能是怕闹出什么事端,最终遂了老人的愿。

事情敲定之后,柳上梢才表明心迹,两套回迁房,一套给季小麦,一套留着给柳笛,不管他什么时候回来,也不管他回不回来。

季小麦听了,又是剜心挖肝的疼。可她只能假装若无其事,赶紧去找过渡房。

是余双庆帮着一块儿找,才找到两间车库改装的套间,不够宽敞,但暂时容身不成问题。意外的是,柳上梢搬进过渡房没几天,病情越发沉重了。又是余双庆帮着将老人送进了医院。老人在病房里躺了半个多月,出院时医生暗示,老人的时间恐怕不多了。

季小麦只能偷偷抹泪,不敢让老人看见。在护理上尽可能周到一些,细致一些,每天变着花样给老人做菜煲汤,希望有奇迹发生,老人能够好转过来。某日上午,老人将她叫到床前,断断续续说了几句话,蓝凤菊……半月庵……她在那儿。她明白他是要她去找她。半月庵在老城区的上游,距离不远,在临河的一个山坳里。他先前给她讲过,半月庵的得名是因为庵里的一口水井,月亮落进井里,无论什么时候都只能看见半个,所以才叫了这名字。当年太平军经过时,不知怎的一把火把半月庵给烧了,井也给埋了。现在的半月庵是1949年以前重修的,大体上还是沿袭了过去的格局,只在庵前挖了口水塘,栽了半塘莲,塘中央立了座手持净瓶和柳枝的观音像。

她依言去了半月庵,绕过荷塘,进了庵堂,却是静悄悄的,不见半个人影。她不敢造次,又退了出来。后来见旁边有堵女墙,一扇小门开着,进了门是一园菜地,一个缁衣在身的女人正在菜地里忙碌。她遂上前打听,蓝凤菊在哪儿。尼姑不知蓝凤菊是谁,给她指明了路,让她去找庵主。庵主是个白净的女人,看不出年岁,声音也不冷不热,施主,这里没有蓝凤菊,只有弟子静非。那——她在哪儿?季小麦问。庵主让一名叫静尘的弟子去通知静非,静非却不肯前来相见。季小麦只好央请静尘指路,独自去见静非。既见了静非,才证实柳笛所言不假,她的年龄同柳上梢有很大落差。她的眉宇间沉积着一丝不易察觉的幽怨和愤懑。明知来了人,静非仍然低眉低眼,一脸寒色。

蓝婶婶。季小麦轻轻喊了声,声音里有着含糊的哽咽和复杂的酸楚。

静非回答,这里没有你蓝婶婶。

蓝阿姨。她换过一种称呼。

这里没有你蓝阿姨。

是柳叔叔让我来找您的。

阿弥陀佛,施主,请回吧,这里没有你要找的人,只有未亡人静非。静非说完话,背转身去,再也不理睬她了。

季小麦怔住了,这是她没有想到的情景。她不知该怎么回复柳上梢。回到过渡房,不承想柳上梢已经双目紧闭,鼻孔里仅剩出气,生命垂危了。她再也控制不住自己,放声号啕起来,柳叔叔,我是来向您赎罪的呀!是我害死了柳笛……她得知柳笛的死讯是在他失踪三天以后,上班时接到交警的电话,让她尽快去殡仪馆协助他们处理一起案件。那一瞬间,闪过她脑海的是柳笛那张瘦长的脸,这让她几乎当场就崩溃了。一个同她走得近的小同事,用弱小的胳膊搀扶着她,陪同她打车去了殡仪馆……柳笛死于车祸,是他自个儿把自个儿摔死在一条偏僻的公路上。那里俨然是地下赛车场,据说经常有人在那条路上飙车、赌车。交警是根据死者手机里的通信录找到季小麦的,死者有两部手机,一部手机里的通信录用的都是别名,估计只有死者知道谁是谁,另一部手机只储存了一个号码,就是季小麦的手机号。

根据柳上梢的遗嘱,最后举行了水葬,将他的骨灰撒在那条大河里。季小麦让余双庆划船,她则捧着骨灰盒跪在船头。余双庆划船的动作还不太熟练,乌篷船不听他的使唤,划了老半天船还在原地转圈。后来,他干脆停住了双桨,任船随着流水往下游缓慢地漂去。每经过一处,季小麦都会喊出柳上梢曾经告诉她的地名,同时往河里撒去一把骨灰。那模样像是乡下给失魂的孩子招魂。有时船打旋时,她会低声唱起那些老人教会她唱的歌谣:客人劝我三杯酒,纷纷醉下东渡滩。杨柳小港双凤口,小滩出口对崖山。或往吴城或往省,或往九江湖口关。或往饶州景德镇,或往樟树龙头山。那天风平浪静,好像河流向来都是如此温顺,如此悲悯,如此善解人意。

当水葬仪式结束后,余双庆将双桨交给季小麦时问,你会离开这里吗?

她乜斜了他一眼说,你说呢?

我不知道。

一滴水能够往哪里流。这是她的回答。

之后,她抄起双桨,朝上游划了起来。

【作者简介】樊健军,江西修水人,江西省作家协会副主席。小说见于《人民文学》《收获》《当代》《小说选刊》《小说月报》等刊,著有长篇小说《诛金记》《桃花痒》,小说集《穿白衬衫的抹香鲸》《空房子》《行善记》《有花出售》《水门世相》等。曾获汪曾祺华语小说奖、林语堂文学奖等。